15. April 1912: May Smith, die mit ihrem Mann und ihrer sechs Monate alten Tochter Ellen das Unterdeck der *Titanic* betritt, hofft, in Amerika, im Land der unbegrenzten Möglichkeiten, der Armut und Enge ihrer nordenglischen Heimat zu entkommen. Für Celeste Parkes dagegen bedeutet die Reise in den luxuriösen Kabinen des Oberdecks die Rückkehr in den goldenen Käfig ihrer Ehe. Im Chaos des Schiffsuntergangs verliert May ihre Familie aus den Augen und wird von Celeste in ein Rettungsboot gezogen. Direkt danach reicht der Kapitän der *Titanic* May ein in Windeln gewickeltes Kind. Während sie in der eisigen Nacht ums Überleben kämpfen, erwächst zwischen May und Celeste eine Freundschaft, die ihnen die Kraft geben wird, ihren Weg zu gehen und ihren Träumen zu folgen. Erst viele Jahre später, als bereits eine neue Generation herangewachsen ist, kommt ans Licht, welche schicksalhafte Verstrickung damals ihren Anfang nahm …

Leah Fleming stammt aus dem englischen Lancashire. Sie ist verheiratet und hat vier Kinder. Sie lebt und arbeitet in den Yorkshire Dales und in einem alten Olivengut auf Kreta.

Weitere Informationen finden Sie auf www.fischerverlage.de

LEAH FLEMING

Schiff der tausend Träume

ROMAN

Aus dem Englischen
von Marion Balkenhol
und Annette Hahn

FISCHER Taschenbuch

Aus Verantwortung für die Umwelt hat sich der S. Fischer Verlag zu einer nachhaltigen Buchproduktion verpflichtet. Der bewusste Umgang mit unseren Ressourcen, der Schutz unseres Klimas und der Natur gehören zu unseren obersten Unternehmenszielen.

Gemeinsam mit unseren Partnern und Lieferanten setzen wir uns für eine klimaneutrale Buchproduktion ein, die den Erwerb von Klimazertifikaten zur Kompensation des CO_2-Ausstoßes einschließt.

Weitere Informationen finden Sie unter: www.klimaneutralerverlag.de

FSC
www.fsc.org
MIX
Papier aus verantwortungsvollen Quellen
FSC® C014496

Neuausgabe
Erschienen bei FISCHER Taschenbuch
Frankfurt am Main, August 2022

Die Originalausgabe erschien unter dem Titel ›The Captain's Daughter‹
im Verlag Simon & Schuster, London

Hedderichstr. 114, D-60596 Frankfurt am Main

Satz: Fotosatz Amann, Memmingen
Druck und Bindung: GGP Media GmbH, Pößneck
Printed in Germany
ISBN 978-3-596-70818-5

ERSTER TEIL

Der Aufbruch

1912–1914

I

England, April 1912

Sie waren viel zu früh dran, standen mitten in einem Stapel aus Koffern, Reisetaschen und Paketen, schielten mit einem Auge auf den Uhrturm aus Terrakotta und strengten sich an, um das ferne Dröhnen einer Lok zu hören, verbrannte Kohle zu riechen, den Ruß und die Hitze mitzubekommen, welche die Ankunft des Londoner Zuges in Trinity Street verkündeten. May Smith sah zu, wie sich der Bahnsteig mit Reisenden füllte. Manche trugen Aktentaschen, andere wiederum Pakete, alle hatten mit sich selbst zu tun. Sie schaute zu ihrem Mann hinüber, der seinen besten Überzieher aus zweiter Hand und einen Filzhut trug und Ellen auf dem Arm hielt. Sie war in ihr neues Häubchen und den Mantel gepackt und mit einem Schal gegen die kalte Brise geschützt, die von den Hochmooren herab über den Bahnsteig fegte. Die Augen hatte sie weit aufgerissen, verunsichert durch das geschäftige Treiben um sie herum. So viele Geräusche, die das Kind aufzunehmen hatte: Gepäckträger, die ratternde, mit Koffern beladene Handkarren herumfuhren, Waggontüren, die zugeschlagen wurden, die Pfiffe, die der Wind vom gegenüberliegenden Bahnsteig herüberwehte.

Ihr Zug musste bald eintreffen. Es war der frühe Zug, den die Geschäftsleute in ihren feinen Anzügen und Melonen nahmen, der Zug, der Baumwollwaren aus Lancashire nach London brachte. Am liebsten hätte sie wie ein Kind laut herausposaunt: »Ratet mal, wohin wir fahren? Ihr werdet es nicht glauben«, aber natürlich hielt sie den Mund. So beschwingt sie auch war, sie schämte sich dennoch ihrer Aufregung.

Diese Menschen waren es gewohnt zu reisen, im Gegensatz zu ihr, bekleidet mit ihrer praktischen dreiviertellangen, marineblauen, auf Taille geschnittenen Jacke, die sich über ihrem langen Rock aus Serge und ihre auf Hochglanz polierten Stiefel bauschte, ihr helles Haar hatte sie ordentlich unter einen schwarzen Strohhut mit breiter Krempe gesteckt. Alles war nützlich, dazu bestimmt, keinen Schmutz zu zeigen und die lange Reise zu überstehen, hoffte sie zumindest.

May ging in Gedanken ihre Liste noch einmal durch: eine Blechdose mit Sandwichs und Äpfeln, eine Flasche Milch für Ellen, ein paar feine Kekse und Naschwerk, falls ihnen schlecht werden sollte, ein Bilderbuch, saubere Windeln und ein feuchtes Tuch in einer Toilettentasche für die Reise.

Ihre Papiere und Dokumente waren sicher in der Ledertasche aufgehoben, die Joe als Abschiedsgeschenk von der Baumwollspinnerei bekommen hatte. In ihrer Reisetruhe befanden sich die beiden mit ihren Initialen bestickten Baumwolllaken, die sie an ihrem letzten Arbeitstag von den jungen Frauen im Webschuppen überreicht bekommen hatte. Sorgfältig in den Falten geborgen waren Geschenke für Onkel George in Idaho: eine Zeitung aus seiner alten Heimatstadt, von einem Fotografen angefertigte Familienporträts, eine schicke Teedose und eine signierte Bibel aus ihrer Sonntagsschule.

»Er hat Verspätung«, flüsterte May, aber Joe lachte.

»Das liegt an dir, du hast uns zu früh hierhergedrängt. Schau, das Signal am Gleis hat gewechselt. Jetzt ist es gleich so weit …« Er lugte über den Bahnsteigrand, was sie nervös machte.

»Tritt zurück«, bat sie. »Ellen bekommt Angst. Von mir ganz zu schweigen.« Die Lokomotiven erschreckten sie; die sahen aus wie große schwarze, feuerspuckende Drachen. Sie spürte den Windzug, Hitze auf ihren Wangen, das ohrenbetäubende Dröhnen, als das Ungeheuer in den Bahnhof donnerte und in einer Dampfwolke kreischend zum Halt kam.

»Hast du unsere Fahrkarten alle?«, fragte sie Joe noch einmal.

Ellen brach bei all dem Lärm in Tränen aus.

»Gib sie mir!«, drängte May und schlang die Arme um das schreiende Kind. »Schh, das ist nur eine Puff-puff, die uns in eine neue Welt bringen wird. Sag Bolton Lebewohl. Wir brechen zu unserem Abenteuer auf.«

Sie zwängten sich in einen Waggon zweiter Klasse, und Joe prüfte nach, ob ihre Reisetruhe in den Gepäckwagen gebracht wurde, bevor er es sich bequem machte. Ellen protestierte weiter.

»Sie ist gleich wieder still«, sagte May und lächelte den Passagieren zu, die sie entsetzt ansahen. Sie musste Ellen nur einen Keks in die Hand drücken und das Beste hoffen. Sie hatte Erfolg, und kurz darauf knabberte Ellen zufrieden vor sich hin.

Verärgert erwiderte May die Blicke. Sie hatte das gleiche Recht, hier zu sitzen, wie ihre Mitreisenden auch. Joe und sie mochten zwar Waisen sein, doch sie hatten einen Gönner in Amerika, der bereit war, ihnen ein neues Leben zu ermöglichen. Sie hatten beruflich nicht viel vorzuweisen, aber sie hatten einander und eine entzückende kleine Tochter, die strahlte wie ein Honigkuchenpferd. Sie waren jung und hatten das ganze Leben noch vor sich. Am liebsten hätte sie sich wieder einmal gekniffen, um diese Wende in ihrem Schicksal zu begreifen, diese Chance, neu anzufangen.

May sah zufällig ihr Spiegelbild im Abteilfenster und lächelte. Eine Schönheit war sie nicht, aber sie hatte rosige Wangen, einen stämmigen Körper, und sie scheute sich nicht vor schwerer Arbeit, genau die junge Frau, die in der Neuen Welt aufblühen würde, wenn es stimmte, was man so sagte. Ein Segen, dass Ellen die hellen Locken und die meerblauen Augen ihres Vaters geerbt hatte. Dabei hatten sie das Meer noch nie gesehen. Aber bald wäre es so weit.

Plötzlich schlugen die Waggontüren zu, und Pfiffe signalisierten die bevorstehende Abfahrt des Zuges. Der Waggon ruckelte und warf May nach vorn.

Für einen kurzen Moment schwand ihr Optimismus, und Panik überkam sie.

Warum lassen wir alles, was uns vertraut ist, hinter uns? Was machen wir bloß? Am liebsten hätte sie den Zug angehalten, um auszusteigen und nach Hause zu gehen, wo alles sicher und tröstlich war. Sie schoss beinahe von ihrem Sitz, sank aber zurück, als sie Joe mit dem für ihn typischen entschlossenen Ausdruck aus dem Fenster starren sah. Er war so stolz gewesen, als er eine Einladung von seinen Verwandten in Amerika erhalten hatte, in dessen Schreinerei einzutreten. Wie hätte sie ihn enttäuschen sollen? Mit ihm würde sie bis ans Ende der Welt gehen.

Dabei mochten sie ihr Spinnereistädtchen im Norden durchaus. Sie hatten dort beide in einer kleinen Kate am Rand des Hochmoors Unterkunft gefunden, hatten eine nützliche Ausbildung erhalten und waren zunächst in ein Dienstverhältnis, dann in die Baumwollspinnerei geschickt worden, in der sie sich kennengelernt hatten. Es war eine Jugendliebe, und sie hatten geheiratet, als Joes Lehre beendet war. May hatte jedoch schon immer gewusst, dass Joe mehr für seine Familie anstrebte, dass er sich unbedingt beweisen wollte, und sie förderte seinen Ehrgeiz gern. Wer wünschte sich nicht ein freies Leben ohne Schornsteinrauch für die Tochter, eine Chance, Menschen aus aller Welt kennenzulernen, die alles riskierten, um neu anzufangen, so wie sie? Man brauchte Mut, um die Welt, die man gekannt hatte, hinter sich zu lassen, und sie war nicht feige. Aber diese Woge der Angst beunruhigte sie noch immer. Wenn nun alles schiefging? Wenn sein Onkel George ein Tyrann war? Wenn …?

Hör auf, dir Sorgen zu machen, schalt sie sich und schaute zu den Kofferschildern hoch, die sie beschriftet und sorgfältig befestigt hatte: Mr und Mrs Joseph Smith, RMS *Titanic*, Southampton. Das wäre schon bald ihre nächste Anlaufstation.

2

Die Glocken der Kathedrale läuteten über die ganze Stadt, während die Familie sich am Westtor versammelte, um den Leichenzug anzuführen. Celestine Parkes war froh um den Schleier aus schwarzer Spitze, der ihren Kummer vor Blicken schützte, während sie sich an den Arm ihres Vaters klammerte und zusah, wie ihre Brüder den Sarg auf die Schultern hoben. Die Last dürfte nicht schwer sein, denn ihre Mutter, Louisa, war in den letzten Tagen ihrer Krankheit bis auf Haut und Knochen abgemagert.

Celeste konnte sich nicht verzeihen, so spät eingetroffen zu sein und somit die Chance, sich zu verabschieden, unwiderruflich verpasst zu haben. Stürme hatten die Ankunft des Schiffes aus New York verzögert, doch man hatte die Beerdigung so lange verschoben, bis sie schließlich im Haus der Familie in Lichfield angekommen war. Ihre einst so schöne Mutter nur noch als eine bis zum Skelett ausgezehrte Fremde zu sehen, war ein Schock für sie gewesen.

Jetzt fegte der Wind über den Kathedralenhof, abgestorbenes Laub trudelte über das Pflaster, als die Trauernden vor dem Dekan standen, der gekommen war, um sie in das widerhallende Kirchenschiff zu geleiten.

Celeste schaute zu den drei Kirchturmspitzen der Kathedrale von Lichfield empor, den *Three Ladies of the Vale*, die in einen hellen Märzhimmel aufragten. Sie warf einen Blick auf die eleganten Häuser in lachsfarbenem Sandstein, die rings um den Hof standen. Wie vertraut das alles zu Frühlingsbeginn aussah, Narzissen sprossen aus dem Gras, die schneidende Luft direkt aus den Hochmooren nahm ihr den Atem. Im Frühling nach Hause zu kommen, rührte sie immer, besonders wenn ihr Blick auf die Blüten fiel, auf sich öffnende Knospen und das grüne Gras in Parks und auf Feldern. Ostern in der Kathedrale war immer etwas Besonderes, aber in diesem Jahr färbte die Trauer über ihren Verlust alles düster.

Kurz dachte sie an ihr eigenes Zuhause und ihren geliebten Sohn, so weit entfernt, jenseits des Ozeans. Unwillkürlich kam ihr die lange Rückfahrt in den Sinn, doch sie verdrängte diese müßigen Grübelein rasch. Jetzt hatte sie an etwas anderes zu denken.

Sie fuhr über ihren langen Wollmantel mit dem Fuchspelzkragen, den sie über dem perlenbestickten Trauerkleid ihrer Mutter und schwarzen Handschuhen trug. Sie empfand es als Trost, die Figur ihrer Mutter in diesen Ärmeln zu spüren und in dem Stoff den vertrauten Duft von Lavendelwasser wahrzunehmen. Ihr Filzhut, der ihre wilden, kastanienbraunen Locken verbarg, war mit den Gagat-Hutnadeln ihrer Großmutter festgesteckt. Celeste hatte nur wenig Zeit gehabt, angemessene Trauerkleidung zu kaufen, und hoffte, eine gute Wahl getroffen zu haben. Louise Forester hatte immer so elegant ausgesehen, und ihre Tochter wollte sie im Tod so ehren, wie sie ihre Mutter zu Lebzeiten geliebt hatte.

Celeste hatte ihre lebhaften Briefe mit all den Neuigkeiten über die Kathedrale, die Geistlichen und die Streiche der Schüler des Theologischen Kollegs wie einen Schatz gehütet. Sie stellten eine so wertvolle Verbindung mit ihrer Heimat dar. Dann war die Handschrift der Mutter allmählich krakelig geworden, nachlässig über die ganze Seite verteilt. Ihr Vater hatte das Schreiben übernommen und ihr erklärt, ihrer Mutter gehe es nicht so gut, sie könne den Federhalter nicht greifen, mit dem Hinweis, es sei an der Zeit, dass ihre Tochter nach Hause komme, bevor die Krankheit ihren unausweichlichen Tribut fordere.

Ich konnte dir nicht Lebewohl sagen, hatte sie jede Nacht seit ihrer Rückkehr geweint. Jetzt würde ihr dieser Gottesdienst ein wenig Trost spenden. Als Tochter eines Bischofs stand Louisa eine Trauerfeier in aller Würde und Ehre zu, und man würde sie im Grabhügel nahe bei der Kathedrale beisetzen.

Aber wo werde ich um dich trauern, wenn ich wieder nach Hause zurückkehre?, fragte sich Celeste traurig.

»Ich bin die Wiederauferstehung und das Leben …« Die tröstenden Worte brausten über sie hinweg, während sie die Hand ihres Vaters umklammerte und versuchte, nicht zu weinen.

Warum hast du uns verlassen? Wie soll ich meine Pflicht tun ohne deine Kraft und Liebe, mich zu führen und zu leiten?

Später, als alles vorüber war und sie im Refektorium des Theologischen Kollegs Tee getrunken und kalte Häppchen zu sich genommen hatten, kehrte Celeste mit ihren Brüdern ins Red House zurück, ihrem Haus in Streethay. Hier gab ihr Vater seine Entscheidung bekannt.

»Jetzt, da ihr alle zusammen seid, möchte ich euch sagen, dass ich nicht hier in diesem Hause bleiben werde. In Vicar's Close ist ein Platz für mich. Ich möchte in der Nähe eurer Mutter und auch näher bei der Stadt sein, um zur Verfügung zu stehen.«

»Wir können doch nicht ohne dich hierbleiben«, sagte Selwyn, der als Anwalt jeden Tag nach Birmingham fuhr.

»Natürlich könnt ihr das. Eines Tages wirst du heiraten, und deine Frau wird sich nicht um einen alten Mann kümmern wollen. Bertram besucht die Universität, er braucht in den Ferien ein Quartier, und Celeste ebenfalls, wenn sie es fertigbringt, ihre Familie auf einen Besuch herzubringen«, sagte er und schaute auf das Bild seines lächelnden Enkels Roddy, das einen Ehrenplatz auf dem Kaminsims einnahm. »Deine Mutter mochte das Foto«, sagte er leise. Er schüttelte seine Tagträume ab und fuhr fort: »Celestine, meine Liebe, du musst ein paar Sachen von ihr mitnehmen.«

Celeste war überhaupt nicht danach, das Haus mit all seinen geheiligten Erinnerungen zu durchforsten. Dafür wäre immer noch Zeit.

Ihr Vater fuhr jedoch fort, ungeachtet ihrer Qual. »Du musst ihre Tischwäsche mitnehmen«, beharrte er. »Deine Mutter hat sie so schön bestickt. Es wäre ihr Wunsch, dass du sie übernimmst.«

Mit Tränen in den Augen betastete Celeste das Tischtuch, des jetzt mit Blumenvasen und Kondolenzkarten bedeckt war. »Danke«, murmelte sie. »Aber jetzt nicht.«

Endlich erfasste ihr Vater ihre Stimmung und ergriff ihre Hand. »Keine Sorge, deine Mutter ist immer in deinem Herzen«, tröstete er sie. »Sie wird dich nie verlassen. Ihr alle werdet weitermachen, so wie sie es getan hätte, dessen bin ich mir sicher. Sie hat euch gut erzogen. Und du hast die Freude, in den Schoß einer dich liebenden Familie zurückzukehren, meine Liebe.«

Er hatte recht. Sie war gut erzogen worden und wusste, dass die Pflicht gegenüber anderen vor dem Eigennutz rangierte. Daher schluckte sie ihre Tränen und schaute aus dem Fenster auf das frische Grün des Rasens. Wenn Lichfield nur zu dieser Jahreszeit nicht so wunderschön wäre … Damals hätte sie sich aussprechen, die Wahrheit sagen sollen, doch stets hatte irgendetwas sie zurückgehalten. Es war nicht der richtige Zeitpunkt, einen alten Mann mit ihren Sorgen zu belasten. Und wenn sie noch so schrecklich waren.

3

Ihr erster Blick auf London und seine prächtigen Gebäude erfüllte May mit Ehrfurcht. Ungläubig schaute sie an Big Ben hoch und erhaschte auf der Brücke einen flüchtigen Eindruck vom Londoner Tower. Sie übernachteten in der Nähe von St. Paul's in einer Pension, die nicht allzu sauber war. Sie musste nur das schmuddelige Gesicht der Wirtin ansehen, schon drehte May die Matratzen um und überprüfte sie auf Wanzen. Ellen kam in der fremden Umgebung nicht zur Ruhe, und sie verbrachten eine rastlose Nacht. Wenn es so weiterginge, hatte May gesagt, dann hätten sie eine höllisch lange Seereise vor sich. Am Ende wären sie Wracks. Joe hatte gelacht und sie voller Vorfreude durch den Raum gewirbelt. Sie konnte gar nicht anders, als in sein Lachen einzustimmen, seine Laune und seine Begeisterung waren einfach ansteckend.

Früh am nächsten Morgen leisteten sie sich ein Taxi zur Waterloo Station und schickten Postkarten an Freunde in der Baumwollspinnerei, bevor sie aufbrachen. May betrachtete verwundert die Schlangen aus Bussen, Pferdekutschen und Männern mit Schubkarren. Noch nie hatte sie miterlebt, wie viel Betrieb in einer so großen Stadt im frühen Morgenlicht herrschte. Woher kamen all diese Leute?

Allein der Gedanke, dass die nächste große Stadt New York sein würde!

Als sie schließlich Waterloo erreichten, um den Zug zum Schiff zu nehmen, bekam May das Gefühl, noch nie so viele Menschen auf einem Haufen gesehen zu haben – Männer und Frauen mit Koffern und Taschen, kleine Kinder, die versuchten mitzuhalten. Verzweifelt klammerte sie sich an Joe und Ellen, voller Sorge, von ihnen getrennt zu werden. Rauch, Dampf, Ruß und Lärm trieben sie vor sich her in die wartenden Waggons mit Fahrtziel Southampton. Erschöpft, aufgelöst, eine unter Hunderten, empfand May plötzlich Stolz, dass Joe es wagte, mehr für seine Familie anzustreben als irgendeine kleine Nebenstraße einer Spinnereistadt.

Doch als der Zug auf seinen Gleisen ratterte und sie immer weiter von allem entfernte, was sie je gekannt hatten, wurde ihr wieder unbehaglich zumute. Wie sollten sie sich in einem fremden Land zurechtfinden? Wie würde das Wetter sein? Ob sie überhaupt dorthin passten? Und wenn die Kleine nun krank würde? Das Risiko war enorm. Als der Zug in den Hafen von Southampton einfuhr, sah sie das graue Meer und konnte einen flüchtigen Blick auf das große Schiff werfen. Am Mast flatterte die Flagge der Reederei White Star. Es ragte hoch über den Bäumen und Häusern auf, und ihr Herz hämmerte. Jetzt gab es kein Zurück mehr. Sie mussten sich der Schiffsbesatzung anvertrauen, die sie über den Ozean in ihr neues Leben bringen würde.

Als sie an den Anleger kamen, erblickte May den großen Rumpf der *Titanic* mit den vier Schornsteinen darüber, und ein

Schauder rann ihr über den Rücken, ob sie wollte oder nicht. Die Schornsteine waren cremefarben, hatten oben einen schwarzen Rand und krönten eine einhundert Fuß hohe gusseiserne Schiffswand, die wie ein stählerner Berg aufragte.

»Wie um alles in der Welt kann das Ding schwimmen?«, krächzte sie, als sie sich in die Schlange der Einschiffenden reihten, die sich auf das C-Deck begaben. Sie war derart beeindruckt von den ungeheuren Ausmaßen des Schiffes, das in der nächsten Woche ihr Zuhause sein würde, dass sie über den Rock einer Frau vor ihr stolperte, die sich umdrehte und ihr einen wütenden Blick zuwarf.

»Gut gelandet?«, lachte Joe, doch May fand es nicht lustig.

»Meine Füße wollen dieses Schiff nicht betreten«, flüsterte sie.

»Blödsinn«, erwiderte Joe, der ihre Gedanken las. »Der Herrgott selbst könnte dieses Schiff nicht versenken!«

»Ich hoffe, du weißt, was wir tun, Joe. Wir haben so einen weiten Weg vor uns.« Sie zog ihren Mantel fest um sich.

»Sieh doch selbst, das Wasser ist tief genug, um sie oben zu halten. Die *Titanic* ist nagelneu, und wir haben das Glück, mit ihr zu fahren. In den Zeitungen steht, ihre dritte Klasse ist so gut wie die erste auf anderen Schiffen. Es heißt, sie hat alle Sicherheitsvorkehrungen, die man sich nur denken kann. Sie ist unsinkbar. Mach dir keine Sorgen, May.«

Ihre Fahrkarten wurden überprüft, und ein bebrillter Mann in weißem Mantel untersuchte sie auf Anzeichen von Fieber und nach Läusen, was May höchst beschämend fand. Sie hätten sie bis auf ihr Hemd ausziehen können und nichts außer sauberer Lancashire-Baumwolle gefunden.

Von Stewarts geführt, folgten sie der Schlange auf das C-Deck. Unwillkürlich wurde May von Angst erfasst, als sie durch ein Gewirr von Gängen immer tiefer in das Schiff hinabstiegen. Sie hatte nie viel für Wasser übrig gehabt, nicht einmal eine Bootsfahrt auf dem See in Queens Park hatte ihr Spaß gemacht, obwohl Joe sie gezwungen hatte, in den Becken von Belmont platschend und unter Protest schwimmen zu lernen. Sie hatte das Wasser in Nase und Augen verabscheut und sich nach Kräften bemüht, den Kopf oben zu halten.

Unten im Innern des Schiffes wurden sie zu einer sauberen, holzvertäfelten Kabine mit Kojen geführt, eine von vielen an einem mit Linoleumfliesen belegten Gang zwischen Stahlwänden, der jetzt so breit wie eine Hauptstraße war. Der Durchgang war mit lärmenden Familien überfüllt, rennenden Kindern, die sich in einem Gewirr aus fremden Sprachen aufgeregt etwas zuriefen. Eigenartige Aromen hingen in der Luft: Gewürze, Tabakrauch, Schweiß, das alles vermischt mit dem Geruch nach frischer Farbe.

In der Kabine setzte sich May auf die Koje und überprüfte instinktiv die Größe. »Schon mal eine passende Matratze«, stellte sie fest. Alles war neu: die Laken, die Handtücher, der Bodenbelag. »Ich kriege hier drinnen keine Luft«, sagte sie. »Es ist sauber, aber …« Sie konnte sich nicht vorstellen, wie sie sieben Nächte so verbringen sollte, eingepfercht in diesem Raum, der einer Holzkiste ähnelte, so sauber er auch sein mochte. Er roch wie ein Sarg. Sie schauderte erneut und warf dann einen Blick auf Ellen, die zufrieden über den Boden kroch und alles inspizierte. Noch so eine, die Lust auf Abenteuer hatte. Sie musste sich zusammenreißen. Immerhin waren sie nicht gezwungen, sich die Kabine mit Fremden zu teilen.

»Also gut.« Sie erholte sich. »Dann wollen wir an Deck gehen. Wenn ich frische Luft bekomme, geht es mir gleich besser.«

Während sie sich durch ein Labyrinth aus Gängen und Treppen schlängelten, betrachtete May bewundernd die Schiffsquartiere und vergaß darüber beinahe ihre Bedenken. »Es ist wie eine Stadt«, rief sie und spähte in jeden freien Raum. Ein riesiger Speisesaal war zu sehen, mit langen Holztischen und stabilen Kapitänsstühlen, ähnlich denen in der Sakristei der Kirche. Die Böden waren mit gemustertem Linoleum ausgelegt, das noch nach Klebstoff roch. Irgendwo oben befand sich ein Rauchersalon, doch hier war ein großer Salon mit bequemen Lehnsesseln und einem Klavier in der Ecke. Alles war auf Hochglanz poliert und schimmerte, an den Wänden hingen gerahmte Bilder, in den Ecken standen Topfpflanzen. Kein Staubkörnchen war zu sehen. Das alles war höchst zufriedenstellend, und trotzdem … Sie kam nicht gegen das Gefühl an, dass es viel zu groß war und sie viel zu tief unter der Wasserlinie untergebracht waren.

Joe trug Ellen durch Gänge und über Treppen auf der Suche nach einem freien Platz an Deck, wo sie die Möwen sehen konnten. »Jetzt dauert es nicht mehr lange, bis wir ablegen«, rief er, und May sah ihm die Aufregung an. Sie drehte sich um und beobachtete andere Passagiere, die mit Umarmungen Abschied von Verwandten nahmen, wobei sie einen Anflug von Neid verspürte. Sie und Joe hatten kaum einen Blutsverwandten. All ihre Hoffnungen ruhten auf »Onkel« George in Idaho. So glücklich ihre kleine Familie auch war, es wäre schön gewesen, das Gefühl zu haben, zu etwas Größerem zu gehören.

Eigenartig, wenn man bedachte, dass sie England vielleicht nie wieder beträten, nie mehr den Union Jack flattern sähen oder die Leute in Lancashire hörten, die sich in ihrem Dialekt auf den Bürgersteigen etwas zuriefen. Wo würde sie eine anständige Tasse Tee finden? Sie hatte gehört, dass man in den Staaten nur Kaffee trank. Joe zeigte Ellen Schiffe an anderen Liegeplätzen, beugte sich über die Reling und beobachtete einen Kran, der eine schöne schwarzgoldene Limousine emporhievte. Weiter oben in der ersten Klasse herrschte sehr viel Wohlstand an Bord, obwohl May wusste, dass man ihresgleichen wohlweislich von solch wichtigen Passagieren fernhalten würde. Sie würden in zwei verschiedenen Welten an Bord leben, doch das machte ihr nichts aus, solange sie alle sicher in New York ankamen.

May drehte sich zu Joe um und fühlte die Brise auf Ellens kalten Wangen. Höchste Zeit, nach drinnen zu gehen. Sie wollte weder mit ansehen, wie das Schiff sich von ihrem Heimatland entfernte, noch den tränenreichen Abschied der Verwandten, die noch einmal für einen letzten Blick auf ihre Lieben stehenblieben. Der Tag war lang gewesen, und sie wollte ihre Erkundung unter Deck weiter fortsetzen. Sollte sie sich verlaufen, waren Stewarts da, die ihr halfen, und sie hatte sich die Nummer ihrer Kabine gemerkt. Je nach Wetterlage würden sie sieben Nächte über sich ergehen lassen müssen, dachte sie seufzend. Sie hoffte nur, dass sie bis Mittwoch durchhielt.

Später schritt Joe ungeduldig in der kleinen Kabine auf und ab. »Warum verkriechst du dich hier drinnen wie ein Einsiedlerkrebs, wenn es doch so vieles zu entdecken gibt? Da spielt ein Klavier, es wird gesungen, und wir können uns das Orchester anhören, einen Happen essen. Ich habe noch nie eine so große Auswahl auf einer Speisekarte gesehen: Pasteten, Torten, Salate. Wir sollten uns den Magen füllen, solange wir können«, riet er ihr.

»Geh ruhig …«, erwiderte May, die stöhnend in ihrer Koje lag. »Meinem Magen ist nicht danach. Ich habe keine Lust herumzulaufen. Jetzt ist alles gedrängt voll. Wir kennen niemanden, und die Hälfte der Leute, die ich gesehen habe, spricht kein Wort Englisch, seit wir die Gruppe in Cherbourg an Bord genommen haben. Was die für einen Aufruhr machen.«

»Wir sitzen alle im selben Boot, Liebling.« Joe lächelte. »Alle wollen in der Neuen Welt einen neuen Anfang machen. Missgönne ihnen nicht ihre Chance.«

»Das mach ich ja auch nicht, nur fühle ich mich hier sicher. Ich kann es nicht erklären, aber ich fühle mich einfach sicher, wenn alle meine Sachen um mich herum sind.«

»Niemand wird etwas stehlen.« Joe lächelte unternehmungslustig.

»Man kann nie wissen.«

»Oh, May, du bist komisch. Wir sind hier auf hoher See – wo sollten sie denn hinlaufen? Und was können sie uns schon stehlen?«

»Die schönen Laken zum Beispiel, die ich geschenkt bekommen habe«, hielt sie ihm vor, wohl wissend, dass sie sich wie ein Miesepeter aufführte.

»Mit unseren Initialen drauf? Sei nicht albern! Die besitzen wahrscheinlich viel schönere. Komm schon, lass uns sehen, dass Ellen ein bisschen frische Luft bekommt, bevor wir uns zum Schlafen zurückziehen.«

»Ich habe dieses komische Gefühl in der Magengrube, seitdem ich gesehen habe, wie groß die *Titanic* ist«, wandte May ein. »Ich kann es nicht ändern. Geh du nur und lass mir meine Ruhe.«

»Jetzt machst du dir düstere Gedanken; das sieht dir gar nicht ähnlich«, erwiderte Joe. »Frische Luft wird dir guttun.«

»Vermutlich hast du ja recht, hier zu liegen ändert nichts; ich wünschte nur, ich würde mir nicht solche Sorgen machen.« May zog ihre Wolljacke und den dicken Schal an, steckte ihre Tellermütze fest und hüllte Ellen in ihr kariertes Umschlagtuch.

»Das ist schon besser. Komm, wir schauen uns die Sterne an und wünschen uns was.« Joe ergriff ihre Hand.

May lächelte zu ihrem Mann auf. Sie musste Joes gesundem Menschenverstand vertrauen. Er gehörte zu den Männern, die im Leben nur Schläge erfahren hatten, ohne Eltern, ohne Geld, keine Ausbildung. Jetzt wollte er etwas aus sich machen, komme, was da wolle. Wie hätte sie einen solchen Mann nicht lieben sollen?

Trotz ihrer Bedenken schlief May in jener ersten Nacht auf See gut. Die Mahlzeiten im Speisesaal waren köstlich und beruhigten ihren Magen. Es war eine Wonne, sich bekochen und bedienen zu lassen, und so hatten sie und Joe die Möglichkeit, an Deck herumzuschlendern und Ellen zwischen sich tapsen zu lassen. Nach ihrem Zwischenstopp in Irland läge dann nur noch das graue offene Meer zwischen ihnen und ihrem Ziel. Sie musste versuchen, sich zu entspannen und diese einmalige Reise zu genießen.

Es war kalt, und sie war froh um ihre dicke Jacke und Joes Überzieher. Ellen trug mehrere Schichten gestrickter Wolle mit einem gefütterten Mantel, einem Häubchen und festen Lederstiefelchen, die sie von einer Nachbarin geschenkt bekommen hatte, als sie gerade laufen konnte. Merkwürdig, wenn man bedachte, dass sie ihren ersten Geburtstag Tausende Meilen von ihrem Geburtsort entfernt verbringen würde.

May schaute staunend zu den Sternen auf, die den Himmel übersäten. Wo würden sie wohl nächste Woche um diese Zeit sein? »Meinst du, wir tun das Richtige?«

Joe nickte lächelnd und überging ihre Nervosität. »Bis jetzt verlief die Fahrt glatt. Wir sind in sicheren Händen.« Er zeigte zum Kapitän mit seinem charakteristischen weißen Bart, der an Deck auf und ab schritt, seine Mannschaft inspizierte und dann von seiner hohen Warte aus herüberschaute. »Er ist der beste Kapitän, sonst würde er dieses Schiff nicht auf der Jungfernfahrt kommandieren, oder? Genieße es, wir werden es im Leben nicht noch einmal machen, nicht wahr?«

4

Celestine schaute durch ihren schwarzen Schleier zu dem Schiff auf, das sie wieder zurück nach Amerika bringen sollte. Ihre Schuhe fühlten sich bleischwer an, als sie über die Gangway für die erste Klasse schritt. Ihr Bruder eilte voran und konnte es kaum erwarten, das transatlantische Linienschiff vom Bug bis ans Heck zu inspizieren.

»Warte auf mich!«, rief sie.

Selwyn drehte sich um und grinste jungenhaft. »Komm schon, du lahme Ente, ich will endlich sehen, warum so ein verdammtes Tamtam um diese *Titanic* gemacht wird, und Vater möchte, dass du das alte Schätzchen kennenlernst, die Tante des Erzdiakons …«

»Meine Anstandsdame. Mal ehrlich, kann eine verheiratete Frau nicht ohne eine Aufpasserin an Bord gelassen werden? Ich hoffe, Mrs Grant ist nicht so furchtbar wie die, mit der ich hierhergekommen bin. Sie sah doch, dass ich mir um Mama Sorgen machte, aber sie hat während der ganzen Reise auf mich eingeredet.«

»Grover hat hartnäckig darauf bestanden, dass du nicht ohne Begleitung reisen sollst«, erwiderte Selwyn. »Aber warum er dich nicht begleiten konnte, ist mir zu hoch. Wir alle wollten auch den kleinen Roddy kennenlernen. Unsere arme Mama hat ihn nie zu sehen bekommen …«

»Ich weiß, aber mein Gatte ist ein vielbeschäftigter Mann.«

»Es ging um die Beerdigung deiner Mutter, um Himmels willen! Auf der Reise hierher hättest du ein bisschen Unterstützung gebrauchen können, besonders unter den Umständen.« Selwyn nannte die Dinge immer gern beim Namen. Auch ein Zug, den Celestine an ihm mochte.

»Ihr habt euch alle so lieb um mich gekümmert. Mir geht es gut. Natürlich hätte ich gern meine eigene Familie bei mir gehabt, aber Grover sagte, Beerdigungen seien nichts für Kinder.«

»Er hätte sich ein bisschen bemühen können, Schwesterherz.«

»Ich weiß … es ist nur …« Wie sollte sie erklären, dass Grover sich nicht besonders für England oder ihre Familie interessierte? Er hatte seine eigenen Eltern in der Nähe und bestand darauf, dass Roddys Tagesablauf nicht durcheinandergebracht werden durfte. Ihr einziger Gedanke war jetzt, zu ihrem Sohn zurückzukehren und ihren Alltag wieder aufzunehmen, und dafür musste sie diesem Riesenwal auf den Rücken steigen, um nach Westen zu ziehen, zu ihrem Wohnsitz in Akron, Ohio.

Selwyn half ihr, sich in ihrer Kabine einzurichten, und sorgte dafür, dass sie nicht gestört wurde. Wenn die Reise so schlimm wie ihre Hinfahrt vor fünf Wochen würde, hätte sie eine mühevolle Zeit vor sich und würde sich hauptsächlich in ihrer Kabine aufhalten.

Ein Kohlestreik hatte die Auslaufpläne für die Schiffe durcheinandergebracht, und man hatte ihr für ihre Rückreise nach New York eine Ersatzkoje auf der *Titanic* gegeben. Sie hätte begeistert sein sollen, an der Jungfernfahrt mit all dem Rummel in Southampton teilnehmen zu können, doch da sie ihre Angehörigen zurückließ, war ihr das Herz schwer. Sie fragte sich, wann sie ihre Familie wiedersehen würde. Falls sie ihren Vater überhaupt je wiedersah. Er hatte so hinfällig gewirkt, so gebrochen nach dem Tod ihrer Mutter.

Die Unterkünfte der ersten Klasse befanden sich auf den oberen Decks; Suiten und Einzelkabinen waren durch Gänge verbunden, die dick mit Plüschteppichen ausgelegt waren. Ihre Kabine war mit elektrischen Lampen gut ausgeleuchtet, und sie hatte ein Messingbett mit feinen weichen Laken und einer Daunendecke. Die Wände waren mit Velourstapeten verkleidet, wie in einem feinen Hotelzimmer, überall standen frische Blumen. Der Duft von Lilien, Freesien und Jasmin aus dem Treibhaus überdeckte beinahe den Geruch nach frischer Farbe. Sogar ausgezeichnete Stewardessen standen jederzeit zu ihrer Verfügung, sobald sie auf einen Knopf an der Wand drückte. Wenn sie sich nur von Farb- und Leimgeruch fernhalten konnte, von dem ihr übel wurde. Schade, dass sie so leicht seekrank wurde. Seereisen waren dieser Tage eine luxuriöse Angelegenheit.

Sie trafen die ältliche Witwe Mrs Grant oben am prächtigen Treppenaufgang neben der kunstvoll geschnitzten Uhr. Selwyn blieb stehen, um den eleganten Schwung der Treppe und die hohe, gitterartige Glaskuppel zu bewundern, die das Licht auf die geschnitzten Eichengeländer fallen ließ. »Nicht gerade zum Hinunterrutschen, Schwesterherz, was?« Er lächelte. »So etwas habe ich noch nie gesehen.«

Ada Grant wollte den Sommer über ihre Schwester in Pennsylvania besuchen. Sie hatten keine Zeit, sich näher bekannt zu machen, bevor die Signalpfeife ertönte, doch Celeste versprach, später mit ihr Tee zu trinken.

Für Selwyn wurde es Zeit, das Schiff zu verlassen, aber Celeste hielt seine Hand fest. Tränen stiegen auf, und sie klammerte sich an ihn. »Ich wünschte, ich könnte länger bei euch bleiben.«

»Immer mit der Ruhe, mein Mädchen. Mama hat jetzt ihren Frieden gefunden.«

Wie gern hätte sie es ihm ins Gesicht geschrien, ihm endlich die Wahrheit gesagt. »Ich weiß, ich muss ja auch zurück. Roddy braucht mich, aber ... Du wirst dich für mich um Papa kümmern.« Ihr Herz krampfte sich zusammen bei dem Gedanken, dass ihr frisch verwitweter Vater und die beiden Brüder sie für glücklich hielten, mit einem wohlhabenden Geschäftsmann verheiratet zu sein, einen süßen kleinen Jungen und ein prächtiges Haus zu haben. Sie wussten nur, was Celeste sie wissen ließ. Sie sollten sich keine Sorgen machen.

»Leb wohl und viel Glück.« Selwyn umarmte sie. »*Bon voyage* und das alles, und lass bis zum nächsten Mal nicht so viel Zeit verstreichen. Roddy wird schon lange Hosen tragen, bis wir ihn kennenlernen.« Mit diesen Worten verschwand er, schritt durch den Gang und ging von Bord.

Celestine schaute ihm traurig nach. Es schien ihr, als habe sie sich noch niemals so einsam gefühlt.

Jetzt brauchte sie frische Luft und einen letzten, sehnsüchtigen Blick auf den Kai. Sie musste sich von ihrem Land verabschieden. »Etwas mehr Haltung«, ermahnte sie sich. »Sei britisch und schluck deinen Kummer herunter.« Sie musste dabei an die Worte ihres Vaters denken, der sie am Abend zuvor dabei ertappt hatte, wie sie in ihrem Zimmer weinte. Sie hatte nicht den Mut gehabt, ihm den wahren Grund für ihre Tränen zu nennen.

Sie hüllte sich in ihren neuen schwarzen Mantel, steckte den schwarzen Hut fest, zog sich den Schleier vor das Gesicht und machte sich durch den holzgetäfelten Gang mit dem in zwei Blautönen gehaltenen Teppich auf den Weg. An jeder Ecke schienen lächelnde Stewarts zu stehen, die ihr den Weg auf das Promenadendeck wiesen.

Das Schiff erwachte zum Leben, und sie wollte zusehen, wie es vom Liegeplatz abdrehte, um die Flussmündung hinab Richtung Cherbourg zu fahren, siebzig Meilen quer über den Ärmelkanal. Frankreich sollte der nächste Zielhafen sein.

Eine Menschenmenge versammelte sich an der Reling, als die Dampfsirenen über die Stadt dröhnten. Leute kletterten auf Pfosten und standen an offenen Fenstern, winkten von Aussichtspunkten an der Küste, riefen und jubelten ihnen zu. Wie sehr wünschte sie sich, wieder ein kleines Mädchen am Meer in Sidmouth zu sein und die großen Segelschiffe zu beobachten, die über das Wasser glitten. Roddy hätte das alles gut gefallen. Er war fast drei und so ein Plappermaul. Sie hatte ihm Bilderbücher über London und Postkarten von der *Titanic* gekauft sowie eine Spielzeugyacht, anhand derer sie ihm erklären konnte, wo sie die ganze Zeit gewesen war.

Langsam entfernte sich die *Titanic* vom Liegeplatz, gezogen von kleinen Schleppern, die sie so manövrierten, dass sie mit dem Bug flussabwärts schaute.

Andere große Linienschiffe waren an ihren Ankerplätzen festgezurrt wie unruhige Pferde im Stall, aber die von der *Titanic* ausgehende Bugwelle sorgte dafür, dass sich eins der Linienschiffe von seinem Anleger löste.

»Die Leinen der *New York* sind gerissen!«, rief einer der Seeleute, die hinter Celeste arbeiteten.

»Die wird mit uns zusammenstoßen!«, schrie ein Passagier.

»Verdammt, so fängt eine Jungfernfahrt ja gut an!«, brüllte ein anderer einen Offizier an, der erschrocken zusah.

Aller Augen waren auf die *New York* gerichtet. Ihr Heck beschrieb einen Bogen und trieb auf sie zu. Doch darunter kam ein kleiner Schlepper in Sicht, der den losen Tampen aufnahm, das ausgebrochene Ross unter Kontrolle bekam und es fortzog, während der Kapitän auf der Brücke über ihnen das Schiff außer Gefahr und dem auf sie zukommenden Linienschiff aus dem Weg steuerte. Es hatte den Anschein, als führen sie rückwärts.

»Ende des Dramas. Das war knapp!« Erleichtert seufzten die Zuschauer auf, doch Celeste hörte zufällig einen Stewart, der leise vor sich hin murmelte: »Ich habe dieses Schiff schon vorher nicht gemocht, und jetzt gefällt es mir noch weniger. Es kann nicht einmal ins Wasser, ohne Probleme zu verursachen.«

Sie schmunzelte. Seeleute waren ein abergläubischer Haufen, und sie hatte keine Zeit für solche Torheiten. Jeder ist seines Glückes Schmied, dachte sie. Allein darin war sie sich mit Grover einig. Über Missgeschicke zu grübeln, die nicht passierten, war sinnlos. Das machten schon zu viele. Die Gefahr war durch Können und Wissen vermieden worden. Das war ein gutes Omen für ihre Reise.

Jetzt waren sie mit etwa einer Stunde Verspätung unterwegs. Höchste Zeit, den Rest dieses schwimmenden Palasts zu erkunden. Doch zuerst musste sie Tee mit ihrer Anstandsdame trinken. Mrs Grant wartete im Café Parisienne auf sie.

»Ist das nicht modern? Es ist wie eine offene Veranda, und das Flechtwerk mit dem Efeu ist so realistisch, finden Sie nicht? Man hat an alles gedacht. Überall Licht und Luft und Blick aufs Meer. Die Reise wird Spaß machen, nicht wahr?«

Celeste versuchte begeistert auszusehen, doch sie konnte nur an Selwyn denken, der auf dem Weg nach Hause war, und daran, was in Akron, Ohio, wohl auf sie wartete.

Später schlenderte sie um das frisch geschrubbte Deck, erfreute sich an den vertrauten Klängen, die das Schiffsorchester auf einem Promenadendeck in der Nähe anstimmte. Sie hatte Hinweisschilder auf einen Sportraum, ein Schwimmbad und ein türkisches Bad unter Deck gesehen. Als sie den Leseraum entdeckt hatte, suchte sie sich eine ruhige Ecke, um ihren Roman von Edith Wharton zu lesen, *Das Haus der Freude*. Sie musste die verbleibende Zeit nutzen, in der sie allein war. Hierher würde sie sich wohl zurückziehen, zu den weichen Lehnsesseln und den Schreibtischen. Der Raum war in klassizistischem Stil gehalten, mit weiß gestrichenem Stuck, schlichter Einrichtung und einem Erkerfenster, das auf das Promenadendeck hinausging und noch mehr Licht hereinließ. Hier konnte sie auf einen Sessel sinken und sich in ihr Buch vertiefen.

Doch als sie sich immer weiter vom Ufer entfernten, verspürte sie ein eigenartiges Brennen im Magen. Es war an der Zeit, sich in die Sicherheit ihres Himmelbetts zu begeben, bis dieses Gefühl nachließ. Dieser ganze Luxus war kein Ersatz für Glück, aber er machte das Elend erträglicher.

5

Es war Sonntag, und May hatte gehört, dass irgendwo auf den oberen Decks ein Gottesdienst stattfinden sollte. Sie fragte einen Stewart nach dem Weg.

»Das ist nur für Passagiere der ersten und zweiten Klasse, Ma'am«, sagte er und musterte sie von Kopf bis Fuß.

»Nun, ich gehöre der anglikanischen Kirche an, wo soll ich denn dann meine Andacht verrichten?«, erwiderte sie und ließ sich durch sein schroffes Verhalten nicht abwehren.

»Ich sehe nach«, seufzte er. »Warten Sie hier.«

Jetzt, nachdem sie sich an den Seegang gewöhnt hatte, war ihre Laune besser geworden, und Joe hatte ihr vorgeschlagen, sich doch ein wenig Zeit für sich zu nehmen, während er auf

Ellen aufpasste. In ihrem Sonntagsstaat sah sie ganz respektierlich aus. Warum sollte sie nicht mit der Crème de la Crème zusammen in der Kirche sein?

Nach dem Hin und Her zu urteilen, hatte ihre Nachfrage für Wirbel gesorgt, doch schließlich begleitete ein Stewart sie nach oben, öffnete ein paar Trennwände zu den oberen Decks, um sie ins Allerheiligste zu lassen. »Sie hatten recht, Ma'am. Der Gottesdienst ist für alle.«

Hier roch die Luft nicht nach Eintopf, Soße oder abgestandenem Schweiß. Stattdessen wehte May der Duft nach frischen Lilien, Nelken und Zigarren entgegen, und sie spürte einen dicken, reich gemusterten Teppich unter den Füßen. Sie war zu schlicht gekleidet und fühlte sich befangen, doch diejenigen, die an Deck promenierten, schienen keine Notiz von ihr zu nehmen. Der Stewart drängte sie rasch vorwärts, bis sie zu einem prächtigen Speisesaal kamen, in dem Lederstühle aufgereiht waren. Auf der gegenüberliegenden Seite stand ein Rednerpult.

»Bleiben Sie bitte hier in den letzten Reihen, Ma'am. Die sind für Besucher reserviert.« May wusste, dass er damit die Passagiere vom Zwischendeck meinte, und sie war erleichtert zu sehen, dass sie nicht die einzige tapfere Seele war, die sich in dieses fremde, unerforschte Revier vorgewagt hatte. Tatsächlich gab es mehrere Besucherreihen, und neben ihr saß eine andere Frau, die einen schäbigen Mantel und einen schlichten Hut trug. Bald füllte sich der Raum mit den Reichen und Schönen, wie ihre Nachbarin sagte, die zugab, nur hier zu sein, um zu gaffen und zu tratschen.

»Sind Sie auch hier, um zu sehen, wie die andere Hälfte lebt? Schauen Sie sich nur diese Hüte an. Ich wette, jeder einzelne kostet so viel, wie unserer Männer in einem Jahr verdienen. Trotzdem, sie bieten uns schon was fürs Auge; es heißt, die reichsten Männer der Welt sind an Bord, Astor, die Guggenheims … und ein paar von den schicken Weibsbildern sind garantiert nicht ihre Ehefrauen. Eine hab ich gesehen, die einen Hund mit Diamanthalsband auf dem Arm trug, ich bitte Sie.« Sie schwadronierte weiter, wer die Einzelnen waren und wer mit wem verwandt war; Namen, die May nichts sagten.

Dann traf der Kapitän ein, zusammen mit ein paar Besatzungsmitgliedern, die Arme voller loser Gesangsblätter, die durch die Reihen weitergereicht wurden. Er hielt einen schlichten Gottesdienst ab, der niemandem zu nahe treten sollte. Der Gesang war höflich und gedämpft, aber May liebte Kirchenlieder, und als »Oh God, our help in ages past« angestimmt wurde, sang sie unwillkürlich aus voller Kehle mit, ihr kräftiger Sopran verriet ihre Begeisterung, bis die Menschen sich umdrehten, um nachzusehen, woher der Lärm rührte. May errötete und senkte ihre Stimme.

Verstohlen nahm sie Kapitän Smith näher unter die Lupe. Er wirkte älter, als sie erwartet hatte, mit silbergrauem Haar und einer stattlichen Figur. May kam nicht umhin, an ihre versammelte Gemeinde daheim in Deane zu denken. Abermals überkam sie eine Woge der Panik bei dem Gedanken, dass sie nicht bei den anderen in der Kirche war. Sie war hier, eine Fremde unter Fremden, in einem stählernen Schiffsleib, auf Gedeih und Verderb den Wellen ausgesetzt. Morgen würden die jungen Frauen von der Baumwollspinnerei sich an ihren Maschinen aufstellen und die neue Woche ohne sie beginnen. Würde eine von ihnen sie vermissen?

Dennoch hatte sie die Gelegenheit, einen flüchtigen Blick auf eine Welt zu werfen, in der Passagiere Pelze, elegante Hüte, Samtmäntel und feine Lederstiefel trugen. Ein unruhiger, verwöhnter Dreikäsehoch, in Seide und weichen Wollstoff gekleidet, wurde von der Dienerin rasch hinausgeführt. May war froh, dass sie Ellen nicht mitgenommen hatte, nicht zuletzt deshalb, weil ihre schlichte Kleidung in schäbigem Kontrast zu den anderen gestanden hätte. Allein hatte sie Zeit, in Ruhe ihre Umgebung und die Gemeinde zu betrachten.

Noch nie hatte sie solch prächtige Räume gesehen. Die Wandverkleidung war mit herrlich geschnitzten Blumen und Blättern verziert. Joe würde wissen, wie man so etwas machte. Und über ihrem Kopf hingen elektrische Lichtkuppeln von weißen Stuckdecken.

Kein Wunder, dass an jeder Tür Stewarts standen, die dafür sorgten, dass ihresgleichen umgehend zu ihrem rechtmäßigen Deck zurückbegleitet wurden. Vor dem Herrn mochten alle gleich sein, lächelte sie kleinlaut, doch an Bord dieses britischen Schiffes waren alle standesgemäß untergebracht. Sie fühlte sich geehrt, im selben Raum wie diese großartigen Menschen zu sein, wenn auch nur für wenige Minuten. Ihr machte es nichts aus, getrennt zu werden. Das war nur recht und billig. Diese feinen Leute hatten viel mehr für ihre Tickets bezahlt, daher hatten sie all den Glanz verdient. Hier oben in der ersten Klasse war eine andere Welt. Ob Amerika auch so klassenbewusst war, oder war es wirklich das Land der Freiheit?

Celeste nahm an dem Gottesdienst im Speisesaal der ersten Klasse teil. Sie warf einen flüchtigen Blick auf die Berühmtheiten auf ihren Plätzen ganz vorn, wohlhabende, tonangebende Damen der ersten Kreise aus Boston und Philadelphia, die Crème der New Yorker Gesellschaft, die Astors, Guggenheims, Wideners, Walter Douglas, Gründer der *Quaker-Oats*-Lebensmittelfabriken – ein Gesicht, das zu Hause in Akron alle von der Lektüre des *Beacon Journal* kannten –, der mit seiner Frau aus

Paris zurückkehrte. Einige der reichsten Männer der Welt befanden sich an Bord. Grover wäre von ihren Mitreisenden beeindruckt. Sie waren eher Besucher eines Tanzballs, als eine Kirchengemeinde. Der Kapitän gab sich die größte Mühe und benutzte die Gesangsblätter des Schiffes, um einen breit gefächerten Gottesdienst abzuhalten, aber ihr Heimweh verschlimmerte sich dadurch nur.

Unwillkürlich musste sie an das gewölbte Dach der Kathedrale von Lichfield denken, an das Geläut der Glocken, das durch die Morgenluft hallte, die tiefen Bässe der Orgel, den Aufmarsch der Chorjungen in ihren rotweißen Roben und den Dekan in seiner goldenen Amtstracht.

Dieser Gottesdienst war jedoch annehmbar. Wenigstens hatte man Passagiere aus anderen Klassen zugelassen. Sie hatte eine junge Frau in der letzten Reihe gehört, die in der richtigen Stimmlage aus voller Kehle mitsang, wiewohl sie ihre Stimme rasch zurücknahm, als ihr klarwurde, dass sie nicht unter einem Zeltdach an einem evangelikalen Erweckungsgottesdienst teilnahm, sondern an einem höflichen Zeremoniell sonntäglicher Andacht. Am Ende des Gottesdienstes wurden die letzten Reihen hastig verscheucht, als wäre ihre Anwesenheit eine Störung für das Wohlbefinden der Passagiere erster Klasse. Schade, dachte Celeste lächelnd; sie hätte sich die junge Frau mit der silbernen Stimme gern näher angesehen und sich bei ihr dafür bedankt, dass sie die Qualität des Gesangs angehoben hatte, wenn auch nur für ein paar Strophen. Sie sah aus, als wäre sie eine nette Frau.

Die Reise würde ihr in Gesellschaft von Mrs Grant lang werden, und ein Roman über ein junges Mädchen, das um die Jahrhundertwende Mühe hatte, sich in die New Yorker Gesellschaft einzufügen, war dabei kaum eine aufmunternde Lektüre.

Hätte sie doch nur Gleichgesinnte bei Tisch, mit denen sie sich unterhalten könnte, nicht die übliche Mischung aus gut betuchten Reisenden, die ihre exotischen Abenteuer in Europa zum Besten gaben, berühmte Namen einstreuten wie Croutons in ihre Suppe, oder Ada Grant, die pausenlos über ihre Verwandten und deren Kinder plauderte.

Celeste fragte sich, wie es der jungen Frau mit der schönen Stimme wohl da unten im Zwischendeck ergehen mochte, und war froh, dass sie es geschafft hatte, die goldenen Tore in diesen Kokon der Verwöhnten zu durchschreiten. Was sie wohl von all diesem Luxus und den Privilegien halten mochte, die Celeste ein solches Unbehagen einflößten? Es gab viel zu viel auf diesem Schiff, das den treffenden Namen *Titanic* trug. Warum konnte sie sich nicht einfach entspannen und die Erfahrung genießen, verwöhnt zu werden? Warum fühlte sie sich so unwohl?

»Und, wie ist es denn so auf den oberen Decks?«, fragte Joe beim Mittagessen und schlürfte seine Suppe mit Appetit.

»Eine andere Welt. So etwas hast du noch nicht gesehen; riesige Flächen mit dicken Teppichen – es war, als würde man auf Wolken gehen –, und die Frauen waren angezogen wie Schaufensterpuppen, schwer behängt mit Perlen und Edelsteinen. Aber sie können für keine zwei Pennys singen.«

Joe grinste. »Ich wette, du hast es ihnen gezeigt.«

»Ich habe es versucht, aber ich wurde angestarrt und habe deshalb den Mund gehalten. Trotzdem hat es mir gefallen zu sehen, wie die andere Hälfte lebt. Wir wurden allerdings rausgeschmissen, sobald es vorbei war, damit wir uns nicht mit dem Silber davonmachen konnten. Ich bin froh, wieder hier unten zu sein.«

»Da bin ich aber erleichtert. Will ja nicht, dass du auf dumme

Gedanken kommst. Kann sein, dass wir in einer Blockhütte wohnen, wenn wir raus in den Westen kommen.«

»Wenigstens werden wir da draußen alle gleich sein. Wie können Leute nur so reich werden, dass sie Tausende für eine Fahrkarte ausgeben können? Ich bin mir sicher, dass sie auch nicht glücklicher sind als wir. Da war eine arme Witwe ganz in Schwarz, die aussah, als würde sie jederzeit in Tränen ausbrechen, und die war nicht älter als ich. Ich weiß nicht, was ich machen würde, wenn dir etwas zustoßen würde. Du würdest mich doch nicht für eine reiche, schicke Amerikanerin sitzenlassen, oder?«

Joe ergriff ihre Hand und lachte. »Ich weiß nicht, wie du auf so etwas kommst, May. Du und ich, wir kleben zusammen, und das ist ein Versprechen. Wir werden niemals getrennt sein. Bis zu unserem Tod.«

6

Der Sonntag verlief für Celeste ereignislos. Ihr war nicht gut, und sie stocherte lustlos in ihrem Mittagessen herum, während die alte Mrs Grant sich mit schrecklicher Migräne entschuldigt hatte. In Gedanken bereitete Celeste sich auf die Unbilden ihrer Ehe und ihre Pflichten in Akron vor. Das erfüllte sie mit Grauen. Nur auf Roddys Begrüßung freute sie sich.

Am Nachmittag lauschte sie dem Orchester, promenierte an Deck, um frische Luft zu schnappen, bevor es wieder Zeit wurde, sich für eine neue Modenschau im Speisesaal umzuziehen. Sie trug noch immer das schwarze Seidenkostüm ihrer Mutter mit dem gagatbesetzten Kragen und Manschetten. Es roch nach Zuhause und dem Pfeifenrauch ihres Vaters. Wem sollte hier schon auffallen, dass sie jeden Abend dasselbe Kleid trug? Schließlich war sie in Trauer; wohl kaum eine Zeit, die Ballkönigin zu geben. So aufmüpfig sie sich fühlte angesichts des Wirbels, der um Gesellschaftsrituale getrieben wurde, bemühte sie sich doch tapfer, ihr Haar ohne die Hilfe einer Zofe oder einer Stewardess zu richten. Durch die feuchte Luft waren aus den losen Strähnen krause Locken geworden.

Sie hatte noch immer keinen Hunger, hörte sich jedoch die getragenen Serenaden und Walzer an, Musik, die ein Gefühl der Ruhe einflößen sollte. Die lebhafteren Melodien waren für den anschließenden Tanz reserviert.

Das Orchester hob ihre Stimmung, bis sie die Mahlzeit sah, die so schön vor ihnen aufgebaut wurde, und ihr Mut sank. Niemand konnte zehn Gänge verzehren, obwohl Mrs Grant den mutigen Versuch unternahm, sich durch alle hindurchzuarbeiten. Zweifellos würde sie später wieder leiden, dachte Celeste und verzog das Gesicht. Sie entschied sich für die Consommé Olga, den pochierten Lachs mit Sauce Mousseline, Sauté vom Huhn, schaffte aber den Hauptgang mit Lamm, Rind oder Ente nicht. Sie ließ den Punch Romaine aus, probierte das gebratene Stubenküken und die kalte Spargelvinaigrette, doch vor der Pâté de foie gras musste sie kapitulieren. Sie hatte nur noch Platz für die Pfirsiche in Chartreuse-Gelee. Entschieden blieb sie bei Wasser und lehnte alle Weine ab, die zu den einzelnen Gängen angeboten wurden. Gehaltvoller Wein stieg ihr zu Kopf und brachte sie leicht an den Rand der Tränen.

Grover hätte darauf bestanden, dass sie sich für sein Geld etwas leistete, aber Grover war nicht hier, dachte sie trotzig.

Gegen zehn Uhr war Mrs Grant halb eingeschlafen, und Celeste amüsierte sich damit, dem Plaudern und Gelächter ringsum zu lauschen, dem Klirren der Gläser. Sie genoss die Geräusche, bevor eine weitere Nacht anbrach und sie mit ihren zunehmend finsteren Gedanken allein blieb. Das Glitzern von Diamanten, die im Lampenlicht aufblitzten, der Duft von französischem Parfüm, das Schimmern von Seide und Federn waren von außen betrachtet ein Augenschmaus. Alle sahen so entspannt und prächtig aus, doch Celeste konnte diesem Ambiente nichts abgewinnen. Mit dem Herzen war sie nicht im Speisesaal der ersten Klasse mit seiner vergoldeten Üppigkeit und der Einrichtung im Louis-Seize-Stil, sondern sehnte sich nach dem, was sie zurückgelassen hatte.

Sie war es leid, bei Mrs Grant zu sitzen, die schwerhörig war und trotz ihrer Müdigkeit nun wieder Klatsch erzählen wollte.

»Es ist wie ein Club, wissen Sie; sie alle versammeln sich in Paris, Kairo … wo auch immer. Kapitän Smith ist ihr Liebling, deshalb sind sie jetzt alle hier. Sie reisen nur auf seinem Schiff. Er hatte noch nie einen Unfall …«

»Und was ist mit dem Zwischenfall, bevor wir Southampton verließen?«, fragte Celeste.

»Da haben Sie es doch, es ist nichts passiert, und das nur, weil Kapitän Smith so viel Glück hat.«

Es hatte keinen Sinn, etwas dagegenzuhalten, und Celeste langweilte sich entsetzlich. Sie versuchte, nicht zu gähnen. Wieder einmal ärgerte sie sich, dass sie – eine ehrbare verheiratete Frau – nicht allein sitzen konnte. Sie wünschte keine unnötige Aufmerksamkeit von den alleinstehenden Männern, die ihren Tisch mit Interesse beäugten. Auch wenn sie einen exklusiven Zirkel kichernder Frauen um sich versammelt hatten, blieb ihnen noch immer Zeit genug, ihr einladende Blicke zuzuwerfen, ob sie nun trauerte oder nicht. Sie würde sie auch an den nächsten drei Abenden abwehren müssen.

Als Celeste in ihre Kabine zurückkehrte, kam eine Stewardess, um ihr beim Auskleiden zu helfen. Sie lachte, als Celeste ihren vollen Bauch berührte und stöhnte.

»Das ist noch gar nichts, Madam. Wir kommen zum ›Teufelsloch‹, wo die Eisberge schwimmen und das Wasser kocht.«

»Oh, sagen Sie mir so etwas nicht!«, bat Celeste lachend. »Jetzt werde ich nicht schlafen.«

»Bestimmt, das kann ich Ihnen versichern – nichts ist besser als eine reichhaltige Mahlzeit, frische Luft und die Musik von Mr Hartleys Band in den Ohren, um Sie in den Schlaf zu wiegen.«

Tatsächlich nickte Celeste ein, wurde aber gegen Mitternacht wach, da ihr Magen gegen ihre Völlerei aufbegehrte. Sie spürte einen kleinen Schauder, ein Schütteln, einen Stoß, immerhin so stark, dass ihr Wasserkrug aus Kristall rappelte und ihr Trinkglas über die Mahagonifläche rutschte. Dann schien die Maschine ruckelnd zum Stillstand zu kommen, wie ein Zug, der in einen Bahnhof einfährt. Träumte sie noch? Sie drehte sich auf die andere Seite, verärgert darüber, geweckt worden zu sein, und sank wieder in den Schlaf. Plötzlich waren Geräusche im Gang zu hören, keine Nachtschwärmer, sondern schnelle Schritte und das Echo von Türen, die hastig auf- und zugeschlagen wurden. Auf der Stelle war sie hellwach.

»Was ist los?«, rief sie hinaus, wickelte ihren japanischen Seidenkimono über ihr Nachthemd und öffnete die Tür. Sie dachte an die schwerhörige Mrs Grant am Ende des Flurs. Ob sie wusste, was vor sich ging?

»Das Schiff hat einen Eisberg gerammt«, schrie jemand.

»Nein! Überhaupt nicht … keine Panik«, rief dieselbe Stewardess, die ihr Stunden zuvor beim Auskleiden geholfen hatte. »Sie müssen sich keine Sorgen machen, aber wir möchten Sie bitten, hinauf an Deck zu gehen, nur als Vorsichtsmaßnahme. Ziehen

Sie sich warm an und nehmen Sie auch ihre Rettungswesten mit. Ich werde Ihnen helfen, wenn Sie nicht drankommen.«

Celeste warf sich ihre blaue Jacke über, zog ihren Rock über das Nachthemd, holte ihren dicken Mantel und ihre Pelzstola hervor und streifte ihre Stiefel über. Ohne nachzudenken nahm sie ihre Handtasche, ein Foto von Roddy und die Ringe, die Grover ihr geschenkt hatte. Alles andere konnte warten, bis sie wieder zurückkam.

Sie folgte einer Reihe hastig angekleideter Passagiere und fragte sich, wohin man sie wohl führen mochte. Sie hatte überhaupt nichts gespürt, was auf einen Zusammenprall schließen lassen könnte, doch plötzlich waren die Gänge gesäumt von Stewarts, die ihnen den Weg zum Bootsdeck wiesen. Was um alles in der Welt ging da vor? Warum störte man sie mitten in der Nacht? Sie spürte, wie sich ihr Magen vor Angst zusammenkrampfte. Konnte das Undenkbare womöglich Wirklichkeit werden? War es nur eine Sicherheitsübung oder etwas weitaus Ernsthafteres?

7

May hatte noch nie einen so fröhlichen Sonntagabend verbracht. Ihre Füße hatten zum Takt der Musik im Salon gewippt, sie hörte Akkordeons, Banjos, das Klappern von Holzschuhen und Stiefeln auf dem Holzboden, sah Paare, die zu unbekannten Rhythmen herumwirbelten, während Kinder wie in jedem beliebigen Gemeindesaal über den Boden rutschten und allen im Weg waren.

Sie und Joe unternahmen vor dem Schlafengehen einen Spaziergang an Deck, um die vielen Sterne zu betrachten, aber es war zu kalt, um lange draußen zu bleiben, besonders mit einem schlafenden Kleinkind an Joes Schulter.

»Was für ein weiter Sternenhimmel! Schau, der Gürtel des Orion«, sagte Joe und deutete auf eine Formation aus blinkenden Sternen. »Und da ist der Polarstern, nach dem die Seeleute sich besonders richten. Hast du dich jetzt ein bisschen mehr entspannt, Schatz?«

»Ein bisschen, aber lass uns wieder reingehen. Jetzt haben wir wieder einen Abend geschafft«, erwiderte May. Sie konnte es kaum erwarten, wieder festen Boden unter den Füßen zu haben. So schnell würde sie wohl nicht wieder mit einem Schiff fahren.

»Ich möchte keine Minute dieser Reise missen«, rief Joe. »Wer hätte das gedacht, du und ich auf hoher See? Nicht für alle Reichtümer dieser Erde möchte ich es missen.«

»Ich hoffe, wir bereuen es nicht«, entgegnete sie finster.

»Was soll das denn heißen? Willst du es dir anders überlegen und weggehen?«

»Natürlich nicht … aber eine ganze Woche auf See. Das ist zu lang, zu kalt und zu weit vom Land entfernt.« So sehr sie sich auch mühte, es hatte keinen Sinn, so zu tun, als sei sie nicht mehr nervös. Sie wusste, der schlimmste Teil der Reise stand noch bevor. In der Bar war von Eisbergen und von turmhohen Wellen die Rede gewesen. Wildes Geschwätz, befeuert von Alkohol, das war May klar, aber sie konnte sich des Gedankens nicht erwehren, dass in all den Erzählungen ein Körnchen Wahrheit stecken musste.

»Wo ist deine Abenteuerlust geblieben? Sei nicht so ein Angsthäschen.«

»Entschuldige, aber so fühle ich mich«, sagte sie, den Tränen nahe. »Lach mich nicht aus. Ich kann nichts dafür.«

»Ich weiß, und ich liebe dich, auch wenn du schwarzsiehst«,

sagte Joe, nahm sie in den Arm und streichelte ihre Wange. »Dir ist kalt. Tut mir leid, Schatz. Wir wollen runtergehen, und ich werde dich richtig aufwärmen.« Sie lachten.

»Keine Anzüglichkeiten, junger Mann, ich bin eine ehrbare, verheiratete Frau, solltest du wissen.«

»Und ich bin ein verheirateter Mann, also hat alles seine Ordnung.«

May schlief tief und fest, zufrieden, nachdem sie mit Joe geschlafen hatte, nach der frischen Luft und dem reichhaltigen Essen, und Ellen schlief in ihrem Bettchen auch dann noch weiter, als May von Geräuschen im Gang draußen geweckt wurde. Türen schlugen. Dann wurde an ihre Tür geklopft. Joe stand auf, um zu öffnen, und Mays Angst flackerte auf, als er sich Zeit ließ, wieder zu ihr zu kommen.

»Was ist los? Sind es Betrunkene?«, rief sie. »Die werde ich mir vorknöpfen, wenn sie das Kind aufwecken!«

»Na ja ... es ging nur um einen leichten Zusammenstoß mit Eis. Wir sollen uns alle anziehen und die Schwimmwesten anlegen ... nur für den Fall«, versicherte Joe ihr. »Pack dich warm ein, Schatz. Da oben wird es kühl sein.«

»Wie spät ist es? Ich habe nichts gespürt, du etwa?«, fragte sie, kam mühsam auf die Beine und merkte, dass der Boden nicht ganz waagerecht war. »Was treiben die für ein Spiel, uns so durcheinanderzubringen?«

»Zieh dich einfach an und tu, was man dir sagt. Wickel auch Ellen gut ein. Wir wollen doch nicht, dass sie sich jetzt eine Erkältung holt, oder?« Seine Stimme war ruhig, doch May spürte, dass Joe verunsichert war.

May schnappte alles, was griffbereit war, zog einen Pullover, eine Jacke und einen warmen Rock über das Nachthemd. Mühsam schlüpfte sie in ihre Stiefel, band sich die Haare hoch und setzte ihre Haube auf. Sie hatte nicht vor, ihren besten Strohhut nass werden zu lassen. Bald würden sie wieder hier unten sein.

»Hast du dein Geld dabei, Joe?«

»Keine Bange, es steckt alles in meinem Geldbeutel, zusammen mit dem Ticket und Georges Anschrift. Geh hinter mir her und lass mich nicht aus den Augen. Wahrscheinlich ist es nur eine Übung.«

Sie versuchten, Ellen nicht aufzuwecken, aber die Kleine zappelte und schrie, als sie ihr die Kleider anzogen. Mays Herz pochte. Und wenn es nun doch keine Übung war? Wenn es der Ernstfall war?

Im Gang herrschte Chaos. Menschen kreischten in fremden Sprachen durcheinander, schoben und drängten sich vorwärts. Das Schiff machte erneut einen Satz nach vorn, und alle schrien auf. Gingen sie nicht in die falsche Richtung? May hatte sich ihren Standort gemerkt und wusste, dass sie die andere Richtung einschlagen mussten, um an Deck zu gelangen. Sie versuchte, gegen die Menge anzukommen, aber vergebens. Sie wurden wie alle anderen vom Strom erfasst und befanden sich plötzlich in einem der Speisesäle, in denen sie nach Rettungswesten überprüft wurden.

»Was ist los?«, rief Joe einem Stewart zu.

»Kein Grund zur Sorge … wir sind nur an einem Eisberg entlanggeschrammt und haben etwas Wasser aufgenommen. Der Kapitän möchte, dass die Frauen und Kinder zur Vorsicht an die Rettungsboote oben gehen. Da hat sich eine Schlange gebildet, keine Panik.«

Das Schiff gab eigenartige, knirschende Geräusche von sich, Lampen flackerten, und ein Schrei ertönte, man solle die Eisentüren öffnen, doch die Stewarts gaben nicht nach.

»Um Himmels willen, last doch die Frauen und Kinder an Deck!«, schrie ein alter Ire.

»Erst wenn ich meine Befehle erhalte«, brüllte einer der Stewarts auf der anderen Seite. May sah die blanke Panik auf seinem Gesicht und wusste, dass das Schlimmste eingetreten war.

»Wir kommen nie von diesem Schiff, Joe, wenn wir auf den warten«, flüsterte sie. »Das weiß ich einfach. So wie ich gewusst habe, dass mit diesem Schiff etwas nicht stimmte, sobald ich es erblickte. Glaubst du mir jetzt? Wir können hier nicht warten … Wenn wir überleben wollen, müssen wir hier weg. Auf der Stelle.«

8

Die Passagiere der ersten Klasse wurden durch ihre Gänge getrieben und auf dem Promenadendeck versammelt, auf dem Offiziere hin und her schritten und sie zu verschiedenen Sammelplätzen dirigierten. Konnte das wahr sein?, fragte sich Celeste. Sie hatte Mrs Grant nicht gesehen, aber es bestand kein Grund anzunehmen, sie sei nicht ebenso von den Stewarts geweckt worden wie sie. Dann rannte zu ihrem Entsetzen ein Heizer auf sie zu, das Gesicht überzogen von Ruß, Verbrennungen und Blut, und reckte eine Hand in die Höhe, von der die Finger abgerissen waren. Er war sprachlos und ballte nur die Faust.

Der Offizier, der ihm am nächsten stand, eilte herbei, um ihn beiseitezuschieben. »Nicht hier!«, blaffte er ihn an, doch einer der Passagiere sprang vor.

»Besteht Gefahr?«, fragte er den Verletzten und hielt seine

Frau und seinen kleinen Jungen von dem schrecklichen Anblick fern.

»Gefahr, das kann man wohl sagen!«, brüllte der Mann. »Da unten ist die Hölle los. Das Schiff sinkt!«

Celeste wurde von würgender Angst gepackt. Das hier war Wirklichkeit. Die Offiziere verwandelten sich rasch in Wachen, die sie mit Nachdruck an Sammelstellen brachten und niemand anderen durchließen. Es war kurz nach ein Uhr morgens, die Nacht war bitterkalt, die Sterne leuchteten hell.

Celeste hielt auch weiterhin nach Mrs Grant Ausschau, konnte sie aber nicht sehen. »Ich muss wieder zurück«, sagte sie und versuchte, die Treppe hinunterzugehen. »Da ist eine alte Dame, sie hört nicht gut …« Sie wurde jedoch weiter hinauf zum Bootsdeck gedrängt. Gerade ließ man die Taue an den gewölbten Bootskränen ab, an denen die Rettungsboote hingen.

»Wir gehen doch da nicht rein, oder?«, fragte eine der Frauen.

»Ich muss Mrs Grant finden«, wiederholte Celeste, ohne jemanden direkt anzusprechen, bevor sie sich wieder umwandte. »Vielleicht hat sie die Anweisungen nicht gehört.«

Ein Offizier stellte sich ihr in den Weg. »Sie gehen nirgendwohin, Miss.«

»Aber sie ist alt und äußerst schwerhörig!«

»Der Stewart wird sich um sie kümmern. Sie bleiben jetzt da, wo Sie sind!«

Was blieb ihr anderes übrig, als sich zu fügen? Sie stand zusammengedrängt mit den anderen Frauen, die nicht halb so dick angezogen waren wie sie, einige mit kleinen Kindern, die in Decken eingewickelt waren, um die Kälte abzuhalten.

»Lasst die Boote ab!«, riefen mehrere Stimmen gleichzeitig.

»Frauen und Kinder zuerst!«, brüllte ein Offizier streng. »Nur Frauen und Kinder!«

Celeste sah, wie Ehemänner und Väter instinktiv zurücktraten, ohne zu protestieren, und ihre Familien zu den Rettungsbooten schoben. Einige Frauen klammerten sich an ihre Männer und weigerten sich, näher an die schwankenden Boote zu gehen.

»Geh, Liebste … Ich folge später im Boot der Männer … Bitte, denk an die Kinder«, sagte ein Mann, hob ein schlafendes Kind in die Arme eines Matrosen im Boot, denn er wusste, dass seine Frau dann keine andere Wahl hatte, als zu folgen.

Celeste zog sich instinktiv mit den Männern zurück. Sie würde nicht die Erste sein, die in die zerbrechlichen Holzboote stieg, solange die alte Frau nirgendwo zu sehen war. Dann drängte sich ein junger Mann, der die leeren Plätze gesehen hatte, nach vorn und machte Anstalten, ins Boot zu springen. Die Offiziere rissen ihn sofort zurück. »Jetzt nicht, mein Sohn! Frauen und Kinder zuerst.«

Zwei Rettungsboote wurden abgelassen und entschwanden den Blicken. Celeste war entsetzt, als sie sah, dass ein Boot fast leer war. Dennoch konnte sie sich nicht von der Stelle rühren, ständig suchte sie die Menge nach Mrs Grant ab.

Als das dritte Boot zur Hälfte voll war, packte ein Matrose sie am Arm. »Zeit zu gehen, gnädige Frau«, befahl er.

Celeste blieb wie angewurzelt stehen. »Ich kann nicht!«

»Sie können, und Sie werden«, sagte er, schlang beide Arme um ihre Taille, schleifte sie nach vorn und warf sie förmlich ins Rettungsboot. Sie landete hart, riss sich aber rasch zusammen und setzte sich auf einen Platz. Sie schaute auf und sah einige ihrer Mitreisenden, die mit ihren Männern zurücktraten und den Kopf schüttelten, während sie an den anderen Decks vorbei zu Wasser gelassen wurde. Menschen hingen aus Bullaugen und winkten verzweifelt um Hilfe, doch das absteigende Boot hielt nicht an, um sie aufzunehmen.

Celeste wagte nicht, nach unten zu schauen. Das Boot schwankte heftig, und Kinder schrien ängstlich auf. Sie schlugen hart auf der Wasseroberfläche auf. Nah, allzu nah erblickte sie die Eisberge, die wie blaue Gebirge aufragten, einen mit doppelter Spitze, schön, aber unheilvoll, und spürte die Kälte, die sie ausstrahlten. Erst als sie wegruderten, bemerkte sie den unnatürlichen Winkel, mit dem das große Schiff im eiskalten Wasser lag. Auf jedem Deck und aus jedem Bullauge leuchteten elektrische Lichter. Die turmhohe Silhouette der *Titanic* ragte vor ihr auf, majestätisch und doch tödlich getroffen. Da erst vernahm sie Mr Hartleys Band, die Ragtime spielte; dann wehten traurigere Melodien zu ihnen herüber. Auf einmal wurde ihr klar, dass sie in ihrem kleinen Boot gerettet war, während alle, die an Bord blieben, dem Untergang geweiht waren. Und dann erst, in einem glasklaren Moment der Erkenntnis, während sie das Stechen in ihrem Fußgelenk spürte und die klagenden Töne der geisterhaften Musik vernahm, begriff sie schließlich, dass dies kein Traum war, sondern der Beginn eines Albtraums.

9

Joe presste Ellen an seine Brust und schob May zurück in die Richtung, aus der sie gekommen waren. Allmählich fanden sie ihren Weg durch das Gewirr von Gängen, durch eine unverschlossene Tür auf das Deck über ihnen. Menschen standen dort in Schlangen, und May hörte über ihnen irgendwo Musik. Auf diesem Deck gab es keine Rettungsboote. Ein Uniformierter öffnete eine andere Tür zur ersten Klasse und befahl den

Frauen, sich an die große Treppe zum Oberdeck zu begeben, doch die Männer folgten ihnen, denn sie wollten nicht von ihren verängstigten Familien getrennt werden.

Sie durchquerten ein schreckliches Märchenland; schwankende Lüster, üppige Teppiche, so weit das Auge reichte, aber kaum eine Menschenseele war zu sehen. Stewarts eilten hin und her und wiesen ihnen den Weg immer weiter nach oben. Joe machte große Augen. Das war eine andere Welt. Da standen Männer in Abendgarderobe, rauchten, achteten nicht auf die panische Flucht, auf die verzweifelten Rufe nach der richtigen Richtung; einige spielten Karten, als hätten sie alle Zeit der Welt, um ihr Spiel zu beenden, während die große, vergoldete Uhr auf dem Kaminsims zwei Uhr schlug.

May spürte, wie sich das Schiff immer mehr neigte, nach und nach bedenklich schräg. Kostbares Glas ging ringsum zu Bruch, Tischlampen fielen um, Stühle rutschten über den Boden. Sie setzten ihren Weg durch den goldenen Salon und den Gesellschaftsraum fort. Über sich hörte sie Ragtimeklänge. Wo waren die anderen alle?

»Das gefällt mir nicht, Joe!«

»Geh einfach weiter, Schatz. Ellen ist bei mir sicher. Da oben ist bestimmt alles durchorganisiert.«

Plötzlich spürten sie einen kalten Luftzug, und sie befanden sich auf dem Bootsdeck in einer Menge Menschen, die sich weinend aneinanderklammerten.

»Wo sind die Rettungsboote?«, fragte Joe und schaute fassungslos zu den leeren Bootskränen auf.

»Gute Frage, Kumpel«, erwiderte eine barsche schottische Stimme. »Die sind alle weg … nicht genug für unsereins.«

Das Schiff neigte sich noch mehr. May klammerte sich an Joe und versuchte, nicht in Panik zu geraten.

»Was machen wir jetzt?« Sie wollte gar nicht erst daran denken, was ihnen bevorstand. Die Vorstellung, im dunklen Wasser zu schwimmen, war entsetzlich, aber auf dem Schiff zu bleiben und unterzugehen …

»An Backbord sind noch Boote«, schrie ein Passagier. »Kommt, mir nach!« Mühsam kämpften sie gegen die Schräglage an und versuchten, zusammenzubleiben. Als sie die andere Seite erreichten, fanden sie zwar keine Rettungsboote, aber ein paar Männer versuchten erfolglos, Faltboote abzulassen.

»Geht wieder nach Steuerbord. Da sind Faltboote«, befahl ein Matrose und zeigte überrascht auf May und das kleine Kind. »Frauen und Kinder hätten schon längst weg sein sollen!«

Joe zog May aus der Menge, aber sie blieb starr. »Das ist nicht gut … für uns ist kein Platz mehr da, oder?«, schrie sie und wurde von Panik gepackt. Wie lange noch, bis das Schiff kippen und sie alle ins eiskalte Wasser werfen würde?

»Da müssen Boote sein. Die würden uns doch nicht der Gefahr aussetzen … nicht mit kleinen Kindern!«, rief Joe mit grimmigem Gesicht und drückte Ellen noch fester an sich. Er bemühte sich, aufrecht stehen zu bleiben, als das Schiff sich noch weiter neigte, und brüllte: »Wir werden springen, May. Ellen ist bei mir sicher. Ich habe sie in meinen Mantel gebunden. Wir müssen jetzt sofort hier weg, solange die Rettungsboote noch nah genug sind, um uns aufzunehmen!«

»Ohne dich gehe ich nirgendwohin«, kreischte sie, die Augen vor Entsetzen weit aufgerissen beim Anblick des Meeres, das immer näher auf sie zukam.

10

Regungslos, fassungslos beobachtete Celeste das sich entfaltende Drama, den Blick fest auf das angeschlagene Schiff gerichtet, das immer weiter auf seinen endgültigen Untergang zu glitt. Sie spürte nicht einmal die kalte Luft, während sie mit klopfendem Herzen sah, wie Männer ins Wasser sprangen und versuchten zu schwimmen.

»Wir müssen hier weg, bevor uns der Sog mit hinunterzieht«, schrie eine Frau und drückte ihren Pekinesen an die Brust. »Wir wollen doch nicht, dass sie ins Boot kriechen und uns zum Kentern bringen.«

»Aber wir müssen Menschen retten! Das Boot ist nicht voll«, beharrte Celeste. »Wir haben jede Menge Platz. Wir können nicht einfach wegrudern und sie im Stich lassen.«

»Ich lasse nicht zu, dass Leute vom Zwischendeck neben mir sitzen«, fuhr die Frau fort. »Man weiß ja nie, was man sich da einfängt.«

Celeste konnte kaum glauben, was sie da hörte. Diese Frau hatte am Morgen in derselben Reihe wie sie gesessen und mit ihr gemeinsam von einem Blatt abgelesen. Sie hatten »Eternal Father, strong to save« gesungen.

»Hören Sie nicht auf den Unsinn«, schrie Celeste. »Wir müssen diesen armen Seelen helfen.«

Doch die Männer ruderten mit entschlossenen Mienen weiter vom Schiff fort.

Der Lärm der im Wasser strampelnden Passagiere, die Schreie, das Dröhnen zischender Maschinen wurde noch lauter. Trümmerstücke hüpften ringsum auf den Wellen, zerstörte Liegestühle, Gepäckstücke, Holzplanken, die sich von den Decks losgerissen hatten, grausame Andenken an das, was dieses Schiff einmal gewesen war, und versperrten allen, die durch das Wasser auf sie zu schwammen, den Weg in die Sicherheit.

»So halten Sie doch ein! Bitte, im Namen der Barmherzigkeit, kehren Sie um. Wir müssen auf sie warten. Wenn es nun Ihre Frau, Ihr Kind oder Ihr Mann wären? Würden Sie sie dem Tod anheimgeben?«, schrie Celeste in der Hoffnung, die Matrosen zu beschämen.

Die Männer hoben einer nach dem anderen die Ruder, und das Rettungsboot trieb allmählich auf das sinkende Schiff zu. Erleichtert senkte Celeste den Kopf. Vielleicht bestand jetzt die Chance, mehr Leben zu retten.

11

May erstarrte in Panik, als sie die Möglichkeiten abwog, die ihnen blieben. Das Meer kroch langsam immer näher, ein Deck nach dem anderen verschwand, und in ihren Ohren hallten die Schreie der verzweifelten Passagiere, die sich bemühten, in Sicherheit zu gelangen. Andere knieten, beteten, hielten sich an den Händen und warteten darauf, durch ein Wunder gerettet zu werden, das nie eintreten würde.

»Wir müssen springen, Schatz.« Joe ergriff ihre Hand.

»Ich kann nicht!« Sie zitterte vor Todesangst, aber Joe war unnachgiebig.

»Spring! Ellen zuliebe. Sie hat eine Chance verdient. Halte meine Hand fest, und wir springen zusammen. Nur Gott kann uns jetzt noch retten«, redete er ihr gut zu. Das Wasser schwappte noch näher.

»Aber ich kann nicht schwimmen.«

»Doch, du kannst. Die Rettungsweste wird dich an der Oberfläche halten. Du musst es versuchen.«

»Ich kann nicht.«

»Zusammen können wir es. Wir sind nicht bis hierher gekommen, um wie die Ratten zu sterben.«

Seine Worte brachten sie zur Weißglut. »Sterben?« Wer hatte etwas von sterben gesagt? So würden sie ihr Leben nicht beenden, in den weiten Ozean geworfen. Sie sah, was mit denen passiert war, die zuerst gesprungen waren. Das Wasser war voll mit Rettungswesten, in denen kein Leben mehr war. Aber Joe hatte recht: sie mussten springen. So oder so würden sie im Meer landen.

»Halte meine Hand fest, und viel Glück, aber wenn das Glück nicht auf unserer Seite ist, sehe ich dich im Paradies wieder. Niemand wird uns dort trennen.«

Wie aus dem Nichts erhob sich eine Woge, spülte über sie hinweg und schleuderte sie vom Schiff. Das kalte Wasser traf May wie eisige Pfeile und nahm ihr den Atem, während sie prustend an die Oberfläche kam und in der Dunkelheit nach Joe suchte.

Sie wollte schreien und schlug wild um sich, um über Wasser zu bleiben. Die Rettungsweste hielt sie wie durch ein Wunder oben. Das Dröhnen des steigenden Wassers an ihren Trommelfellen ertränkte alle zusammenhängenden Laute. Ihre Arme waren wie nutzlose Propeller, und das Gewicht ihrer Kleidung behinderte ihre Gliedmaßen, während sie sich platschend vom Schiff entfernte. Sie musste Joe und Ellen im Auge behalten, aber es war so dunkel, und ihr war so kalt.

Wie in Zeitlupe glaubte sie einen Umriss zu erkennen, einen Kopf, aber so viele Menschen waren im Wasser, einige verzweifelt um sich schlagend, andere, die mit dem Gesicht nach unten schwammen, wie Treibgut. Plötzlich, von wilder Panik gepackt, versuchte May die Beine zu bewegen, doch sie waren schwer wie Blei, ihre Schwimmstöße brachten sie nicht vorwärts, das eiskalte Wasser hielt sie in seinen eisernen Zwingen fest. Sie rang nach Luft und wippte auf dem Wasser, hielt verzweifelt nach Joe Ausschau. Er trieb immer weiter weg von ihr. Unter Einsatz aller Kräfte paddelte sie wie eine Maschine weiter. Die Kälte, die sie umgab, war grausam, unmenschlich. Sie erhaschte erneut einen Blick auf Joes auf und ab hüpfenden Kopf und die kleine Ellen, die wie ein Bündel aus Lumpen auf der Oberfläche abdriftete. Hektisch versuchte May, sie einzuholen. Ellen glitt außer Reichweite, und auf einmal war Joes Kopf verschwunden. Nein! Das durfte nicht passieren! Sie musste ihr Kind erreichen. »Ich komme!«, versuchte sie zu schreien, doch ihr Mund füllte sich mit Salzwasser, erstickte ihre Schreie und nahm ihr den Atem. Minute um Minute paddelte sie weiter. Schleichend überkam sie ein Gefühl der Apathie, der Mutlosigkeit. Mit jedem Atemzug schwand ihre Entschlossenheit, ihre Bewegungen wurden schwächer. Die Kälte griff nach ihr.

Nur Dunkelheit und Tod gab es noch, leere Gesichter, deren Augen zu den grausamen Sternen emporstarrten. Sie kam nicht an ihnen vorbei, sie konnte Joe nicht finden, sie konnte Ellen nicht finden.

»Nimm mich jetzt zu dir, Herr, zieh mich hinab«, betete sie. Wozu lohnte es sich noch zu leben, wenn sie schon ohne sie gegangen waren? »Ich komme! Ich komme!« Ihre Stimme wurde leiser, doch die Rettungsweste hielt sie fest im Griff, während sie immer weiter von der Stelle wegtrieb, an der sie ihre Familie zuletzt gesehen hatte. Ihre Finger wurden völlig taub, zu kalt, um sich an dem Treibgut festzuhalten; Rettungswesten trieben vorüber, nutzlos, und der Eishauch des Wassers presste allmählich das Leben aus ihr heraus. Ihr wurde schwarz vor Augen, und ihre Stimme war nur noch ein Flüstern, als sie sich dem Meer überließ.

12

Das Rettungsboot manövrierte tief in das Treibgut hinein, und das Licht einer Laterne durchdrang die Dunkelheit auf der Suche nach weiteren Überlebenden.

»Da drüben ist eine! Ihre Lippen bewegen sich. Sie ist nur ein schmächtiges Ding.« Der Matrose zog den treibenden Körper mit einem Bootshaken näher heran, und ein weiteres Besatzungsmitglied half ihm, ihn ins Boot zu ziehen.

Celeste vergaß die Kälte und ging hinüber, um der tropfnassen jungen Frau beizustehen und wieder Leben in ihre erstarrten Glieder zu reiben. Die Gerettete schlug kurz die Augen auf, versuchte den Kopf zu schütteln und protestierte leise.

»Nein, nein … Kind ist im Wasser … Sucht nach ihnen! Joe … Lasst mich los!« Celeste breitete rasch eine Decke über sie. »Nein«, flüsterte die junge Frau. »Will zurück … meine Kleine … Lasst mich los … Joe, wir kommen.« Sie versuchte sich aufzurichten, ihre Hand war starr, ihre verkrampften Finger unfähig zu zeigen.

»Legt sie auf den Boden zu der Toten. Seht doch, in welchem Zustand sie ist. Die macht es nicht mehr lange.«

»Nein, ich werde mich ihrer annehmen«, beharrte Celeste. »Sie hat ein kleines Kind im Wasser. Um Himmels willen, bleibt hier und sucht danach.«

»Bringt die verdammte Frau doch zum Schweigen!«, ertönte eine Stimme unter einem Schal.

»Wir kommen nie fort von hier, wenn wir weiterhin Straßenkinder aufnehmen! Sie werden uns alle zum Kentern bringen!«, geiferte die Frau mit dem Hund von neuem.

»Halten Sie den Mund, Sie selbstsüchtiges Miststück! Sie wollen eine Christin sein? Seien Sie nicht so grausam«, fuhr Celeste sie derart selbstbewusst und heftig an, dass sie selbst überrascht war. »Diese arme Seele hat alles verloren, und Sie sitzen hier mit Ihrem Schoßhund. Wir müssen zurück und noch mehr Leute finden.«

»Verzeihung, Ma'am, weiter können wir nicht heran. Sehen Sie doch!« Der Matrose deutete auf den massigen, immer ungeheuerlicher in den Himmel ragenden Schiffsbug, der wie eine albtraumhafte Vision im Wasser versank. »Das Schiff wird gleich untergehen, und wir dürfen nicht von seinem Sog erfasst werden. Wie es dem Mädchen gelungen ist, zu überleben, wundert mich, aber genug ist genug. Ich kann das Leben der anderen hier im Boot nicht riskieren. Rudert weiter!«

Die junge Frau zitterte und weinte, als Celeste noch eine Decke um sie wickelte. »Rühren Sie sich jetzt nicht ... Bewahren Sie Haltung, seien Sie britisch, seien Sie tapfer, Sie sind hier in Sicherheit.« Die Wärme einer menschlichen Berührung war alles, was sie in der Dunkelheit bieten konnte. »Wir müssen alle ruhig bleiben.«

Während sie sich um die junge Frau kümmerte, war im dunklen Wasser wieder eine Bewegung wahrzunehmen. Ein Arm erhob sich aus den Fluten über das Dollbord des Bootes und ließ eine durchnässte Decke in den Schoß eines zitternden Jungen fallen. »Nehmt das Kind!«, rief eine raue Stimme. Celeste meinte, im Licht der Laterne einen weißen Bart zu erkennen.

»Der Kapitän … Sir! Kapitän Smith. Wir können Sie an Bord nehmen«, schrie ein Matrose und streckte dem Mann im Wasser eine Hand entgegen.

Der Arm verweilte eine Sekunde lang und zog sich dann zurück. »Viel Glück, Männer, tut eure Pflicht.«

Stille trat ein.

»Gebt das Kind seiner Mutter«, rief der Matrose, und plötzlich wurde das Bündel durch das Boot gereicht und der jungen, in trockene Decken gehüllten Mutter in die Arme gelegt. Sie drückte das Kind erleichtert an sich. Aus ihrer Benommenheit gerissen, tastete sie im Dunkeln nach dem Gesicht des Kindes, berührte seine eiskalte Wange und lauschte auf jeden Atemzug. Als sie die Kleine jammern hörte, weinte sie vor Erleichterung.

Gott in seiner Güte hatte sie wieder zusammengebracht!, dachte Celeste. Wie wunderbar, so etwas mitten in den Schrecknissen der Nacht zu sehen. Wenn das nun Roddy gewesen wäre? Gott sei Dank hatte sie ihn nicht mit auf Reisen genommen. Ausnahmsweise hatte Grover einmal recht gehabt, seine Zustimmung zu verweigern. Wie hätte sie jemals weiterleben können, wenn er verlorengegangen wäre?

Celeste bemühte sich hinauszuspähen, im Dunkeln etwas zu erkennen, beugte sich über den Bootsrand, wohl wissend, dass zahllose Kleinkinder und ihre Familien im eiskalten Wasser trieben. Wie viele würden die Nacht noch überleben? Nach diesen schrecklichen Qualen, nach allem, was sie gerade gesehen hatte, war nur eins sicher – das Leben würde für sie nie wieder so sein wie bisher.

13

May drückte verzweifelt ihr Kind an sich und konnte in ihrer stumpfen Erschöpfung kaum glauben, dass ein solches Wunder geschehen war. Nun stieß Erleichterung sie wieder ins Leben zurück, stechender Schmerz löste die Taubheit ab. In der Dunkelheit spürte sie, dass das Kind warm war, dass es lebte und im Schlaf leise atmete. Wenn sie doch nur die Schichten entfernen und ihre daunenweiche Wange küssen könnte, doch die kalte Atlantikluft war zu rau für sie, weshalb sie die Decken an Ort und Stelle lassen musste.

Das Kind roch nach Meer, Öl und Salz. May schaute zu den Sternen auf, die über den mitternachtsblauen Himmel schossen, und dankte Gott, dass ihr kleiner Liebling gerettet war. Schließlich und endlich gab es doch noch Gnade.

»Wie kann in einer so schönen Nacht so etwas Furchtbares passieren?«, flüsterte die junge Frau an ihrer Seite, deren kastanienbraunes Haar unter dem schwarzen Hut hervorquoll. Gemeinsam beobachteten sie, wie sich das Schiff in den letzten Todesqualen aufbäumte, seine Silhouette zeichnete sich vor dem Firmament wie ein schwarzer Finger ab, der den Himmel eines großen Verrats anklagte. Dann ertönten noch mehr entsetzliche Schreie, als Passagiere sich von Bord stürzten, schwammen, um sich schlugen, ertranken, nach ihren Müttern riefen, Gott und alle Heiligen um Gnade anflehten. May wusste, dass sie diese Stimmen ein Leben lang hören würde.

»Fahrt wieder zurück, bitte, fahrt zurück!«, riefen die beiden Frauen. »Mein Mann ist im Wasser …«, beharrte May.

»Das halbe Schiff ist da«, brüllte einer aus ihrer Mannschaft. »Wir haben unsere Pflicht und Schuldigkeit getan. Es ist zu gefährlich. Jetzt besteht keine Hoffnung mehr.«

May wandte sich ab. Sie konnte es nicht ertragen, länger hinzusehen, schmiegte die Kleine an ihre Brust und versuchte, die Schreie zu verdrängen.

»Um Himmels willen, so helft ihnen doch!«, schrie die Frau neben ihr. »Habt ihr denn kein Herz?«

»Halten Sie den Mund! Sie haben doch Ihr Kind. Wir können niemanden mehr aufnehmen, sonst kentern wir.«

»Heben Sie sich Ihre Kräfte auf, gnädige Frau, das wird eine lange Nacht«, befahl eine heisere Stimme.

Die junge Frau in Schwarz ließ den Kopf hängen und schauderte, während sie beobachteten, wie der Gigant auseinanderbrach und in die Tiefe glitt, als wäre es die natürlichste Sache der Welt. May schaukelte ihr Kind vor und zurück, dankbar für die Wärme und den Trost, die es spendete.

Wenn Ellen in Sicherheit war, dann gab es auch für Joe Hoffnung, überlegte May. Bei diesem Gedanken wurde ihr leichter ums Herz. *Und ob ich schon wanderte im finsteren Tal, fürchte ich kein Unglück*, betete sie für jene verlorenen Seelen, darauf vertrauend, dass Joe auf einem anderen Rettungsboot sein musste. Erneut schaute sie auf und lauschte gespannt, während die Schreie schwächer wurden. Dann trat eine grausame Stille ein.

Stille und Kälte und Tod.

»Sie sind alle ertrunken«, flüsterte die junge Frau neben ihr. »Ihr Schmerz ist vorbei, aber unserer fängt erst an, fürchte ich. Die Besatzung hat Sie nicht anbrüllen wollen. Die Angst verleitet uns, Schreckliches zu tun. Gott sei Dank ist Ihr Kind in Sicherheit. Kommt, Männer, rudert uns zu den anderen Booten. Da draußen muss jemand nach uns suchen.«

»Aye, aye, Lady, das werden sie, und alle Boote müssen zusammenbleiben«, rief der für ihr Rettungsboot zuständige Matrose, während die Laterne langsam über den Bug schwenkte.

Schon bald bildeten sie eine schweigende Flotte dümpelnder Boote, die wie Spielzeugschiffe auf einem großen Mühlenteich miteinander vertäut waren. Allmählich zog die Morgendämmerung auf. May hatte noch nie so gefroren. Das Kind schlief irgendwie weiter. Stunden vergingen, in denen es nichts gab als Eis und das Platschen der Ruder auf dem Wasser. Die Kälte betäubte jegliches Gefühl in ihren Gliedmaßen. Sie hatte große Mühe, nicht einzuschlafen. Vor ihrem geistigen Auge konnte sie Joe schwimmen sehen, er wurde in ein Rettungsboot gehoben, lebte dort draußen wie sie, suchte, betete, dass sie bald wieder zusammen wären. Sie klammerte sich an diese Hoffnung wie an ein Rettungsfloß.

»Bleiben Sie alle wach. Schlafen Sie nicht ein, sonst werden Sie womöglich nicht wieder aufwachen«, ertönte eine Warnung. Dem Schlaf, dem segensreichen Vergessen nicht nachzugeben, fiel schwer, doch May zwang sich ein ums andere Mal. Sie war auf der Hut und achtete darauf, ob sich die Atmung ihres Kindes veränderte. Jedes Mal, wenn ihr Kopf nach vorn sank, riss sie ihn wieder hoch. Jedes Gefühl für die Zeit, die verging, hatte sie längst verloren.

Dann waren plötzlich Rufe zu hören. Am Horizont tauchte ein Licht auf, ein echtes diesmal, keine falsche Morgendämmerung, und eine Rakete schoss in einem Bogen in den Himmel.

»Sie kommen! Seht, da drüben, ein Schiff kommt! Wacht auf! Wir werden gerettet!«

14

Celeste versuchte, ihre eingefrorenen Gliedmaßen wieder zum Leben zu erwecken. Ein paar kostbare Minuten lang hatte sie das Kind für die Mutter gehalten, während diese ihre eiskalten Hände rieb, um sie aufzutauen. Wie konnte ein kleines Kind ein solches Drama verschlafen? Es hatte keine Ahnung, was für ein Wunderkind es war. War es wirklich der Kapitän gewesen, der die Kleine gerettet hatte? Er hatte keinen Versuch unternommen, sich selbst in Sicherheit zu bringen.

»Wurde auch verdammt höchste Zeit!«, rief eine Gestalt mit einem Schal um den Kopf, den »sie« nicht länger verwendete, um den Bart an »ihrem« Kinn zu verbergen: noch so ein charakterloser Mann, der über Bord in ein Rettungsboot gesprungen war, um sein Leben zu retten, dachte Celeste angewidert. Sie verachtete diese Feiglinge ebenso wie die Frau, die von der Mutter mit ihrem Kind abrückte, als habe sie den Verdacht, sie seien verlaust.

Celeste betrachtete die Eisbrocken ringsum, unwillkürlich bezaubert von ihrer Schönheit. Als die Sonne aufging, glitzerten sie wie Juwelen, unter anderem auch das Ungeheuer, das ihre Katastrophe verursacht hatte. Wie grausam war die Natur, sie mit solcher Pracht ins Unglück zu stürzen.

Die Wellen nahmen zu und warfen sie hin und her, als wollten sie diesen Rettungsversuch in Gefahr bringen. Das Schiff kam näher. Celeste schlug ihre eigene trockene Decke um das kleine Kind. Wie war all das geschehen? Wie konnte es so weit kommen?

»Ist alles in Ordnung mit Ihnen?«, flüsterte sie May zu. »Soll ich das Kind nehmen?«

»Danke, nein. Sie sind so nett gewesen. Ich weiß nicht einmal, wie Sie heißen.«

»Ich bin Celeste Parkes. Ich war auf dem Weg nach Hause. Und die Kleine hier?«, fragte sie und berührte den Arm des Kindes.

»Das ist Ellen, und ich heiße May Smith. Mein Mann Joe wird auf einem anderen Rettungsboot sein. Wir sind auf dem Weg in den Mittleren Westen, und er hat die Anschrift und alles.«

Die arme junge Frau begriff nicht, was ihnen allen zugestoßen war, erkannte Celeste. Die Chance, dass man ihren Mann herausgezogen hatte, war gering. »Wie werden Sie zurechtkommen?«

»Wir schaffen das schon«, flüsterte May dem kleinen Bündel auf ihrem Schoß zu. »Das geht in Ordnung.«

Erst als es heller wurde und das Schiff am Horizont hoch aufragte, lockerte May den Griff um die Decken, in die Ellen sicher eingeschlagen war. Sie war so klein, dachte sie, als wäre sie im Wasser geschrumpft, und schlief noch immer. Sie wollte sie lieber nicht stören. Wenn Joe wieder zu ihnen stieß, hätte sie ihm einiges zu erzählen: wie man sie halbtot aus dem Wasser gezogen hatte und das Kind keine fünf Minuten später gerettet worden war. Sie war so müde und schwach, ihr ganzer Körper tat weh, und sie zitterte. Ein kurzer Blick auf ihre Tochter würde ihr wieder Leben einhauchen.

Als das Licht stärker wurde, zog sie die Decken fort, die das kleine Gesicht umrahmten, um nachzusehen, ob sie wach war.

Die Augen, die sie ansahen, waren kohlrabenschwarz. Augen, die May noch nie im Leben gesehen hatte. Ellens Augen waren blau. Sie schluckte den Schrei herunter, der sich in ihrer Kehle erhob, und zog die Decke wieder über das Gesicht, um die Entdeckung zu verhüllen. Ihr Herz hämmerte vor blankem Entsetzen. Das ist sie nicht, dachte sie. Es ist nicht mein Kind!

15

Niemand nahm Notiz von May; man war zu sehr damit beschäftigt, dem rettenden Schiff zuzujubeln. Sie schaute noch einmal nach, nur um die fremdem Augen zu sehen, die unter einem Spitzenhäubchen hervorlugten und sich in Mays Seele bohrten. Sie überprüfte das Gesicht des Kindes haargenau, um sicherzugehen, dass sie nicht träumte. So weit sie die Kleidung unter der dicken Schicht Decken erkennen konnte, sah sie auch anders aus als Ellens Sachen.

Zitternd lehnte May sich zurück, während der große Ozeandampfer auf sie zukam. Das war nicht so, wie es sein sollte: Der Herr gibt, und der Herr nimmt, aber nicht von mir. Hat er sich einen Scherz erlaubt mit diesem Geschenk aus dem Meer? War das die letzte mutige Tat des Kapitäns, mir das Kind einer Fremden in den Schoß zu legen? Wo ist meine Kleine? Ich will sie wiederhaben.

Sie warf einen starren Blick hinter sich auf alles, was fort war, auf das mörderische Meer, so ruhig und heimtückisch, dann auf das Gesicht, das mit großen Augen zu ihr aufschaute und fragte: Wer bist du? Dieses Kind war alles, was ihr blieb, dieses Kind des Meeres, jemandes Tochter oder Sohn.

Was soll ich machen? Oh, bitte, Gott, was fange ich jetzt an?

16

Celeste sah dem Schiff, das rasch auf sie zu fuhr, mit wachsender Aufregung entgegen. Sie seufzte erleichtert auf, denn ihre Qual war fast ausgestanden. Wenn sie noch hundert Jahre lebte, würde sie nie vergessen, was sie in dieser Nacht gesehen hatte. Ihre Rettung war glatt verlaufen, sie hatte jede Menge Zeit gehabt, warme Sachen über das Nachthemd zu ziehen und in ein Rettungsboot zu steigen, das gerade herabgelassen wurde. Sie waren früh von den Stewarts in der ersten Klasse gewarnt worden, man hatte ihnen Schwimmwesten ausgehändigt und sie rasch in Sicherheit gebracht. Sie hatte den Ausdruck in den Augen der Stewardess gesehen, die sie gezwungen hatte, ihren Befehlen zu folgen, ihr aufgesetztes Lächeln und das Zögern auf die Frage, was passiert sei.

Doch was sie gerade miterlebt hatte, war furchtbares, unaussprechliches Leid. Das größte Schiff der Welt war auf seiner Jungfernfahrt, und doch hatte eine Laune der Natur es zerbrochen. Hatte sie inmitten des Grauens wirklich gesehen, dass der Kapitän ein kleines Kind wieder in die Arme der Mutter legte? Sie hatte einen silbergrauen Bart und weißes Haar wahrgenommen – war er es wirklich? Der arme Mann, wer immer er sein mochte. Wie konnte sie ihn je vergessen, der die Arme von sich stieß, die ihn gerettet hätten? Und diese letzten Worte?

Gott sei Dank hatte sie Roddy nicht mitgenommen. Wie sehnte sie sich danach, ihn jetzt in den Armen zu halten, doch er war wohl zu Hause, gut zugedeckt in seinem Bett, und im Zimmer nebenan dürfte sein Kindermädchen Susan sein. Grover arbeitete bis spät in die Nacht in seinem Büro oder war in der Stadt unterwegs. Weiß der Himmel, mit wem, dachte sie grimmig.

Ihr Boot schwankte auf den hohen Wellen. Einen Moment lang überkam sie Panik, der Sicherheit so nah und doch so fern zu sein. Ob sie ihren kleinen Jungen je wiedersehen würde? Sie beobachtete die junge Frau neben sich, die ihr Kind an sich drückte, vor Kälte stöhnte und immer wieder den Namen ihres Mannes ausrief. Ihr Gesicht war von Schmerz gezeichnet.

Wenigstens hielt Celestes neuer Mantel sie beide warm, und die Stola aus Fuchsfell lag jetzt um die Schultern der jungen Frau. Celeste hatte ihren Geldbeutel in ihrem Mantelfutter festgesteckt, zusammen mit ihren Ringen und den Fotos von Roddy, die sie mitgenommen hatte, um sie ihrem Vater zu zeigen. Wie unnütz Besitztümer jetzt schienen, überlegte sie.

Sie betrachtete die armselige Prozession aus Rettungsbooten. Warum waren so viele nur zur Hälfte besetzt? Zuvor hatte sie angenommen, weitere Passagiere würden auf der anderen Seite des Schiffes in Boote geladen, die ihrem folgten, jetzt aber wurde ihr klar, wie wenige Überlebende es anscheinend gab. So viele mussten aussichtslos in der Falle gesessen haben, viele aus der dritten Klasse waren sich selbst überlassen worden. Das war nicht richtig.

Wenigstens hatte ihre Besatzung den Mut gehabt, in der Nähe der sinkenden *Titanic* zu verweilen, und drei Schwimmer herausgezogen, noch vor der armen jungen Frau, deren Pein ihr ans Herz ging. Die junge Mutter war etwa so alt wie sie selbst, schmächtig, mit nordenglischem Akzent. Celeste sah es als ihre Pflicht an, dafür zu sorgen, dass die beiden sicher an Bord des Rettungsschiffes kamen. Außerdem würde sie sich darum kümmern, dass sie für ihre erfrorenen Hände eine gute Behandlung erfuhr. Als Tochter eines Geistlichen kannte sie ihre Verantwortung. Das würde sie von ihren eigenen traurigen Gedanken ablenken.

Die Beerdigung ihrer Mutter schien nun in weite Ferne gerückt. Wenigstens war sie würdevoll bestattet worden, im Gegensatz zu all den armen, durchfrorenen Seelen, die sich durch das eisige Wasser quälten, bis sie nicht mehr konnten und verzweifelt aufgaben. Hoffentlich stimmte das, was man über das Ertrinken sagte: dass es am Ende wie Einschlafen sei.

Die Passagiere aus dem Zwischendeck hatte man zu spät heraufgeholt, das war augenscheinlich: für Arm und Reich galten unterschiedliche Maßstäbe. Eine Schande.

Was bedeuteten ihre mickrigen Probleme jetzt im Vergleich zu den Frauen, die zugesehen hatten, wie ihre Männer ertranken? Sie musste die Zähne zusammenbeißen und nach Akron zurückkehren, um den Geruch der Chemiewerke dort einzuatmen, zurück zu ihrem Liebling Roddy, zurück zu Grover und den Schwierigkeiten ihrer Ehe. Ihre kurze Ruhepause war zu Ende: eine Beisetzung und ein Schiffbruch, was für eine Bilanz.

Dass sie verschont worden war, musste einen tieferen Sinn haben. Sie musste jegliche Unzufriedenheit und Angst um sich selbst beiseiteschieben. So schockiert sie auch war, sie musste Zeugnis ablegen über das, was sie gesehen hatte, und Antworten verlangen. Was war die Ursache für diese Katastrophe? Wie viele Menschen waren sinnlos gestorben? Wen würde man für dieses Massaker zur Verantwortung ziehen? Zunächst jedoch musste sie diese beiden Überlebenden unter ihre Fittiche nehmen. Das war das Richtige und würde sie von dem sündhaften Gedanken ablenken, der in ihr aufkam.

Celeste schaute zurück auf die Stelle, an der die *Titanic* versunken war. Wenn ihr Mann sie begleitet hätte, würde er jetzt tief im Meer ruhen. Grover hielt sich gern für einen Gentleman. Wäre er wie die anderen Ehemänner zurückgetreten und hätte seiner Pflicht Genüge getan? Sicher war sie sich nicht. Wie konnte sie nur in diesem Augenblick so etwas Schreckliches denken? Aber der Gedanke war da und ließ sich nicht vertreiben.

»Es ist die *Carpathia*! Sie kommen uns zu retten.« Schwacher Jubel kam auf, als das große Linienschiff zu ihrer Rettung näherstampfte. Bald wären sie in Sicherheit. Celeste drehte sich zu ihrer Begleiterin um und fragte sich, wie um alles in der Welt man die Kinder und die Verwundeten über die Strickleitern an Bord bringen würde. Natürlich würde sie so lange bei ihren beiden Schutzbefohlenen bleiben.

17

May saß neben anderen Witwen an der Reling der *Carpathia*, schaute über die weite, silberne Wasserfläche und betete, noch mehr Boote mögen kommen. Man hatte sie wie Frachtgut in Netzen an Bord gehievt. May war zu schwach und zu unterkühlt gewesen, um an den Strickleitern hinaufzuklettern. Einige waren in Schals und Nachtkleidung starr vor Kälte, andere trugen Pelze und umklammerten schmutzige, verwirrte, in Decken gewickelte Kinder. In ihrem Leid waren hier alle gleich.

Ein unheimliches Schweigen lastete über allem, nur durchbrochen von den Stimmen Überlebender, die von Deck zu Deck humpelten und nach Neuigkeiten über ihre Angehörigen fragten. »Haben Sie … gesehen? In welchem Rettungsboot waren Sie? Haben Sie meinen Mann gesehen?« Die Ausländerinnen saßen dichtgedrängt in Gruppen zusammen und versuchten, ihre missliche Lage zu begreifen, während Dolmetscher mit den Armen ruderten, auf das Meer hinaus zeigten und den Kopf schüttelten. May hörte, wie die Frauen aufschrien, wenn ihnen klarwurde, dass sie jetzt allein auf der Welt waren und nur noch die Sachen hatten, die sie am Leib trugen.

May lehnte sich in einen Liegestuhl zurück, in Decken eingemummt, und weigerte sich, unter Deck zu gehen. Sie würde draußen schlafen, wenn es sein musste. Wie konnte sie jemals wieder in den Bauch eines Schiffes hinuntergehen? Sie schlürfte eigenartigen, mit Alkohol versetzten Kaffee und wärmte ihre Hände an dem Becher. Schneidender Schmerz durchdrang ihre Finger, als sie wieder zum Leben erwachten.

Die junge Frau in dem feinen Mantel war ihr nicht von der Seite gewichen, hatte sie wie eine Dienerin mit allem versorgt, bis es May peinlich wurde. Sie konnte sich nicht einmal an ihren Namen erinnern. Ernestine oder so? Nein, egal … sie war zu müde, um nachzudenken.

Sie hätte den Mund aufmachen, ihr die Wahrheit über das Kind erzählen sollen, aber sie konnte es nicht loslassen. Die panische Angst davor, nichts mehr in den Armen zu haben, überwältigte sie, als eine Krankenschwester kam, um das Kind mit unter Deck zu nehmen, damit es untersucht wurde. May hatte mitgehen wollen, war aber, von Angst gepackt, auf ihrem Deckstuhl zusammengesunken. Jetzt war das Kind wieder auf ihrem Schoß, sauber und trocken, und hatte trotz ihres Erlebnisses keinen Schaden davongetragen, hieß es. »Ihres« … Also ein kleines Mädchen, registrierte May. Die dunklen Augen bohrten sich mit Macht in ihr Herz, während sie lächelte, und die Kleine, zögerlich zunächst, mit einem breiten Grinsen antwortete. Das arme Würmchen würde nichts von seiner Qual wissen, sich an nichts erinnern, was vorher war. May hingegen würde ihr Leben lang an diese Nacht denken. Sie wusste, sie würde nie darüber hinwegkommen.

Gestern noch war sie gemütlich mit Joe in ihrer Kabine auf dem Weg in ein neues Leben gewesen, und dann kamen die schrecklichen Augenblicke an Deck, bevor sie getrennt wurden. Waren Joe und Ellen beide tot? Wie grausam, sich nicht von ihnen verabschieden zu können. Keine zärtlichen Abschiedsworte, keine Küsse, nur ein hektischer Sprung ins Wasser und die verzweifelte Bitte zu überleben. Musste sie jetzt für sich selbst sorgen? Ihr Herz war taub vor Entsetzen. Die *Titanic* war tatsächlich ein Ungeheuer und hatte alles Kostbare verschlungen, das sie je besessen hatte. Joe und Ellen lagen da draußen erfroren im Wasser, und im Grunde ihres Herzens war ihr klar, dass sie die beiden nie wiedersehen würde. Sie hatte ihren einzigen wahren Freund verloren, ihren Seelenverwandten, und ihr geliebtes Kind, ihr eigen Fleisch und Blut. Verzweifelt klammerte sie sich an die Reling in der Hoffnung, ein weiteres Boot am Horizont zu sichten.

Sie hörte, wie andere Frauen der Besatzung der *Carpathia* immer wieder ihre Geschichten erzählten, als wollten sie dem Drama der furchtbaren Nacht einen Sinn abgewinnen.

Plötzlich vernahm sie laute Stimmen, als eine Mutter ein kleines Kind aus den Armen einer anderen Frau zerrte. »Das ist mein Kind! Sie haben meinen Philly! Geben Sie ihn mir!«

Die andere Frau, eine Ausländerin, klammerte sich an das Kind. »*No! No! Mio bambino!*«

Dann trat ein Offizier zwischen die beiden. »Was ist hier los?«

»Die Frau hat meinen Sohn Phillip. Er wurde ohne mich in ein Rettungsboot geworfen. Sie hat meinen Sohn!«

Eine Menschentraube bildete sich und betrachtete die beiden weinenden Frauen, die von der Besatzung rasch außer Sichtweite gebracht wurden. »Kapitän Rostron wird das vertraulich regeln«, sagte der Offizier, der das schreiende Kind auf den Arm nahm und über den Niedergang verschwand. Die Frauen heulten hinter ihm her.

Die Szene hatte May in Unruhe versetzt, und sie wusste, dass sie dem Kind das Spitzenhäubchen absetzen und sich zwingen musste, herumzugehen, damit man das üppige dunkle Haar der Kleinen bewundern und jemand Anspruch auf sie erheben konnte.

»Ist sie nicht goldig, und sie hat nichts abbekommen«, sagte ein Paar, das sich eng umschlungen hielt.

»Der Kapitän persönlich hat sie gerettet und nach mir in das Boot gehoben, aber er ist nicht geblieben. Der Matrose hat es mir gesagt, nicht wahr?« Sie schaute sich nach ihrer neuen Freundin aus dem Rettungsboot um, die ihre Geschichte bestätigen konnte, doch sie war außer Hörweite.

»Habt ihr das gehört? Kapitän Smith hat das Baby gerettet. Er hat einen Orden verdient«, sagte eine andere Frau und tätschelte die Locken der Kleinen.

May ging in jede Ecke des Decks und stellte das Kind zur Schau, aber niemand erhob Anspruch darauf. In diesem Augenblick wurde ihr allmählich klar, dass sie die kleine Waise behalten konnte. Sie war jünger als Ellen, hatte dunkle Augen und dunkle Haut, war aber offenbar gesund und unverletzt.

May suchte sich einen geschützten Platz, an dem sie das Kind aus den Decken wickelte und die trockene neue Babyausstattung prüfte, die ihr Passagiere der *Carpathia* geschenkt hatten. Sie kam nicht umhin, über die Qualität zu staunen. Sie war einer Prinzessin wert, hergestellt aus feinem Batist und Merinowolle, ein Jäckchen aus Spitze und ein hübsches Rüschenhäubchen, alles bereitwillig gestiftet. Ihre nette Helferin versprach, man werde die ursprünglichen Sachen des Kindes waschen und ihr geben.

Diskret öffnete sie die Windel, vor Angst zitternd, doch ihr fiel ein Stein vom Herzen, als sie sah, dass das Kind tatsächlich ein Mädchen war. Die Versuchung wurde immer größer. Warum sollte sie es nicht behalten? Ein kleines Kind brauchte eine Mutter, kein Waisenhaus voll anderer Kinder. Sie sollte es wissen, denn sie war selbst, Waise, die sie war, in einem solchen gewesen, später in kleineren Heimen außerhalb der Stadt großgezogen und als Dienstmagd eingestellt worden, ohne Verwandte, die sich um ihr Wohlergehen kümmerten, bis sie Joe kennenlernte. Wie würde Joe mit all dem umgehen? Plötzlich wurde ihr klar, dass er nicht da sein würde, um ihr zu helfen. *O Joe, was soll ich tun?* Sie war wie betäubt und weinte in ihre Decke, denn langsam wurde ihr bewusst, dass sie diese folgenschwere Entscheidung allein treffen musste.

Die eisige Taubheit der Nacht wich Schmerzen in allen Gliedern.

Sie wusste, als man das Kind für unversehrt erklärt hatte, hätte sie den Mund aufmachen und dem Schiffsarzt ihren Fehler eingestehen sollen. Dennoch brachte sie die Worte nicht über die Lippen, die sie von der Kleinen trennen würden. Später vielleicht, wenn sie anlegten, würde sie die Wahrheit sagen, doch im Grunde ihres Herzens wusste sie, dass sie sich bereits entschieden hatte.

»Du bist mir übergeben worden, das Geschenk des Kapitäns. Du und ich, wir sind füreinander bestimmt. Sag Mum zu mir!«, flüsterte sie der Kleinen ins Ohr. Das Kind stupste bereits an Mays Brust, weil es trinken wollte, strampelte in den Decken und schaute hungrig zu ihr auf.

»Ella will gefüttert werden«, stellte ihre neue Freundin, Celeste Parkes, fest. Der Name fiel May plötzlich wieder ein.

»Ich habe keine Milch mehr«, murmelte May. Ihr eigenes Kind hatte sie vor Monaten abgestillt.

»Das überrascht mich nicht, allein der Schock wird Ihren Milchfluss gestoppt haben«, erwiderte Celeste. »Ich besorge eine Flasche für sie.«

Als Celeste außer Hörweite war, beugte May sich über das Kind. »Ich werde dich nach allem, was wir zusammen durchgemacht haben, nicht an Fremde geben. Ab jetzt werde ich für dich sorgen.«

Das Schiff fuhr an die Stelle zurück, an der die Katastrophe geschehen war. Man warnte die Passagiere, nicht an Deck zu bleiben, und es regnete, doch May weigerte sich noch immer hinunterzugehen. Sie sah weiße Gegenstände, die am Horizont auf dem Wasser schaukelten: Trümmer und Leichen. Sie wandte dem Meer den Rücken zu. Sich selbst zu quälen, hatte keinen Sinn. Die Erkenntnis traf sie mit unbarmherziger Härte und Endgültigkeit: Joe würde nie zurückkommen, ebenso wenig wie die kleine Ellen. Bei dem Gedanken an die beiden, da draußen auf Gedeih und Verderb den Wellen ausgesetzt, wurde ihr übel. Wie brachte sie es fertig, sie hinter sich zu lassen und wegzufahren? *Wie soll ich ohne euch leben? Was soll ich jetzt tun?*

Mit einem Mal wusste sie, dass sie nicht den Mut hatte, allein nach Idaho weiterzureisen. Auch nach Bolton konnte sie nicht wieder zurück. Wie sollte sie die Veränderung in Ellas Größe und Hautfarbe erklären? Ella. Mrs Parkes hatte den Namen falsch verstanden, doch das kam May gut zupass. Ella Smith war nahe genug an dem Namen ihres leiblichen Kindes in der Geburtsurkunde, unterschied sich aber so weit, dass ihr nicht jedes Mal ein schmerzhafter Stich ins Herz fuhr, wenn sie ihn aussprach. Schon bei der Planung dieses schrecklichen Betrugs erwies sie sich als Meisterin.

Ihre Gedanken überschlugen sich. Sie musste sich mit dem Kind so weit wie möglich vom Meer entfernen, von der Erinnerung an diese entsetzliche Nacht, irgendwohin, wo niemand sie kannte, wo sie von vorn anfangen und diese Lüge leben konnte.

Sie lehnte sich über die Reling und schluchzte in den Wind. *Ich muss es tun und die Leere in meinem Herzen mit einem größeren Geheimnis füllen.* Für sie gab es jetzt eigentlich keine Hoffnung mehr. Eigentlich hatte sie nur ein Leben voller Leid vor sich, aber Ella war gewissermaßen ein Heilmittel. May konnte vor Schmerz in ihrer Brust kaum atmen, ertrank förmlich in einer Woge aus Erleichterung, noch am Leben zu sein, aber auch in Schuldgefühlen, Wut und Trauer über den Verlust. Ihr geliebter Mann, ihr süßes Kind waren tot.

Aber sie lebte noch. Und Ella lebte. Sie musste sich von ihrem Kummer abwenden und für dieses kleine Kind in ihren Armen leben. Im purpurroten Licht zwischen Dunkelheit und Tageslicht starrte sie mit wildem Blick auf das Meer hinaus, verwirrt wie ein ängstliches Kind, das sieht, wie das Wasser gegen das Schiff schlägt, und ihre Augen suchten nach etwas, das nicht mehr da war.

Plötzlich wurde ihr bewusst, dass dies genau das war, was sie aus ihrem Leben machen konnte: eine einsame Reise, auf der sie ein folgenschweres Geheimnis im Herzen tragen würde, erfüllt von Schmerz und Schuldgefühlen, nur mit diesem Würmchen in den Armen. So betäubt sie auch war, ein Teil ihres Verstandes war wach und plante bereits ihre Vorgehensweise.

Der Herr sei mit euch, meine Lieblinge. Ich hoffe, ihr versteht, dass hier eine Kleine ist, die mich jetzt braucht. Ihr werdet in meinem Herzen sein, so lange ich lebe, aber jetzt habe ich ein anderes Ziel. Sie hatte überlebt, um sich dieses Kindes anzunehmen. Ella würde ihr Grund dafür sein weiterzuleben.

18

Am späten Vormittag wurden die geretteten Passagiere erfasst.

»Ihr Name?«, fragte der Offizier, schaute auf seiner Liste nach und vergewisserte sich, dass jeder Überlebende aufgeführt war.

»Mary Smith, ich werde aber May genannt«, antwortete May zögernd und warf einen Blick auf Celeste. »Mein Mann, Joseph Smith, ist siebenundzwanzig, groß und dunkelhaarig. Er ist Zimmermann von Beruf.« Hoffnungsvoll schaute sie auf.

Er wich ihrem Blick aus. »Das Kind?«

»Ellen Smith … die kleine Ella, so nennen wir sie. Der Kapitän hat sie gerettet«, ergänzte sie beinahe stolz.

»Sie hat recht, fragen Sie den Heizer auf unserem Rettungsboot. Er hat versucht, den Kapitän ins Boot zu ziehen … aber er hat sich geweigert«, fügte Celeste hinzu.

»Verstehe. Und Sie sind …?«

»Celestine Parkes, Mrs Grover Parkes aus Akron, Ohio. Ich war mit dieser Dame im selben Rettungsboot. Haben Sie eine Mrs Grant an Bord?«

Der Offizier schüttelte den Kopf. »Wir haben noch nicht alle erfasst. Die *Carpathia* wird noch einmal über die Unglücksstelle fahren und dann nach New York zurückkehren, daher schlage ich vor, Sie begeben sich nach unten in den Speisesaal und holen sich dort Ihre Anweisungen«, befahl er. »In Kürze wird ein Gedenkgottesdienst stattfinden.«

»Aber diese Dame braucht neue Kleidung, wie Sie sehen«, beharrte Celeste.

»Die weiblichen Passagiere an Bord werden sich darum kümmern, wenn Sie unter Deck gehen. Mit einem Kleinkind sollte man sich nicht hier draußen aufhalten«, setzte er nach. »Alles, was Sie brauchen, ist da unten.«

»Danke«, murmelte Celeste, während der Offizier zu einer weiteren Gruppe Überlebender hastete.

May zögerte noch, hinunterzugehen. »Ich kann nicht da runter. Ich kann mich nicht bewegen.«

»Ich werde Ihnen helfen. Geben Sie mir die kleine Ella. Sie

ist bildhübsch«, sagte sie. »So dunkel ... gleicht Ihnen überhaupt nicht.« Celeste verstummte und hoffte, May nicht gekränkt zu haben. Sie gehörte zu den jungen Frauen, die in einer Menge nie auffallen würden. Celeste sah ihr die Panik an, während sie schreckliche Erinnerungen durchlebte.

»Joe war ein dunkler Typ. Es hieß, da sei Zigeunerblut mit im Spiel gewesen, als die Weber auf Wanderschaft waren«, erwiderte May, ohne sie anzusehen. Sie musste sich überwinden, den Namen ihres Mannes laut auszusprechen.

»Tatsächlich? Die Augen sind dunkel wie Kohle. Mein Sohn Roderick ist so hell, dass seine Augen beinahe silbern sind. Er ist zu Hause bei seinem Vater in Sicherheit. Ich war in England, um an der Beerdigung meiner Mutter in Lichfield teilzunehmen.« Celeste verstummte. Für gewöhnlich erzählte sie Fremden nichts über sich, aber sie waren jetzt kaum noch Fremde. Sie hatten das Schlimmste durchgemacht, was ein Mensch erleben konnte. »Nennen Sie mich doch Celeste ... Ich fürchte, meine Eltern haben es ein wenig übertrieben bei mir. Ich war das letzte Kind, das einzige Mädchen in einer ganzen Brüdersippe, und meine Mutter hat dem Himmel für mein Erscheinen gedankt!«

»Das mit Ihrer Mutter tut mir leid. So weit weg von zu Hause zu leben, muss schmerzhaft sein«, erwiderte May, während sie behutsam Schritt für Schritt unter Deck ging.

»Papa wird zusammen mit dem anderen pensionierten Geistlichen im Kathedralenhof gut versorgt. Ich muss zurück zu meinem kleinen Jungen. Er ist erst zwei, und er hat mir so gefehlt.«

»Wir waren unterwegs nach Idaho. Ich hatte die Anschrift, aber jetzt ist sie weg. Wo liegt Akron?« May, das Kind fest an sich gedrückt, schob sich durch den Gang auf eine Tür zu, die sich zu einem weiträumigen Speisesaal öffnete, in dem verloren wirkende Menschen herumsaßen.

»Das liegt in Ohio, in der Nähe einer Stadt namens Cleveland. Es ist nicht gerade hübsch oder alt, so wie Lichfield, aber ich nenne es wohl mein Zuhause. Amerika ist riesig, Sie werden sich daran gewöhnen.«

»O nein, ich gehe wieder nach England zurück. Ich kann hier nicht bleiben, jetzt nicht«, erwiderte May.

»Entscheiden Sie sich noch nicht. Warten Sie ab, wie sich alles entwickelt.«

»Aber ich möchte zurück. In Amerika haben wir nichts. Das war Joes Traum, nie meiner.« Ihre Lippe bebte. Noch nie hatte sie sich so allein gefühlt, so weit weg von allem, was sie kannte. »Man wird uns doch eine Rückfahrkarte geben?«

»Bestimmt.« Celeste wollte sie trösten. »Machen Sie nicht so ein bekümmertes Gesicht. Ich werde Ihnen helfen. Die Reederei White Star Line muss Sie für Ihren Verlust entschädigen. Jetzt muss ich mich erkundigen, ob es etwas Neues von Mrs Grant gibt … ich hoffe, sie hat überlebt.«

»Danke, Sie sind so nett gewesen.« May begann wieder zu zittern, und Celeste suchte ihr eine Ecke, in die sie sich setzen konnte. »Joe hatte so große Pläne. Ich kann nicht glauben, dass das alles passiert. Womit haben wir das verdient, Celeste?«

»Wir haben uns lediglich den guten Diensten der White Star Line anvertraut. Die werden sich für all das vor einem Gericht verantworten müssen. Jetzt müssen Sie sich ausruhen. Mit frischen Kleidern und nach einem warmen Bad werden Sie eher wieder Sie selbst. Ich werde Ella mitnehmen und sehen, ob meine alte Dame gerettet wurde. Ihre Kleine ist bei mir sicher und geht den Leuten vielleicht so ans Herz, dass sie mit Informationen herausrücken.«

»Nein!«, rief May. »Ich meine, bitte, das Kind bleibt bei mir. Ich will es nicht aus den Augen lassen.« Verzweifelt umklammerte May das Deckenbündel. »Vielen Dank, Ma'am, aber wir rühren uns nicht vom Fleck.«

Die Ärmste konnte Ella nicht aus den Augen lassen. Das muss der Schock sein, dachte Celeste, während sie zurück an Deck ging. Als sie aufschaute, sah sie, dass die Schiffsflagge auf Halbmast wehte. Bald würden sie sich alle zum Gedenkgottesdienst unten versammeln. Sie beneidete den Menschen nicht, der eine so traurige Versammlung zu leiten hatte, aber den Toten gebührte eine letzte Ehre.

19

May war froh, allein zu sein, weg von bohrenden Fragen, auch wenn sie noch so gut gemeint waren. Celestes Angebot, Ella mitzunehmen, hatte ihren Entschluss ins Wanken gebracht. Sollte sie verschwinden, Ella mit ins Büro des Zahlmeisters nehmen und ihren Fehler eingestehen? Sollte sie das Kind hergeben und sich dann vor der Welt verstecken, allein mit ihrer Trauer? Sie könnte behaupten, ihr furchtbarer Irrtum sei durch Schock hervorgerufen worden. Sie hätte keinen Schaden angerichtet, und sie musste der Dame nicht wieder unter die Augen treten. Celestine. Was für ein Name, den sie mit sich herumzutragen hatte.

Sie schaukelte das Kind auf ihrem Knie in der vagen Hoffnung, jemand würde es erkennen, aber alle gingen nur wie benommen an ihr vorbei. *Sie hat niemanden, und du hast niemanden, wem schadet es also, wenn du sie als dein eigen ausgibst?* Der innere Kampf, Ella zu behalten oder nicht, tobte wie ein Fieber in May. Irgendetwas musste sich doch aus diesem schrecklichen

Ereignis retten lassen. Wenn Ella verwaist war, würde sie vielleicht von reichen Amerikanern adoptiert und jeden Luxus bekommen, der Mays Mittel bei weitem überstieg. Was hatte sie denn? Außer Liebe hatte sie ihr nichts zu bieten.

Aber wenn die Kleine nun in ein Waisenhaus gesteckt wurde? Selbst wenn sie sich die größte Mühe gaben, hatten Hausmütter doch unendlich viel zu tun und waren umgeben von bedürftigen Kindern. Nie war genügend Aufmerksamkeit für alle da. May konnte sich nur zu gut an das Drängen und Schieben erinnern, das Spielzeug aus zweiter Hand, die grauen Uniformen und festgesetzten Regeln. Sogar das Haar wurde kurz geschnitten, um Zeit zu sparen. Niemand sollte diese herrlichen schwarzen Locken abschneiden.

May holte tief Luft. Was geschehen war, war geschehen. Jetzt ließ es sich nicht mehr rückgängig machen.

20

Nach dem Gedenkgottesdienst drängten sich die Überlebenden in den Salon der ersten Klasse. May und Celeste standen schweigend bei den anderen unter Schock stehenden Passagieren und der Besatzung. Man tuschelte, einige Überlebende seien an Bord des Schiffes gestorben und würden am Nachmittag beigesetzt. Celeste, die bisher noch nichts erfahren hatte, begab sich zum Büro des Zahlmeisters, um nachzufragen, ob jemand etwas von Mrs Grant gehört habe. Sie erhielt eine gute Nachricht. Mrs Grant sei irgendwo in der Krankenstation des Schiffes und leide an Entkräftung. Celeste eilte zu ihr, doch die alte Dame war ruhiggestellt und schlief. Dann begab sie sich zur

Wäscherei, holte Ellas trockene Kleidung ab und bekam ein helles Kleid von einer Passagierin der *Carpathia*. Es war aus weicher Wolle, hatte ein spitz zulaufendes Mieder und passte ihr wie angegossen. Sie tauschte es gegen ihre schwarze Kleidung aus, die gebügelt und mit einem Schwamm abgewischt wurde. Instinktiv spürte Celeste, dass die frisch verwitwete May lieber Trauerkleidung als helle Farben tragen würde, und sie war bereit, ihr das warme und trockene schwarze Kleid zu geben.

Sie nahm die Kindersachen und roch den frischen Duft sauberer Wäsche. Wie hatte die schlichte kleine May nur eine solche Schönheit hervorgebracht? Wie sehr sehnte Celeste sich nach einem weiteren Kind, doch Grover hielt eisern daran fest, ein Sohn und Erbe sei eine hinreichende, elegante Lösung.

Ihr Leben in Akron schien in weite Ferne gerückt. Sie dachte an die Zeit damals, als sie sich in London bei einer Abendgesellschaft ihres Großvaters kennengelernt hatten, eines Bischofs im Ruhestand, die er für episkopalische Besucher aus Amerika veranstaltet hatte. Grover war auf Geschäftsreise für die Diamond Rubber Company gewesen und in Begleitung eines Freundes gekommen, hatte ihr Herz mit Rosen und Geschenken im Sturm erobert, hatte ihr einen Ring an den Finger gesteckt, bevor sie auch nur blinzeln konnte, und sie auf das erste Schiff nach New York gesetzt. Das alles schien lange her.

Alle Ehepaare brauchen eine Zeit, um sich aneinander zu gewöhnen, aber bei ihnen dauerte es länger als üblich. Ihre Welten lagen weit auseinander, doch Roddy war eine solche Freude. Sie musste ihnen telegraphieren, um sie wissen zu lassen, dass sie in Sicherheit war, aber wie sollte Grover verstehen, was sie gerade durchgemacht hatte? Die Schreie dieser ertrinkenden Seelen würden ein Leben lang in ihren Ohren widerhallen.

Der Anblick des sinkenden Schiffes tauchte blitzartig vor ihren Augen auf, als würde es gerade geschehen. Wie sollte es nach allem wieder so werden wie zuvor?

Auf ihrem Weg durch den Speisesaal fiel Celeste eine Gruppe von Frauen auf, die in einer Runde auf dem Boden saßen, eingehüllt in Pelze und Schals mit Paisleymuster. Sie lauschten einer Frau, die auf sie einredete.

»Meine Damen, wir können hier nicht herumsitzen und nichts tun. Bevor wir dieses Schiff verlassen, müssen wir einen Ausschuss gründen und ein paar verbindliche Beschlüsse fassen. Diese Katastrophe wird die Welt erschüttern, und für das, was gestern Abend passiert ist, müssen Köpfe rollen. Hier haben wir all die armen Seelen ohne Hab und Gut, nicht einen Cent in ihren Taschen. Wer wird dafür sorgen, dass ihnen Gerechtigkeit widerfährt? Wie werden sie zurechtkommen, wenn wir in New York anlegen, wenn wir uns jetzt nicht an die Arbeit machen?«

»Aber Mrs Brown, die White Star Line ist verantwortlich für ihr Wohlergehen, nicht wir«, sagte eine andere Dame, die neben ihr stand.

Die stämmige Frau schüttelte den Kopf und hielt eine Hand hoch. »Ich weiß, was es heißt, kein Zehncentstück mein eigen zu nennen. Amerika kann Menschen reich oder bettelarm machen. Ich hatte Glück, mein Mann ist auf eine Goldgrube gestoßen, aber eines weiß ich: wer den Mund nicht aufmacht, bekommt nichts!«

Celeste trat näher heran. Die Frau glühte vor Empörung und verlieh den Gedanken Worte, die auch sie sich gemacht hatte. Überraschenderweise fand sie den Mut, auch etwas beizusteuern. »Sie haben ja so recht. Ich war auf einem Boot, in dem eine arme Frau aus dem Wasser gezogen wurde. Alles, was sie besitzt, ist untergegangen – ihr Mann, ihre Fahrkarten, ihr Geld. Ihr kleines Kind wurde gerettet, Gott sei Dank, aber sie ist mittellos.«

Mrs Brown wandte sich der neu hinzugetretenen Frau zu und lächelte. »Da haben wir es … Seien Sie uns willkommen. Ist dieser britische Akzent nicht wunderbar? Kommen Sie, schließen Sie sich uns an, Schwester. Wir brauchen Frauen wie Sie, die Farbe bekennen. Wer soll Kapitän Rostron und der Besatzung der *Carpathia* danken, wenn nicht wir? Wer soll dafür sorgen, dass die Immigranten Entschädigung erhalten, wenn nicht wir? Wenn wir an Land gehen, wird zunächst Chaos ausbrechen. Jeder wird jetzt helfen wollen, aber wenn die armen Seelen sich in alle Winde zerstreuen, muss jemand der Sache nachgehen und dafür sorgen, dass man ihren Ansprüchen gerecht wird.«

»Aber, Margaret, Schatz, ist es nicht zu früh, Verantwortung für solche Sachen zu übernehmen? Das wird die Regierung tun wollen«, sagte eine Passagierin der ersten Klasse, eingehüllt in Fuchspelz.

»Ethel, die Regierung ist ein Haufen von Eseln! Entschuldigen Sie meine Wortwahl. Frauen sind es, die sich kümmern. Das war schon immer so und wird auch so bleiben. Wir müssen dafür sorgen, dass niemand infolge dieser Katastrophe Hunger leidet. Kinder müssen eine anständige Erziehung erhalten. Wie viele Väter sind umgekommen, reiche und arme? Wie viele Kinder hat die *Titanic* zu Waisen gemacht? Wer soll die armen, erfrorenen Leichen der Armen begraben? Dafür ist das Mitgefühl einer Frau notwendig. Wohltätigkeit kann schrecklich kalt sein. Ich werde eine Liste herumreichen. Tragen Sie Ihre Namen ein, fügen Sie die Anschriften hinzu sowie das, was Sie für die Glücklosen unter uns tun und geben wollen.«

»Aber auch einige von uns haben alles verloren«, schluchzte eine Frau.

»Ich weiß, Schwester, aber der Herr hilft denen, die sich selbst helfen. Besser ist es, sich jetzt zu organisieren, bevor wir uns in unserem großen Land in alle Himmelsrichtungen zerstreuen. Ihr müsst die Nachricht verbreiten, Schwestern! Erzählt eure Geschichte und macht Gelder locker. Etwas zu tun, ist besser, als unnütz Tränen zu vergießen.«

Celeste applaudierte spontan, begeistert von Margaret Browns mitreißenden Worten. Sie konnte nicht abseitsstehen und auf Distanz bleiben, zumal sie selbst gesehen hatte, wie schlecht es um die Kranken und Mittellosen an Bord stand. Einige waren so schockiert, dass sie wie Gespenster herumliefen. Wie sollten sie jemals für sich selbst einstehen?

Als sich die improvisierte Versammlung auflöste, kam Mrs Brown auf Celeste zu, ein strahlendes Lächeln auf dem Gesicht. »Und wohin führt Ihr Weg, Schwester?«

»Zurück nach Akron, Ohio. Mir hat gefallen, was Sie gesagt haben. Ich würde gern helfen«, erwiderte Celeste.

»Wie ich hörte, sind ein paar Arme unterwegs nach Rubber Town, die ihre Männer verloren haben. Wir haben Walter Douglas von Quaker Oats Factory verloren. Seine Frau ist da drüben, sind Sie mit ihr bekannt?« Sie zeigte auf eine weinende Frau in einer Ecke. »Steht noch immer unter Schock, aber sie wird zu sich kommen. Ich möchte sicherstellen, dass wir uns angemessen bei der Besatzung bedanken, nicht nur mit einem Brief, sondern mit einem echten Beweis unserer Anerkennung«, fügte sie hinzu.

»Einem Orden vielleicht?«, schlug Celeste vor.

»Sie sagen es! Ein Orden für jedes Besatzungsmitglied, der ihnen feierlich überreicht wird … natürlich nicht jetzt. Das muss organisiert werden ... wären Sie daran interessiert?« Margaret Brown fixierte sie mit einem Blick, der keine Ausreden duldete.

»Aber ich lebe in Ohio.«

»Na und? Ich draußen im Westen ... Es gibt Züge. Wir werden noch ein Treffen anberaumen, bevor wir abfahren. Willkommen an Bord. Ihr Name ...?«

»Mrs Grover Parkes.«

»Aber wer sind Sie selbst? Nur Vornamen, wenn's nach mir geht ...«

»Celestine Rose ... Celeste ...« Sie zauderte, nervös bei der Vorstellung, worauf sie sich da einließ.

»Was für ein himmlischer Name«, kicherte Margaret Brown, während sie Celeste durch den Raum führte und mit anderen Unterstützerinnen plauderte. »Sie sind Engländerin. Davon gibt es viele an Bord, versuchen Sie, die in die Enge zu treiben, und lassen Sie eine ablehnende Antwort nicht gelten. Wenn sie nicht helfen wollen, ringen Sie ihnen wenigstens eine Spende ab oder eine Anschrift, unter der wir sie später mit unserem Aufruf belästigen können.«

Celeste seufzte über diese mutige, unkonventionelle Dame, die schnurstracks auf die Astors zuhielt. Sie platzte förmlich vor Zuversicht.

Könnte sie doch nur ein wenig so sein, sinnierte sie. Hätte sie doch nur nicht das Gefühl, als wäre in den letzten Jahren jede Unze ihres Selbstwertes durch Grovers beständige Krittelei von ihr abgeschliffen worden. Er würde einen Blick auf Mrs Brown werfen und sie als störende Wohltätigkeitsziege abtun, die mehr Geld als Verstand hatte. Da irrte er sich. Sie gehörte zu den Frauen, die zupackten, und Celeste beschloss, den Kontakt zu ihr aufrechtzuerhalten, komme was wolle, in der Hoffnung, dass dieses kecke, draufgängerische Selbstbewusstsein zumindest teilweise auf sie abfärben würde.

21

May döste vor sich hin, als Celeste zurückkam, und schrak auf. Seufzend betastete sie das schwarze Kostüm, das Celeste gefaltet über dem Arm trug. »Wie soll ich Ihnen je danken? Was für ein schöner Stoff.«

Celeste erwähnte nicht, wie wichtig es Grover war, dass sie sich ihrer Stellung gemäß kleidete. Sie musste stets wie die adäquate Gemahlin eines erfolgreichen Geschäftsmannes aussehen und durfte nur feinste Stoffe mit den besten Besätzen anziehen. Die äußere Erscheinung war alles für Grover, dachte Celeste finster. Und Äußerlichkeiten konnten trügerisch sein, wie die *Titanic* so schrecklich vorgeführt hatte.

»Wir wollen sehen, wie es Ihnen passt. Den Saum können wir immer noch kürzen.«

May hielt sich zurück. »Da drüben laufen Frauen in Röcken aus Decken herum. Das hier ist zu fein für mich.«

»Unsinn. Hier sind die Sachen für das Kind, alles gewaschen und gebügelt. Die Spitze am Nachthemd ist vorzüglich. Sie ist handgefertigt, das Häubchen auch … Sind Sie Spitzenklöpplerin?«

May schaute auf. »Ach, das«, sagte sie unbewegt. »Das war ein Geschenk. Ich war einmal in Lostock außerhalb von Bolton bei der Frau eines Baumwollspinnereibesitzers im Dienst. Als sie von dem Kind hörte, schenkte sie mir eine Menge Zeug. Das muss von ihr sein.« May war selbst erstaunt, wie schnell und souverän sie diese grauenhafte Lüge vortrug. Eine so ausgefallene Spitze hatte sie noch nie im Leben gesehen.

»Sie sehen aus wie Erbstücke. So etwas ist mir noch nie untergekommen.«

»Wahrscheinlich ist es wirklich ein bisschen arg prächtig für ein so kleines Kind.« May errötete. »Ich komme jetzt zurecht, schätze ich. Holen Sie sich doch etwas Tee. Sie waren so nett. Irgendwie werden wir es schon schaffen.«

So einfach wurde sie Celeste jedoch nicht los. »Wir haben das hier gemeinsam angefangen, also werden wir es auch zu Ende bringen. Ich habe alle Zeit der Welt. Sie brauchen Hilfe und Informationen. Ich kann Ihnen in New York einen Aufenthaltsort besorgen. Sie haben mit Ella genug am Hut.«

»Sind Sie immer so bestimmend?« May lächelte und entblößte eine Reihe schiefer Zähne.

»Nur, wenn ich im Recht bin«, erwiderte die Dame lächelnd. »Manchmal wundere ich mich über mich selbst. Ich möchte, dass Sie Ihre Hände noch einmal untersuchen lassen.« Sie ergriff Mays Hände und untersuchte die geschwollenen Finger. »Ein warmes Bad könnte ihnen guttun. Ich kann auf Ella aufpassen. Sie ist so goldig, wie alt ist sie?«

»Im Mai wird sie ein Jahr alt«, antwortete May rasch und hätte es am liebsten nicht gesagt.

»Tatsächlich? Sie ist sehr klein. Roddy war in ihrem Alter doppelt so groß.«

»Sie ist ein Siebenmonatskind und war bei der Geburt winzig und ziemlich schwach, daher hängt sie anderen ein bisschen hinterher.« Wie brachte sie diese Lügen nur so flüssig über die Lippen?

»Ich hätte so gern ein kleines Mädchen. Eines Tages vielleicht ...« Celeste wirkte wehmütig und zerstreut. »Roddy ist fast drei. Sie wachsen so schnell, nicht wahr? Vergessen Sie nicht, Ihrer Familie zu Hause zu telegraphieren, um ihnen mitzuteilen, dass Sie in Sicherheit sind.«

»Wir haben keine Familie, jetzt nicht, nie mehr. Wir waren nur zu dritt. Ella ist alles, was mir geblieben ist.«

Celeste sah sie erschrocken an. »Oh, das ist ja furchtbar – und so ungerecht. Es tut mir so leid. Aber Sie haben ja noch Ihren Verwandten in Idaho.«

»Onkel George? Ich habe ihn nie kennengelernt. Er hat die Fahrkarte für uns bezahlt, aber Joe hatte alles in seinem Mantel.« Jetzt stiegen ihr Tränen in die Augen. »Ich weiß nicht einmal genau, wohin wir fuhren. Ist das nicht furchtbar? Alles hat Joe gemacht. Ich wollte eigentlich nicht dorthin.« Die Tränen rannen ihr ungehindert über das Gesicht.

»Lassen Sie die Tränen nur fließen, May. Sie müssen weinen. Sie haben sich so tapfer zusammengerissen. Wenn dieser Onkel George Sie finanziell unterstützt hat, werden Beamte seine Anschrift haben. Ich werde dafür sorgen, dass Sie es in Erfahrung bringen.«

»Ich habe Ihre Freundlichkeit nicht verdient, Celeste. Ich mache mich selbst zum Narren«, schniefte May.

»Seien Sie nicht albern. Man wird einen besonderen Trauergottesdienst für alle abhalten, die auf dem Schiff umgekommen sind. Ich finde, wir sollten hingehen. Das wird helfen. Mein Vater ist Geistlicher, und er sagt, es hilft, wenn man Abschied nimmt. Wenn wir Seite an Seite stehen, können wir uns gegenseitig stützen.«

»Sollten Sie nicht da oben sein?« May warf einen Blick an die Stelle, an der sich viele Passagiere der ersten Klasse in Gruppen zusammengefunden hatten, miteinander sprachen und rauchten.

»May, das hier stehen wir gemeinsam durch.« Celeste streckte eine Hand aus. Das war zu viel für May, und sie musste wieder weinen.

»Joe kommt nie wieder, nicht wahr?«

»Hoffnung gibt es immer. Vielleicht hat ein anderes Schiff Überlebende aufgenommen.«

May seufzte und schluckte ihre Tränen. »Er ist tot. Ich fühle es hier«, flüsterte sie und berührte ihr Herz. »Ich hätte mit ihnen sterben sollen.«

»Sagen Sie so etwas nicht! Denken Sie an Ella. Sie braucht Sie jetzt mehr denn je.«

May betastete den Kopf des Kindes und flüsterte: »Sie haben recht. Jeder braucht eine Mutter.« Ich bin zwar nicht dein Fleisch und Blut, dachte sie bei sich und schaute der kleinen Fremden in die Augen, aber ich gebe mir die größte Mühe.

22

Lower Manhattan

Er würde zu spät zu seiner Schicht kommen, aber Angelo Bartolini blieb noch, um letzte Hand an seine Wohnung in der Baxter Street zu legen. Er hatte die Tage auf seinem Heiligenkalender gezählt. Er konnte es nicht erwarten, Maria wiederzusehen und seine neugeborene Tochter kennenzulernen, aber er wollte nicht, dass sie enttäuscht von den beiden Zimmern war, daher gab er ihnen einen schnellen Anstrich.

Onkel Salvi und Tante Anna hatten ihm geholfen, das kleine Zuhause mit einem Bett, einer Wiege, einem Tisch, zwei Stühlen und einem Kleiderschrank auszustatten. Es musste vor ihrer Ankunft am Mittwoch fertig sein. Als er zurücktrat, um sein Werk zu betrachten, lächelte er. Die Wohnung war prächtig wie ein Palast, neue Spitzengardinen warteten darauf, aufgehängt zu werden, und er hatte eine Schale mit frischem Obst von Salvis Stand an der Mulberry Street gefüllt. Alles musste für ihr Wiedersehen perfekt sein.

Er tastete nach der Postkarte in der Tasche seiner Latzhose. Darauf war das prächtigste Schiff der Welt abgebildet; seine Frau und sein Kind reisten stilvoll nach New York, um ihr gemeinsames Leben zu beginnen; ein gutes Omen für ihr zukünftiges Glück.

Wie lange hatten sie dieses Wiedersehen hinausgeschoben, zunächst wegen des Kindes, dann, weil er für seine Frau nur das Beste wollte. Sie würden ihre Wohnung nicht mit anderen teilen. Der Mulberry District war laut, staubig, voller Landsleute, die sich mühselig ihren Lebensunterhalt verdienten. Die Straßen von New York mochten zwar mit Gold gepflastert sein, aber die Italiener mussten pflastern.

Das geschäftige Treiben auf den Straßen war anfangs erschreckend für ihn gewesen, so ganz anders als ihre Dörfer in der Toskana. Gebäude ragten hoch über ihm auf, und in der abgestandenen Luft konnte er kaum atmen. Die Hitze, die Gerüche, die dichtgedrängten Menschen, die am Boden lagen – das alles war unerträglich. Es war hart, aber Angelo hielt lange genug durch, um zu erkennen, was für Möglichkeiten sich in den Straßen von New York eröffneten. Er half Salvis Freund auf einer Baustelle, hoch oben auf einem Gerüst, wo er die Brise vom Hudson mitbekam. Er war von Natur aus schwindelfrei und fand bald geregelte Arbeit und Bezahlung.

Ursprünglich hatte er vorgehabt, zu Geld zu kommen und

schließlich nach Italien zurückzukehren, doch Maria hatte gebettelt, sie wolle Amerika mit eigenen Augen sehen. Sie fehlte ihm so sehr, dass er ihr nichts abschlagen konnte, also sparte er sich alles vom Munde ab, bis er das Fahrgeld zusammen und eine Unterkunft gefunden hatte. Jetzt endlich wurde sein Traum wahr.

Für seine schöne Frau war nichts gut genug, und er umklammerte sein Kruzifix, bekreuzigte sich und betete zu den Heiligen, sie mögen sich in diesem neuen Leben einrichten. In den Hintergassen hatte er so viel Elend gesehen, Witwen und Kinder, die Lumpen sammelten und in Abstellkammern in Treppenhäusern hausten.

Wenn er tagsüber acht Stockwerke hoch an Neubauten arbeitete, konnte er auf die Dächer schauen, auf denen Familien dichtgedrängt in Hütten lebten, in den heißen Nächten draußen auf dem Dach schliefen, weil sie in den dampfenden Straßen der Innenstadt keine Luft bekamen.

Wie viele Hoffnungen starben genau dort, wenn etwa Typhus ausbrach? Er wollte seine Familie nicht in ein solches Elend bringen, nicht nach der schönen toskanischen Landschaft, an die sie gewöhnt waren. Er wollte für sie nur das Beste. Zögernd legte er seinen Pinsel ab und eilte hinaus, um seinen Arbeitstag anzutreten.

Später, als Angelo hoch über den Straßen von Manhattan arbeitete, ging er in Gedanken immer wieder alle Vorbereitungen durch, die noch zu treffen waren. Ein richtiges Familienfest sollte es geben. Anna und ihre Töchter würden sich darum kümmern, aber er musste zum Lebensmittelladen, um den Vorratsschrank aufzufüllen.

»Angelo! Pass auf!«, vernahm er eine warnende Stimme. Seine Konzentration ließ gefährlich nach, als er jemanden laut schreiend durch die Mulberry Street laufen sah. Das Wort »*Titanico*« schwebte zu ihm herauf, Frauen in Schürzen und Kitteln sammelten sich an Mulberry Bend, Männer blätterten hektisch in Zeitungen.

»Was ist da los?«, rief er seinem Arbeitskollegen zu. Rocco zuckte mit den Schultern, doch ein anderer aus seinem Trupp brüllte zu ihnen herüber: »Es heißt, ein Schiff ist untergegangen ... die *Titanic* ist gesunken ...«

Angelo lief es eiskalt über den Rücken, er warf seinen Werkzeugbeutel über die Schulter, rutschte am Gerüst hinunter und rannte der Menschenmenge nach. Das Blut pulsierte in seinen Schläfen, Angstschweiß brach ihm aus. An der Ecke sah er die Schlagzeile auf einer Plakatwand und sank vor Erleichterung auf die Knie. »*TITANIC* GESUNKEN; ALLE GERETTET!« Wenn es in der Zeitung stand, musste es wahr sein. Zeitungen logen nicht.

Trotzdem rannte Angelo weiter und folgte der neugierigen Menge zu der Schlange, die sich vor den Büros der White Star Line am Broadway gebildet hatte und bis zum Bowling Green Park auf der gegenüberliegenden Seite reichte. Alle lechzten nach Neuigkeiten, ganz gleich welcher Art, doch die Gerüchte, die herumgingen, spendeten keinen Trost, und Angelos Englischkenntnisse waren noch nicht gut genug, um zu begreifen, was gesagt wurde.

»*Per favore* ... bitte, welche Nachrichten?«, wiederholte er, die Mütze in der Hand, und versuchte, nicht zu zittern. Gesichter, die zunächst erleichtert ausgesehen hatten, tauchten später voller Anspannung wieder auf. »*Molti mori* ... viele Tote. Sie ist untergegangen, glauben wir, aber das Rettungsschiff läuft heute Abend ein. Es besteht noch Hoffnung ...«

Er wagte nicht, sich von der Schlange zu entfernen für den Fall, dass neue Nachrichten kamen. Schließlich wurde eine Liste von Überlebenden ans Brett gehängt. Allmählich wurde es dunkel, und die Nachricht über die unerwartete Rückkehr der *Carpathia* machte die Runde. Nur Verwandte von Passagieren konnten hinunter zum Hafen, um ihre Lieben in Empfang zu nehmen.

»*Per favore*, was ich mache?«, fragte er alle, die ihm zuhören wollten. Warte, bete, bleib ruhig und hoffe, sagte ihm seine innere Stimme. Aber wie sollte er die Ruhe bewahren, wenn seine Frau und sein Kind auf diesem Schiff waren?

Lange vor Einbruch der Dunkelheit versammelten sich Menschen zu Tausenden an Pier 54 und warteten auf die Tragödie, die sich vor ihren Augen abspielen würde, Schaulustige wollten einen Platz in der ersten Reihe. Die Polizei hatte Barrieren vorbereitet. Nur wer Verwandte an Bord hatte, bekam einen Zettel mit der Erlaubnis, nahe am Anleger zu warten. Im Regen frierend, umklammerte Angelo sein gelbes Ticket und wurde mit den anderen zu den Kais im Hafen geführt. Die Straßen, auf denen sich bereits Zuschauer drängten, neugierig und gespannt auf die Rückkehr des Schiffes, füllten sich mit noch mehr Menschen. Arm und Reich standen Schulter an Schulter, alle begierig darauf, das Rettungsschiff zu sichten, während Krankenwagen, Limousinen, Taxis und Leichenwagen auffuhren. Beim Anblick der schwarzen Wagen wurde Angelo kalt bis auf die Knochen.

Außer Krankenschwestern und Ärzten waren die schwarz gekleideten Nonnen der Sisters of Charity und die bekannten Priester der Old St. Patrick's Cathedral gekommen und streckten unterstützend und tröstend ihre Hände aus.

»Angelo, sei jetzt tapfer. Alles wird gut.« Pater Bernardo erteilte ihm seinen Segen, als er ihn erblickte.

Eine Frau, die vor ihm stand, wehklagte bereits mit schriller Stimme, zerrte an ihren Kleidern und konnte ihren Kummer nicht beherrschen. Entnervt ging Angelo auf Abstand zu ihr. Bei ihrem Gehabe wurde ihm übel.

Vor nicht allzu langer Zeit hatte er diese Reise selbst unternommen, ein Fremder, der auf dem Meer hin und her geworfen wurde und sich fragte, wieso um alles in der Welt er sein geliebtes Land verließ. Jetzt stand er in dieser dunklen, nassen Nacht und betete, seine Frau und seine Tochter mögen gesund an Bord sein, betete, dieser Albtraum möge zu Ende sein, sobald er sie am Ende in den Armen hielt.

Auf dem Wasser schienen unzählige kleine Boote unterwegs zum Ambrose-Leuchtfeuer zu sein, um den ersten Blick auf das Rettungsschiff zu erhaschen. Das Meer war kabbelig, doch Dunst und Nebel lichteten sich immer mehr. Ein Aufschrei ertönte, die *Carpathia* sei am Horizont zu sehen, ein riesiger schwarzer Rumpf mit einem Schornstein zeichne sich in weiter Ferne ab. »Schiff ahoi!«, lief es durch die Menge, die angestrengt Ausschau hielt.

Stampfend wärmte Angelo seine Füße in den nassen Schuhen, schlang die Arme um sich und versuchte, nicht zu zittern. Er umklammerte das Kruzifix an seinem Hals wie einen Talisman. *O bitte, lieber Gott, bewahre sie.*

23

Umtost von heftigen Böen und prasselndem Regen, nach einer langen, von Nebel verzögerten Fahrt dampfte die *Carpathia* durch die Meerenge in den Hafen von New York. May und Celeste starrten hinaus auf die kabbeligen Wellen und beobachteten eine Reihe kleiner Boote, die zu ihrer Begrüßung tuteten. Reporter hielten Pappschilder mit Fragen hoch und boten Geld für die Geschichten der Überlebenden an. Fotografen, die begierig waren, die ersten Aufnahmen von den Überlebenden der *Titanic* zu schießen, ließen ihre Blitzlichter aufflackern. An Deck sprach niemand, alle schauten mit trübem Blick auf das Schauspiel, während sich das Schiff dem Kai näherte.

»Wir werden eine große Attraktion sein«, sagte Celeste schließlich, doch May hörte nicht zu, in Gedanken versunken. Das hätte der aufregendste Augenblick ihres Lebens sein sollen. Joe hätte sich weit über die Reling gebeugt und auf die Umrisse der Stadt gezeigt. Jetzt aber empfand sie nichts beim Anblick der hohen Gebäude und Brücken, die sich am Nachthimmel abzeichneten, nichts außer schmerzhafter Müdigkeit. May wollte weder Mitleid noch Neugier ausgesetzt sein. Sie wollte nur das erste Schiff zurück nach England nehmen, aber das wäre erst nach Tagen möglich. Sie hatte nur die geliehenen Sachen am Leib und ihr eigenes Kleiderbündel. Sie hatte kein Geld in der Tasche und konnte sich nicht einmal eine Mahlzeit leisten.

Überlebende wurden zu Sammelstellen gerufen. Mehr als siebenhundert drängten sich an Bord. Jetzt sollten sie entsprechend ihrer Fahrkarten eingeteilt werden. Celeste würde als Erste von Bord gehen und zu ihrem weit entfernten Zuhause zurückkehren. May würde allein zurechtkommen müssen.

Als könnte sie ihre Gedanken lesen, hakte Celeste sich bei May unter. »Keine Bange, ich lasse Sie nicht im Stich, ich werde hierbleiben, bis Sie wissen, wie es weitergeht. Wir müssen eine Unterkunft für Sie suchen. Wenn Akron nicht so weit weg wäre, würde ich Sie mit nach Hause nehmen.«

May sah diese unwahrscheinliche Freundin an – so groß, so verblüffend mit ihren lockigen, kastanienbraunen Haaren, der kräftigen Kinnpartie und den blitzenden blauen Augen – und hätte am liebsten vor Erleichterung geweint. »Sie waren so freundlich, aber Sie müssen doch jetzt weiterreisen zu Ihrem Mann und dem kleinen Jungen«, sagte sie. May kam sich wie eine Betrügerin vor. Was würde Celeste von ihr halten, wenn sie die Wahrheit über Ella wüsste? Sie wäre entsetzt.

»Ein paar Tage länger wird niemandem weh tun. Ich werde Sie und Ella nicht in eine verlauste Herberge zwängen lassen. Ich werde eine anständige Unterkunft für uns suchen. Jetzt muss es doch welche geben, da unser Hilfskomitee die Sache in die Hand genommen hat. Wenn es um Notfälle geht, können Amerikaner hervorragend organisieren, sie stecken voll Pioniergeist, und wir haben an Bord bereits Tausende Dollar gesammelt.«

Kurz darauf wurde Celeste fortgedrängt, drehte sich aber zu May um und winkte. »Ich warte am Ausgang auf Sie.« May war sich dessen nicht so sicher. Sobald sie sich in der liebevollen Umarmung ihres Mannes befand, würde man sie im Handumdrehen wegbringen, und das wäre das Ende dieser eigenartigen Freundschaft. Am besten hielt sie sich an ihren eigenen Plan und mied die Gesellschaft anderer. Sie wären einfach nur Schiffe, die in der Nacht aneinander vorbeifuhren, und die Bitterkeit dieser Worte erschütterte sie. An Bord hatte sie Gerüchte von anderen Schiffen gehört, die nicht zu ihrer Rettung gekommen waren. Wenn, dann wären mehr Menschen gerettet worden.

Noch immer bestand die Möglichkeit, dass Ella eine Familie hatte, die auch sie am Ausgang zu sich nehmen würde. May hatte während der scheinbar endlosen Fahrt auf der *Carpathia* daran gedacht und sich eine Geschichte für sie zurechtgelegt. Besser, wenn Celeste nichts davon erfuhr.

Erst kurz vor Mitternacht, fast eine Stunde, nachdem Celeste das Schiff verlassen hatte, gingen die Überlebenden der dritten Klasse an Land. Man hatte ihnen Fahrkarten gegeben, Gutscheine und ein paar Dollar. Plötzlich wurde May nervös, klammerte sich an die Gangway und hatte Angst, das Schiff zu verlassen. Die Beine verweigerten ihr den Dienst, und ihr wurde schlecht.

»Ich kann nicht gehen«, flüsterte sie der Stewardess zu, die hinter ihr stand.

»Doch, das können Sie«, lautete der Befehl. »Hier gibt es nichts für Sie, meine Gute.«

Und ob: ihre letzte kostbare Verbindung mit Joe. Wenn sie von Bord der *Carpathia* ging, würde sie Joe und Ellen für immer hinter sich lassen. Wie konnte sie ohne die beiden in einem fremden Land ankommen? Abermals überwältigte sie die enorme Tragweite dessen, was sie tat. Wartete jemand am Kai auf Ella und ihre Familie? Jemand, der dieses Kind erkennen würde? In jener Nacht waren so viele Väter umgekommen, aber wenn die Mutter nun allein gereist war und ihr Mann hier wartete und verzweifelt nach seiner Familie Ausschau hielt?

Sie drückte Ella fest an sich und bedeckte ihren Kopf mit dem Häubchen. Ich kann dich jetzt nicht loslassen … Doch sie wusste, dass sie vielleicht dazu gezwungen war.

Angelo beugte sich über die Barriere und winkte mit dem zerknitterten Foto seiner Geliebten, das er stets am Herzen trug. »Meine Frau … Frau. Haben Sie meine Frau gesehen?«, rief er auf Italienisch. »Maria Elisabetta Bartolini! Ich bin hier, hier drüben!«

»Stellen Sie sich an den Ausgang B, Junge … Sie kommen getrennt nach dem Anfangsbuchstaben des Familiennamens. Da drüben«, sagte ein Gepäckträger und zeigte auf eine Reihe von Ausgängen, welche die Passagiere einzeln herausließen. »Der hier ist W wie Wagner«, fügte er hinzu.

»*Non capisco* …« Angelo war verwirrt. »Nicht verstehen. *Dove Titanico?* Wo ist das große Schiff?«

»Das ist die *Carpathia*, mein Freund. Sie hat die Überlebenden aufgenommen. Wenn sie nicht dabei ist …« Der Gepäckträger schüttelte den Kopf. »Tut mir leid.«

Angelo schüttelte den Kopf. »Nein, nein … Meine Frau, mein Kind, wo sind sie? Wie soll ich denn ohne sie leben? Sie muss hier sein. Mutter Gottes, bitte hilf mir!«

24

Während sie langsam über die Gangway an Land gingen, gelang es May, ihre Erstarrung zu überwinden und zu den anderen aufzuschließen. Sie sah winkende Mengen von Zuschauern, die man zurückgedrängt hatte. Niemandem war gestattet, so nah heranzukommen, um neugierige Blicke auf jene zärtlichen Momente des Wiedersehens zu werfen, die den Glücklichen beschert waren.

May zog zögernd Ellas Spitzenhäubchen ab, um ihr Gesicht freizulegen und das gewinnende Lächeln, das auch das kälteste Herz erwärmt hätte. Langsam ging sie am Rand der Passagiere auf die Barrieren zu, schob sich an dem eingefassten Bereich für Verwandte entlang und lauschte ängstlich nach einem Aufschrei des Wiedererkennens. Absichtlich stellte sie ihr Kind zur Schau, doch niemand hielt sie auf oder erhob Anspruch auf das Kind. Männer reckten Fotos in die Höhe und riefen etwas in fremden Sprachen, als sie vorübergingen.

Ella begann zu weinen, verängstigt vom Lärm, den hellen Lichtern und den vielen Menschen ringsum. May schlug das Herz bis zum Hals. Sie hatte ihre Geschichte Wort für Wort parat: Sie würde sagen, immerhin habe der Kapitän ihr das Kind anvertraut, und sein ausdrücklicher Befehl laute, sie solle es nur an ein Elternteil oder Verwandte abgeben. Doch noch immer trat niemand vor, während sie sich Zeit ließ. Ihre Arme zitterten bei der Vorstellung, im letzten Moment könnte noch jemand vorspringen und Anspruch auf das Kind erheben. Sie blieb noch einmal stehen und ging durch den S-Ausgang hinaus. Erleichtert atmete sie auf.

Dann erblickte sie Celeste, die neben einem Mann in Paletot und Melone stand. May nahm an, dass es ihr Ehemann war, der sie vom Schiff abholen wollte.

»Endlich! Tut mir leid, dass man Sie warten ließ, aber es waren so viele abzufertigen.« Celeste lächelte und streckte die Arme nach Ella aus.

»Ist das Mr Parkes?«, fragte May, als der Mann lächelnd den Hut zog.

»Nein, Ma'am, ich bin Jack Bryden.« Sie schüttelte ihm die Hand. Er verstummte und wartete darauf, dass Celeste die weiteren Erklärungen übernahm.

»Das ist einer der Geschäftsführer meines Mannes, den er geschickt hat, um mich nach Hause zu bringen. Ich habe ihm gesagt, dass ich noch nicht bereit bin zu fahren. Ich werde hierbleiben, bis Sie so weit sind aufzubrechen.«

»Aber Sie müssen fahren. Ihre Familie wird darauf brennen, Sie zu sehen«, protestierte May, denn ihr fiel auf, dass der Mann verängstigt wirkte und seinen Hut fest umklammert hielt.

»Grover hat sehr viel zu tun und ist offensichtlich zu beschäftigt, um diese Fahrt selbst zu unternehmen. Mr Bryden wird so freundlich sein, einen oder zwei Tage zu warten, dessen bin ich mir sicher. Ich habe gerade die schrecklichen Nachrichten gehört, May. Von uns haben nur siebenhundert überlebt. Fünfzehnhundert Menschen sind ertrunken. Ich fasse es nicht. All diese Familien, die Hilfe brauchen. Hier wartet Arbeit auf mich, und ich muss an einer Sitzung teilnehmen, bevor ich mich auf den Heimweg machen kann.«

»Aber Madam, ich hatte die ausdrückliche Anweisung, Sie sofort im Zug nach Hause zu begleiten. Die Familie will Sie unbedingt wieder bei sich haben.«

»Bestimmt. Danke, Jack, aber wie gesagt, ich habe hier dringende Angelegenheiten zu erledigen.«

In Celestes Stimme schwang eine Schärfe mit, die May noch nicht gehört hatte. Sie war schockiert über die Anzahl der verlorenen Seelen: all die anderen Witwen und Waisen. Plötzlich war ihr übel, vor Erschöpfung war sie einer Ohnmacht nahe.

»Ich muss mich hinsetzen.«

»Keine Bange, auf uns wartet ein Taxi«, sagte Mr Bryden. »Ich bin mit einem Schienenbus hierhergekommen, in dem ein junger Mann aus Akron saß. Ich will nachsehen, ob er seine Familie gefunden hat. Sind Sie Leuten mit Namen Wells aus Cornwall begegnet?«

Die beiden Frauen schüttelten den Kopf. Auf der *Carpathia* waren zu viele Überlebende verstreut, um Namen zu behalten.

»Lasst uns von hier verschwinden. Man hat ein paar anständige Hotels für uns organisiert, und ich glaube, die kleine Ella braucht eine frische Windel«, befahl Celeste und nahm May am Arm.

Als das Schiff sich leerte, wurde die Gangway eingezogen, und Schweigen breitete sich über der verweilenden Menschenmenge aus. Nur ein paar Nachzügler waren noch übrig. Angelo hatte sich heiser geschrien. Wenn er sein Foto in die Höhe hielt oder sich weiter nach vorn schob, würde Maria vielleicht ihr Gesicht darauf erkennen, würde wissen, dass er hier auf sie wartete, sich umdrehen und ihn finden.

Alle Welt lief durcheinander, auch Ärzte und Krankenschwestern, die leere Rollstühle vor sich her schoben. Angelo hatte die an Land kommenden Passagiere beobachtet: Frauen in Pelzen und Hüten, erschüttert, aber dennoch stolz. Glückliche Verwandte eilten vor und jubelten vor Freude. Viele wurden von Ehemännern und Frauen in die Arme geschlossen; andere wiederum stützten sich auf einen Spazierstock, das Gesicht vor Schreck eingefallen.

Hunderte Helden und Heldinnen strömten vom Schiff, riefen Namen in die wartende Menge. Allein die Zahlen konnte Angelo nicht begreifen. Fast zweieinhalbtausend waren an Bord der *Titanic* gewesen, aber nur siebenhundert waren mit dem Rettungsschiff zurückgekehrt. Die Zahlen konnten doch unmöglich stimmen.

Sein Arm, mit dem er das Foto in die Höhe hielt, schmerzte. Durch den Ausgang B kamen noch immer vereinzelte Passagiere des Zwischendecks. Niemand schaute zu ihm hin. Ihre Augen waren vor Erschöpfung und Angst getrübt. Er wartete und wartete, bis der letzte Nachzügler herausgetreten war. Niemand kam mehr. Er musste die Passagierliste suchen und sich vergewissern. Konnte es wahr sein? War niemand mehr auf diesem Schiff geblieben? Seine Frau und sein Kind waren verloren, und es war seine Schuld. Wäre er wie geplant nach Italien zurückgekehrt, hätte er sie selbst herüberholen können. Wie sollte er ihrer Familie in der Heimat nur diese traurige Nachricht beibringen?

Seine Beine zitterten, als er den Ankunftsbereich absuchte,

suchte und suchte ... Da musste ein Fehler vorliegen. Er lief zu jedem Ausgang und bat die Stewarts flehentlich, sich sein Foto anzusehen. Sie mussten hier irgendwo sein. »Bitte ... bitte, meine Frau, meine *bambina*«, bettelte er, bis die Bediensteten ihn verscheuchten.

»Sie sind alle weg, Kleiner. Geh nach Hause. Nur die Besatzung ist noch übrig.«

»Aber sind Sie sicher? Schauen Sie sich meine Frau an.«

Er lief den Kai auf und ab, schrie »Maria!«, bis er wie ein Betrunkener in sich zusammensackte, die Augen blind vor Tränen. Eine Dame in schwarzem Schleier half ihm auf die Beine. Er schritt den Weg ab, den die Überlebenden vom Schiff herunter genommen hatten, vorbei an anderen, die unter ihrem Kummer zerbrochen waren, bärtige Männer, die laut wehklagten. Auf einmal entdeckte er etwas auf dem Boden, einen weißen Fleck. Es war eine *scarpetta*, ein Babyschuh aus Spitze, die Art, wie sie seine Mamma und Maria herstellten, ein Muster, das er überall erkennen würde.

Er hob ihn auf und nahm ihn genau in Augenschein. Ja, es war fein gearbeitete italienische Spitze über einem kleinen Stoffschuh, so wie sie die Frauen in seinem Dorf für ihre kleinen Kinder herstellten. Spitze hatte ihn sein Leben lang begleitet. Auf diese Weise verdienten sich die Frauen zusätzlich Geld auf dem Markt. Dieses Muster stammte aus ihrer Gegend. Sein Herz tat einen Sprung.

Angelo lächelte, zutiefst erleichtert. Er musste sie in der Menge verpasst haben. Sie waren angekommen und an ihm vorbeigegangen. So musste es sein. Er steckte den Babyschuh in seine Tasche und machte sich mit eiligen Schritten auf den Weg zum Wohlfahrtsstand. Heilige Mutter Gottes, sie waren doch nicht tot!

»Maria, Alessia, wo seid ihr? Ich bin hier. Ich habe gewartet. Schau, die Kleine hat ihren Schuh verloren. Ich habe ihn gefunden«, rief er in die Menge.

»Komm schon, mein Sohn«, sagte ein Priester, den er nicht kannte, und versuchte, ihn zu trösten. »Das ist nur ein Schuh. Nimm es nicht so schwer.«

»Nein, es ist der Schuh meines Kindes. Es ist … Sie gehen bestimmt zu meiner Adresse.«

Von Hoffnung beflügelt, schob Angelo sich durch die Menge. Wenn er zur Baxter Street kam, würden sie schon da sein. Ausgesperrt, verärgert vielleicht, aber sie wären am Leben. Es war nass und kalt. Er musste sich beeilen. Er wollte sie nicht noch einmal verlieren.

25

In den darauf folgenden Tagen wurden May und Celeste mit Freundlichkeit und Hilfsangeboten überschüttet. Die unerschütterlichen Matronen des Hilfskomitees trafen mit zahllosen Proviantkisten ein. Freundlichkeit war tatsächlich eine Untertreibung angesichts des Mitgefühls, das ihnen entgegengebracht wurde.

»Seht euch die hier an!«, rief May durch den Raum. »Sie sind neu!« Kleidung in allen Formen und Größen traf ein, hochwertige Sachen, einige nagelneu aus Geschäften, die ganze Kleiderständer mit Blusen, Wolljacken, Hosen gespendet hatten, eine Schachtel Korsetts und Unterwäsche, Handschuhe und Strümpfe. Strumpfhalter und Strapse gab es, sogar Haarnadeln und Stiefel in allen Größen, mit Spitze oder Knopfhaken, und eine

Kiste mit diskreten Binden, für die May dankbar war. Infolge der Anstrengung war ihre Monatsblutung früher eingetreten.

Ein Gewühl entstand, als Frauen Kleider und Schuhe anprobierten und nach der richtigen Größe riefen.

Einen Moment lang waren sie nur Frauen, die auf einen Spielzeugladen losgelassen wurden. Jede bekam einen Koffer nebst einer Beileidskarte von Mitfühlenden. Tatsächlich waren Hunderte Karten und Briefe an das Star Hotel in der Clarkson Street geschickt worden, in dem May mit Celeste wohnte, zusammen mit vielen anderen gestrandeten Überlebenden.

»Heute Abend findet in der Kathedrale ein Gedenkgottesdienst statt. Wir sollten daran teilnehmen«, schlug Celeste vor.

»Der wird nicht für meinesgleichen sein. Im Übrigen lasse ich Ella nicht bei Fremden.«

»Warum nicht für Sie? Und nehmen Sie die Kleine mit. Es wird der Sache helfen, wenn die Gemeinde echte Witwen und Waisen vor Augen hat, die ihr Geld brauchen.«

»Ich bin weder ein Fall für Mildtätigkeit, noch lasse ich mich als Monstrosität ausstellen«, fuhr May sie zornig an.

»Seien Sie nicht so empfindlich. Die wollen doch nur helfen und das Gefühl haben, gebraucht zu werden. Alle wollen den Überlebenden zur Seite stehen. Ein Blick auf Ella wird ihre Geldbeutel weit öffnen.«

»Ich möchte lieber nicht.«

Celeste wandte sich ab und biss sich auf die Lippe. »Bitte, wie Sie wollen, ich versuche nur zu helfen.«

May konnte Celeste ansehen, dass sie gekränkt war.

»Sie sind so freundlich gewesen, aber ich glaube, Sie sollten sich lieber auf den Heimweg machen, um Ihren kleinen Jungen zu sehen. Mr Bryden hat schon zweimal hereingeschaut, als Sie unterwegs waren. Ich hoffe, Sie nehmen es mir nicht übel, wenn ich es sage … aber anscheinend ist er der Meinung, dass er Ärger bekommt, wenn Sie nicht bald aufbrechen. Er hat mir gesagt, Mr Parkes möchte, dass Sie so schnell wie möglich zurückkommen und lasse sich nicht gern in seine Schranken verweisen.«

»Er kann noch ein wenig warten. Hier werde ich auch gebraucht. Ich werde Grover anrufen und es ihm erklären.«

So wie May es sah, genoss Celeste jede Minute ihres Aufenthalts in New York, ging zu Sitzungen, sprach mit Zeitungsreportern, regte zu Kommentaren an. Sie musste nicht ihren Lebensunterhalt verdienen oder sich um die Zukunft sorgen. Sie kamen aus unterschiedlichen Welten, und das zeigte sich allmählich.

»Gehen Sie zum Gottesdienst. Ich bin müde. Heute Abend bin ich keine gute Gesellschaft. Ich brauche jedes Quentchen Kraft, um den Tag zu überstehen.«

Überall in Manhattan gab es Veranstaltungen zur *Titanic*-Katastrophe; Gedenkabende waren in jedem Bezirk organisiert worden; episkopalische, presbyterianische, katholische Kirchen öffneten gastfreundlich ihre Tore. Celeste gab immer wieder Interviews zugunsten des Hilfskomitees und versuchte dabei, noch mehr Spenden zu sammeln, solange das Interesse lebendig war.

Unter den Überlebenden herrschte Kameradschaftlichkeit, benommen und erschöpft tauschte man sich immer wieder seine Geschichten aus. Alle saßen dichtgedrängt in Gruppen zusammen, doch May hatte sich zunächst ausschließlich an Celeste gehängt, wenn sie Trost brauchte. Jetzt aber wurde ihr klar, dass sie sich allein durchschlagen musste.

Ella war quengelig, denn sie spürte die Veränderung und den Wirbel. Sie war nicht mehr sanftmütig und schläfrig, sondern sah alle mit ihren großen Augen an. Da sie wie eine kleine Prinzessin gekleidet war, fand sie viel Beachtung und wurde herumgereicht, was den anderen Witwen Trost spendete, wie May wusste, obwohl sie das Kind am liebsten bei sich behalten hätte.

Die Beamten der Wohlfahrt kamen und nahmen ihre Daten auf. Sie setzten May darüber in Kenntnis, dass in der folgenden Woche auf der *Celtic* eine Überfahrt nach England möglich sei, falls sie sich entscheiden sollte zurückzukehren.

»Gibt es jemanden, den wir für Sie informieren sollen?«, fragte der Beamte.

May schüttelte den Kopf. »Alles, was ich liebe, liegt auf dem Meeresgrund«, erwiderte sie, und er verneigte sich mitfühlend. »Liverpool wäre prima. Danach komme ich allein zurecht.«

Celeste wollte davon nichts hören. »Nein, das wird sie nicht. Mrs Smith wird alle Formulare ausfüllen und bekommen, was ihr und ihrem Kind von der White Star Line und aus den Hilfsfonds zusteht.« Sie wandte sich an May. »Sie müssen eine Nachsendeadresse schicken, um die Reederei auf dem Laufenden zu halten. May, Sie müssen verstehen, dass Sie als Angehörige auf jeden Fall Unterstützung beantragen sollten.« Und wieder zu dem Beamten: »Sie hat jetzt keinen Mann mehr und kein Hab und Gut, nichts. Ihr Bürge in Idaho ist benachrichtigt worden, aber Mrs Smith hat jetzt nicht den Wunsch, in Amerika zu bleiben.«

May hatte weder die Kraft noch das Selbstvertrauen, für sich selbst einzutreten. »Ich will nur nach Hause, aber ich kann nicht darüber nachdenken, was jetzt zu tun ist. Ich kann nicht nach Bolton zurück, nicht ohne Joe. Ich will die Gesichter der Leute nicht sehen, die uns beide gekannt haben. Ich weiß nicht weiter.«

»Aber ich«, sagte Celeste. »Ich habe eine Idee. Wenn Sie wirklich von vorn anfangen wollen, dann habe ich die Antwort, glaube ich, aber zuerst möchte ich Ihnen ein paar Stellen in dieser großartigen Stadt zeigen. Sie müssen sich den Central Park ansehen.«

»Muss das sein?«

»Es wird Ihnen guttun.«

Wenn Celeste eine Idee hatte, fiel es schwer, sich ihr zu widersetzen. Wie sollte May ihr erklären, dass es kein Urlaub war, sondern ein lebendiger Albtraum, die Zeit auszufüllen, bis sie wieder in ihr Heimatland zurückkehren konnte? Sie wollte nicht im Park spazierengehen. Joe hätte an ihrem Arm sein sollen, nicht eine Fremde, so nett sie auch sein mochte. Sie wollte nicht, dass um Ella so viel Getue gemacht wurde, dass man sie fotografierte – aus Gründen, die sie für sich behalten musste.

May konnte noch immer nicht fassen, dass in der vergangenen Woche an Bord des Schiffes oder an Land niemand Anspruch auf das Kind erhoben hatte. Wenn sie Ella auf dem Arm hatte, waren ihre Gedanken von Ellen abgelenkt, die ihr jede Nacht in ihren Träumen erschien und die Hände ausstreckte, um hochgehoben zu werden, wenn sie in ihren kleinen schwarzen Lederschuhen hingefallen war. Mit einem Aufschrei wurde May wach, und stets kam Celeste an ihr Bett.

»Es ist nur ein Traum. Ella ist in Sicherheit. Sie sind in Sicherheit. Schlafen Sie wieder ein.«

Sicherheit, dachte May verbittert. Wenn sie wüsste …

26

Angelo rannte durch die Straßen, angeregt von dem Gedanken, dass seine Familie im Regen auf ihn warten würde. Er war erschöpft, das war der härteste Tag in seinem Leben, aber nun bestand Hoffnung. Wenn sie sich nun verlaufen hatten, oder noch schlimmer? Die letzten paar Schritte waren eine Qual. Außer Atem rief er: »Maria, ich bin wieder da …« Dann sah er seinen Onkel Salvi, der mit besorgtem Gesicht auf ihn herabschaute.

»Oh, Angelo, wir haben die Nachricht gehört. Wir haben gewartet.«

»Sind sie noch nicht hier?«, fragte er und brach im Treppenhaus zusammen. »Sie hat die Anschrift. Sie wird kommen.«

Schweigend warteten sie eine Stunde, und Angelo schritt gepeinigt auf und ab. »Nur eine Stunde noch, dann kommen sie. Die Stadt ist groß. Maria würde mich nicht verlassen.«

»Es ist schon spät. Du musst mit mir nach Hause kommen. In solchen Zeiten sollte man nicht allein sein.«

»Nein, ich muss hier sein, falls sie kommt. Sie hat so eine weite Reise gemacht. Ich kann sie jetzt nicht im Stich lassen.«

»Sie kommt nicht, Angelo. Sie war doch nicht am Kai, oder?«

»Aber ich habe den Babyschuh, schau. Toskana-Spitze … unverkennbar. Haben wir nicht ein ganzes Paket davon mitgebracht, um sie an die entsprechenden Läden zu verkaufen? Bitte, lass uns noch etwas länger warten, Salvi.«

Der Morgen dämmerte, als Salvi ihn mit zurück zum Laden nahm, zu Anna und in den Schoß seiner Familie. Angelo weinte wie ein Kind und murmelte vor sich hin. Dr. Fortuna kam vorbei, und als er sah, in welchem Zustand Angelo war, verabreichte er ihm ein Schlafmittel. Sie ließen ihn auf dem Sofa schlafen, denn er sollte nicht in seine leeren Zimmer zurückkehren.

»Ich muss gehen. Vielleicht liegt eine Nachricht vor«, flehte er. Besucher kamen mit Kuchen, Blumen und Beileidswünschen vorbei. Er hatte ein eigenartiges Fieber, ihm war heiß und kalt, er bekam keine Luft. Er konnte weder arbeiten noch denken und jammerte nach seiner Frau.

Pater Bernando kam jeden Tag, um ihn zu trösten, und bot eine Messe für ihre Seelen an.

»Dir bricht das Herz, aber es wird heilen. Nur Gebete lindern deinen Schmerz. Die beiden sind jetzt an einem besseren Ort«, brachte er vor.

Angelo wollte das nicht hören. »Aber ich will sie bei mir haben. Ich weiß, dass sie da draußen irgendwo sind. Ich habe Karten in die Läden gehängt und an die italienische Zeitung gegeben. Schauen Sie«, sagte er, und seine Miene hellte sich auf, »da ist eine Frau, die mich treffen will. Sie sagt, sie hat Maria mit unserem Kind auf dem Schiff gesehen. Sie ist sicher, dass es meine Maria ist, aber sie muss einen langen Weg zurücklegen, um mit mir zu sprechen, deshalb schicke ich ihr Geld für den Zug.«

»Wie heißt sie?«, fragte Bernardo. »Zeig mir den Brief.«

»Signora Bruno … hier.«

»Ist sie gekommen?«

»Noch nicht, aber in den nächsten Tagen.«

Der Priester seufzte. »Ich glaube nicht, dass die Person kommt, die das geschrieben hat, wer immer es sein mag. Sie hat deine Dollars. Menschen, die Leidende ausplündern, gibt es immer. Die Stadt ist voll von Gaunern, die behaupten, Überlebende zu sein, die Bargeld brauchen, sie bitten um Gefallen, geben Verzweifelten falsche Hoffnung und erzählen Lügen zum eigenen Nutzen. Tut mir leid.«

»Ich gebe nicht auf, Pater. Ich habe den Schuh meiner Kleinen. Sie ist hier. Ich weiß es. Sie ist entführt worden, oder noch schlimmer …« Er schritt wieder auf und ab.

»Hör damit auf, mein Sohn. Aus dir spricht der Kummer. Es ist jetzt über eine Woche her. Du musst dich der Wahrheit stellen. Sie haben nicht überlebt.«

Angelo legte sich die Hände über die Ohren. »Ich will das nicht hören. Sie leben, mein Kind lebt. Jemand hat es gestohlen.«

»Oh, Angelo, du solltest dich hören. Du sprichst wie ein Wahnsinniger. Dadurch wird dein Schmerz nicht leichter. Komm zur Messe, zur Gedenkfeier, triff andere, denen es so geht wie dir, und die versuchen, tapfer zu sein.«

»Wie kann ich zu einem Gott beten, der Familien zerstört?«, fragte er und wandte sich zornig an den Pater.

»Er hat die *Titanic* nicht versenkt. So weit ich gehört habe, ist sie von allein gesunken. Er hat das Meer beruhigt und die Überlebenden in Sicherheit gebracht. Es heißt, der Ozean sei wie ein Mühlenteich gewesen. Gib Gott nicht die Schuld, sondern der Konstruktion des Schiffes«, antwortete der Pater und versuchte ihn zu beruhigen. »Du musst weitermachen, wie Maria es gewünscht hätte.«

»Wofür soll ich denn jetzt noch leben?« Angelo schlug sich auf die Brust.

»Mein Sohn, du hast dein Leben und deinen Atem, was andere nicht haben. Das Warum ist mir ein unbegreifliches Rätsel; warum einige gerettet wurden und andere ertranken. Der Untergang wird untersucht werden. Die Wahrheit wird herauskommen. Bis dahin sei tapfer. Salvi und Anna machen sich solche Sorgen um dich. Ich habe ihnen gesagt, es sei noch früh, aber du bist jung und stark. Enttäusche mich nicht. Nimm hin, was nicht zu ändern ist.«

Angelo nickte höflich. Diese Worte ergaben einen Sinn in seinem Verstand, nicht aber in seinem Herzen. Darin lag noch zu viel Hoffnung.

27

Celeste und May verabschiedeten sich gerührt am Kai, bevor die *Celtic* ablegte.

»Wie soll ich Ihnen nur danken?«, weinte May und klammerte sich an Celeste. »Sie haben uns das Leben gerettet. Ich werde Sie nie vergessen.«

»Wir sind jetzt Schwestern.« Auch Celeste kamen die Tränen. »*Titanic*-Schwestern, verbunden durch das, was wir in jener Nacht erlebt haben. Sie müssen mir schreiben und erzählen, wie Sie in Lichfield zurechtkommen. Versprechen Sie mir, zu schreiben, und vielleicht werde ich, so Gott will, mit Roddy hinüberkommen, und wir werden uns wiedersehen. Wenn ich Ihnen schreibe, werde ich an meine Heimat denken. Sie werden meine besondere Verbindung sein.«

May versuchte ein Lächeln. »Ich vermute, Sie werden mit Ihren Ausschüssen sehr beschäftigt sein. Sie müssen nicht schreiben, wissen Sie. Ich werde Ihre Freundlichkeit nie vergessen. Oh, und sagen Sie Ihrem Mann danke für sein Einverständnis, dass Sie mir Beistand leisten durften. Er muss sie schon sehnlichst erwarten.«

»Ich werde schreiben, und ich werde Ihnen ein Foto von Roderick schicken, und Sie müssen mir ein Bild von sich und Ella schicken. Wir dürfen nicht zulassen, dass die Menschen vergessen, was mit der *Titanic* passiert ist. Sie müssen allen zu

Hause erzählen, was Sie gehört und gesehen haben, alles, ob gut oder schlecht. So etwas darf nie wieder geschehen.«

Sie schauten beide an dem Linienschiff hoch, und May schauderte vor Angst.

Celeste zögerte noch. Warum wollte sie nicht, dass May fuhr? »Sie müssen nicht so schnell aufbrechen. Sie können noch bleiben und wieder zu Kräften kommen, bevor Sie sich einer neuen Seereise stellen. Ich weiß, was Sie denken: wie soll ich je wieder ein Schiff betreten?«

May versuchte, tapfer zu sein, und schüttelte zaghaft den Kopf. »Ich möchte einfach nur von hier weg und nach Hause. Für uns gibt es hier keine Zukunft. Wir kommen schon zurecht, jetzt, da Sie mir einen Anfang ermöglicht haben. In unserem Heimatland wird es uns besser gehen, nehme ich an.«

»Hier.« Lächelnd drückte Celeste ihr einen silbernen Flakon in die Hand. »Den hat mir jemand an Bord gegeben, damit ich mir Mut antrinke. Nehmen Sie ihn mit. Es ist guter französischer Cognac. Der wird Sie wärmen und Ihnen beim Einschlafen helfen.«

»Danke, aber ich habe im Leben noch nie Schnaps probiert, also fange ich jetzt nicht damit an. Mit süßem Tee und Kakao schaffe ich es schon.« May gab den Flachmann zurück.

»Sie sind so eine tapfere Frau, May. Ich bin stolz, Sie kennengelernt zu haben. Wie können Sie nur so ruhig bleiben?« Celeste rang sichtlich um Fassung.

»Sie gibt mir die Kraft weiterzumachen.« May deutete mit einem Kopfnicken auf das schlafende Kind. »Sie kommt an erster Stelle. Es wird uns gutgehen. Sie gehen jetzt lieber. Alle waren so nett, aber je eher wir an Bord gehen, desto schneller werden wir ablegen. Keine langen Abschiede. Ich danke Ihnen von ganzem Herzen. Sie waren eine gute Freundin. Sie hätten sich um mich nicht kümmern müssen, aber Sie haben es getan. Sie haben mir das Leben gerettet, mich auf dem Rettungsboot warm und wach gehalten. Mir fehlen die Worte, um Ihnen dafür zu danken.«

»Schreiben Sie mir, May, das ist mein voller Ernst. Erzählen Sie, wie alles läuft, malen Sie mir Bilder von meiner Heimatstadt. Ich wäre so dankbar für die Korrespondenz mit Ihnen. Manchmal habe ich wirklich Heimweh.«

»Ich werde mir Mühe geben. Hatte nie viel Verwendung für Papier und Tinte, nur Listen und so Zeug. Ich habe mich noch nie mit jemandem geschrieben, aber ich werde es versuchen. Ich hoffe nur, dass dieses Ding besser schwimmt als das andere.« May schaute mit schiefem Lächeln auf. »Hätte nie gedacht, dass ich so einen Witz mache. Was passiert mit mir?«

»Veränderung, das ist es.« Celeste nickte nachdenklich. »Nach allem, was geschehen ist, wird keine von uns wieder so sein wie vorher. Aber wir haben überlebt, und wir werden weiterleben. Sehen Sie nur, wie tapfer Sie waren, und so fest entschlossen, wieder über den Ozean zu fahren, der …« Sie verstummte. »Viel Glück und *bon voyage.*« Celeste atmete tief ein, als sie das Kind küsste und dann May fest an sich drückte. »Gehen Sie besser, bevor ich mich hier zum Narren mache. Ich werde Ihren Mut nie vergessen, Ihren Willen, nach einer solchen Tragödie ein neues Leben zu beginnen. Der Herr sei mit Ihnen auf Ihrer Reise. Sie haben mir so viel an die Hand gegeben, worüber ich nachdenken kann.«

May entfernte sich, während Celeste noch stehen blieb, bis sie nur noch ein Fleck in der Entfernung war und sich dann im Gedränge am Kai verlor. Ob wir uns je wiedersehen werden? Sie seufzte und wandte sich dem Ausgang zu.

28

Nachdem er sich erholt hatte, nahm Angelo jeden Tag den Weg zu den Büros der White Star Line auf sich. Bestimmt hatte jemand irgendwo etwas Neues erfahren? Er hatte von Fehlern auf den Passagierlisten gehört. Der Beamte mit der gerunzelten Stirn und den müden Augen schaute auf und stöhnte, als er Angelo erkannte.

»Nicht Sie schon wieder. Jetzt hören Sie zu, ich habe es Ihnen schon gesagt, wenn wir Neuigkeiten haben, schicken wir Ihnen ein Telegramm. Wir haben Ihre Anschrift.« Die Angestellten waren anfangs mitfühlend gewesen, doch im Lauf der Wochen wurden sie ungeduldig, da Angelo sie tagtäglich anflehte, die Liste der Überlebenden noch einmal zu prüfen. »Sie sind in Cherbourg an Bord gegangen, Ihre Frau und Ihr kleines Kind, aber sie haben es nicht geschafft. Die Liste ist abgehakt. Traurig, dass sie auf keiner Liste stehen.«

»Aber ich habe gehört, dass jemand einen falschen Namen angegeben hat.«

»Gerüchte und Spekulationen in der Presse, mehr nicht. Sie müssen sich damit abfinden, dass sie in der Nacht wie viele andere arme Seelen untergegangen sind.«

»Aber sehen Sie doch nur diesen Schuh ... Meine Frau war eine begabte Spitzenklöpplerin, so wie meine Mutter. In unserer Gegend wurde besondere Spitze hergestellt, und sie sagte mir, sie wolle etwas nach New York mitbringen, um sie zu verkaufen. Niemand sonst konnte diese Arbeit verrichten, niemand.«

»Vielleicht hat ihr jemand auf dem Schiff etwas abgekauft, einer der Passagiere. Kann sein, dass er gestohlen wurde. Alles ist möglich«, erwiderte der Angestellte und wandte sich entschieden dem Papierberg auf seinem Schreibtisch zu, um Angelo zu signalisieren, dass er die Unterhaltung als beendet ansah.

Hinter ihm wurden die Leute langsam ungeduldig. Angelo wusste, wie ungepflegt er mit seinem Dreitagebart aussah, und sein wirrer Blick war der eines Wahnsinnigen. Ihm war durchaus bewusst, dass man ihn für geistesgestört halten konnte. Er drehte sich um und zeigte den anderen Menschen in der Warteschlange den kleinen Schuh.

»Wer würde denn einen Babyschuh stehlen?«, fragte er sie.

»Es gibt Passagiere, die Flöhe von einem Hund stehlen würden, wenn sie die Gelegenheit bekämen«, murmelte ein Mann hinter ihm.

»Tut mir leid«, sagte der Angestellte. »Gehen Sie nach Hause und schreiben Sie an Ihre Leute, wo immer sie leben, dass Sie schlechte Nachrichten haben.«

»Wie soll ich denn ihrer Mamma sagen, dass ich am Tod ihrer Tochter schuld bin? Ich war es, der gesagt hat, wir hätten ein gutes Leben hier. Wenn sie das erfahren, bringt es sie um.«

»Hören Sie, sehen Sie den Tatsachen ins Auge. Die beiden sind tot, und Sie müssen die Nachricht so behutsam wie möglich überbringen.«

»Und wenn sie nun auf der Suche nach mir durch die Straßen irren?«

Der Angestellte nahm seine Hornbrille ab, putzte sie und schüttelte den Kopf. »Ihr Italiener habt eure eigenen Zeitungen und Läden. Ihre Frau würde Sie finden.«

»Überall, wo es mir möglich war, habe ich Karten aufgehängt: in der Kirche, in Herbergen, an Anschlagbrettern, sogar an den Bürgersteigen. Ich habe so ein Gefühl. Ich muss weitersuchen für den Fall, dass jemand etwas weiß«, brachte Angelo vor. Er konnte nicht aufgeben, jetzt nicht. Der Gedanke quälte ihn, dass Maria und das Kind irgendwo in der Stadt feststeckten, allein in einem fremden Land, unfähig, sich verständlich zu machen.

»Ihre Mühe ehrt Sie, aber wir haben auch alles getan, was wir von hier aus können. Sprechen Sie mit Ihren Priestern und Ihren Landsleuten in der Stadt, aber Sie müssen sich der Wahrheit stellen.«

»Was ist wahr? Es heißt, das Schiff sei untergegangen, und nur für die Hälfte der Passagiere seien Rettungsboote vorhanden gewesen, die dritte Klasse habe man sich selbst überlassen, bis es zu spät war … Ich habe Gerüchte gehört, dass Menschen an Deck geschossen haben. Können Sie sich vorstellen, was meine Frau durchgemacht hat, ohne jemanden zu haben, der ihr half?« Er schrie jetzt.

»Beruhigen Sie sich, Gerüchte helfen Ihnen nicht weiter. Was passiert ist, ist passiert, und deshalb wird eine Untersuchung eingeleitet, um sicherzustellen, das so etwas nicht mehr passiert.«

Ein Zuhörer mischte sich ein. »Und wie viele Männer aus dem Zwischendeck konnten Zeugnis ablegen? Nur dreihundert von vielen Hunderten, habe ich gehört. Es war ein Massaker. Wie soll diesem jungen Mann jemals Gerechtigkeit widerfahren? Eine Schande ist das!«

»Ich bin weder Richter noch Geschworener. Ich mache nur meine Arbeit. Lassen Sie es also nicht an mir aus. Sie müssen Ihr Leben weiterleben. Viele sind noch schlechter dran als Sie.« Der Angestellte war verunsichert durch die Unterstützung, die Angelo erhielt. »Wenn das so weitergeht, rufe ich den Geschäftsführer.«

Mehr gab es nicht zu sagen, doch Angelo zog den kleinen Schuh noch einmal hervor und zeigte ihn dem Publikum. »Damit muss ich bis ans Ende meiner Tage leben. Ich habe meine Kleine umgebracht«, flüsterte er. »Dabei bin ich nicht einmal dazu gekommen, sie im Arm zu halten. Sie kam zur Welt, nachdem ich fort war.« Er holte ein zerknittertes Foto aus der Tasche. »Das ist alles, was ich habe, dieses Foto von meiner Maria mit Alessia.«

»So ein hübscher Name«, bemerkte eine Frau mitleidig.

»Das war der Name meiner Großmutter«, sagte er und bekreuzigte sich.

»Jetzt gehen Sie und suchen einen Verkaufsstand, trinken Kaffee und beruhigen sich«, sagte der Angestellte. »Sie können sich nicht dauernd von der Arbeit freinehmen, um hierherzukommen.«

»Wie soll ein Mann denn arbeiten, wenn er seine Welt verloren hat? Warum musste uns das zustoßen? Womit haben sie ein solches Los verdient?«

»Keine Ahnung, mein Sohn, keine Ahnung. Was für ein Allmächtiger lässt einige leben und andere sterben? Tut mir leid, aber Sie müssen gehen. In der Schlange warten noch andere.«

Als Angelo sich umdrehte, um zu gehen, zögerte der Angestellte. »Viel Glück! Vielleicht kommt eines Tages die Wahrheit heraus.«

Jemand klopfte ihm auf den Rücken. Ein anderer drückte ihm den Arm. Das alles war ihm kein Trost.

Angelo tastete nach dem Schuh in seiner Tasche, senkte den Kopf und zog seine Kappe tief ins Gesicht, um seinen Schmerz zu verbergen. Er würde nie aufhören, nach Maria und Alessia zu suchen. Aber jetzt musste er erst einmal einen Brief nach Hause schreiben, der allen das Herz brechen würde.

29

Die Rückreise nach Akron verlief in düsterer Stimmung. Celeste starrte aus dem Fenster, während Jack Bryden unbehaglich ihr gegenübersaß. Sie waren jetzt fünf Tage später als geplant unterwegs, was zum Teil an Celestes Trotz und ihrer Enttäuschung darüber lag, dass Grover nicht auf schnellstem Wege nach New York geeilt war, um sie in Empfang zu nehmen. Wenn er voller Sorge um ihre Sicherheit gewartet hätte, wäre ihr Wiedersehen womöglich leichter gewesen. Nach all den Wiedersehensszenen, in denen Menschen ihre Gefühle herausgeschrien hatten, war ihr deutlich geworden, wie wenig man sie vermisst hatte. Das Leben in Akron lief auch ohne sie reibungslos weiter. Selbst Roddy sah zuweilen mehr von seinem Kindermädchen Susan als von seiner Mutter. Das alles musste anders werden. Nur der arme Jack hatte in seinem Regenmantel gewartet, als wäre sie bloß ein Geschäftskunde, der die Diamond Rubber Company besuchte. Am liebsten hätte sie ihn angeschrien, aber den Boten erschoss man nicht. Was dachte sie sich nur? Woher rührte dieser grimmige Zorn?

Die Sitzungen mit Margaret Brown und ihren Freundinnen hatten sie mit Pflichteifer erfüllt. Sie musste ihren Feldzug fortsetzen, komme, was wolle, und außerdem galt es, den *Carpathia*-Empfang vorzubereiten. Zwei Abende zuvor hatte sie Grover telefonisch von ihren veränderten Plänen in Kenntnis gesetzt. Er teilte ihr mit, eine Abendgesellschaft zu ihrer Begrüßung müsse nun verschoben werden. Ihm war anzumerken, dass er über diese Verzögerung alles andere als erfreut war. Ein Wagen für sie würde am Bahnhof warten.

Celeste musste wieder an May denken, die sich auf hoher See befand, und hoffte, ihre Rückreise würde problemlos verlaufen. Wie tapfer von ihr, sich einem anderen Schiff anzuvertrauen. Wie sie das Leben in den englischen Midlands wohl finden würde? Ob sie sich dort einleben würde? Celeste schüttelte den Kopf, um auf klare Gedanken zu kommen. Sie musste sich auf ihre Pflichten konzentrieren. Allein der Gedanke an Roddys Begrüßung erwärmte ihr Herz.

Als sie in die Auffahrt zum großen Haus außerhalb von Portage Hill einbogen, dessen efeuüberwucherte Türme ihm eher den Anschein einer Burg als den eines Hauses verliehen, fragte sie sich, welcher Empfang ihr wohl zuteilwürde. Sie schaute auf und sah Grover an einem Fenster im oberen Stockwerk auf sie hinabstarren. Ein Schauer überlief sie.

Das Dienstmädchen stand an der Tür. »Willkommen zu Hause, Mrs Parkes. Wir sind so froh, dass Ihnen nichts passiert ist.«

»Danke, Minnie.« Celeste lächelte. »Wo ist Master Roddy?«

»Draußen mit seinem Kindermädchen. Wir wussten nicht, wann der Zug eintreffen würde. Der gnädige Herr hat Susan aufgetragen, Roderick mit hinaus in die Sonne zu nehmen. Ich bin mir sicher, dass sie nicht lange wegbleiben.«

Celeste war bitter enttäuscht.

»Der gnädige Herr ist im Arbeitszimmer. Er wird Sie dort in Empfang nehmen, wenn Sie so weit sind.«

Bei diesem Befehl sank Celeste der Mut. Sie war in Ungnade gefallen. Alles hatte seinen Preis, und ihren Aufenthalt in New York würde Grover als Trotzhandlung erster Ordnung betrachten. Mit bleiernen Füßen ging sie die breite Treppe zu seinem Arbeitszimmer hinauf, wie ein Schulkind zum Direktor. Ihr neu entdeckter Mut verließ sie rasch.

»Endlich. Mach die Tür zu.« Grover schritt vom Fenster quer durch den Raum. Der Ausdruck in seinem Gesicht verhieß nichts Gutes.

»Wie kannst du es wagen, so spät zu kommen? Ich habe Bryden den strikten Befehl erteilt, dich direkt nach Hause zu bringen, und du widersetzt dich mir«, rief er, wobei sein Gesicht rot anlief.

»Ich weiß, es tut mir leid, aber da waren Menschen, denen ich helfen musste, Überlebende. Es war schrecklich, Grover. Man konnte seinen Augen nicht trauen. Ich konnte sie nicht im Stich lassen.«

»Ich will deine Ausreden nicht hören.« Er entließ sie mit einer wegwerfenden Handbewegung. »Du warst imstande, deine Familie wochenlang im Stich zu lassen. *Das* hat dich nicht gestört.«

»Meine Mutter ist gestorben. Ich musste hin.«

»Mit der Rückkehr hast du dir Zeit gelassen. Geh und zieh dich um. Wir müssen bald aufbrechen.«

»Zuerst möchte ich Roddy sehen. Er hat mir so gefehlt.«

»Er ist mit Susan draußen. Sie ist eher eine Mutter für ihn als du. Er wird es kaum bemerken, dass du wieder da bist.«

»Wie kannst du das sagen? Ich wollte ihn mit nach England nehmen, aber du hast es nicht erlaubt. Meine Mutter hat ihn nie zu Gesicht bekommen. Jetzt ist es zu spät.« Sie stand kurz davor, in Tränen auszubrechen. Sie setzte sich mit Argumenten zur Wehr und wusste, das war unklug, wenn Grover in dieser Laune war.

»Tu, was ich gesagt habe, und zieh diese tristen Sachen aus. Du siehst aus wie eine gewöhnliche Arbeiterin.«

»Ich trage Trauer.«

»Hier nicht, nein. Schwarz steht dir nicht.«

»Es passt zu meiner Stimmung, nach allem, was ich gesehen und durchgemacht habe«, fuhr sie ihn an.

Der Schlag an ihre Schulter warf sie seitlich gegen den Schreibtisch. Sie taumelte.

»Ungehorsam werde ich in diesem Haus nicht dulden«, zischte Grover. »Du übergehst meine Anweisungen, meinen Fahrer, meinen Zeitplan. Du weißt, was passiert, wenn du das machst.« Mit eiskaltem Blick aus seinen grauen Augen ragte er über ihr auf. Celeste versuchte sich aufzurichten.

»Ich bin beinahe ertrunken, und du erwartest von mir, dass ich mich zu einer Party anziehen soll? Grover, bitte …«

»Du solltest dankbar sein. Meine Mutter hat diese Abendgesellschaft schon seit Tagen vorbereitet. Die Crème der Gesellschaft von Akron wird deine Geschichte aus erster Hand hören wollen.«

Celeste legte eine Hand an ihre Schulter, die entsetzlich weh tat. Sie fühlte sich benommen und desorientiert. »Ich bin erschöpft. Mir ist nicht nach Feiern zumute.«

»Wonach dir ist, und was du willst, spielt hier keine Rolle«, knurrte Grover.

»Bitte, an einem anderen Abend«, flehte sie ihn an.

»Geh ins Schlafzimmer. Dir gehört eine Lektion erteilt, die du so schnell nicht vergessen wirst.«

Celeste sah das wütende Aufblitzen in seinen Augen und wusste, was als Nächstes kommen würde. »Oh, jetzt nicht, bitte. Siehst du denn nicht, dass es mir schlechtgeht? Um der Liebe Gottes willen, jetzt nicht.«

»Du bist meine Frau, und ich bestehe auf meinem Recht. Geh ins Schlafzimmer. Ich hätte gedacht, dass dir inzwischen klar ist, wer hier der Herr im Hause ist. Ich lasse mich doch durch eine ungehorsame Frau nicht bloßstellen.«

30

May blieb auf der *Celtic* in ihrer Kabine, um neugierigen Blicken zu entgehen. Sie wusste, dass die anderen Passagiere darauf brannten, ihr Fragen über ihr Erlebnis zu stellen und das Kind zu hätscheln. Für Ella war Spielzeug vorhanden; eine Passagierin der ersten Klasse schickte einen schönen Teddybären und eine in rosa Samt mit goldenen Spitzenbändern gekleidete Puppe. Die Leute meinten es gut, doch May war zu erschöpft, um es zu würdigen. Mindestens fünf weitere überlebende Frauen waren an Bord, einige mit Kindern, und sie hatte gesehen, dass sie viel Beachtung fanden und herumgereicht wurden, als wären sie berühmt. Sie mied ihre Gesellschaft, wo sie nur konnte. Sie sollten für Fotos posieren, aber May zog sich von Anfang an vor dem Wirbel und der Aufmerksamkeit zurück. Allmählich kam ihre Botschaft bei den Menschen an.

Man hatte sie in die zweite Klasse hochgestuft, und sie war sicher, dass Celeste etwas damit zu tun hatte. Sie hatte eine solche Freundin nicht verdient, die ihr das Leben gerettet hatte. Ihre paar Tage in New York würde sie nie vergessen, die Kutschfahrt durch den Central Park, Eiskrem mit Sodawasser, Einkäufe bei Macy's, bei denen sie bemüht war, die Luxuswaren auf den Ladentischen und die eleganten Damen mit Wagenradhüten nicht anzugaffen, die in einem Restaurant Tee tranken und Ella anhimmelten. Das war nicht die Wirklichkeit. Nichts war real gewesen, seit sie vor fast zwei Wochen in See gestochen waren. War es wirklich erst so kurz her, seitdem sie in eine neue Welt gefahren war, die Geschäftigkeit, den Lärm und den Staub der Stadt erlebt hatte? Das war nichts für ihresgleichen. Sie war froh, wieder nach Hause zurückzukehren. Wenn auch nicht in ihr echtes Zuhause, so doch wenigstens in ihr Heimatland, wo alles viel vertrauter wäre.

Nicht zum ersten Mal fragte sie sich, ob sie in einem seltsamen Traum steckte, und wartete darauf, aufzuwachen. In nur wenigen Tagen war sie von Bolton nach London gereist, von Southampton nach New York, und jetzt wieder zurück ins Ungewisse; tagelang hatte sie in geborgten Kleidern gelebt und ein Kind mit sich herumgetragen, das sie kaum kannte. Dann dämmerte ihr in den kurzen Stunden der Dunkelheit die Realität, der Schmerz traf sie wie ein Schlag, und ihr Verstand fühlte sich an, als wollte er explodieren. Sie brachte es gerade noch fertig, der Kleinen eine Flasche zu richten.

Ella nuckelte sorglos daran. Solange sie gefüttert und frisch gewickelt wurde, machte sie keine Umstände. *Ich habe jemandem das Kind weggenommen. Herr, vergib mir!* Gern hatte sie sich zu Anfang, nur um Trost zu finden, an dieses Kind geklammert, doch jetzt gab es kein Zurück mehr. Sie trug die Verantwortung für die Kleine. Auf Gedeih und Verderb.

»Ich kenne dich nicht«, flüsterte sie dem Kind ins Ohr. Ella schenkte ihr ein so gewinnendes Lächeln, dass May den Kopf schütteln musste. Kindliche Unschuld. »Aber wir haben jede Menge Zeit, uns kennenzulernen, Mädel.« Vor ihr lagen Tage, an denen sie friedlich dasitzen, Kinderlieder singen und an Deck auf und ab gehen konnte, bevor sie sich den kommenden Jahren stellen mussten.

Ella sah so anders aus als Ellen, zartgliedrig, mit langen, dünnen Fingern und dunkler Haut. Sie war Ausländerin, daran bestand kein Zweifel. Im Zwischendeck hatte es so viele Nationen gegeben, Familien, Frauen mit Kopftüchern, die unentwegt gequasselt hatten. Verstand diese Kleine auch nur ein Wort von dem, was sie sagte?

Alles, was sie am Leib trugen, war neu, angefangen von ihrem schwarzen Mantel mit Samtbesatz, dem schicken Hut und der Handtasche, ihren Kalbslederstiefeln, bis hin zu ihrem Korsett und dem Unterhemd. Nur ihr sorgenvolles Gesicht war dasselbe, allerdings zerfurcht von Kummer, blass und gezeichnet.

In ihrer Tasche steckte Celestes Empfehlungsschreiben an einen der Geistlichen der Kathedrale von Lichfield, Celestes Vater, Kanonikus Forester. Er würde ihr helfen, eine geeignete Anstellung zu finden, darauf hatte ihre Freundin bestanden. Was war ein Kanonikus? Die einzige Kanone, die sie kannte, stand im Park. Sie hatte auch keinen blassen Schimmer, wo Lichfield lag, nur dass es in der Nähe von Birmingham war, und eine Kathedrale hatte sie noch nie im Leben betreten.

Jedes Mal, wenn die Schiffsmotoren bebten oder verstummten, kam Panik in ihr auf. Wenn es noch einmal passierte? Die Eisberge waren noch immer da draußen. Sie konnte es kaum ertragen, an Deck zu gehen und sich umzuschauen. So komfortabel die Kabine auch sein mochte, May fiel es schwer, darin zu schlafen.

Wenn Ella gegen Morgen aufwachte und nach ihrer Milch schrie, zog May sie warm an und zwang sich, mit ihr an Deck auf und ab zu gehen und einen Blick hinaus auf das Meer zu werfen. Niemand sah sie außer der Besatzung, die mitfühlend lächelte und sie ihren Gedanken überließ. Man spürte, dass May nicht daran erinnert werden wollte, was ihnen zugestoßen war.

Celeste hatte vor, ihr Erlebnis publik zu machen, um der Welt mitzuteilen, was passiert war, doch sie würde es nicht tun, solange sie lebte, und sie hatte ihre Freundin angefleht, dem Kanonikus nicht allzu viel von ihrer Geschichte zu erzählen; nur dass sie bei der Katastrophe zur Witwe geworden war.

»Bitte«, hatte sie beharrt, »ich will nicht, dass wir bemitleidet werden oder dass man auf der Straße auf uns zeigt.« Das war die einzige Bedingung, die sie gestellt hatte, bevor sie das nette Hilfsangebot annahm. Anonymität. Die Chance, von vorn anzufangen. Celeste war nichts anderes übriggeblieben, als einverstanden zu sein.

Am 25. April glitt das Schiff unter einem düster-grauen Himmel in die Westansteuerung; der Teil des Atlantiks, der die Küste Englands ankündigte, kam näher, und bald würden sie Liverpool erreichen. Eine letzte Aufgabe beschloss May noch zu erledigen.

Wenn das ein neuer Anfang für sie beide sein sollte, dann mussten alle Andenken an dieses schreckliche Erlebnis vernichtet werden: ihr vom Salzwasser steifes Nachthemd, die Kleidung des Kindes, alles, was sie als Passagiere der *Titanic* ausweisen konnte. Sie kramte ihre eigenen Sachen und die der Kleinen hervor, steckte sie in die Tasche ihres neuen Mantels und nahm sie mit an Deck. Als niemand hinsah, ließ sie ihre Kleider ins Wasser fallen. Zuerst flatterten sie in der Brise, bauschten sich auf und trieben dann wie aufgedunsene Körper im Wasser davon. Entsetzt über diese furchtbare Mahnung wandte sie sich ab.

Dann betastete sie Ellas Kleid mit der schönen Spitzenbordüre, das Häubchen, den kleinen Schuh. Der andere war an dem Tag, an dem sie in New York am Kai angelandet waren, irgendwie verlorengegangen. Das komplizierte Muster der Spitze war ihr noch gar nicht aufgefallen. Es war ein Zierstreifen mit Tieren der Arche Noah, jeweils zwei Hunde, Pferde, Rehe und eine Taube mit gespreizten Flügeln. Eine sehr feine Arbeit. Als sie den Stoff berührte, wusste sie, dass diese Spitze mit Liebe und Stolz geklöppelt worden war.

Sie beide hatten im Rettungsboot und dann auf der *Carpathia* eine sichere Arche gefunden. Noch immer waren sie auf Gedeih und Verderb den Wellen und dem Wasser ausgesetzt. May beugte sich über die Reling und bemerkte, dass das schäumende Auf und Ab des Meeres Muster bildete, die wie Spitze aussahen.

Wie sollte sie mit ansehen, wenn diese wunderschönen, winzigen Kleider abdrifteten und versanken, wie es ihrer eigenen kleinen Tochter passiert sein musste? Sie schob alles wieder in ihre Tasche. Die Sachen waren nicht für das Meer. Sie mussten aufgehoben werden. Sie durfte sich nicht anmaßen, sie zu zerstören, aber Ella durfte nichts von den Geheimnissen erfahren, die darin steckten. May wusste nur, dass man Liebe nicht wegwarf, so schmerzhaft die Erinnerungen auch sein mochten.

31

Die Kandelaber glitzerten, die Diamanten an Armbändern und Ohrringen funkelten. Das Festessen war einigermaßen glimpflich verlaufen, obwohl Celeste keinen Bissen herunterbekommen hatte. Wie sollte sie auch, bei den Prellungen auf den Rippen, die sich an ihrem engen Korsett scheuerten? Sich zu beugen oder zu drehen, war eine Qual, aber sie musste lächeln und der perfekte Gast sein. Die üblichen, spießigen Industriemagnaten, die in den letzten Jahren in der Stadt emporgekommen waren, hatten ihre formelle Sitzordnung eingenommen. Ihr gegenüber saß ein Geschäftsführer der Reifenfirma B. F. Goodrich. Alle wollten ihre dramatische Geschichte hören.

»Ist das mit Walter Douglas nicht furchtbar?« Die Zeitungen in Akron waren voll mit Artikeln über den Verlust des Gründers der *Quaker Oats*-Lebensmittelfabriken gewesen. »Die arme Mahala hatte nichts mehr, außer ihrem Pelzmantel, den sie am Leib trug. Und John Jacob Astor, Guggenheim, und das arme Ehepaar Strauss, alle tot … Sie müssen einigen von ihnen in der ersten Klasse begegnet sein, Celeste.«

Sie schwieg eine Weile, bevor sie antwortete, und sah, dass Grover ihr einen bedeutsamen Blick zuwarf. Sie nickte lächelnd. »Diese Herren waren alle so tapfer«, sagte sie. »Wegen ihres Mutes werden sie nicht in Vergessenheit geraten. Ich habe ein paar ihrer Frauen im Hilfskomitee kennengelernt.«

»Die Männer aus dem Zwischendeck müssen sich wie Wüstlinge aufgeführt haben«, sagte Grovers Mutter, Harriet, während sie sich ein weiteres Stück Kirschkuchen in den Mund schob.

»Das habe ich nicht gesehen«, fuhr Celeste sie an. »Viele Herren aller Klassen haben ihren Kindern nachgewinkt und ihre Frauen geküsst, wohl wissend, dass sie diese nie wiedersehen würden. Die meisten Passagiere des Zwischendecks durften erst kurz vor dem Ende an Deck kommen, als keine Rettungsboote mehr vorhanden waren. Auch Frauen und Kinder. Die armen Seelen wurden dem Tod anheimgegeben, im Stich gelassen. Dreiundfünfzig Kinder sind in der Nacht im Zwischendeck ums Leben gekommen. Dreiundfünfzig. Nur ein Mädchen in der ersten Klasse, und auch nur, weil es sich geweigert hat, seine Eltern zu verlassen.« Sie wusste jetzt, dass sie die volle Aufmerksamkeit der Gesellschaft hatte und ihnen noch mehr erschütternde Einzelheiten hätte erzählen können, doch war dies nicht der richtige Zeitpunkt. Sie wollten Geschichten über Heldentaten, nichts, was ihnen den Schlaf rauben könnte. »Aber wir haben zehntausend Dollar gesammelt, allein für Soforthilfe«, fügte sie stolz hinzu.

Im Übrigen hatte Grover ihr zuvor aufgetragen, sie dürfe während des Essens nicht weiter über ihre Erlebnisse berichten. Er hatte sich von ihrer Erzählung nicht beeindrucken lassen.

»*Titanic*!«, hatte er wütend gesagt. »Ich kann den Namen des verdammten Schiffes nicht mehr hören. Der *Tribune* bringt nur noch Nachrichten darüber. Alle Welt kennt die Verlustzahlen inzwischen, also hau heute Abend beim Essen damit nicht so auf den Putz.«

»Aber es war grauenvoll, Grover«, hatte sie protestiert. »Ich werde nie vergessen, was ich gesehen habe. Ich hatte solches Glück, dass ich überlebt habe.«

»Was war das für eine Sache, die mir Bryden erzählte, mit der Witwe aus dem Zwischendeck, der du geholfen hast? Da war doch eine ganze Armee von Wohltätern, die das hätten übernehmen können.«

»May und ich haben zusammen im Rettungsboot gesessen. Sie hat ihren Mann verloren und alles, was sie besaßen. Hätte ich da nicht meine Pflicht tun sollen?«, fragte Celeste, darum bemüht, nicht laut zu werden. Kurz zuvor hatte sie gehört, wie Susan mit Roddy zurückgekommen war. Sie sehnte sich danach, ihn zu sehen, doch sie musste warten, bis Grover sie entließ. Ihn zu reizen hätte womöglich bedeutet, dass er Roddy noch länger von ihr fernhielt. »Im Übrigen wollte ich Mrs Brown mit den Geldern für die Überlebenden helfen.«

»Ganz die Tochter des Pfaffen«, schnaubte er. »Gott sei Dank habe ich die Geistesgegenwart besessen, meinen Sohn nicht mitfahren zu lassen. Wenn ihm etwas zugestoßen wäre …« Sie vernahm den drohenden Unterton in seiner Stimme.

Die Schläge, die dann folgten, waren keine Überraschung. Sie hatte ihn verärgert, daher musste sie bestraft werden. Er hatte Roddy bis zum letzten Augenblick zurückgehalten, bevor sie zum Festessen aufbrachen. Sie war so zugerichtet, dass sie ihn nicht hochheben konnte, und er hatte geweint, als er sie sah, hatte sich zunächst hinter Susan versteckt, bis Celeste ein kleines Päckchen Spielzeug hervorgeholt hatte. Ihr brach das Herz, dass sie nicht bleiben konnte. Sie hatte es sich selbst zuzuschreiben, denn sie war nicht, wie gefordert, sofort zurückgekehrt.

Jetzt schaute sie in die neugierigen Gesichter von Harriets Gästen und wechselte rasch das Thema.

»Genug von mir, was ist denn während meiner Abwesenheit hier passiert?« Celeste wurde sogleich mit Klatsch aus dem Ort überschüttet, doch als die Frauen sich ins Wohnzimmer zurückzogen, während die Männer ihren Portwein tranken, nahmen sie das Thema wieder auf. »Haben Sie Madeleine Astor gesehen? Es heißt, sie sei in anderen Umständen …«

»Ich habe sie an Bord der *Carpathia* gesehen, sie sah miserabel aus, und ja, sie ist schwanger.«

»Erst achtzehn, keine fünf Minuten mit einem Mann verheiratet, der doppelt so alt ist … und er war noch verheiratet, als sie sich kennenlernten … Trotzdem, es kommt, wie es kommt, und wir dürfen nichts Schlechtes über die Toten sagen.«

»Haben Sie viele Leichen gesehen? Wie schrecklich für Sie, auf ein Boot mit all dem Gesindel aus der dritten Klasse geschoben zu werden! Wie erleichtert müssen Sie sein, es geschafft zu haben und wieder unter Ihresgleichen zu sein.«

Halten Sie doch den Mund, hätte sie diesen albernen Frauen am liebsten zugerufen, eingezwängt in ihre Abendkleider, mit wabbelndem Doppelkinn und den Brüsten, die aus ihren knappen Miedern quollen. Ihr habt doch keine Ahnung, wie die Welt außerhalb der paar Meilen im näheren Umkreis lebt. Früher war mir wichtig, von euch anerkannt zu werden, aber das ist jetzt vorbei. Das alles spielt jetzt keine Rolle, seufzte sie bei sich. Ich werde nie hierhergehören. Ich bin zu englisch, zu anders, zu jung, um hier zu sitzen und mit aufgeblasenen Frauen zu tratschen, denen es nur um Standesdünkel geht, die nichts von dem Entsetzen begriffen haben, das ich durchgemacht habe. Warum sollten sie auch? Für sie ist alles wie ein Kintopp-Drama auf der Leinwand. Ich will hier nicht sein, schrie ihr Herz. Ich will Roddy nehmen und weglaufen.

Noch nie hatte sie sich so einsam gefühlt, so eingesperrt und enttäuscht. Sie hatte beobachtet, dass Grover den ganzen Abend lang stetig getrunken hatte. Seine Augen funkelten wütend, da sich die allgemeine Aufmerksamkeit immer wieder auf die Geschichte seiner Frau richtete.

Wie war es zu einer solchen Entfremdung gekommen? Seine liebevolle Aufmerksamkeit hatte sich schnell in Unzufriedenheit verwandelt, selbst auf ihrer Hochzeitsreise in Paris. Kaum waren sie verheiratet, war Grover anscheinend ein anderer Mensch geworden, der sie bekrittelte, wo er nur konnte: wie sie sich kleidete, ihre Frisur, ihr Akzent, ihre Abstammung. Er sprach davon, eine brauchbare Frau aus ihr zu formen, als wäre sie ein Stück Ton.

Zunächst war sie zu schockiert gewesen, zu ängstlich, um sich zu widersetzen oder zu protestieren. Inzwischen wusste sie, dass sie das schreckliche Geheimnis wortlos erdulden musste. Sein Überfall vorhin war nur ein Vorgeschmack darauf, was ihr bevorstand, wenn sie einmal nicht gehorchte.

In den frühen Morgenstunden würde sie wach daliegen und auf sein Schnarchen hören, verzweifelt und hilflos, denn sie konnte sich nicht bewegen, sonst würde er wieder wach werden, und sie müsste sich allem erneut unterwerfen.

Jetzt trank sie Kaffee, gab vor, sich gut zu amüsieren, und versuchte, nicht vor Schmerz zu zucken. Dabei wurde ihr klar, dass sie so nicht weiterleben konnte. An diesem Abend hatte in ihrem Kopf ein Plan Gestalt angenommen. Während sie den Unterhaltungen lauschte, dem falschen Geschwätz, wusste sie, dass es vielleicht eine Möglichkeit gab, das Heft in die Hand zu nehmen. Wenn sie das Haus auf Portage Hill erreichten, würde sie Grover etwas von dem guten Whiskey anbieten, den sie ihm aus New York mitgebracht hatte, und ihn Platz nehmen lassen. Sie würde sich davonschleichen, sich Zeit nehmen beim Ausziehen, denn sie wusste, dass er müde, betrunken und kurz vor dem Einschlafen war. Sie würde in Roddys Kinderzimmer schlüpfen und aufpassen, dass sie Susan im Zimmer nebenan nicht störte. Sie würde die Tür abschließen und ein paar Decken und ein Kissen für die Liege suchen. Heute Abend wäre sie in Sicherheit, und wenn Grover sich beklagte, würde sie erklären, er sei so müde gewesen, dass sie es für besser gehalten habe, wenn er auf dem Sofa schlafe.

Harriet Parkes hatte nach dem Essen etwas gesagt, was sie nachdenklich gemacht hatte. »Du solltest alles aufschreiben, meine Liebe, bevor du die Einzelheiten vergisst.« Warum sollte sie Stillschweigen darüber bewahren, was auf der *Titanic* passiert war? Warum sollte sie ihre Geschichte nicht erzählen, Spenden sammeln für die bedürftigen *Titanic*-Einwanderer aus Cornwall, die dem Vernehmen nach in Akron eingetroffen waren? Die Zeitungen waren voll mit der Geschichte von Margaret Brown, der Salonlöwin, die eigenhändig ein Rettungsboot gerudert hatte. Sie war jetzt ihre Freundin, und Celeste war fest entschlossen, an jeder Sitzung des Komitees der Überlebenden der *Titanic* teilzunehmen.

Sie dachte an May und Ella auf hoher See. Ob ihr Plan für sie in Erfüllung gehen würde? Was hätte die junge Frau aus Lancashire mit all dem Glitter und der Falschheit des protzigen Schauspiels an diesem Abend angefangen? Celeste hatte nicht vor zu schweigen. Es musste Möglichkeiten geben, eine Debatte anzuregen. So schrecklich das Ereignis auch war, man hätte es verhindern können, dessen war sie sich sicher.

Zu Hause im Kinderzimmer zündete sie eine Kerze an, fand einen Schreibblock und einen Bleistift und begann, alle Einzelheiten jener Nacht aufzuschreiben: Unterhaltungen, einzelne Szenen – das alles ergoss sich auf das Papier. Sie spürte eine Woge von Energie und Entschlossenheit, während sie ihren Bericht über die verhängnisvolle Nacht verfasste, nicht nur für Roddy, damit er ihn später einmal lesen konnte, sondern als ein Stück Zeitgeschichte, das überdauern würde. Etwas in ihr veränderte sich, als ihr klarwurde, dass sie nicht mehr Grovers Fußmatte war, auf der man herumtrampeln konnte, sondern eine Frau, die eine grausame Katastrophe überlebt hatte und sich nie wieder unterkriegen lassen würde. Zum ersten Mal seit Tagen schlief sie tief und fest.

32

Angelo war in einer Bar zusammengesunken, nachdem er ein Glas Bourbon nach dem anderen gekippt hatte. Er konnte gar nicht genug trinken, um den inneren Schmerz zu betäuben. Wozu sollte er nach Hause gehen? Die kleine Wohnung war noch so, wie er sie an jenem Aprilmorgen vor Wochen verlassen hatte, und setzte Staub an, aber dort konnte er sich fallenlassen, wenn er in den frühen Morgenstunden zurücktorkelte, ein

Platz, an dem er seinen Kater ausschlafen und sich vor Tante Anna verkriechen konnte, die ihn angiftete, er solle die Wohnung säubern.

»Wozu?«, schrie er zurück. »Wer außer mir sieht denn mein Durcheinander?«

»Du wirst noch Ratten anlocken, wenn du überall Essen herumliegen lässt. Sieh dich doch an, du hast dich seit Tagen nicht rasiert, hast nicht gearbeitet. Wovon willst du die Miete bezahlen? Die können keinen Mann weiter beschäftigen, der nie auftaucht. Maria würde sich für dich schämen.«

»Wage es nicht, ihren Namen auszusprechen! Du hast sie nicht einmal kennengelernt.«

»Salvi sagt, sie war schön und stolz. Du verdirbst ihr Andenken mit all dem hier ...« Verzweifelt wedelte sie mit den Händen und hob seine schmutzigen Hemden auf, während sie durch das Zimmer fegte.

»Geh, ich kann meine Wäsche selbst erledigen.«

»Pah! Du willst, dass die Leute die Bartolinis für Dreckschweine halten? Der Familienname muss in Ehren gehalten werden. Wir haben ein Geschäft zu führen. Trinken ist keine Lösung.«

»Ich tue, was ich will«, fuhr er sie an.

»Wir machen uns Sorgen um dich. Du gehörst zur Familie. Wir können dich nicht in die Gosse sinken lassen.«

»Warum bin ich überhaupt in dieses schreckliche Land gekommen? Es hat mir alles genommen, was ich hatte, alles, was ich geliebt habe. Hier gibt es nichts mehr für mich.«

»Dann zieh den Schwanz ein und fahr zurück nach Italien, erzähl ihnen deine traurige Geschichte. Fang auf dem Hof von vorn an. Irgendetwas. Aber vergeude dein Leben nicht.«

»Lass mich in Ruhe.«

Anna ging, und ihr Vorschlag schwirrte ihm durch den Kopf. Zurück ins Dorf gehen, zu seinem Bruder, seiner alten Mutter und Marias Eltern. Aber wie sollte er ihnen gegenübertreten?

Er hatte sich zu Rizzis Bar geschleppt und so lange getrunken, bis keine Münzen mehr in seiner Tasche waren. In die Heimat zurückzukehren, war keine Schande, doch irgendetwas hielt ihn davon ab.

Angelo schob sich durch das Gedränge auf die Straße hinaus. Hier war er sein eigener Herr, Anna war so schlimm wie seine Mutter, die ihm zusetzte: tu dies, tu das. Nach Hause gehen, nein! Hier konnte er tun und lassen, was er wollte, unsichtbar sein, trinken, was und wann er wollte. Hier konnte er sich vor Freunden und Familie verkriechen. Niemals würde er zurückkehren! Das hatte den Beigeschmack von Versagen und Niederlage.

33

Noch bevor der Zug im Bahnhof von Trent Valley einfuhr, erblickte May die drei Kirchturmspitzen der Kathedrale. Die Three Ladies of the Vale, hatte Celeste sie genannt. Ihr fiel auf, dass die Katen entlang der Bahngleise aus roten Backsteinen gebaut waren, nicht mit den hellen Ziegeln aus Accrington in Lancashire, sondern ein weicheres Blaurot mit rosafarbener Tönung. Trotz ihrer Angst, an einen Ort zu kommen, an dem sie eine Fremde war, freute sich May, dass ihr alles unbekannt war.

Ella schlief fest, erschöpft von ihrer Reise. Ein Soldat in Khakiuniform half ihnen aus dem Zug auf den Bahnsteig. Er war unterwegs zu seinem Regiment in der Whittington-Kaserne außerhalb der Stadt. Auf der langen Fahrt von Liverpool war er von Ellas Possen angetan gewesen und hatte ihr einen Schilling in die kleine Hand gedrückt. Die Freundlichkeit von Fremden, sinnierte May, und ihre Gedanken wanderten automatisch wieder zu Celeste.

Der Frühlingstag war hell, grüne Blätter glitzerten im Sonnenschein. Es war wie auf dem Land, dachte May, während sie die Kirchtürme bewunderte, welche die Schornsteine der Baumwollspinnerei ersetzten, an die sie zu Hause gewöhnt war. Alles war so anders als in Bolton mit seinen terrassierten Straßen.

Zum Glück gab es einen Omnibus, der sie vom Bahnhof in die Stadt brachte, und kurz darauf stiegen sie am Marktplatz aus. May fand ein Café, in dem sie ihren Durst löschen konnte, und brachte ihr staubiges Äußeres in Ordnung, bevor sie den kurzen Weg über die Dam Street zum Kathedralenhof antrat. Alles wirkte idyllisch, wie aus dem Bilderbuch. Sie sah den Minster Pool, vernahm das Schnattern von Enten und blieb staunend vor den Kirschbäumen stehen, die in voller Blüte standen. Auf der anderen Seite des Teiches erhoben sich Backsteingebäude, deren Gärten bis ans Ufer reichten. Hier gab es frische Luft, gepflasterte Straßen und altertümliche Häuser, Welten entfernt von allem, was sie bisher gekannt hatte. Vielleicht hatte Celeste recht, das hier war ein neuer Ort, und sie konnten sich hier niederlassen.

In ihrer Tasche waren Celestes Anweisungen und die Anschrift ihres Vaters, aber May konnte das Haus nicht finden, so sehr sie sich auch bemühte. Sie ging um die Kathedrale herum bis zu der Stelle, an der das Westtor zu einer prachtvollen Fassade voller Statuen aufragte. Sie fragte eine Passantin mit Weidenkorb nach dem Weg, die auf einen Bogengang zu einem kleinen Hof mit einem Kunterbunt aus niedrigen Häusern vor einem Gemüsegarten wies.

»Wen suchen Sie?«, fragte sie und lächelte Ella an, die jetzt aufgewacht war.

»Kanonikus Forester«, sagte May.

»Nummer vier. Das ist der mit der Tochter, die auf der *Titanic* war. Sie wurde gerettet, Gott sei Dank! Das war schrecklich, nicht wahr?«

May nickte, sagte aber nichts. Man konnte die Anschlagtafeln nicht übersehen, deren sensationelle Schlagzeilen die Neuigkeiten über die Katastrophe laut herausposaunten. »LEICHEN VON DER *TITANIC* AUS DEM MEER GEBORGEN. UNTERWEGS NACH HALIFAX« – jede Zeitung wollte die anderen mit entsetzlichen Einzelheiten übertrumpfen. Von ihr jedoch würde niemand etwas erfahren. Was sie und Ella betraf, hatte sie nie einen Fuß auf das Schiff gesetzt.

»Was für ein süßes Baby«, sagte die Frau, tätschelte Ellas Locken und schaute überrascht von ihr zu May. May gewöhnte sich allmählich an diese Reaktion, wo sie auch mit Ella war, sei es im Zug, im Bus oder im Café am Platz.

May verabschiedete sich mit Kopfnicken und begab sich zur Tür in der Hoffnung, es möge die richtige sein. Sie klopfte. Ein weißhaariger Mann mit einem zerfurchten, aber freundlichen Gesicht öffnete die Tür und lächelte.

»Aha! Ich glaube, ich weiß, wer Sie sein könnten. Kommen Sie … treten Sie ein, Mrs Smith. Ich hoffe, Sie hatten eine angenehme Fahrt.«

»Sie wissen von mir?«

»Natürlich. Meine Tochter Celeste hat uns telegraphiert. Wie geht es meiner unsinkbaren Tochter?« Er zwinkerte May zu, und sie ahnte, wie großherzig dieser Mann war.

»Ich kann Ihnen nicht annähernd schildern, welche Freundin sie für mich war …«

»Genauso wie ihre liebe Mutter. Nehmen Sie Platz. Ich werde Tee aufsetzen. Meine Zugehfrau war heute nicht hier, daher herrscht hier ein wenig Durcheinander, wie Sie sehen«, entschuldigte er sich und versuchte, Bücherstapel und Papiere beiseitezuräumen, damit May sich setzen konnte.

May legte Ella auf einen Stuhl und umgab sie mit verschlissenen, staubigen Kissen. »Ich helfe Ihnen. Wenn Sie mir zeigen, wo alles ist, kann ich …« Das Zimmer war ein Wirrwarr aus Büchern, Zeitungen und Zeitungsausschnitten. Nicht eine Oberfläche war sichtbar.

»Alle Artikel über den Untergang habe ich ausgeschnitten. Ich habe mich gefragt, ob Sie beide erwähnt wurden, aber bisher nicht … ich werde sie Celeste schicken. Mein Beileid für Ihren Verlust, Mrs Smith.«

»Wir waren auf dem Weg nach Idaho … um ein neues Leben anzufangen.« May spürte die Tränen, die immer dicht unter der Oberfläche waren, doch sie musste ihre Verzweiflung zurückhalten.

»Ein Segen, dass Sie das Kind zum Trost haben.«

»Ja«, erwiderte sie rasch, ängstlich darauf bedacht, weitere Fragen zu vermeiden. »Für mich dreht sich jetzt alles um sie. Mein armer Mann hatte große Träume für ihre Zukunft. Sie sollte eine gute Schulbildung erhalten, daher werde ich alles tun, was ich kann, um ihr das zu ermöglichen. Ich muss jetzt für uns beide arbeiten, und deshalb bin ich hier.« Nachdem sie ihren Teil gesagt hatte, machte sie sich daran, ein paar Tassen und Untertassen auf ein Tablett zu stellen, während Kanonikus Forester den Kessel aufsetzte.

»Das ist mir klar. Haben Sie keine Bange, für ehrliche Leute gibt es in Lichfield immer Arbeit. Ich bin sicher, dass ich Sie irgendwo unterbringen kann. Haben Sie eine besondere Ausbildung?«

»Ich war kurz als Hausangestellte beschäftigt, dann in der Baumwollspinnerei. Ich kann Empfehlungen besorgen, aber das wird eine Weile dauern«, bot sie an, obwohl sie damit riskierte, dass ihre Anschrift im Norden bekannt würde.

»Das Wort meiner Tochter reicht mir. Im Allgemeinen kann sie Menschen sehr gut beurteilen.« Er verstummte, als müsse er über etwas Besonderes nachdenken, und seufzte. »Lassen Sie uns Tee trinken, und ich kann Ihnen ein paar Möglichkeiten vorschlagen, die für Sie beide vielleicht funktionieren.«

Während Kanonikus Forester zwei Tassen einschenkte, zog May einen Zwieback für Ella aus ihrer Tasche. »Ich muss meine Arbeit um mein Kind herum organisieren. Ich kann nicht ... ich will sie nicht Fremden überlassen ... jetzt nicht.«

»Ich bin mir sicher, dass wir dafür einen Ausweg finden. Sobald die Leute Näheres über Sie erfahren ...«

»Nein!«, sagte sie alarmiert und ließ bei seinen Worten beinahe ihre Tasse fallen. »Bitte, Sir, ich möchte nicht, dass jemand über all das Bescheid weiß ... Besser, wenn es keiner erfährt. Ich habe mitbekommen, dass einige der Überlebenden von den Zeitungen nicht in Ruhe gelassen werden.«

»Das hält nicht an, meine Liebe. Die Menschen haben ein kurzes Gedächtnis, aber wenigstens macht sich der *Titanic*-Hilfsfonds das öffentliche Mitleid zunutze, so lange es geht. Er hat bereits Tausende gesammelt. Die Menschen wollen helfen. Sie wollen ihre Unterstützung zeigen. Aber ich verstehe Ihren Wunsch nach Ungestörtheit. Was ich im Sinn habe, ist das Theologische Kolleg auf der anderen Seite des Hofes. Die brauchen immer Personal, das in der Küche oder in der Wäscherei aushilft. Ich habe mit der Frau des Rektors gesprochen, Mrs Phillips, und sie ist bereit, Sie herumzuführen und Ihnen Ihre Pflichten zu erläutern. In der Nähe gibt es vielleicht auch Zimmer, in denen Sie unterkommen können.«

May nickte erleichtert. »Danke, das hört sich nach einer Arbeit an, die ich schaffe.« Sie nippte an ihrem Tee. Wer auch immer ihm den Haushalt führte, brauchte eine Lektion im Spülen. Die kleine Küche sah nicht allzu sauber aus, und einige Tassen waren angeschlagen.

Als sie ihren Tee getrunken hatten, begleitete Kanonikus Forester May und Ella hinüber zum Haus des Rektors. Dort teilte ein Dienstmädchen ihnen mit, die Herrin sei irgendwo in der Kathedrale.

»Ich kann warten«, sagte May, denn sie wusste nicht genau, ob es der richtige Zeitpunkt für sie war, sich ausfragen zu lassen.

»Gehen wir doch in die Kathedrale, und ich führe Sie herum? Ich kann Sie dort gleich vorstellen. Was du heute kannst besorgen …«, sagte Kanonikus Forester, ohne auf ihre Antwort zu warten.

May lächelte. Wie sehr er in seiner munteren, forschen Art doch Celeste ähnelte.

Sie traten durch eine Seitentür ein, und May spürte sogleich die Feuchtigkeit kalter Steine, schaute sich ehrfürchtig um und erblickte die hohe Gewölbedecke. Die Stille war überwältigend.

»Darf ich mich einen Augenblick hinsetzen?«, flüsterte sie.

»Natürlich. Ich will Sie nicht stören. Ich mache mich auf die Suche nach Mrs Phillips.«

May setzte sich mit gesenktem Kopf, Ella auf dem Schoß. Die widerhallende Weite des Kirchenschiffes ließ sie beinahe in Tränen ausbrechen. Sie war völlig erschöpft. Höchste Zeit, dass sie eine sichere Zuflucht fand. War Lichfield das Richtige? War sie es wert, hier zu sein? Wie unehrlich war sie?

Einen Tag nach dem anderen, einen langsamen Schritt vor den anderen, mehr brachte sie nicht zustande.

Ella musste ein gutes Leben weit weg von kalten Waisenhäusern bekommen. Warum dann nicht hier? Die Wahrheit über ihre Geschichte müsste nie bekannt werden, auch würde es niemandem nutzen herumzustöbern. Ihre wahre Geschichte war mit dem Schiff untergegangen. Die Lügen dieses neuen Lebens dienten alle einem guten Zweck.

May sah den alten Mann und eine stämmige Frau, die zielstrebig auf sie zukamen. Ihre Schritte hallten auf den Steinfliesen. Sie wappnete sich, um ihnen gegenübertreten zu können, wohl wissend, dass es ihre und Ellas einzige Chance war.

Ella war eine Waise, und die zärtliche Fürsorge einer Mutter war durch nichts zu ersetzen. Aber hier war sie nun, eine Mutter ohne Kind, bereit, die kostbare Aufgabe zu übernehmen. Wie Mutterschaf und Lamm waren sie. May lächelte. Warum sollten sie nicht zusammen sein?

Sie erhob sich, um die Frau zu begrüßen. »Hallo, Mrs Phillips. Ich bin May Smith, und das ist meine Tochter Ella. Ich hoffe, Sie können uns helfen.«

34

Das *Titanic* Survivors' Committee wartete, bis die *Carpathia* aus Neapel eintraf und an ihrem Liegeplatz in New York anlegte. Was für ein Unterschied zu ihrer letzten historischen Reise in der Dunkelheit, sinnierte Celeste und folgte der Reihe von Seidenkleidern und schicken Hüten über die Gangway hinauf, nicht ohne ein ängstliches Schaudern. Wie konnte sie je wieder an Bord eines Schiffes gehen?

Dennoch hatte May sich bereitwillig nur wenige Tage nach der Katastrophe ins Ungewisse aufgemacht. Daher musste sie ihre Angst ebenfalls schlucken. Das war nur ein Besuch, um Himmels willen, der längst überfällig war. Margaret Brown hatte den silbernen Pokal bei sich, den sie hatten gravieren lassen, und viele Überlebende sollten anwesend sein: Frederick Seward, Karl Behr, das Tennis-Ass, sowie Mr Frauenthal, ein deutscher Industrieller, begleiteten sie.

Sie warteten, bis alle Passagiere vom Schiff waren, und Kapitän Rostron seine Besatzung zusammenrief. Noch immer waren mehr als zweihundert der ursprünglichen Besatzungsmitglieder an Bord, ein paar vertraute Gesichter tauchten auf. Offiziere und Maschinisten standen in Reih und Glied zusammen, schicke Offiziere in Marineblau neben Matrosen in nussbraunem Arbeitszeug, von Kohle geschwärzte Heizer, alle waren anwesend, wie es sich gehörte.

Celeste war stolz, dem Komitee der Überlebenden anzugehören. Diesmal hatte sie einen Vorwand gebraucht, um wegzukommen, natürlich begleitet von ihrer Schwiegermutter Harriet Parkes, die pikiert darüber war, nicht an der eigentlichen Zeremonie teilnehmen zu können, hatte sie doch gehofft, neben den Schönen und Reichen von New York gesehen zu werden.

Dieser Ehrgeiz war es, der Grover davon überzeugt hatte, dass es den Direktoren der Diamond Rubber Company nicht schaden würde, eine großzügige Spende zu leisten.

Celestes Schwiegermutter hatte die Damenschneider in Cleveland heimgesucht, um etwas Passendes für den Anlass zu finden. Celeste weigerte sich, etwas anderes als Schwarz zu tragen. Sie trauerte noch immer um ihre Mutter, wenn sie nicht in Grovers Sichtweite war, zog im Haus jedoch gedämpftes Lila und Grau an.

Je mehr sie über Margaret Brown in den Zeitungen sah und las, die jetzt die Heldin der Nation war, desto mehr bewunderte sie deren tatkräftige Entschlossenheit, dafür zu sorgen, dass dieses Komitee noch gegründet wurde, bevor sie das Schiff verließen. Die inzwischen gesammelte Summe belief sich auf Hunderttausende von Dollar. Auch Celeste hatte Spenden beschafft, den Verkauf von selbstgemachten kunstgewerblichen Arbeiten und Gemälden organisiert, Teerunden, eine Abendveranstaltung mit musikalischer Unterhaltung.

Sie war so beschäftigt gewesen, dass sie kaum Zeit gehabt hatte, darüber nachzugrübeln, wie schlecht es mit Grover lief. Dann waren Briefe von ihrem Vater eingetroffen, in denen er berichtete, wie gut »die kleine May«, wie er sie nannte, sich im Kathedralenhof einlebte.

> Wie hart sie arbeiten kann, nichts ist ihr zu mühsam. Sie hat sogar meine häuslichen Pflichten übernommen und mein unordentliches Nest in eine auf Hochglanz polierte Oase der Ordnung verwandelt, sodass ich jetzt nichts mehr wiederfinde, aber sie meint es gut. Ihr Kind ist die Freude der Damen im Kathedralenhof, die nichts davon wissen, was die beiden hierher geführt hat. Das hält die Zeitungen davon ab, sie zu belästigen, und das respektiere ich. Sie ist wie eine kleine Maus, die über das Pflaster huscht, nur Haut und Knochen, aber sie scheint einigermaßen glücklich zu sein. Das hast du gut gemacht, sie hierher zu schicken. Ich vermute, sie könnte sich als verkappter Engel erweisen …

Mays erster Brief war etwas wortkarger, in der vorsichtigen, sauberen Handschrift eines Kindes gehalten.

> Liebe Mrs Parkes,
> ich hoffe, dieser Brief trifft Sie so an, wie es mir geht, so gut, wie man es erwarten kann. Ihr Vater war ein wahrer Christ für uns. Ich komme mit meiner Stellung im Theologischen Kolleg gut zurecht. Ich habe Zimmer in der Dam Street ganz in der Nähe gefunden, bei einer Mrs Allsop, die mir erzählte, sie habe Ihrer Mutter immer mit der Wäsche geholfen. Sie kümmert sich um Ella, während ich bei der Arbeit bin. Es ist nicht ideal, aber ich muss arbeiten, und die Kleine kann nicht mitkommen.
>
> Alles hier in der Gegend ist flach, weshalb es leichtfällt, mit Ella nach draußen zu gehen. Meine Vermieterin hat einen Kinderwagen aufgetrieben, in den ich Ella setzen kann.
>
> Ihr Vater ist guter Stimmung. Ich habe seine Wohnung zu seiner Zufriedenheit aufgeräumt, hoffe ich. Wer Bücher liest, breitet sich ein bisschen aus, nicht wahr? Ihr Bruder Selwyn ist vorbeigekommen, um mich zu überprüfen, und hat sich nach Ihnen erkundigt.
>
> Hochachtungsvoll,
> Mary Smith (May)
>
> P.S. Ich habe ganz vergessen, mich bei Ihnen für Ellas Geburtstagsgeschenk zu bedanken. Das wäre nicht nötig gewesen. Das Kleid ist sehr hübsch. Im Gegenzug schicke ich Ihnen dieses Foto. Tut mir leid, dass ich vom Blitzlicht so verblüfft aussehe.

Celeste seufzte, als sie an den Brief dachte. Wie sehr wünschte sie sich, zur Kirschblüte wieder in Lichfield zu sein, mit Roddy um den Minster Pool zu schlendern, auf dem Marktplatz Tee zu trinken. Sie beneidete May, aber wenigstens konnte sie durch ihre Briefe indirekt alles miterleben und sich vorstellen, sie wäre dort.

Der versilberte Henkelpokal wurde Kapitän Rostron in Anerkennung seiner heldenhaften Leistung zur Rettung der Überlebenden überreicht. Außerdem gab es eingerahmte Beschlüsse der weiblichen Überlebenden, die sie bei jener ersten Sitzung im Salon am Abend des 17. April gefasst hatten. Sie sprachen der gesamten Besatzung ihren tiefempfundenen Dank aus.

»Sie sind mit Volldampf voraus in eine gefährliche See gefahren, sobald Sie von der Katastrophe gehört hatten. Wäre Ihr Heldenmut nicht gewesen, hätte niemand von uns überlebt.«

Celeste sah dem Kapitän an, dass er von dem Lob beinahe überwältigt war.

»Danke«, murmelte er und senkte den Kopf. Dann holte er tief Luft. »Ich weiß nicht, wie ich meinen Dank für diese Anerkennung ausdrücken soll ... für die Ehre, die Sie mir zuteilwerden lassen ... für diesen prächtigen Pokal zum Zeichen der Verbundenheit. Zunächst habe ich versucht, meine Pflicht als Seemann zu tun, und dann als Mann gegenüber meinen Kameraden. Nicht ich verdiene diese Auszeichnung, sondern meine Besatzung. Ich möchte ihre Treue, ihren Mut und ihr Vertrauen hervorheben. Mein Dank, der meiner Frau und meiner Familie gebührt Ihnen. Von diesem Augenblick werden meine Nachfahren noch über viele Generationen hinweg mit Stolz sprechen.«

Dann wandte sich der Vorsitzende des Komitees der Überlebenden, Mr Seward, an die Besatzung. »Als wir die *Carpathia* aus dem Morgengrauen auf uns zukommen sahen, waren wir von Herzen dankbar. Als Andenken daran würden wir gern jedem von Ihnen einen Orden überreichen.«

Alle applaudierten, und Celeste spürte einen Kloß im Hals, als sie die junge Stewardess vortreten sah, die ihnen so großzügig geholfen hatte. Dann gedachte sie all derer auf dem Grund des Meeres, die von diesem Leben nie mehr etwas bekommen würden.

Harriet war zufriedengestellt, als sie am Sonntag das Gedenkkonzert im Moulin Rouge Theatre am Broadway besuchten. Was für ein künstlerisches Aufgebot: Orchester der United States Army aus den Forts in der Nähe von New York, Marinebands vom Brooklyn Navy Yard, Kinderorchester und einige der besten Musiker der Stadt. Es war ein großes Schauspiel, und die Herzen gingen über.

»Sie werden uns doch jetzt nicht hängenlassen, Celeste?« Margaret Brown erblickte sie in der Menge und kam in der Pause zu ihnen. »Ihre Schwiegertochter war eine so treue Förderin unserer Sache, Mrs Parkes.«

Harriet errötete. »Natürlich nicht. Sie wird sich nützlich machen, wo sie nur kann. Sie hat schon Hunderte Dollar in der Firma ihres Mannes gesammelt, der Diamond Rubber Company.«

»Tatsächlich? Das freut mich zu hören, denn wir haben eine große Aufgabe vor uns, wenn wir die entschädigen wollen, die alles verloren haben. Dann werden wir Sie bei der nächsten Sitzung sehen, Celeste? Wir haben uns eine besondere Gedenkstatue überlegt.«

Celeste nickte, als Margaret ihr zuzwinkerte.

»Ist das die unsinkbare Molly Brown?« Harriet gaffte ihr nach.

»Schh, nenn sie nicht so! Niemand, der sie kennt, sagt Molly zu ihr. Sie verabscheut es. Sie ist ein Energiebündel und lässt uns nie im Stich. Wenn jemand eine Statue errichten kann, dann sie, und ich wette, es wird ein Knüller!«

»Sei nicht vulgär, mein Kind, das passt nicht zu dir«, sagte Harriet und beäugte die imposante Frau in ihrem Florentinerhut und dem ausgefallenen Seidenkleid. »Sie hat etwas von einem ungeschliffenen Diamanten, ist aber reich wie Krösus. Sie ist sicher nicht dein Typ, oder? Diese auffällige, protzige Art.«

»Das Herz dieser Frau ist größer als das Schiff, das versucht hat, sie zu versenken, und auf ein freundliches Herz kommt es doch an, meinst du nicht? Ich werde tun, was ich kann, um ihr zu helfen.« Celeste war fest entschlossen, das letzte Wort zu haben, und ließ ihre Schwiegermutter sprachlos stehen.

35

Liebe May,
wie schön, von Ihnen zu hören. Das nächste Mal hätte ich gern noch einen längeren Brief, bitte. Wie sieht es in Lichfield aus? Waren Sie Pfingsten bei der Parade? Mir haben die Prozessionen und die Sportveranstaltungen immer sehr gefallen, am meisten aber der Jahrmarkt. Alle tragen Sommerrüschen und Florentinerhüte. Die Atmosphäre ist immer so fröhlich, und natürlich sind die Straßen voller Besucher. So etwas gibt es bei uns in Akron nicht, nur hin und wieder einen Zirkus und den Kirchenbasar.

Wir haben Kapitän Rostron den Pokal und die Orden überreicht. Harriet, meine Schwiegermutter, bestand darauf, als meine Anstandsdame mitzukommen. Sie war von den vielen Hüten und dem kostbaren Schmuck sehr beeindruckt. Jetzt planen wir ein Nationaldenkmal. Wenn ich verspreche, dass ich sie auf diesen Reisen mitnehme, damit sie einkaufen gehen kann, wird Grover wohl nichts dagegen haben, dass wir einmal im Monat verschwinden.

Er ist gern der Beschützer, was zuweilen lästig ist, aber ich bin entschlossen, mich an der Spendenkampagne zu beteiligen, und werde alles dafür tun.

Waren Sie schon im Red House? Da bin ich aufgewachsen. Der Garten ist herrlich zu dieser Jahreszeit mit all den Herbstblumen. Meine Brüder werden zu ihrem Wanderurlaub in Schottland sein, vermute ich. Kann Ella jetzt laufen? Roddy hat einen Roller, und wir werden ihn bald mit an die Großen Seen nehmen. Er wächst so schnell, dass er bald lange Hosen trägt und die Haare geschnitten bekommt. Ich fürchte mich davor, dass er kein kleines Kind mehr sein wird.

Schreiben Sie bald,
Ihre wahre Freundin jenseits des Meeres,
Celeste

May drückte ihren Brief an sich, während sie an diesem kühlen Novembermorgen in den Kathedralenhof lief. Es war Montag, der Tag, der für Kanonikus Forester »reserviert« war, und die Kathedrale ragte unter einem düsteren Himmel vor ihr auf, der Schnee verhieß. Sie war froh, dass sie Ella in Überhose und dickem Mantel warm eingepackt hatte.

Sie ließ ihr Kind nicht gern in Mrs Allsops Obhut, aber ihre Vermieterin war recht freundlich und würde Ella im Kinderwagen auf die Market Street hinausfahren, wenn sie einkaufen ging. Die Montage waren immer schwierig, aber sie konnte den Kanonikus vor ihrer Arbeit am Kolleg einschieben. Sie bestand darauf, dass Mrs Allsop Ella im Kathedralenhof herumführte, damit May ihr vom Kollegfenster zuwinken oder sich entschuldigen konnte, um kurz hinauszuschlüpfen und sie an sich zu drücken. Ella heulte dann immer, wenn May sie absetzte, und May hatte ein schlechtes Gewissen, wenn sie ging, doch sie wusste, dass sie in jedem Fall ihre Arbeit tun musste. Sie mussten leben.

Ella konnte jetzt laufen, fing an zu brabbeln und gedieh an der Luft von Staffordshire prächtig. Ihre Locken hüpften unter ihrem Häubchen, und ihr wurde sehr viel Aufmerksamkeit zuteil mit ihren rabenschwarzen Augen, die immer funkelten. Sie war ein sehr freundliches Kind. May fragte sich, ob ihr leibliches Kind auch derart viel Zuwendung erfahren hätte.

Kein Tag verging, an dem sie sich nicht nach ihrem eigenen Kind sehnte. Sie dachte daran, wie sie immer durch den Queens Park gegangen waren und die Kindermädchen mit ihren schicken Kinderwagen beobachtet hatten, oder wie sie mit der Straßenbahn hinaus aufs Land zur Barrow Bridge gefahren waren und mit Eistüten im Gras gesessen hatten. Ihr Glück war von kurzer Dauer gewesen. Aber sie musste den Schmerz ihrer nächtlichen Träume still ertragen, in denen sie das Gesicht ihrer Kleinen vor sich sah, die auf den Wellen abdriftete und aus ihrer Reichweite entschwand. Einmal, als sie schreiend aufwachte, stand Ella in ihrem Kinderbett und starrte sie mit ihren großen schwarzen Augen voller Tränen an.

Denk jetzt nicht mehr daran, schalt sie sich, während sie über das Kopfsteinpflaster eilte.

Ohne die Foresters wäre sie verloren gewesen, doch nun war sie in dieser historischen Stadt als Haushaltshilfe sicher untergekommen und kümmerte sich um die jungen Geistlichen, die in der Ausbildung waren. Sie putzte ihre Zimmer, wusch ihre Wäsche und half in der Mensa aus, wenn sie gebraucht wurde. Sie hielten merkwürdige Zeiten ein, doch sie hatte ein Zimmer mit Küche in der Dam Street und konnte am Abend kurz verschwinden, wenn Ella im Bettchen war, denn sie wusste, dass die alte Mrs Allsop einspringen würde, wenn die Kleine weinte.

Dieser Brief würde alles zum Besseren wenden, aber sie brauchte den Kanonikus, der ihn zuerst durchsehen sollte. Sie konnte gut lesen, doch einige Sätze waren nicht leicht zu verdauen, und was bedeutete das mit der Eröffnung eines Bankkontos? Celeste hätte sich in solchen Dingen bestens ausgekannt, da sie aus einer Welt kam, in der Banken und Anwälte und lange Wörter ganz normal waren, eine Welt, die May nie zuvor erlebt hatte.

Vor Weihnachten wollte sie wieder schreiben und eine Karte und ein kleines Geschenk für Roddy beifügen, gestrickte Fäustlinge. Zunächst fiel es ihr schwer, etwas zu schreiben, doch es wurde leichter, und allmählich fand sie Gefallen daran, auf Papier zu plaudern.

Und jetzt freute sie sich darauf, Neuigkeiten über sich mitzuteilen. Dank der Ermutigung durch Kanonikus Forester hatte sie sich an den *Titanic*-Hilfsfonds in London gewandt und ihre Situation geschildert. Sie hatte nicht gelogen. Sie war Witwe und hatte ein Kind zu versorgen.

»Sie haben ein Recht auf Entschädigung, Mrs Smith, und wenn Sie nicht danach fragen, werden Sie nichts bekommen, und es würde Ihnen und Ella das Leben erleichtern«, hatte der Kanonikus drängend gesagt.

Sie fragte sich, welches Durcheinander der alte Mann seit ihrem letzten Besuch wohl angerichtet hatte. Er war eine Zeitlang mit seinem Sohn Selwyn im Haus der Familie draußen vor der Stadt gewesen, aber er würde nicht lange dort bleiben, denn er zog es vor, in dem kleinen Haus hinter dem Kathedralenhof zu leben.

Niemand kannte Mays Situation, nicht einmal der Rektor des Kollegs und seine Frau. So war es besser, aber dieser Brief veränderte alles.

Sie war beinahe versucht gewesen, Weihnachtskarten mit einer Nachricht an Freunde in Bolton zu schicken und ihre neue Lage zu schildern. Sie war sogar so weit gegangen, hübsche Karten beim Zeitungshändler auszuwählen. Aber was wäre, wenn sie zurückschrieben und sie besuchen wollten? Sie legte die Karten wieder zurück und eilte aus dem Laden, denn sie wusste, es war besser, weiter zu schweigen.

Der Kanonikus prüfte den Brief, die Brille auf der Nasenspitze. »Sie werden fünfzehn Schillinge und Sixpence pro Woche bekommen, drei Schillinge für das Kind. Man hat einen Scheck mit Nachzahlungen beigefügt. Den müssen Sie sofort zur Bank bringen.«

»Aber ich habe kein Bankkonto. Wie richte ich eins ein?«, fragte sie. Menschen wie sie hatten keine Bankkonten. Ihr Erspartes wurde in einer Teedose auf dem Kaminsims aufbewahrt. Das war unbekanntes Terrain.

»Legen Sie das einfach der Bank an der Ecke Market Street vor, unterzeichnen Sie die Formulare, dann bekommen Sie ein richtiges Sparbuch. Die werden das Geld sicher verwahren. Damit eröffnen sich Möglichkeiten für Sie.« Er lächelte.

May schaute von ihrer Arbeit auf. »Um was zu tun?«

»Damit Sie sich Ihren Platz zum Leben suchen können. Vielleicht könnten sie ein kleines Cottage mieten.«

»Aber wer wird dann auf Ella aufpassen?«

»Sie könnten sich eine richtige Betreuung leisten oder weniger Stunden arbeiten.«

»Ich muss arbeiten«, antwortete May. »Ich kann nicht zu Hause sitzen und Däumchen drehen, ich bin nicht zum Müßiggang erzogen.« Der Gedanke an die vielen unbeschäftigten Stunden, die sich hinzogen, erschreckte sie.

»Ein Kind großzuziehen hält eine Frau auf Trab, dachte ich«, erwiderte der Kanonikus. »Sie scheinen nicht sehr erfreut darüber, ein geregeltes Einkommen zu haben«, fügte er hinzu, als er ihren verängstigten Gesichtsausdruck bemerkte.

»Verzeihung. Das ist mir alles ein bisschen zu hoch, Banken, Schecks … Was sollen denn die Leute denken?«

»Wer soll es denn wissen, außer einem Bankangestellten, und deren Diskretion ist sprichwörtlich.«

»Und wie lange wird das Geld gezahlt?«, fragte sie und versuchte weiterzuarbeiten.

»Bis Sie diese Welt verlassen, meine Liebe, oder wieder heiraten. Es wird Ella die Schule ermöglichen, so lange sie diese besuchen will.«

»Ich will nicht wieder heiraten, aber es ist einfach zu schön, um wahr zu sein«, seufzte May und schrubbte hektisch die Fliesen. Wie gelang es ihm nur, den Boden so schmutzig zu machen?

»Bedenken Sie, was Sie verloren haben, Mrs Smith. Kein Geld der Welt kann diese Tragödie wiedergutmachen, oder?«

May wischte sich über die Stirn und zuckte mit den Schultern. »Sie haben ja recht, aber ich hatte im Leben noch nie so viel Geld.«

»Dann lassen Sie es für sich und Ella arbeiten. Erheben Sie Anspruch auf Ihren Anteil, und lassen Sie es damit gut sein. Mit Geld eröffnen sich Ihnen Möglichkeiten, meine Liebe, und es wird in Zukunft für Sie da sein, was immer sie Ihnen bringen mag.«

36

Weihnachten 1912

Liebe Celeste,
ich hoffe, mein Paket kommt noch vor Weihnachten an. Hier wird es kälter. Der Wind ist träge und geht durch einen durch, nicht um einen herum, wie mein Joe zu sagen pflegte. Er fehlt mir so, gerade zu dieser Jahreszeit. Ich habe Ella mitgenommen, damit sie sich den Weihnachtsmann ansieht, aber beim Anblick

seines weißen Bartes hat sie geweint. Ich habe ein paar gute Nachrichten. Der Titanic-Hilfsfonds hat uns eine Pension bewilligt, regelmäßig. Ich habe ein Sparbuch, was mir erst Sorge bereitet hat, aber mir hilft immer derselbe Angestellte, und er ist zur Geheimhaltung von Geldangelegenheiten verpflichtet, wurde mir gesagt.

Ich habe ein paar warme Fäustlinge für Roddy mitgeschickt, die ich gestrickt habe. Ich vermute, Sie haben da drüben viel Schnee. Die Lavendelsäckchen stammen von den Blumen am Red House und sollen Sie an den Garten erinnern und Ihnen beim Einschlafen helfen. Ihr Bruder hat mir angeboten, ich könne mich bedienen, also habe ich es getan. Mr Selwyn ist ein rechter Witzbold. Er nennt mich immer Maykönigin. Er hat eine kleine Schubkarre für Ella gebaut, was sehr nett von ihm war.

Ihr Vater dreht seine Wohltätigkeitsrunden und kümmert sich um die Armen der Gemeinde. Ich gewöhne mich langsam daran, wie alles auf dem Kathedralenhof und bei den Gottesdiensten läuft, obwohl ich selbst in die Kirche von St. Chad's gehe. Nein, ich bin nicht wieder in Bolton gewesen. Den Teil meines Lebens möchte ich lieber hinter mir lassen. Ja, ich habe mir den Sheriff's Ride rings um die Stadt angesehen, die vielen Damen auf ihren Pferden im Damensattel. Was für ein Anblick, und die Eimerladungen Pferdeäpfel, die sie hinterlassen haben! Die Gärtner jagten mit ihren Schaufeln hinter ihnen her. Ich würde mich zu Tode ängstigen auf einem Pferd, aber vielleicht wird Ella eines Tages ein Pony reiten. Ich habe das Bild von Ihnen gesehen, wo Sie auf dem Rücken eines Ponys sitzen.

Muss jetzt weiter backen. Ich mache Mince Pie für Ihren Vater. Die Köchin am Kolleg hat mir gezeigt, wie es geht.

Alles Gute zum Fest für Sie und die Ihren,

May und Ella

»Oh, schau, Roddy, sind die nicht schön? Wir werden eine Kordel daran befestigen, damit sie nicht verlorengehen«, sagte Celeste, als sie Mays Paket auspackte und am Lavendel roch.

Es war das einzige Geschenk, das noch unter der großen Tanne in der Eingangshalle lag.

Roddy stand mit großen Augen staunend vor seinen vielen Geschenken und flitzte vom einen zum anderen, während die Dienerschaft zusah. Susan hatte den Tag frei, daher hatte Celeste ihren Sohn ganz für sich allein, nachdem sie zur Kirche gegangen waren.

Grovers Eltern sollten jeden Augenblick zum Weihnachtsessen eintreffen. Wie sehnte sie sich nach Mince Pies, der würzigen Fruchtmischung, umgeben von weichem Teig, eine englische Tradition. Aber sie würde sich mit einer Art von Plumpudding abfinden müssen, die nie so schmeckte wie zu Hause.

»Sieh mal, Grover, May hat so wohlüberlegte Geschenke geschickt, und sie hat einen Antrag beim *Titanic*-Hilfsfonds gestellt. Das freut mich so … Jetzt kann sie sich selbst ein Leben aufbauen. Schau, wie groß Ella geworden ist«, sagte Celeste in dem Versuch, ihren Mann für die Weihnachtskarte zu interessieren.

Sobald die Mahlzeit vorüber war, würden sie alle beisammensitzen und sich nicht viel zu sagen haben, und sie wollte nicht, dass er die Whiskeykaraffe leerte.

Grover warf einen Blick auf den formellen Schnappschuss von May, die in ihrem schwarzen Kleid mit einem hübschen Spitzenkragen posierte, auf ihrem Knie ein hübsches Kind in gestärkter weißer Baumwolle.

»Wie hat das dürre Ding bloß so ein Püppchen zustande gebracht?«, schnaubte er.

»Oh, sei nicht so streng. Ihr Mann hatte Zigeunerblut, hat sie mir erzählt«, erwiderte Celeste.

»Er muss taub, dumm *und* blind gewesen sein, um so ein Ding zu heiraten«, entgegnete er und widmete sich wieder seiner Zigarre. Mays Briefe waren für Grover nie von Interesse, dennoch schien er etwas dagegen zu haben. »Was will sie denn jetzt schon wieder abstauben, dein Schützling?«

Celeste ignorierte die Frage.

Selwyns Weihnachtskarte war unleserlich, und Bertie brachte nur ein paar Zeilen zustande über das Rudern auf dem Cam und seinen Versuch, in die Universitätsmannschaft aufgenommen zu werden. May war es, die nun zu einer fleißigen Briefschreiberin wurde und Celeste über die Gesundheit ihres Vaters auf dem Laufenden hielt. Celeste hob Mays Briefe in einer besonderen Schublade in ihrem Sekretär auf, um sie immer wieder lesen und an ihre Brust drücken zu können. Sie waren eine Nabelschnur, eine letzte Verbindung zu ihrer Familie in der Heimat.

Seitdem Celeste dem Women's Relief Committee beigetreten war, hatte ihr Leben einen neuen Sinn bekommen. Sie empfand neue Kraft und das Gefühl, sich nützlich machen zu können. Nun saß sie nicht mehr herum wie ein geschniegeltes Püppchen, das darauf wartete, dass ein nörgelndes Kind es aufhob und mit ihm spielte. Sie hatte Termine in ihrem Kalender, die nicht nur aus Einkaufstouren, Dinnerpartys oder Kirchenbasaren bestanden.

Sie schaute zu ihrem Mann hinüber, der in seinem Sessel zusammengesackt war.

Grover war ein verwöhnter Tyrann, und je länger sie verheiratet waren, desto mehr verabscheute sie das Leben mit ihm. Ihnen fiel es immer schwerer, ihre Auseinandersetzungen vor Roddy zu verbergen. Tagsüber war er im Kindergarten, aber abends musste sie sich vergewissern, ob er schlief, bevor sie es wagte, ihrem Mann Paroli zu bieten.

Weihnachten war durch Grovers Sorgen bei der Arbeit überschattet. Ihr Mann war jetzt ein hohes Tier in der Diamond Rubber Company. Der Vorstandschef, Frederick Barber, hatte sich nach einem Streit in der Vorstandsetage in seine große Villa zurückgezogen. Es war viel gemauschelt worden, um seinen Nachfolger zu finden, und da Grover den Spitzenposten nicht bekommen hatte, war er verstimmt.

»Komm, wir gehen ein bisschen an die frische Luft«, schlug sie vor. »Das wird uns allen Appetit machen und Roddy ein bisschen Auslauf verschaffen. Er kann seine neuen Fäustlinge anziehen und auch seinen neuen Schläger und den Ball mitnehmen.«

»Geht ihr, ich muss arbeiten.«

»Aber es ist Weihnachten«, protestierte sie. »Ein Familienfest. Deine Eltern werden bald hier sein. Ach, gib dir ein bisschen Mühe.« Sobald die Worte über ihre Lippen waren, erkannte sie ihren Fehler.

»Mühe! Was glaubst du, was ich den ganzen Tag mache? Diese Briefe aus England verdrehen dir den Kopf. Diese Frau schmeichelt sich bei dir ein, mehr nicht. Du denkst nur noch an die heilige *Titanic*-Sache. Findest du nicht, dass es an der Zeit ist, das ganze Geschreibsel aufzugeben?«

»Unsinn, May ist einsam. Ich bin einsam; sie erinnert mich an zu Hause.«

»Dein Zuhause ist hier. Wie kannst du einsam sein, du bist doch nie zu Hause? Wie viele Reisen hast du in diesem Jahr unternommen? Die Hotelrechnungen kosten mich ein Vermögen. Die solltest du lieber einschränken.«

»Ich nehme deine Mutter mit. Eine Luftveränderung macht ihr Spaß.«

»Andere Läden, willst du wohl sagen. Auch Pa beklagt sich.«

»Wir wollen nicht streiten, das beunruhigt Roddy. Wir dürfen ihm den Tag nicht verderben.«

»Du verdirbst ihn doch, weil du ihn die ganze Zeit verwöhnst. Er hängt an dir wie ein Schoßhund.«

»Er ist noch klein, und sie wachsen so schnell, Grover. Du kannst immer gern mitkommen.«

»Jemand muss deine Extravaganzen ja zahlen«, sagte er und warf einen bezeichnenden Blick auf das antike, mit Saphiren und Perlen besetzte Armband, das er ihr gekauft hatte und das sie jetzt am Handgelenk trug.

Der erste Weihnachtstag stellte sich als ebenso freudlos heraus wie jeder andere Tag. Wäre der mit Kugeln geschmückte Baum nicht gewesen, das Tannengrün über dem Kaminsims und die Karten, die für alle sichtbar im Raum verteilt waren, hätte es jeder beliebige Tag sein können.

Wie konnte ich nur auf Grovers penetranten Charme und sein hübsches Gesicht bei seinem Besuch in London hereinfallen? Niemand hat mich gewarnt, auf das zu schauen, was hinter der Fassade liegt. Sie war zu jung und unerfahren gewesen, um sich von seinen Versprechungen nicht hinreißen zu lassen. Ihre Eltern waren ebenso verzaubert von Grovers amerikanischer Selbstsicherheit und seinem guten Aussehen. Jetzt blickten seine Augen glasig und kalt, aufgrund seiner Trinkerei war er in der Taille auseinandergegangen, und seine Haut war rot, aber er hielt alle Macht in seinen Händen. Er bezahlte die Rechnungen und hielt das Geld zusammen.

In seiner Welt waren Frauen nur schmückendes Beiwerk. Die Männer der Industrie hatten das Sagen, unterstützt von Heerscharen Bediensteter, die ihnen aufwarteten. Wenn sie ihn jemals verlassen würde, hätte sie nichts: kein Kind, kein Geld, nichts außer ihrem Stolz. Neuerdings beschlich sie das Gefühl, das könnte die bessere Alternative sein. Dann schaute sie den kleinen Roddy an und wusste, sie könnte ihn niemals dem

Regime der Parkes überlassen. Sie dachte an die Mitglieder des Komitees, die Spenden sammelten. Wie viele von ihnen wachten am Morgen übel zugerichtet und gedemütigt auf? Manchmal fragte sie sich, ob es besser gewesen wäre, wenn sie in jener grauenvollen Nacht ertrunken wäre, doch ihre Gedanken kehrten immer wieder zu Roddy zurück. Er war der Grund, warum sie lebte und stark blieb. Irgendwie musste es vorangehen. Das Leben musste mehr zu bieten haben als dieses Dasein.

»Komm, Roddy, wir packen uns warm ein und gehen Grandma und Grandpa auf der Auffahrt entgegen und lassen deinen Daddy in Ruhe arbeiten.«

37

Die Straßen im März waren überfüllt mit Zuschauern, die auf die große Prozession warteten. In New York fand die prächtige Parade zum St. Patrick's Day statt – eins der größten Feste in der Stadt. Familien standen in ihren grünen Kostümen auf den Bürgersteigen. In den staubigen Straßen wirbelten Tänzer zu den Klängen von Musikkapellen. Angelo schaute eine Zeitlang zu und roch den Duft nach gerösteten Kastanien und Popcorn.

Salvi und Anna hatten ihren Bambino in einen grünen Schal gewickelt. Sie waren froh um den zusätzlichen Umsatz, den die Feiern ihnen einbrachten, aber Angelo war unglücklich.

Ein weiterer Brief auf schwarz umrandetem Papier war von Marias Familie eingetroffen. Sie baten Angelo inständig, doch nach Hause ins *paese* zurückzukehren. Aber wie sollte er ihnen gegenübertreten – ein Mann, der seine Frau und sein kleines Kind unwissentlich in den Tod geführt hatte?

Keinerlei Vorwurf klang in dem Brief an. Wer auch immer diese vorsichtige Schrift zu Papier gebracht haben mochte, hatte die Worte mitfühlend abgewogen.

> Er, der den alten Weg verlässt, um den neuen einzuschlagen, weiß, was er verliert, aber er weiß nie, was er finden wird. Gott hat es gefallen, Maria und Alessia zu sich zu nehmen. Steht es uns zu, nach dem Warum zu fragen? Pater Alberto sagt, das werden wir nur in der Ewigkeit herausfinden.

Er hatte ihnen nichts von dem Schuh mit der Toskana-Spitze erzählt. Ihnen oder sich selbst Hoffnung zu machen, erschien ihm grausam. Nach Monaten der Nachforschung hatte sich niemand gemeldet, nur eine Frau, die glaubte, die beiden auf der *Titanic* im unteren Salon gesehen zu haben, wie sie nach der Melodie eines irischen Jig tanzten, aber sie war sich nicht ganz sicher. Die Szene verfolgte ihn. Maria hatte immer gern getanzt, ihre Füße berührten kaum den Boden, wenn sie sich lachend im Kreis drehte.

Sie sollten hier das Schauspiel gemeinsam genießen, die Kleine auf seinen Schultern, Maria an seiner Seite in ihrem weißen Kleid mit dem Spitzenbesatz, auf den sie so stolz war. Ihre Fähigkeiten wären gefragt. Sie wollte ihre gesamte Ausrüstung mitbringen; ihr Klöppelkissen, die Ständer und Spulen sowie ein paar Entwürfe ihres Meisters. Sie hatte vorgehabt, das Herstellen von Spitze zu unterrichten und ihre Arbeiten zu verkaufen. Wieder dachte er an den Schuh; er stand auf dem Schrein, den er aus Marias Porträt und der Statue der Madonna del Carmina errichtet hatte. Wenn sie nun diese Schuhe an Bord verkauft hatte, und ein kleines Kind hier trug die Sachen seiner Tochter? Den Gedanken konnte er nicht ertragen.

Er sah zu, wie die Zuschauer sich andächtig bekreuzigten, als die Madonnenstatue auf den Schultern stattlicher irischer Hilfsarbeiter vorbeischaukelte. Auf der anderen Straßenseite machte eine Gruppe irischer Verkäuferinnen Scherze und winkte der Prozession zu. Ein Mädchen blieb zurück, schlug einen Schal um sich, den Strohhut auf dem Kopf, die Augen gesenkt, bis sie merkte, dass er sie anstarrte. Da lächelte sie ihm zu. Er wandte den Blick ab, erschüttert von seiner Reaktion.

O nein, du machst einem irischen Mädchen keine schönen Augen, wo deine Frau noch kein Jahr tot ist. Aber das Verlangen, Trost zu finden, war stark. Er wandte sich beschämt ab, während die Musikkapellen in ihren grünen Uniformen vorbeimarschierten und ihre Melodien in die Luft schmetterten. Die Menge war erdrückend, und er benötigte dringend etwas zu trinken. Neuerdings brauchte er dauernd einen Drink. Eine Flasche war sein Trost und sein treuer Begleiter. Sie half ihm zu schlafen. »Arbeite schwer, arbeite beständig, und du wirst nie hungern müssen«, hatte sein Papa immer gesagt.

Er arbeitete schwer, aber wofür? Zu welchem Zweck? Salvi nörgelte stets an ihm herum, er solle sich waschen und seine schwarzen Locken kämmen. »Du bist ein gutaussehender *boia* … such dir eine *ragazza*, die dich tröstet.«

Am liebsten hätte er ihm eine reingehauen, konnte aber seinen älteren Verwandten gegenüber nicht respektlos sein. Wie sollte er eine andere Frau anschauen? Wie konnte er seine Maria einfach so vergessen, als würde man einen Wasserhahn abdrehen?

Weit entfernt in Kanada lagen Gräber, in denen man die geborgenen Leichen bestattet hatte. Er hätte dort suchen sollen, aber es hieß, eine Maria oder Alessia sei nicht gefunden worden. Anna und Salvi hatten in seinem Namen an die Hilfsorganisation geschrieben und gehört, man könne eine Entschädigung anbieten, jedoch nur in Höhe von Marias Eigentum. Angelo könnte sich ein Bündel verlorener Spitzenarbeit ersetzen lassen. Aber wie wurde der Verlust von Frau und Kind wiedergutgemacht?

Der Priester von Old St. Patrick's stand ihm bei, hatte ihm jedoch gesagt, er solle geduldig in seinem Kummer sein. Er würde mit der Zeit nachlassen, doch Angelo wollte nicht, dass er aufhörte. Der Schmerz war seine Strafe, aber um zu arbeiten, musste er schlafen, und um zu schlafen, musste er trinken. Er lief Gefahr, die Kontrolle über sich zu verlieren. Spielte es denn eine Rolle, wenn er eines Morgens oben auf dem Gerüst ausrutschte? Wenn er allem ein Ende setzte?

Allein der Gedanke an Schande und Schmerz, die er über seine Mutter bringen würde, hielt ihn davon ab. Das und der kleine Schuh. Wenn Alessia nun doch da draußen irgendwo wäre?

Angelo wandte der Parade den Rücken zu. Er hatte für diesen Tag genug glückliche Familien gesehen. Er brauchte ein starkes Getränk, eine billige Bar und ein paar Stunden Vergessen in den finsteren Seitenstraßen von Mulberry Bend.

Später wurde er auf dem stinkenden Fußboden einer Absteige wach. Seine Taschen waren sauber geleert worden. Er roch nach Schnaps und Schlimmerem. Wo war er? Als er aufstand, begann sich der Raum zu drehen. Während er über Betrunkene stieg, die schnarchend ihren Kater ausschliefen, hörte er die Glocken, welche die Gläubigen zur Messe am Palmsonntag riefen.

Er konnte sich nicht daran erinnern, wie er in dieser Kaschemme gelandet war, aber ihm war schwindelig, und er hatte bohrende Kopfschmerzen. Hatte er mit ein paar feiernden Iren zu tief ins Whiskyglas geschaut? Spielte es eine Rolle? Jetzt war alles gleichgültig, nachdem er seinen Lohn oder das, was davon noch übrig war, verloren hatte. Er musste seine Kleidung wechseln, bevor er Salvi und Anna gegenübertrat, die ihn zur Schnecke machen würden, beschämt vom Anblick dieses Penners, zu dem er geworden war.

Aber was das Auge nicht sieht … »Verpasse den Tag des Heiligen nicht, er wird dir immer aus der Patsche helfen.« Die Stimme seiner Mutter klang ihm im Ohr, aber würde der heilige Patrick seine Bitten erhören? Wozu sollte er sich um einen betrunkenen Italiener mehr kümmern?

Angelo war verwirrt, verkatert und verzweifelt. Er musste sich irgendwo waschen und diesen Tag ehren.

Lächelnd dachte er an seine Mamma, wie sie ihm mit dem Finger drohte. »Zeige mir deine Freunde, Angelo, und ich sage dir, wer du bist.«

Er starrte auf die hingestreckten Trunkenbolde, Raufbolde, Taschendiebe und sonstigen Abschaum. *Ich gehöre nicht zu denen, oder? Heilige Mutter Gottes, bin ich so weit gekommen? … Hilf mir! Warum, oh, warum, Maria, musstest du mich verlassen? Warum bist du an Bord dieses todgeweihten Schiffes gegangen?* Die Tränen wollten nicht versiegen, während er hinaus in die Frühlingssonne torkelte, die ihm in die Augen stach. Er hielt sich am Türrahmen fest, um sich zurechtzufinden, und mit einem unsicheren Schritt auf den Bürgersteig begab er sich in Richtung Glockenklang.

38

April 1913

Offensichtlich hatten sich ihre Briefe überschnitten. May saß im Park, um ihre Zeilen immer wieder zu lesen, bevor sie den Brief aufgab.

Liebe Celeste,
ich will mich kurz fassen. Ich kann kaum glauben, dass schon ein Jahr seit unserer ersten schicksalhaften Begegnung vergangen ist. Ich finde den Gedanken an die kommenden Tage schier unerträglich, in denen das Wort *Titanic* wieder in aller Munde und in allen Zeitungen sein wird. In England sollen große Gedenkgottesdienste stattfinden. Mir bricht das Herz, weil ich keinen Ort habe, an dem ich Blumen für Joe niederlegen kann, und wenn ich an das Familienleben denke, das uns so grausam entrissen wurde, bin ich immer noch traurig.

Ihr Vater hat stellvertretend für Sie Blumen auf die Ruhestätte Ihrer Mutter gestellt. Ihm fehlt ihre Gesellschaft, besonders an den Abenden. Das ist die Zeit, in der Ehepaare am Kamin essen und sich unterhalten, nicht wahr, eine Zeit der Nähe und des Trostes, die Witwen und Trauernden versagt ist.

Komisch, wie Sie mir beigebracht haben, auf Papier zu sprechen. Ich stelle mir gern vor, dass wir bei einer Tasse Tee zusammensitzen und plaudern. Deshalb fehlen mir die Mädels aus der Baumwollspinnerei. Die Frauen im Kolleg sind ein Klüngel, und eine von ihnen mag ich nicht, eine Florrie Jessup, die ihre Nase überall reinstecken muss, wie ein Frettchen. Ich halte mich von ihr fern, wo ich nur kann.

Ihr Vater hat uns am 15. zum Tee eingeladen, wofür ich ihm dankbar bin. Nur er weiß wirklich, wie schrecklich das Datum für mich bleiben wird, solange ich lebe. Ich werde ein paar Éclairs mitbringen, weil er sie so gern mag.

Ich kann Ihnen gar nicht genug danken, dass Sie mir diese Chance gegeben haben, ein vor neugierigen Blicken geschütztes Leben zu führen. Solange ich lebe, werde ich in Ihrer Schuld stehen, und wenn ich als Gegenleistung etwas für Sie tun kann, um Ihnen zu helfen, müssen Sie nur fragen. Wir kommen vielleicht aus anderen Welten, aber irgendwie habe ich in unseren Briefen das Gefühl, dass wir die besten Freundinnen werden. Ich hoffe nur, dass es Ihnen auch so geht.

Der Herr sei mit Ihnen,

May und Ella

»Ist nichts für mich in der Post, Minnie?« Celeste war verstört. Seit Wochen hatte sie nichts von May gehört, was ungewöhnlich war, besonders, da der schicksalhafte Jahrestag bevorstand. Zum x-ten Mal schaute sie auf dem Silbertablett in der Diele nach, auf dem die Briefe abgelegt wurden.

»Tut mir leid, Ma'am, habe nichts gesehen.« Minnie knickste und wich Celestes Blick aus, was so gar nicht ihre Art war.

Celeste seufzte. »Ich hatte auf einen Brief aus England gehofft.«

»Von Ihrer *Titanic*-Freundin?«, fragte Minnie. Die Dienerschaft wusste über ihren Briefwechsel mit May Bescheid und löste die Briefmarken für Roddys kleine Sammlung über Wasserdampf ab. »In der Stadt findet eine große Gedenkveranstaltung für alle ertrunkenen Seelen und eine Messe in der katholischen Kirche statt.«

Celeste hoffte, an den Gedenkveranstaltungen in New York teilnehmen zu können, doch es wurde schwieriger, Grovers Erlaubnis zu bekommen. Allerdings hatte sie eine Idee, die funktionieren könnte, wenn sie es ihm behutsam vortrug. Sie mussten Roddy mitnehmen. Er wurde sehr anhänglich, und Susan sagte, er nässe nachts wieder ein.

»Damit wollen wir Mr Parkes nicht behelligen. Er hat so viel im Kopf«, hatte Celeste gesagt. Warum hatte sie stets das Gefühl, Ausreden für ihn erfinden zu müssen? Sie wusste, dass er Roddy vielleicht bestrafte und damit alles nur noch schlimmer machte. Ein Ausflug nach New York würde ihnen allen guttun; Zeit, die sie als Familie zusammen verbringen würden, könnte Roddy ein bisschen mehr Sicherheit verleihen. Warum fühlte sie sich so hin und her gerissen zwischen ihrem Zuhause und ihrer Arbeit? Wenn sie May darüber schriebe, würde ihr vielleicht vieles klarer werden. Wenigstens auf dem Papier konnte sie ehrlicher mit sich selbst sein.

Ich glaube, unsere Briefe müssen sich wieder gekreuzt haben. Komisch, wie wir immer wieder zur selben Zeit schreiben. Ein Jahr ist vergangen, aber ich höre noch immer die Schreie verzweifelter Passagiere im Wasser. Ich wende viel Zeit auf, um dafür zu sorgen, dass diese Stimmen von der *Titanic* niemals untergehen oder auf taube Ohren treffen.

Wenn ich ehrlich bin, sind manche Sitzungen des Komitees der Überlebenden langweilig. Frauen können für ihre Sache ebenso kämpfen wie Männer, und es gibt ein paar laute Stimmen, die ihre Vorgehensweise durchsetzen wollen …

Sie schrieb weiter, verloren in ihren vielen Neuigkeiten, darum bemüht, sich nicht allzu wichtig zu machen.

Manchmal sitze ich im Nähkränzchen der Gemeinde und lausche dem Geplapper ringsum, bis ich schreien könnte. Dann presche ich vor mit allem, was ich in New York über das Wahlrecht für Frauen höre, und meine Schwiegermutter wirft mir entsetzte Blicke zu. »Wenn es stimmt, was man von diesen Suffragetten hört, dann wird Grover wohl nicht wollen, dass du dich mit ihnen einlässt.«

Ich habe versucht zu erklären, warum Männer es nicht schätzen, dass unsere besten Kräfte ebenso wichtig auf der Weltbühne sein können wie ihre. Ach, meine Liebe, das klingt wie ein Flugblatt. Ich bin hin und her gerissen zwischen meinen Pflichten als Mutter und Ehefrau und denen einer guten Bürgerin. Ich frage mich, was von der jungen Frau übriggeblieben ist, die ich einmal war, die so viele Träume hatte. Wenn ich drüben bei Ihnen wäre, würde ich mich dann an Bahngleise ketten und mit Mrs Pankhurst marschieren? Das hoffe ich doch.

Wie schrecklich, dass ich mich bei Ihnen beklage in diesem ganz besonderen Monat, in dem wir an die armen Seelen denken müssen, die nie wieder eine Stimme haben werden. Verzeihen Sie mir meine Gedankenlosigkeit. Ich freue mich doch auf Ihre Briefe, aber es scheint Wochen her zu sein, dass ich zuletzt von Ihnen gehört habe. Ich hoffe, Sie finden einen stillen Platz, an dem Sie um Ihren verstorbenen Mann trauern können. Lassen Sie nicht so viel Zeit vergehen, bis Sie wieder schreiben.

In Aufruhr und Gedenken,
Ihre Celeste

Sie suchte nach einer Briefmarke, fand aber keine in ihrer Schreibmappe. Grover hätte wohl nichts dagegen, wenn sie eine seiner Marken nähme. Sie musste ihm ja nicht sagen, dass sie für einen Brief an May war. Sie begab sich zu seinem Arbeitszimmer, blieb kurz zögernd davor stehen, denn ihr fiel das letzte Mal ein, als sie sich hineingewagt und Schläge dafür eingesteckt hatte.

Sie sah auf seiner silbernen Ablage auf dem Schreibtisch nach. Keine Briefmarke. Sie wagte nie, in seinen Schubladen zu suchen, doch die waren für gewöhnlich ohnehin abgeschlossen.

Als sie sich bückte, um das nachzuprüfen, bemerkte sie einen Umschlag mit einer englischen Briefmarke und vertrauter Handschrift im Papierkorb. Ein geöffneter Brief von May, gelesen und fortgeworfen. Im ersten Augenblick begann der Raum sich zu drehen, als sie begriff, dass es ein Brief war, den sie nie gesehen hatte und der laut Stempel erst vor wenigen Tagen eingetroffen sein musste. Natürlich hatte May ihre Freundin am ersten Jahrestag des Untergangs nicht vergessen.

Celeste sank auf Grovers Mahagonistuhl und las den Brief sorgfältig durch. Sie konnte kaum atmen, so sehr brannte die Wut in ihr. Am liebsten hätte sie vor Enttäuschung über seine Heimtücke aufgeschrien.

Darf ich denn nicht einmal eine Privatsphäre oder eigene Freunde haben? Wie kann er es wagen? Das war unerträglich. Schluchzend las sie den Brief noch einmal und steckte ihn dann genauso wieder in den Papierkorb, wie sie ihn vorgefunden hatte. Wieder schäumte Wut in ihr hoch. Zu diesem Spiel gehören zwei, dachte sie, öffnete ihren eigenen Brief und fügte einen Nachsatz hinzu.

> P.S. Ihr Brief ist gerade eingetroffen. Bitte, betrachten Sie meinen albernen Vorwurf als gegenstandslos, aber da Sie mir Ihre Hilfe anbieten, habe ich tatsächlich eine Anfrage, eine eigenartige zwar, die ich aber später erklären werde. Bitte, schicken Sie Ihre Briefe ab sofort an Mrs Parkes, c/o Postamt in Akron, nicht mehr hierher.

Etwas Besseres konnte sie spontan nicht tun. Wenn Grover meinte, ihre Freundschaft schlafe ein, würde er in seiner Wachsamkeit nachlassen. Er hatte keine Ahnung, was er gerade ausgelöst hatte. So schwach sie auch sein mochte, er hatte einen empfindlichen Nerv getroffen und sie in ihrer Entschlossenheit bestärkt. Niemand würde sie davon abhalten, nach Hause zu schreiben, wem sie wollte. Wenn das Krieg war, dann hatte sie das erste Scharmützel gewonnen. Aber sie hatte das Gefühl, dass noch schlimmere Schlachten bevorstanden, bis sie den Sieg davontragen würde.

May las Celestes eigenartigen Brief dreimal und versuchte herauszufinden, was sie eigentlich damit sagen wollte. Im Mittelteil ging es nur um Frauenstimmrecht und eine Frau namens Alice Paul, die in England in Hungerstreik getreten war und jetzt in den Vereinigten Staaten für die Sache der Suffragetten kämpfte.

> Ich habe mich der Congressional Union for Women's Suffrage angeschlossen. Ich muss etwas unternehmen, um den Frauen hier zu ihrem Recht zu verhelfen. Warum sollte die eine Hälfte der menschlichen Bevölkerung nicht mitbestimmen dürfen? Zwanzig Millionen Frauen wird hier das Wahlrecht abgesprochen. Alice sagt, jede unserer Bemühungen zählt, so wie in dem Kirchenlied »jedes an dem Plätzchen, wohin Gott es stellt«.

May las verwirrt weiter, besonders, als es um die Änderung der Anschrift ging.

Sie hatte Aktivistinnen der Suffragetten gesehen, die Flugblätter auf dem Marktplatz in Lichfield verteilten, sowie Bilder von ihnen als Demonstrantinnen vor dem Parlament in London.

»Grover glaubt, ich erledige Arbeit für das *Titanic* Survivors' Committee, was in gewisser Weise auch stimmt. Ich muss etwas unternehmen …« Ihre Handschrift wirkte krakelig, als wäre Celeste in Eile gewesen. Was war da eigentlich los?

Dabei glaubte May durchaus an das Wahlrecht für Frauen. In der Baumwollspinnerei in Bolton hatten sie hitzige Debatten darüber geführt, und sie hatte sich schon vor Jahren der Union für allgemeines Wahlrecht angeschlossen. Als Mr Winston Churchill durch die Stadt gefahren war, hatte es einen Aufstand gegeben, und sie wusste, dass viele ihrer Mitarbeiterinnen in der Spinnerei noch immer im Norden aktiv waren. Joe glaubte an seine sozialistische Sache, aber alles war ein wenig durcheinandergeraten, zumal Mrs Pankhurst sich handgreiflich mit der Polizei auseinandergesetzt hatte. Seit ihrer Ankunft in Lichfield hatte May jedoch alles über sich hinwegstreifen lassen. Es schien so weit entfernt von ihrem jetzigen Leben.

Was würde Kanonikus Forester von seiner Tochter halten, die mit Spruchbändern durch die Lande zog? Ihr Mann musste sehr verständnisvoll sein, wenn er zuließ, dass sie sich derart in den Vordergrund stellte. Aber Frauen wie Celeste mussten nicht arbeiten, seufzte May. Sie konnten ihren Hobbys nachgehen und mussten sich um die Kosten keine Sorgen machen. Aber irgendetwas war im Gange, das spürte sie, und sie war beunruhigt. Celeste klang nicht wie sie selbst.

May las die Seiten über Celestes geschäftiges Leben noch einmal und schämte sich ihres eigenen ruhigen Daseins. Sie erledigte zu Hause ihre Pflichten, ihre Hausarbeit. Sie hatte sich um Ella zu kümmern, und sie nahm dankbar ihre Rente in Empfang. Still saß sie jeden Sonntag in der hinteren Bank der alten Gemeindekirche St. Chad's und versuchte, ihren Kopf zu beruhigen, der sie auch weiterhin mit Träumen plagte. In ihren Briefen fiel es ihr schwer, eine Lüge zu leben und ihre wahren Gefühle zu Ella und zu dem zu verbergen, was sie getan hatte. Ella war inzwischen so sehr Teil ihrer selbst geworden, dass May sie niemals loslassen würde.

Komisch, wie sie beide ihre Sorgen andeuteten, sie aber nie direkt ansprachen. Ihre waren zu schrecklich, um jemals zu Papier gebracht zu werden.

Zu allem Übel hatte sie sich ein Wortgefecht mit Florrie Jessup geleistet, die May eines Nachmittags dabei ertappt hatte, wie sie aus der Provincial Bank kam.

»Unsereins wird nicht oft mit einem Sparbuch gesehen«, bemerkte Florrie und nahm interessiert das Sparbuch in Mays Korb in Augenschein.

May fühlte sich verpflichtet, etwas zu sagen. »Mein Mann ist auf See gestorben, und das ist eine Rente«, brachte sie vor und wollte schnellstens eine andere Richtung einschlagen als diese große, laute Frau.

»Das ist es also jetzt? Wir haben uns schon gewundert, wie es dir gelingt, dich und die Kleine so gut anzuziehen, bei dem Hungerlohn, den wir da oben bekommen«, schnaubte sie und zeigte auf den Kathedralenhof. Dann schaute sie wieder auf Mays schicken schwarzen Mantel.

May gefiel der Klang des »wir« nicht. Sie hoffte, sie und Ella wären nicht Gegenstand des Dorfklatsches. »Ella bekommt Pakete aus Amerika«, versuchte sie zu erklären.

»Ach so? Dann hast du Verwandte dort? Hast du die Stelle auf die Art und Weise bekommen? Du putzt jetzt zusätzlich beim Kanonikus, und ich habe gehört, dass Letty Fagan nicht gerade erfreut war, als er sie deinetwegen entließ. Unter uns, Herzchen, so macht man sich hier in der Gegend nicht an Arbeitsstellen heran. Die Leute müssen glauben, dass Letty keine gute Arbeit für ihn geleistet hat.«

May wurde rot. »Na ja, sein Haus sah ziemlich heruntergekommen aus, als ich zum ersten Mal vorbeischaute. Ich dachte, er hätte keine Hilfe.«

»Wie kommt so eine wie du überhaupt darauf, sich bei seinesgleichen vorzustellen?« Florrie stand wie angewurzelt auf dem Bürgersteig und verstellte ihr den Weg.

»Ich habe einmal seine Tochter kennengelernt …« Großer Fehler.

»Aber die ist in Amerika, verheiratet mit einem Bonzen. Sie war auf der *Titanic.* Wie kommt es, dass du sie kennst?«

»Oh, Freunde von der Kirche, das ist eine lange Geschichte.« Sie machte Anstalten, den Kinderwagen an Florrie vorbeizuschieben, doch die rührte sich nicht vom Fleck.

»Ich bin überrascht, dass du dir die Mühe gibst, überhaupt zur Arbeit zu kommen, wenn du doch so noble Beziehungen und eine persönliche Rente hast.«

Jetzt wurde es ernst. Wie sollte May ihren Standpunkt verteidigen? »So ist es ganz und gar nicht. Meine Arbeit gefällt mir. Wir sind nur zu zweit, ich muss arbeiten.« May wandte sich wieder ab, um zu gehen, doch Florrie hielt sie am Arm fest.

»Nicht so eilig. Wie ich höre, hast du eine Einladung abgelehnt, der Frauen-Genossenschaftsgilde beizutreten.«

»Wer hat dir das gesagt?« May wollte diesen Anschuldigungen so schnell wie möglich entgehen. »Ich muss jedes Mal, wenn ich das Haus verlasse, dafür sorgen, dass sich jemand um das Kind kümmert. Das kostet Geld oder Gefälligkeiten«, fauchte sie zurück.

»Hör zu, Mrs Smith, wenn das überhaupt dein richtiger Name ist, ich gebe dir einen guten Rat, der nichts kostet. Hier gibt es die Stadt und die Universität: Kathedralenhof oder Marktplatz, und es bringt nichts, wenn man die vermischt oder versucht, einen Fuß in jedem Lager zu haben. Du bist eine von uns oder eine von denen, kapiert?«

»Ich bin nicht von hier. Ich bin aus Lancashire und ergreife keine Partei.« Mays Nackenhaare stellten sich jetzt hoch.

Florrie stieß blitzschnell zu. »Ach ja? Was führt eine aus dem Norden denn hierher?«

»Ich bin Witwe«, sagte May kaum hörbar. »Kann eine Frau denn nicht woanders hinziehen?«

Florrie ließ sich die Antwort durch den Kopf gehen und zeigte keinerlei Mitgefühl, als sie beiseitetrat. »Bitte ergebenst um Entschuldigung, aber wir haben uns schon gefragt, ob du eigentlich eine *richtige* Witwe bist, weißt du.«

»Was soll das heißen?« May schaute Florrie direkt in die Augen und verunsicherte sie damit einen Moment lang.

»Na ja, wir haben uns gefragt, ob dich da jemand schön heimlich versorgt hat ... schließlich bekommen du und das Kind Geld, aber keinen Besuch.« Dabei wurden ihre Wangen rot.

»Wie kannst du es wagen, solche Vermutungen anzustellen? Joseph war mein Mann, meine Jugendliebe. Er ist erst seit einem Jahr tot.« Tränen traten ihr in die Augen.

»Na, nun mach mal halblang! Ich wollte dir nicht zu nahetreten, aber du schottest dich ja immer ab. Kein Wunder, wenn die Leute dann doch Fragen stellen, oder?«

»Was geht es dich an, wer ich bin?«, fuhr May sie an. »Und jetzt, wenn du nichts dagegen hast, muss ich noch einkaufen gehen.«

»Du hast etwas an dir, das ich nicht begreife; so etwas wie ein Geheimnis, schätze ich. Aber keine Bange, ich werde so lange herumschnüffeln, bis ich die Wahrheit herausgefunden habe. Eine Rente, also wirklich ...«

Lachend stürmte Florrie davon, und May war übel. So weit zu Ruhe und Frieden. Tratsch in der Belegschaft des Kollegs war das Letzte, was sie brauchte. *Verflucht, Florrie, dass du Dinge aufgewühlt hast, gerade als ich zur Ruhe kam.* Zum Glück hatte Ella den Zwischenfall verschlafen. Sollten sie doch denken, was sie wollten, sie würden von ihr nichts mehr erfahren. Vielleicht war es an der Zeit, sich eine andere Stelle zu suchen. Warum konnten die sie nicht in Frieden lassen? Sie musste einer lästigen Wichtigtuerin wie Florrie nicht Rede und Antwort stehen, aber in Zukunft musste sie besser auf der Hut sein. Sie verkehrte zwar nicht viel mit anderen, aber mit ihren vielen Stellen und der Kleinen blieb ihr keine Zeit, und sie fühlte sich so erschöpft; nachts schlief sie noch immer schlecht.

Ihre einzige Freundin lebte jenseits des Meeres, und selbst die verhielt sich eigenartig. War es eine richtige Freundschaft, wenn man sich nie traf, bis auf das eine Mal unter solch außergewöhnlichen Umständen? Dennoch war diese Verbindung tröstlich und kraftspendend, ihre Briefe boten eine Möglichkeit, ihre Gefühle auszupacken und ihre Meinung zu sagen. Eine Frau wie Celeste würde nicht weiterhin schreiben, wenn sie es nicht wollte.

Hätte sie doch nur den Mut, ihr die Wahrheit über Ella zu sagen. Vielleicht könnte sie dann schlafen. Doch das hinzunehmen, war für jede Freundin zu viel. Ich bin eine Lügnerin und eine Diebin und eine Heuchlerin, seufzte sie, aber damals erschien es richtig, was ich getan habe.

Ihr ging es einzig und allein um Ellas Wohlergehen. Sie sparte jeden Penny, damit die Kleine das Beste hatte, was sie sich leisten konnte: gute Schuhe, Tanzstunden, eine richtige Schulbildung. Wenn es so weit war, würde Ella ihren Platz nicht ganz unten oder ganz oben einnehmen, sondern in der Mitte, mit Chancen und Gelegenheiten im Leben. Wenn andere sie für reserviert hielten, dann war es eben so. Ella war mehr wert als sie alle zusammen.

Sie stellte sich vor, Kapitän Smith habe ihr das Vertrauen entgegengebracht, dass sie sich die größte Mühe geben würde, dem Kind ein anständiges Leben zu ermöglichen. Nicht in einem Waisenhaus, in dem sie selbst und Joe gewesen waren, sondern mit der Freiheit, einen eigenen Weg einzuschlagen. May hatte sich auf das Lernen in der Schule gestürzt, selbst als sie halbtags als Lehrling in der Spinnerei gearbeitet hatte. Sie las gern ein gutes Buch. Sie interessierte sich für die Kathedrale und deren Geschichte und lauschte gern der Orgelmusik und den Chorknaben, wenn sie sangen. Eigentlich gefiel ihr diese alte Stadt so langsam, auch wenn sie flach und nicht von Hügeln umgeben war, ganz anders als das Hochmoor von Edgeworth.

Wäre sie etwas höher auf der sozialen Leiter zur Welt gekommen, wäre sie vielleicht wie Celeste gewesen und hätte sich für das Wahlrecht der Frauen begeistert. Vielleicht sollte sie guten Willen zeigen und der Gilde beitreten. Sie könnte ein paar gute Ratschläge bekommen und sich außerhalb ihrer Arbeit mit jemandem anfreunden. Aber Freunde stellten Fragen und stocherten im Leben der anderen herum. In der Distanz lag Sicherheit. Am besten, sie hielt sich an Bestehendem fest und beschwor keinen Ärger herauf.

Ella war das Wichtigste. Sie musste vorankommen und ihre Chancen haben, damit der Diebstahl ihrer wahren Identität zu rechtfertigen war. Erst wenn das passierte, würde May Frieden finden.

39

Er war gekommen, der Tag, vor dem Angelo sich fürchtete. Er stand früh auf, um zur Arbeit zu gehen, warf einen traurigen Blick auf den kleinen Schrein in der Ecke mit dem Schuh und dem Foto. Er teilte sich ein Zimmer mit Salvis Jungen. Sie bestanden darauf, dass er bei ihnen wohnte, jetzt, da er seine Wohnung verloren hatte, nachdem Beschwerden beim Vermieter eingegangen waren und er mit der Miete im Rückstand war.

»Kein Bartolini schläft auf der Straße, solange ich lebe. Mein Bruder würde mich umbringen«, sagte sein Onkel. »Aber du suchst dir eine Stelle und arbeitest dich aus eigener Kraft hoch, sonst setzt es was.«

Allmählich war Angelo so ausgenüchtert, dass er wieder an einer Arbeitsstelle festhalten konnte. Es war ein kühler, klarer Frühlingsmorgen, er saß hoch oben auf einem Dach in Manhattan, schaute auf die Silhouette der Stadt, über die Wolkenkratzer hinweg zu den Brücken und dem Fluss, der in den Hafen mündete, und dachte an die schreckliche Nacht vor einem Jahr. Wie hatte er nur einen solchen Verlust, den Schmerz und die Leere überlebt?

Er erschien tagtäglich bei der Arbeit, kletterte auf Kräne und Gerüste und saß hoch über den Baustellen. Arbeit war der Schlüssel, Arbeit war Trost, und er baute von neuem seinen Ruf als ein Mann auf, der zuverlässig und vertrauenswürdig war, so dass man ihn auswählen und anderen, erfahreneren Einheimischen vorziehen konnte.

Heute würde er früher Schluss machen, sein bestes Hemd und seine Jacke anziehen und sich zur St. Patrick's-Kirche in der Mulberry Street begeben, um an der besonderen Messe teilzunehmen. Dort wollte er neben anderen trauernden Angehörigen eine Kerze für Maria und die Kleine anzünden.

Er kannte inzwischen viele Iren vom Sehen, die alten Frauen und jungen Mädchen, die Rothaarigen, die neben ihm knieten. St. Pat's war wie ein Leuchtfeuer im Dunkeln, ein Platz, an dem man sitzen, den Weihrauch einatmen und sich in dieser lauten, aufdringlichen Stadt sicher fühlen konnte.

Angelo mochte die Kirche gern. Sie erinnerte ihn an zu Hause. Die Steine waren kühl unter seinen Händen. Pater Bernardo hatte sie alle durch eine schwere Zeit begleitet wie ein echter Hirte, aber dies war eine Messe, die alle Erinnerungen an jene verregnete Nacht im April vorigen Jahres heraufbeschwor.

Die junge Frau im karierten Schal saß wieder vor ihm, ihre kupferfarbenen Locken im Nacken so zusammengefasst, dass sie ihr über den Rücken fielen. Er hatte sie bei der Parade auf der Straße gesehen. Sie weinte heftig, und eine der Schwestern berührte ihren Arm.

»Na, Kathleen, sie sind jetzt alle bei den Engeln … Ich weiß, es ist nicht leicht, aber sie würden nicht wollen, dass du es so schwernimmst.«

Angelo bemühte sich, seine eigenen Tränen zurückzuhalten. Er wusste nur zu gut, was sie in diesem Augenblick fühlte. Als der Gottesdienst vorbei war, erhob er sich und wollte schon gehen, doch die Schwestern führten sie in den Gemeindesaal. »Du brauchst jetzt eine Tasse starken Tee. Der ist hinten angerichtet. Komm, Angelo, du auch. Nach einem harten Arbeitstag musst du Durst haben.«

Lieber hätte er ein Fass Whisky geleert, aber er folgte den anderen. Sie nahmen verlegen Platz, Fremde, die durch diese schreckliche Verkettung von Ereignissen verbunden waren. An dem süßen Tee mit Milch erstickte er beinahe. Die junge Frau mit dem Schal schaute zu ihm herüber und lächelte. Sie hatte die grünsten Augen, die er je gesehen hatte, wie geschliffener Marmor. Er erwiderte ihr Lächeln, und ihre Wangen wurden rot.

»Meine Schwester, Mary Louise, ist in Queenstown an Bord des Schiffes gegangen«, flüsterte sie. »Und bei Ihnen?«

»Meine Frau«, erwiderte er. »Maria und unsere *bambina* aus Italien, in Cherbourg.«

»Sie Ärmster.« Sie schüttelte mitfühlend den Kopf. »Es vergeht nie, nicht wahr?«

Plötzlich war er froh, dass er sein Hemd gewechselt und sein wildes schwarzes Haar gebändigt hatte; erleichtert, dass Anna ihn angehalten hatte, den Staub der Baustelle abzubürsten, bevor er zur Messe ging.

Alle saßen zusammen, tranken Tee, unterhielten sich höflich in ihren Landessprachen. In wenigen Augenblicken würden sie für das nächste Jahr wieder getrennter Wege gehen.

Auf den Stufen der Kathedrale zögerte die junge Irin noch, schlang sich ihren Schal um die Schultern und gab Angelo die Chance, sie einzuholen. Es war noch nicht dunkel, und er fühlte sich zu ihr hingezogen. »Es ist eine *bella notte*, ein schöner Abend für einen Spaziergang um den Block, eine *passeggiata*, wie es in meinem Land heißt«, schlug er vor, ihre schmächtige Gestalt überragend.

»Ja, auf jeden Fall, es ist zu schön, um drinnen zu sitzen«, erwiderte sie. Sie schauten sich schüchtern an und wandten sich dann ab.

»Ich heiße Kathleen O'Leary. Und Sie …?« Sie hielt inne. »Ich kann nicht mit einem Fremden herumlaufen.«

Angelo verbeugte sich und zog seine Kappe. »Angelo Bartolini«, antwortete er, wobei sie ein paar Stufen zum Bürgersteig und dem regen nächtlichen Treiben von Manhattan hinuntergingen.

Sie sahen nicht, wie Pater Bernardo ihrer Begegnung ein segensreiches Lächeln schenkte, während er beobachtete, wie Kathleen sich bei Angelo unterhakte, noch hörten sie, wie der freundliche Priester vor sich hin murmelte: »Die Wege des Herrn sind unergründlich.«

40

November 1913

Tut mir leid, dass ich erst so spät schreibe, aber ich habe ein paar eigenartige Neuigkeiten vernommen. Es wurde eine öffentliche Unterschriftenliste eingerichtet, um Kapitän Smith ein Denkmal zu errichten. Ich dachte, das würde Sie interessieren. Über den Standort bin ich mir noch nicht sicher, irgendwo in Staffordshire, wo er geboren wurde, oder vielleicht sogar hier. Es soll sein Ebenbild sein, eine Statue, glaube ich. Im *Lichfield Mercury* stand ein Beitrag, der mich neugierig machte. Ich bin froh, dass etwas unternommen wird. Wenn wir alle längst gestorben sind, wird es diese Denkmäler geben, um die Menschheit an die zu erinnern, die ihr Leben für unsere Sicherheit ließen.

Schon allein wenn der Name unseres Kapitäns erwähnt wird, bricht mir der Schweiß aus. Es hat so viele Berichte gegeben, in denen er für die Katastrophe verantwortlich gemacht wurde, es hieß, er sei in der Dunkelheit zu schnell gefahren, aber ich will nichts Schlechtes über den armen Mann denken, eigentlich über nichts, was damit zusammenhängt. Diese Nacht wird mich mein Leben lang verfolgen, ohne dass ich nach links und rechts Schuld zuweise. Ich dachte, sobald der Jahrestag vorüber wäre, ginge es mir besser, aber nein. Ich will einfach nicht mehr daran erinnert werden. Und Sie?

Ich bin so froh, dass ich Sie habe, der ich meine Gefühle mitteilen kann. Nur jemand, der dasselbe gesehen hat wie wir, kann verstehen, wie schrecklich es ist, wenn man es sich wieder vor Augen führt.

In der Zeitung stand viel darüber geschrieben, die Marine und die Armee aufzurüsten, um sich dem Kaiser entgegenzustellen, falls er eines Tages seine Kanonen auf uns richten sollte. Auf dem Feld eines Bauern gibt es sogar einen Schießstand, zu dem Selwyn geht, um sich in Treffsicherheit zu üben. Wenn Sie je daran gedacht haben, zu einem Besuch herüberzukommen,

> sagen wir zu Weihnachten, dann sollten Sie es bald tun, meine beste Freundin, nur für den Fall. Wir wollen hoffen, dass alles nur falscher Alarm ist. Allerdings wäre es zu schön, Sie und Ihre Familie zu sehen.

Celeste verschloss diesen jüngsten Brief in ihrem Schreibtisch, beunruhigt von Mays Neuigkeiten. Vielleicht war es an der Zeit, Grover zu einem Familienausflug zu überreden. Das war einen Versuch wert. Ein englisches Weihnachtsfest würde ihnen allen guttun.

Sie wählte den Augenblick mit Bedacht aus. Das Abendessen war perfekt gewesen, alle Details, die er mochte, hatten gestimmt: seine Lieblingshühnerpastete, danach Pfirsiche aus der Dose mit Sahne. Roddy war in seinem Kinderzimmer, und alles war gut.

»Ich würde Papa und meine Brüder gern zu Weihnachten besuchen. Wir könnten doch zusammen fahren.« Sie lächelte Grover an, der ihr gegenüber saß. »In Europa spricht man von Krieg. Papa ging es gesundheitlich nicht gut, und er würde den kleinen Roderick gern sehen. Das Jahr hier mit den furchtbaren Frühjahrsüberflutungen in Dayton war so schwer, und ich hatte viel für das Hilfskomitee zu tun. Der Arzt schlägt vor, ein Ortswechsel täte mir vielleicht gut.«

Schweigen trat ein, während Grover seine Leinenserviette langsam ablegte und Celeste einen unwilligen Blick zuwarf.

»Davon bekommst du mit deinen Ausflügen in den Süden genug. Ich hätte im Übrigen gedacht, du wärst Züge und Schiffe leid. Dein Platz an Weihnachten ist hier zu Hause.«

»Das weiß ich, aber mein Vater hätte so gern, dass wir hinüberkommen.«

»Deine Brüder sind durchaus in der Lage, ihm Gesellschaft zu leisten.«

»Er vermisst mich, und Roddy würde England und seinen Grandpa auch gern sehen.«

»Du nimmst meinen Jungen nicht mit über den Atlantik, nicht jetzt, niemals, und schon gar nicht auf diese gottverlassene kleine Insel voller Nebel und Regen. Ich bin zu beschäftigt, um dich zu begleiten. Soll er doch zur Abwechslung die Reise hierher unternehmen …« Grover wies ihre Bitte ab und streckte die Hand nach der Zigarrenkiste aus.

»Oh, aber es ist so etwas Besonderes in der Kathedrale. Bitte, denke darüber nach. Roddy muss seinen Großvater kennenlernen.«

»Er hat die Großeltern hier, die er braucht. Du kannst ja fahren, wenn du willst – auf eigene Kosten. Der Junge bleibt bei Susan, wie beim letzten Mal auch.«

»Aber May schreibt in ihrem Brief …« Die Worte waren ausgesprochen, bevor Celeste sie sich verkneifen konnte.

»May! Ich kann den Namen nicht mehr hören. Warum du dir dieses wehleidige Stück aufgehalst hast, um die gute Fee zu spielen, begreife ich nicht. Glaube nur nicht, ich wüsste nicht, dass du ihr noch immer extravagante Pakete schickst. Mutter sagt, du gehst in Wäschegeschäften ein und aus und gibst dein Taschengeld für Mädchenkleider aus«, fuhr er sie an.

»Wenn ich vielleicht ein eigenes Mädchen hätte …« Sie verstummte, denn sie sah, wie er angesichts dieser Trotzhaltung eine Augenbraue hob. Wenn sie dieses Thema wieder ansprach, gab es garantiert Ärger. Grover schlief nie mit ihr, ohne diese grässlichen Gummis überzustreifen.

»Geht das schon wieder los. Du denkst nur an Kinder. Wir haben unseren Sohn und Erben. Er ist jetzt aus den Windeln heraus und wird von Tag zu Tag menschlicher. Ich lasse nicht zu, dass du wieder fett und hässlich wirst und über Kinderbetten hängst wie eine ungebildete Bäuerin. Dabei macht es dir ja nicht einmal Spaß, Kinder zu machen, oder? Du bist im Grunde eine unterkühlte englische Jungfer. Ich hätte dich nie heiraten sollen.«

Bleib ruhig, reagiere nicht darauf, ermahnte Celeste sich, doch die Wut schlug aus wie ein wildes Pferd, und die Worte kamen ihr über die Lippen, bevor sie sich zügeln konnte.

»Und du bist ein grausamer Mensch, der keine Gnade kennt und sich holt, was er will und wann er es will, ganz gleich, wie müde oder krank ich bin. Du weißt, dass ich mir immer eine größere Familie gewünscht habe. Wie kannst du mir ein weiteres Kind versagen?«

Im Nu war Grover von seinem Stuhl aufgesprungen und packte sie an der Schulter. »Du gehst zu weit, Madam. Glaube nur nicht, ich hätte keine Ahnung, was du heimlich liest: Flugblätter über das Wahlrecht für Frauen und Frauenrechte. Diesen Unsinn dulde ich hier im Hause nicht! Ich lasse zu, dass du deine Zeit mit dem *Titanic*-Komitee vergeudest, weil du dort wenigstens die richtigen Leute triffst. Solche Kontaktpersonen, deren Ehemänner Machtpositionen innehaben, sind unserer Firma nützlich. Der andere Pöbel ist nur ein Haufen Blaustrümpfe. Ich wünsche nicht, dass du in ihre Nähe kommst. Das sind Männerhasserinnen, alle ohne Ausnahme. Für eine solche Frau gibt es nur einen Platz. Die müssen wissen, wohin sie gehören, und das gilt auch für dich.« Er zog sie von ihrem Stuhl hoch und führte sie zur Treppe.

»Nein, bitte, jetzt nicht, du wirst Roddy wach machen. Beruhige dich doch. Wir müssen darüber sprechen …«

Sie hatte nicht vor, sich dafür zu entschuldigen, ihre Meinung gesagt zu haben. Sie wich zurück, aber er schob sie weiter. »Halt den Mund! Du solltest inzwischen wissen, mit mir ist nicht zu streiten. Los!«

»Nein, ich will nicht!«, schrie sie und scherte sich nicht darum, wer sie hörte. Er versetzte ihr einen heftigen Schlag auf die Wange und zerrte sie die letzten paar Meter bis zum Schlafzimmer.

»Du bist meine Frau, und du hast dich mir zu fügen.«

Celeste versuchte krampfhaft, sich aus seinem Griff zu befreien. »Das ist nicht in Ordnung. Was habe ich denn gesagt, dass du so zornig auf mich bist? Ich werde mich dieser Demütigung nicht länger unterwerfen …«

»O doch!« Sie sah den Hass in seinen Augen, aber auch einen Moment des Zögerns. Das war ihre Chance.

»Warum hasst du mich, Grover? Was habe ich nur getan, dass du mir so etwas antust? Es muss eine bessere Art geben als diese«, flehte sie ihn an und versuchte, vernünftig mit ihm zu reden. Als sie ihm das Gesicht zuwandte, sah sie seine Augen glitzern, als wäre er ganz fern, in einer anderen Welt.

»Da legst du deine schicken Allüren wieder an, geschniegelt und gebügelt. Ich hätte es besser wissen müssen, als die Tochter eines Geistlichen zu heiraten. Du warst für mich nie eine richtige Frau. Du bist so flachbrüstig und knochig, du behandelst meine Familie von oben herab, als wären sie nichts.«

»Das habe ich nie getan«, protestierte sie. Seine Antwort war eine weitere Ohrfeige, und sie spürte, wie ihre Kraft zerbröckelte.

»Leg dich nicht mit mir an! Halt den Mund, oder es gibt noch mehr davon. Ich bin dein Mann. Du schuldest mir alles. Ohne mich bist du *nichts*. Frauen wie du sind nichts als einfältige Idioten.«

»Ich wette, das sagst du über die Mädchen bei Lily's in der Stadt nicht«, flüsterte sie. »Hast du da den meisten Spaß?«

»Was soll das? Die Mädchen wissen, wie man einen Mann

befriedigt, du nicht, du frigide Schlampe. Du hältst dich für etwas Besonderes ... eine Überlebende der *Titanic*. Ich will dir was sagen, ich wünschte, du lägest auf dem Grund des Meeres ... Immer kommt Roddy an erster Stelle oder Margaret Brown und ihre tollen Kumpaninnen. Ich bin es leid, von dir so hochmütig behandelt zu werden. Ich habe dich nicht auserwählt, um mich zum Narren zu machen.«

»Das ist ungerecht, und es stimmt nicht. Willst du damit sagen, dass du eifersüchtig auf unseren Sohn oder mein sonstiges Leben bist? So muss es nicht sein. Ich dachte, du wärst stolz, dass ich anderen helfe. Warum bist du so wütend? Bitte, du tust mir weh ... Wir können über alles reden«, keuchte sie, aber das war ein Fehler.

»Ich werde dir zeigen, was du tun sollst!«, sagte er, warf sie auf den Bauch, zog ihr den Rock hoch, zerriss ihre Unterwäsche und schob ihre Beine auseinander.

»Nein, bitte nicht. Nicht schon wieder so«, stöhnte sie. Aber sie hatte ihm nichts entgegenzuhalten. Sie hatte keine Kraft mehr. Ihr blieb nichts anderes übrig, als das Gesicht in der Bettdecke zu vergraben und die Qualen zu erdulden. Aber sie würde nicht laut schreien oder sich bewegen, oder ihm zeigen, wie sehr er ihr weh tat. Selbst als sie nach Luft rang und die Seide des Bettbezugs in ihrem Mund schmeckte, schwor sie, dass er ihr das nie wieder antun würde. Vorher würde sie ihn umbringen.

Noch nie hatte sie sich so einsam gefühlt, dennoch brannte ein Feuer in ihr. Ich hasse dich, wiederholte sie wie ein Gebet immer und immer wieder. Ich werde einen Ausweg finden. Ich habe die *Titanic* nicht überlebt, um so zu enden.

Danach lag sie auf dem Bett, erschöpft, aber trotzig. Wenn meine Brüder wüssten, wie Grover wirklich ist ... Aber soll ich jemals über eine derart ekelhafte Schmach berichten? Wie soll ich einen so schrecklichen Fehler erklären, den ich in aller Unschuld beging? Wie leicht fällt es zu glauben, Grover sei auch in seinem Innern so, wie er nach außen hin wirkt. Betrachtete er sie nur als eine Beute und eine Trophäe oder als ein gehorsames Schoßtier? Wie konnte sie Roddy mit einem solchen männlichen Vorbild aufwachsen lassen?

In dem Moment drehte sie sich um und sah Roddy, der sie aus verschlafenen Augen anstarrte. Er hielt seinen Lieblingsteddybär im Arm.

»Warum liegst du so da? Bist du krank, Mama?«, fragte er, während sie versuchte, sich aufzurichten.

»Ja, aber geh jetzt wieder ins Bett, mein Liebling.«

»Ihr habt mich wach gemacht. Ich habe laute Stimmen gehört. Ist Daddy wieder wütend?«

»Nein, nur müde. Er arbeitet so schwer. Er möchte, dass wir leise sind«, redete sie ihm ein. Warum verteidige ich ihn? Nur damit Roddy nicht die Wahrheit erfährt.

»Was hast du mit deinem Gesicht gemacht?«

Celeste zuckte zusammen, als er ihren blutenden Mund berührte. »Die dumme Mummy ist hingefallen und aufs Gesicht geschlagen«, antwortete sie. Das war neu, eine besorgniserregende Entwicklung. Grover hatte ihr noch nie ins Gesicht geschlagen. »Ab ins Bett jetzt.« Sie versuchte, gerade zu gehen, doch das Zimmer verschwamm vor ihren Augen. Mit letzter Kraft führte sie Roddy wieder ins Kinderzimmer.

Niemand sonst durfte sie in diesem Zustand sehen. Ihre Wange war blutunterlaufen, ihre Lippe aufgeplatzt, und sie sah derangiert aus. Mein Gott, wie sollte sie dafür eine plausible Erklärung finden?

Hätte sie hier doch nur jemanden, dem sie vertrauen könnte,

jemanden, der ihr den Mut gäbe, die Wahrheit zu sagen. Aber Grover hatte enge Freundschaften unterbunden. Er behauptete, die Frauen in ihrer Bekanntschaft seien nur darauf aus, eine Beförderung für ihre Männer zu erreichen.

Harriet und Grovers Vater würden vielleicht morgen vorbeikommen, daher musste sie im Bett bleiben und eine Erkältung oder Ähnliches vortäuschen.

Sie musste sich Hilfe suchen. Irgendwo würde ihr jemand sagen, was zu tun war, oder ihr einen Ausweg aus dieser Hölle weisen. Aber wer? In der episkopalischen Kirche, in der sie die Sonntagsschule leitete, gab es ältere Damen. Doch seit Grovers Beförderung in den Vorstand der Diamond Match Company hatten sie sich von ihr distanziert, auch wenn sie noch so freundliche Avancen machte. Und wie sollte sie an der Frühmesse teilnehmen, wenn sie so aussah? Sie erwog, einen dichten Schleier zu tragen, doch die Zeit ihrer formellen Trauer war vorbei.

Im ganzen Land gab es nur eine einzige Frau, der sie vertraute, deren Schultern breit genug waren, sie zu tragen, und deren Gesicht zeigte, dass sie schon einiges durchgemacht hatte. Margaret Tobin Brown. Sie lebte von ihrem Ehemann getrennt, daher musste sie das Leben in all seinen Grautönen gesehen haben. Doch hinter Grovers Rücken zu reden, war ein solcher Verrat. In guten wie in schlechten Tagen: sie hatte das Ehegelübde in aller Aufrichtigkeit geleistet.

Grover hatte ihr eine neue Welt geschenkt, ein bequemes Leben und einen wunderbaren Sohn. Zum Tausch wofür? Für die widerliche Demütigung, die sie gerade über sich hatte ergehen lassen? Wie stimmten diese Schläge mit der Liebe in der Ehe überein; dass zwei im Fleische eins werden sollten? Ihr wurde schwindelig vor Verwirrung.

Liebe war das Einzige, was zählte – nicht Wohlstand oder

Ansehen, Liebe – und davon war auf beiden Seiten nicht mehr viel übrig. Sie enttäuschte ihn, und er widerte sie an. Das musste ein Ende haben, und zwar bald.

Am Morgen tauchte ein Strauß cremefarbener und roter Rosen ohne Kommentar vor ihrem Schlafzimmer auf. War das eine Entschuldigung oder eine Warnung? Wie auch immer, sie war in diesem goldenen Käfig gefangen, bis sie sich befreien konnte.

41

Angelo schritt auf dem Bürgersteig im Schnee auf und ab und wartete darauf, dass der Wäscheladen zumachte. Er traute sich nicht hineinzugehen, bei all den Frauensachen, die im Fenster hingen. Seit über sechs Monaten ging er nun mit Kathleen O'Leary aus. Zunächst hatte er sie seinen Verwandten gegenüber nicht erwähnt, aber nun wollte er sie mit zum Abendessen nehmen und Onkel Salvi und Tante Anna vorstellen.

Manchmal überkam ihn das Gefühl, es sei noch zu früh, sich mit einer anderen Frau zu treffen. Er versuchte zu erklären, dass Maria immer seine Frau sein würde und er nur Freundschaft suche.

Kathleen hatte ihn mit ihren grünen Augen durchbohrt. »Und was bringt dich auf die Idee, ich wäre auf etwas anderes aus?«, entgegnete sie. »Wenn und falls ich heirate, dann wird es einer meinesgleichen sein, der nur irisches Süßholz raspelt.« Das war wie ein Schlag ins Gesicht gewesen, bis er das Zwinkern in ihren Augen sah.

Iren und Italiener mochten zwar Seite an Seite wohnen und arbeiten, doch die Iren waren länger hier, hatten ihre eigenen

Sitten, Feste und ihre Sprache. Selbst ihre katholischen Andachten waren eindringlicher.

Angelos Familie betrachtete die Freundschaft zunächst mit Argusaugen, schlug dann allerdings vor, er solle Kathleen doch einmal mitbringen, damit man sie inspizieren könne. Er hatte nicht gewagt, sie der Inquisition auszusetzen, bevor er sicher war, dass sie die Richtige für ihn war. Kathleen war ein Stadtmädchen, eine Verkäuferin, die mit einer Familie aus Dublin in einem Wohnheim lebte. Sie war Dienstmädchen gewesen und in die Vereinigten Staaten gekommen, um ein neues Leben zu beginnen. Sie war ebenso stolz wie hübsch, und sie nahm kein Blatt vor den Mund, wenn sie ihre anfängliche Schüchternheit erst einmal überwunden hatte. Angelo fühlte sich froh und entspannt in ihrer Gegenwart, und die Art, wie sie ihr rotes Haar schüttelte und wie ihre grünen Augen blitzten, ließen sein Herz höher schlagen. Ja, er begehrte sie, und dieses Gefühl war immer stärker geworden.

Sie hatten sich treiben lassen, hatten in Cafés gesessen, waren im Park spazieren gegangen und hatten den Filmpalast besucht. Es wurde Zeit zu klären, worauf sie eigentlich hinauswollten. Sie gingen kaum einmal Hand in Hand, und Angelo war verwirrt.

Er zog seine Jacke fester um sich, denn der Abend war kühl. Sie verspätete sich. Hatte sie ihn versetzt?

Dann war sie da, huschte aus der Tür, die Hand an ihrer grünen Tellermütze, ihre zerzausten Haare umspielten ihr Gesicht wie immer. Sie trug eine lange Jacke, einen Humpelrock und gepflegte Stiefel, ganz das elegante Stadtmädchen.

»Wo geht's denn heute Abend hin? Es ist zu kalt, um draußen herumzustromern«, sagte sie, hakte sich bei ihm unter und verlieh ihm das Gefühl, drei Meter groß zu sein.

»Würde es dir gefallen, wenn wir zum Abendessen zu meinem Onkel und meiner Tante gingen? Sie würden meine Auserkorene gern kennenlernen«, platzte es aus ihm heraus, und ein Blick in ihr Gesicht sagte ihm, dass sein Englisch nicht richtig gewesen war.

Kathleen schaute ihn an. »Ist das deine Art, einen Heiratsantrag zu stellen? Hast du es beim ersten Mal auch so gemacht?«

Angelo schüttelte verwirrt den Kopf. »Wir waren in Italien. Da gibt es Gebräuche, Besprechungen, Abmachungen, verstehst du?«

»Nein. Ich bin Irin, und wenn ein Mann eine Frau um ihre Hand bittet, kniet er nieder und macht viel Aufhebens darum. Ich bin nicht die Zweitbeste. Schönen Abend!« Sie drehte sich um, schlug die entgegengesetzte Richtung ein, darum bemüht, auf dem vereisten Bürgersteig nicht auszurutschen.

»*Per favore, Katerina*, was hab ich falsch gemacht?«

»Ach, Angelo. Alles.« Seufzend blieb sie stehen. »Ich laufe mir seit sechs Monaten die Füße mit dir wund, und du sagst kein Wort von Heirat oder Romantik, und jetzt willst du mich Fremden vorführen, ohne alle Vorwarnung. Noch nicht mal umziehen kann ich mich. Weißt du, wir sind hier nicht in Italien oder Dublin. Das hier ist New York, und wir haben *beide* ein Wort mitzureden, wenn es um Heirat geht. Wenn ich es nur einmal tun darf, dann will ich es richtig machen. Wenn du mich heiraten willst, sollst du ordentlich um mich werben. Du wirst mich überzeugen müssen, den Rest meines Lebens mit dir zu verbringen.« Sie kam jetzt wieder auf ihn zu.

»Und was machen wir jetzt?«

»Das überlegen wir uns dann. In Amerika können wir alles anders machen, wenn wir wollen.«

»Aber ich habe Anna versprochen, dich mitzubringen. Sie ist

zwar in Amerika, aber es ist auch noch Italien. Sie hat Maria nie kennengelernt. Bitte, komm mit.«

»Wir schauen später bei ihr vorbei. Es ist noch früh. Komm, Angelo, führ mich an einen besonderen Ort, um unsere Verlobung richtig bedeutsam zu machen.« Sie lächelte.

»Wir könnten zum Battery Park gehen?«, schlug er vor. Wie sollte er nur die richtigen Worte finden?

»Bei dem Wetter? Ich dachte immer, Italiener seien romantisch?«

»Ich habe nicht viel Geld, ich muss meine Miete bezahlen.« Wie sollte er ihr erklären, dass er seinen Lohn bis auf den letzten Dollar dafür ausgab, seine alten Schulden zu begleichen?

»Das ist noch eine Regel. Wir teilen uns die Rechnung halbe-halbe. Ich habe meinen Lohn bekommen. Komm, wir suchen uns einen Würstchenstand und hauen auf den Putz.«

Angelo war schockiert. »Aber es ist Freitag, nur Fisch.«

»Das kannst du vergessen. Wir sind zwar gute Katholiken, aber so heilig sind wir nicht. Schließlich ist es nicht alltäglich, dass ein Mädchen sich verlobt.« Wenn Kathleen lachte, wurde die Straße heller. »Komm schon, Romeo, verwöhn dein Mädchen mal ein bisschen.«

Sein Herz tat einen Sprung. Kathleen würde nie so sein wie Maria. Sie war eine feurige Irin mit wilden Augen und Haaren. Aber sie würde gut zu ihm passen, und sie hatte recht. Die Zeit war reif für einen Neubeginn. Sie waren jetzt in Amerika.

42

März 1914

»Ich gehe nicht wieder in diese Kirche.« May spie Feuer und Galle, als sie das Geschirr ins Spülbecken donnerte. »Haben Sie gesehen, was der Pastor im *Lichfield Mercury* über die Statue von Kapitän Smith geschrieben hat, die im Museumsgarten enthüllt werden soll? Er schreibt, die Offiziere hätten die Warnung erhalten, dass Eisberge vor ihnen seien, und dennoch sei die Geschwindigkeit des Schiffes nicht gedrosselt worden.« Sie hielt inne. »Stimmt das? So war es nicht, dessen bin ich mir sicher. Mr Fuller sagt, wir sollten diesen Kapitän nicht höher in Ehren halten als andere. Das verstehe ich nicht. Wir haben *alle* zu seinem Denkmal beigetragen. Er hat seine Pflicht getan und mein Kind gerettet.«

»Dann schreiben Sie an die Zeitung und sagen Sie es ihnen, Mrs Smith. Das wird sie zum Schweigen bringen. Sie können seine mutige Tat bezeugen«, erwiderte Kanonikus Forester.

»Oh, das kann ich nicht, ich habe noch nie einen Brief an eine Zeitung geschrieben, ich nicht …« Sie zögerte. »Ella sollte schreiben, nicht ich.«

»Dann schreiben Sie in ihrem Namen. Erzählen Sie ihre Geschichte. Celeste hat darüber geschrieben, was er in jener Nacht getan hat, aber sie war sich nicht sicher, ob wirklich Kapitän Smith dort im Wasser war.«

»Würden Sie in unserem Namen schreiben?«, fragte sie, doch der Kanonikus schüttelte den Kopf.

»Ich glaube nicht, dass ich mich an diesem Streit beteiligen sollte. Die Meinungen gehen stark auseinander über das, was wirklich passiert ist. Manche behaupten, der Kapitän habe fahrlässig und unbedacht gehandelt.«

»Niemals!« May legte die Spülbürste ab, erhitzt und fassungslos. »Er schwamm an die Seite des Bootes und hat mir das Kind aus dem Meer gereicht. Man hat ihm einen Platz im Boot angeboten, aber er hat abgelehnt … Celeste hat es mir erzählt … Ich habe ihn nicht richtig gesehen, aber einer von der Besatzung.«

»Das alles ist Hörensagen, meine Liebe, aber Sie müssen zu seinen Gunsten schreiben, wenn Ihnen so sehr daran gelegen ist.« Seine Worte machten ihr Mut. Sie mochte diesen netten alten Mann; er vermittelte ihr nie das Gefühl, unbedeutend oder dumm zu sein.

»Das werde ich, aber Sie müssen die Rechtschreibung überprüfen, Sir. Ich möchte mich nicht zum Narren machen oder öffentlich meinen Namen herausstellen.«

Im Lauf der folgenden Wochen gingen in der Zeitung die Argumente für und gegen das Denkmal, das in Lichfield aufgestellt werden sollte, heftig hin und her. May brachte Notizpapier und einen neuen Stift mit. Sie entwarf einen Brief nach dem anderen, Abend für Abend, ohne etwas in der Kirche verlauten zu lassen. Dem Pfarrer von St. Chad's ins Gesicht zu sagen, dass er sich irrte, wäre aus dem Mund ihresgleichen nicht richtig. Stattdessen besuchte sie die Gottesdienste in der Kathedrale.

Dann wurde ein anonymer Brief in der Zeitung veröffentlicht, der ihre Wut anstachelte.

Eine Schande wäre es, wenn wir zuließen, dass unser Garten eine Abstellkammer aus Denkmälern für Männer würde, die keine Verbindung mit der Stadt und sich noch nie besonders hervorgetan haben. Wir müssen den Tatsachen ins Auge blicken, dass der verstorbene Kommandant der *Titanic* sich nicht besonders hervorgetan hat, bis ihm die Fehleinschätzung unterlief, die … zu einer der größten Katastrophen der Neuzeit führte …

Jetzt wurde es ernst. May versuchte, den Rest zu lesen, doch vor Wut und Empörung vernebelten ihre Augen. Das war ungerecht. Die Toten konnten sich nicht verteidigen. So war es nicht gewesen. Er hatte das Schiff weder entworfen, noch hatte er es mit zu wenigen Rettungsbooten ausgestattet. Er hatte die Warnschüsse nicht ignoriert, sie nicht stillschweigend übergangen wie die Pharisäer, die Menschen ertrinken ließen. Jeder wusste, dass es die *California* war, das rätselhafte Schiff am Horizont, dem vorzuwerfen war, nicht auf den Notruf reagiert zu haben, obwohl es ganz in der Nähe war. Andere behaupteten, ein anderes Schiff sei so nah gewesen, dass sie seine Lichter sehen konnten, doch auch dieses Schiff sei auf der anderen Seite vorbeigefahren.

Nicht der Kapitän hatte die dritte Klasse abgesperrt und Wachen auf den Treppen nach oben aufgestellt. In den Zeitungen standen so viele widersprüchliche Geschichten. Welche sollte man glauben?

Wenn doch Celeste nur hier wäre. Sie würden einen angemessenen Brief schreiben. Vielleicht könnte May sie schriftlich bitten, den Zeitungen zu telegraphieren und den Kapitän zu verteidigen. Schreiben hatte keinen Sinn; eine Antwort würde zu lange dauern.

May wollte der Zeitung mitteilen, was sie von ihnen allen hielt, aber das Gerede über einen fernen Krieg und alarmbereite Truppen in der Garnison in Whittington verunsicherten sie zu sehr. Die Küchen des Kollegs brodelten vor Gerüchten. Florrie Jessup behauptete, an jeder Ecke stünden Spione. In all der Unruhe konnte May sich nicht überwinden zu schreiben. Wenn sie nun die Aufmerksamkeit auf sich und Ella lenkte? Seit Florries Attacke war sie nur in den Läden, in der Kirche und im Haus der Foresters in Streethay gewesen. Sie konnte nicht riskieren, entlarvt zu werden.

Eines Nachts, als sie nicht schlafen konnte, spähte sie aus ihrem Schlafzimmerfenster und sah die Umrisse der Kathedralentürme, die sich vor dem Morgengrauen abzeichneten. Da kam ihr der Gedanke, dass es endlich an der Zeit war, zur Feder zu greifen.

> Als eine, die in dieser schrecklichen Nacht dabei war, eine, die das eiskalte Wasser gespürt und mit angesehen hat, wie ihr Mann und ihr Kind in der gefrierenden See untergingen, weiß ich, dass Kapitän Smith ein guter und tapferer Mann war. Als eine Verzweifelte, die aus der Tiefe gerettet wurde, vor anderen, glaubte ich, alles verloren zu haben, aber mir wurde genau das Kind in die Hände gelegt, das meine ganze Wonne ist. Kapitän Smith schwamm mit ihr in seinen Armen heran und lehnte es ab, selbst gerettet zu werden. Ich habe Zeugen für diesen Gnadenakt. Lichfield sollte stolz sein, einen so denkwürdigen Mahner an diese Wahrheit zu haben: Niemand hat größere Liebe als die, sein Leben zu lassen für seine Freunde.
>
> Nur diejenigen, die dort waren, können Ihnen sagen, was wirklich geschah. Diese Debatte ist eine Schande für die Stadt.
>
> Hochachtungsvoll,
> (Name unbekannt)

Die Tinte war kaum getrocknet, als May den Umschlag versiegelte und hinaus in die Dunkelheit lief, um ihn in den Briefkasten am Ende der Straße zu werfen. Es musste erledigt sein, bevor der Mut sie verließ.

May durchsuchte den *Lichfield Mercury* in der folgenden Woche, um ihren Brief abgedruckt zu sehen, aber er erschien nicht. Es war, als hätte man ihre Geschichte als reine Phantasie abgetan. Sie hätte mit ihrem Namen unterschreiben sollen, aber sie wusste, dass sie danach einem Ansturm ausgesetzt gewesen wäre: neugierige Nachbarn und Reporter, die viele, viele Fragen stellen würden.

Eine Woche später stand die Ankündigung der Enthüllungszeremonie im Schatten beunruhigender Nachrichten über einen drohenden Kriegsausbruch. Sie und Ella würden Kapitän Smith auf jeden Fall ihre Ehre erweisen. Auf dem Weg zur Zeremonie ging May beim Postamt vorbei, um eine Briefmarke zu kaufen. Da fand sie die Marke in ihrem Geldbeutel, die sie auf den Brief an die Zeitung hätte kleben sollen.

So war es also. Der Brief war wohl nie zugestellt worden. Niemand hatte ihre Verteidigung des Kapitäns gelesen. Sie war sehr erleichtert. In ihrer Wut hatte sie sich beinahe verraten. Nie wieder würde sie Aufmerksamkeit auf sich und das Kind lenken. Sie war wieder auf der Hut.

43

Harriet kam unangekündigt in Celestes Schlafzimmer und wollte wissen, warum sie nicht beim Sonntagsgottesdienst gewesen sei. Celeste versuchte ihre Wunden mit der Hand zu bedecken, aber es war zu spät.

»Oh, Liebes, hat Grover wieder die Beherrschung verloren?«

»So nennst du das? Ich würde es als Tätlichkeit und Körperverletzung bezeichnen«, erwiderte Celeste. Ihr Ton war eiskalt.

Harriet besaß den Anstand, rot zu werden. »Tut mir leid, aber du musst Verständnis für den Druck haben, dem die Männer bei der Arbeit ausgesetzt sind. In den Gummiwerken findet eine große Fusion statt. Grovers Firma nimmt große Veränderungen vor. Wir müssen Nachsicht üben. Er ist wie sein Vater. Sie meinen es nicht so … Das musst du verstehen.«

»Du verstehst das?«, fragte Celeste und schaute ihrer Schwiegermutter ins hochrote Gesicht.

»Wie meinst du das?« Harriet wollte nicht darauf eingehen.

»Du weißt genau, wie ich es meine. Er wurde nicht als Tyrann geboren. Jemand hat ihm gezeigt, dass es erlaubt ist, seine Frau zu schlagen, damit sie sich unterwirft ...«

»Hör zu, meine Liebe, du musst zugeben, dass du ihn neuerdings mit deinem ganzen Gerede über Frauenwahlrecht provozierst. Du bist nie zu Hause, du vernachlässigst den Jungen ...«

»Das stimmt nicht. Ich habe Roddy nie vernachlässigt! Nur weil ich mir einen Tag im Monat freinehme, um an Sitzungen in Cleveland teilzunehmen ...«

»Männer müssen Herr im eigenen Haus sein. Das ist doch klar, sonst leidet ihr Ansehen.« Harriet ging im Zimmer hin und her und fummelte nervös an Schmuckstücken und Kleidern herum.

»Ich habe gelernt, dass wir vor Gott alle gleich sind.«

»Und wieder setzt du dich aufs hohe Ross. Der Mann wurde nach dem Ebenbild Gottes erschaffen, und wir stammen aus seiner Rippe, daher sind wir natürlich unbedeutender.«

»Das ist Unsinn. Menschen kommen aus dem Leib ihrer Mütter.« Celeste lachte.

»Du musst lernen, solche Ketzereien für dich zu behalten, wenn du mit meinem Sohn verheiratet bleiben willst. Sei gefügig, nur so kann man es mit willensstarken Männern aushalten.«

»So bin ich nicht erzogen worden.«

»Du bist so englisch, Liebes.«

»Ja, und darauf bin ich stolz. Wir lassen uns nicht gern einschüchtern. Wir kämpfen für das, was wir für richtig halten, und sei die Sache noch so aussichtslos.«

»Dann tust du mir leid«, sagte Harriet und hob eine antike silberne Haarbürste auf, die Celestes Mutter gehört hatte. »Obwohl du einen auserlesenen Geschmack hast, was Einrichtungen betrifft.«

»Ist das alles? Wirst du wiederholen, was ich gerade gesagt habe?«

Harriet schüttelte den Kopf. »Du hast dich verändert, Celestine, und Grover stört das.«

»Das verdanke ich der *Titanic.* Wie soll ich diese Behandlung erdulden nach allem, was ich auf dem Schiff mit angesehen habe? Er war ja nicht einmal zu bewegen, mich vom Rettungsschiff abzuholen, und ich habe festgestellt, dass er meine Post vor mir versteckt.«

Harriet blieb an der Tür stehen. »Nun, ich verstehe. Ich bin froh, dass wir diesen Plausch geführt haben, Celestine. Einen schönen Tag noch. Ich werde allen erzählen, dass du indisponiert bist.«

Celeste seufzte, denn sie spürte, dass sie nie wieder darüber reden würden. Harriet schämte sich, weil ihre eigene, so lange geheimgehaltene Demütigung ans Tageslicht gekommen war. Wenn sie doch nur zusammenhielten, dann bestünde Hoffnung auf Versöhnung. Aber was bilde ich mir da nur ein?, fragte sich Celeste. Ich kann sagen, was ich will, Grover wird sich nicht ändern. Aber mein Handeln wird ihn vielleicht zum Nachdenken bringen.

44

29. Juli 1914

May musste sich einen Aussichtsplatz erkämpfen. Ganz Lichfield war auf den Beinen, um die Bürgermeisterprozession zu sehen, die sich durch die Bird Street vom Rathaus zum Museumsgarten wand, um das Denkmal zu enthüllen.

Der Stadtschreier trug seinen Zylinder, sein zeremonieller Streitkolben und das Schwert glitzerten in der Julisonne. Ein kunterbunter Haufen in mittelalterlichen Kostümen zog langsam an den neugierigen Zuschauern vorüber. Dann kamen der Bürgermeister und der Sheriff in ihren scharlachroten Pelzhüten und Dreispitzen. Sie führten die Würdenträger und Gäste an, die diesem offiziellen Anlass gemäß gekleidet waren, manche in düsterem Schwarz, andere in matten Seidenröcken, deren mit Litze besetzte Säume raschelnd den Staub beiseitefegten.

Eine Fanfare von Trompetern in hellroten Röcken kündete ihre Ankunft an und spielte großartig auf, als die Parade in den Museumsgarten strömte, in dem Marineoffiziere vor der verhüllten Statue Wache standen. Man schob sich auf die zugewiesenen Plätze, bis das Zeremoniell in Gang kam.

May hielt sich im Hintergrund. Das meiste von dem, was gesagt wurde, konnte sie nicht hören. Ella wand sich in ihrem Sportwagen und interessierte sich viel mehr für den Eisverkäufer an der Ecke, der seine Ware lauthals der Menge anpries.

Stolz stellte sie fest, wie weiß die Gewänder der Geistlichen waren, die sie noch am selben Morgen mit gewaschen, gestärkt und gebügelt hatte. Die Männer standen streng nach Rangordnung um die Bischöfe in ihren goldenen Stolen und Bischofsmützen herum. Es war ein bühnenreifes Schauspiel, perfekt für eine Kathedralenstadt.

»Um wen geht es?«, fragte ein Mann mit Mütze, dem Eis aus der Tüte über den Backenbart rann.

»Das Denkmal für Kapitän Smith wird enthüllt«, klärte May ihn auf.

»Ach, der, der die *Titanic* versenkt hat! Wozu setzen wir ihm ein Denkmal?«

»Er war ein tapferer Mann, sehr tapfer sogar ...«, fuhr sie ihn an, unfähig, ihren Ärger bei sich zu behalten.

»Was wissen Sie denn schon?«, hielt er ihr entgegen und musterte sie von Kopf bis Fuß. An ihr war nichts, was Aufmerksamkeit erregte, überlegte sie; nur eine junge Frau in grauem, weitem Kleid, mit eingefallenem Gesicht, mit Haaren, die aussahen wie nasser Sand und zu einem Knoten unter einem Strohhut zusammengerafft waren. Ein scharfes Wort, dass sie eine Überlebende der *Titanic* sei, hätte ihn mundtot gemacht, aber sie biss sich auf die Zunge und schlich sich davon. Sie wollte hören, was die Herzogin von Sutherland zu sagen hatte, doch sie vernahm nur Wortfetzen, als eine Frau auf eine andere junge Dame in einem perlgrauen, fließenden Kleid zeigte.

»Das ist Lady Scott ... Witwe von Kapitän Scott, dem großen Forscher ...«, flüsterte die Frau, die neben ihr stand. »Das ist einer, der ein Ebenbild aus Bronze verdient hat. Ein Held unter Männern war er.«

Offenkundig hatte Kapitän Smith hier keine Freunde. Wenn sie doch nur das Wort für ihn ergreifen könnte. Dann fing sie die abschließenden Worte der Herzogin auf.

»Trauert nicht, meine Freunde ... denn Kapitän Smith ruht im Meer ... das Meer hat still viele der Großen und viele derer, die wir lieben, verschluckt ...«

Das kannst du wohl sagen, seufzte May leise vor sich hin und wollte nicht länger zuhören. Bei diesen Worten stiegen zu viele Erinnerungen in ihr auf.

Jetzt wurde über Krieg gesprochen und Männer, die wieder zu den Waffen griffen. Wie vielen von ihnen war es auch bestimmt unterzugehen?

Mays Blick wurde von der schlanken Figur eines Mädchens in weißem Kleid und Florentinerhut angezogen. Das dunkle Haar fiel ihr bis auf die Taille. Die einzige Tochter des Kapitäns, Helen Melville Smith, die das Ebenbild ihres Vaters enthüllen würde. Ihre Mutter saß in der Nähe, beklommen, als das Mädchen an dem Laken zog, um die breitschultrige Gestalt eines Marineoffiziers zu enthüllen, der die Arme verschränkt hatte und über die versammelte Menge schaute, über die drei Türme der Kathedrale und die Museumskuppel hinweg in weite Ferne. Die Menge applaudierte.

May versuchte einen Blick auf die sitzenden Gäste zu werfen. Unter ihnen waren die Verwandten des Kapitäns aus den Steingutfabriken und offizielle Vertreter der White Star Line, aber auch Überlebende wie sie. Gern hätte sie sie öffentlich unterstützt, aber sie wusste, dass sie aus sicherer Entfernung zuschauen musste.

Ihr Blick haftete an seiner Witwe Eleanor, die einen Kranz aus roten und weißen Rosen vor die Säule legte. Wie hatte sie ihr Kreuz in den vergangenen beiden Jahren doch mit Würde getragen. Was musste ihr jetzt durch den Kopf gehen?

Die Sonne blendete May. Ihnen war warm, eingezwängt wie sie waren, und Ella quengelte. »Enten … Enten füttern«, forderte sie. May hoffte, sich das Denkmal näher ansehen zu können, wenn die Menge sich zerstreut hatte. Sie schob Ella zurück in den Schatten am Minster Pool.

Die Prozession ging zurück, die Kadetten und Marinereservisten lösten ihre Reihen auf, Menschen schlurften an der Absperrung vorbei, um näher hinzuschauen und die Gedenktafel zu lesen.

»Enten ... Enten füttern«, beharrte Ella.

Erst danach schob May den Kinderwagen zum Denkmal. Niemand hier hatte eine Ahnung von ihrer Verbindung zu diesem berühmten Mann, und als sie die Gedenktafel las, hätte sie weinen können. Nur sein Name, sein Rang und die Daten standen da mit einer nichtssagenden Inschrift:

ER HINTERLÄSST SEINEN LANDSLEUTEN
DIE ERINNERUNG AN EIN BEISPIELLOSES, GROSSES HERZ.
EIN TAPFERES LEBEN, EIN HELDENHAFTER TOD.
SEID BRITISCH.

Wie konnten sie es wagen, nicht zu erwähnen, dass er der Kapitän der *Titanic* war? Hier in dem Kinderwagen lag doch der lebende Beweis für seinen Heldenmut. Wenn Helen Smith seine leibliche Tochter war, dann war auch Ella auf eigenartige Weise die Tochter des Kapitäns, aus dem Meer geboren.

Wenn doch nur Celeste hier wäre. Sie würde verstehen. May schaute zu den ernsten Gesichtszügen der Statue auf, Trauer lag in den versonnenen Augen. Seufzend drehte sie sich um und schüttelte den Kopf. Kapitän Smith war nicht der Einzige, der in jener schicksalhaften Nacht sein Leben oder seinen Ruf verloren hatte.

Später, in der drückenden Hitze ihres Schlafzimmers, träumte sie wieder denselben Traum, sie schlug in dem schwarzen, endlosen Meer um sich, schrie auf, als das grausame, eisige Wasser, bewegt von Mond, Wind und Gezeiten, alles in die Tiefe zog, was sie liebte. Manchmal fuhr sie atemlos und schweißgebadet hoch und dachte erleichtert, dass alles nur ein Albtraum war, bis ihr Blick auf das hölzerne Kinderbett fiel, auf Ellas lockiges Haar, und sie wusste, dass es Realität war. Wer war dieses gestohlene Kind?

Musste sie den Trost, den Ella ihr schenkte, bis in alle Ewigkeit mit Geheimnistuerei und Schweigen bezahlen? Was hätte sie sonst tun sollen? *Du hast überlebt. Sie hat überlebt. Nur darum geht es jetzt. Habe ich das Richtige getan? O Herr, bitte, gib mir ein Zeichen, dass es richtig war …*

45

Liebste May,
vielen Dank für Ihre Beschreibung der Enthüllungszeremonie. Ich wünschte, ich hätte dabei sein können, aber ich war mit den Gedanken woanders. Ich habe etwas Schreckliches getan, bzw. es wird furchtbar, wenn mein Mann es je herausbekommen sollte. Sie wissen, wie viel mir die Arbeit für das Komitee der Überlebenden bedeutet. Nun, ich habe den Entschluss gefasst, ein paar kleinere Schmuckstücke zu verkaufen, die Grover mir im Laufe der Jahre geschenkt hat, Zeug, das ich nie trage. Ich nenne sie Blutgeschenke.

Ich bin heimlich nach Cleveland gefahren und habe einen guten Preis dafür erzielt. Es war so befreiend, echtes, eigenes Geld zu haben und in der Lage zu sein, unserer Sache eine ordentliche Spende zukommen zu lassen. Seit Monaten finde ich es immer schwieriger, in nutzloser Pracht zu leben. Diesen Schmuck zu verkaufen, fühlte sich gut an. Ich habe noch etwas Geld, das meine Mutter mir hinterlassen hat, das ich meinen »Notgroschen« nenne.

Ich kann kaum glauben, dass ich Ihnen das alles schreibe, aber sonst kann ich meinen Entschluss niemandem anvertrauen.

Wie Sie aus meinem Schweigen über meine Ehe geschlossen haben werden, ist sie nicht glücklich. Ich kann nicht mehr länger ertragen, was darin auszuhalten ist. Ich weiß, ich habe vor Gott versprochen, mein Gelübde nicht zu brechen, aber ich fürchte, es gibt keine Ehe mehr, die in Ehren zu halten wäre.

Verzeihen Sie, wenn ich Ihnen dieses Wissen aufbürde. Ich hoffe, es erklärt, warum meine Briefe neuerdings voll hektischer Geschäftigkeit waren. Wenn ich zu tun habe, denke ich nicht. Bitte, seien Sie nicht schockiert.

Sie mussten für alles so schwer arbeiten, während ich hier bequem sitzen und nähen kann. Sie haben den Mann an Ihrer Seite verloren, während ich meinen gern loswürde. Wie eigenartig und ungerecht das Leben doch sein kann.

Machen Sie sich um uns keine Sorgen. Ich schmiede Pläne, über die ich noch nichts sagen kann. Sie dürfen auf keinen Fall jemandem zu Hause über meine Schwierigkeiten berichten. Bitte, schicken Sie Ihren nächsten Brief ans Postamt. Ich werde Ihnen später telegraphieren. Wie Sie sich denken können, hat Grover unsere Korrespondenz nicht gutgeheißen, daher müssen wir ihn hintergehen.

Es kann sein, dass Sie eine Zeitlang nichts von mir hören. Es ist keine Nachlässigkeit meinerseits, sondern ich versuche, unsere traurige Situation mit eigenen Plänen zu verändern.

Verzweifelt,

Ihre Celeste mit Roddy

Celeste wartete, bis Grover aus dem Haus war, und suchte dann den Schlüssel zu seinem Schreibtisch, in dem ihre sämtlichen Dokumente aufbewahrt wurden. Sie wollte nur die Geburtsurkunden von sich und Roddy an sich nehmen. Wochenlang hatte sie ihm zugesetzt, es sei an der Zeit, dass sie mit Roddy und

Susan einen Ausflug an die Ostküste machte, sein Boot fahren ließen und ein bisschen frische Luft tankten. Sie würden ein paar Tage in einem Hotel wohnen und auf dem Heimweg mit der Eisenbahn an die Großen Seen fahren. Sie hatte Roddy einen neuen Matrosenanzug gekauft, einen Strohhut für Susans Uniform und sich selbst ein paar hübsche Seidenkleider.

Zum ersten Mal seit Monaten fühlte sie sich freudig erregt. Susan müsste mitkommen, sonst könnte sie vielleicht Alarm schlagen. Sie war bis zu einem gewissen Grad vertrauenswürdig, aber sie hatte in Akron ihre eigene Familie, um die sie sich kümmern musste. Womöglich war es nicht klug, sie zu überreden, die Grenze nach Kanada zu überschreiten. Den New Yorker Zeitungen zufolge wurde die Lage in Europa nach der Ermordung von Erzherzog Franz Ferdinand in Sarajewo immer ernster. Man sprach von einem Krieg gegen Deutschland. Sie musste jetzt hinaus, bevor die Grenzen geschlossen wurden.

Von Margaret Brown und Alice Paul hatte sie gelernt, nicht passiv herumzusitzen und auf Rettung zu warten, sondern die Initiative zu ergreifen und ihre Zukunft selbst in die Hand zu nehmen. Sie musste nach Norden in britisches Gebiet, dort ihr Geburtsrecht einfordern und Roddy mit über das Meer nehmen. Bis dorthin würde Grovers Arm niemals reichen.

Höchste Zeit, dass sie ihre eigene Familie wiedersah. Wenn ein Krieg ausbrach, dann würden ihre Brüder kämpfen wollen, und Vater wäre allein. Ihre Pflicht war es, zu ihnen zu fahren und ihren Sohn vorzustellen, bevor er vergaß, dass er selbst halb Engländer war.

Sie konnte ihre Aufregung nur schwer bei sich behalten. Doch dann kam Grover eines Abends nach Hause und verkündete, er werde im August eine Woche mitfahren, und Celeste verließ vor Enttäuschung der Mut. Ihre Pläne mussten noch um ein paar Tage verschoben werden. Er würde kommen, um nachzusehen, dass sie dort waren, wo sie vorgaben zu sein, oben an der Küste in Maine, so nah an der kanadischen Grenze, wie sie es wagte.

Sie hatte angedeutet, sie wolle gern den Opfern der *Titanic*, die in Halifax auf dem Fair-Lawn-Friedhof beigesetzt waren, die Ehre erweisen. Nach den letzten Schlägen war er noch immer nett zu ihr. Er musste erfahren haben, dass seine Mutter ihre Prellungen gesehen hatte.

Jetzt betete Celeste, dass alles glattlaufen möge. Sie nähte ein Geheimfach ins Futter des Schrankkoffers, in das sie ihre Dollars und Papiere steckte. Sie musste sich in seiner Gegenwart ruhig und gefügig geben, doch die Ungeheuerlichkeit dieser Täuschung ließ ihr Herz rasen. Der Gedanke an die Fahrt über das Meer, die dann anstünde, flößte ihr Angst ein. Es konnte doch unmöglich wieder so etwas passieren?

Sie käme im Sommer wieder heim nach England. Sie hatte in den Zeitungen nach Listen für Atlantiküberquerungen gesucht und festgestellt, dass Halifax in Nova Scotia sich gut als Hafen zur Einschiffung eignete. Von Halifax aus wäre es eine Flucht in letzter Minute, und sie würde jede Überfahrt über den Atlantik buchen, die zu bekommen war.

Nachts lag sie wach vor Entsetzen über das, was sie vorhatte. Die Flucht musste absolut sicher sein. Sie würde Susan unter irgendeinem Vorwand zurückschicken, damit die Ärmste nicht Zielscheibe von Grovers Zorn wurde, wenn er herausfand, dass sie ihn überlistet hatte.

Wenn sie entkam, würde es keine Beleidigungen und keine Gewalt mehr geben, und niemand konnte sie von ihrem Sohn trennen. Der Gedanke, ihre Familie wiederzusehen – auch May und Ella, mit der sie die alte Freundschaft wiederaufleben lassen würde –, verlieh ihr den Mut, ruhig und gefasst zu bleiben. Bald wäre sie daheim, doch bis dahin durfte niemand von diesen Plänen auch nur etwas ahnen.

Als Mays Brief mit den Neuigkeiten über die Enthüllung eintraf, war Celeste erleichtert, dass sie ihr Schweigen brechen und May darauf vorbereiten konnte, was auf sie zukam. Sie lächelte in sich hinein und dachte, wie bald sie die Menschen zu Hause leibhaftig vor sich haben würde.

Wenn doch nur schon Augustferien wären, wünschte sie sich. Wir kehren heim!

46

7. August 1914

Angelo stand in der kleinen Seitenkapelle der Kathedrale und wartete auf seine Braut. Der strahlend lächelnde Priester stand vorn am Altar, ein paar junge Frauen aus dem Wäschegeschäft und eine Reihe Bartolinis in ihrem Sonntagsstaat saßen in den Bankreihen. Wie anders als die Hochzeit in der Toskana mit Maria, vor einer halben Ewigkeit. Er hoffte, sie würde es ihm nicht verübeln, dass er sie so bald verließ, nachdem er sie verloren hatte.

»Wie gut, dass du wieder neu anfängst. Kathleen ist eine gute Frau. Sie wird dir wieder ein Zuhause und eine Familie geben«, sagte Pater Bernardo. »Ihr seid füreinander bestimmt.«

»Wozu willst du eine Irin heiraten?«, hatte ihn sein Boss bei der Arbeit gefragt. »Die wird dir ein Loch in den Bauch reden.«

»Ich mag sie«, sagte Anna am ersten Abend, als er sie mit nach Hause gebracht hatte. »Ihr werdet hübsche Kinder haben.«

Er dachte an Alessia, und wieder überkam ihn das nie enden wollende Gefühl, dass sie da draußen irgendwo war … Er hatte den Schuh behalten in der Hoffnung, sie eines Tages zu finden, doch im Lauf der Zeit spürte er, dass sie vergeblich war.

Unruhe entstand, als die Gemeinde sich erhob. Kathleen kam herein. Er drehte sich um und sah durch seine Tränen ein Traumbild in cremefarbenem Spitzenkleid, das auf ihn zu schritt. Schau nicht zurück, sieh nach vorn, flüsterte sein Herz ihm zu. Geister werden nachts dein Bett nicht wärmen, aber hier ist jemand, der es tun wird.

47

Auf dem Friedhof im kanadischen Halifax war ein Bereich für die Opfer der *Titanic* abgeteilt, deren Leichen man aus dem Meer geborgen hatte. Mehr als einhundert kleine Granitwürfel lagen nebeneinander, mit Blumen geschmückt. Einige trugen bereits Namen und die Daten, wann sie von den Rettungsbooten eingeholt worden waren: eine entsetzliche Ernte für die Seeleute, die sie eingesammelt hatten. Vielleicht lag Mays Ehemann herrenlos, unerkannt zwischen ihnen? Celeste drückte seufzend einen Strauß Veilchen an sich, während sie über die Pfade schritt und Roddy vor ihr her hüpfte.

Es war eine friedliche Ruhestätte. Celeste suchte nach dem kleinen Steinsockel, der einem unbekannten Kind gewidmet war. Celeste schauderte, denn es hätte Roddy sein können, wenn sie ihn mitgenommen hätte. Er steckte so voller Leben zwischen den Toten. Wie konnte sie nur daran denken, noch eine Überquerung des Ozeans zu riskieren? Aber was blieb ihr anderes übrig?

An diesem Abend legte laut der in den Zeitungen veröffentlichten Tabellen ein Schiff ab.

Sie würde warten und Susan das Fahrgeld für die Heimkehr geben, eine Ausrede erfinden, dass sie etwas über Mays Mann herausbekommen müsse, sich dann zum Anleger begeben und ihre Überfahrt buchen.

Heimlich hatte sie den Hafen erkundet und eine Menge Soldaten gesehen, die an Bord eines Truppentransporters marschierten. Auf jedem Anschlagbrett waren Nachrichten über den Krieg in Europa zu sehen, aber sie hatte darüber noch nicht nachdenken wollen. Dazu war noch Zeit genug, wenn sie sicher an Bord waren.

Ihr Herz pochte angesichts der Ungeheuerlichkeit ihres Vorhabens, aber jetzt ging es ums Ganze. Zeit, ihre Tickets zu kaufen. Das Geld brannte ein Loch in ihr Geheimfach. Sie mussten zweiter Klasse reisen, um keine Aufmerksamkeit auf sich zu lenken. Sie hatte dafür gesorgt, dass ihre Abreise nicht leicht aufzudecken war.

Die Idee war ihr nach dem Skandal auf der *Titanic* gekommen, als man feststellte, dass viele Passagiere unter falschem Namen gereist waren. Ihr fiel die französische Familie an Bord des Schiffes ein, ein gewisser Mr Hoffmann, der seine Söhne in Frankreich entführt hatte, um sie nach New York zu bringen. Celeste würde nicht direkt einen falschen Name annehmen, sondern ihren richtigen abändern. Ihr Mädchenname Forester klang so ähnlich wie »Forest«, und ein anderer Name dafür war »Wood«. Celestine war nicht ungewöhnlich, aber warum sollte sie nicht ihren zweiten Vornamen Rose verwenden? Rose Wood würde vielleicht helfen, ihre Spur zu verwischen.

Schweren Herzens verabschiedete sie sich vom Friedhof. Wie viele verlorene Hoffnungen und Träume lagen unter diesem Boden begraben? Jetzt war es an ihr, stark und entschlossen zu sein und ihre Träume zu verwirklichen. Ihr war Leben und Kraft geschenkt worden, um zu tun, was für Roddy richtig war. Es gab kein Zurück.

Zuerst musste sie Susan auf den Weg bringen. Sie stand da und betrachtete die großen Segelschiffe im Hafen. Celeste hatte Mühe, ruhig zu wirken. Sie beobachteten die Soldaten, die sich aufreihten, um an Bord zu gehen, und Roddy hüpfte herum und zeigte auf sie. »Soldaten, schau mal!«

»Es wird Zeit für Sie, dass Sie Ihren Zug bekommen.« Celeste lächelte und deutete auf den Bahnhof. Sie brachte Susan zurück, die jedoch plötzlich zögerte.

»Ich sollte bleiben, Ma'am. Mr Parkes hat gesagt, dass wir die ganze Zeit zusammenbleiben sollen.«

»Ich weiß, aber hier ist ein Brief, der alles erklärt. Ich habe ihm gesagt, dass ich in Halifax die Toten ehren und sehen möchte, wie man versucht, die Opfer zu identifizieren. Wir kommen in ein paar Tagen nach …« Sie war bemüht, beiläufig zu klingen und Susan nicht noch weiter in ihrem Verdacht zu bestärken.

»Aber, Ma'am …« Susan schaute Celeste mit echter Besorgnis an. Sie musste wissen, was in ihrem Haus vor sich ging. Vermutete sie, dass dies ein Abschied war?

»Und jetzt machen Sie sich auf, und viel Spaß bei der Zugfahrt. Ich werde einen Gepäckträger holen, der sich um das Gepäck kümmert … Und vielen Dank«, fügte Celeste hinzu. Wie hätte sie das ungesagt lassen sollen?

»Wofür, Ma'am? Dafür, dass ich meine Pflicht tue?« Susan sah sie neugierig an. Sie musste wissen, was los war, als Celeste ihr den Brief und etwas Geld in die Tasche steckte.

»Etwas zusätzlich für Ihre Bequemlichkeit; Sie waren ein gutes Kindermädchen für Roddy.« Celeste hielt ihre Hand fest. »Gib Susan einen Kuss.«

»Susan kommt auch mit.« Roddy klammerte sich an ihre Hand.

»Nein, heute nicht. Susan muss nach Hause.« Celeste lächelte. »Oder nicht?«

»Ich will Susan, ich will Susan ...« Roddy war nahe davor, einen Wutanfall zu bekommen.

»Sie gehen lieber, bevor er durchdreht.«

»Ich kann Sie nicht hierlassen ... erlauben Sie, dass ich bleibe, Ma'am. Wohin gehen Sie? Ich weiß, Sie hatten es sehr schwer ... Ich kann helfen. Bitte, nehmen Sie mich mit. Ich möchte Roddy nicht verlassen.«

»Ich wünschte, es wäre anders, aber Sie müssen gehen. Sie waren so loyal und diskret.«

»Wo kann ich Sie finden, Ma'am?«

Celeste schüttelte den Kopf. Sie versuchte, nicht zu weinen, streckte beide Hände aus und griff fest nach denen des Kindermädchens. »Sie müssen gehen und meinem Mann sagen, dass ich Sie fortgejagt und mich geweigert habe, Sie weiter bei uns arbeiten zu lassen. Ich habe Sie mit Gewalt in den Zug gesetzt.«

»Die Boten werden erschossen, nicht wahr?«, antwortete Susan ängstlich.

»Nur in Geschichten. Hier ist ein Empfehlungsschreiben. Es wird Ihnen helfen, eine andere Stelle zu finden. Ich wünsche Ihnen alles Glück der Welt. Passen Sie auf sich auf.«

»Es war mir ein besonderes Vergnügen, Ihnen zu dienen,

Madam. Sie sind eine gute Mutter. Ich weiß, Sie tun das ebenso für Roddy wie für sich. Ich wünsche Ihnen viel Glück.«

»Das werden wir brauchen, Susan. Und jetzt gehen Sie, bevor wir uns hier zum Narren machen.«

Roddy weinte, denn er spürte, wie aufgewühlt die beiden Erwachsenen waren. Susan schluchzte in ihr Taschentuch, und Celeste versuchte ihre Tränen zu unterdrücken. Der Bahnsteig wimmelte von Menschen, die mit dem Gepäck vom eingetroffenen Zug kamen, viele, die zum Hafen eilten.

»Ich vermute, die wollen alle nach Hause«, sagte Susan. »Wenn ein Krieg ausbricht …«

Celeste wischte den Gedanken mit einer Handbewegung beiseite. »Oh, dazu wird es noch nicht kommen. Was hat England mit den Querelen zwischen Österreich und Deutschland zu tun?« Sie hatte keine Zeit, über diese furchtbaren Nachrichten nachzudenken. Sie schob Susan förmlich in den Zug und winkte ihr mit einem erzwungenen Lächeln zum Abschied zu. Roddy war noch zu jung, um zu wissen, dass er sie nie wiedersehen würde. Celeste seufzte, als sie sich auf den Weg zum Fahrkartenschalter begaben. Die Schlangen dort waren lang und voll ungeduldiger Frauen, die nervös mit ihren Fahrkarten vor dem Gesicht des Schalterbeamten wedelten.

»Alle, die eine Fahrkarte haben, nach links, die anderen nach rechts!«, rief er. Protest machte sich in der Menge breit. »Ich habe nur zwei Hände. Gedulden Sie sich.«

»Mama, ich muss mal«, sagte Roddy und zog an ihrem Rock.

»Kannst du nicht warten?«, schmeichelte sie, da sie ihren Platz in der Schlange nicht verlieren wollte.

»Ich halte Ihnen den Platz frei«, bot ihr eine Frau mit freundlichem Gesicht an. »Eine Herrentoilette ist dort drüben.« Sie deutete auf die Tür.

Jetzt war es so warm, dass Celeste ihren Mantel auszog.

»Würden Sie den auch bitte halten?«, fragte sie, ohne den Rest ihres Gepäcks abgeben zu wollen.

Roddy steuerte das kleine Pissoir an, doch Celeste brachte ihn dazu, mit ihr zur Damentoilette zu gehen. Sie wagte nicht, ihn bei diesem Gedränge aus den Augen zu lassen.

Als sie wieder zu der Schlange kamen, suchte sie nach ihrem Platz, aber die Frau war fort, mitsamt Celestes Mantel. Panisch fragte sie herum, doch alle zuckten nur mit den Schultern.

»Ein paar Windhunde sind immer darunter, Madam, die nur auf eine Gelegenheit warten. Sie ist auf und davon, sobald Sie fort waren.«

Celeste war jetzt zu wütend und erschöpft, um zu protestieren, dass der Mann sie hätte aufhalten können. Also musste sie sich wieder hinten anstellen, obwohl es allmählich dunkel wurde.

»Der Nächste!«

»Zwei Fahrkarten nach Liverpool, bitte.«

»Tut mir leid, Madam, da ist jetzt bis Sonnabend nichts mehr zu machen. Kann ich Ihren Pass sehen?«

»Meinen was?«, fragte sie und reichte ihm stattdessen ihre und Roddys Geburtsurkunden. »Ich bin noch englische Staatsbürgerin.«

»Das mag ja sein, aber niemand wird Sie ohne Reisedokumente an Bord lassen.«

»Seit wann?«, fuhr sie den Mann verärgert und ängstlich an. »Ich bin auf der *Titanic* herübergekommen. Niemand hat mich damals nach so etwas gefragt.«

»Tut mir leid, Madam … neue Bestimmungen seit April. Alle Passagiere, die in ein anderes Land wollen, müssen ihre Ausweise vorzeigen.«

»Aber hier sind doch unsere Geburtsurkunden«, führte sie an.

»Tut mir leid, Madam, Sie werden die korrekten Papiere beantragen müssen … Der Nächste!«

Celeste hatte nicht vor, klein beizugeben. Sie war zu weit gekommen. »Aber wie lange wird das dauern?«

»Ihnen das zu sagen, steht mir nicht zu. Da herrscht Krieg, verstehen Sie.«

»Seit wann?« Zorn stieg in ihr auf und rötete ihre Wangen.

»Seit zehn Uhr heute Morgen, Madam. Haben Sie denn die Zeitungen nicht gesehen? Schauen Sie doch auf die Truppen. England und Deutschland befinden sich im Krieg, Kanada schickt Truppen, und die haben Vorrang vor Zivilpersonen. Treten Sie bitte zur Seite … der Nächste!«

Roddy spürte ihre Verzweiflung. »Gehen wir auf das große Schiff, Mama?«

»Nein, heute nicht«, krächzte sie. Celeste hätte sich am liebsten an den Kai gesetzt und vor Enttäuschung aufgeheult. Wohin jetzt? Die Zeit drängte. Sie musste zurück sein, bevor Susan den Brief zu Grover brachte. Sie mussten einen Nachtzug nach Süden finden. Was für eine dumme, ungebildete Närrin war sie doch gewesen, zu glauben, sie könnte so leicht entkommen.

Jetzt saßen sie fest, bis dieser Krieg vorbei war, oder bis sie einen echten Pass beschaffen konnte. Ihr ganzer Wagemut verflüchtigte sich im Nu. Was würde Grover tun, wenn sie nicht mit Susan zusammen ankämen? Ihr wurde ganz schwach. Panik legte sich wie dichter Nebel über sie und verdrängte alle anderen Gedanken. Bis sie wie ein Nebelhorn in ihrem Kopf eine vertraute Stimme vernahm, die sich durch die Finsternis bohrte.

Wofür zum Teufel gehen Sie zurück: Alles bleibt beim Alten, Schätzchen, noch mehr blaue Augen? Sie haben das Weite gesucht, Mädel. Verduften Sie einfach …

»Aber ich kann nicht«, hörte sie sich selbst aufschreien.

Wieso eigentlich nicht? Wer wird schon eine Rose Wood suchen, wenn die Welt auf dem Kopf steht? Laufen Sie weg, solange Sie können, und drehen Sie sich nicht um. Sie sind wie ich, eine der unsinkbaren Schwestern. Sie werden es schon schaffen, wenn Sie auf sich selbst gestellt sind.

Celeste richtete sich auf und erwartete, Margaret Brown neben sich zu sehen, aber da war niemand. Ob sie es konnte? Einfach das Weite suchen, in einen Zug steigen und fahren, wohin sie wollte? Sie hatte die Dollars. Sie hatte ihren kostbarsten Schatz, der ihre Hand festhielt. Alles war möglich, wenn man es nur ganz und gar wollte und genug Mut aufbrachte.

Nein, den Sprung über den Ozean schaffte sie nicht, aber das sollte sie nicht davon abhalten, so weit wie möglich von Grover Parkes fortzukommen. Mutter und Kind standen unsichtbar in der dichtgedrängten Menge, und Celeste lächelte zum ersten Mal vor Erleichterung, als sie sich auf den Weg zum Bahnhof begab.

Machen Sie sich auf, verstecken Sie sich in der Menge, Rose Wood. Da wird Sie niemand finden.

ZWEITER TEIL

Lebensfäden

1914–1921

48

Washington, D. C., November 1914

Liebe May,
Sie haben sich vielleicht gefragt, wo ich wohl stecke, seitdem ich das letzte Mal geschrieben habe. Wir leben in der Hauptstadt von Amerika und sind bei Freunden untergekommen, bis ich etwas Dauerhaftes finde.

Bevor der Postweg über den Atlantik vollständig abbricht, würden Sie mir bitte den großen Gefallen tun und alle Briefe, die für mich eintreffen, besonders die von meinem Mann, an meine Adresse hier umleiten und umgekehrt diese Briefe an ihn mit einem Stempel aus Lichfield aufgeben? Eine Zahlungsanweisung habe ich beigefügt. Sie sollen für meinen Betrug nicht auch noch Geld fürs Porto aufwenden müssen.

Entscheidend ist, dass Grover glaubt, ich sei wieder zu Hause und werde wahrscheinlich nicht zurückkehren. Um die Sache noch komplizierter zu machen, werde ich Vater so schreiben, als wären wir noch in Akron. Wenn er nichts von der ganzen Sache weiß, ist es am besten. Würden Sie ihm bitte anbieten, seine Briefe zur Post zu bringen, und sie an meine hiesige Adresse schicken, dann stehe ich für immer in Ihrer Schuld. Entschuldigen Sie, wenn ich Ihnen das alles aufbürde. Ich hatte wirklich geplant, nach Hause zu kommen, aber ich war nicht gut genug vorbereitet und musste in letzter Minute meine Pläne ändern.

Ich versuche, Roddy und mir hier ein neues Leben aufzubauen. Vorläufig bin ich Mrs Rose Wood. Inkognito zu bleiben ist enorm wichtig, nur für den Fall … Ach, welche Netze wir doch spinnen, wenn erstmals wir auf Täuschung sinnen.

Das Leben hier ist interessant. Im Moment helfe ich im Büro

der Kongressvereinigung für das Frauenwahlrecht aus. Roddy ist in der ersten Klasse und gewöhnt sich an das neue Leben. Was in Frankreich vor sich geht, verfolgen wir mit Angst und Sorge um meine impulsiven Brüder, die übereilt in die Armee eingetreten sind, um nichts zu verpassen.

Wie hat sich unser aller Leben im letzten Monat verändert – England befindet sich im Krieg, und wir sind Flüchtlinge –, aber ich bereue nichts. Die *Titanic* hat mich gelehrt, dass unser Leben auf der Erde kostbar ist und wir es genießen müssen, nicht erdulden. Unsere Träume dürfen leben.

Bleiben Sie gesund in diesen schweren Zeiten.

Alles Liebe,

Celeste (auch bekannt als Mrs Rose Wood)

May saß auf der Parkbank, las diesen Brief noch einmal und schüttelte den Kopf. Wer hätte gedacht, dass Celeste das Weite suchen würde? Wie um alles in der Welt konnte sie selbst an solch verrückten Plänen Anteil haben? Celestes Mann bestieg doch bestimmt das nächste Schiff und forderte ihre Rückkehr ein. Was würde der arme Kanonikus Forester zu all dem sagen? Wie sollte sie, May, ihn hintergehen? Doch das musste sie, wenn Celeste in Gefahr war. Sie verdankte Celeste ihr Leben.

Lichfield befand sich in heller Aufregung, um Unterkünfte für belgische Flüchtlinge zu beschaffen und Plakate aufzuhängen, die vor Spionen warnten. An den Bahnstrecken standen Wachen, Truppen waren auf dem Vormarsch. Konvois aus Lastwagen und Fuhrwerken versperrten ihr den Weg über die Straße. Die ganze Welt spielte verrückt, und jetzt steckte Selwyn in einem Ausbildungslager, und sein Bruder Bertram war bereits jenseits des Ärmelkanals.

May schob das Kind den Hügel hinauf. In der Kathedrale konnte man sich gut abkühlen und nachdenken. Dieses Gebäude hatte viele Kriege und Krisenzeiten überstanden; die zerfetzten Fahnen, die von den Decken der Seitenkapellen hingen, waren beredte Zeugen für einstige Auseinandersetzungen. Was sollte sie tun?

Sie blieben an der Marmorstatue der *Schlafenden Kinder* hinten in einer Ecke der Marienkapelle stehen. Die Robinson-Schwestern waren gemeinsam begraben. Eliza Janes Nachthemd hatte Feuer gefangen, und sie war an ihren Verbrennungen gestorben, während Marianne sich erkältet hatte und bald danach gestorben war. Wie mussten ihre Eltern getrauert haben, dachte May. Genauso wie sie um Ellen trauerte. Wenn sie doch nur eine Stelle hätte, an der sie um ihre verstorbenen Lieben hätte trauern können. Niemand war je mit seinen Sorgen allein. Ein jeder hatte sie, und jetzt war Celeste betroffen. Man lässt jemanden, der in Schwierigkeiten steckt, nicht einfach stehen, überlegte May, besonders dann nicht, wenn es eine Freundin ist. Celeste war ihr eine gute Freundin gewesen, als sie so allein in der Welt stand wie noch nie. Jetzt musste sie ihre Freundschaft erwidern, koste es, was es wolle. Sie musste tun, was sie konnte, um zu helfen.

49

»Muss ich bleiben?«, fragte Roddy widerstrebend. Celeste wusste, dass er die Donnerstagnachmittage nicht mochte. Alle Jungen in seiner Klasse durften nach Hause laufen und Ball spielen oder in den Straßen Washingtons auf ihren Rädern fahren, er aber musste seinen besten Knickerbockeranzug anziehen, sich die Haare kämmen und ihren Gästen die Tür öffnen.

Er hasste es, dort zu stehen, während ein Trupp Mädchen, die ihn alle um Längen überragten, nacheinander hereinstolzierte, um an der Tür zum Wohnzimmer angekündigt zu werden.

»Guten Tag, Mrs Wood, wie geht es Ihnen heute? Guten Tag, Roderick.« Eine nach der anderen machte einen Knicks und hüpfte in hübschem Kleid und mit Ringellocken auf und ab, nach Rosenwasser und Lavendel duftend. Er half, Tee in Porzellantassen auf einem filigranen Tablett zu servieren und Sandwiches herumzureichen, dann den Kuchenständer weiterzugeben, auf dem delikate Kuchenstücke lagen, mit Zuckerguss überzogene Phantasiegebilde, die mit Kuchengabeln gegessen wurden.

Alle Mädchen hatten ein Gedicht gelernt, das sie vortrugen, und Celeste half ihnen, wenn sie ins Stocken gerieten. Er musste applaudieren und zufrieden aussehen.

»Warum müssen wir das tun?«, fragte er immer wieder.

»Damit verdiene ich jetzt meinen Lebensunterhalt. Ich unterrichte die Mädchen, ihre Aussprache zu verfeinern und sich zu benehmen«, erwiderte sie. »Ich bringe Mädchen bei, eine Dame zu sein.«

»Aber warum muss ich bleiben und zusehen?«

»Weil du mir eine große Hilfe bist, Roddy. Das ist etwas, das wir zusammen machen können, und wenn die jungen Damen hier sind, muss ich noch immer ein Auge auf dich werfen.«

»Aber das sollte Pa machen«, protestierte er.

»Nein, Pa, Vater … Ich habe dir schon gesagt, dass wir nicht mehr mit Vater zusammenleben, und das wird auch noch lange so bleiben.«

Tatsächlich konnte Roddy sich kaum noch an das Gesicht seines Vaters erinnern. Vor mehr als einem Jahr waren sie nun geflohen. Zunächst hatten sie zusammengepfercht mit anderen Frauen in einem Zimmer gewohnt, auf einem Feldbett geschlafen, bis Celeste ein kleines Mietshaus in der D Street hinter Capitol Hill in der Nähe des Eastern Market gefunden hatte. Roddy musste die öffentliche Schule in derselben Straße besuchen und kam mit blauen Flecken zurück, bis eine Freundin seiner Mutter ihm ein paar Handgriffe zur Selbstverteidigung beibrachte, die ihr geholfen hatten, wenn sie auf ihren Demonstrationen für das Frauenwahlrecht in die Enge getrieben worden war.

Sie nahmen an Kundgebungen teil, doch Celeste sorgte dafür, dass sie hinten standen und sich unter die Menge mischten, wenn es laut wurde oder Fotografen zugegen waren, die Schnappschüsse machten. Roddy ging gern die Mall entlang und stand vor den Toren des Weißen Hauses, eingezwängt zwischen anderen Kindern. Während die Mütter die Köpfe zusammensteckten und diskutierten, konnten sie Ball spielen oder sich davonschleichen.

Die Donnerstage aber waren ein Schreckgespenst für ihn, wenn seine Mutter sich etwas Geld verdiente und die Mädchen examinierte, damit sie gingen und sprachen wie kleine Damen, nicht wie die lärmenden, gackernden Hühner, welche die Treppe vor dem Haus hinuntersprangen, sobald nach den zwei Stunden Anstandsunterricht, die sie über sich ergehen lassen mussten, die Tür hinter ihnen ins Schloss gefallen war.

Über Kontakte in der St. John's Episcopal Church war Celeste auf die Idee für diesen Unterricht gekommen. Manchmal besuchte der Präsident mit seiner Familie den Gottesdienst. Frisch verheiratete Offiziersfrauen kamen abends, um zu lernen, wie der Tisch mit Messern und Gabeln gedeckt wurde oder wie man Leute korrekt begrüßte. Andere wollten eine gewählte Aussprache lernen und Celestes Akzent nachahmen. Ihnen gefiel die akzentuierte, ruhige, wohlüberlegte Art, wie

Engländer sprachen, und alle, die kamen, wollten als kultiviert angesehen werden.

Hatte sie recht daran getan, Roddy eines normalen Familienlebens zu berauben? Sie waren jetzt arm. Sie zählte die Dollars ab und legte ein paar in die besondere Dose: »Für unsere Rückkehr nach Hause.«

»Wo ist zu Hause?«

»Jenseits des Meeres in einer Stadt namens Lichfield.«

Zu Hause war, wo ihre Brüder lebten, die auf den Fotos auf dem Kaminsims in ihren Uniformen so schneidig aussahen. Manchmal holte sie einen Atlas hervor und zeigte auf England. »Eines Tages fahren wir nach Hause, wo wir in Sicherheit sein werden, Roddy, bald«, flüsterte sie.

Manchmal weinte Celeste vor Erschöpfung. Den äußeren Schein zu wahren, fiel schwer. Eastern Market war schick, voller Familien von Marineangehörigen, die in eleganten, teuren Häusern wohnten. Sie fühlte sich zweigeteilt, einerseits gab sie vor, eine Kolonialwitwe zu sein, die schwere Zeiten durchmachte, dann wieder war sie eine moderne Büroangestellte mit kurzem Haar und kürzeren Röcken. Von Akron und aus Grovers Fängen zu entkommen, war schon mühselig genug gewesen, und dann musste sie sich selbst neu erfinden, ihre wahre Identität verbergen und ein auf Lügen aufgebautes Leben führen. Das war schwer. Aber immer noch viel leichter zu ertragen als ihr Dasein mit Grover.

Wie froh war sie, dass sie den Brief nach England von Halifax aus geschickt hatte, den Brief an Grover, um ihre Ehe zu beenden. Sie konnte sich noch immer an jedes Wort erinnern, das sie geschrieben hatte, als sie im Bahnhof saß mit einem Notizblock auf dem Schoß und unter Tränen ihre Gefühle ausgeschüttet hatte.

Ich sehe keinen Grund, in das unglückliche, demütigende Leben zurückzukehren, das ich durch Dich erduldet habe, und ich habe nicht die Absicht, meinen Sohn bei einem so schlechten Vorbild aufwachsen zu lassen.

Du fragst Dich vielleicht, woher ich den Mut fand, Dir derart die Stirn zu bieten, aber glaube mir, als ich die Tapferkeit jener großartigen Männer sah, die zur Seite traten, damit Frauen und Kinder in jener schicksalhaften Nacht vor zwei Jahren vielleicht gerettet wurden, konnte ich mir nicht vorstellen, dass Du einer von ihnen wärst.

Als ich in dem Rettungsboot saß, wusste ich im Grunde meines Herzens, dass Du jede Ausrede benutzt hättest, Dir Zugang zu diesen Booten zu erschmeicheln, um Dein Leben zu retten, wie es so viele Männer aus der ersten Klasse gemacht haben … Wie sehr habe ich Dich auch schon vorher aus meinem Leben gewünscht, aber im Gegensatz zu den armen Seelen, die sich nicht von ihren geliebten Partnern verabschieden konnten, erweise ich Dir die Höflichkeit, unsere Ehe mit einer Erklärung zu beenden.

Wenn Du diese Zeilen liest, werde ich weit weg sein, zurück bei meinen Landsleuten, an einem Ort, an dem ich nicht befürchten muss, auch nur ein falsches Wort zu sagen, weil ansonsten meine Arme Prellungen davontragen und meine Seele geschlagen ist. Frage Dein Gewissen, was Dich dazu bringt, Dich auf eine solch kranke und kränkende Art zu verhalten, wie ein Kind, das seinen Willen nur mit Wutausbrüchen durchsetzen kann.

Wie hast Du mich getäuscht, dass ich Dich für so charmant und zuvorkommend hielt, als wir uns begegneten. Wie freundlich warst Du, als Du mich umwarbst, aber sobald ich sicher Dir gehörte, getrennt von allen, die mich liebten, sprang etwas Böses in Deine Seele und machte Dich grausam, kalt und wütend, obwohl ich Dir doch nur Liebe und Zuneigung geben, Dir Kinder schenken und eine gute Ehefrau sein wollte.

Ich musste beinahe ertrinken, um zu erkennen, dass Du Dich niemals ändern wirst, ehe Du nicht in Dein kaltes Herz schaust und diesen Dämonen loswirst. Bis dahin will ich mich nicht einem so grässlichen Regime unterwerfen, wie unsere Ehe es war, und auch mein Sohn darf niemals Zeuge Deiner Grausamkeit werden. Der Gedanke, was er riskiert, sollte er sich Dir je widersetzen, ist nicht zu ertragen.

Hat Dir niemand gesagt, dass wir mehr Fliegen mit Honig fangen als mit Essig? Ein freundliches Wort hilft ein gutes Stück weiter, eine liebevolle Geste kann im Herzen einer Frau Wunder bewirken. Ich fürchte, Du bist krank und brauchst den Großen Arzt, der alle Krankheiten der Seele heilen kann. Ich will Dich in diesem Leben nie wiedersehen, will nie wieder von Dir hören. Ich habe unseren Sohn nicht entführt, sondern ihn in die Freiheit einer liebevolleren und fürsorglicheren Familie gebracht.

Celestine

Dieser Brief war für jeden Mann hart, aber sie wollte kein Wort davon zurücknehmen. Sobald er in der Post war, überkam sie das Gefühl, als sei eine große Last von ihr abgefallen. Sie bereute nichts, sondern war nur traurig, dass sie beide von Anfang an so schlecht zueinander gepasst und ihre Unschuld und Naivität ihn in seinem Verhalten bestärkt hatten, das er so lange ungehindert aufrechthalten konnte.

May hatte seit Celestes Flucht ihren Teil dazu beigetragen, Grover auf die falsche Fährte zu locken, da sie Celestes Briefe weiterleitete, als kämen sie aus England. Briefe in seiner Handschrift, von ihren Anwälten, von Harriet, stapelten sich ungelesen, bis Celeste sich ihnen stellen konnte. Er würde sie während des Krieges nicht verfolgen, doch wenn der Frieden kam, würde er sie vielleicht suchen. Sie musste auf der Hut bleiben.

Als sie in Washington, D.C., eintrafen, war Celeste verzweifelt in den Büros der Vereinigung für Frauenrechte aufgetaucht. Die Frauenbewegung hatte erlebt, dass mit Verhaftungen und Zwangsernährung gegen Mitglieder vorgegangen wurde, und so hatte man ein sicheres Haus eingerichtet, in dem Frauen sich von ihren Torturen erholen und untertauchen konnten. Sie hatte sich als Mädchen für alles angeboten, um ein Bett für sich und Roddy zu bekommen. Der Zustand, in dem einige ihrer Freundinnen eintrafen, schockierte sie zutiefst. Das war viel schlimmer als alles, was sie ertragen hatte: ausgelaugte Körper, geschwollene Kehlen, Augen, aus denen Angst und Pein sprachen – hätte sie da kein Mitleid empfinden sollen? Roddys Anwesenheit war für einige der älteren Frauenrechtlerinnen ein Quell der Belustigung und half ihnen, für eine oder zwei Stunden ihr Leid zu vergessen.

Die Teilzeitarbeit im Büro verschaffte Celeste Kontakt zu tapferen, alleinstehenden Frauen, die mit allen Konventionen gebrochen hatten. Sie waren militant, laut und mutig in ihrem Kampf um Stimme und Rechte für weibliche Angestellte. Sie fragte sich, ob auch nur eine von ihnen sich der Demütigung unterworfen hätte, die sie selbst so lange zugelassen hatte. Sie hatten Gefängnis und öffentlichen Hohn für die Sache ertragen, gestützt durch Freundschaft. Celeste hatte sich so lange nach der Gesellschaft von aufrechten Frauen gesehnt.

»Wenn ihr eure Hand auf den Pflug legt, könnt ihr sie erst wegziehen, wenn ihr am Ende der Furche angekommen seid«, pflegte ihre Anführerin Alice Paul zu sagen.

Celeste hatte ihre Hand an dem Abend daraufgelegt, als sie aus Halifax geflohen war, den Zug in den Süden nach Washington genommen und schriftlich um Margaret Tobin Browns Rat gebeten hatte. Sie hatten sich im Foyer des Willard Hotels getroffen, inmitten der Pracht von Marmorsäulen und glänzenden

Böden. Ihre Worte hatten Celeste den Mut gegeben, den Traum von einem neuen Leben zu wagen und zu gestalten.

Bisher hatte Grover sie nicht aufgespürt, aber sie blieb stets wachsam. Er würde sich Roddy schnappen, nicht sie. Celeste nahm an, dass er Privatdetektive anheuerte, um sie in England aufzuspüren, aber wo sollte sie sich in den Vereinigten Staaten besser verstecken als in der Hauptstadt, unter den Menschenmengen. Ihr stand es frei, zu arbeiten, und sie lernte sich durchzuschlagen.

Nur May kannte die Wahrheit, und sie tat ihr Bestes, um so gut wie möglich Neuigkeiten von der Familie zusammenzutragen, während sie Celeste nicht drängte, mit langen Briefen zu antworten. Jetzt musste Celeste ihrem Sohn zuliebe eisern durchhalten und in diesem neuen Leben ihre Hand am Pflug halten. Seine Zukunft war ihrem Freiheitsdrang geopfert worden. Sie konnte es sich nicht leisten, ihn auf eine Privatschule zu schicken. Er wurde rauer, zäher und trotziger, und zuweilen sah sie Grovers Gereiztheit in seinen Augen aufblitzen.

Was sollte sie sonst tun? An einem Donnerstag und abends verdiente sie mehr als bei der bescheidenen Büroarbeit, der sie die ganze Woche nachging. Das ermöglichte ihnen anständige Kleidung und eine angemessene Wohnung in einem sicheren Viertel. May hatte ein paar kostbare Porzellanstücke in ein Paket gepackt, die tatsächlich unversehrt ankamen, sehr von ihren Schülerinnen bewundert. Sie rochen noch nach zu Hause, Andenken, die sie verkaufen musste, wenn schwere Zeiten anbrachen.

Sie hielt sich von den wenigen jungen Engländerinnen fern, denen sie in der Kirche über den Weg lief. Sie waren in heller Aufregung über eine neue Kathedrale und damit beschäftigt, Spenden zu sammeln. Celeste hatte weder das Geld noch Interesse an dem Bau, so prächtig er auch sein würde. Sie sehnte sich nach dem uralten Frieden des Kirchenschiffs von Lichfield. Ihr englischer Akzent erinnerte sie an die Heimat, und sie würde sich erst entspannen, wenn sie und Roddy die Rückreise nach England hinter sich hätten. Diesmal beantragte sie die richtigen Dokumente, um in ihr Heimatland einreisen zu können, doch die Passbestimmungen waren jetzt strenger, und Roddy musste auf ihrem Pass mitfahren. Sie behauptete, sein Vater sei tot, und gab sich als Witwe aus. Was blieb ihr anderes übrig? Jeder Penny, den sie sparen konnte, wurde für Fahrkarten und Vorbereitungen auf diese Heimreise verwendet.

Wie sie leben würden, wenn sie einmal dort waren, spielte keine Rolle. Celeste hatte im vergangenen Jahr wahrlich gelernt, mit wenig zu überleben, die Wahrheit zu übertreiben, wo es notwendig war, und von einem Tag auf den anderen zu leben. Kaum erkannte sie die Person, die innerhalb eines Jahres aus ihr geworden war; älter, anderen gegenüber misstrauischer, vorsichtig mit jedem Zehncentstück und weniger leicht durch Äußerlichkeiten zu beeindrucken.

Warum überraschte sie das? Eine Frau, die dem Ozean getrotzt und den Untergang der *Titanic* überlebt, hatte, wusste, wie kostbar das Leben war. Eine Frau, die körperliche Demütigung von einem brutalen Ehemann erduldet hatte, wusste zu schätzen, wenn sie ihre Haustür ohne Furcht schließen konnte. Sie mochte jetzt zwar eine Frau sein, die von der Hand in den Mund lebte, aber sie verwaltete ihre spärlichen Finanzen, als wären es die des Finanzministeriums.

Eines war sicher: Ihre schmerzende Hand war an diesen verdammten Pflug geschmiedet, und sie hatte nicht vor aufzugeben, wenn das Ende der Furche beinahe in Sicht war. Niemand würde sie und ihren Sohn aufhalten dorthin zurückzugehen, wohin sie gehörte.

50

Lichfield, Juni 1915

Liebe Freundin,

bitte, lesen Sie den beigefügten Brief, bevor Sie meinen lesen. Ich weiß nicht, was ich sagen soll, nur, dass ich Ihnen mein tiefempfundenes Beileid über Ihren Verlust ausspreche. Bertram ist in der Nähe eines Ortes namens Neuve Chapelle gefallen. Wie viele andere Studenten auch hatte er es sehr eilig, Soldat zu werden. Er kam in seiner schicken Offiziersuniform vorbei und hat sich verabschiedet. Jetzt hat er das höchste Oper gebracht, wie es in den Zeitungen heißt. Sie haben eine Art, den Tod so sauber und friedlich und würdevoll darzustellen. Wir wissen es besser.

Ich weiß, Sie werden sich hilflos vorkommen, da Sie nicht hier sind, um Ihrem Vater zu helfen, aber er ist von so guten Freunden umgeben, unter denen auch viele sind, die Söhne und Enkel verloren haben.

Alle versuchen tapfer zu sein und sich mit Wohltätigkeitskonzerten und Nähkränzchen zugunsten der Truppen bei Laune zu halten. Für solche Versammlungen bin ich nicht geeignet, aber ich habe eine kleine Arbeitsstelle und schenke am Bahnhof durchfahrenden Truppenkonvois Tee aus. Wie viele von ihnen werden je nach Hause zurückkehren? Die Herzen sind traurig, das Geld ist knapp, und der Winter war lang, aber die Blumen in Lichfield wissen nichts von einem Krieg und erfreuen uns grenzenlos.

Ella blüht auf und plaudert lebhaft. Ich habe ihr einen Platz in der Meriden House School besorgt, im Kindergarten, wo sie mit anderen Kindern spielen kann. Sie hat gern Gesellschaft, und ich bin so eine Einsiedlerin. Es ist nicht richtig, sie zu verstecken. Sie ist Ihrem Vater ein Trost, der sie mit Süßigkeiten verwöhnt, an denen sie noch mal ersticken wird, fürchte ich. Sie ist ein beständiger Quell der Sorge und der Freude zugleich.

Ich wünschte, ich könnte Ihnen in dieser traurigen Zeit zur Seite stehen. Der Krieg muss bald zu Ende sein, und Sie werden wieder vereint sein mit allen, die Sie lieben. Der Herr möge Sie beschützen und in seinen liebenden Armen trösten.

May

P.S. Ich habe gerade einen schrecklichen Bericht gelesen über das Sinken der *Lusitania* von der Cunard-Linie vor der Küste Irlands. 1200 Seelen sind umgekommen. Nur wir wissen, wie es für die gewesen sein muss, die sich im Wasser abkämpften. Bei all den Erinnerungen, die damit aufkamen, konnte ich nicht schlafen. An Bord waren Amerikaner mit Kindern. Der Hunne wird für diese grausame Tat bezahlen.

51

Washington, Januar 1917

Liebe May,
ich hoffe, das Weihnachtspaket ist wohlbehalten angekommen. Man hört immer wieder Gerüchte über Sachen, die im Hafen verlorengehen. Unsere Briefe zu nummerieren, war eine gute Idee, damit wir über die Abstände Bescheid wissen. Ich hoffe, die Konserven und Dosen mit Butter und Fleisch waren hilfreich. Wie ich hörte, herrscht drüben Knappheit, und ich weiß, dass mein Vater ein Schleckermaul ist.

Uns geht es ganz gut. Die Nachricht über Selwyns Verwundung bei der Offensive an der Somme hat mich schwer getroffen, aber Ihre Zusicherung, dass er im Krankenhaus behandelt wurde, lässt mich hoffen, dass er sich wieder vollständig erholt. Ich werde schreiben, aber Vater hat mir angedeutet, er sei noch nicht in der Lage zu korrespondieren. Ich kann immer noch nicht fassen, dass ich Bertie in diesem Leben nie wiedersehen werde.

Ihre neue Wohnung in der Nähe des Stowe Pool mit Blick auf die Kathedralentürme klingt gut. Ich hoffe, dass ich eines Tages das große Kirchenschiff wieder mit eigenen Augen erblicken werde.

Wenn Amerika in den Krieg eintritt, besteht die Chance, in den Büros der Regierung Arbeit zu finden. Ich werde die Wahrheit ein wenig ausschmücken müssen. Verheiratete Frauen werden sie nicht nehmen, aber eine Witwe bekommt vielleicht ein Vorstellungsgespräch. Ich gebe noch immer Anstandsunterricht. Freunden von Freunden gefällt anscheinend, was ich für sie organisiere. Ich schlug vor, dass wir alle denselben Roman lesen und gemeinsam darüber sprechen, was sie zunächst komisch fanden. Ich bin mir sicher, dass einige meiner Kundinnen für gewöhnlich nichts lesen außer Modezeitschriften, aber es war eine lebhafte Sitzung.

Wenn Amerika in den Konflikt in Europa eingreift, wird dieser verdammte Krieg bestimmt ein Ende nehmen. Die Macht dieses Landes muss glaubhaft zur Geltung gebracht werden; Millionen junger Männer auf dem Vormarsch werden der Blockade ein Ende setzen.

Darf ich Sie ganz ehrlich fragen, ob mein Vater etwas ahnt? Ich sollte ihm unseren richtigen Aufenthaltsort mitteilen, aber ich möchte ihn nicht weiter mit schlechten Nachrichten belasten. Er hat im Moment genug andere Sorgen.

Die Ehe meiner Eltern war ein Vorbild an Liebe, Freundschaft und Vertrauen. Er wird so enttäuscht von mir sein, dass ich mich nicht an meine Gelübde gehalten habe. Sie sind Augen und Ohren für mich, wie immer, und Worte können Ihnen nicht sagen, welche Erleichterung es ist, jemanden zu haben, der die Wahrheit kennt.

Ich hoffe, die Bluse passt Ihnen, und die kleine Ella wird in das Kleid hineinwachsen. Das waren Kleidungsstücke, die eine der reichen Frauen, denen ich Benimmunterricht gebe, ausrangiert hat. Sie wird kaum erfahren, dass ich einige davon selbst trage. Hat Papa unser Foto gefallen? Roddy hat in seinem Matrosenanzug so goldig ausgesehen, finden Sie nicht?

Ich freue mich schon auf Ihren nächsten Brief. Für jemanden, der behauptet hat, er könne keine Briefe schreiben, beschämen Sie mich.

Ihre Freundin,
Celeste Rose

Celeste ahnte nicht, wie schwer Selwyn verwundet war, nicht so sehr körperlich, sondern geistig, seufzte May. Sein Vater hatte das Irrenhaus besucht, in der man verwundete Offiziere behandelte, die an einer sogenannten Kriegsneurose litten. Er sprach nicht und hörte nicht zu. Er starrte nur aus dem Fenster in eine andere Welt, hatte der Kanonikus ihr unter vier Augen berichtet. Sie wusste nicht, was sie sagen sollte.

»Ich bin froh, dass wenigstens eines meiner Kinder vor diesem ganzen Chaos in Sicherheit ist«, sagte der Kanonikus zu May. »Ich könnte es nicht ertragen, wenn ihnen etwas zustieße.«

Da hatte May angeboten, sich um das Red House zu kümmern. Dort waren Soldaten einquartiert, und Mrs Allen, die Zugehfrau, war nicht sehr glücklich mit dem Zustand ihrer Zimmer. Der Garten war umgegraben worden, um Gemüse anzubauen, und Ella spielte dort gern und jagte die Kaninchen. May war froh, vom Kolleg fortzukommen. Florrie Jessup piesackte sie andauernd, machte sich über Mays Akzent lustig, versteckte ihre Staubtücher und Bürsten und versuchte sie bis aufs Messer zu reizen. Eines Tages würde May ihr eins auswischen, was sie so schnell nicht vergessen würde. Wenn man in einem Waisenhaus aufwächst, lernt man zwangsläufig, sich zu verteidigen.

Wenn sie im Küchengarten arbeitete, konnte sie die Schikanen im Kolleg vergessen und einfach tun, was nötig war. Es war zwar Arbeit im Freien, aber sich zu beschäftigen war die beste Medizin. Gern beobachtete sie Ella, wie sie herumtrappelte und zu helfen versuchte. Wer ist dieses dunkelhaarige Kind mit den funkelnden, schwarzen Augen? Wo ist sie geboren? Wem ähnelt sie? Warum ist sie am glücklichsten, wenn sie Stift und Papier hat und Bilder malen kann? Wie konnte ich sie nur als mein Eigen an mich reißen?

Die Bürde dieses Geheimnisses beschlich sie im Lauf der Jahre immer stärker. Habe ich das Falsche aus einem richtigen Grund getan, oder etwas Böses aus eigenem, selbstsüchtigem Bedürfnis? Im Hinterkopf lauerte stets der grauenhafte Gedanke, dass irgendwo jemand den Verlust des eigenen Kindes betrauerte. Hatte das Schicksal sie zusammengeführt? War es der *Titanic* bestimmt unterzugehen? Diese Gedanken plagten sie, und sie fürchtete schon, wenn sie ihnen nachgäbe, würde sie verrückt.

Dann sah sie, wie Ella Pflanzen ausgrub und auf den Rabatten Unfug anstellte. »Hör auf damit, junge Dame, steck sie sofort wieder in die Erde!« Ella war hier, und sie selbst war hier, und nichts konnte daran jetzt etwas ändern.

52

Boston, Oktober 1917

Der Gefreite Angelo Bartolini erwachte schweißgebadet in einer Krankenstation. Er wusste nicht, wie es dazu gekommen war, dass er niedergestreckt wurde. Seine Kehle brannte, und auf seiner Brust lag eine Steinplatte.

»Willkommen im Land der Lebenden, mein Sohn. Sie sind einer der wenigen Glücklichen, die dem Tod ein Schnäppchen geschlagen haben.« Ein Mann in weißem Mantel ragte neben ihm auf und fühlte ihm den Puls.

Angelo konnte nicht antworten. Sein Gehirn konnte nicht übersetzen. Das Denken tat weh, während er an die Decke starrte. Gerade noch war er im Hof vor den Baracken gewesen, hatte Baseball gespielt und auf den Transport zum Schiff nach Europa gewartet. Wo war er jetzt? Alles ging im Schmerz, in der Hitze und eigenartigen Träumen unter. Er hatte Maria mit ausgestreckten Armen gesehen, die ihn lächelnd zu sich winkte, und er hatte das Gefühl gehabt, zu ihr hin zu schweben, und dann … nichts.

»Sie hatten die Grippe, mein Junge, ziemlich schlimm sogar, aber Sie werden es überleben.«

»*Dove sono?*«, fragte er. Er war mit der ersten Welle eingezogen worden, um für die Infanterie ausgebildet zu werden, bereit für den großen Vorstoß in Frankreich.

»Sprechen Sie Englisch …«

Er konnte sich daran erinnern, wie Kathleen ihm am Bahnhof zugewinkt hatte, der kleine Frankie hatte geheult, als er ihn mit kurzem Haar und in fremder Uniform sah. Jacko war noch ein kleines Kind auf dem Arm. Angelo hätte um Freistellung ersuchen können, aber er war Patriot und trat seinen Dienst mit Stolz an. Seine Familie würde auf sich selbst aufpassen. Es gab eine medizinische Untersuchung, eine Prüfung, dann wochenlange Ausbildung, um die neuen Rekruten für die Pflicht in der Schlacht zu stählen. Sie wurden alle in Baracken zusammengepfercht, die in der Sommerhitze keine Luft zum Atmen ließen. Husten und Erkältungen gab es jede Menge, aber so etwas nicht. Er erinnerte sich, dass er in einem Zug zum Hafen gestanden hatte, dass ihm übel war und er fröstelte, seine Glieder waren steif und taten weh. Als sie anhielten, brach er zusammen, die Steinfliesen auf dem Boden kamen ihm entgegen, und er war ohnmächtig geworden. Wie lange lag er schon hier?

»Man hat Ihnen die Letzte Ölung verabreicht, aber Sie sind ein zäher Bursche. Noch immer in den Staaten.«

Angelo konnte nur die Hälfte dessen verstehen, was der Arzt sagte. Er war benommen. »Wann gehe ich?«

»Mal schön langsam. Sie bleiben hier, bis wir Ihnen sagen, dass Sie gehen können. Zuerst müssen Sie essen und etwas Fleisch auf die Rippen bekommen.«

Er versuchte noch einmal sich aufzurichten, doch ihm wurde schwindelig. Wo waren seine Kameraden, Ben und Pavlo, all die Burschen, mit denen er wochenlang in der Ausbildung war? Jetzt konnte er kaum atmen, als wäre ein Loch in seiner Brust und die Luft zu knapp. Die Schwestern brauchten Tage, um ihn auf den spindeldürren Beinen zum Laufen zu bringen. Was war mit seinen Muskeln passiert? Angelo schämte sich nur, nicht bei den anderen Männern zu sein. Er steckte an diesem schrecklichen Ort fest, tagtäglich kamen kranke Soldaten hinzu und tauschten die Plätze mit denen, die nachts auf Leichenbahren hinausgerollt wurden. Was zum Teufel war los?

Sein einziger Trost waren Kathleens Briefe. Die Grippe, die er überstanden hatte, wütete an der gesamten Ostküste, besonders schlimm jedoch in Philadelphia und den Häfen, in denen sich die Soldaten sammelten. Kathleen gurgelte mit einem Gebräu, von dem Salvi schwor, es werde helfen, und bisher waren sie verschont geblieben. Ein schöner Held war er ja bis jetzt gewesen. Aber als der Arzt ihn untersuchte, wurde seinem Stolz der letzte Schlag versetzt.

»Sie werden entlassen und ausgemustert«, sagte er und zeigte auf Angelos Herz. »Da haben Sie einen Schaden davongetragen. Aber eine langsam tickende Uhr ist immer noch besser, als sich auf der anderen Seite des Teiches den Kopf wegpusten zu lassen. Sie müssen es leicht nehmen und Ihre Muskeln aufbauen.«

»Wie kann ich in dem Zustand meine Kinder ernähren?«, rief Angelo entsetzt. »Ich bin nutzlos.«

»Lassen Sie sich Zeit, die Natur heilt«, erwiderte der Arzt. »Sie sind jung und zäh genug, um zu überleben, was Tausenden anderen nicht vergönnt war.«

Das hatte er nicht hören wollen. Wie sollte er mit erhobenem Kopf durch das Leben gehen, wenn er nie einen Schuss im Felde abgegeben hatte? Er würde es ihnen schon zeigen.

Er schaffte es nur mit Mühe, einen Anzug anzuziehen, seine Montur an sich zu nehmen und sich auf den Weg nach New York zu machen. Wie ein alter Mann fühlte er sich, als er keuchend im Zug saß, und die Leute starrten ihn an, als wäre er ein Deserteur.

Kathleen wartete an der Grand Central Station, um ihn in Empfang zu nehmen. Sie schloss ihn sogleich in die Arme. »Ich habe mir solche Sorgen gemacht. Die Grippe ist überall. Ich habe unsere Kleinen nicht mitgebracht. Sie haben mir gesagt, dass du vielleicht stirbst«, schluchzte sie.

»Jetzt wird nie ein Soldat aus mir.«

»Das spielt keine Rolle. Ich habe dich heil wieder, und das können viele aus unserem Block nicht von sich sagen. Komm, ich helfe dir. Du siehst fertig aus.«

Angelo fühlte sich schwach und leblos. Sie durfte noch nichts von seiner Herzschwäche erfahren. Das würde sie zu sehr beunruhigen. Er brauchte Zeit, um gesund zu werden, wie sollte er sonst je wieder ein Mann sein?

53

Lichfield, Weihnachten 1918

Liebe Celeste,
Ihr Paket ist unversehrt und diesmal auch ungeöffnet hier eingetroffen. Welche Leckerbissen! Vielen Dank von uns allen.

Unser erstes Weihnachtsfest im Frieden, endlich. Wie haben wir alle dafür gebetet, von dem schrecklichen Chaos erlöst zu werden, zu dem dieser Krieg geworden war. Nach den ersten Tagen des Feierns und der Begeisterung über den Waffenstillstand trat plötzlich eine entsetzliche Ernüchterung ein. Niemand, dessen Kinder gefallen sind, will gern feiern. Wir gedenken aller, die nicht an einem Knallbonbon ziehen, keinen Plumpudding essen und keine Weihnachtslieder unter dem Tannenbaum im Kreis der Familie singen werden. Die Lebensmittel sind noch immer knapp, aber ich habe genug Marken zurückgelegt, um für Ella ein paar Leckerbissen zu bekommen. Sie wird ihren Strumpf haben, ein paar Süßigkeiten und selbstgebasteltes Spielzeug, dank der Freundlichkeit Ihres Bruders.

Selwyn ist wieder im Red House. Sein Gesicht ist voller Narben. Er schließt sich in der Remise ein und bastelt an Sachen herum, die repariert werden müssen. Ich gehe mit Ihrem Vater hin und bringe den Garten in Ordnung. Selwyn spricht nicht viel mit mir, daher war ich überrascht, als ich ein Puppenbett in der Diele fand. Er hatte es aus Holzresten zusammengezimmert, geschliffen und geölt, dass es glänzte. Es sieht nagelneu aus. Der Weihnachtsmann wird es am Heiligen Abend für Ellas Puppen durch den Schornstein herablassen. Ella ist ganz wild auf Puppen und stellt sie auf, als wäre sie die Lehrerin.

Und jetzt kommt meine große Neuigkeit. Ich habe es getan. Ich habe es Florrie Jessup gegeben und sie abserviert. Sie ist zu weit gegangen. Gerade erzählte ich einer der Köchinnen von Selwyns nettem Geschenk. Florrie bekam es mit und begann zu stänkern, ich hätte mir das Geschenk mit gespreizten Beinen verdient. Schließlich würde ich immer zu dem Haus schleichen, um den Soldaten zu trösten, und so weiter.

Habe ich Rot gesehen? Auf jeden Fall. Ich habe ihr eine schallende Ohrfeige versetzt. Sie hatte es verdient, aber die Haushälterin hat alles mitbekommen und entließ uns auf der Stelle. Da stand ich nun ohne Arbeit und mit einem Kind, das ich zu unterhalten hatte, gerade jetzt, da die Studenten wieder ins Kolleg zurückkommen. Manche von ihnen sind in einem traurigen Zustand.

Ich wollte schon meine Sachen packen, aber zu meiner Überraschung erhoben sich ein paar Mädels und erklärten der Hausmutter, was da seit Jahren im Gang gewesen war, wie ich die rüden Bemerkungen von Florrie ertragen hatte. Daher bekam am Ende Florrie den Laufpass, nicht ich, was eine große Erleichterung ist.

Ihrem Vater habe ich nicht viel von dem ganzen Tamtam erzählt. Aber im Kathedralenhof verbreiten sich Gerüchte wie ein Lauffeuer. Er schlug mir vor, ich sollte doch die Arbeitsstelle wechseln und Mrs Allen im Red House helfen und ein paar anderen Geistlichen zur Hand gehen, was sehr nett war. Ich werde darüber nachdenken. Ich bin mir nicht sicher, ob Selwyn zwei Frauen um sich haben will. An manchen Tagen ist er schlechtgelaunt.

Ich hatte das Gefühl, einen Funken in mir entdeckt zu haben, den ich verloren zu haben glaubte, und vielleicht bin ich in der Stadt doch nicht so eine Außenseiterin.

Wir wollen hoffen, dass 1919 uns allen Hoffnung und Erleichterung bringt.

Ihre Freundin

M

54

New York, Sommer 1919

Kathleen hielt ihre Wohnung an der Broome Street makellos sauber. Kein Staubkörnchen durfte sich niederlassen, selbst in diesem heißen Sommer nicht. Am Fenster waren dünnmaschige Netze befestigt, um Fliegen zu fangen, die es wagten, hineinfliegen zu wollen, aber im sechsten Stock des Gebäudes gab es nicht viele. Die Familie hatte eine Dreizimmerwohnung mit fließendem Wasser, darunter ein Wohnzimmer und eine Stube mit einem Kastenbett für die beiden Kleinen, Jack und Frankie. Jetzt war ein drittes Kind unterwegs. Sie betete, es möge ein Mädchen werden.

Vor beinahe zwei Jahren war Angelo zu ihnen zurückgekehrt. Er klagte über Rückenschmerzen, und sie half im Obstladen aus, so gut sie konnte. Kathleen zeigte, dass sie keine Versagerin war, sondern eine Schwerarbeiterin, die bereit war, hinter der Theke zu bedienen und sich um ihre immer größer werdende Schar von Winzlingen zu kümmern.

Sie hatte Angelo geheiratet, nicht Salvis Italiener-Sippe mit ihren dunklen Augen und wirren Haaren, die sich ständig in der Wolle hatten. Gemeinsam hatte sich das Paar von einem auf drei Zimmer hochgearbeitet, doch der Gedanke, noch ein Maul füttern zu müssen, war entmutigend. Manchmal fragte sie sich, ob es richtig gewesen war, nach der Krankheit in New York zu bleiben. Ihre eigene Familie in Irland flehte sie an, doch wieder nach Hause zu kommen, aber wozu? Um auf dem Bauernhof ihres Onkels Kartoffeln aufzulesen oder sich als Magd auf einem englischen Anwesen zu verdingen? Und auch in der Heimat gab es Probleme.

Hier war Leben und Hoffnung, und jetzt hatte sie diese drei liebreizenden kleinen Kinder. Ihre ertrunkene Schwester würde ihr dieses neue Leben nicht missgönnen. Ihr Kummer war jedoch, dass Angelo noch immer eigenartigen Theorien über seine Frau und sein Kind nachhing. Er sprach nie über Maria und Alessia, deren kleines Bild an der Nischenwand in ihrem Schlafzimmer hing, hoch über dem Regal an die Wand genagelt, auf dem ein kleiner, selbstgemachter Altar stand, verziert mit Zeitungsausschnitten, Kerzen, Briefen und dem Litzenschuh des Kindes. Angelo war noch immer davon überzeugt, dass er seiner Tochter gehörte. Immer wenn sich der Jahrestag näherte, auch nach sieben Jahren noch, wurde er still und betete an diesem Altar, zündete sogar eine Kerze an, als wären sie allgegenwärtige Geister, die neben dem Bett über sie wachten. Wenn sie etwas dagegen einwandte, ging er fort, ohne auf ihre Tränen zu achten.

»Du musst sie in Frieden ruhen lassen, Angelo«, sagte sie. »*Wir* sind jetzt deine Familie. Der kleine Jackie, Frankie, das sind deine Erben. Ich kann es nicht ertragen, wenn ich sehe, wie du sie anstarrst und keinen Blick für uns hast … Liebst du uns nicht?« Blanke Wut überkam sie, wenn er ihr den Rücken zukehrte.

»Lass einen Mann in Ruhe beten, Frau!«

»Das ist nicht gesund«, beichtete sie eines Tages Pater Bernardo. »Er verehrt sie, als wären sie noch am Leben. Was soll ich tun? Ich komme nicht gegen den Geist einer schönen Ehefrau und Mutter an, die nie alt oder krank oder dick wird, die nicht die Geduld verliert, wenn die Kinder ein Chaos anrichten.«

»Wo Chaos ist, da ist Leben, Kathleen. Vergiss nie, das ist ein Zeichen, dass ihr lebt, euch verändert und wachst, so wie sie es nie tun werden. Im Grunde seines Herzens weiß Angelo, dass sie nicht mehr existieren, aber er gibt sich noch immer die

Schuld für ihren Tod. Ein ›hätte ich doch nur‹ ist teuflisch schwer loszuwerden.«

»Aber das Schühchen, es quält ihn. Er glaubt, ich weiß nicht, dass er alle Litzengeschäfte mit italienischer Importware und Besätzen durchsucht, falls ihm jemand sagen kann, ob der Schuh aus seiner Gegend stammt. Er ist davon überzeugt. Ich habe dann das Gefühl, als wären wir ihm nicht genug.«

»Gib ihm Zeit, Kathleen. Die Zeit wird seinen Schmerz lindern.«

»Aber es ist jetzt sieben Jahre her, Pater.« Kathleen schob sich die roten, immer noch wilden Haare aus dem Gesicht. »Ich will nicht, dass die Sachen mich jeden Tag anstarren, wenn ich Staub wische. Da ist so viel Staub, wenn ich das Fenster aufmache, und die Kinder schleppen so viel von der Straße in unsere Zimmer. Dann sind da die vielen Postkarten und Zeitungsausschnitte, Bilder – alles, was mit der *Titanic* zu tun hat, wird aufgehängt. Warum kann er die Sache nicht einfach auf sich beruhen lassen? Sie sind tot, und wir sind hier.«

»Oh, wenn es nur so einfach wäre, meine Liebe. Jeder muss mit seiner Vergangenheit leben. Du hast deine Kleinen. Er hat Zeit, über Dinge zu grübeln, die er niemals ändern kann.«

»Was soll ich machen? Ich muss etwas sagen, jetzt, da wieder ein Würmchen unterwegs ist«, seufzte sie und tätschelte ihren Bauch. »Wenn es ein Mädchen wird, sagt er, muss sie nach seiner Alessia benannt werden.«

»Alice ist ein guter Heiligenname«, bemerkte der Priester lächelnd.

»Verzeihen Sie, Pater, aber das ist nur ein weiteres Andenken. Dieses Mädchen muss seinen eigenen Namen haben, nicht den seines toten Kindes.« Kathleens grüne Augen flammten auf.

»Bist du schon eifersüchtig auf diese armen Seelen?«

»Ja, Pater, und ich kann nichts dagegen tun«, sagte sie und senkte beschämt den Kopf.

»Dann bete, und die Antwort wird zu dir kommen, mein Kind. Geh hin in Frieden, und kein Jammern mehr.«

Während der Sommer heißer und ihr Kind größer wurde, ignorierte Kathleen den kleinen Altar und wischte ringsum keinen Staub mehr. Manchmal hatte sie das Gefühl, als würde sie von hinten angestarrt, bis sie eines Morgens so aufgebracht war, dass sie ihre Bürste in die Zimmerecke warf, so dass Marias Bild von der Wand rutschte und das Glas zerbarst.

»Jetzt sieh nur, was du angerichtet hast!«, schrie sie in Panik auf. Der Rahmen musste sofort repariert werden, sonst würde Angelo wütend. Sie zog das Sepiafoto heraus, schob es in ihre persönliche Schublade, den winzigen Schuh schlug sie in Seidenpapier ein und steckte ihn in die schicke, aus irischem Leinen hergestellte und nie benutzte Schachtel für Nachthemden.

Ihr alle könnt warten, dachte sie. Was das Chaos betrifft, du hast es jetzt angerichtet, also verrücke nun auch den Waschtisch, mach das Regal sauber und gib der Ecke, was sie verdient.

Mit Begeisterung machte Kathleen sich daran, die Unordnung zu beseitigen, kratzte das Wachs vom Holz, polierte die Einfassung und schrubbte den Holzboden. Die vergilbten Zeitungsausschnitte nahm sie vorsichtig von der Wand. Sie hinterließen weiße Stellen. Sie zog das Gitterbett herüber und stellte es in die Nische neben den Kamin. Es passte wie angegossen. Nichts war besser als ein paar Möbel zu verschieben, schon sah ein Zimmer frisch und neu aus. Sie bedeckte die Lücken an der verblassten Tapete mit ihren eigenen Heiligenbildern. Jetzt war die Ecke fertig für das neue Kind.

Als hätte es auf diesen Hinweis gewartet, setzten an dem Abend die Wehen ein, gefolgt von einer gnädig kurzen Niederkunft gegen Morgen. Das Kind war alles, was sie sich erhofft hatte, mit dichten, flammend roten Locken.

Angelo hatte draußen bleiben müssen, aber seine Augen strahlten, als er das kleine Mädchen in seinem Bett liegen sah.

»Ein Mädchen, Angelo, einer von Marias Engeln. Pater Bernardo sagt, ich soll ihr den Namen geben. Ein Mädchen für ein neues Land, also soll sie einen amerikanischen Namen bekommen: Patricia Mary. Was hältst du davon?« Zu ihrer Überraschung protestierte er nicht, noch fielen ihm die Veränderungen im Zimmer auf. Das geschah erst nach ein paar Stunden.

»Keine Bange, deine Sachen sind alle in Sicherheit«, sagte sie lächelnd und zeigte auf die Schublade. »Du kannst sie dir jederzeit anschauen. Das Bild ist ganz von allein runtergefallen«, fügte sie hinzu, wohl wissend, dass sie diese Lüge am Sonntag beichten musste. Angelo sagte nichts, er hörte nicht einmal zu, denn er war zu sehr von der Schönheit seiner neuen Tochter in Anspruch genommen. »*Bellissima Patrizia*«, flötete er.

»Danke.« Kathleen hob den Blick zur kleinen Madonna auf dem Regal. »Jetzt können wir unser neues Leben richtig anfangen.«

Angelo lächelte über das Gitterbett hinweg. Er wusste Bescheid. Kathleens errötendes Gesicht war ein Abbild von Halbwahrheiten. Sie war wie ein aufgeschlagenes Buch für ihn. Aber ausnahmsweise hatte sie einmal recht. Er war jetzt für seinen Verlust mit einem dreifachen Segen entschädigt. Das würde ihn zwar nicht davon abhalten, sein Leben lang an seine erste Frau zu denken, doch der kleine Altar musste in seinem Herzen verborgen sein, unsichtbar für Kathleen, die sich nur Sorgen machte. Die kleine Patricia war ein Geschenk der Liebe. Zwei Söhne ausbilden lassen und etwas für eine Mitgift zurücklegen, das würde harte Arbeit und Sparen bedeuten. Ihr Wohl hatte nun Vorrang.

Pater Bernardo hatte ihn eines Morgens nach der Messe beiseitegenommen und ihm eine freundliche Warnung mit auf den Weg gegeben. »Du wirst noch verrückt, mein Sohn, wenn du nicht von deiner Trauer lässt. Es ist eine Kränkung der Lebenden, und die Toten ruhen jetzt in Frieden und wissen nichts mehr. Sei dankbar für alles, was dir geschenkt wurde …«

Doch niemand konnte die kleine Hoffnungsflamme löschen, die noch in seinem Herzen brannte. Er hatte es niemandem gesagt, aber als er damals im Grippefieber glaubte, sterben zu müssen, war Maria zu ihm gekommen, und sie war allein gewesen. Ihre Arme waren leer. Irgendwo musste doch irgendjemand noch etwas mehr wissen. Das quälte ihn am meisten, und kein Priester der Welt brachte ihn dazu, seine Hoffnung aufzugeben.

55

Lichfield, Juli 1919

May eilte über den Kathedralenhof. Es war Freitag, und die Feiern zum Jahrestag des Friedensschlusses standen bevor. Sie hatte sich vorgenommen, ein paar Kleinigkeiten für Kanonikus Forester vom Markt mitzunehmen: frisches Brot, Gemüse und Käse. Sie wollte ihm gern eine Suppe kochen, mit der er über das Wochenende auskam. Sie hatte vergessen, dass der Platz abgesperrt war, bereit für die großen Paraden. Die Glöckner der Kathedrale und von St. Mary's übten das Geläut für den nächsten Tag ein. Am Nachmittag sollte für die Kinder in den Schulen ein großes Fest stattfinden. Ella war in Hochstimmung.

Als sie in den kleinen gepflasterten Hof einbog, stand ein

großer Mann in schickem Anzug da und betrachtete die Tudor-Häuser aus rotem Backstein mit ihrem Zierrat. May war an den Anblick von Touristen gewöhnt, die sich diese alten Häuser ansahen. Er schaute auf sie und ihren Korb herunter. »In welchem Haus wohnt der Kanonikus?«, fragte er, und seine grauen Augen blitzten. May vernahm seinen amerikanisch näselnden Tonfall und erstarrte.

»Welchen suchen Sie denn, Sir?« Sie versuchte zu lächeln, obwohl ihr Herz hämmerte.

»Ich wünschte, die würden mit dem Getöse aufhören«, brüllte der Mann und zeigte auf die Kirchtürme. »Man kann ja sein eigenes Wort nicht verstehen … Forester, Kanonikus Forester.«

»Kommen Sie mit, ich bringe ihm das hier gleich vorbei«, erwiderte sie und wollte das Klopfen an der Tür hinausschieben. Ihr Herz pochte noch immer. Sie hatte diesen Mann von dem Hochzeitsbild erkannt, das Celestes Vater in Ehren hielt. May hatte es schon hundertmal abgewischt. Grover Parkes höchstpersönlich war gekommen, um seine Frau zu suchen. Sie betete im Stillen, dass der Kanonikus in der Kathedrale war oder Kranke besuchte.

Sie hatte einen Schlüssel, aber das behielt sie für sich. Der Fremde hatte keine Ahnung, wer sie war. Sollte sie es wagen, ihn zum falschen Haus führen, an die Tür des Geistlichen, der in Urlaub war? Das würde ihn lange genug aufhalten, und sie konnte dafür sorgen, dass niemand zu Hause war, wenn er vorbeikam.

»Wer wohnt denn sonst noch in diesen idyllischen kleinen Kästen? Vermutlich ist nicht einmal genug Platz, um sich einmal drin umzudrehen«, scherzte er und sah sich auf dem gepflasterten Hof um, doch May ließ sich durch seine aufgesetzte Freundlichkeit nicht täuschen.

»Die meisten sind pensionierte Geistliche oder ihre Frauen.«

»Wohnen Sie hier?« Er starrte ihre schäbige Jacke an.

»Nein, Sir, ich mache für einige von ihnen Besorgungen ... ich arbeite im Kolleg. Ich glaube, der Kanonikus ist jetzt unterwegs, Sir«, fügte sie hinzu und betete, es möge so sein. »Am Wochenende sind die Friedensfeiern ... Das ganze Land wird feiern. Haben Sie die Fahnen gesehen?«

»Man kann sich in London vor den Dingern nicht retten. Wozu dieser ganze Wirbel? Der Krieg ist seit fast einem Jahr vorbei ... Ich bin geschäftlich in London. Vor lauter Leitern und Dekorationen kam ich kaum irgendwohin. Das ganze Land steht still ... und was die Züge betrifft ...«

»Wir haben lange gewartet ... aus Respekt vor unseren gefallenen Soldaten«, hielt sie ihm entgegen. Wie konnte er es wagen, die Feierlichkeiten zu kritisieren? »Ich bin mir sicher, dass der Kanonikus nicht da ist.«

»Ich bin Hunderte von Meilen gekommen und werde nicht eher gehen, bis ich nachgeprüft habe ... Zeigen Sie mir die Tür.«

»Ich komme lieber mit. Er ist ein bisschen verwirrt und hört neuerdings schlecht.«

Parkes schlug ungeduldig gegen die Tür, die zu Mays Entsetzen aufging. Lächelnd schaute der Kanonikus nach draußen. »Oh, May, meine Liebe ... zwei Besucher auf einmal, das ist schön.« Er schaute zu dem Mann auf und stutzte. »Kenne ich Sie?«

»So sicher wie das Amen in der Kirche, ich bin dein Schwiegersohn ... Wo ist sie?«

»Verzeihung, wo ist wer?«

»Wo sind meine Frau und mein Sohn?«, schrie er.

»Tut mir leid, junger Mann ... treten Sie ein, bitte. May, setzen Sie bitte Wasser auf, hier geht etwas durcheinander. Grover, das letzte Mal habe ich dich auf deiner Hochzeit gesehen. Wann war das noch …?«

»Hör auf mit dem Gesäusel. Ich will meine Frau und meinen Sohn sehen. Wo sind sie?«

»Sind sie denn nicht bei dir?« Der alte Mann kratzte sich am Kopf. »Das verstehe ich nicht. May, haben Sie eine Ahnung, worum es hier geht?«

Sie stand da, darum bemüht, nicht rot zu werden, zuckte mit den Schultern und floh in die Küche. Dieser Mann hatte etwas vor; sie durfte kein Wort verraten.

»Das verstehe ich nicht. Ich schreibe ihr. Sie ist in Akron. Sie geben die Briefe doch auf, nicht wahr?« Er starrte May an, die jetzt mit dem Tablett die Breite des Türrahmens ausfüllte.

»Ich habe keine Briefe erhalten … nicht, seit …« Grover verstummte. »Was geht hier vor? Wer wird dafür bezahlt, dass er seinen Mund hält?« Er starrte May an. »Ist sie die Person, die ich im Sinn habe?«

»Mrs Smith ist meine Haushälterin, eine treue Freundin unserer Familie. Bitte, behandle sie höflich, junger Mann. Und jetzt setz dich und erzähle mir, worum es hier geht. Bist du geschäftlich hier?«

Grover wandte sich an May und überging die Frage. »Hat meine Frau Sie dafür bezahlt, mich zu täuschen?«

»Das reicht«, schaltete der Kanonikus sich ein, dessen Gehör ausnahmsweise einmal scharf war. »Bitte erkläre dich. Das hier ist mein Haus. Offensichtlich liegt ein furchtbares Missverständnis vor.«

»Dann will ich dich aufklären, Reverend, lieber Schwiegervater. Deine Tochter, meine Frau, hat meinen einzigen Sohn gestohlen und ihn an diesen verfluchten Ort gebracht, und damit kommt sie mir nicht davon.«

»Womit?«

»Mit einer Entführung, wenn du mich fragst.«

»Da muss ein Missverständnis vorliegen. Celeste ist nicht hier. Im Übrigen kann eine Mutter ihren eigenen Sohn wohl kaum entführen. Selbst wenn das der Fall wäre, ist ein Kind kein Besitz. Roderick gehört niemandem außer sich selbst.« Er schaute zu seinem Foto auf dem Kaminsims, von den Neuigkeiten erschüttert.

»Oh, spar dir deine Predigten«, fuhr Grover ihn an. »Wo ist sie?«

»Ich habe nicht die leiseste Ahnung. Ich hatte den Eindruck, dass sie bei dir ist. Ihre Briefe haben mich nichts anderes vermuten lassen.«

»Ich glaube dir nicht! Du weißt etwas, oder sie ... Schau sie doch nur an, zittert wie Espenlaub ... Und? Ich bin ganz Ohr.« Grover baute sich vor May auf.

May hob zu einer Erklärung an, doch die Worte wollten ihr nicht über die Lippen kommen. Der Kanonikus bemühte sich nach Kräften, sie zu verteidigen.

»Wenn du dich so verhältst, dann sei so gut, und verlasse dieses Haus, bis du dich wieder beruhigt hast ... Ich kann nicht zulassen, dass du meine Haushälterin derart drangsalierst und aus der Fassung bringst.«

»Ich bin noch nicht fertig mit euch.« Grover stand hoch aufgerichtet in seinem eleganten Anzug, ganz der erfolgreiche Geschäftsmann, und drohte beiden mit dem Finger. »Ihr sagt meiner Frau, wo immer sie sich auch aufhält, wenn sie meint, sie kann vor mir weglaufen, wird sie ihr blaues Wunder erleben. Ich werde sie finden. Sie hat etwas, das mir gehört. Und was diese Frau hier angeht, ich weiß nicht, wer Sie sind. Sie und ihresgleichen haben ihr das in den Kopf gesetzt, Sie und diese männerhassenden Fahnenschwenkerinnen. Wahlrecht für Frauen! Sie haben ihr den Kopf verdreht!« Er funkelte May wütend an und wollte sie kraft seines Willens zwingen, klein beizugeben. »Raus damit! Wissen Sie, wo sie ist?«

Er war genauso wie der alte Cartwright, der tyrannische Aufseher in der Baumwollspinnerei in Bolton, der versucht hatte, seine Mädchen mit Hohn und Entlassungsdrohungen einzuschüchtern. Der Gunstbeweise verlangte, wenn niemand hinschaute. Sie hatten sich zusammengetan und Beschwerde eingereicht, und er war gefeuert worden. May kannte diesen Typ Mann und wollte nichts mit ihm zu tun haben.

»Nein, Sir, und wenn, dann ist es nicht an mir, Vertrauen zu missbrauchen.«

»Dann hat sie Ihnen also gesagt …«

»Nein, ich weiß nichts.«

»Ah, aber Sie haben mir alles gesagt. Schlaue Füchsin. Sie hat die Vereinigten Staaten nie verlassen, nicht wahr? Danke.«

»Aber ich weiß nichts …«, protestierte May.

»Das, was Sie nicht gesagt haben, hat Sie verraten.« Er starrte auf den Kaminsims. »Und hier ist der Beweis, ein niedliches kleines Foto für Grandpa … Du liebe Güte, wie groß er geworden ist. Fünf Jahre habe ich ihn nicht gesehen. Was glauben Sie wohl, wie es mir damit geht?« Zum ersten Mal gewahrte May Schmerz und Sehnsucht in seiner Miene. Er nahm das Foto genau in Augenschein und stellte es dann lächelnd wieder an seinen Platz. »Ich wünsche euch beiden einen guten Tag. Danke, dass ihr mich beruhigt habt. Deine Tochter kann zur Hölle fahren, aber sie soll nicht glauben, dass ich mir meinen Sohn von ihr wegnehmen lasse. Meine Anwälte werden sich darum kümmern.«

Mit diesen Worten drehte er sich um, bückte sich unter dem Türrahmen und schlug die Tür zu.

Kanonikus Forester lehnte sich mit bleichem Gesicht atemlos auf seinem Sofa zurück. »Was für ein unerfreulicher junger Mann! Ich kann mich nur daran erinnern, dass Celestes Ehemann ein Ausbund an Charme war. Worum um alles in der Welt ging es hier? Wissen Sie es?«

»Ich fürchte, ja. Ich habe versprochen, Celeste zu helfen, als sie schrieb, aber sie hat es nie ausführlich erklärt.«

»Warum haben Sie es mir nicht gesagt? Weiß mein Sohn es auch?«

May senkte den Kopf, denn sie wollte ihm nicht in die Augen schauen. »Es war nicht mein Platz, Ihnen das zu sagen.«

»Oh, aber der ist es jetzt, meine Liebe. Sie sind ihre Freundin, und ich bin ihr Vater. Sie müssen sie warnen, wo immer sie auch sein mag, dass sie nach Hause kommen muss, und zwar bald. Ich nehme an, dass Sie meine Briefe an sie geschickt haben? Sie glauben doch nicht, dass er sie findet, oder?«

»Das habe ich nicht angenommen, bis er Rodericks Foto in die Hand nahm, das Sie auf meine Bitte hin eingerahmt haben. Ist Ihnen der Stempel auf der Rückseite aufgefallen? Ich habe oft genug darum herum Staub gewischt ... Er ist von einem Fotostudio namens Cohen's in Washington. Er hat es auch gesehen. Wir müssen Celeste warnen.«

»Schicken Sie ihr ein Telegramm. Gehen Sie zur Post und geben Sie es umgehend auf. Was um alles in der Welt ist denn so furchtbar aus dem Ruder gelaufen? Ich glaube nicht, dass Grover ein Nein als Antwort akzeptieren wird, jedenfalls sah er nicht danach aus. So war er nicht, als sie geheiratet haben ... Arme Celeste, sie muss einen guten Grund gehabt haben, ihn zu verlassen, aber ich wünschte, ich hätte es gewusst ... Wenn ihre Mutter doch nur hier wäre ... sie standen sich so nahe. Sie müssen mir alles erzählen, was Sie wissen.«

May eilte zum Postamt, durch die Begegnung aus der Fassung gebracht. Der Gedanke, dass Mr Parkes in Lichfield war, beunruhigte sie, aber es hatte früher oder später so kommen müssen. Ob er ihr nach Hause folgen und versuchen würde, noch mehr aus ihr herauszupressen?

Grover Parkes sah gut aus und war erfolgreich, hatte aber einen verächtlichen Zug um den Mund und eine eisige Kälte in den grauen Augen. Was war passiert, das Celeste gezwungen hatte, wegzulaufen? Sie würde ihr anschließend an das Telegramm einen Brief schreiben. Celeste war in Gefahr. Das war sicher. Er würde versuchen, ihr den Sohn zu rauben, und das durfte niemals passieren. May wusste nur zu gut, wie kostbar das eigene Kind war. Nur wenige Worte waren nötig, um die Dringlichkeit ihrer Bitte zu unterstreichen.

»PARKES IST HIER. BRIEF FOLGT. WEISS ÜBER DC BESCHEID. KOMMEN SIE JETZT NACH HAUSE. MS.«

56

Washington

Zehn Tage später war Celeste damit beschäftigt, Gemüse auf dem Eastern Market auszusuchen, nachdem sie aus dem Büro nach Hause geeilt war, um rechtzeitig für Roddy dort zu sein. Seitdem das Telegramm aus Lichfield mit der alarmierenden Nachricht über Grovers Besuch eingetroffen war, schmiedete sie hektisch Pläne. Niemand durfte von ihrer bevorstehenden Abreise erfahren. Heute musste sie sich auf den Anstandsunterricht für die Mädchen vorbereiten, englisches Teegebäck backen – oder Muffins, wie sie hier genannt wurden – mit dem Rest des Traubengelees. Wenn sie sich beeilte, hätte sie noch Zeit, das Wohnzimmer wie üblich für die höfliche Vorstellung herzurichten; wie man sich hinsetzte und wann man aufstand, wie man dafür sorgte, dass Gäste sich wohlfühlten und Unterhaltungen nicht einschliefen.

In diesen modernen Zeiten war das alles so lächerlich. Ihre Schülerinnen waren geistreiche Mädchen, die mehr als nur eine Ehe und die gesellige Runde anstreben mussten. Wie leicht hatte sie sich auf dieses Karussell ziehen lassen, und wie schwer fiel es ihr abzuspringen. Natürlich hatte sie ein paar Äußerlichkeiten wie Bequemlichkeit und Geld vermisst, doch dieser Luxus hatte seinen Preis. Frei zu sein, war das Wichtigste.

Nach Mays Brief, in dem sie ihr die Begegnung im Kathedralenhof ausführlich schilderte, hatte sie sich sofort die Haare kurz schneiden lassen und mit starkem Tee dunkel gefärbt. Helles, rötliches Haar war zu auffallend. Sie war froh, alle Locken los zu sein. Die Frauen, mit denen sie zusammenarbeitete, hatten sich alle die Haare kürzen lassen. Zunächst hatte sie das Gefühl gehabt, ihre Kindheit sei von ihr abgeschoren worden, aber elegante Glockenhüte und Mützen bedeckten ihre verräterische Haarfarbe. Die Röcke wurden immer kürzer, doch sie hatte nicht das Geld, alle Marotten mitzumachen. Ein schwarzes Kostüm tat seinen Dienst, und es war so schäbig, dass sie sich unauffällig unter die geschäftige Menge und die Einkaufsbummler mischen konnte.

Plötzlich war ihr, als müsse sie sich umdrehen, da sie jemanden an ihrer Seite spürte, nahe genug, um sie anzuschauen, bevor er sich wieder mit einem angedeuteten Lächeln des Wiedererkennens seinem Geldbeutel zuwandte. Der Mann in mittleren Jahren trug Homburg und Regenmantel und roch nach dem Rauch billiger Zigarren. Celeste wurde von Angst gepackt. Hatte sie ihn schon einmal gesehen, irgendwo in der Straßenbahn? Verfolgte er sie? Ihr Herz raste vor Panik. Wenn ja, dann konnte das nur bedeuten ... Sie ließ ihre Tüte mit Möhren fallen und eilte zum Ausgang, ohne einen Blick zurück zu werfen. Sie kannte die Seitenstraßen um den Eastern Market herum, machte einen Umweg zum Marinehospital, wo sie die Pennsylvania Avenue überqueren musste. Sie hoffte, ihm entkommen zu sein. Die Bürgersteige waren voll, und sie versuchte, nicht zu rennen, doch als sie an eine Reihe von Läden in der Nähe der South Carolina Avenue kam, ertappte sie sich dabei, dass sie in einen Laden stürmte, atemlos und vor Angst schwitzend.

»Kann ich Ihnen helfen?« Eine Frau, auch in Schwarz gekleidet, trat vor.

»Ein Mann verfolgt mich«, platzte es aus Celeste heraus. »Ein Mann mit einem schwarzen Homburg. Er geht mir schon die ganze Zeit nach.« Sie brachte die Worte kaum hervor.

»Kommen Sie mit«, sagte die Frau freundlich. »Hier gibt es einen Hinterausgang aus dem Laden. Wenn er hier hereinkommt, dann wird er es bereuen. Wohin wollen Sie?«

»D Street ... Süden. Danke.«

»Sie sind keine Amerikanerin?«

»Engländerin.« Sie lächelte. »Wie komme ich am schnellsten von hier zur D Street?«

»Gehen Sie in Richtung 12th oder 13th und weiter durch die Kentucky Avenue. Zur Deckung gibt es jede Menge Hintergassen. Überlassen Sie ihn nur mir, Schätzchen. Raus auf den Hof und in den Durchgang. Viel Glück.«

»Ich kann Ihnen gar nicht genug danken«, stammelte Celeste.

»Wir Witwen müssen zusammenhalten. Die glauben, ohne Mann sind wir leichte Beute.«

Celeste widersprach ihr nicht. Sie konnte nur daran denken, zurück zu Roddy zu kommen. Wenn Grover diesen Mann nun geschickt hatte, den Jungen zu schnappen? Wenn er ihn schon hatte? May hatte ihr von dem Foto und der Studioanschrift auf der Rückseite erzählt. Ein Sherlock Holmes war nicht nötig, um nach einer Kopie zu forschen. Er kannte ihren neuen Namen nicht, aber vielleicht spürte der Helfer das Datum ihrer Bestellung auf, oder etwas in der Art. Sie lief, bis ihr schier die Lunge barst, und wagte nicht nachzusehen, ob er noch in Sichtweite war. Roddy zu sehen, war so eine Erleichterung. Er wartete an der Treppe auf ihre Rückkehr und bemerkte ihre Panik nicht.

»Komm rein!«, rief sie, und ihre Hände zitterten, als sie versuchte, den Schlüssel herumzudrehen.

»Au ... Mom!«

»Komm jetzt rein!«, schrie sie, zog ihn herein, damit er von der Straße aus nicht mehr zu sehen war, und verriegelte die Tür hinter ihnen. »Hat jemand nach mir gefragt?«

Roddy schaute kopfschüttelnd auf. »Muss ich mich umziehen?«

»Heute nicht. Ich möchte, dass du all deine Lieblingssachen in die Reisetasche packst, in die unter der Treppe, und ein paar Bücher – aber nur besondere. Ich packe unseren Koffer.«

»Fahren wir in die Ferien?«

»Irgendwie schon ... einen Ausflug nach Norden.«

»Aber du hast doch die Teegesellschaft. Wir haben Donnerstag«, mahnte er.

»Heute nicht. Ich werde eine Notiz an die Tür hängen. Beeil dich, wir dürfen keine Zeit verlieren. Das wird ein großes Abenteuer.«

»Jipiie«, jubelte Roddy. Wenigstens einer war glücklich.

Ihre Gedanken überschlugen sich. Wie sollten sie durch

Washington zur Union Station kommen? Mit der Straßenbahn? Oder sollten sie riskieren, zu Fuß auf offener Straße zu gehen? Oder hierbleiben, bis es dunkel war? Wenn Grovers Schnüffler das Haus beobachtete, konnte das gefährlich sein. Und wenn Grover nun herumlungerte, bereit, sich selbst auf seinen Sohn zu stürzen? Vielleicht hatte sie sich das Ganze bloß eingebildet, aber der triumphierende Ausdruck im Gesicht des Mannes hatte sich ihr tief ins Gedächtnis geprägt.

Beruhige dich! Der Augenblick, vor dem du dich gefürchtet hast, ist da, aber du wusstest, dass er eintreten würde. Alles ist für deine Flucht vorbereitet.

Dann hatte sie eine verrückte Idee, den Mann abzuschütteln. Das war gefährlich, aber einen Versuch wert. Sie mussten fort; sie konnte kein weiteres Missgeschick riskieren. Niemand würde ihr den Sohn nehmen, jetzt nicht, niemals.

Beruhige dich, überdenke alles. Wenn er da draußen mit Grover ist, wird er annehmen, dass du jetzt hinausstürmst. Warte, es gibt eine andere Möglichkeit, die nicht so offensichtlich ist und vielleicht funktioniert, aber du musst schnell handeln.

Später versuchte Celeste, das Zittern ihrer Hände zu verbergen, als sie mit den Teetassen klapperte und die Kuchen herumreichte.

»So, Mädels, heute werden wir etwas spielen, ein Spiel, bei dem wir uns fein machen und die Kleidung tauschen, um zu wissen, wie es ist, eine andere zu sein. Eine Dame soll Menschen nicht nach dem Äußeren beurteilen, ob schlichte Kleidung oder die Uniform von Hausangestellten, sondern nach der Freundlichkeit ihres Handelns. Ich möchte, dass ihr seht, wie ich mich fühle, wenn ich eine eurer Schuluniformen anziehe und mich daran erinnere, wie es war, als ich vierzehn war. Wir unternehmen einen gemeinsamen Spaziergang die Straße entlang und tun so, als ob.«

»Wie bei einer Scharade?«, fragte Mabel, eins der Mädchen aus der Kirche.

»Nicht ganz so«, erwiderte Celeste, die merkte, wie verwirrt sie waren. »Wir wollen uns ein bisschen Spaß machen und draußen herumlaufen. Mal sehen, wie es ist, in der Kleidung einer anderen einkaufen zu gehen. Ihr alle wisst jetzt, wie man gesittet Tee trinkt. Ich glaube, jetzt wird es Zeit, dass wir lernen, zur Abwechslung mal in vertauschten Schuhen zu laufen.«

Sie spürte, dass die Mädchen fasziniert waren und eine Ablenkung vom üblichen Höflichkeitsritual gern annahmen. Es war riskant, aber einen Versuch wert. Roddy zu überreden, ein Kleid anzuziehen, war eine andere Sache.

»Oh, Mom! Das blöde Spiel mache ich nicht mit.«

»Bitte, tu, was ich dir sage«, flüsterte sie. »ES IST WICHTIG! Es dauert nicht lange, versprochen.« Seine Verkleidung war der Schlüssel zu ihrer Flucht. »Und den Hut musst du auch aufsetzen.«

Das kleinste Mädchen tauschte das Kleid und die Petticoats mit ihm und zwängte sich in seinen Matrosenanzug. Sie setzten ihr seinen Strohhut auf und stopften ihre Zöpfe darunter. Alle lachten. Roddy schmollte. Celeste zog Mabels Schuluniform über, und wieder brachen alle in Gelächter aus. Sie war so schlank, dass sie zweimal reingepasst hätte. Sie bedeckte ihr Haar mit einer Tellermütze und ging zur Tür. Sie gab sich den Anschein, als wäre alles nur ein albernes Spiel und nicht der todernste Versuch, der Aufdeckung zu entgehen.

Mit Bedauern warf sie einen Blick zurück auf das, was sie hinter sich ließ. Bis jetzt war es eine sichere Zuflucht gewesen, vier Zimmer, die sie ihr Eigen nennen konnten. Doch dies war nicht der richtige Zeitpunkt für Gefühlsduselei, kein Platz für alles andere außer dem Lebensnotwendigen und den Dokumenten. Sie war auf diese Reise vorbereitet, und denselben Fehler würde sie nicht noch einmal machen.

»Um den Block, nur so zum Spaß, und passt auf, wie es sich anfühlt«, befahl sie.

Unter Kichern begaben sie sich an die Haustür und gingen die Treppe hinunter auf den Bürgersteig, alle in fremden Kleidern und Hüten. Sie winkte dem leeren Fenster zu, als sie das Haus verließen, ihr Blick schoss zur Straßenecke. Und ja, derselbe Mann stand lässig dort herum und gab vor, eine Zeitung zu lesen, versuchte, das Geplapper von lärmenden Schulmädchen zu ignorieren, die auf der anderen Straßenseite vorbeigingen. War es nur eine Frage der Zeit, bis auch Grover eintraf?

Der Mann wartete noch immer, als sie in die 16. Straße einbogen. Celeste hielt sie an. »Hier müssen wir uns trennen. Tut mir leid, dass ich euch mit dieser Scharade getäuscht habe, aber wir müssen gehen«, flüsterte sie. Sie schoss in den Hinterhof, in dem ihr Gepäck außer Sichtweite hinter der Tür abgestellt war. Die Mädchen tauschten ihre Kleider, verwirrt und schweigend. Roddy warf das Kleid ab und sah zu, wie Celeste sich von den Mädchen verabschiedete und alle auf die Stirn küsste.

»Sagt euren Eltern, dass ich plötzlich Urlaub nehme, und ich werde sie brieflich wissen lassen, wann wir zurückkommen. Danke, dass ihr solche Kumpel wart, aber ich bitte euch um einen weiteren Gefallen. Mabel, darf ich diese Uniform noch für ein paar Stunden behalten? Ich werde sie bei der Gepäckaufbewahrung am Bahnhof hinterlegen.«

»Was ist los, Mrs Wood?«

Celeste antwortete nicht. Wie sollte sie ihr groteskes Verhalten in diesen letzten kostbaren Minuten erklären? Die Zeit drängte. Sie und Roddy mussten in die Stadt kommen, bevor der Ermittler ihre Täuschung durchschaute. »Ich möchte euch nur danken, dass ihr hierbei mitgemacht habt. Euch mag es albern erscheinen, aber ihr werdet nie erfahren, wie sehr wir zu schätzen wissen, dass ihr euch heute auf dieses kleine Spiel eingelassen habt. Denkt daran, habt niemals Angst, für das, woran ihr glaubt, aus der Reihe zu tanzen. Seht zu, dass ihr euren Weg mit Bedacht wählt und euch nicht in etwas hineintreiben lasst, was andere von euch erwarten, dann macht ihr es genau richtig.«

Zwei Mädchen nahmen die Reisetasche zwischen sich, und auch die andere wurde aufgehoben. »Wir bringen Sie zum Bus, wenn Sie wollen.«

»Nein«, sagte Mabel Whiteley. »Ich habe eine bessere Idee, lasst uns zu mir gehen, und Bluett kann Sie dorthin fahren.«

Celeste wäre aus Dankbarkeit beinahe zusammengebrochen, aber sie lächelte und sagte nur: »Vielen Dank, das ist sehr nett.«

Fortzugehen war schwer, aber ihnen blieb nichts anderes übrig. Grover wusste, wo sie wohnten und wie sie aussahen, und schon bald würden Fotos auftauchen. Doch mit einem Minimum an Wirbel und Verkleidung hatte sie ein wenig Zeit geschunden. Diesmal hatten sie die richtigen Papiere und das Geld für die Überfahrt. Diesmal würde sie nach Hause fahren.

Auf dem Weg zur Union Station zitterte Celeste vor Aufregung und spähte aus dem Fenster für den Fall, dass sie verfolgt wurden. Bestimmt war Grover ihnen inzwischen dicht auf den Fersen. Plötzlich wurde der Verkehr langsamer, und die Limousine hielt an. Am liebsten wäre sie den Rest des Weges gelaufen, wusste aber, dass es besser war, in die Ledersitze zu sinken und sich zu entspannen, ihr Aussteigen am Bahnhof zu planen und die Nerven zu beruhigen. Niemand würde damit rechnen, dass sie stilvoll dorthin fahren würden.

Hatte ihr Mann einen Beobachtungsposten am Bahnhof aufgestellt? Sie sollten sich auf der Damentoilette verstecken, wenn sie ihre Bahnfahrkarten nach New York gekauft hatten. Einmal an Bord, wären sie bestimmt in Sicherheit, obwohl der Gedanke, wieder ein Linienschiff über den Atlantik zu betreten, ihr Angst einjagte.

Reiß dich zusammen. Als May das Schiff nach England nahm, hatte sie es viel schwerer. Jetzt musst du mutig sein.

57

Lichfield

An einem Nachmittag wurde May, die von Celestes Dramen nichts wusste, nach der Schule zu Miss Parry gerufen. Was war los? War Ella krank? Doch sie saß vor dem Büro, las ein Buch und schaute überrascht auf, als ihre Mutter nervös auftauchte. May wurde hereingebeten, die Tür wurde hinter ihr geschlossen.

»Es besteht nur ein wenig Verwirrung, die ich aufzuklären habe, Mrs Smith. Seien Sie unbesorgt, aber Ella hat ihrer Klasse erzählt, ihr Vater sei mit Kapitän Scott untergegangen. Wir haben das Thema tapfere Männer behandelt, und ich habe der Klasse aufgetragen, etwas über Schnee und Eis zu schreiben. Ella zieht es vor, zu malen, wie Sie wissen. Sie sagte, ihr Vater sei auf dem Schiff des Kapitäns mitgefahren und ins Wasser gefallen.«

May überlief es heiß und kalt. Miss Parry fuhr fort, ohne sie anzuschauen. Sie fingerte an den Papieren auf ihrem Schreibtisch herum.

»Nicht zum ersten Mal haben wir Schülerinnen, Mrs Smith, die sich ihrer Herkunft nicht ganz sicher sind, die vielleicht nicht einer legitimen Verbindung entstammen. Wir haben natürlich größtes Verständnis dafür, aber es ist nicht klug, wenn ein Kind von solchen Affären weiß.«

»Tut mir leid«, sprudelte es aus May heraus, »aber sie hat alles durcheinandergebracht. Ja, es stimmt, mein Mann ist auf See gestorben, Joseph Smith. Er war unterwegs nach Amerika, um ein Zuhause für uns einzurichten. Es war ein schrecklicher Unfall. Ella kennt die wahren Umstände nicht. Ich habe keinen Grund gesehen, ihr viel zu erzählen. Sie hat so viel Phantasie, dass sie es sich ausgedacht hat. Wir haben kein Grab, das wir besuchen können, wissen Sie. Tut mir leid, ich habe nicht nachgedacht. Wie kann sie so etwas nur sagen?«

»Ich verstehe natürlich, wie schwierig das sein muss«, sagte die Lehrerin. »Sie wissen, dass sie ein sehr helles Mädchen ist mit viel Phantasie, und im Zeichnen ist sie ihrem Alter weit voraus. Intelligente Mädchen neigen zu romantischen Tagträumen. Wir hoffen, sie wird zu gegebener Zeit ein kleineres Stipendium für die Highschool annehmen ... nicht, dass wir sie verlieren wollen, aber ich bin mir Ihrer Lage bewusst.« Sie hüstelte. »War Ihr Mann künstlerisch begabt?«

»Er war geschickt mit den Händen«, bot May ihr an. »Ich weiß nicht, was ich sagen soll. Ich werde dafür sorgen, dass es nicht wieder passiert. Dafür bekommt sie den Hintern versohlt.«

»Nein, bitte, Mrs Smith, das ist ein Missverständnis. Sie ist nur ein kleines Mädchen, und wie so viele heutzutage hat sie keinen Daddy, an den sie ihre Träume heften kann. Der Krieg hat so viele Familien auseinandergerissen. Sie ist zu jung, um zu begreifen, was sie gesagt hat. Es ist schwer, zu arbeiten und ein Kind allein großzuziehen. Sie macht Ihnen alle Ehre.«

May senkte den Kopf. »Ich möchte, dass Ella die Chancen bekommt, die Joe und ich nie hatten. Mein Mann und ich waren beide Waisen oben im Norden, wir planten, in Amerika ein neues Leben anzufangen. Sein Verlust war ein furchtbarer Schlag.« Sie spürte, dass ihr die Tränen kamen, und suchte schniefend nach ihrem Taschentuch. »Und jetzt das.«

»Vergessen Sie das Ganze. Ich bin so froh, dass Sie es mir gesagt haben. Es wird in diesen vier Wänden bleiben, das kann ich Ihnen versichern.«

»Ich mag nicht an diesen Verlust denken, erinnere mich nicht gern an die Vergangenheit. Was soll ich denn mit Ella machen?«

»Nichts, sagen Sie ihr einfach die Wahrheit und sorgen Sie dafür, dass sie weiß, wer ihr leiblicher Vater ist. Beschreiben Sie ihn so bildlich, dass sie ihn malen und sich vorstellen kann. Erzählen Sie ihr seine Geschichte, dann hat sie es nicht nötig, etwas vorzutäuschen.«

Zitternd verließ May das Büro. »Komm, du hast für heute genug angerichtet.« Wie konnte sie Ella böse sein? Aber sie war zornig auf sie, weil ihre Tochter alles ans Licht gezerrt, ihr wieder einmal ins Gedächtnis gerufen hatte, was sie verloren hatte. Und sie selbst war es doch, die alle Menschen in ihrer Umgebung belog. Viele Nächte lang lag sie wach im Bett und grübelte über Miss Parrys vernünftigen Rat.

Wie kann ich ihr die Wahrheit über ihren Vater sagen? Ich weiß doch nicht, wer er war oder ist … oder auch ihre Mutter. Ich habe ein Kind seinen Eltern weggenommen, ob tot oder lebendig. Wie kann ich noch mehr Lügen erzählen, um das zu verdecken? Was soll ich jetzt tun?

Liebe Celeste,
wo sind Sie jetzt? Sind Sie in Sicherheit? Ich konnte seit der Sache mit Mr Parkes nicht schlafen. Wie dumm von mir, Roddys Bild für alle sichtbar aufzustellen.

Ich weiß nicht, was in letzter Zeit mit mir los ist, aber meine Nerven liegen blank. Ella macht in der Schule Ärger und erzählt Flunkergeschichten, ihr Vater habe der Besatzung des Forschers Scott angehört. Sein Schiff sei in der Antarktis von Eis umschlossen worden, und ihr Vater sei auf das Eis gefallen. Wie kommt es, dass sie sich in ihrem Alter schon solche Sachen ausdenkt? Miss Parry sagte, vielleicht sehne sie sich nach ihrem Daddy, aber sie hat ihn doch nie gekannt. Ich habe Ella erzählt, was sie wissen muss, aber nichts über die *Titanic*. Dafür ist sie viel zu jung.

Manchmal fällt es mir schwer, mit ihren Fragen mitzuhalten. Ich versuche sie zu beschäftigen. Sonntagsmorgens geht sie zu Miss Francetti zum Tanzunterricht, und nach der Schule besucht sie einen Malkurs. Sie hat Sonntagsschule, und dann gibt es sogenannte Brownies, Pfadfinderinnen, habe ich in der Zeitung gelesen. Ich gehe mit ihr ins Kino, aber dadurch blüht ihre Phantasie noch mehr auf. Ich hoffe nur, dass sie in der Schule nicht gehänselt wird, weil sie eine so gewöhnliche Herkunft hat. Manchmal klammert sie und behauptet, sie habe Bauchschmerzen und wolle nicht in die Schule gehen.

In Gedanken bin ich immer wieder beim Untergang des Schiffes, und ich höre die Stimmen, die aus den Wellen um Hilfe schreien. Mein Appetit ist nicht mehr so, wie er mal war. Sie werden mich als Bohnenstange vorfinden; wenn Sie mich nur gesehen hätten, als ich dachte, ich hätte wieder einen Funken im Leib. Alles fällt mir schwer. Ich weiß nicht, was mit mir los ist. Könnte ich doch nur besser schlafen, aber ich liege wach und wälze die Gedanken in meinem Kopf. Und dann habe ich morgens keine Geduld. Sagen Sie mir, ich solle mich zusammenreißen. Anderen geht es viel schlechter als mir. Bitte helfen Sie mir, dass ich einen klaren Kopf bekomme.

Ihre nachts rastlose
May

Am Morgen las sie durch, was sie geschrieben hatte, und zerriss den Bogen. So einen Unsinn wollte niemand erfahren.

58

SS Saxonia, August 1919

Roddy schaute zu dem riesigen Schiff am Kai auf. »Fahren wir damit?«

Celeste nickte und ergriff seine Hand. »Den langen Weg bis England, um deinen Großvater und Onkel Selwyn zu sehen.«

»Aber was ist mit der Schule?«

»Ich habe dem Rektor und den Eltern meiner Anstands-Schülerinnen geschrieben. Jetzt, da alle Soldaten aus dem Krieg zurück sind, wollen sie keine Frauen mehr in den Regierungsämtern. Im Herbst wirst du an eine neue Schule gehen – wir nennen es dort übrigens College …«

»Aber warum mussten wir so schnell aufbrechen?«

Die Strecke vom widerhallenden, lauten Bahnhof zum Anleger war lang gewesen, und die nächtliche Fahrt nach New York hatte sie erschöpft. Celeste war die ganze Nacht auf und ab geschritten, falls jemand sie beobachtete. Sie konnte kaum glauben, dass sie ohne Schwierigkeiten hierhergekommen war.

»Roderick, weißt du noch, dass ein widerwärtiger Mann uns verfolgt hat? Nun, hier kann er uns nicht finden.«

»Warum war er widerwärtig?«

»Das ist eine Geschichte für Erwachsene, Liebling. Eines Tages, wenn du ein bisschen älter bist, werde ich es dir erklären, aber wenn jemand dich nach deinem Papa fragt, musst du sehr höflich sagen, dass du keinen hast. Er ist im Krieg gefallen.«

»Stimmt das?«, fragte Roddy verstört.

»Du sagst einfach, dass du jetzt keinen Vater mehr hast, und die Leute stellen keine weiteren Fragen. Du darfst niemandem von unseren Angelegenheiten erzählen, weder an Bord des Schiffes noch wenn wir nach Hause kommen. Hast du das verstanden? Es ist wirklich wichtig.«

Er nickte, begriff aber eigentlich nichts.

»Oh, und noch etwas ... Du musst diese zusätzliche Schwimmweste die ganze Zeit anbehalten, ganz gleich, was alle anderen sagen.«

»Das Ding ziehe ich nicht an. Es ist albern!«, sagte er und drückte ihr seine Kinderschwimmweste wieder in die Hand.

»Dann sorg dafür, dass sie immer in deiner Reichweite ist, wenn wir auf hoher See sind. Ich bitte dich aus gutem Grund«, flehte sie ihn an. »Manchmal passiert etwas wie aus heiterem Himmel.« Sie strich sich die dunklen, welligen Haare glatt und fuhr prüfend über das graue Tweedkostüm mit dem Pelzkragen. In ihrer Eile war sie ohne anständigen Hut aufgebrochen und fühlte sich nicht angezogen.

»Wie zum Beispiel?«

Celeste schaute zu den Rettungsbooten hinauf und zählte sie automatisch. »Wenn du einen Signalton hörst, lauf zu den Rettungsbooten und steig hinein. Achte nicht darauf, was sie sagen. Versprich mir ...«

»Ja, Mom, aber wo werden wir wohnen? Warum haben wir es so eilig?«

»Ich habe dir doch gesagt, dass wir nach Hause gehen, nach Lichfield, um deinen Großvater zu sehen, und wir werden bei Onkel Selwyn wohnen, bis ich Arbeit finde. Er wird uns aufnehmen. Du wirst meine Freundin May und ihre kleine Tochter Ella kennenlernen. Mit der kannst du spielen.«

»Muss ich das? Ich spiele nicht gern mit Mädchen. Und ich verkleide mich nicht mehr.«

»Das war nur ein Spiel. Der widerwärtige Mann hat unser Haus beobachtet, und wir mussten fort, ohne dass er uns folgen konnte.«

»Ergreifen wir die Flucht über das Meer?« Roddy schaute zu ihr auf, und sie lächelte.

»Ich denke schon, Roddy, ich habe so noch nicht darüber nachgedacht, aber ja, ich glaube, du hast recht.«

»Toll! Dann geht das klar.« Lächelnd schaute er auf das Schiff. »Das macht keiner aus meiner Klasse, oder?«

Celeste war erleichtert zu sehen, wie aufgeregt er war. »Komm, Jim Hawkins, das Abenteuer fängt an.«

Am zweiten Tag der Reise beugte Celeste sich über die Reling, der Regen schlug ihr ins Gesicht, während die *Saxonia* durch die kabbeligen grauen Wellen glitt. Sie waren draußen auf dem Atlantik, weit entfernt vom New Yorker Hafen. Wie anders als beim letzten Mal. Das Gefühl der Erleichterung, auf dem Heimweg zu sein, war durchsetzt mit der Angst davor, sich erneut dem Meer anvertrauen zu müssen. Sie hatte versucht, nicht an ihre Albträume zu denken: schreiende Passagiere, treibende Leichen, der Anblick des mächtigen Schiffes kurz vor seinem Ende, bis es in die Tiefen hinabglitt.

Eigenartigerweise hatte Grovers Ermittler ihre Furcht zerstreut, an Bord zu gehen. Sie mussten verschwinden, aber es bekümmerte sie, dass sie Roddy eine Menge Lügen auftischte und ihn aus seiner Heimat wegbrachte. Das Land hatte so viel, das sie immer noch mochte und achtete.

Doch das Erlebnis auf der *Titanic* hatte ihre Einstellung zum Leben für immer verändert, dachte sie, als sie gegen die Reling lehnte. Bestimmt war es vielen Überlebenden so gegangen. Es war schwer, mit allem, was sie gesehen und gehört hatten, allein zurechtzukommen, mit den verlorenen Träumen und der Erkenntnis, wie brüchig das Glück sein konnte.

Sie hatte sogar tuscheln hören, dass ein paar Frauen aus besseren Kreisen sich von ihren Männern hatten scheiden lassen, weil diese zuerst in die Rettungsboote gegangen waren. Das passierte, als nach der Untersuchung allen klarwurde, wie wenige der Frauen und Kinder des Zwischendecks überlebt hatten. Gerüchten zufolge hatte Bruce Ismay, der Vorstand der White Star Line, der vom Schiff in ein Rettungsboot gesprungen war, einen Zusammenbruch erlitten.

Noch nach all den Jahren flößte ihr der Anblick des hohen roten Schornsteins, der über ihr aufragte, der am Linienschiff hängenden Rettungsboote und der Geruch nach Salzwasser und Dampf Angst ein. Diesmal aber fuhr sie Richtung Osten mit dem Ziel Liverpool, und Roddy war an ihrer Seite gewesen, als sie die Gangway hinaufgegangen waren und Celeste versucht hatte, nicht nach unten zu schauen oder sich zu erinnern …

Diesmal gab es keine luxuriöse Kabine erster Klasse, nur einen bescheidenen Raum, kaum mehr als eine Abstellkammer, verglichen mit ihrer Unterbringung auf der *Titanic.* Das Schiff war durchaus geräumig, einfach eingerichtet, etwas mitgenommen, nachdem man es als Truppentransporter eingesetzt, aber wieder renoviert hatte. Der Geruch nach frischer Farbe jedoch wühlte Erinnerungen auf, und ihr wurde übel.

Roddy lief begeistert hin und her, erforschte die Decks und Gänge, spielte mit ein paar anderen Jungen an Bord Verstecken. Sie wollte ihn nicht aus den Augen lassen, aber er war zu schnell, und sie merkte, dass sie Gefahr lief, mit ihrem Nörgeln seinen Trotz hervorzurufen. Daher folgte sie ihm unauffällig, nur für den Fall. Sie hatte ihn nicht den weiten Weg bis hierhergebracht, um ihn dann über Bord zu verlieren. Er spielte Fangen mit einer Gruppe anderer Jungen und achtete wie üblich nicht darauf, wohin er trat, als er über ein Tau stolperte und einen Mann in langem Tweedmantel und Filzhut umstieß, der ihm an einem Stock hinkend entgegenkam. Sie schoben sich wie eine Ziehharmonika zusammen, fielen übereinander, und Roddy schrie vor Schmerz auf. Der Mann mit Filzhut taumelte wie benommen, bevor er sich aufraffte, um Roddy zu helfen.

»Hey, alter Knabe, alles in Ordnung?«

Celeste sah, wie Roddy aufblickte, versuchte, nicht zu weinen, und sein Fußgelenk hielt. »Das tut weh.«

»Lass mich mal sehen«, fuhr der Mann fort und zeigte auf das Fußgelenk.

Celeste war im Nu an Roddys Seite, sah, wie der Mann nach seinem Stock griff, um das Gleichgewicht wiederzugewinnen. Auch er wirkte mitgenommen. »Ich bin seine Mutter. Roderick, du hast nicht geschaut, wohin du gegangen bist ... Entschuldigen Sie.« Sie drehte sich um und sah sich einem Mann mit blassem Gesicht gegenüber, der lächelnd seinen Hut zog.

»Wieder so ein Fall, mein Junge, falscher Ort, falsche Zeit«, erwiderte er. »Komm, wir schauen uns dein Fußgelenk einmal an.«

»Sind Sie Arzt?«, fragte Celeste, als der Mann sich bückte, um den Stiefel aufzuschnüren.

»Nein, Ma'am, aber ich habe im Krieg ziemlich viel Flickarbeit geleistet«, antwortete er, ohne sie anzuschauen, eher darauf bedacht, Roddys Knöchel zu untersuchen. »Kannst du mit den Zehen wackeln?«

Roddy nickte jammernd. »Aber es tut noch immer weh.«

»Ich habe den Eindruck, dass nichts gebrochen ist, aber wir müssen es vom Schiffsarzt nachsehen lassen, nur um sicherzugehen«, fügte er hinzu und wandte sich dann mit einem Lächeln an Celeste. »Sollen wir ihn in die Mitte nehmen?« Er deutete auf seinen Stock. »Ziemlich störend, aber der hält das Schiff davon ab, Schlagseite nach Backbord zu bekommen.«

Celeste musste lächeln, als sie ihm auf die Beine half. »Der Krieg?« Sie schaute auf seinen Stock.

»Der Krieg.« Er zuckte mit den Schultern. »Übel zugerichtet, aber noch seetüchtig … Archie McAdam, weiland bei der Königlichen Marine. Und dieser junge Mann?«

»Das ist mein Sohn Roderick Wood. Bleiben Sie hier, ich suche einen Matrosen, der ihn hochhebt«, bot Celeste an und sah sich um, stellte aber fest, dass sie jetzt allein waren. Gemeinsam halfen sie Roddy auf die Beine, und er humpelte die Treppe hinunter, um sich das Fußgelenk verbinden zu lassen.

»Danke, Mr McAdam.« Celeste nahm den Mann genau in Augenschein. Er war Engländer, breitschultrig mit dem wettergegerbten, bärtigen Gesicht eines Seemanns. Sein Haar war an den Schläfen von silbernen Fäden durchzogen. Celeste hatte es eigentlich nicht eilig fortzulaufen, aber als Roddy frisch verbunden auftauchte und der Mann ihnen anbot, sie zum Tee einzuladen, schüttelte sie den Kopf. »Roderick sollte *Sie* zum Tee bitten«, protestierte sie.

»Nein, ich bestehe darauf. Es wird mir guttun, dem Stock eine Pause zu gönnen, und Sie beide können mir erzählen, was Sie auf diesem rostigen alten Kahn machen … Urlaub?«

»Ich fahre zu meinem Grandpa. Ich habe ihn noch nie gesehen, und Mom sagt …«, begann Roddy, doch Celeste schaltete sich rasch ein.

»Ich bin sicher, Mr McAdam will nicht unsere ganze Geschichte hören.« Sie lachte und sah, wie eifrig der Mann sie beide beobachtete. Roddy durfte mit Fremden nicht allzu vertraut werden.

»Doch, das möchte ich, und es ist Zeit für einen Nachmittagstee«, beharrte McAdam. »Ich verhungere, Sie nicht? Wissen Sie, ich habe mich gerade nur umgeschaut und mir beim Auslaufen gedacht, dass alle hier an Bord auf Reisen sind zu Vertrautem oder Unbekanntem, und alle Passagiere haben eine Geschichte zu erzählen. Und zack, schon stehe ich auf dem Schiffsboden, und die Geschichten fangen an. Wenn ich einen Tisch für drei Personen gefunden habe, Teegebäck bestellt, Süßigkeiten, was du magst, junger Mann, dann werde ich erzählen, warum ich hier bin. Ich wette, du hast nicht gedacht, dass ich den Atlantik überquere, nur um wieder zur Schule zu gehen?«

»Erwachsene gehen nicht zur Schule, oder?« Roddy schaute neugierig auf.

»Wir sagen Universität dazu, aber auch das ist eine Schule.«

»Ich muss in England eine neue Schule besuchen. Meine alte war in Washington.«

»Na bitte, du hast doch schon eine Geschichte zu erzählen. Komm, wir beiden alten Hinkebeine werden zusammen die Treppe hinaufgehen.«

Mr McAdam nahm Roddy an die Hand und ging. Sie ließen Celeste stehen, die ihnen nachschaute.

»Jeder hat eine Geschichte, in der Tat. Nun, Mr McAdam, Sie werden meine nicht zu hören bekommen«, murmelte sie und blieb den beiden auf den Fersen, nicht sicher, ob ihr die plötzliche Begegnung mit diesem Engländer, der ihren Sohn bezauberte wie der Rattenfänger von Hameln, gefiel, oder ob sie deswegen Angst haben sollte.

Roddy wurde später in seine Unterkunft verbannt, um seinen geschwollenen Fuß hochzulegen. Er hätte sich gelangweilt, aber Mr McAdam schaute mehrmals vorbei, brachte ihm Pfefferminzbonbons vorbei, ein Damespiel und ein paar Zeitschriften *Boy's Own Papers*, in denen Schiffe abgebildet waren. Er lieh Roddy sogar ein Buch, das er seinem Neffen gekauft hatte.

Irgendwie trafen sie sich in den folgenden Tagen auch im Speisesaal, und als das Orchester aufspielte, ließ sich Celeste zögernd zu einem Tanz überreden, doch Mr McAdam, der Mühe mit seinem Bein hatte, war froh, sich wieder setzen zu können. Er hatte im Urlaub Freunde in New York besucht und die Gelegenheit genutzt, einen Spezialchirurgen aufzusuchen, der ihm helfen sollte, sein Bein wieder beweglicher zu machen. Er sagte, er sei begeistert von Tennis, Rugby und Kricket und sammle Zigarettenbilder und Briefmarken von seinen Reisen. Schließlich versprach er Roddy sogar, ihm das Schachspiel beizubringen. Man konnte sich gut mit ihm unterhalten, und er heiterte geschickt ihren gelangweilten Sohn auf. Er hatte ein tiefes, kehliges Lachen, bei dem die Leute sich umdrehten und lächelten. Celeste blieb dennoch auf der Hut, setzte sich sehr aufrecht hin und gab nur wenig preis, sodass er die ganze Zeit nie über die offizielle Anrede hinauskam.

Sie spürte, dass Roddy darauf brannte, ihm von ihren eigenen Abenteuern zu berichten, von ihrer Flucht über das Meer, aber sie warf ihm immer wieder eisige Blicke zu, um ihn an ihr Geheimnis zu erinnern, dass niemals jemand etwas über ihre Angelegenheiten erfahren durfte.

»Sie haben in Washington gearbeitet. Eine große Stadt, waren Sie Lehrerin?«

Sie schüttelte den Kopf, aber Roddy redete dazwischen. »Doch. Wir hatten Unterricht in unserem Haus. Das war *so* langweilig.«

»Roddy, es ist unhöflich, zu unterbrechen …« Sie erläuterte die Arbeit der Frauenpartei und ihre erfolgreiche Kampagne für das Frauenwahlrecht.

»In England haben wir noch immer kein volles Stimmrecht, aber es wird kommen. Ich finde, es ist eine Schande, dass die Hälfte der Menschheit in nationalen Belangen nichts zu sagen hat. Meine Frau hat immer gesagt …«. Er verstummte und lächelte dann. »Wenn Männer Kinder bekommen würden, dann gäbe es bald eine Veränderung.«

»Also gehen Sie zurück zu Ihrer Frau und Ihren Kindern?«, fragte sie, erleichtert über diese Neuigkeiten.

»Ich wünschte, es wäre so, aber sie gerieten in einen Zeppelinangriff über London: falscher Ort, falsche Zeit.« Er wurde plötzlich still.

»Das tut mir leid«, war alles, was sie aufbringen konnte.

»Und Sie beide? Ihr Mann arbeitet in England?« Er blickte auf.

Roddy wartete ab, was seine Mutter wohl antworten würde.

»Ich habe keinen Mann mehr«, sagte sie. »Roddy ist mein Hausherr, nicht wahr? Wir gehen zurück in meine Heimatstadt, um neu anzufangen, nicht wahr?«

»Wo ist das?«

»Lichfield … Grandpa wohnt in der Kathedrale«, schaltete Roddy sich ein.

»Roddy, wir erzählen Fremden nichts über unsere Angelegenheiten.«

Mr McAdam errötete, und sie fühlte sich schäbig, weil sie so geheimnisvoll tat. Er war jetzt kein Fremder mehr, nur ein ziemlich netter junger Mann, der in ein leeres Haus zurückkehrte.

»Sie können uns schreiben«, meldete Roddy sich zu Wort und lächelte. »Sie können uns aus Ihrer neuen Schule schreiben, nicht wahr, Mom?«, fügte er hinzu, biss in sein klebriges Kuchenstück und grinste verschmitzt.

»Natürlich, wenn Mr McAdam es will, aber ich nehme doch an, dass er sehr viel zu tun haben wird.«

Er zwinkerte Roddy zu. »Ich glaube, ich werde die Zeit finden, hin und wieder zu Papier und Stift zu greifen und dir meinen Schulbericht zu schicken.«

Celeste konnte in dieser letzten Nacht an Bord der *Saxonia* nicht schlafen, und ausnahmsweise lag es nicht an ihrer Angst vor einem Eisberg oder vor Grovers Schergen, sondern einzig und allein an Archie McAdam. Warum musste Roddy mit ihm zusammenstoßen? Sie vermied ungewünschte Aufmerksamkeit, aber Roddys kleiner Unfall hatte diesen Fremden über ihren Weg laufen lassen. Sie hätte ihn kühl abschütteln und wegschicken sollen.

Die vergangenen Tage in Gesellschaft dieses Witwers und Seemanns, dieses gelehrten und gebildeten Mannes ihrer eigenen Gesellschaftsschicht, hatten etwas Beunruhigendes gehabt. Er war kultiviert, aber geradeheraus, und sie wusste, er gehörte zu den Männern, die Papa sofort in sein Herz schließen würde. Aber wie hatte Archie so treffend gesagt? »Falsche Zeit, falscher Ort.« Warum konnte sie ihm gegenüber nicht einfach ehrlich sein und ihre Geschichte erzählen, so wie sie war? Das würde ihn schnell abschrecken. Doch Roddy hielt ihn für einen Helden und konnte nicht genug von seinem Seemannsgarn bekommen, von dem sie den Eindruck hatte, dass es sorgfältig zugeschnitten und zensiert war, um die Empfindsamkeiten eines Jungen nicht zu verletzen. Er war ein echter Kerl, mit humpelndem Gang und männlicher Ausstrahlung, und sie hielt ihn fest entschlossen auf Armeslänge. Er brachte sie beide zum Lachen, und es war so erfrischend, den Humor in seinem Tonfall zu hören, statt die Angst zu spüren, die Grover mit seiner Stimme in ihr erzeugt hatte. In all der Zeit mit Grover hatte sie nie andere Männer angesehen, erst aus Liebe zu ihrem Mann, und dann aus Furcht, sie könnten letztlich alle so sein wie er.

Und jetzt? Was geschah mit ihr?

Sollte sie ihm erlauben, von Oxford aus zu schreiben? Mit dem Zug war es von dort nicht weit nach Lichfield. Hielt sie sich vielleicht eine Hintertür offen für Zeiten ...? Sie musste zugeben, dass sie sich zu seinen hellen Augen und der tiefen Stimme hingezogen fühlte. Wenn sie doch nur frei wäre. Die vielen Lügen, die sie im Lauf der Jahre um Roddy und sich selbst herum aufgebaut hatte, nur um sie beide zu schützen, waren eine harte Schale, und sie durfte nicht riskieren, dass sie zerbrach.

Am besten sagte sie nichts, gab sich zurückhaltend und desinteressiert, anstatt falsche Hoffnungen zu wecken. Sie hätte ihm gern erzählt, warum sie so nervös war, dass jeder Ruck in der Maschine des Schiffes sie sofort in die Nacht auf der *Titanic* zurückversetzte. Dann war da die Sache, dass sie Roddy zwang, seine Schwimmweste zu tragen und ihm zeigte, wo jedes einzelne Rettungsboot war und welchen Weg er im Notfall an Deck nehmen sollte. Was dachte er sich bei ihrem ganzen Getue?

Bisher war ihre Reise sehr glatt verlaufen, ohne besondere Vorkommnisse. Im Gegenteil, sie fühlte sich an Bord erstaunlich wohl und gut unterhalten, jetzt, da sie Archie McAdam kennengelernt hatte. Etwas an seiner nüchternen Ehrlichkeit und seinem Humor zog sie zu ihm hin. Wie gut, dass sie morgen in Liverpool anlegten.

Wieder war es eine Schiffsreise, die ihr Leben in vielerlei Hinsicht veränderte, dachte sie. Ihre so sorgfältig aufgebaute Seelenruhe war gestört. Auf einmal dachte sie an den Abend zurück, an dem sie Grover in London kennengelernt hatte: die romantischen Abendessen bei Kerzenschein, die Ansteckbuketts, ihr Seidenkleid, die Düfte des Speiseraums, ihre Eile, zu heiraten und ein eigenes Leben zu beginnen. Damals war sie keine gute Menschenkennerin gewesen, dachte Celeste, und diese Erkenntnis hatte sie misstrauisch gemacht. Dieser Mann war charmant, aber er könnte ein Scharlatan sein, ein Seemann mit einer Frau in jedem Hafen. Insgeheim meinte sie zu spüren, dass er aus anderem Holz geschnitzt war. Er zeigte echtes Interesse an ihnen. Sie konnte ihm ansehen, wie Roddys Begeisterung ihn freute. Sie erkannte seine Rücksichtnahme, wenn sie sich weigerte, ihre Distanz aufzugeben und ihm gegenüber offener zu sein. Es musste ihn verletzen, wenn er sie beim Tanz nicht dazu bringen konnte, sich zu entspannen, ihre Unbeholfenheit und Steifheit mussten ihm unfreundlich und abweisend vorkommen. Bestimmt verwirrte es ihn, ihr Unbehagen zu spüren. Ob er wohl dachte, sie sei nicht an ihm interessiert, vielleicht weil er älter aussah, als er tatsächlich war, und hinkte? Was hielt sie wirklich zurück?

Es war so vieles: die Angst, es falsch zu verstehen, Angst, sich auf etwas einzulassen, obwohl sie nicht frei war, Angst vor einer Schiffsromanze. Wie sollte sie nach den Erfahrungen, die sie gemacht hatte, je wieder einem anderen Mann vertrauen?

Dabei hatte sie ihm etwas anvertraut. Sie waren an Deck spazieren gegangen, nachdem Roddy zu Bett gebracht worden war, und sie hatte ein wenig über ihre Rückkehr nach Hause gesprochen, darüber, dass sie jetzt mittellos war, und sie hatte gestanden, wie nervös sie sich fühlte, nach so vielen Jahren im Ausland zurückzukehren. Sie deutete an, dass ihr Vater sie brauche und ihr Bruder krank sei.

»Dieser Krieg hat so viele Leben zerstört«, pflichtete Archie ihr bei und schaute auf das Meer hinaus. »Niemand kann deshalb wieder so sein wie vorher. Gott sei Dank wird der kleine Roddy nie solchen Schrecken ins Auge sehen müssen, Mrs Wood …«

Die Traurigkeit in seinen Worten berührte sie tief, und etwas in ihr gab nach. »Bitte, nennen Sie mich … ich heiße …« Sie waren jetzt fast in England. Zeit, die Maske abzulegen. »Mein Name ist Celeste«, sagte sie. »Celestine Forester.«

Er wandte sich ihr zu und lächelte, streckte seine Hand aus und schüttelte ihr formell die Hand. »Haben Sie Dank, Celeste. Was für ein schöner Name für eine wunderschöne junge Frau. Würde es Ihnen etwas ausmachen, wenn ich manchmal schriebe – an Sie beide?«

Sie zog ihre Hand zurück aus Angst vor den Gefühlen, die selbst bei dieser schlichten Berührung zwischen ihnen aufbrachen. »Wenn Sie meinen, dass es hilft.« Sie hielt inne, wohl wissend, dass sie noch etwas aufdecken sollte, um ihr Vertrauen zu zeigen, doch die Worte blieben ihr im Hals stecken. Dann sagte er etwas Außergewöhnliches, während er ihren Blick festhielt.

»Ich hoffe, dass Sie mir zu gegebener Zeit erzählen, was oder wer Ihnen in der Vergangenheit so viel Angst eingeflößt hat. Verzeihen Sie mir, wenn ich zudringlich bin, aber ich spüre Ihre Reserviertheit, und die ist Ihrer Natur eigentlich fremd. Keine Bange, ich habe nicht die Absicht zu bohren. Wieder mal falsche Zeit, falscher Ort, fürchte ich …«

»Dann wollen wir es dabei belassen«, unterbrach sie ihn und zog sich vor der magnetischen Kraft zurück, die sie immer stärker spürte und die sie zueinander hinzog. »Gute Nacht, Archie. Mr McAdam …«

»Gute Nacht, aber nicht Lebwohl, Celeste.« Er zog sich zurück und überließ es ihr, im Mondlicht unter den Sternen zu ergründen, was er meinte.

59

Am letzten Augustsonntag strömten fünfzig ausgelassene Kinder aus dem Bahnhof von Colwyn Bay in North Wales. Sie hatten Schläger und Bälle dabei, Taschen mit Badezeug, und schwenkten ihre Strohhüte in der Sonne. In Mays Augen waren sie wie ein Schwarm weißer Schmetterlinge, die sich aufgeregt über den Strand verteilten. Sie war so erschöpft von ihrer vielen Näherei, von Schlaflosigkeit, von der Sorge, ob sie überhaupt hierherkommen sollte. Aber sie wollte Ella im Auge behalten für alle Fälle, sollte sie noch mehr Lügengeschichten auftischen.

»Ich will keinen Unsinn mehr über Kapitän Scott hören, oder sonst irgendwelche Flunkereien«, hatte sie ihre Tochter gewarnt. »Dein Vater war Joseph Smith, ein Zimmermann aus Edgeworth.«

»Wie Joseph von Nazareth«, sagte Ella.

»Da haben wir es wieder. Spiel hier nicht die Neunmalkluge, hör auf das, was ich dir sage.«

»Du ziehst dein schwarzes Krähenkleid nicht an, oder? Du hast es versprochen«, fügte Ella hinzu. »Die Mum meiner Freundin Hazel hat ein neues Kleid. Zieh deinen neuen Rock an.«

Für May war die Erkenntnis ein Schock, dass ein so junges Mädchen wie Ella Frauen miteinander verglich. May hatte Mrs Perrings mehrfach vor dem Schultor getroffen. Hazel war Ellas beste Freundin in der Schule. Sie schienen ganz vernünftig zu sein.

Dolly Perrings strickte während der Zugfahrt und plauderte über dies und das, auch über ihren neuen Freund George, einen Soldaten aus den Whittington Barracks, der immer schick gekleidet sei, saubere Fingernägel und einen Schnurrbart habe. Mrs Perrings trug ein weißes, hellrosa gemustertes Sommerkleid, ihre Haare wehten und hüpften um ihr Gesicht. Kein Wunder, dass Ella die eigene Mutter für farblos hielt.

Diese Worte hatten eine tiefere Wunde gerissen, als das Kind sich überhaupt vorstellen konnte. May dachte an Dohlen, schwarz wie Krähen. Sie stahlen glänzende Sachen, und was war sie denn anderes als eine Diebin? Vielleicht hatte sie diesen Namen verdient. Sie war so überdreht, innerlich angespannt wie eine Feder, erschöpft, ausgelaugt, als hockte sie am Rande einer steilen Klippe. Ein Windstoß und sie würde hinabstürzen. Das Selbstvertrauen, das sie nach der Auseinandersetzung mit Florrie gewonnen hatte, war der Erschöpfung gewichen. Alles war mühsam, selbst an diesem strahlenden Sommertag. Als sie den Seetang roch, die salzige Brise, wurde ihr so übel, dass sie würgen musste. Das Meer. Wieso hatte sie sich nur überreden lassen, ausgerechnet mit ans Meer zu fahren? Wahnsinn.

Sie blieb hinter den anderen Begleiterinnen zurück. »Kommen Sie, Mrs Smith … May. Wir wollen sehen, ob wir etwas Tee bekommen und auf der Promenade spazieren gehen können, um ein bisschen Luft zu schnappen, während Miss Parry und die Lehrerinnen mit den Mädchen die Naturkundewanderung unternehmen. Für die ist noch Unterrichtszeit, aber nicht für uns.«

May hatte das Gefühl, als gehörten ihre Füße nicht zu ihrem Körper. Sie ließ sich mit den anderen treiben, und sie fanden eine kleine Teestube, doch May schmeckte nur warmes Wasser im Mund. Beim Anblick des wogenden Meeres fühlte sie sich einer Ohnmacht nahe.

»Was für ein herrlicher Anblick«, sagte Mrs Perrings. »Wir können von hier aus zusehen, wie die Flut aufläuft. Das ist wie ein silberner Teich da draußen, so glatt und seidig … sehen Sie nur … wie ein Mühlenteich.« Sie plapperte weiter, ohne zu bemerken, dass May mit dem Rücken zum Wasser saß.

»Das Meer hat ein anderes Gesicht, ein grausames«, murmelte sie plötzlich. »Es kann einen in trügerische Sicherheit wiegen und in seinen tosenden Wellen ausspeien.«

»Ach ja, tut mir leid, meine Liebe, Hazel hat mir erzählt, dass Ihr Mann auf See umgekommen ist. Schrecklich, so jung schon verwitwet zu sein. Als ich das Telegramm bekam, dass Philip in Gallipoli getötet worden war, nun, ich weiß nicht, wie ich es ohne die Kleine geschafft hätte, die mir ein Trost war. Hazel ist meine kleine Helferin, und Ella sieht mir auch so aus. Wenigstens haben wir damit ein kleines Andenken an unsere Männer.«

May schaute Mrs Perrings an, als hätte sie die Frau noch nie gesehen, stand auf und ging hinunter an den Strand, wo die Kinder in Zweierreihen gingen, stehen blieben, um Muscheln zu sammeln und Fußabdrücke in den Sand zu stampfen.

Das Meer könnte ansteigen und sie alle ertränken, die Wellen könnten sich über ihnen brechen, und wieder hörte sie die Schreie der Sterbenden im Wasser, jenes qualvolle Rufen nach Gott und ihren Müttern, sie doch zu retten. *Hilfe!* Sie presste die Hände auf die Ohren, um die schrecklichen Stimmen auszublenden, eiskalte Gliedmaßen, die um sich schlugen, das Klatschen der Ruder auf dem Wasser, die das Boot von allen entfernten, die Hilfe brauchten.

Dann sah May ein paar Mädchen paddeln, die Röcke in ihre Unterhosen gesteckt, und weit draußen schwamm ein Mann, dessen Kopf auf der Wasseroberfläche auf und ab hüpfte, so wie bei Joe damals. Er war zu weit weg, um in Sicherheit zu sein. Der Mann ertrank wie Joe, und in Gedanken war sie wieder dort und versuchte, ihn einzuholen.

»Kehren Sie um, kehren Sie um! Seht doch, wir müssen ihm helfen!«, schrie sie. »Er ertrinkt!« Sie spürte, wie sie mit den Armen ruderte, um Joe zu erreichen, wie ihr kostbares Bündel abdriftete. Sie kreischte: »Holt ihn zurück, das Meer wird ihn holen … Bringt sie an Bord. Ellen … Joe … Wartet auf mich! Kommt zurück!«

Plötzlich legte sich ein Arm um sie. »Mrs Smith, Mrs Smith, Ihnen geht es nicht gut. Der Mann ist in Sicherheit, und die Flut läuft auf.«

May schüttelte den tröstenden Arm ab. »Nein … ich will meine Ellen … ich sehe sie nicht mehr.«

»Ella geht es gut, Mrs Smith. Sie müssen sich beruhigen, Sie erschrecken die Mädchen. Hören Sie sofort damit auf.« Die Stimme war jetzt strenger, eine Lehrerin, die sie vom Strand fortzog. »Kommen Sie mit mir. Sie brauchen etwas, um Ihre Nerven zu beruhigen.«

May schlug nach der tröstenden Hand, die sie zurückhielt. Sie sah die beiden noch vor sich.

»Ellen, komm zurück zu mir … Joe, komm wieder zu mir. Wartet, ich komme.« Sie rannte ins Wasser, platschend, gefühllos gegenüber der Kälte der Irischen See. Sie watete tiefer hinein, ohne auf die Stimmen zu achten, die sie zurückriefen. Sie musste die finden, die in der Dunkelheit jener grauenvollen Nacht nach ihr riefen. Sie gehörte zu ihrer Familie, nicht zu den Fremden hier.

Stärkere Arme zogen sie jetzt wieder ans Ufer. Sie kämpfte die ganze Zeit dagegen an, als wären es die Arme auf dem Rettungsboot, die sie aus dem Wasser zogen, fort von ihrem Kind und Joe. Jemand schlug ihr ins Gesicht.

»Reißen Sie sich zusammen, Frau! Ella ist in Sicherheit. Schauen sie, hier ist sie, Mrs Smith. Beruhigen Sie sich, ihr wird nichts zustoßen. Wir alle sind an diesem schönen Sommertag in Sicherheit. Ella wird Ihnen helfen.«

May starrte auf das dunkeläugige Kind, das entsetzt zu ihr aufschaute. »Ich will sie nicht. Sie ist nicht meine Tochter ... Ellen liegt auf dem Grund des Meeres.«

»Mrs Smith«, rief eine Männerstimme, »Schluss mit dem Unsinn. Ihre Tochter steht gesund neben Ihnen. Das muss aufhören.«

»Das ist nicht meine Tochter«, beharrte sie, ihr wilder Blick wanderte prüfend über die dunklen Wimpern und die schokoladenbraunen Augen. Sie schüttelte den Kopf, mit einem Mal sehr schwach. »Das ist nicht mein Kind. Mein Kind ist tot.« Dann wurde etwas in ihren Arm gestochen, und sie wusste nichts mehr.

Ella hatte beobachtet, wie die Augen ihrer Mutter wild rollten, hatte ihre Schreie und das Platschen gehört, hatte gesehen, wie sich ihr neuer Rock voll Salzwasser sog, ihre Frisur sich auflöste und in tropfenden Rattenschwänzen herabhing. Sie hatte wie eine Hexe ausgesehen, eine furchteinflößende Hexe aus einem Bilderbuch. Als sie sich wütend an sie gewandt und ihre eigene Tochter verleugnet hatte, war Ella so schnell wie möglich von der Menge entsetzter Mädchen fortgelaufen, die verblüfft waren über das, was sie gerade miterlebt hatten. Angst, Scham und Wut ballten sich zu einer harten Kugel in ihrem Innern zusammen und spannten ihren Bauch so fest, dass sie am liebsten aufgeheult hätte. Was hatte sie getan? Was stimmte hier nicht? Warum war Mum so zornig und führte sich derart auf?

Der Tagesausflug ans Meer war jetzt allen verdorben, und Ella fühlte sich wütend und verlegen, weil es die Schuld ihrer Mutter war.

Man schnallte Mum in einem Krankenwagen an und verriegelte die Tür, wie bei einer grünen Minna. Alle standen da und gafften, und Ella wäre am liebsten im Meer verschwunden und hätte sich unter Wasser versteckt.

Miss Parry kam zu ihr, um sie zu trösten. »Ich fürchte, deiner Mutter geht es nicht gut. Ich glaube, sie hat unter großem Druck gestanden, und man wird sich eine Weile um sie kümmern müssen. Keine Bange, mit der Zeit wird sie wieder gesund. Jetzt müssen wir an dich denken und uns überlegen, wer auf dich aufpassen wird. Mrs Perrings sagt, sie kann dich ein paar Tage zu sich nehmen. Ich werde im Kolleg Bescheid sagen … Es tut mir sehr leid, dass das passiert ist, Ella.«

»Was habe ich nur falsch gemacht?«, fragte sie mit verzagter Stimme.

»Gar nichts. Wie gesagt, ihr geht es nicht gut, und wenn Menschen im Geist krank sind, geben sie Unsägliches von sich. Das ist typisch für Gehirnfieber. Schlage dir solche Gedanken aus dem Kopf. Keine Bange, sie wird sich nicht mehr daran erinnern, das verspreche ich dir.«

Aber ich, dachte Ella unglücklich. »Sie hat gesagt, ich bin nicht ihre Tochter«, rief sie laut.

»Das liegt am Fieber, da redet man wirres Zeug. Natürlich bist du ihre Tochter. Nimm das nicht ernst. Komm, wir gehen alle einen Tee trinken, bevor wir zurück zum Bahnhof gehen. Hazel wird bei dir sitzen, und du kannst auf der Rückfahrt ins Ruheabteil zu den Lehrerinnen kommen. Ich bin mir sicher, dass du jetzt sehr müde bist.«

Ella sah mit starrem Blick zurück auf das wogende Meer, hörte, wie die Möwen über ihr kreisten. Die salzige Gischt und der Geruch nach Seetang stachen ihr in der Nase. Solange sie lebte, würde sie nie den Anblick vergessen, wie ihre Mutter in die

Wellen rannte, als wollte sie sich ertränken. Wer wird sich jetzt um mich kümmern?, schluchzte sie so leise wie möglich.

Sie betrachtete das Wasser, das sich bis zum grauen Horizont erstreckte. Wolken ballten sich zusammen, dunkle Sturmwolken. Die Sonne wurde verdeckt, und das unruhige Meer dröhnte in ihren Ohren. Aus irgendeinem Grund waren Wellen und Wasser und Strand schuld am Fieber ihrer Mutter.

Ich will dich nie wiedersehen ... ich hasse dich ... ich will das Meer nie wiedersehen.

60

Celeste stand am Bahnhof. Sie waren direkt aus Southampton gekommen, eine lange Strecke quer durch das Land, auf der sie Zeit hatte, sich an den Midland-Akzent der Stimmen zu gewöhnen, die auf den Bahnsteigen durcheinanderriefen. Die Luft am Bahnsteig war schwer vom Geruch nach Hopfen aus der nahegelegenen Brauerei, nach Eisenspänen und Ruß, und ein steifer Ostwind zerrte an ihrem Mantel.

»Schau«, sagte sie zu Roddy und wies in die Richtung. »Die Kathedralentürme.«

»Die sind nicht sehr hoch«, lautete sein einziger Kommentar.

»Wir wollen Grandpa überraschen«, sagte sie und bemerkte dann seine Verwirrung.

»Grandpa ist nicht hier, er ist in Amerika.« Seine Müdigkeit machte ihn konfus.

»Du hast das große Glück, zwei Grandpas zu haben. Komm mit, wir stecken unsere Sachen in ein Taxi.«

Roddy war von dem Fahrzeug nicht beeindruckt. »Das ist ja nur von einem Pferd gezogen – wo sind die Automobile?«

Sie waren nur mit ihrem Handgepäck gereist. Nicht viel vorzuweisen für zehn Jahre im Ausland, überlegte Celeste, aber das spielte jetzt alles keine Rolle. Sie wollte ihren Weg genau verfolgen. Welche Geschäfte erkannte sie wieder? Da war das alte Theater, jetzt ein Lichtspielpalast, der Uhrenturm, das Swan Hotel, die Gebäude des Museums und der Bibliothek sowie Minster Pool, als wäre sie gestern noch hier gewesen. Sie bogen durch das alte Tor in den Kathedralenhof ein und stiegen aus. Celeste konnte nicht aufhören zu lächeln. Was für eine Überraschung sie ihnen bieten würde. Sie zerrte ihren Sohn förmlich durch den kleinen Tunnel zum Pfarrhof und fühlte sich wieder wie ein Kind, zog an der Klingel von Nummer 4 und hoffte inständig, ihr Vater möge zu Hause sein.

Ein alter, gebeugter Mann schaute verwundert zu ihr auf. »Ach du meine Güte, komm rein, komm rein. May dachte schon, du würdest nicht lange auf dich warten lassen, aber das … und dieser junge Mann muss Roderick sein. Ich habe so viel von dir gehört.«

Celeste trat in das kleine Haus. Ein Durcheinander aus Büchern und Papier begrüßte sie. Der Geruch nach Tabak und angebranntem Essen stieg ihr in die Nase. »Wie ich sehe, hat May dir seit ein paar Tagen nicht aufgewartet«, bemerkte sie lachend.

Ihr Vater zögerte. »Oh, du wirst es nicht wissen, oder? Die arme May ist im Krankenhaus.«

»Warum?«, fragte Celeste erschrocken. So war ihre Heimkehr nicht geplant. »Ich wusste nicht, dass sie krank ist.«

»May ist voll von heimlichem Kummer, fürchte ich. Wir hatten auch keine Ahnung. Selwyn war äußerst beunruhigt. Wie schön, dich wieder bei uns zu haben, nach all deinen … deinen Problemen. Du hast genau den richtigen Zeitpunkt gewählt. Es ist so viel passiert. Aber setz dich, ich fülle die Teekanne. Sie muss hier irgendwo sein.«

Celeste sprang auf. »Ich sehe schon, wir werden unsere Ärmel aufkrempeln und Ordnung bei dir schaffen müssen. Oh, Papa, du hast keine Ahnung, wie lange ich auf diese Rückkehr gewartet habe.« Sie hielt inne, denn sie sah, wie ihr Vater über den Rand seiner Halbmondbrille hinweg ihren Sohn beäugte.

»Er ist Bertie so ähnlich, nicht wahr?«, sagte er und schaute auf das in Silber gerahmte Bild von Bertram in seiner Uniform. »Ich kann noch immer nicht glauben, dass er nicht mehr zu uns nach Hause kommt. Ich bin froh, dass deine Mutter das nicht erleben musste … aber nun, wie wunderbar, euch beide zu sehen. Warte, bis Selwyn es hört. Ich muss euch jedoch warnen, Selwyn ist nicht mehr der, an den du dich erinnerst. Er war sehr krank, aber mit der Zeit wird er wieder genesen, so wie May.«

»Was *hat* May denn nun?«

»Habe ich das nicht erwähnt? Sie liegt im St. Matthew's.«

»Im Irrenhaus?« Celeste war schockiert. »Wieso?«

»Sie ist nicht mehr sie selbst. Sie können ihr dort helfen.«

Celeste holte angesichts dieser schlechten Nachrichten noch einmal tief Luft und wusste, dass sie keine Minute zu früh heimgekehrt war. Hier wurde sie gebraucht und war willkommen. Endlich waren sie zu Hause.

61

May wurde wach und wusste zuerst nicht, wo sie war. Als sie versuchte, sich auf den Raum zu konzentrieren, verschwamm alles vor ihren Augen. Sie lag in einem Krankensaal mit hoher Decke, eisernen Bettgestellen an den Wänden und dem Geruch nach Desinfektionsmitteln in der Luft. Sie hatte das Gefühl, lange geschlafen zu haben, ihre Gliedmaßen waren steif und schwer, ihre Zunge geschwollen und ihr Mund trocken. Ihre Hände tasteten über das dünne Nachthemd, das hochgerutscht war und sie nur spärlich bedeckte. Ihr Kopf pochte, als sie versuchte, ihn vom Kissen zu heben. Was machte sie hier?

Panik durchfuhr ihren Körper, und sie sank zurück. Mir ist egal, wer ich bin, ich bin so müde, dachte sie. Ihr Kopf war luftig wie Baumwolle. Zunächst konnte sie sich nicht daran erinnern, wie sie hergekommen war, nichts außer Schlaf und Schweregefühl und ein paar flüchtige Eindrücke von einer langen Reise irgendwo im Hintergrund ihres benebelten Verstandes. Ihre Kehle fühlte sich rau und versengt an. Wo war sie?

Andere Frauen schlurften im Raum auf und ab und beäugten sie interessiert, doch sie entfernten sich rasch, als eine Schwester in steifer weißer Haube hereinmarschierte. Sobald sie sah, dass May sich bewegte, lächelte sie. »Ah, Mrs Smith, Sie sind wieder bei uns.«

»Wo bin ich?«

»Sie sind im St. Matthew's Hospital, meine Liebe. Für eine lange Ruhepause und einen guten, langen Schlaf.«

May konnte ihre Worte zunächst nicht begreifen. Was machte sie in einem Irrenhaus, einem Heim für Geisteskranke? »Wo bin ich?«, fragte sie noch einmal.

»Ich habe es Ihnen gesagt … im Krankenhaus.«

»Aber wo?« Erinnerungsfetzen fügten sich zusammen. Sie war im Zug gewesen, und da waren Menschenmengen und das Meer. Mein Gott, das Meer!

»Wo ist Ella? Meine Tochter?« Sie richtete sich auf, um aus dem Bett zu kommen, doch der Raum drehte sich, und sie brach beinahe zusammen.

»Jetzt aber schnell wieder ins Bett, Mrs Smith. Ihre Tochter ist gut versorgt, kein Grund zur Besorgnis.«

»Wir waren an der Colwyn Bay … Ich weiß, dass wir mit dem Zug hingefahren sind. Bin ich in Wales?« Warum bewegten sich ihre Lippen nicht, wenn sie versuchte zu sprechen? Jedes Wort musste sie sich aus dem Mund zwingen.

»Klinge ich wie eine Waliserin? Sie sind in St. Matthews, Burntwood, seid über einer Woche jetzt. Sie dürfen sich nicht aufregen. Wir müssen Sie ruhigstellen. Ich möchte nicht, dass Sie die anderen Patientinnen beunruhigen. Ich werde Dr. Spence sagen, dass Sie wach sind. Er wird mit Ihnen sprechen wollen.«

Was habe ich getan, dass man mich hier eingeliefert hat? May suchte im Geist nach den Scherben zerbrochener Erinnerungen; die eiskalten Stiche, als sie auf das Wasser einschlug, und die Schreie. Was hatte sie getan? Wo war Ella? Sie hätte gern Angst empfunden, aber alles fühlte sich taub an.

»Ich muss nach Hause. Ich sollte nicht hier sein. Ich habe eine Arbeitsstelle. Ich muss nach Hause und mich um alles kümmern.«

»Wenn Sie sich nicht beruhigen, müssen wir Sie wieder in Schlaf versetzen«, beharrte die Schwester, beugte sich über May und zog das Bettzeug gerade. »Sie müssen ihren Verstand ausruhen und nicht aufrütteln. Sie waren völlig erledigt.«

»Wann kann ich Ella sehen?«

»Wir haben hier keine Kinder zu Besuch, aber Ihre Freunde waren da. Sie werden ihr Nachrichten von Ihnen übermitteln.«

»Welche Freunde?«

»Die Dame von der Kathedrale hat nach Ihnen gefragt. Sie ist zweimal mit Blumen vorbeigekommen. Sehen Sie, da drüben? Die prächtigen Gladiolen.« Die Schwester zeigte auf eine Glasvase voll bunter Stengel, die May nur undeutlich wahrnahm.

Hatte die Frau des Schulrektors sie besucht? Wie nett von ihr. »Tut mir leid, wenn ich Umstände mache, aber ich muss nach Hause.«

»Das ist nicht möglich, meine Liebe, noch nicht, erst muss es Ihnen bessergehen. Sie haben versucht, sich zu ertränken.«

»Was habe ich?« May schrumpfte unter der Decke zusammen.

»Sie sind ins Meer gelaufen und mussten zurückgehalten werden. Mit Ihren Eskapaden haben Sie die Leute erschreckt. Und das können wir doch nicht zulassen, oder?«

Mays Gedanken überschlugen sich bei diesen Worten. Wenn sie sich doch nur erinnern könnte, aber alles war luftig und verschwommen, nur Bilder, die zerfielen, wenn sie versuchte, sie näher zu betrachten. Da war das Meer, ja, es glänzte wie ein silberner Spiegel und reflektierte ihre Schlechtigkeit. Sie hatte diesen Spiegel zertrümmern wollen. Er wühlte Dinge in ihr auf, die sie nie wieder hatte sehen wollen. Wie die Wellen sich über ihren Köpfen brachen ... wie das Schiff unter die Oberfläche des grausamen Ozeans geglitten war. Sie spürte Tränen, die aber nicht kamen; ihre Augen waren trocken und wund. *Warum bin ich hier? Was habe ich falsch gemacht? Und wo ist die kleine Tochter des Kapitäns jetzt?*

Beschämt wandte sie sich von der Krankenschwester ab und

hätte am liebsten wieder alles vergessen, wäre in den Herbstnebel verschwunden, der am frühen Morgen über Stowe Pool schwebte.

In den darauffolgenden Tagen erschien ihr alles ringsum ausgebleicht und farblos. Sie fühlte sich in dem verschlissenen, gewaschenen Leinenzeug wie eine Fremde, die verwirrt und benommen umherwandelte. Das Essen im Speisesaal schmeckte fad, wie zu lange gekochtes Gemüse, und ihre Gliedmaßen waren unter dem Einfluss von Medikamenten schwer, während sie sich zum Hofgang schleppte und später durch die Flure zu den Tagesräumen.

Durch die offenen Fenster strömte der Geruch nach Herbstfeuern, und wenn sie über das Grundstück des Krankenhauses schlurfte, knackten die Blätter unter ihren Stiefeln wie zerbrochenes Glas. Ihre Finger waren steif und geschwollen, während sie im Arbeitsraum saß und anderen zusah, die sich mit Korbflechten abplagten. Sie konnte sich nicht darauf konzentrieren, Spielzeug auszustopfen oder zu stricken. Eine Schwester versuchte sie zu überreden, etwas zu tun. »Ich kann nicht«, klagte sie. »Meine Finger funktionieren nicht.«

Ihr war, als laufe hier alles in Zeitlupe ab. Sie beobachtete eine Frau, die mit Stecknadeln und Spulen Spitze herstellte. Über ihr Klöppelkissen gebeugt, verflocht sie langsam Fäden miteinander, ohne auf May zu achten, ganz konzentriert. Wenn sie sich doch auch in so etwas vertiefen könnte.

Sie befingerte die aus Knochen geschnitzten und mit Baumwolle umwickelten Klöppel und sah sich als junge Frau voller Hoffnung auf die Zukunft, vernahm das Klacken von Maschinen, das Plappern von Mädchen, die ihren Tratsch mit Lippenbewegungen über dem Lärm austauschten. Sie war wieder in der Baumwollspinnerei, voller Leben und Liebe und Erwartung. Wer war das Mädchen? Wohin war sie gegangen? Wer war diese triste, kummerbeladene alte Frau?

»Möchten Sie das probieren, May?«, fragte die Krankenschwester und führte sie an einen Platz, damit sie zusehen konnte, wie die Spitze von Nadel zu Nadel geflochten wurde. Die Baumwollfäden folgten dem Muster der Stecknadeln, die Spitze wuchs Stück für Stück, so zart, aber so langsam, und Mays Augen wurden von den Klöppeln beruhigt, vom Rhythmus der sich verflechtenden Fäden. Sie dachte an Spinnweben, Schlaufen und Verbindungen mit Lücken dazwischen. Ihr Verstand war wie ein Stück Spitze, voller Löcher und Zwischenräume, verbunden mit Sorgenfäden, die sich um die Stecknadeln schlangen; Joe und Ellen. Ella, der Ozean und jene entsetzliche Nacht. Würden die Albträume denn nie aufhören?

Wie sollte sie aus allem jetzt schlau werden? Sie war zu erschöpft und ängstlich, aber sie könnte Fäden flechten und etwas wachsen lassen. Sie setzte sich, beobachtete und wunderte sich über die zarten Spulen, die wie winzige Finger auf dem Klöppelkissen tanzten. Das war etwas, das sie probieren konnte.

Später, als sie um das Außengebäude herumging, spürte sie, dass St. Matthew's nicht das Armenhaus war, das sie befürchtet hatte. Es erhob sich majestätisch wie eine Burg aus Backstein aus dem Dunst, und die Größe schüchterte sie ein. Sie hatte von der Einrichtung gehört, sie aber noch nie gesehen. Hier musste sie nicht nachdenken oder Mahlzeiten zubereiten, sondern konnte einfach nur im weiträumigen Speisesaal sitzen und sich bedienen lassen. Man gab ihr Hilfsarbeiten, aber sie hatte Zeit genug, sich an die Klöppel zu setzen, sich im Flechten zu verlieren und eine neue Fertigkeit zu lernen, die ihre steifen Finger lockerte.

Das Leben hier war unwirklich, das alles war nicht die Realität. Man hatte sie aus der richtigen Welt in dieses Herrenhaus gebracht, damit sie sich ausruhen konnte, aber jenseits des Tales gab es das Mädchen, an das sie denken musste. Ella hatte nicht verdient, was mit ihr geschah. Sie war noch ein Kind, verwirrt und verängstigt, jetzt quasi verwaist. Wer kümmerte sich um sie? Wenn sie, May, nur nicht so müde und schwerfällig wäre. Vielleicht ging es Ella besser ohne sie? Wer wünschte sich schon eine Mutter wie sie?

In den Wochen nach dem schrecklichen Ausflug ans Meer waren alle in der Schule freundlich zu Ella. Sie hatte das Gefühl, als gingen alle auf Zehenspitzen um sie herum, als trüge sie ein Schild um den Hals, auf dem stand: »Ihre Mutter ist eingesperrt. Sie hat niemanden, der sich um sie kümmert, also hört auf zu gaffen.« Aber das stimmte nicht. Hazel war nett, und ihre Mutter ließ Ella bei sich wohnen, auf einem Feldbett in Hazels Zimmer. Sie verstand nicht, warum Mum mit zusammengebundenen Armen abgeführt werden musste, oder warum sie ihre Mutter nicht in St. Matthews besuchen durfte. Mrs Perrings versuchte es ihr zu erklären.

»Sie braucht Ruhe, mein Schatz. Sie hat unter hoher Belastung gestanden. Als sie das Wasser sah, nun, da hat es sie an deinen Vater erinnert und wie er ertrunken ist. Die Ärzte werden sich ihrer annehmen. Sie würde sich wünschen, dass du weiterhin zur Schule gehst. Ich bin bei Kanonikus Forester und beim Kolleg vorbeigegangen, und die werden sie besuchen, und sie wird bekommen, was sie braucht … Keine Bange. Wir werden ihre Post einsammeln und ein paar Sachen für dich holen.«

Ella hatte nur eine Frage: »Wie lange wird sie da drinnen sein?«

»Bis die Ärzte meinen, dass sie gesund genug ist, um nach

Hause zu kommen, aber mach dir keine Sorgen, du kannst eine Weile hierbleiben, bis wir weitersehen.«

Mit Hazel zusammen zur Schule zu gehen, war schön, und Miss Parry gab ihr eine Beschäftigung, wenn sie traurig wirkte. Sie vermisste Lombard Gardens und die Aussicht aus ihrem Zimmer über den Stowe Pool. Sie hatte keine Gelegenheit, zur Kathedrale zu gehen, da die Perrings Methodisten waren und sie an Sonntagen zu deren Kirche an der Tamworth Street gehen musste.

Dort wusste niemand, dass ihre Mutter fortgeschickt worden war, und schon bald, während die Tage sich hinzogen und zu Wochen wurden, begann sie sich daran zu gewöhnen, bei dieser neuen Schwester und deren Mutter zu wohnen und Onkel George, den Soldaten, zu treffen.

Am ersten gemeinsamen Sonnabend spielten sie am Bach in Netherstowe, und Ella fiel der kleine Schrein an St. Chad ein, der ihr Wunschbrunnen gewesen war, bedeckt mit einem Dach aus Efeu. Als Hazel bei ihrer Klavierstunde war, ging sie die Straße hinunter zu dem Brunnen und sprach ein langes Gebet zu dem Heiligen, in dem sie ihn bat, sich zu beeilen und ihre Mum gesund zu machen. Warum war Mum nicht nach Hause gekommen? Wollte sie Ella nicht mehr sehen? Stimmte es, dass sie nicht ihre richtige Tochter war? Sie musste die Wahrheit herausfinden. Da kam ihr die großartige Idee.

62

»Wir wollen Mrs Smith besuchen«, verkündete Celeste, ein paar rosa Dahlien in der Hand, während sie mit ihrem Vater in der prächtigen Eingangshalle des St. Matthew's stand und zusah, wie sich die Zeiger der Uhr auf drei zu bewegte. Dann würde die Besucherglocke läuten.

»Ihr geht es heute nicht sehr gut«, warnte die Schwester sie. »Sehr weinerlich … Sie hat solche Anfälle. Trotzdem könnte Ihr Besuch ihre Stimmung aufhellen.« Celeste war schon zum dritten Mal hier, hatte die Patientin bisher aber noch nicht zu Gesicht bekommen. Diesmal war sie fest entschlossen, mit eigenen Augen zu sehen, was mit May passiert war. Sie betrachtete das Krankenhaus mit einer gewissen Bewunderung. Für die Art der Einrichtung war es sauber und zweckdienlich und in großem Stil gehalten.

Langsam folgten sie der Schwester, der Kanonikus blieb kurz stehen, um Luft zu holen, und lehnte sich auf seinen Stock. Auch er hatte keinen guten Tag erwischt, wollte Celeste aber unbedingt begleiten.

Die Schwester deutete auf eine Frau, die über einen Tisch gebeugt saß und mit den Fingern an etwas arbeitete. Sie schaute nicht auf, als die Schwester verkündete: »Sie haben wieder Besuch, Mrs Smith.«

»May?« erkundigte Kanonikus Forester sich. »Wie geht es Ihnen heute?«

Er erhielt keine Antwort. Sie schien in ihre Spitzenklöppelei vertieft. »Ich habe jemanden mitgebracht, die Sie sehen möchte. Schauen Sie, erkennen Sie sie wieder?« Der Kanonikus berührte sie lächelnd an der Schulter. Celeste trat vor und versuchte, sich ihren Schreck darüber, wie blass, dünn und verhärmt May wirkte, nicht anmerken zu lassen. Wäre sie dieser Frau auf der Straße begegnet, hätte Celeste sie nicht erkannt. Wo war die kräftige May geblieben, die sich nach den Worten ihres Vaters nichts von Grover hatte gefallen lassen, als er vorbeigekommen war, und sich gegenüber diesem Tyrannen behauptet hatte.

»May … ich bin es, Ihre Freundin Celeste, endgültig zurück aus Amerika.«

May drehte den Kopf, starrte sie an und erkannte sie zunächst nicht. Dann, nachdem es ihr eingefallen war, bedeckte sie die Augen mit den Händen. »Verzeihung, wer sind Sie?«

»Ich bin Celeste, Ihre Brieffreundin aus den Vereinigten Staaten, Ihre Freundin.«

»Meine Tochter stand ohne Vorwarnung vor meiner Tür. Das ist so schön, nach all den Jahren. Sieht sie nicht gut aus? Und ich habe einen Enkel, so groß.« Kanonikus Forester hob die Hand, um die Größe anzudeuten, aber er sah, dass May nicht zuhörte.

Eine eigenartige Dunkelheit lag über ihren Gesichtszügen, tiefe Falten auf der Stirn. Wie konnte das dieselbe Frau sein, die so lebhafte Briefe geschrieben hatte, die Florrie Jessup geohrfeigt hatte? Was war denn nur schiefgelaufen mit ihr?

May schaute sie mit leeren Augen an, bemüht, sich auf ihre Gesichter zu konzentrieren. »Das ist lange her. Ich vergesse alles. Tut mir leid, wenn Ihre Reise vergebens war«, erwiderte sie und wandte sich wieder ihren Klöppeln und Fäden zu, als habe sie mit der Anwesenheit ihrer Besucher nichts zu tun.

»Natürlich bin ich hier, um mich bei Ihnen für alles zu bedanken, was Sie getan haben.« Celeste setzte sich und drängte sich ihrer Freundin förmlich auf. »Sie haben meine Briefe umadressiert und mich aufgeheitert, wenn ich niedergeschlagen war. Jetzt bin ich hier, um Ihnen zu helfen, damit es Ihnen bessergeht. Wir haben uns noch so viel zu erzählen.«

»Ich bin keine gute Gesellschaft, Ma'am. Ich habe es nicht verdient, dass es mir bessergeht.« Sie kehrte ihnen erneut den Rücken zu, doch so leicht wollte Celeste nicht aufgeben.

»Dann lassen Sie uns helfen, damit Sie sich besser fühlen.

Gibt es irgendetwas, das wir Ihnen mitbringen sollen? Um Ihre Tochter müssen Sie sich keine Sorgen machen. Sie ist in guter Obhut. Ich habe sie erst gestern gesehen. Sie macht Ihnen alle Ehre. Wir werden sie einen Tag zu uns holen, damit sie meinen Sohn Roddy kennenlernt. Er kann es kaum erwarten.«

»Sie ist nicht meine Tochter.«

»Natürlich ist sie das. Wer hat Ihnen das denn in den Kopf gesetzt?«

»Ich bin nicht ihre leibliche Mutter. Ich tauge nichts als ihre Mutter.« May begann zu weinen, und eine Schwester trat vor.

»Ich habe Sie ja gewarnt … kein guter Tag. Solche Gedanken treiben sie um. Die Ärzte tun, was sie können.«

»Das ist doch alles Quatsch. Ich habe die Kleine im Rettungsboot in ihren Armen gesehen … Wir haben zusammen Schiffbruch erlitten. So haben wir uns kennengelernt. Ich verdanke ihr so viel. Sie ist eine hervorragende Mutter. Das ist ja schrecklich … was können wir tun?« Beim Anblick der gebrochenen Frau hätte Celeste am liebsten geweint. May erinnerte sie an die zwangsernährten Opfer bei der Kampagne für Frauenrechte, gebrochen von der Pein und dem Gefühl, versagt zu haben, weil sie Essen schluckten, um zu überleben.

»Die Zeit wird sie heilen, Celeste. Sie braucht jetzt Ruhe.« Ihr Vater berührte ihre Schulter. »Der Verstand ist ein Rätsel. Einige unserer Studenten am Kolleg waren nach dem Krieg sehr verändert, manche sind vom Glauben abgefallen, andere wiederum müssen sich einer stationären Behandlung unterziehen, um von Alkohol und anderen Suchtmitteln loszukommen. Der Krieg zerstört viel mehr als Gebäude, Maschinen und Menschenleben. Ich bin mir sicher, dass May wieder gesund wird. Ich schließe sie jeden Abend ins Gebet ein. Lass uns jetzt lieber gehen. Ich glaube, wir bringen sie aus der Fassung.«

Celeste war noch nicht bereit zu gehen. »Hat sie ihre Tochter schon gesehen?«, fragte sie. »Das könnte sie aus dieser Traumwelt reißen und wieder ins wahre Leben zurückführen.«

»Kinderbesuch ist nicht gestattet. Es ist nicht ratsam. Dadurch werden die Patienten nach meiner Erfahrung noch mehr aufgebracht«, antwortete die Schwester energisch.

Als sie durch den langen, gekachelten Flur gingen, schauderte Celeste beim Anblick so vieler schlurfender Menschen, die in ihrer eigenen Welt gefangen waren. Sie hatte von solchen Einrichtungen gehört, und diese hier war besser als die meisten, hell, luftig, sauber und geräumig, aber sie war auch kalt und nüchtern, riesengroß, ohne das Gefühl eines Zuhauses zu vermitteln. Wie sollte May hier gesund werden, abgeschnitten vom richtigen Leben? Ihr Kind nicht zu sehen, zu leugnen, seine Mutter zu sein, war wirklich Wahnsinn. Wie war sie auf diesen Gedanken gekommen? Sie wirkte derart benebelt, so distanziert, in ihrer eigenen Phantasiewelt verloren. Ihre Augen wirkten wie die eines toten Fisches, glasig, leer, ihre Haare strähnig und fettig. Das Kleid schlabberte an ihren Schultern. Wie war es dazu gekommen, dass sie so hoffnungslos und leblos war, wie eine leere Muschelschale?

Hatte May ihre Tortur auf der *Titanic* nur überlebt, um als Schatten ihres früheren Selbst zu enden und ihre Tochter zu einer Waisen zu machen? Sie musste doch etwas unternehmen können, um May wieder ins Leben zurückzuführen, ihr etwas geben, für das es sich zu leben lohnte.

Ihr fiel ein, was Archie McAdam gesagt hatte, wie sein Schiff von einem Torpedo getroffen wurde und er sich an die Rettungsboje geklammert hatte, wohl wissend, dass ihm und seinen Kameraden nur noch wenige Stunden zu leben blieben. Wie er alle dazu gebracht hatte, Lieder und Choräle zu singen, wie er den Männern Geschichten und Witze erzählt und sie aufgefordert hatte, an ihre Familien zu Hause zu denken, wie er ihnen gesagt hatte, sie müssten dorthin zurückkehren und wach bleiben. »Ich weigerte mich einfach aufzugeben«, hatte er gesagt und sein leises Lächeln aufgesetzt, die Augen randvoll mit Leben. Sie hatten schon einen Brief mit seiner neuen Anschrift erhalten, und sobald sie ihn geöffnet hatte, wusste Celeste, dass sie antworten würde.

Das Leben geht voran, nicht rückwärts. Sie wollte jetzt nicht an die Zeit in Akron denken. Wäre sie in einer solchen Einrichtung gelandet, wenn sie nicht vor Grover geflohen wäre? Sie war immer weiter vorwärtsgeschritten, erleichtert, wieder zu Hause in der vertrauten Umgebung zu sein. Man musste May aus diesem schrecklichen, düsteren Abgrund heraushelfen. Worum ging es hier? Sie musste mehr herausfinden.

Jetzt hatten sie sich wieder bei Selwyn im Red House in der Nähe von Streethay niedergelassen, wohnten in dem alten, verschachtelten Gebäude, vollgestopft mit Möbeln der Familie. Seine einstweilige Haushälterin hatte bekanntgegeben, ihr sei die Arbeit zu viel, und so blieb es Mrs Allen, der täglichen Hilfe, überlassen, allein zurechtzukommen. Vorerst konnte Celeste sich dort nützlich machen. Das Haus war ein verwinkeltes, dreistöckiges Backsteingebäude mit acht Schlafräumen. Ein altes Bauernhaus an der Straße nach Burton on Trent, das dringend der Renovierung bedurfte. Es sah aus wie ein Puppenhaus, musste aber von oben bis unten gereinigt werden und war für einen alleinstehenden Mann viel zu groß.

Selwyn sah ein, dass Celeste und Roddy ein Dach über dem Kopf brauchten, und er hatte nicht allzu viele Fragen gestellt oder nachgebohrt, was mit ihrer Ehe schiefgelaufen war. Das war eine große Erleichterung. Sie schämte sich zu sehr, um mit jemandem über ihre Angelegenheiten zu sprechen, nicht einmal mit ihren Vater, den sie dabei ertappte, dass er sie besorgt ansah.

»Geht es dir gut, mein Kind? Ich fürchte, May ist wirklich sehr krank, viel schlimmer, als ich dachte.« Er seufzte. »So eine Schande, und das arme Mädchen, ganz allein auf der Welt.«

Auch wenn ihr Vater gebrechlich und vergesslich war, konnte er seine Kinder gut beurteilen. Jetzt betrachtete er die Gärten des Irrenhauses auf einer Bank sitzend und seufzte. »Ich fürchte, da habe ich dir etwas eingebrockt. Verzeih.«

»Warum? May hat mir jahrelang beigestanden. Ich lasse sie hier drinnen nicht verrotten«, erwiderte Celeste. »Sie wird doch wieder gesund, nicht wahr?«

»Das liegt nicht in unserer Hand. Wir werden tun, was wir können, und der göttlichen Vorsehung vertrauen.«

»Ich wünschte, ich hätte deinen Glauben, Papa …«

»Ich bin alt und kann zurückschauen und Muster im Leben erkennen, Wendepunkte, Wege, die nicht eingeschlagen wurden. Du hattest schwer zu kämpfen, aber ein schlimmer Fehler muss nicht den Rest deines Lebens zerstören, mein Kind. Auch du brauchst Zeit, dich zu erholen, und wo ginge das besser, als bei den Deinen?«

»May hat niemanden …«

»Sie hat Ella, sie hat Freunde, und sie hat dich. Sie ist dreifach gesegnet«, flüsterte er.

Celeste schaute über die gepflegten Rasenflächen, auf denen ein Mann herabgefallenes Laub in eine Schubkarre sammelte und ein anderer Patient Hecken schnitt. Das Leben war so kompliziert. Ihre Rückkehr war nicht ganz so verlaufen, wie sie es sich vorgestellt hatte. Hatte sie sich die ganze Zeit abgemüht, einen Strang ihres Lebens zu entwirren, nur um hier damit konfrontiert zu sein, die Fäden aufzunehmen? Sie lief Gefahr, noch mehr Knoten zu machen.

63

Ella sagte Mrs Perrings, sie gehe in die Stadt, nahm aber am Market Square den Bus nach Burntwood. Sie hatte genug Pennys für das Fahrgeld, und in ihrer Einkaufstasche steckten die Bilder, die sie als Geschenk gemalt hatte. Sie hatte sich erkundigt und wusste, wo sie das Krankenhaus finden würde, aber als sie aus dem Bus stieg und das letzte Stück über die Landstraße ging, musste sie beim Anblick eines derart riesigen Gebäudes schlucken. Wie sollte sie ihre Mum darin finden? Es sah aus wie eine Burg mit Wehrturm und vergitterten Fenstern.

Überall hingen Hinweisschilder: nach »Haupteingang« suchte sie, als sie am Pförtnerhaus vorbei durch die Tore und über die von Bäumen gesäumte Auffahrt eilte. Beim Anblick glänzender Rasenflächen und sorgfältig angelegter Blumenrabatten kam sie sich vor, als besuche sie ein großes Herrenhaus. Sie versuchte, unauffällig zu wirken, aber es dauerte nicht lange, bis ein Mann sie aufhielt und anredete.

»Da kannst du nicht rein! Kinder sind nicht zugelassen.«

»Aber ich will meine Mum sehen«, erwiderte Ella und hielt ihm ihre Tasche hin.

»Das glaube ich dir gern, aber das ist kein Ort für Kinder.«

»Ich möchte meine Mum sehen.« Ella kamen die Tränen. »Ich habe sie seit zwei Wochen nicht gesehen, und ich habe ihr geschrieben. Und ich weiß, dass sie mich sehen will.«

Der Anblick eines weinenden Kindes erzielte die gewünschte Wirkung.

»Ach, Kleines, hör auf zu weinen … ich bin mir sicher, dass sie es versteht, aber Vorschrift ist Vorschrift.«

»Aber ich habe ihr ein paar Bilder mitgebracht.« Ella geriet allmählich in Panik. Warum hielt er sie auf? Der Parkwächter drehte sie herum, zurück zur Straße. Ella begann so laut zu heulen, dass Vorübergehende stehen blieben und sich wunderten, was dort vor sich ging. Ein alter Mann in Schwarz trat vor, um sich zu erkundigen, doch durch ihre Tränen erkannte sie ihn nicht.

»Ella … Ella Smith? Oh, mein Liebes, was machst du hier?« Er wandte sich an die rothaarige Dame aus Amerika, die nach der Schule mit einer schönen Spieldose vorbeigekommen war.

Die Dame lächelte. »Du liebe Güte! Ella, wie bist du denn allein hierhergekommen?« Sie kam auf Ella zu, um sie zu trösten. Doch Ella wollte davon nichts wissen.

»Ich will meine Mum. Sie ist da drinnen«, weinte sie und zeigte auf das Krankenhaus.

Der Parkwächter nahm sie an die Hand. »Jetzt hör mit dem Theater auf, wegen dir bekomme ich noch Schwierigkeiten! Kennen Sie dieses Kind? Sagen Sie ihr, dass sie nicht reingehen kann.«

»Sie ist den ganzen Weg allein hierhergekommen. Bestimmt kann man da etwas machen … Sie nicht zu ihrer eigenen Mutter zu lassen, ist grausam. Mrs Smith muss wissen, dass es ihr gutgeht.« Die Freundin ihrer Mutter sah auf einmal sehr entschlossen aus. »Vater, wir müssen zurückgehen. Bleib einfach hier.« Die Dame stürmte die Auffahrt hinauf, während der Kanonikus ein Taschentuch fand, damit Ella sich die Nase putzen konnte.

»Weißt du, Ella, man ist hier sehr nett zu ihr. Sie macht eine lange Pause und muss ruhig gehalten werden, aber keine Bange … sie ist in Sicherheit.«

Ella hatte Kanonikus Forester immer gemocht. Er kramte in seiner Tasche und förderte ein eingewickeltes Bonbon zutage. »Das ist nur ein Hustenbonbon. Meine Tochter wird sehen, was sie tun kann … Wenn überhaupt jemand die Vorschriften umgehen kann, dann wird sie eine Möglichkeit finden.«

Ella blinzelte, um ihre Tränen zu unterdrücken, und nickte. »Gestern hat sie mir ein Geschenk gebracht.«

»Das klingt ganz nach Celeste; ich kann immer noch nicht fassen, dass sie wieder zu uns zurückgekommen ist … Schau, sie winkt uns zu sich … Ich habe dir ja gesagt, Celeste kann Wunder bewirken. So, und jetzt wisch dir die Augen trocken und gib mir deine Hand. Langsam, nicht so eilig.«

Ella wäre liebend gern gerannt in der Hoffnung, ihre Mutter auf der Treppe zu sehen, aber da stand nur die Dame mit dem kurzen Rock, der die Waden sehen ließ. Sie lächelte und zeigte auf ein Fenster an der Seite. »Schau, Ella, da drüben am Fenster vom Tagesraum.«

Mum stand dort und schaute sie an. Sie lächelte nicht, sondern starrte reglos. Ella fuhr mit der Hand in die Einkaufstasche und hielt die Bilder hoch, die sie von den Kathedralentürmen gemalt hatte. »Die hab ich für dich gemacht!«, rief sie und wedelte damit. Ihre Mutter nickte. Sie sah so eingefallen und blass aus, das Haar stand seitlich ab und war grau. Ella streckte die Hand aus und berührte die Fensterscheibe, um die Hand ihrer Mutter zu spüren.

Im ersten Augenblick wandte Mum sich ab, hielt dann aber inne und legte ihre Hand mit gespreizten Fingern an das Fenster, so dass sie die kleine Hand ihrer Tochter bedeckte.

»Wirst du gesund?«, rief Ella. »Ich bin am St. Chad's-Brunnen gewesen. Du wirst bald wieder gesund. Ich möchte, dass du nach Hause kommst.« Mum nickte, ihre Lippen verzogen sich zu einem kleinen Lächeln, und sie tätschelte das Fenster noch einmal. Die Pflegerin führte sie fort, sie verschwand im Raum und war nicht mehr zu sehen.

Als Ella sich umdrehte, wischte die Dame sich über die Augen. »Zu wissen, dass du hier bist, wird deiner Mutter besser bekommen als alle Tabletten der Welt. Wir werden ihr deine schönen Bilder übergeben, die sie dann bei sich am Bett behalten kann. Ich bin mir sicher, dass sie sich darüber freuen wird. Du bist ein sehr kluges Mädchen, wenn du so zeichnen kannst.«

Ella ging die Auffahrt wieder hinunter und hielt sich an der Hand der Dame fest. Mrs Perrings würde sich inzwischen fragen, wo sie war. Wie eigenartig ihr Leben im Moment war, ohne jemanden, den sie ihr Eigen nennen konnte. Sie schaute auf die drei Kathedralentürme herab, die in Sicht kamen, als sie Pipe Hill hinunterfuhren. Wenigstens wusste sie, dass Mum in der Burg sicher war, dennoch kam sie sich sehr einsam vor.

»So, junge Dame, was machen wir denn jetzt mit dir? Wenn ich Papa zum Kathedralenhof zurückbringe, solltest du mitkommen, und ich mache Tee. Dann bringe ich dich wieder zu deiner Unterkunft, packe deine Sachen, und du kannst für ein paar Tage mit zu mir nach Streethay kommen. Ich möchte, dass du Roddy kennenlernst. Und wir können dich besser kennenlernen. Ich habe dich einmal als winziges Baby gesehen, aber du bist jetzt so groß geworden. So ein hübsches Mädchen. Ich möchte alles über dich erfahren und wer dir beigebracht hat, so zu malen.«

»Danke, Miss, aber Mrs Perrings passt jetzt auf mich auf.« Sie wollte nicht bei Fremden wohnen.

»Und ich bin mir sicher, dass sie sich bewährt hat, aber jetzt bin ich an der Reihe, gefällig zu sein. Warte nur ab, bis du Selwyns altes Haus siehst. Es hat Platz genug, um eine ganze Armee unterzubringen. Da gibt es drei riesige Kastanienbäume, und die Kastanien werden gerade reif. Roddy braucht jemanden, mit dem er spielen kann. Es wird dir gefallen. Du kannst Tante Celeste zu mir sagen. Deine Mutter war in der Vergangenheit wie eine Schwester für mich.«

Ella betrachtete die hellblauen Augen und das rotgoldene Haar, das unter einen hübschen Hut gesteckt war. Vielleicht hätte Mum nichts dagegen, wenn sie für ein paar Tage die Unterkunft wechselte. Diese Dame sah lustig aus, und sie hatte ihr die Möglichkeit verschafft, zu sehen, dass ihre Mum in Sicherheit war. Sie lehnte sich im Bus zurück und schaute aus dem Fenster, von Erregung und Neugier gepackt. Das feste Band um ihre Brust tat jetzt nicht so weh. Sie konnte wieder atmen, und zum ersten Mal seit Wochen bekam sie das Gefühl, dass alles besser werden könnte. Vielleicht hatte St. Chad sie doch erhört.

64

New York, 1920

Niemand im Wohnblock war erfreut über die neuen Prohibitionsgesetze, am wenigsten Salvi und Angelo Bartolini, die Wein für Monate gebunkert hatten, bevor das Verbot in Kraft trat. »Wein gehört zu unserer Lebensart, wie der Whiskey für die Iren. Ich verstehe es einfach nicht«, stöhnte Salvi, und Angelo stimmte ihm zu.

»Wie sollen wir denn Taufen feiern, Hochzeiten oder einen

Leichenschmaus, ohne etwas Belebendes? Wer will denn schon Tee oder Obstsaft?«

Sie wussten, dass sich bereits Banden gebildet hatten, die Whiskey aus Kanada importierten und heimlich Schnaps über die Großen Seen verschifften, Rum in den Häfen versteckten, getarnt in allem, was Alkohol vertrug. Jetzt suchte jeder Schlupflöcher, von Wärmflaschen bis hin zu Benzinkanistern und Flachmännern, in denen sie ihren Schnaps lagerten. Das Gesetz verbot nicht, das Zeug zu trinken, nur den öffentlichen Verkauf, und den würde man umgehen.

»Wir machen ihn selbst«, schlug Orlando vor. Salvis Sohn mangelte es nie an tollen Ideen. Er hatte in Blöcke gepresste, wie Backsteine aussehende Traubenpulpe eingekauft. Sie mussten lediglich Zucker und Wasser beifügen und das Ganze gären lassen, dann hätten sie selbst anständigen Wein.

»Noch besser, wir stellen einen Destillierapparat her, so wie früher, feiner Grappa vom Fass«, fügte Angelo hinzu.

»Nur über meine Leiche!«, rief Kathleen. »Ich lasse keinen Fusel in meinem Haus zu. Das letzte Mal, als mein Onkel ihn hergestellt hat, sprengte er die Fenster des Bauernhauses und tötete eine Kuh.«

Doch Salvi und Angelo ließen sich nicht davon abhalten, bauten Schläuche und Gläser so auf, dass alles leicht abzubauen war, falls die Gesetzeshüter anklopfen sollten, und sorgten für die nötige Hitze. Jedes Teil hatte sein eigenes Versteck.

Orlando schlug vor, sie sollten sicherstellen, dass der Polizist für ihren Bezirk seinen Anteil bekäme, sowie ein paar Dollar zusätzlich, damit er ein Auge zudrückte. Das lief in der ganzen Stadt so. Der Keller ihres Obstladens war der perfekte Platz. Dort mussten alte Fässer gesäubert werden, Eimer, jede Menge Raum zum Selbstbrauen.

»Wir fangen einfach an: Obstschalen, Pulpe, gewinnen Saft daraus und schicken ihn durch die Schläuche«, ordnete Angelo an. Als Junge hatte er seiner Familie oft dabei zugesehen. Er gab den Sirup zu den Traubenblöcken und schob sie in die Fässer, damit sie vergoren, in der Hoffnung, das Wunder, Wasser in Wein zu verwandeln, würde wie in der Bibel funktionieren.

Die Ergebnisse des Experiments mit dem Grappa waren ermutigend, und Orlando hatte die großartige Idee, Wassermelonen auszukratzen und die Schalen mit dem Gebräu zu füllen, um es zu verkaufen, die Melonen oben mit Wachs zu versiegeln, damit die Kunden ihre Früchte reinen Gewissens hinaustragen konnten. Das Gerücht, es lohne sich, die Wassermelonen der Bartolinis zu probieren, verbreitete sich so weit, dass eines Tages ein Mann mit schwarzem Filzhut hereinmarschierte, eine Waffe zog und Salvi bedrohte. »Du bezahlst sofort, oder wir geben den Cops einen Hinweis darauf, was du tust. Niemand etabliert sich ohne unsere Erlaubnis, *capisce*?«

»Die Bande weiß also über den Fusel Bescheid, nicht aber über den Wein. Davon weiß niemand etwas«, murmelte Angelo, stolz auf sein Unternehmen.

»Du kannst diese Typen nicht austricksen. Die haben hier überall ein dichtes Schutzgeldnetz gewoben. Wie sollen wir denn deiner Meinung nach im Geschäft bleiben? Zahlen wir, bleiben wir. Weigern wir uns, werden wir zu Asche.«

Das war ungerecht, aber an der Lower Eastside gang und gäbe. Niemand atmete, ohne dass die Rizzi-Bande davon wusste. Sie waren die »Familie«, verbunden mit noch größeren »Familien«.

Die Bartolinis waren kleine Fische, leicht loszuwerden, falls sie aus der Reihe tanzten. Aber das Ganze beruhte auf Leistung und Gegenleistung. Sie würden anständigen Alkohol liefern, keinen verwässerten Schrott. Besser, sie zahlten und machten mit, bevor ein Laden um die Ecke ihren Anteil bekam. Erkannten die Leute, die das Land führten, denn nicht, dass sie mit der Verabschiedung dieser dummen Gesetze geschmuggelten Alkohol in flüssiges Gold für die Banden von New York verwandelten?

Die Razzia kam eines Abends, als sie den Laden schlossen und gerade zu ein paar Lieferungen aufbrechen wollten. Der Laden wimmelte von blauen Uniformen, die nach Flaschen suchten, während Salvi seine Melonen vorsichtig in Stroh bettete. »Bitte, schauen Sie sich nur um, aber stoßen Sie nicht an meine Früchte hier.« Er zwinkerte.

Zwei Polizisten durchwühlten den Keller, übergingen die Schläuche, die zusammen mit Müll in Säcken verborgen waren und wie unschuldiger Abfall aussahen, der auf die Müllabfuhr wartete.

»Was ist in den Fässern?«, fragte ein Cop grinsend, denn er wusste, dass er auf Gold gestoßen war.

»Bloß Obstessig«, erwiderte Angelo, der spürte, dass das Spiel verloren war. »Wir brauen ihn für Salatsoße.«

»Das riecht aber nicht wie Essig«, sagte der Cop. »Machen Sie es auf.«

Angelo fiel das Herz in die Hose. Sie waren auf frischer Tat ertappt worden, daher reichte er dem Mann einen Zinnbecher und drehte den Zapfhahn auf. Seine ganze Arbeit würde durch den Abfluss gespült werden.

Der Polizist nippte an dem Getränk und spuckte es aus. »Höllenfeuer, ist das Zeug stark. Sie haben mich nicht auf den Arm genommen. Wie ihr so etwas auf euren Tomaten verdauen könnt, ist mir ein Rätsel. Das ist nichts für Menschen, aber jedem das Seine.« Er warf den Becher hin, ging die Treppe hinauf und ließ Angelo stehen, der auf sein Missgeschick starrte. Der ganze Wein zu Essig geworden, reif für den Ausguss. Auf einmal musste er lachen: Sein ausgeklügelter, schöner Plan war einfach Essig!

65

May hatte das Gefühl, ganz unten angekommen zu sein, und langsam, nachdem sie Ella zum ersten Mal durch das Fenster gesehen hatte, wieder aus ihrer tiefen Depression emporzuklettern. Jeden Morgen suchte sie den Arbeitsraum auf, in dem sie einfache Fadenarbeit lernte. Noch immer tauchte der Rollwagen mit Medikamenten auf, und sie öffnete den Mund wie ein Kind, das eine Dosis Lebertran und Sirup verabreicht bekommt. Wenn sie die Tabletten schluckte, würde ihre Entlassung vielleicht vorangetrieben. Manchmal, wenn sie an den Klöppeln herumspielte und sich auf die verdrehten, verschlungenen Linien auf dem Musterbrief und die Stecknadeln konzentrierte, stellte sie fest, dass es ihr Freude bereitete, wenn ihre schlichte Spitze wuchs. Wenn sie durch die Gärten ging, waren ihre Füße zuweilen nicht so schwer, und die frische Luft prickelte auf ihren Wangen. Sie begann wieder zu fühlen, und mit den kleinen Freuden kam der Schmerz über ihre Verluste, das Leid in ihrem Herzen, das nie aufhören würde. Joe und Ellen waren tot, doch die Sorge um das Kind im Fenster, das ihr Bilder geschenkt hatte, das auf eigene Faust gekommen war, um sie zu sehen, beschleunigte ihre Forschritte. Eines Nachts wurde ihr klar, dass sie etwas richtig gemacht haben musste, um solche Liebe zu verdienen, auch wenn sie eine falsche Mutter war.

Farben nahm sie wieder wahr, das frische Grün der Blätter, Blüten, die roten Backsteine, die in der Sonne leuchteten. Die Wolke aus Verwirrung und Müdigkeit lastete nicht mehr auf ihrer Stirn, und sie wusste, es gab Hoffnung, aber sie musste ihre Zunge im Zaum halten, wenn sie jemals wieder den Weg nach Hause finden sollte.

»Warum bleiben Sie bei ihrer Behauptung, Ella sei nicht Ihr Kind?«, fragte Dr. Spence und suchte in ihrem Gesicht nach einer Erklärung. Die Wahrheit zurückzuhalten, fiel ihr schwer, aber sie wusste sehr wohl, dass das, was sie auf dem Rettungsboot getan hatte, kriminell war, und das würde Gefängnis bedeuten. Was mit ihr geschah, spielte keine Rolle, aber Ella durfte jetzt nicht darunter leiden. Besser, sie schluckte ihre Worte hinunter, hielt die Wahrheit zurück, ganz gleich, welchen Preis sie selbst dafür zahlen musste.

»Ich schaue sie an und erkenne mich selbst nicht in ihr«, antwortete sie vorsichtig. »Ich wusste nicht, was ich sagte.«

»Können Sie mehr sagen?«, hakte Dr. Spence nach und beugte sich vor.

»Wenn ich sie vor mir habe, sehe ich ihren Vater, wie er ertrank. Ich sehe ihn. Ich konnte nicht nah genug bei ihm bleiben. Es war so kalt, das Wasser, Eis, Trümmerstücke … Wir waren auf dem Schiff unterwegs in ein neues Leben, wir drei. Das Kind und ich wurden gerettet. Joe wurde nie gefunden … Es war so kalt.«

Schweigen trat ein. »Ist das wahr?«

Sie sah ihn an. »Der *Titanic*-Hilfsfonds zahlt meine Behandlung hier.«

»Sie sind Überlebende der *Titanic*? Du liebe Güte, warum haben Sie uns das nicht früher gesagt?«

»Das hängt man nicht an die große Glocke, wenn man zusehen muss, wie der Ehemann unter Wasser verschwindet«, sagte May und zerknüllte ihr Taschentuch zu einem Ball, bemüht, ruhig zu bleiben. Sie hatte jetzt die volle Aufmerksamkeit des Arztes. Sie war nicht mehr einfach die arme Mrs Smith, sie war eine Überlebende der *Titanic*, jemand Besonderes, der eine Geschichte zu erzählen hatte. Nur hatte sie nicht vor, die ganze Wahrheit zu erzählen, niemals.

»Wollen Sie damit sagen, dass Ella Sie an Ihren verlorenen Mann erinnert?«

Sie nickte. »Er war dunkel. Ich denke an ihn, und ich wünschte, er hätte überlebt. Er war ein guter Mann und hatte so einen Tod nicht verdient. Der Gedanke ist schrecklich, ich weiß. Ich wollte ihn nicht verlieren. Ich kann nicht vergessen, was ich gesehen habe. Ohne ihn wollte ich nicht weitermachen. Ich wünschte, wir wären alle tot.«

»Aber Mrs Smith, Sie haben überlebt und sich ein Zuhause und ein neues Leben geschaffen. Sie sollten stolz auf sich sein. Allerdings ist jede Veränderung unter derart schrecklichen Umständen belastend. Sie haben etwas Außergewöhnliches erlitten. Kein Wunder, dass es einen solchen Tribut von Ihrer Geisteskraft gefordert hat. Warum hat es Monate gedauert, bis wir das aus Ihnen herausbekommen haben?«

»Das Kind braucht mich. Ich bin lange genug fort gewesen. Ich muss wieder nach Hause.«

»Ich nehme an, dass Sie entsprechende Vorkehrungen für sie getroffen haben, wie unser Besuch von der Wohlfahrt mir sagte?«

»Sie wohnt bei einer anderen Überlebenden des Schiffsuntergangs. Wir haben uns im Laufe der Jahre angefreundet. Ihre Familie hat mir Arbeit beschafft, und jetzt haben sie Ella bei sich, bis es mir wieder so gutgeht, dass ich arbeiten kann.«

Dr. Spence schüttelte lächelnd den Kopf. »Ah, die beeindruckende Celeste Forester und ihr Vater, der Kanonikus: zwei Hitzköpfe. Sie haben sich treu und energisch für Sie eingesetzt, aber wir dürfen nichts überstürzen, Mrs Smith. Für eine Attacke wie die Ihre brauchen Sie ein Jahr, um sie abzubauen. So etwas verschwindet nicht an einem Tag oder in einer Woche, aber dass Sie von hier wegwollen, ist ein gutes Zeichen. Sie waren sehr erschöpft, und das hat Ihre allgemeine Gesundheit in Mitleidenschaft gezogen. Ihr Körper ist unterernährt. Daher werden Sie auf sich selbst achtgeben müssen, gut essen und eine neue Beschäftigung suchen, wenn es sein muss, aber übereilen Sie es nicht mit dem Wunsch, unabhängig zu sein. Nehmen Sie möglichst alle Hilfsangebote an. Also wirklich, eine Überlebende der *Titanic* … Seit Jahren haben wir nichts mehr über diese schreckliche Katastrophe gehört, wegen des Kriegs. Ich bin so froh, dass Sie es mir gesagt haben. Jetzt haben wir einen tiefergehenden Grund für Ihre frühere Störung, eine Erklärung für Ihr Leid. Wir müssen sehen, ob ein Besuch zu Hause Ihnen weiterhilft, ob wir Sie der Fürsorge von Verwandten oder auch Freunden überlassen können. Vielleicht können wir eine Wiedereinführung in die Gemeinschaft ins Auge fassen. Sie werden an einer Besprechung des Kollegiums teilnehmen müssen, damit man einschätzen kann, ob Sie reif für die Entlassung sind, aber was Sie mir erzählt haben, wird helfen, um ihre Zustimmung zu bekommen.«

May hatte ihm ein paar Körnchen Wahrheit hingestreut, aber nicht die ganze Scheibe. Sie würde dieses grauenvolle Geheimnis für den Rest ihres Lebens bei sich behalten müssen. Das war der Preis, den sie für ihr Verbrechen zu zahlen hatte. Vielleicht würde es sie mit der Zeit von innen auffressen, aber das spielte keine Rolle. Sie wollte bei Ella sein und von vorn anfangen. Dem

Kind mussten alle Chancen auf ein glückliches Leben ermöglicht werden, und eine Mutter im Irrenhaus war keine gute Empfehlung. Je eher sie hier herauskam, desto besser.

66

Als Celeste wieder vorbeikam, traf sie auf eine verwandelte Frau, die an ihrer Spitzenklöppelei saß und ihr entgegenlächelte.

»Sie lassen mich auf einen Besuch nach Hause, nur für einen Tag. Nach all den Monaten weiß ich nicht, wie ich es schaffen werde. Geht es Ella gut, ihrer Schularbeit? Oh, Celeste, du bist so eine gute Freundin gewesen. Tut mir leid, dass es mir so schlechtging. Was musst du von mir denken?«

Celeste ergriff Mays Hand und erwiderte ihr Lächeln. »Denk nur an all die Briefe, die wir ausgetauscht haben, die Geheimnisse und die Freundlichkeit, die du mir erwiesen hast. Dir geht es wieder besser. Das kann ich dir vom Gesicht ablesen. Wir alle wollen dich wieder bei uns zu Hause haben. Du kannst mit Ella viele Spaziergänge unternehmen. Keine Sorge, ihr geht es prächtig. Sie und Roddy gewöhnen sich aneinander. Selwyn wird dich abholen. Er war sehr in Sorge um dich. Es ist gut, wieder Licht in deinen Augen zu sehen. Wir müssen so viel besprechen, um uns auf den neuesten Stand zu bringen, nicht wahr?«

Nach dem Besuch stieg Celeste in Selwyns Wagen und hielt an einer Landstraße an, um die Aussicht zu genießen. Er hatte versucht, ihr das Fahren beizubringen, aber sie war lieber allein, wenn er nicht mit ihr schimpfen konnte, weil sie die Gänge krachen ließ. Jetzt lernte sie mit den gewundenen Straßen umzugehen und machte Handzeichen. Auf einmal überkam sie das

Gefühl, als liefen alle verschiedenen Stränge ihres Lebens jetzt endlich zusammen.

Ella würde so aufgeregt sein, dass ihre Mutter im Red House bleiben würde, bis es ihr besserging. Celeste brachte sie zu ihren Zimmern in Lombard Gardens, damit sie ihre Habseligkeiten packen und einlagern konnten. Die Zimmer sollten neu vermietet werden, und die Besitzer legten größten Wert darauf, dass die Wohnung geräumt wurde.

Worauf habe ich mich hier eingelassen?, fragte Celeste sich immer wieder seit ihrer Rückkehr nach Lichfield. Ein ganz neues Leben hatte sich entfaltet, das sie nie hätte planen können. Vater weigerte sich noch immer, ebenfalls ins Red House umzuziehen. Roddy ging in die Chorschule. Selwyn brauchte die feste Hand einer Frau, um Haus und Hof davor zu bewahren, in einem Nebel aus Rauch und Staub zu verschwinden, und Ella gehörte jetzt einfach zu ihrem Leben dazu. Celeste sorgte dafür, dass sie zusätzlichen Kunstunterricht im Kunstseminar in der Dam Street bekam. Ein Talent wie das ihre musste gefördert werden. Die Aussicht auf ein Stipendium an der Höheren Mädchenschule bestand auch. Sie hoffte, May würde ihre Pläne nicht allzu ehrgeizig finden.

Manchmal kam Celeste sich vor wie Kapitän Smith, der all diese provisorischen Familienmitglieder durch unruhige Gewässer steuerte – aber nicht in einen Eisberg unter dem Wasser, betete sie. Ella hatte darauf bestanden, sich seine Statue im Museumsgarten anzusehen. Es war wirklich sein Ebenbild.

»Er hat dir das Leben gerettet«, sagte sie, und Ella schaute sie schief an. »Deine Mutter und ich waren zusammen im Rettungsboot. Da haben wir uns kennengelernt, hat sie dir das nicht erzählt?«

Erneut wirkte Ella verwirrt. »Nein, mein Daddy ist auf

einem Schiff nach Amerika ertrunken. Das weiß ich.« Sie hüpfte davon, nicht interessiert an diesen Neuigkeiten.

Also wusste Ella nichts. Celeste hütete sich, mehr zu sagen. Warum machte May ein solches Geheimnis um ihre Rettung? Was war falsch daran, dem Mädchen zu sagen, wie es dazu gekommen war, dass sie diese berühmte Katastrophe überlebt hatte? Aber stand es ihr zu, zu urteilen? Auch sie war Roddy gegenüber nicht ganz offen gewesen. Für sie war alles mit der Rückkehr nach Akron und zu Grover verknüpft.

Roddy hatte angefangen, Fragen nach seinem Vater zu stellen. Er hatte das Hochzeitsfoto vom Regal ihres Vaters genommen und mit Interesse betrachtet.

»Wir sollten ihm Bescheid geben, dass wir hier sind. Du zwingst mich, Lügen zu erzählen, ich hätte keinen Pa, aber ich habe einen ... Er ist doch nicht tot, oder? Wenn du es nicht sagst, dann tu ich es, und Onkel Selwyn wird mir die Adresse geben.« In seinen Augen funkelten Zorn und eine Entschlossenheit, die sie nur allzu gut kannte.

Entsetzt und wütend stürmte sie in Selwyns Schuppen. »Was hast du Roddy über Grover erzählt?«

»Das ganze Mantel-und Degen-Zeug, der veränderte Familienname ... der Junge ist verwirrt genug. Er hat ein Recht, über Grover Bescheid zu wissen. Ich verstehe einfach nicht, warum du ein bequemes Leben verlassen und ihn um die halbe Welt gezerrt hast, fort von allem, was er kennt«, fuhr Selwyn sie an.

»Oh, nein, das verstehst du natürlich nicht! Dann will ich dir sagen, dass dieses ›bequeme Leben‹ eine höllische Ehe war. Wenn deine Schwester zu spät kam, wurde sie geschlagen und herumgestoßen. Wenn deine Schwester schlafen wollte, wurde sie gezwungen, sich Demütigungen zu unterwerfen, von denen man in der Zeitung liest. An vielen heißen Sommertagen war ich gezwungen, mit langen Ärmeln herumzulaufen, um die blauen Flecken an meinen Armen zu verbergen. Meinst du, mein Sohn sollte das sehen und zu der Ansicht gelangen, dass Männer ihre Frauen ebenso behandeln? Du hast keine Ahnung, was ich durchgemacht habe, also sag kein Wort mehr.«

Aufschluchzend eilte sie hinaus. Die Tränen liefen ihr über das Gesicht und sie wusste kaum, wo sie hinlief. Mit zitternden Knien lehnte sie an einem der Apfelbäume im Garten und versuchte, die Fassung wiederzugewinnen. So stand sie da, als Selwyn ihr nachkam. Er war kreidebleich vor Zorn. »Wenn ich Grover Parkes jemals in die Finger kriege …« Unbeholfen legte er die Hand auf Celestes Schulter. »Es tut mir entsetzlich leid, Schwesterherz, ich hatte ja keine Ahnung. Bitte, verzeih mir.«

Celeste sah ihn an. »Verstehst du jetzt, warum ich ihn nicht mehr in unserem Leben haben will? Es wäre unerträglich. Aber das alles muss unser Geheimnis bleiben … bitte.«

Nach ihrem Gefühlsausbruch zog sich ihr Bruder erneut in seine Schale zurück, er setzte sich in seinem Schuppen von ihnen ab und hämmerte an seinen Reparaturen herum, als ginge es um sein Leben. Celeste konnte Selwyns Veränderung kaum fassen. Die Narben der Verbrennungen in seinem Gesicht waren oberflächlich, doch die Kriegsnarben gingen tiefer, als sie es sich je vorstellen könnte. Aber dieser Streit reinigte die Luft, und es wurde nicht mehr darüber gesprochen, Roddy die Adresse zu geben, als Weihnachten vor der Tür stand.

Jetzt hatte sie zu tun, die bisherige Wohnung von May und Ella für den Umzug ins Red House auszuräumen. May hatte so wenig Besitz, dass Celeste sich schämte, wie viel Gerümpel ihrer Familie im Red House herumstand: die Schreibtische, Vitrinen, Stühle, Uhren, die Bilder, die Wäsche. Die Foresters waren große Hamsterer, die Smiths hatten alles verloren.

Ella half mit, sammelte alle Spielsachen in eine Kiste und packte die Sachen ihrer Mutter sauber in einen Koffer. Ganz unten in ihrer Kieferntruhe, unter den Wintersachen verborgen, lag eine Reisetasche, die nach Mottenkugeln roch.

Ella öffnete sie, und ein Stapel Babywäsche purzelte heraus, den Celeste sofort erkannte. »Schau, deine wunderschönen Babysachen!« In dem Häubchen zuunterst steckte ein Babyschuh mit einer winzigen Ledersohle, eingefasst mit einem feinen Spitzenbündchen. »Du warst so klein. Sieh nur, die Spitze an deinem Nachthemd, so eine schöne Borte. Deine Mutter muss sie als Andenken aufgehoben haben.«

Ella war kaum interessiert. »Die sehen für mich aus wie Kleider für alte Puppen.«

»Du musst sie mitnehmen und deiner Mutter zeigen. Sie sind etwas ganz Besonderes.« Allein durch die Berührung stiegen Erinnerungen in ihr auf: wie sie mit ihnen in die Wäscherei geeilt war und versucht hatte, May und ihr Kind warm und trocken zu halten und zu trösten. Wieso hatte May ihrer Tochter nichts über die *Titanic* erzählt?

»Ob sie sich dann wieder aufregt?« Ella schaute Celeste wachsam an. Sie hatte zu viel gesehen für ihr Alter, Dinge, die sie nicht verstand und nicht verstehen musste. »Am besten, wir legen sie weg.«

»Sie wird wieder gesund, aber wenn die Sachen dich stören, werde ich sie in Verwahrung nehmen. Deine Mutter muss deine Geschichte erklären, nicht ich. Ich habe schon zu viel gesagt.«

»Worüber?«

»Schau dich noch mal um, ob alles gepackt ist.« Celeste wusste, dass sie sich wieder auf dünnem Eis befand.

Als sie zum letzten Mal die Haustür schlossen, fiel ihr auf, dass Ella die Aussicht betrachtete.

»Mir gefällt dieses Haus, ich bin gern in der Nähe der Stadt«, sagte sie seufzend, aber da sie für ihr Alter sehr klug war, sah sie Celestes Miene und fügte eilig hinzu: »Aber Red House gefällt mir auch gut, und dass ich oben im Dachgeschoss mein eigenes Zimmer habe. Ich fahre gern mit dem Bus, und Onkel Selwyns Wagen knallt so laut, dass alle springen, wenn er explodiert.«

Mit dem dunklen Haar und den hinreißenden Augen würde die Kleine eine Schönheit werden, dachte Celeste. Sie kannte jetzt nur diese Stadt, wusste nichts über ihren Hintergrund, nichts über die *Titanic*. Höchste Zeit, dass die beiden Kinder erfuhren, was in jener Nacht passiert war, aber sie wollte May nicht wieder in Unruhe stürzen. May musste ihre Gründe haben, warum sie Ella nicht die Wahrheit sagte, so wie sie selbst zögerte, mit Roddy über Grover zu sprechen.

Sie waren schon ein Gespann; sie beide hatten etwas zu verschweigen. War das, was sie auf der *Titanic* durchgemacht hatten, die Ursache dafür? Niemand, der dabei gewesen war, sprach viel darüber. Die öffentliche Untersuchung vor vielen Jahren hatte so viele skandalöse Lücken in den Sicherheitsbestimmungen aufgedeckt. Wenigstens musste jetzt jedes Schiff genügend Rettungsboote an Bord haben und Rettungsübungen durchführen. Was war noch verdeckt oder übertüncht worden? Das interessierte jetzt niemanden, nicht seit dem Krieg. Es war ein Stück vergessener Geschichte.

Hatte das Entsetzen über eine solche Erfahrung auch andere Überlebende außer May in geistige Verwirrung gestürzt? Kein Wunder, dass Geheimnisse so schwer an die Oberfläche zu bringen waren, wenn in jener Nacht so viel Hoffnung und so viele Träume mit dem Schiff versunken waren. Das alles war zu tief, um es zu begreifen, und jetzt war dafür auch nicht der richtige

Zeitpunkt. Jetzt war nur wichtig, ein Zuhause für die Smiths zu schaffen und wieder ein Lächeln auf das Gesicht des Kindes zu zaubern.

67

Schweigend fuhren sie die gewundene Straße hinunter. »Mir gefällt die Strecke in die Stadt, sie ist so friedlich. Freuen Sie sich auf Ihren Besuch?«, fragte Selwyn und schaute starr geradeaus, während May ihre Gedanken sammelte und sich an ihre Handtasche klammerte, um Halt zu finden.

»Es ist Monate her, ich bin mir nicht sicher. Ich nehme an, wir fahren zu Ihnen. Ich frage mich, wie es Ella dabei gehen wird. Es ist mir so peinlich, dass ich so schwachsinnig war.«

»Reden Sie keinen Blödsinn, gute Frau, Sie waren krank. Der Verstand ist nicht anders als der Körper, wenn er krank ist. Denken Sie an mich, als ich nach Hause kam. Ich sage Ihnen jedoch eines: Sie müssen sich etwas suchen, für das es sich jeden Tag aufzustehen lohnt, etwas, das Ihren Verstand in Anspruch nimmt. Celeste wird Ihnen helfen.«

»Ich bin im Moment keine gute Gesellschaft. Ich möchte einfach nur sehen, ob es Ella gutgeht. Ich muss wiedergutmachen, dass ich so lange weg war.«

»Das ist nur ein Tagesbesuch, um die Lage zu peilen. Erwarten Sie nicht zu viel, dann werden Sie auch nicht enttäuscht. Ich weiß, wovon ich rede. Sie wollen nicht mehr Zeit im Krankenhaus verbringen, als unbedingt notwendig ist, aber das ist eine eigene kleine Welt, und das Leben dort kann man nicht einfach übertragen. Es wird schon.«

Wenn sie sich dessen nur sicher sein könnte. Wie sollte sie eingestehen, dass sie Angst davor hatte, ihr Kind wiederzusehen, nach allem, was sie gesagt hatte? Wie hatte sie so grausam sein können, ihr zu sagen, sie sei nicht ihre Tochter? Ob Ella sie überhaupt sehen wollte? Sie schien sich bei den Foresters eingelebt zu haben, nach deren Worten zu urteilen. Plötzlich wurde ihr übel.

Ella wartete schon an der Tür vom Red House. »Du bist wieder da! Endlich! Komm, wir haben Teegebäck mit Marmelade gemacht, und ich habe den Tisch im Esszimmer gedeckt. Komm mit …«

Ein Junge stand weiter hinten in der Diele und hielt sich zurück, in seiner Uniform jeder Zoll ein Schuljunge. »Das ist Roddy.« Ella schob sie vor, damit sie ihn begrüßte. Er starrte sie an und wusste nicht, was er tun sollte, streckte ihr aber schließlich die Hand entgegen.

»Freut mich, dich kennenzulernen«, flüsterte May und wünschte, alle würden fortgehen und sie mit Ella allein lassen. Celeste konnte ihre Gedanken lesen und verscheuchte die anderen. »Wir setzen den Wasserkessel auf und lassen Ella und ihre Mutter im Wohnzimmer ein bisschen in Ruhe.«

May hatte noch nie in dem großen Raum gesessen. Er kam ihr formell und unterkühlt vor, und sie passten beide nicht hierhin. »Ich würde gern an die frische Luft«, sagte sie. »Komm, wir gehen am Kanal entlang, wie in alten Zeiten. Und ich hätte auch nichts dagegen, im Garten herumzustromern. Wie sieht's denn da so aus?«

»Er ist jetzt unser Revier. Niemand macht viel darin. Ich kann dir zeigen, wo ein Amselnest ist«, schlug Ella vor und streckte eine Hand aus. May ergriff sie erleichtert, darum bemüht, nicht allzu fest zuzupacken, um ihre Nerven zu beruhigen.

»Du hast nicht untertrieben. Hier ist ja alles durcheinander. Haben sie denn keinen Gärtner mehr?« Dann fiel ihr ein, dass der alte Mann gestorben und sein Sohn im Krieg gefallen war.

Es war ein Sommernachmittag, und der blaue Himmel hob ihre Laune, während Ella über die Schule und Hazel plauderte, dass sie sich mit Roddy zanke, wer Selwyns alte Pferde, Bentley und Whiston, reiten dürfe. Wie Selwyn dann aus der Scheune komme, sie verscheuche und ihnen sage, die Pferde seien pensioniert und niemand dürfe sie jetzt reiten.

Sie plapperte munter weiter, und May nahm alles erfreut auf. Sie ist noch meine Ella, dachte sie, und ich bin noch ihre Mutter.

Doch dann folgten erschütternde Neuigkeiten. »In unseren Zimmern wohnt jetzt jemand anders. Ich musste alles zusammenpacken. Es ist jetzt hier im Obergeschoss. Wo werden wir unterkommen?«

Hatte Celeste sie auf diesen Umzug vorbereitet? Sie musste ihr etwas gesagt haben, aber ihr Gedächtnis war wie ein Sieb. Panik überkam sie, als sie wieder zurückgingen, um Tee zu trinken.

Das Essen war nicht leicht. May schmeckte nicht viel, gab sich aber die größte Mühe, Dankbarkeit zu zeigen. Ella saß am Tisch und redete unentwegt, während sie Kuchenstücke auf ihren Teller schob. Selwyn hielt sich von ihnen fern. May beobachtete die Zeiger der Uhr, die sich auf die Zeit zu bewegten, an der sie wieder gehen musste, doch zu ihrer Überraschung machte sie sich nur widerwillig auf den Weg zu Mantel und Hut.

»Was hältst du vom Garten?«, fragte Celeste. »Ich war nie sehr gut mit dem ganzen Grünzeug. Ich piesacke Selwyn schon die ganze Zeit, aber der ist noch schlimmer als ich.«

»Dann musst du eine Stellenanzeige für einen Gärtner aufgeben«, schlug May vor. »Das Grundstück ist groß.«

»Ich dachte, wenn du mir zur Hand gehst und mir zeigst, wie man was macht …«

»Da bin ich mir nicht so sicher. Ich werde mir selbst Arbeit suchen müssen, wenn ich wieder …« Sie verstummte.

»Das meinte ich doch, May. Hier ist genug Platz für uns alle. Ella hat sich eingelebt. Könntest du dir vorstellen, hier einzuziehen und mir in Haus und Garten zu helfen?«

May überlief ein Prickeln. »Du hast genug getan und du kannst nicht wollen, dass ich dir wie der Albatross in dem Coleridge-Gedicht um den Hals hänge. Das ist nett gemeint, aber ich glaube, ich sollte auf eigenen Füßen stehen.«

»Warum? Was ist denn falsch daran, hier zu wohnen und deine Füße auf Pfade zu setzen, die du schon kennst? Wir halten das für eine gute Idee, nicht wahr, Ella?«

»Also habt ihr das hinter meinem Rücken ausgeheckt? Darf ich denn nicht mitreden, wenn es darum geht, wie ich meine Tochter großziehe? Wie ich sehe, hat sie sich häuslich niedergelassen.« May stand auf, um zu gehen. »Wird Zeit, dass ich aufbreche.«

»May, ich wollte dich nicht kränken. Ich dachte nur, es wäre gut für uns alle, wenn wir ein wenig Zeit miteinander verbringen und die Kinder Gesellschaft haben. Bitte, reg dich nicht auf.«

May sah Celeste an, dass ihre barschen Worte sie erschüttert hatten. Sie schob Ella in die Diele hinaus und schloss die Tür hinter ihr.

»Nur weil ich im Irrenhaus war, heißt das noch lange nicht, dass ich keinen Stolz habe.«

»Nur weil du krank warst, heißt das noch lange nicht, dass du mein Angebot in den Wind schlagen kannst, ohne es dir gründlich überlegt zu haben.« Celeste fasste nach Mays Hand. »Du bist meine Freundin, verstehst du? Du hast mir einmal gesagt, du seist eine Einzelgängerin. Ich weiß, wie du mit Florrie und den anderen am Kolleg gekämpft hast. Wir beide wissen viel voneinander. Mir ist klargeworden, Ella weiß nicht, dass sie auf der *Titanic* war. Ob man daraus allerdings so ein Geheimnis machen muss, ist deine Sache.«

May seufzte leise. »Nein, Celeste, du weißt alles über mich, aber ich nichts über dich, nur dass du deinem Mann weggelaufen bist. Sich Freunden mitzuteilen, muss auf Gegenseitigkeit beruhen.«

»Dann ist es vielleicht an der Zeit, dass ich dir sage, was ich Selwyn erzählt habe.« Celeste holte tief Luft und schwieg einen Moment, bis sie mit leiser Stimme sagte: »Ich bin fortgerannt, weil mein Ehemann ein Tyrann war. An dem Abend, als ich von New York nach Hause kam, fünf Tage nach dem Untergang der *Titanic*, hat er mich grün und blau geschlagen, und noch mehr. Wir alle haben unsere Probleme, May. Nicht alle führen eine glückliche Ehe, so wie du mit Joe, so kurz sie auch war. Du bist nicht die Einzige, die Geheimnisse hütet.«

Sie starrten sich an und stellten dann fest, dass sie beide weinten und sich aneinander festhielten, als ginge es um Leben und Tod. »Du hast mir geholfen, zu fliehen, May. Ich werde dir mein Leben lang verpflichtet sein. Also steig von deinem hohen Ross und komm mir halbwegs entgegen. Komm schon, ich fahre dich zurück, und wir können das ein für alle Mal vom Tisch fegen.«

Ella klammerte sich an May, als sie ging, und wollte mitkommen, aber Selwyn hielt sie zurück. »Deine Mum und meine Schwester haben viel aufzuholen. Keine Bange, sie wird bald für immer zu Hause sein. Lass uns den Frieden genießen, solange es möglich ist.«

68

Noch ein Wort über Frankies Erstkommunion, und er würde nicht hingehen, schwor Angelo sich. Kathleen war wild entschlossen, Ehre einzulegen und ihren Sohn nur mit den feinsten Sachen auszustaffieren.

»Was spricht denn gegen einen gebrauchten Anzug?«, wandte er ein.

»Was spricht *dafür*?«, fauchte sie. »Willst du deine Familie vor den Patern beschämen? Er braucht Stiefel und Strümpfe und einen weißen Kragen. Die anderen müssen respektierlich aussehen, und du auch.«

»Hast du eine Bank ausgeraubt? Wo bekommen wir denn solche Klamotten?«, hielt er dagegen. »Ich schwimme doch nicht im Geld.«

»Nein, aber du versäufst eine Menge. Ich habe etwas für das Fest und die Geschenke zurückgelegt. Ich möchte der Familie zeigen, dass wir etwas richtig machen können und nicht knausern müssen. Das ist sein besonderer Tag.«

Warum gefiel Frauen dieses Rumknien in der alten Kathedrale mit dem wabernden Weihrauchgeruch, den weißen Gewändern mit Spitzenbesatz, den flackernden Kerzen in den dunklen Nischen und den Statuen? Er schaute auf seine beiden Söhne: Frankie, sauber und ruhig, konnte die Anschlagtafeln auf der Straße schon lesen, bevor er zur Schule ging, und Jackie, sein kleiner Bruder, war ein lärmendes Kind, stromerte durch die Straßen, während Patti in ihren geflickten Schuhen aus zweiter Hand herumtapste und sie mit ihren Possen verrückt machte, während Angelo versuchte, Caruso zuzuhören, der aus dem alten Grammophon schmetterte, das sie im Laden auf Pump gekauft hatten.

Darüber hatte es eine heftige Auseinandersetzung gegeben. »Woher stammt das wirklich, Angelo? Wir können uns so etwas nicht leisten. Wir müssen Frankies Kommunionsanzug bezahlen.«

»Du könntest ihm schnell ein Hemd und eine Hose nähen. Ist doch nur für einen Tag. Ich möchte nicht, dass mein Sohn stundenlang da in der Kirche hockt. Das ist nicht richtig. Ein Junge braucht Luft und Prügeleien auf der Straßen. Du machst noch eine Memme aus ihm. Wenn die irischen Pater erst einmal Hand an seine Seele gelegt haben ...«

»Was stimmt nicht mit Pater Reagan?«

»Was stimmt mit ihm ... er will, dass Frankie in seinem Alter im Chor singt ... Das waren noch Zeiten, als wir Italiener alle im Keller von Old St. Patrick's zum Gottesdienst gingen, und jetzt willst du, dass mein Sohn oben zu den Iren geht.«

»Er ist ein halber Ire!« Wenn Kathleen sauer war, peitschte sie ihn mit ihrer Zunge, und er stürmte hinaus, murmelte Verwünschungen vor sich hin, bis er sich wieder beruhigt hatte. Ihre Auseinandersetzungen konnten Blitz und Donner sein, dann wieder heiß und erregend.

Angelo verdiente sich etwas nebenher mit dem heimlichen Brauen im Obstladen, aber irgendwie zog es ihn in einen verrauchten Saal, um Karten zu spielen und zu trinken, und wenn er nach Hause torkelte und seine Taschen leerte, war die Hölle los. Waren sie angefüllt mit Gewinnen, verlief die Nacht gut; waren sie leer, schwieg Kathleen ihn an.

Sonntags nahm sie die Kinder mit zur irischen Messe. Angelo ging nie in die Kirche, bis auf Ostern oder Weihnachten, obwohl Pater Bernardo immer seufzend nach ihm fragte. Den 15. April hielt er noch immer in Ehren und erzählte seinen Kindern alles über die *Titanic*. Er und Kathleen hatten sie mitgenommen, um sich den Leuchtturm anzusehen, auf dessen Spitze sich ein Zeitball befand, der aufstieg und mittags zu dem Zeitpunkt herabfiel, an dem die *Titanic* ausgelaufen war. Die Kinder wussten von Maria und dem kleinen Kind und Lou, der Schwester ihrer Mutter, die alle im Meer ertrunken waren, weil zu wenig Rettungsboote vorhanden waren.

Jedes Jahr holte er den kleinen, mit Spitze verzierten Schuh hervor, von dem er glaubte, dass er seinem Kind gehörte. Jedes Jahr fiel es schwerer zu glauben, das Kind könnte noch am Leben sein, obwohl er eine Träne vergossen hatte, was Kathleen wütend machte.

Manchmal hatte er Mühe mit dem Atmen, und er war müde. Wenn er im Laden Kisten hob, brach er in Schweiß aus, und sein Rücken schmerzte. Häufig brauchte er ein starkes Getränk, um den Schmerz zu lindern. Jetzt knauserten sie für Frankies großen Tag und ernährten sich von *zuppa*. Kathleen war die Suppenkönigin von Lower Manhattan, pflegte er zu scherzen. Niemand konnte einen Topf Brühe besser strecken als sie, doch er fürchtete, dass seine Kinder hungrig zu Bett gingen.

Zuweilen unternahmen sie alle zusammen einen Spaziergang zum Battery Park, um die großen Linienschiffe zu beobachten, die an der Freiheitsstatue vorbei aus dem Hafen von New York ausliefen.

»Ihr seid jetzt Amerikaner«, sagte Angelo dann und drohte ihnen mit dem Finger. »Macht euch dieses große Land zu eigen … Kümmert euch nicht drum, wenn man euch beschimpft … Ihr seid geborene Americanos. Baseball, Football, macht alles, was ihr wollt, aber haltet euch von den irischen Patern fern … Kirche ist eine *cosa femminile*. Hörst du, Francisco … Frauensache.«

Frankie war am Tag seiner Erstkommunion um vier Uhr auf

den Beinen. Man hatte ihm aufgetragen, ab Mitternacht zu fasten und nichts anzurühren, bis das heilige Sakrament seine Lippen berührte. Angelo war wütend. Der Junge war zu willig, zu jung, um ohne Wasser auszukommen.

»Es ist mein besonderer Tag. Ich kann es kaum erwarten. Werde ich den Herrn spüren, wenn ich an der Reihe bin?« Er hatte sich seine Kleidung fein säuberlich zurechtgelegt. Angelo schämte sich, dass es ihm selbst am rechten Glauben fehlte. »In dem Sonntagsstaat wirst du wie ein Prinz aussehen. Was ist das?« Er nahm einen langen Spitzenkragen aus feinster Klöppelarbeit in die Hand. »Woher kommt das?«

»Aus Italien. Tante Anna hatte es für ihre Jungen aufgehoben. Er hat Onkel Salvi gehört, als er noch klein war. Mamma hat ihn gewaschen und festgesteckt.«

Angelo strich darüber, prüfte die Stiche, den feinen Faden, das Muster. Als Junge hatte er etwas Ähnliches gehabt, aber dieser Gedanke brachte ihn nicht zum Weinen, sondern das Muster, das dem am Schuh seines Kindes so ähnlich war. Es war dasselbe, ohne Zweifel aus ihrer Region. Gerade als er seinen Kummer allmählich vergaß, kam diese Erinnerung. Vielleicht war es ein Zeichen.

69

May fühlte sich hundemüde. Der Tag war warm, auf dem Markt herrschte Gedränge, und Selwyn war wieder einmal in düsterer Stimmung. Er hatte in der Küche an einem seiner Motorräder herumgewerkelt.

»Nimm den öligen Lumpen vom Tisch, Mr Forester, das ist

keine Garage hier«, hatte sie ihn wütend angefahren, als sie das Durcheinander auf dem Boden sah.

»Hör auf, so einen Wirbel zu machen, Frau!«, hatte er entgegnet. »An den meisten Tagen geht es hier zu wie am Piccadilly Circus. Gönn mir ein bisschen Frieden.«

Der Tag würde einer seiner schlechten werden. Er war wie ein aufgeschlagenes Buch für sie. Sobald er ein oder drei Bier im Earl of Lichfield getrunken hatte, begann er Unsinn über die Regierung zu verzapfen; der Mangel an Heimen für Helden, der Zustand des Landes. Den glasigen Blick seiner traurigen Augen konnte sie nicht ausstehen.

Sie war ihm im Grunde ihres Herzens nicht böse, denn sie spürte seinen Kummer und Schmerz und etwas von der Welt, die er verloren hatte. Er war nie wieder in das Anwaltsbüro in Birmingham gegangen. Sie ertappte ihn häufig, wie er auf das Feld starrte und seinen alten Pferden beim Grasen zusah.

»Ich bin auf die Wiese gestellt worden wie sie, ein nutzloser alter Sack«, murmelte er dann.

»Was hältst du von diesem McAdam, der am Sonntag zum Mittagessen hier war?«, hatte er May an dem heißen Morgen gefragt. »Sieht ganz vernünftig aus, finde ich. Er scheint ziemlich scharf auf meine Schwester zu sein. Obwohl ich mir nicht sicher bin, ob sie ein gutes Händchen für Männer hat. Jedenfalls nicht beim Heiraten.«

May mochte Archie McAdam. Er kam blendend mit den Kindern aus, und Roddy hing an seinen Lippen. Roddy war jetzt Internatsschüler im Denstone College und kam an Wochenenden nach Hause. Celeste stand mit diesem McAdam in Briefkontakt und hatte May erzählt, wie sie sich auf dem Schiff nach England kennengelernt hatten.

»Selwyn, hast du es nie riskiert, vor den Traualtar zu treten?«, hatte May gefragt. Es war ihr klar, dass ein Leben mit einem Mann wie Selwyn furchtbar schwierig wäre, denn seine Stimmungsschwankungen beherrschten ihn völlig. Wenn man ihn betrachtete, sah er auf seine Weise ziemlich gut aus, besonders jetzt, da die Verbrennungen in seinem Gesicht endlich verheilt waren.

»Wer sollte mich schon haben wollen? Ich kann nicht einmal einer anständigen Arbeit nachgehen. Warum sollte ich Kinder in diese schlechte Welt setzen wollen?«

»Das hätte von mir stammen können«, hatte sie erwidert und die Arme verschränkt. Er hatte auf sie herabgesehen und gelacht.

»Das mag ich an dir, jede Menge nordenglische Wut. Roddy und Ella sind feine Exemplare, du kannst stolz auf deine Tochter sein. Du siehst auch nicht schlecht aus, wenn man auf drahtige, streitlustige Typen steht.«

»Soll das ein Kompliment sein, Sir?«, hatte sie gespöttelt.

»Wie du willst, aber sei so gut, und lass mich in Ruhe, wenn ich schlechtgelaunt bin.«

Sie genossen ihre Wortgefechte, sie neckten sich, sie pflegten ihren schwarzen Humor. Es war eine merkwürdige Art Freundschaft, die May manchmal so aufwühlte, dass sie sich mehr wünschte.

Seit ihrer Rückkehr nach Red House war über ein Jahr vergangen, und sie konnte Selwyn nicht begreifen. Mal ging er auf Abstand, dann wieder war er gesprächig, als vertraute er ihr, dass sie seine Geheimnisse bewahrte. Der Krieg hatte in so vielen Leben Schaden angerichtet. Wäre Joe in England geblieben, dann hätte er sich als einer der Ersten freiwillig gemeldet, da war sie sich sicher. Vielleicht wäre er inzwischen lediglich ein Name auf einer Messingtafel an einem Kriegerdenkmal.

Selwyn hatte überlebt, und ein Teil von ihm wünschte, es wäre nicht so. Das sprach er nie aus – wie sollte er auch? Aber sie kannte sich aus mit Dingen, die nicht gesagt wurden, sie verstand seine Gefühle nur zu gut, und das verlieh ihr die Geduld und den Mut, in die Kneipe zu stürmen und ihn aufzuscheuchen, wenn sie den Einkauf erledigt hatte. Er fügte sich immer, lüpfte den Hut wie der Gentleman, der er war, und torkelte auf sie zu, voll wie eine Haubitze. »Da ist sie, auf dem Kriegspfad, meine Adjutantin ... was würde ich nur ohne sie anfangen ...?«

May unterdrückte ein Lächeln, aber wenn er mit seinen Witzen herausrückte, wünschte sie sich, sie könnte ihn mit einem eigenen zur Strecke bringen. Er vermochte gut mit Wörtern umzugehen, war gebildet, und sie konnte nicht mithalten.

Die Fahrt nach Hause glich einem Schlingerkurs. Wie immer trug er ihre Einkäufe in die Küche, während sie ihm eine Tasse starken Kaffee aufbrühte, und manchmal war das bis zur nächsten Woche alles, was sie miteinander sprachen. May wusste, es war besser so, als zu versuchen, ihn zu mehr Anteilnahme an ihrem Leben zu bringen. Solche Träume verbot sie sich sofort.

Sie nahm ihr Tablett mit ins Wohnzimmer, das früher einmal der Frühstücksraum gewesen war, sonnig am Morgen und behaglich am Abend, in dem sie ihre Klöppelarbeit ungestört liegen lassen konnte.

Celeste war auf der Jagd nach einer neuen Arbeit. »Jetzt, da Roddy untergebracht ist, wird es Zeit, dass ich mir eine Stelle außer Haus besorge. Ich kann Haus und Garten deinen fähigen Händen überlassen, und Mrs Allen erledigt das Grobe. Ich muss meinen Beitrag leisten, um dieses Schiff über Wasser zu halten.« Das war alles sehr rätselhaft.

May musste zugeben, dass sie gern die Verantwortung trug.

Sie hatte den Garten wieder auf Vordermann gebracht, die Blumenbeete neu angelegt und sich selbst ein schattiges Eckchen geschaffen, in dem sie las, wenn es heiß war. Ihr Zusammenbruch schien lange her zu sein, aber es gab noch immer Nächte, in denen sie nicht schlafen konnte und die panische Angst wieder aufstieg.

Ella wuchs schnell heran, sie hatte eine Mähne aus glänzendem schwarzen Haar und feine Gesichtszüge, so ganz anders als May. Umgeben von Freundinnen in der Schule, nahm sie an allem teil, zu dem sie eingeladen wurde, und hatte inzwischen einen ganzen Schuppen voll mit ihren Modellen und Kunstwerken. Woher kam dieser künstlerische Zug? Etwas, das sie wohl nie erfahren würden, aber es trieb May in den frühen Morgenstunden um.

Wie kann ich sie weiter anlügen und mit Halbwahrheiten abspeisen? Sie gab sich selbst die Antwort: Weil du es musst. Beruhige dich einfach und schlaf weiter. Du willst doch nicht wieder im St. Matthew's landen. Reite nicht immer auf Dingen herum, die du nicht ändern kannst. Die Zeit, den Mund aufzumachen, ist längst vorbei. Wer würde dir deine Geschichte denn jetzt noch abnehmen?

70

Das sommerliche Gartenfest auf dem Rasen des Theologischen Kollegs war ein jährliches Ereignis und ein Höhepunkt im Kathedralenhof. In diesem Jahr holte Celeste ihr neues, cremefarbenes Baumwollkleid hervor, das mit Spitzenbesatz an Ärmelaufschlägen und Saum verziert war. Der Nachmittag war zu schön, um sich nicht feinzumachen und mit der neuen, kürzeren Mode anzugeben.

Sie war hier, um ihren Vater zu begleiten, der den Tee am Nachmittag genießen wollte, um sich dann das Tennisturnier und das Kegelspiel anzusehen und die Zeit auf einer Bank mit ein paar anderen pensionierten Geistlichen zu verbringen.

Sie lächelte und dachte daran, wie viele dieser Veranstaltungen sie als junges Mädchen hatte ertragen müssen. Wie englisch das alles war, wie vertraut, als hätte es keinen furchtbaren Krieg gegeben.

Aber heute ging es darum, zu feiern und sich im Sonnenschein zu entspannen, mit Sonnenschirmen und großen Hüten, damit die Gesichter der Damen blass blieben oder Celestes Sommersprossen nicht dunkler wurden.

Roddy hatte nicht mitkommen wollen, da er lieber bei May und Ella blieb oder Selwyn in seinem Schuppen Gesellschaft leistete. Ihr Bruder wagte sich außer in eine Kneipe sowieso nirgendwohin. Er nahm nie an den Gottesdiensten in der Kathedrale teil, sehr zum Verdruss seines Vaters, aber er hatte seine Gründe. Der Krieg hatte seinen Glauben zerstört, so wie er andere darin bestärkt hatte.

Seit ihrer Flucht nach Hause waren beinahe zwei Jahre vergangen, und Celeste wunderte sich selbst, wie schnell die Zeit vergangen war. Sie hatte noch immer Angst vor allem, was einen amerikanischen Stempel trug. Grovers Anwälte hatten keine weiteren Nachforschungen angestellt, aber das bedeutete nicht, dass er nicht eines Tages wie aus heiterem Himmel wieder auftauchen würde. Sie wollte nicht daran denken, was dann passieren würde.

Oft fühlte sie sich rastlos. Viele Frauen hier gingen zur Universität oder nahmen eine Karriere auf, doch das war für Celeste keine Lösung. Wenn sie ehrlich war, gab es für sie zu Hause nichts mehr zu tun, jetzt, da May und Mrs Allen, die tägliche Aushilfe aus dem Dorf, die Zügel im Red House übernommen hatten.

Sie hatte in der *Times* eine Annonce gesehen, die sie so interessant fand, dass sie sich beworben hatte. Da sie aber sicher war, dass nichts daraus werden würde, vergaß sie prompt, ihren Brief abzuschicken. Bisher war ihr Streben einzig darauf gerichtet gewesen, Grovers brutalem Regime zu entkommen und Roddy sicher an ihrer Seite zu behalten. Jetzt war er die Woche über in Denstone, der Schule, die alle Männer der Familie Forester besucht hatten. Sie hoffte, dass er sich bald eingewöhnte. Er hatte schon so viele Veränderungen mitmachen müssen.

Celeste spürte die warme Sonne auf ihrem Körper, die kühle Baumwolle der gestärkten Spitze auf ihrer Haut, roch den Duft der Rosen im Kolleggarten, der sich zum Minster Pool hinunterzog, auf dem sich die Sonne zu funkelnden Spiegelscherben brach. Auf einmal überkam sie ein intensives Gefühl, am Leben zu sein. Wie durch ein Brennglas nahm sie ihre Umwelt wahr, Gerüche, Geschmack und das Klingen der Gläser, herzhaftes Gelächter und Jubel, als jemand sein Tennismatch gewonnen hatte. Ihre Augen erfreuten sich an den gestärkten Leinentischtüchern, auf denen Platten mit Sandwiches, Kuchen und Gebäck standen, an den Teetassen mit purpurnen und goldenen Rändern. Im Grunde ihres Herzens fühlte sie sich seit Jahren zum ersten Mal sicher. Sie fürchtete sich nicht mehr, sie musste ihre Zunge nicht ständig hüten, hatte keine Angst mehr vor Missbilligung und Kritik.

Man kannte sie nur als die verwitwete Tochter des Kanonikus, und als sie sich umdrehte, um sich zum Teestand zu begeben, starrte ein Mann sie an, ein breitschultriger Mann im Blazer, und grinste von einem Ohr zum anderen. Ihr blieb das Herz stehen. Das konnte doch nicht wahr sein? Nicht hier auf dem Kollegrasen: Archie McAdam!

Er lüpfte seinen Strohhut und deutete eine Verbeugung an. »Da sind Sie ja, Mrs Forester. Ich dachte mir, dass ich Sie hier finden würde.«

Sie blieb mit offenem Mund stehen und spürte, wie ihr brennende Röte ins Gesicht stieg. »Was um alles in der Welt machen Sie hier?«

»Ich bin mit einem Freund gekommen, Tim Beswick, und wollte mich nur ein bisschen umsehen …«

»Aber wir haben doch schon mal einen Rundgang um die Kathedrale mit Ihnen unternommen.«

»Wenn ich bisher bei Ihnen vorbeigekommen bin, habe ich mich nie richtig in Lichfield umgesehen.«

In diesem Augenblick kam Vater mit dem Rektor, Lawrence Phillips, auf sie zu geschlendert. »Das hier ist der junge Mann, von dem ich dir erzählt habe, Bertram … McAdam ist ein ehemaliger Marineoffizier, hat in Oxford studiert, jetzt Altphilologe. Er wird bei uns anfangen. Ich habe dir ja gesagt, die Studentenzahlen steigen. Wir brauchen neue Mitarbeiter.«

Ein kurzes Schweigen trat ein, als Celeste die Bedeutung seiner Worte bedachte. »Wie ich sehe, haben Sie beide sich schon gut bekanntgemacht«, sagte Rektor Phillips augenzwinkernd.

»Mr McAdam und ich haben uns auf dem Schiff nach England kennengelernt. Er hat Roderick Schach beigebracht … per Post«, sagte Celeste mit einer Steifheit in der Stimme, die ihre Verwirrung Lügen strafte.

»Tatsächlich? Nun, dann wollen wir Ihr Wiedersehen nicht stören«, sagte der Rektor und zog ihren Vater mit fort, damit er die Gäste begrüßte, während seine Frau in entgegengesetzter Richtung ihre Kreise zog.

»Sagen Sie etwas, Celeste. Sie sehen nicht gerade erfreut aus über meine Neuigkeiten.«

»Ich finde es ein bisschen drastisch, sich im Kolleg einzuschreiben«, fuhr sie ihn an.

Er brach in lautes Gelächter aus. »O nein, ich habe keine geistlichen Weihen empfangen. Ich bin hier, um ihr Griechisch und Latein zu verbessern, mehr nicht.«

»Ich hatte Sie eigentlich nicht für einen Altphilologen gehalten«, murmelte sie.

»Nun, da haben wir es, noch etwas, was Sie nicht von mir wissen. Ich war nur bei einem Auffrischungskurs. Ich hatte immer vor, wieder Unterricht zu geben.«

»Oh, Sie waren vor dem Krieg Lehrer?«

Er nickte. »Seien Sie nicht überrascht. Ich bin ein vielseitiger Mann, aber dass ich in der Kricket- und Tennismannschaft von Oxford war, könnte ihnen bei der Entscheidung geholfen haben. Ich werde im Herbstsemester dem Kollegium beitreten. Wir werden praktisch Nachbarn sein.«

Er war seiner selbst so sicher, und sie wollte ihn irgendwie aus dem Tritt bringen, bevor er Hoffnungen entwickelte, die doch nicht sein durften. »Nein. Ich hoffe, bald eine Arbeitsstelle zu finden«, sagte sie aus dem Stegreif.

Sein geknickter Ausdruck dauerte ganze fünf Sekunden. »Sie werden nicht weit weggehen, weil Ihr Vater und der Junge hier sind, aber keine Bange, ich habe nicht die Absicht, mich Ihnen aufzudrängen. Ich weiß, wann ich nicht erwünscht bin.«

»Das ist es nicht … Es war nur ein Schock, Sie dort zu erblicken. Ich dachte schon, ich sehe Gespenster …« Wie sollte sie den inneren Aufruhr über das Wiedersehen verbergen? »Sie waren so nett, Roddy in seine neue Schule zu schreiben.«

»Ich weiß, wie einsam es für einen Jungen im ersten Jahr an

einer neuen Schule sein kann. Er scheint sich eingelebt zu haben. Ich habe seit Wochen keinen Brief mehr bekommen, aber er hat ja auch Ferien.« Er sah sie lächelnd an. »Eigentlich hatte ich gehofft, Sie würden sich auch freuen, mich zu sehen.«

»Ein bekanntes Gesicht in der Menge zu sehen, ist immer erfreulich.«

»Eine sehr diplomatische Umgehung der Frage, in der Tat. Ich möchte gern, dass wir uns besser kennenlernen. Diese Gelegenheit ergab sich, und ich habe sie ergriffen … ganz zufällig.« Er hielt inne. »Na ja, nicht ganz …«

»Ich brauche Zeit, um darüber nachzudenken. Das ist alles so kompliziert, wissen Sie.« Jetzt war es an der Zeit, ihm zu sagen, dass sie noch verheiratet und nicht verwitwet war, ihm ein für alle Mal reinen Wein einzuschenken.

»Was ist so kompliziert? Mann trifft Mutter und Kind an Bord eines Schiffes, sie korrespondieren monatelang, Mann kommt zu Besuch. Was ist daran falsch?«

»Oh, sehen Sie nur, die Frau des Rektors winkt mich zu sich«, piepste Celeste und ergriff die Flucht vor dieser Begegnung.

»Hasenfuß!« Archie lüpfte seinen Strohhut. »Wir sehen uns bald wieder.«

Nicht, wenn ich es verhindern kann. Verdammt!

Celeste eilte unter einem albernen Vorwand an Mrs Phillips Seite. Sie musste sich von ihm entfernen, von seiner lächelnden Zuversicht, seiner körperlichen Nähe, den grün-grauen Augen und dem Flattern in ihrem Bauch, als sie ihn erkannt hatte. Sie hatte gerade dafür gesorgt, dass sich alle eingerichtet hatten und Ruhe herrschte, und da tauchte er vor ihrer Tür auf und forderte Einlass in ihr Leben.

In ihrem Herzen spürte Celeste, dass Archie der Mann war,

der ihr Leben zu einem neuen Wirrwarr von Knoten verdrehen konnte. Aber dafür war jetzt kein Platz. Davor hatte sie zu viel Angst. Sie musste die Bewerbung suchen und schnell abschicken. Sie musste fort.

71

Roddy hob die Briefe in seiner Bonbondose auf, wo sie niemand sah. Inzwischen waren es acht, und der Letzte war der Beste gewesen. Sein Vater war unterwegs nach London und wollte ihn sehen. Roddy war so aufgeregt, wenn er daran dachte, dass er ihn heimlich treffen würde. Er hatte sich eine Einladung bei Charlie Potter ergaunert, dem Sohn eines Pfarrers in der Nähe von Wimbledon. Sie würden sich die Sehenswürdigkeiten der Stadt anschauen: die Kronjuwelen, die Museen, den Wachwechsel. Er würde sich dort geschlagene zwei Wochen aufhalten, während sein Vater in Southampton einlief und mit dem Zug zu ihrer Londoner Fabrik in Silvertown kam, um an wichtigen Besprechungen teilzunehmen.

Er konnte kaum glauben, dass er den Mut gehabt hatte, zu schreiben. An die Adresse zu kommen, war leicht, nachdem Grandpa ihm erzählt hatte, dass Pa für die Diamond Rubber Company in Akron arbeitete. Er bekleidete dort eine wichtige Stellung und bekam bestimmt Briefe. Er hatte während der Hausaufgaben abends geschrieben und die Anschrift seines Internats in bester Handschrift vorangestellt. Sein Wörterbuch lag daneben. Der erste Brief fiel ihm am schwersten, denn er wusste nicht, ob sein Dad ihm böse war.

Liebe Diamond Rubber Company,
ich schreibe mit der Bitte um Informationen über meinen Vater, Mr Grover Parkes aus Akron. Ich bin sein Sohn Roderick Grover Forester, zur Zeit besuche ich das Denstone College, Staffordshire. Sollte er meine Bekanntschaft machen wollen, richten Sie ihm bitte aus, er möge mir an die oben genannte Adresse schreiben.

Hochachtungsvoll,
Roderick (12 Jahre alt)

Zunächst war ihm, als würde er einem Fremden schreiben, aber als die erste Antwort mit dem Foto seines leiblichen Vaters eintraf, war er begeistert.

Mein lieber Sohn,
ich wusste, dass Du eines Tages neugierig auf Deine amerikanische Familie sein würdest. Ich gratuliere Dir, dass Du Dich auf die Suche nach meiner Arbeitsstätte gemacht hast. Deine Grandma, Harriet, und ich freuen uns sehr, dass Du in England gut aufgehoben bist. Das hatte ich mir nicht für Dich gewünscht, aber vorerst wird es reichen. Bitte, erzähle mir von Dir und von Deinem Leben.

Ich meinerseits habe nicht den Wunsch, Deine Mutter über unseren Briefwechsel in Kenntnis zu setzen. Ich glaube nicht, dass sie uns erlauben würde weiterzumachen.

Natürlich bin ich überglücklich, Dich wieder in meinem Leben zu haben. Ich hatte nie die Absicht, so viele Jahre von Dir getrennt zu sein.

Wenn ich das nächste Mal geschäftlich in London bin, haben wir vielleicht die Möglichkeit, uns zu treffen. Ich freue mich auf dieses Wiedersehen. Bitte, schick mir ein Foto, wenn Du kannst.

Dein Dich liebender Vater,
Grover Parkes

Danach hatte Roddy jede Woche geschrieben, sich aber Sorgen gemacht, wie es in den Sommerferien weitergehen sollte. Pa hatte dann die Idee, sich im August doch in London zu treffen, und jetzt konnte Roddy es kaum erwarten. Er würde ohne Begleitung mit dem Zug fahren. Die Potters würden ihn in Euston abholen und mit zu sich nehmen. Irgendwie musste er eine Ausrede erfinden und darum bitten, früh wieder nach Hause zu fahren, damit sie ihn zurück zum Bahnhof bringen würden. Dort würde er sich verabschieden und dann für ein paar Tage seinen Vater sehen. Es war wie eine Abenteuergeschichte aus *Boy's Own Paper*, die Wirklichkeit wurde.

Ein so großes Geheimnis für sich zu behalten, fiel ihm schwer. Wenn es herauskäme, würde seine Mutter wütend und außer sich sein, dass er sie hintergangen hatte, aber es war albern, so zu tun, als hätte er keine lebenden Verwandten in Amerika. Das war eine Lüge, und der Kaplan in der Schule sprach immer darüber, wie aus kleinen Lügen größere werden. Wenn seine eigene Mutter die Lüge verbreiten konnte, sie sei verwitwet, warum sollte er dann nicht dasselbe tun? Nur dass es keine Lüge, sondern die Wahrheit war. Er hatte einen Pa, dem er am Herzen lag, der ihn vermisst und versucht hatte, ihn zu finden. Er hatte bedeutende Anwälte auf sie angesetzt. Er wusste, dass sie in Lichfield waren. Er wusste alles über ihre Reise von Washington nach England, aber er hatte Roddy gesagt, er sei sicher gewesen, dass sie am Ende zur Vernunft kommen und eine Vereinbarung treffen würden, damit sein Vater wieder an seinem Leben teilhaben könne.

Vater erzählte ihm, er habe ein großes Haus auf dem Lande mit Pferden, und Grandma Parkes sehne sich auch danach, ihren Enkel zu sehen. Roddy fragte sich, ob er sie mitbringen würde. Er konnte es nicht erwarten.

Er hatte Mama angebettelt, ihm für London einen schicken neuen Anzug mit langer Hose zu kaufen, aber sie hatte geantwortet, man trage im Sommer erst ab dem sechzehnten Lebensjahr eine lange Hose, und stattdessen ein paar Hemden, einen Pullover und eine weiße Flanellhose für ihn gekauft, für den Fall, dass er mit Charlie Tennis spielen sollte.

Ella war verschnupft, denn sie durfte nicht nach London fahren. Sie machte Ausflüge zur Birmingham Art Gallery und spielte auch noch mit Hazel Perrings, aber sie wollte die National Gallery und andere Sachen sehen, die Roddy für langweilig hielt.

Einen schwierigen Moment gab es, als Mutter vorschlug, sie würden zusammen einen Tagesausflug machen und sich mit den Potters in der Stadt treffen, aber alle hatten an dem Tag etwas zu tun, an dem sie frei hatte. Er glaubte fest, sie würde es ihm nicht übelnehmen, wenn er es ihr nach dem Besuch erzählte. Dann wäre es für einen Protest ihrerseits zu spät. Das alles war so albern, getrennt in zwei verschiedenen Ländern zu leben, wenn man verheiratet sein sollte. Er verstand nicht, warum sie einen so netten Mann verlassen hatte.

Und hier wohnten sie nun mit den Smiths zusammen, mit denen sie nicht verwandt waren, und Onkel Sel, der immer launisch war und dem seine Pferde wichtiger waren als Menschen. Er war mit einer Menge Fremder in die Schule geschickt worden, weil das mit allen Jungen wie ihm in einem bestimmten Alter so war, obwohl er die ganze Zeit in weiter Ferne einen Pa hatte, der ihn mochte und nie zu sehen bekam. Das alles ergab keinen Sinn, also warum sollte er kein großes Geheimnis daraus machen? Sie hatten es nicht verdient, Bescheid zu wissen.

Er überlegte, ob er Mr McAdam über seine Pläne informieren sollte, aber jetzt, da dieser in Lichfield arbeitete, war es keine gute Idee, und Mutter verhielt sich aus irgendeinem Grund ganz merkwürdig und bewarb sich um eine Stelle, an der sie Menschen helfen konnte. Es schien ihr sehr zu gefallen, hier mit den Smiths zusammenzuwohnen. Manchmal war er ganz durcheinander in diesem Haus voller Frauen. Er hatte das Gefühl, als würde er nicht mehr zählen. Dann wieder gefiel es ihm, Teil dieser großen, lustigen Familie zu sein und in Ruhe gelassen zu werden, wenn er am Kanal entlangstromerte und vom Leinpfad aus die Lastkähne beobachtete oder angelte.

Jetzt schwirrte ihm der Kopf. Ob sein Pa ihn mochte? Würden sie sich wiedererkennen? Würde er ihm ähneln? Vor Aufregung konnte er nicht schlafen. Während er seinen Koffer packte, fragte er sich, wie es wohl für ihn sein würde, wenn er nach der Begegnung mit seinem Vater wieder in dieses Zimmer zurückkehrte. Angst und Wagemut zugleich ließen sein Herz heftig pochen. Er hatte auf eigene Faust gehandelt. Das war sein großes Geheimnis, und er hoffte, es würde so großartig werden, wie er es sich vorstellte. Was für eine Geschichte hätte er den anderen Jungen im Schlafsaal zu erzählen, wenn er zurückkam.

72

Ella fand die langen Schulferien langweilig. Das Haus war so ruhig, nachdem Roddy nach London gefahren war. Er dachte nur an Sehenswürdigkeiten, während sie darauf brannte, Paläste und Orte aufzusuchen, von denen sie nur in Büchern lesen konnte. Heute war Markttag, und sie waren wie üblich in die Stadt gegangen, hatten eingekauft, Bücher in der Bibliothek ausgetauscht, eine Tasse Tee im Minster-Café getrunken, während sie auf Onkel Selwyn gewartet hatten. Sie war schlechtgelaunt.

Hazel war für eine Woche mit ihrer Familie nach Prestatyn gefahren. Alle, die sie kannte, waren fort. Keine Chance, dass Mum wieder an die See fahren würde. Selbst Ellas kleines Atelier im Garten war voll summender Fliegen, die sie ärgerten.

»Du machst ein Gesicht wie drei Tage Regenwetter. Sei froh, dass du Ferien hast. Als ich so alt war wie du, habe ich halbtags in der Baumwollspinnerei gearbeitet, junge Dame«, rügte Mum sie. »Wenn du dich nützlich machen willst, dann bring dieses Waschsoda und den Wäschestampfer zum Haus des Kanonikus. Seine Vorhänge sehen wieder schmuddelig aus. Ich möchte das Haus gründlich reinigen, wenn er nächste Woche nicht da ist. Lauf los und lächle. Niemand will an einem so sonnigen Tag ein mürrisches Gesicht sehen.«

Mum war nur glücklich, wenn sie putzte, Selwyns Durcheinander in Ordnung brachte und darüber murrte, wie vollgestopft das Haus war. Wenigstens war sie fröhlicher, und Ella musste sie nicht mehr ständig im Auge behalten und sich Sorgen machen, dass sie wieder krank wurde. Tante Celeste hoffte, von einer Firma in London zusätzlich Arbeit zu bekommen, und sie nahmen den Garten erneut in Angriff, schnitten Büsche zurück und bepflanzten schicke Töpfe mit Blumen, für den Fall, dass sie abberufen wurde.

Ella schlenderte durch den Bogengang in den Kathedralenhof und bewunderte die kunterbunten Häuschen. Sie konnte sich mit dem Schlüssel unter dem Backstein Einlass verschaffen, wenn der Kanonikus seinen Morgenspaziergang unternahm.

Sie klopfte, aber niemand antwortete. Sie drehte den Türknauf, stellte fest, dass nicht abgeschlossen war, und rief: »Ich bin's nur, Sir!« Er war aus dem Haus gegangen und hatte in seiner üblichen Vergesslichkeit die Tür offen gelassen. Daher ließ sie die Einkäufe auf dem Tisch stehen, drehte sich um und wollte gehen. Sie wusste nicht, was sie veranlasste, die kleine Treppe hinaufzuschauen, aber ihr Blick erhaschte einen Stiefel, der in eigenartigem Winkel herabhing. In dem Stiefel steckte ein Fuß. Langsam ging sie auf Zehenspitzen hinauf und hatte ein mulmiges Gefühl. Da oben war es zu ruhig und still, und sie bekam es mit der Angst zu tun.

Ella floh aus dem Hof und zurück in die Stadt. Tränen rannen über ihr Gesicht.

Sie ging geradewegs ins Earl of Lichfield und zu dem Hocker, auf dem Selwyn sein Bier trank. »Komm schnell ... dein Vater. Er hatte einen Unfall ... Bitte, komm schnell.«

Danach war es, als verliefe der Tag in Zeitlupe. Sie hatten ihre Mutter abgeholt und waren zurück zum Häuschen geeilt. Ella war am Fuß der Treppe stehen geblieben, denn sie wollte nicht mit ansehen, was passierte. Mum kam herunter, grau im Gesicht. »Der arme Mann, so plötzlich verschieden.« Sie hatte Selwyn geholfen, ihn auf das Bett zu legen.

»Er ist tot?«

»Ja, Liebes, irgendwann gestern Abend, bevor er zu Bett ging. Auf der Stelle ... Er wird es nicht gemerkt haben: so ein netter Mann. Er hat uns vor vielen Jahren aufgenommen, mir Arbeit verschafft, ein wahrhafter Christenmensch.« Sie begannen zu weinen, und Selwyn kam die Treppe hinunter.

»Ich habe ihn hingebettet und werde jetzt den Dekan rufen. Sie werden beten wollen, aber zuerst müssen wir es Celeste sagen.«

Sie fuhren ausnahmsweise langsam; beide schwiegen, schockiert und traurig, in eigene Gedanken an den Kanonikus versunken. Celeste stand noch immer im Garten und arbeitete wie ein Pferd, ihr rotbraunes Haar zerzaust, schmutzige Handabdrücke auf ihrer Gartenschürze.

Lächelnd schaute sie auf. »Ihr seid früh dran.«

Dann bemerkte sie den Ausdruck auf ihren Gesichtern. »Was ist passiert?«

Ihr Bruder trat vor und führte sie den Garten hinauf.

Der nächste Tag war angefüllt mit den Planungen für die Beerdigung und den Gottesdienst, Besucher kamen mit Blumen und Kondolenzschreiben vorbei. Das Wohnzimmer sah aus wie ein Blumenladen.

»Roddy muss zur Beisetzung zurückkommen. Ich möchte, dass er bei uns zu Hause ist«, verkündete Celeste, die ihre Erschütterung und Trauer zu betäuben suchte, indem sie unablässig organisierte. »Ich werde den Potters telegraphieren und sie bitten, ihm die Nachricht beizubringen. Dann sollen sie ihn in den nächsten Zug nach Lichfield setzen. Selwyn wird sich um Papas Angelegenheiten und den Bestatter kümmern. Das Kolleg hat angeboten, den Tee für die Beerdigung zu richten, ist das nicht nett?«

Die Erwachsenen trugen alle Schwarz, aber Celeste bestand darauf, dass Ella ihre Sommersachen anzog. »Papa konnte Schwarz an Kindern nicht leiden. Er hat immer gesagt, unsere Kinder sind die Hoffnung für unsere Zukunft. Komm mit mir nach Trent Valley zum Nachmittagszug, Ella. Für Roddy wird es schwer sein.«

Der Morgen verging rasch, und es gab so viel zu tun; sie half Mrs Allen und Mum, die Zimmer zu richten, und versuchte, Celeste beizustehen. Ella hatte den Tod noch nie aus nächster Nähe gesehen. Es bedeutete jede Menge Schwerstarbeit, und sie war sich ihrer Wichtigkeit bewusst, da sie die Familie auf den Unfall aufmerksam gemacht hatte.

Dann standen sie am Bahnsteig und warteten auf den Zug aus London. Der war ausnahmsweise einmal pünktlich, doch als die Menschen in Scharen ausstiegen, schauten sie auf dem Bahnsteig vergeblich nach Roddy aus.

»Der dumme Junge, er hat den Zug verpasst!« Celeste schnalzte mit der Zunge. »Aber um sechs Uhr kommt noch einer. Selwyn kann dann hinfahren.«

Als sie nach Hause kamen, lag auf dem Silbertablett in der Diele ein Telegramm. Celeste riss es auf.

»Das verstehe ich nicht. Es ist von Pastor Potter. Er sagt, er habe Roddy auf sein Bitten hin vor zwei Tagen zum Zug gebracht … das begreife ich nicht.«

Selwyn riss es ihr aus der Hand und las es noch einmal. »Was hat er denn da angestellt? Wohin sollte er in London sonst gehen? Pack mir ein Sandwich ein, Schwesterherz … Ich werde selbst hinfahren. Da muss ein Fehler vorliegen …«

Tante Celeste setzte sich zitternd an den Fuß der Treppe. »Wie kann er ausgerechnet jetzt alberne Spielchen treiben? Wo ist er? Warum haben sie uns nicht mitgeteilt, dass er früher zurückkommt? Das sieht ihm nicht ähnlich. Sollten wir die Polizei rufen? Er ist noch ein Kind … Er ist doch bestimmt nicht weggelaufen?«

Ellas Mum setzte Tee auf und machte das Abendessen, aber niemand brachte einen Bissen herunter. Sie fuhren wieder zum Bahnhof, nur für den Fall, aber Roddy kam nicht. Ella spürte Angst in sich aufsteigen. Tante Celeste sank auf einem Stuhl zusammen und weinte, und Mum brachte sie dazu, ins Bett zu gehen und einen Weinbrand zu trinken. Onkel Selwyn zeigte so einen besorgten Gesichtsausdruck, als er bei der Polizei anrief und um Rat bat. Etwas stimmte nicht, aber niemand wusste, was es war. Ein Nebel aus Trübsinn, Angst und Panik wehte um das Red House, und Ella wusste nicht, wie sie helfen sollte. Jungen hatte keine Ahnung; sie waren nutzlose Geschöpfe. Sie war froh, dass sie bald auf eine Mädchenschule gehen würde.

73

Roddy genoss die Zeit mit seinem neuen Vater. Der Plan war wie geschmiert gelaufen. Er hatte sich von den Potters auf dem Bahnsteig verabschiedet, sich fünf Minuten in das Abteil gesetzt, bis er sie nicht mehr sah, war herausgesprungen und zur Schranke gelaufen, an der ein großer Mann in schickem Blazer und Hose winkte. Er sah so gut aus, lächelte fröhlich, und er hatte ihm ein Eis gekauft. Sie gingen zu einem der feinsten Hotels und aßen zu Mittag, und er hatte alles verschlungen, was man ihm vorgesetzt hatte.

»Ich bin froh, dass du noch immer einen amerikanischen Appetit hast, junger Mann. Du siehst genauso aus wie ich in deinem Alter. Ich hätte dich überall wiedererkannt. Hat deine Mum schon einen neuen Liebhaber?«

Roddy schüttelte den Kopf. »Dafür hat sie zu viel damit zu tun, auf uns alle aufzupassen. Auf dem Schiff nach England haben wir einen netten Mann kennengelernt. Er hat mir das Schachspiel beigebracht … Mr McAdam, aber sie mag ihn nicht besonders.«

»Ich werde dir beibringen, auf einem Pferd zu reiten und Baseball zu spielen. Akron wird dir gefallen. So viele Menschen brennen darauf, dich dort zu sehen. Ich habe große Pläne für uns, aber zuerst machen wir einen kleinen Ausflug zur amerikanischen Botschaft.«

»Da muss ich zuerst Mum fragen«, sagte er, von dieser Information überfordert.

»Dazu hast du noch jede Menge Zeit, mein Sohn ... Wir werden es uns so schön machen. Ich habe meine Geschäfte vorzeitig erledigt, daher können wir uns richtig gut kennenlernen. Ich möchte alles über dein Leben wissen, was du an dieser Schule machst. Treibst du Sport?«

»Ich bin in der zweiten Elf für Rugby und in der ersten für Junior Cricket ...«

»Das sind englische Sportarten. Wir haben in Akron die beste amerikanische Football-Mannschaft. Wenn du willst, können wir uns ein Spiel ansehen.«

Roddy wusste nicht, wie er erklären sollte, dass er bald nach Hause musste, da die Schule bald wieder anfing. Für eine Reise nach Amerika war keine Zeit mehr. »Danke für die Mahlzeit, Sir«, sagte er.

»Ich dachte, wir sehen uns eine Vorstellung im West End an und gehen zu Madame Tussauds, aber zuerst suchen wir die Botschaft auf. Da habe ich etwas zu tun.«

Sie nahmen ein Taxi zu einem prächtigen Stadthaus mit Marmorstufen und einer großen amerikanischen Flagge über der Tür. »Wir müssen Fragen beantworten, wenn wir hier reingehen. Es ist ein Stück Heimat direkt hier in London, und wenn der Mann dich etwas fragt, musst du eine ehrliche Antwort geben ... verstanden?«

Die Besprechung war eigenartig. Sie kamen in einen Raum, in dem der Mann hinter dem Schreibtisch Roddy nach seinem Namen und Geburtsdatum fragte, wo er geboren sei, ob dies sein richtiger Vater sei, wer seine Mutter sei und wo sie wohne. Der Mann reichte seinem Vater mehrere Papiere und lächelte. »Gute Reise.«

»Danke, Sir«, erwiderte er. »Die werde ich haben.«

Das Herumfahren und die Aufregung machten ihn müde und hungrig. Er kaufte ein paar Postkarten als Andenken, um sie an Ella und Mom zu schicken. Er hatte immer Briefmarken in seiner ledernen Schultasche. Sie sahen sich das Musical *No, No, Nanette* an, das mit viel Singerei verbunden und ein bisschen schmuddelig war. Roddy konnte kaum die Augen offen halten und schlief im Taxi auf dem Weg zum Hotel ein. Sein Vater war so besorgt, dass er ihm ein warmes Getränk gab, damit er für die Nacht zur Ruhe kam, und er sank in einen tiefen Schlaf.

Als er am Morgen wach wurde, befand er sich im Abteil eines Zuges, der an der Küste entlangratterte, und hatte keine Ahnung, wie sie vom Hotel in den Zug gekommen waren.

»Hi, Schlafmütze.« Pa lächelte. »Willkommen an Bord.«

»Wo bin ich?«, fragte Roddy und warf einen verschlafenen Blick aus dem Fenster.

»Auf dem Weg nach Hause, mein Sohn, in die Vereinigten Staaten ... Wir sind fast im Hafen von Southampton. Wir beide werden auf eine Traumreise gehen. Dorthin zurück, wo du hingehörst, auf dem Linienschiff *Olympic* der Reederei White Star, immerhin das Schwesterschiff der *Titanic* ... was sagst du nun?«

Roddy spürte Panik in sich aufsteigen. »Aber ich muss nach Hause. Mom wird in Sorge sein.«

»Da mach dir mal keine Gedanken ... das ist alles geklärt. Deiner Mom macht es nichts aus. Sie wusste immer, dass ich dich in den Staaten ausbilden lassen wollte. Sie weiß, dass es das Beste ist.«

»Aber ich habe keine Bücher. Meine Sachen alle ...«

»Du hast genug für die Reise, und wenn wir über den großen Teich kommen, werde ich dich mit anständiger Kleidung ausstatten. Gefällt dir denn der Gedanke nicht, wieder dort zu leben?«

Roddy wusste nicht, was er davon halten sollte. Sein Kopf schwirrte, sein Mund war trocken, und er musste dringend. Hatte seine Mutter wirklich die Erlaubnis erteilt? War es eine große Überraschung, die sie sich zusammen ausgedacht hatten? Er glaubte es nicht. »Kann ich sie vom Schiff aus anrufen … wir haben ein Telefon.«

»Klar, wenn du eine freie Leitung bekommst. Warum schickst du ihr nicht eine dieser Postkarten? Das wird ihr gefallen.« Er reichte ihm eine Karte mit dem Bild eines Ozeandampfers.

Der Zug fuhr langsam am Anleger vor, und ein riesiges Schiff mit vier großen Schornsteinen erhob sich über Roddys Kopf. Man geleitete sie die Gangway hinauf zu einer Kabine erster Klasse mit Doppelbett, eigenem Bad und einem Wohnraum, der auf einen Balkon hinausging. Etwas so Prächtiges hatte er noch nie gesehen. Roddy wippte auf dem Bett, aufgeregt, aber ängstlich, weil er das alles machte, ohne sich von seiner Familie und seinen Freunden verabschiedet zu haben.

Wie konnte er das Schiff verlassen, ohne die Gefühle seines Vaters zu verletzen, der so viel Mühe auf sich genommen hatte, um diese gemeinsame Überfahrt für sie zu arrangieren? Sie waren so lange getrennt gewesen, vielleicht schuldete er ihm diese Zeit mit ihm. Zu einem späteren Zeitpunkt konnte er immer noch nach Hause zurückkehren. Er spürte, dass dieser Mann wütend werden könnte, wenn er sagte, er wolle nicht mit dem Schiff fahren. Roddy war hin und her gerissen.

Rasch setzte er sich und schrieb drei Ansichtskarten vom Schiff, eine an Mom, eine an Ella und eine an Grandpa, um ihnen mitzuteilen, dass es ihm gutgehe und er bei seinem Vater sei, dass er die restlichen Ferien auf einem Schiff verbringen würde. Er ging den Gang hinunter, suchte nach einem Stewart und bat ihn, die Karten aufzugeben, bevor das Schiff ablegte.

Der junge Mann salutierte vor ihm und steckte sie in seine Tasche, was Roddy das Gefühl vermittelte, sehr wichtig zu sein.

Später stand Roddy an Deck und sah zu, wie das Linienschiff sich langsam vom Liegeplatz entfernte. Er sah die Passagiere, die Freunden zuwinkten, Taschentücher schwenkten, und er wünschte, seine eigene Familie stünde dort, um ihn zu verabschieden. Auf einmal wurde ihm ganz flau. Hatte er das Richtige getan? Eine Woge der Panik brach über ihn herein, und er zitterte. Jetzt hatte er nichts mehr unter Kontrolle. Er hatte diese Begegnung angeregt. Sein Vater hatte es als ein Zeichen dafür gewertet, dass er in seinem Leben wieder eine wichtige Rolle spielte. Es gab kein Zurück. Von jetzt an, vermutete er, würde sein Leben nie wieder ihm gehören.

74

May huschte umher, versuchte, den Haushalt in Gang zu halten, und brachte ihrer Freundin Brühe ans Bett. Celeste lag kraftlos da und hatte von ihrem Arzt Beruhigungsmittel bekommen. Red House war zu einem schwarzen Haus der Trauer geworden. Am Morgen der Beisetzung des Kanonikus schlichen alle auf Zehenspitzen herum und setzten eine tapfere Miene auf. May brauchte Zeit, um Celeste anzukleiden. Sie war so schwach und erschöpft, saß auf der Bettkante und zitterte, in der Hand den Brief, der ihr das Herz gebrochen hatte.

»Er hat meinen Sohn mit sich genommen. Sie haben sich in London getroffen, und er behauptet, Roddy wolle mit ihm wieder nach Amerika. Das glaube ich nicht! Roddy hatte sich hier eingelebt. Wie konnte er mich derart hintergehen? Was habe ich mir bloß dabei gedacht, als ich ihn ohne Begleitung nach London fahren ließ? Er weiß doch nicht, was er da tut. Ich muss ihm sofort nach.«

»Heute geht das nicht. Dein Vater wird beigesetzt, und du musst ihn bestatten, wie es sein Wunsch wäre. Das reicht für heute. Morgen sehen wir alles klarer. Komm, hier ist dein Kleid. Draußen scheint die Sonne, aber in der Kathedrale wird es kühl sein.«

Selwyn befragte Polizisten und telefonierte mit seinem früheren Büro in Birmingham, um sich Rat zu holen. Er nahm tatsächlich alles in die Hand, als wäre es eine militärische Operation, und kommandierte sie herum. May hatte ihn noch nie so herrisch und entschieden gesehen, aber irgendjemand musste dieses führerlose Schiff steuern, und sie war froh, dass er wusste, wie man zu reagieren hatte.

Roddy hatte seine amerikanische Staatsbürgerschaft in Anspruch genommen. Die Polizei sagte, sie könnten sich in diese private Auseinandersetzung nicht einmischen. Er sei aus freiem Willen fortgegangen und befinde sich jetzt in internationalen Gewässern, außerhalb ihrer Reichweite, in der Obhut seines leiblichen Vaters.

Eine dumme Postkarte hatte gereicht, um seine Mutter niederzuwerfen. Darauf war ein Foto von der *Olymic*, dem baugleichen Schwesterschiff der *Titanic*. Ein Blick darauf, und Celeste war in der Diele ohnmächtig geworden. May hatte die Fassung behalten, als sie die Schornsteine und den Bug sah. Sie wollte dieses Bild nie wieder sehen und schob es außer Sichtweite. Dann traf der Brief von Mr Parkes ein, in dem er sein Anrecht auf Roddy geltend machte, als wäre sein Sohn ein verlorengegangenes Gepäckstück, und das alles am Tag der Beisetzung des Kanonikus.

»Ausgerechnet auf diesem Schiff nimmt er ihn mit! Er wird meinen Sohn ruinieren, ihn zu einem Tyrannen erziehen. Grovers Mutter wird ihn haltlos verwöhnen. Ich muss ihn wieder bei mir haben.«

Celeste war außer sich, aber May blieb bei ihr sitzen, bis sie in einen unruhigen Schlaf fiel.

Mays nächste Aufgabe war es, die Gäste hinauszukomplimentieren, wenn sie den Eindruck bekam, dass sie sich mit ihren Beileidsbekundungen zu lange aufhielten. Wie sollten sie Roddys Abwesenheit erklären?

Die Ortsansässigen hielten Celeste für eine Witwe, nicht für eine davongelaufene Ehefrau. Diese Nachricht würde im Kathedralenhof zum Tagesgespräch, wenn sie erst einmal bekannt würde. Je länger sie diese Situation also geheim hielten, desto besser. Und wer war besser darin, Geheimnisse zu wahren, als May Smith? Selwyn würde nichts sagen, und Ella musste streng dazu angehalten werden, keine Gerüchte in die Welt zu setzen.

Celeste war froh um den dichten Trauerflor, der ihr Gesicht bedeckte, als sie den Sarg ihres Vaters in Empfang nahm. Die Orgel der Kathedrale erfüllte das Kirchenschiff, die Gemeinde erhob sich respektvoll, als sie hinter dem Sarg durch den Mittelgang schritten, und sie dachte wieder an den Tag der Beerdigung ihrer Mutter und alles, was danach passiert war.

Wie konnte es geschehen, dass Roddy sie mir nichts, dir nichts verlassen hatte? Ihr einziger Sohn verschwand aus ihrem Leben, als wäre sie nichts. Wut und Kummer brannten in ihrer Kehle. Um ihren Vater zu trauern, war normal, aber der Gedanke, Roddy zu verlieren, war unerträglich. Er musste bestochen worden sein, betäubt von Grovers Aufmerksamkeiten. Ihr wurde übel, denn sie wusste nur zu gut, wie ihr Mann sie so leicht um den Finger gewickelt hatte. Roddy war ein unschuldiger, naiver Junge; wie würde er ohne sie drüben in Akron überleben? Wie würde er von einer Welt in eine andere wechseln? Er wusste nicht einmal, dass sein Grandpa tot war, und er war doch fast noch ein Kind, noch dazu eines, das sie belogen und alles vor ihm geheim gehalten hatte.

Sie hatte in der Angelegenheit nur wenige Rechte. Selwyn erklärte ihr, sie sei von Gesetzes wegen noch immer eine verheiratete Frau. Ein Sorgerechtsstreit wäre in diesem Stadium zwecklos. Sie war voller Hass auf Grover und wütend über Roddy, der sie in eine so unmögliche Lage gebracht hatte. So hart hatte sie daran gearbeitet, sie zurück nach England zu bringen, und das war nun der Dank. Der Junge hatte keine Ahnung, mit wem er es zu tun hatte. Grover wollte ihn als Trophäe, einen Sohn, den er prägen und beherrschen konnte. Er würde es ihr heimzahlen und eine Miniaturausgabe seiner selbst aus ihm machen. Roddy war diese Art von Disziplin nicht gewohnt. Wie würde er mit Grovers Wutanfällen zurechtkommen, falls er einmal ungehorsam sein sollte?

Während sie durch den Mittelgang schritten, erhaschte sie einen flüchtigen Blick auf Archie McAdam, der sie besorgt anschaute. Er wusste inzwischen alles. Er war an dem Tag, an dem die Postkarte eingetroffen war, vorbeigekommen, um sein Beileid für den Verlust ihres Vaters zu bekunden, und war mitten in einen Strudel aus Verwirrung und Tränen geraten. Vor ihm zu verbergen, was vor sich ging, war sinnlos gewesen.

»Mein Mann hat meinen Sohn nach Amerika zurück gelockt«, sagte Celeste und zeigte ihm die Postkarte von der *Olympic.* »Besser, wenn Sie die Fakten kennen. Ich habe ihn vor Jahren verlassen, meinen Sohn allein großgezogen, und jetzt das …« Sie war nicht imstande gewesen, weiterzusprechen oder ihm ins Gesicht zu schauen.

»Das tut mir sehr leid«, war alles, was er sagte. »Kann ich irgendetwas tun?«

Sie schüttelte müde den Kopf. »Selwyn sagt, wir können nur warten, unseren Fall vorbringen und versuchen, Besuchsrecht und Sorgerecht zu erwirken. Ich muss wieder in die Vereinigten Staaten. Ich will meinen Sohn nicht verlieren, ich kann nicht. Er ist das Einzige, was mir wichtig ist.«

»Ich glaube nicht, dass Sie ihn je verlieren werden. Er ist nur vorübergehend verloren gegangen«, meinte Archie, aber ihr war nicht nach Scherzen zumute. »Das ist nicht lustig«, fuhr sie ihn an.

»Verzeihung, aber das war auch nicht so gemeint. Er ist verloren gegangen, fehlgeleitet, ein Junge, der ein aufregendes Abenteuer erlebt. Kinder denken nicht an die Folgen ihrer Handlungen. Warum sollte er es? Er ist gut erzogen, geliebt und verhätschelt. Er vertraut den Menschen. Jetzt wird er ein wenig verwirrt sein, aber Sie müssen darauf vertrauen, dass alles, was Sie ihm beigebracht haben, nicht umsonst war. Ich kenne mich mit jungen Menschen ein bisschen aus, und Roderick wird das überstehen. Ihm nachzujagen, wird die Schlinge, die Ihr Mann um seinen Hals gelegt hat, nur noch fester ziehen. Selwyn hat angedeutet, was für ein Mensch er ist … es tut mir leid.« Er streckte seine Hand aus, aber Celeste schob sie von sich.

»Er hatte nicht das Recht, Ihnen etwas über meine Privatangelegenheiten zu erzählen.« Celeste konnte nicht glauben, dass ihr Bruder derart indiskret gewesen war, und brennende Scham stieg in ihr auf. Heftig rief sie: »Sie verstehen davon überhaupt nichts!«

Er blieb ganz ruhig und sagte leise: »Leider weiß ich nur zu gut, was es bedeutet, ein Kind zu verlieren, aber ich weiß auch, dass großzügig geschenkte Liebe nie vergebens ist. Roddy weiß, dass Sie sich sorgen. Er wird zu gegebener Zeit seinen Weg zu Ihnen zurück finden.«

Celeste stürmte davon, sie konnte Archies Rat nicht ertragen. Sie wollte Roddy jetzt, nicht irgendwann später. Nun aber spürte sie die Wärme dieses Mannes, während sie am Arm ihres Bruders durch den Mittelgang schritt. Sie spürte Archies Kraft, seine Sorge und seine Freundlichkeit. Sie würden alle Freunde brauchen, um mit diesem Kummer zu leben. Jedes einzelne Wort aus Grovers Brief hatte sich in ihr Herz eingebrannt.

Du hast doch nicht geglaubt, dass ich Dich mit dem Diebstahl meines Sohnes davonkommen lasse? Er gehört von Rechts wegen mir, und ich habe dafür gesorgt, dass er als wahrer Sohn seines Landes aufwächst, nicht als ein verweichlichter englischer Schuljunge unter der Fuchtel von Weibern.

Komm ihm nicht nach. Er wird Dir schreiben, wenn ich es ihm in den Ferien und zu anderen Anlässen erlaube. Er muss in Ruhe gelassen werden, um die Stärke zu entwickeln, die er von seinem Vater hat, was ihn in diesem Land weit bringen wird. Er wird von allem nur das Beste bekommen.

Du warst an der Reihe, jetzt ist es an mir, seinen Charakter als mein Erbe zu formen. Du hast Deinen Teil erledigt. Du hast seine frühen Jahre gestohlen, jetzt werde ich seine Zeit als Erwachsener haben.

Eine Scheidung wird es erst geben, wenn ich es sage. Vielleicht wäre es klug, wenn ich mir eine passendere Frau suchte, um Deinen Einfluss wettzumachen, aber bis dahin wird meine Mutter reichen.

Wir hätten uns die ganze Geschichte sparen können, wenn Du nur Gehorsam gelernt hättest. Aber Ihr Engländer lernt nie, nicht wahr? Ihr seid insgesamt eine verdammt starrköpfige Rasse. Ich dachte, ich hätte Dich anlernen können, aber Du warst eine

Enttäuschung. Roderick wird nicht denselben Fehler machen. Ich werde ihm langsam unsere Art zu handeln beibiegen. Er wird bald lernen, was am besten für ihn ist.

Ich hoffe, Du leidest so, wie ich gelitten habe, als Du ihn vor vielen Jahren gestohlen hast. Fahr zur Hölle.

Grover Parkes

Wie soll ich damit leben? Celeste rang um Fassung. Wie kann ich den Gedanken überstehen, dass er so weit weg von mir ist? Wer wird diesen Schmerz von meinem Herzen nehmen? Warum habe ich ihn nur allein nach London fahren lassen? Und warum hat er die Briefe seines Vaters vor mir verborgen? Wie konnte ich nur so töricht sein, nicht zu ahnen, dass Grover versuchen würde, ihn zurückzuholen? Oh, mein Sohn, du armer, dummer Junge, du weißt nicht, was du getan hast.

Sie konnte sich keinerlei Hoffnungen machen, nichts, nur die Tage zählen, bis sie ihn wieder in ihren Armen hielt. Von jetzt an würde sie nur noch warten.

Dann schaute sie zum großen Westtor empor, das zu Ehren ihres Vaters offen stand. Etwas regte sich in ihr, und sie straffte die Schultern. So wahr Gott und die Heiligen meine Zeugen sind, ich werde nicht untergehen, ohne gekämpft zu haben. Abermals sah sie das riesige Schiff in jener schrecklichen Nacht im Wasser versinken. Sie durfte jetzt nicht aufgeben. Sie war unsinkbar. Sie hatte den sicheren Tod überlebt. Irgendwie musste es einen Weg zu ihm zurück geben. Ganz bestimmt.

DRITTER TEIL

Zerrissene Fäden

1922–1928

75

Nach Roddys Verschwinden fühlte sich Celeste monatelang untröstlich. Sie war unfähig zu jeder normalen Arbeit und vergrub sich in ihren Schmerz. May fürchtete schon, Celeste könnte ebenfalls in der Heilanstalt landen, wie einst sie selbst. Die ganze Welt schien auf den Kopf gestellt, und May trug nun allein die Verantwortung für den Haushalt, traf alle finanziellen Entscheidungen, schrieb Listen und verteilte Aufgaben, während Celeste wie in einer Seifenblase herumtrieb und sich für nichts anderes interessierte als Nachrichten aus Akron. Doch die kamen nur über Roddys Großmutter, die allein entschied, was sie an Celeste weitergab und was nicht, und sie dadurch nur noch mehr frustrierte.

Roddy geht es gut. Er kommt in der Schule gut zurecht, hat ein Fahrrad und ein eigenes Pferd, und er streift sehr gern mit seinen Freunden durch die Landschaft, also belästige ihn nicht mit Deinen Bitten, er möge zurückkehren. Er will es nicht. Die Briefe vom Anwalt helfen Dir in der Angelegenheit mit Grover auch nicht weiter, er wirft sie in den Müll. Du brauchst Dein Geld also nicht für die Anwaltsgebühren zu verschwenden. Roderick wird für immer hierbleiben und Dir zu gegebener Zeit schreiben.

Du hast diese Situation selbst verschuldet, indem Du vor Deinen Pflichten hier davongelaufen bist. Alles hat seinen Preis, meine Liebe. Alles hat seinen Preis …

»Wie können sie mir nur meinen Sohn wegnehmen? Sie haben ihn gegen mich aufgehetzt. Ich muss sofort hinfahren und ihn zur Vernunft bringen«, klagte Celeste händeringend.

Selwyn versuchte sie zu beruhigen. »Aber jetzt noch nicht … Es ist noch zu früh.«

»Ich werde verrückt, wenn ich hier sitzen und warten muss!«

»Dann raff dich auf und such dir etwas, wofür sich das Aufstehen lohnt«, riet er. Es war genau der Satz, den er vor einigen Jahren auch May gesagt hatte. Er selbst hatte wieder angefangen zu arbeiten, als Anwalt in Birmingham, wo er Kriegsveteranen vertrat, die dringend eine Unterkunft und medizinische Behandlung brauchten. Das Drama um Roddy hatte Selwyn aus seiner Lethargie gerissen, und May kam es so vor, als übernähme er zum ersten Mal seit Jahren wieder Verantwortung für sein Leben. Selbst das Trinken hatte er reduziert – und er kam lieber nach Hause und werkelte in seinem Schuppen herum. Manchmal nahm May sich einen Tee mit, setzte sich auf eine Bank und sah ihm dabei zu. Sie mussten nicht reden, um sich miteinander wohl zu fühlen, auch das gemeinsame Schweigen war beruhigend.

Im Gegensatz dazu erwies sich Celeste als sehr anstrengend, weil sie von einer Idee zur anderen sprang. Zum Glück kam ihr Freund Mr McAdam häufig vorbei und nahm sie zu einem Spaziergang mit, von dem sie ein wenig ruhiger zurückkehrte. May wünschte, sie hätte auch so einen Freund, der sich um sie kümmerte und sie schätzte. Joe war immer aufmerksam und freigebig mit Komplimenten gewesen. Manchmal fragte sie sich, ob Selwyn es wohl bemerkte, wenn sie sich extra hübsch für ihn gemacht hatte. Doch alles, was nicht rostiges oder reparaturbedürftiges Metall war, schien seiner Aufmerksamkeit zu entgehen.

So sehr sie ihre Freundin auch liebte, ärgerte sie sich dennoch so langsam über die Unordnung in Haus und Garten. Überall ließ Celeste ihre Sachen liegen und vergaß sie dann sofort. Eine unordentliche Tochter war schon genug, aber zwei Menschen, die überall Chaos verbreiteten, zerrten ihr an den Nerven. Eines Morgens dann, als May eine alte Ausgabe der *Times* wegräumte, sah sie, dass Celeste die Stellenanzeige einer Vermittlung für Hauspersonal eingekreist hatte. Es war ein Anfang. Zum ersten Mal seit Monaten empfand May einen Anflug von Hoffnung. Sie schnitt die Anzeige aus und legte sie Celeste auf den Schreibtisch.

Als Celeste zusammengesunken über ihrem Kakao saß, packte May die Gelegenheit beim Schopf.

»Hier, warum antwortest du nicht darauf?«, fragte sie und hielt ihr den Zeitungsausschnitt unter die Nase. »Es kann doch nicht schaden, mal zu fragen, was sie dort wollen, oder? Du hast viel zu viel Zeit zum Grübeln, und das führt zu nichts, das weiß ich aus eigener Erfahrung.«

Celeste blickte auf und schüttelte lächelnd den Kopf. »Der liebe Gott wusste schon, was er tat, als er dich in mein Leben brachte, so viel ist sicher.«

»Also dann los! Wozu sind Freunde denn da, wenn sie einander in schweren Zeiten nicht beistehen? Ich tue doch nur, was du in der Vergangenheit auch für mich getan hast. Weißt du noch, was du immer gesagt hast? ›Wenn ich zu tun habe, denke ich nicht nach.‹ Irgendwann wird alles gut werden, glaube mir, aber warum probierst du bis dahin nicht etwas Neues aus? Es kann nur helfen.«

76

Akron

Roddy stand auf dem ehemaligen Indianerpfad Portage Path. Er hatte die Indianerstatue betrachtet und sah nun in Richtung Westen, wo früher die Grenze zwischen dem Land der Indianer und den Vereinigten Staaten verlaufen war. Er ließ den Blick über die waldigen Hügel schweifen und versuchte sich vorzustellen, wie es in alten Zeiten gewesen sein musste, aber er war nicht mit ganzem Herzen bei der Sache. Er hatte Heimweh nach der flachen Landschaft von Trent Valley, nach seiner alten Schule und der Kathedrale in Lichfield, nach dem kunterbunten Leben im Red House. Doch am meisten sehnte er sich nach seiner Mutter.

Seit er den Brief erhalten hatte, in dem stand, dass sein Großvater an eben jenem Tag verstorben sei, an dem er vor vielen Monaten per Schiff nach New York aufgebrochen war, fühlte er sich schrecklich und wünschte, er hätte umkehren, seinem Großvater die letzte Ehre erweisen und seine Mutter trösten können. Wie sehr hatte es sie schmerzen müssen, Vater und Sohn am selben Tag zu verlieren!

Er blickte über die hohen Bäume hinweg bis ins tiefe Tal des Cuyahoga, der sich am Rand der Stadt entlangschlängelte. Hier standen vereinzelt Häuser am Portage Path. Das Gebiet des Country Club breitete sich immer weiter auf das Territorium der Indianer aus, drängte sie mehr und mehr außer Sichtweite.

In dieser Gegend war er geboren, aber es fühlte sich nicht so an, als gehörte er hierher. Es war ein großer Fehler gewesen, von seiner alten Familie wegzulaufen. Doch was geschehen war, war geschehen, und er sah keinen Ausweg.

Er dachte an Ellas anklagenden Brief, in dem sie schrieb, er sei ein Verräter und undankbarer Mistkerl. Was konnte er darauf schon erwidern? Sie nahm kein Blatt vor den Mund und ließ ihn ganz genau wissen, wie unglücklich seine Mutter war und wie krank, seit er sie verlassen hatte.

»Sie macht sich Vorwürfe, weil sie dich nicht nach London begleitet hat, und wenn niemand hinsieht, weint sie, also komm nach Hause und bring sie wieder zum Lächeln.«

Immer wieder hatte Roddy den Brief gelesen und sich abscheulich gefühlt. Er hatte noch nicht oft nach Hause geschrieben, nur einen Kondolenzbrief an seine Mutter und Onkel Selwyn mit ein paar kurzen Zeilen über seine neue Schule. Er hatte ein wenig über Grandma Harriet dazugeschrieben, aber verschwiegen, dass sein Vater eine ständige Begleiterin hatte, Miss Louella Lamont, die manchmal in der Kirche neben ihnen saß und zum Tee kam. Sie war recht hübsch in ihren schicken Kleidern, doch ihre Stimme klang wie ein Nebelhorn.

Das Haus seines Vaters, Oak Court, lag weit oben im Distrikt West Hill. Es hatte farbige Ziegelsteine, Statuen im Garten, Obstgärten und eine Pferdekoppel. Es war nicht so groß wie das Anwesen der Seiberlings oder wie Elm Court, wo die Familie Marks lebte, aber in Lichfield hatte er ein so großes Haus noch nie gesehen.

Er hatte seine eigenen Zimmer, ebenso wie Grandma Harriet im anderen Flügel des Hauses. Sein Vater schien Tag und Nacht zu arbeiten, und wenn er spät abends nach Hause kam, war er meist gereizt. Die Versprechen, die er an Bord der *Olympic* gemacht hatte, von Dingen, die sie als Vater und Sohn gemeinsam unternehmen würden, waren längst vergessen und nie wieder erwähnt worden.

Nichts hier war so, wie er es erwartet hatte. Immerhin hatte er sich in der Schule mit einem Jungen namens Will Morgan anfreunden können. Niemand sonst hatte außerhalb der USA gewohnt, und keiner interessierte sich für sein Leben, bevor er nach Akron gekommen war. Alles, wofür die anderen Jungen sich interessierten, war das Vorankommen der Akron Pros in der National Football League. Und sie lernten fleißig für gute Noten, die die meisten von ihnen an die Ostküste nach Harvard oder Yale bringen würden. So weit voraus konnte Roddy noch nicht denken. In seinem jungen Leben hatte er schon zu viele Veränderungen erlebt.

Er wusste nur, dass er einen furchtbaren Fehler begangen hatte, seinem Vater zu vertrauen, und konnte immer noch nicht so ganz begreifen, wie er aus dem Londoner Theater auf die *Olympic* in Southampton gekommen war. Seine Erinnerung lag im Nebel. Doch jetzt war er hier, und sein Vater war sehr stolz darüber, auch wenn er nicht oft zugegen war, um etwas mit ihm zu unternehmen.

Nicht, dass seine Tage langweilig waren! Es gab Reitstunden und Fahrstunden vom Chauffeur in dem neuen Automobil, das in der Auffahrt stand, und Nachhilfestunden in Biologie und Chemie, damit er später in die Diamond Rubber Company einsteigen könnte. Es war, als wäre sein ganzes Leben schon vorgeplant, als bewegte er sich nur wie ein Schlafwandler darin.

Als er an der einsamen Statue des Indianers stand, der sein Kanu auf dem Rücken trug, stellte er sich die mühsamen Wanderungen der Indianer vom Cuyahoga zum Tuscarawas vor, von einem Fluss zum anderen, und dazwischen nur Wald. Manchmal fühlte er sich, als würde auch er mit einer schweren Last auf dem Rücken herumwandern, die ihn niederdrückte.

Seine Großmutter sagte ihm immer wieder, er solle aufrecht

gehen und nicht so gekrümmt herumschlurfen, sonst werde er einen Buckel bekommen. Ihr war sehr wichtig, was andere Leute dachten. Die Parkes waren Mitglieder der feinen Gesellschaft. Sie trafen sich mit den reichen Gummibaronen und deren Familien, und Roddy war froh über Moms frühere Benimmkurse, in denen sie mit den Mädchen geübt hatten, Gesellschaften zu geben und höflich mit alten Damen zu reden. »Denk daran: stell immer eine Frage. Zeig Interesse an deinem Gast und sieh zu, dass er sich wohl fühlt.« Die Worte seiner Mutter klangen ihm im Ohr, Worte aus der Zeit in Washington, und dann überfiel ihn Traurigkeit. Zumindest würde er sie bei diesen Anlässen nicht enttäuschen. Er versuchte, seinen englischen Akzent beizubehalten, doch das ärgerte seinen Vater ungemein. »Du bist ein Yankee, vergiss bloß diese komische Aussprache!«

Andere fanden seinen Akzent wundervoll, vor allem die Mädchen in der Kirche und die alten Damen. Gelegentlich baten sie ihn, bestimmte Sätze mehrfach zu wiederholen, bis er sich vorkam wie ein Affe im Theater.

Er hatte alles bekommen, was er sich nur wünschen konnte: ein schönes Haus, Pferd und Wagen, eine gute Schule, eine herrliche Landschaft drum herum. Warum war ihm nur so elend zumute? Zwischen all diesen Dingen des Wohlstands und Erfolgs fehlte etwas, irgendetwas sehr Wichtiges, aber Roddy konnte nicht genau bestimmen, was es war.

Doch wie die Antwort auch lauten mochte – es hinterließ eine große Leere in seinem Herzen.

77

»Mrs Forester, könnten Sie wohl die Amerikaner für die Tour nach Stratford übernehmen?«, erkundigte sich Safara Fort am Telefon.

»Natürlich, sehr gern«, antwortete Celeste der Agenturleiterin von *Universal Aunts.* »Woher aus Amerika stammen sie denn?«, fügte sie hinzu in der Hoffnung, sie kämen aus Ohio. Celeste saß am Fuß der Treppe, presste den Hörer ans Ohr und lächelte. Sich bei *Universal Aunts* zu bewerben, hatte ihr praktisch das Leben gerettet. Es war eine neuartige Agentur mit Hauptsitz in London, die Reisebegleitung, Wohnungseinrichtung, Kinderbetreuung, Recherchearbeit und alle Arten von mehr oder weniger ungewöhnlichen Diensten anbot. Die Arbeit war dadurch sehr vielfältig – manchmal ganz banal, etwa, wenn sie das Haustier einer reichen Dame zum Tierarzt bringen und seine Krallen schneiden lassen musste, manchmal auch aufwendiger, wenn sie einer frisch verheirateten Ehefrau beim Kauf von Möbeln bei Rackhams oder Beatties helfen sollte. Touristen auf Shakespeares Spuren nach Stratford oder zu Anne Hathaways Haus zu begleiten, war in dieser Jahreszeit häufig gefragt. Es gab herrliche Landgasthöfe im Tudorstil mit wunderbaren Himmelbetten und Eichenbalken, die die Amerikaner ebenso liebten wie die herzhafte englische Verpflegung.

»Sie kommen irgendwo von den Great Lakes … aus Ann Arbour, glaube ich … Sie sind ganz wild auf Mr Shakespeare und wollen die große Tour mit gutem Hotel und Reiseführer, das Übliche, aber nur für zwei oder drei Tage, denn sie wollen auch noch nach Edinburgh und zum Münster in York. Dann natürlich noch nach Paris, und da Sie ja früher in den USA gelebt haben …«

»Überlassen Sie das alles ruhig mir, Miss Fort«, sagte Celeste. »Ich werde im Voraus buchen und einen Terminplan erstellen, der Ihrem Budget entspricht.«

»Es gibt kein Budget – für die Stimpsons nur das Beste. Wenn ich es recht verstanden habe, verdient er ein Vermögen mit Getreideflocken. Ich bin so froh, dass wir Sie da oben im Norden haben und Sie sich um alles kümmern, Celestine. Sie sind ein echtes Goldstück! Als Sie zum Vorstellungsgespräch kamen, habe ich gleich gemerkt, dass Sie sehr vielseitig sind. Sie haben keine Vorstellung davon, wie viele Bewerberinnen für *Universal Aunts* völlig ungeeignet sind. Wir sind sehr wählerisch in unserer Auswahl, und Ihre Aufträge waren bisher einwandfrei. Aus den Berichten geht hervor, dass die Kinder ausdrücklich nach Ihnen verlangen.«

»Danke, Miss Fort.« Celeste strahlte. Sie liebte ihre Arbeit, die sie auf Trab hielt und davon ablenkte, zu viel über Roddy nachzudenken und wie es ihm bei seinem Vater erging. Dennoch war ihr Sohn für sie stets gegenwärtig.

»Dann will ich Sie nicht weiter von Ihren Vorbereitungen abhalten. Ich freue mich auf Ihren Bericht.«

Celeste war in ihrem besten Tweedkostüm zur Agentur von *Universal Aunts* in der Nähe des Sloane Square gegangen. Man hatte ihr Fragen über ihr Leben und ihre bisherige Berufserfahrung gestellt, aber als sie sagte, dass sie eine Überlebende der *Titanic*, mit Margaret Brown befreundet und Mitglied in ihrem Hilfskomitee für Frauen sei, wurde das Bewerbungsgespräch augenblicklich abgebrochen.

»Wir würden uns sehr geehrt fühlen, wenn Sie bei uns arbeiteten.«

Bislang hatte sie Dutzende quengeliger Kinder von Birmingham, Wolverhampton oder Stafford zu ihren neuen Internaten quer durchs Land begleitet und umgekehrt. Mit Roddy hatte sie früher dasselbe gemacht – sie sorgte dafür, dass ihre Vorratsdosen gefüllt waren, dass sie ausreichend Spiele, Verpflegung, Comic-Hefte und Zeitschriften für die Reise dabeihatten, die sie dann hoffentlich ablenken und beruhigen würden.

Alle Vierteljahre musste sie eine Buchungsgebühr in Höhe einer halben Krone zahlen, um über die Agentur vermittelt zu werden, aber das Geld war gut angelegt. Es brachte sie aus dem Haus und in Kontakt mit Fremden, die nichts über ihre Sorgen wussten. Doch in jedem Kind, das sie betreute, sah sie etwas von ihrem eigenen Sohn.

Sie konnte kaum fassen, dass der schreckliche Tag, an dem Roddy sie verlassen hatte, nun fast ein Jahr her war. Ein Jahr voll kühler Korrespondenz mit höflichen, behutsamen Nachfragen bei Harriet. Sie würde nie wieder an Grover direkt schreiben, nicht nach dem, was er getan hatte. Sie fürchtete, die Fassung zu verlieren und ihn zu beschimpfen, was die Sache sicher nur noch schlimmer machen würde.

Roddys Briefe waren kurz und zurückhaltend. Sie spürte, dass er darum kämpfte, in seinem neuen Leben in Amerika zurechtzukommen, und die Fotografien, die er beilegte, zeigten, wie schnell er groß wurde. Mittlerweile war er den kurzen Hosen entwachsen und hatte lange Beine bekommen. Sie sehnte sich danach, ihn zu besuchen, aber sie wusste, dass es den schwer erkämpften Waffenstillstand zwischen ihr und Grover wieder brechen könnte. Sie musste vorsichtig sein, abwarten und Grover bei Laune halten. Dennoch hatte sie das Gefühl, als Mutter versagt zu haben. Bestimmt hatte sie ihrem Sohn nicht genug geboten – warum sonst hatte er sich für den Menschen entschieden, vor dem sie ihn all die Jahre hatte beschützen wollen? Oder hatte er sich gar nicht mehr entscheiden können, sobald sein Vater ihn in seinen Fängen gehabt hatte? Ach, hätte sie ihn doch nur nicht allein fahren lassen!

In all diesen Monaten war May für sie da, stand ihr treu zur Seite und bot ihr eine Schulter, an der sie sich ausweinen konnte. Das galt auch für Archie, doch ihre Beziehung musste geheim bleiben.

Archie war ein alleinstehender Mann an einem theologischen Seminar, wo man sehr auf Moral achtete, und sie war immer noch eine verheiratete Frau, auch wenn sie getrennt lebte. Nach außen hin galt Archie als Selwyns Freund, damit über seine Besuche im Red House nicht getratscht wurde, aber alle wussten, dass er in Wahrheit ihretwegen kam. Er liebte sie. Sein Blick war stets voller Bewunderung, und das gab ihr Kraft weiterzumachen, wenn sie der Schmerz über Roddys Abwesenheit zu sehr quälte.

Er schien ihren Kummer jedes Mal zu spüren und legte dann sanft seine Hand auf ihre. Er hatte seine Frau verloren und im großen Krieg viel Leid erlebt. Er war ihr Fels in der Brandung. Dennoch konnte es für sie keine gemeinsame Zukunft geben. Wie auch, solange Grover sie nicht gehen ließ oder sie nicht selbst versuchte, die Scheidung einzureichen? Einen solchen Schritt wagte sie jedoch nicht, denn sie wollte nicht riskieren, den Kontakt mit ihrem Sohn gänzlich zu verlieren; ihr ganzes Glück hing von ihm ab. Eines Tages würde er zu ihr zurückkehren … Eines Tage wäre dieser Albtraum vorbei.

Bis dahin würde sie anderen Familien helfen, deren Kinder herumreisen mussten. Bei ihr würde kein Kind je verlorengehen. Was sie für Roddy nicht mehr tun konnte, wollte sie für ihre jungen Schützlinge tun. Außerdem hegte sie die stille Hoffnung, dass Miss Fort sie eines Tages jemanden über den Ozean in die Staaten begleiten ließe. Das wäre ihre große Chance, aber bis dahin machte sie das Beste aus dem, was sie hatte.

78

Ella liebte es, den Steinmetzen bei der Arbeit zuzusehen. In Quonians Yard restaurierten Bridgeman & Sons Mauerteile und erstellten neue Ornamente für beschädigte Dächer von Kirchen und Kathedralen. Sie hatten auch die Front der Kathedrale mit ihren schönen Statuen und verzierten Bögen restauriert. Wenn Ella die einzelnen schön gestalteten Stücke begutachtete, die im Hof standen und darauf warteten, verpackt und durchs ganze Land, ja, bis ins Ausland verschifft zu werden, spürte sie die Kunstfertigkeit und das handwerkliche Können, die über Generationen hinweg überliefert worden waren.

Manchmal trödelte sie mit ihren Einkäufen, nur um sehen zu können, wie sie den Stein schliffen und ihn mit alten Werkzeugen vorbereiteten. Sie sehnte sich danach, ebenfalls derart kraftvolle Arbeit mit ihren Händen verrichten zu können.

Die Mädchen auf der Oberschule zogen sie mit ihrer eingeklebten Bildersammlung in den Skizzenbüchern auf – Fotos und Bilder, die sie aus Zeitschriften, Zeitungen und Postern ausgeschnitten hatte. Nun, da sie eine eigene Fotokamera besaß, konnte sie alles im Bild festhalten, was ihr gefiel. Sie hatte Kirchen besucht und Postkarten von der Kunstgalerie in Birmingham gekauft, wo sie sich insbesondere für Frauen in der Kunstwelt interessiert hatte, einschließlich der viktorianischen Steinmetzin, die bei den Statuen an der Westfront der Kathedrale geholfen hatte. Sie hatte sich Notizen über Kathleen Scott und Captain Smiths Statue gemacht, bis Hazel es nicht mehr aushielt, noch länger davorzustehen.

Hazel war immer noch ihre beste Freundin. Sie gingen zusammen zur Oberschule, wobei Hazel sich mehr für Naturwissenschaften interessierte und in der Kunst nicht viel Sinn erkennen konnte. Skeptisch hatte sie Ellas Figur begutachtet. »Du wirst Arme wie ein Boxer kriegen, wenn du Skulpturen erstellst«, warnte sie.

»Das ist mir egal«, erwiderte Ella. Sie würde Bildhauerin werden, und wenn es das Letzte wäre, was sie täte. Zuerst jedoch musste sie alles über die großen Meister lernen, über die Arbeitsweise früherer Künstler, aber auch über die heutigen, die ihre Werke hin und wieder in Kunstgalerien ausstellten. Sie musste sich mit Anatomie beschäftigen, Schädelknochen und Muskulatur studieren. Es war alles ein großes Mysterium, aber sie fand es herrlich aufregend. Würde sie je nach Rom oder Florenz reisen können oder Rodins Werke in Paris sehen?

Ella konnte es kaum erwarten, von der Schule abzugehen und ins richtige Leben einzutauchen, wo Menschen ihre Kunst auslebten und Freiheit zum Experimentieren hatten. Ihre eigenen kläglichen Versuche im Schuppen am Ende des Gartens waren dumme, ungenügende Modelle von Gesichtern, die sie am liebsten zerschlagen hätte. Doch das Material war teuer, und ihre Mutter hasste Verschwendung.

Ella liebte Gesichter: die Kraft und Magie verhärmter Gesichter, Wangenknochen, krumme Nasen – all die besonderen Merkmale, die einem einfachen Gesicht etwas Außergewöhnliches verliehen. Sie staunte immer wieder, wie ein Klumpen Gips in eine dauerhafte Form verwandelt werden konnte.

Gemälde liebte sie ebenfalls, am meisten jedoch Porträts. Sie hatte sich zum Geburtstag einen Totenkopf gewünscht, hatte aber mit einem Schafsschädel vorliebnehmen müssen. Es war wichtig, die Knochen und Formen in einem Kopf zu spüren, um die Form nach außen hin aufzubauen.

Es machte ihr fast Angst, wie sehr sie sich danach sehnte, Kunst zu studieren und selbst Kunstwerke zu erschaffen. Wäre sie kräftig genug, um größere Bronzefiguren zu gießen? Sie war schlank und sehnig, aber nicht sehr groß, und vom Körperbau her vermutlich eher als Tänzerin geeignet denn als Bildhauerin oder Steinmetzin.

Mehr als alles wollte sie von der Schule ab- und zur Kunsthochschule gehen, aber ihre Mutter wollte nichts davon hören.

»Nach all den Gebühren und allem, was du gelernt hast, musst du jetzt dabeibleiben und deine Abgangszeugnisse abwarten. Du musst eine gute Berufsausbildung haben für den Fall, dass schwere Zeiten kommen … als Lehrerin oder Sekretärin … oder an einer dieser neuen Rechenmaschinen.«

»Aber ich will nicht in einem Büro arbeiten.«

»Dann vielleicht als Krankenschwester …«, schlug May vor.

»Ich will auch keine Krankenschwester werden. Ich würde die Patienten versehentlich noch umbringen.«

»Werd nicht frech, junge Dame. Du tust, was ich dir sage. Es gab schon genug Menschen hier im Haus, die nicht wussten, wie gut sie es eigentlich hatten«, schnaubte Mum und blickte zu den Fotos auf dem Kaminsims.

Von Roddy wurde nie direkt gesprochen. Er war ein stummer Geist in der Zimmerecke – stets präsent, doch nie erwähnt. Er war ungehorsam gewesen und hatte seiner Mutter das Herz gebrochen. Die Warnung war deutlich: Sie durfte ihrer Mutter nicht dasselbe antun.

Mum und Onkel Selwyn führten jetzt im Haus das Regiment – eine denkbar kuriose Verbindung! Tante Celeste war ständig auf Reisen, und die beiden zankten sich oder aßen zusammen wie ein altes Ehepaar. Onkel Selwyn war ein wenig umgänglicher geworden, aber am liebsten ging er immer noch zum Schweißen in seinen Schuppen. Dort war es gewesen, dass Ella die geniale Idee bekam, Skulpturen aus Metallstücken zu fertigen. Wenn sie das Metall doch nur in Form schweißen könnte wie Giacometti, hatte sie gedacht.

Am Anfang hatte Selwyn abgelehnt, als sie ihn bat, es ihr zu zeigen, aber mit viel Bettelei hatte sie ihn schließlich überreden können, ihr die Grundtechnik beizubringen. Zunächst hatte sie ihn mit einem Schutzglasschirm und in gebührendem Abstand zu den Funken nur beobachten dürfen. Die Arbeit war heiß und anstrengend, aber eine gute Übung dafür, geschmolzenes Metall in Gussformen zu bringen, wenn sie später einmal richtige Büsten oder größere Arbeiten fertigen wollte.

Dann war ihre Mutter mit einer Tasse Tee gekommen, hatte sie beide erwischt und Selwyn wütend angeschrien. Und er hatte geflucht, weil sie sich einmischte.

»Um Himmels willen, du eigensinnige Frau, siehst du denn nicht, dass das Kind Eifer und Enthusiasmus zeigt? Sie hat großartige Ideen. Was sind schon ein paar Brandblasen an den Händen ...? Lass sie ruhig etwas lernen, das Blut, Schweiß und Tränen kostet. Sei nicht so dumm und setze ihren Träumen Grenzen!«

»Nenn du mich nicht dumm, Selwyn Forester! Ich weiß, dass sie klüger, hübscher und talentierter ist als wir beide zusammen. Du hast aber kein Recht, sie in Gefahr zu bringen. Das ist keine Arbeit für ein Mädchen.«

»Im Krieg war es das aber – oder hast du die Frauen vergessen, die Stahl und Munition für uns hergestellt haben?«

Ella ließ die beiden in der Werkstatt allein. Sie hasste es, wenn sie ihretwegen stritten. Roddy wäre jetzt mit ihr durch den Garten gegangen, um sie abzulenken und zum Lachen zu bringen. Er fehlte ihr.

Sie stürmte in ihren Schuppen, fand ihr letztes Stück leeres Papier und begann in heißer Wut das Bild zu zeichnen, das sie vor Augen hatte: Selwyns verhärmtes Gesicht über dem Schweißgerät, ihre eigenen glühenden Wangen hinter dem Schutzglas. Vor ihrem geistigen Auge formte sich eine eigenartige Figur: zwei Gestalten, die voller Verzweiflung die Arme in die Luft reckten, während eine dritte zwischen ihnen eingeklemmt war und sie auseinanderdrängte. Sie ließ ihre Hand über das Papier gleiten, bis sie vor Erschöpfung innehielt.

Wenn sie auf die Kunsthochschule ginge, würde man ihre Arbeiten sehen wollen. Irgendwo musste sie ja anfangen, warum also nicht jetzt?

Ella spürte, dass ihr Kopf vor Ideen nur so schwirrte. Doch gleichzeitig veränderte sich in diesen Monaten auch ihr Körper, wurde voller, runder, weicher. Wenn sie morgens mit den anderen Mädchen in Zweierreihen zur Oberschule ging, fuhren Jungen mit Fahrrädern auf ihrem Weg zum King-Edward-Gymnasium an ihnen vorbei, zwinkerten ihr zu und pfiffen. Dann wurde sie rot, weil sie wusste, dass sie ihre weiblichen Rundungen und ihr schwarzes Haar bewunderten, das geflochten war, um die Locken zu bändigen.

Hazel starrte einem Jungen nach und kicherte. »Der mag dich.«

»Hör auf«, gab Ella barsch zurück und versuchte, ihre Freude zu verbergen, auch wenn die Schuljungen in Lichfield recht gewöhnlich aussahen mit ihren dünnen Beinen, abstehenden Haaren und Pickeln, kein bisschen wie Michelangelos wunderschöne Statuen oder Edward Burne-Jones' Ritter der Tafelrunde. Sie rümpfte die Nase und tat, als hätte sie das Pfeifen nicht gehört.

»So machst du es nur noch schlimmer.« Hazel stieß sie mit dem Ellbogen in die Seite. »Ich wünschte, Ben Garratt würde mich so ansehen, wie er dich ansieht.«

»Ich habe keine Zeit für Ablenkungen in meinem Leben. Ich will Künstlerin werden. Wir müssen unsere Gefühle in unsere Arbeit fließen lassen und dürfen sie nicht an Zwölftklässler verschwenden«, erwiderte sie verächtlich.

»Was du nicht sagst, Ella Smith! Ich habe aber gelesen, dass Künstler ein sehr kompliziertes Liebesleben führen. Denk nur an Miss Garman. Meine Mutter sagt, sie lebt jetzt mit einem verheirateten Mann in London – was für ein Skandal!« Hazel sah lustig aus, wenn sie so von oben herab redete, dachte Ella – ihre Nase wurde dann kraus wie die eines Kaninchens.

»Ach, du meinst ihren Liebhaber Jacob Epstein, den Bildhauer?«

»Und sie hat ein Kind von ihm bekommen …«

»Na und? Künstler leben eben anders.«

»Ich finde seine Porträts komisch und hässlich. Du willst doch nicht so sein wie er, oder?«, fragte Hazel entsetzt.

»Ich weiß noch nicht, was für einen Stil ich finden werde«, erwiderte Ella.

»Pass bloß auf, was du sagst, sonst bekommst du noch Ärger mit Miss Hodge.«

»Keine Sorge. Meine Mutter würde mir bei lebendigem Leib die Haut abziehen, wenn sie uns jetzt hören könnte.« Ella lachte. »Am liebsten würde ich sofort mit meiner Karriere beginnen, anstatt bei all den langweiligen Büchern festzusitzen.«

»Man kann aber nie genug lernen, sagt mein Stiefvater immer.« Hazels Mutter hatte gerade George, den Soldaten, geheiratet.

»Aber ein Künstler zu sein, muss man auch richtig lernen! Ich will das ständig machen, nicht nur zwei Stunden in der Woche.«

»Dann geh zur Kunsthochschule. Cynthias Bruder ist auch dort.« Hazel seufzte. »Der sieht ja so gut aus!«

»Aber wohin?«, rief Ella. »Ich kann doch nicht von zu Hause weg.«

»Da gibt es Walsall, Birmingham, viele Orte … Du könntest mit dem Zug fahren.«

»Aber ein College kostet Geld, und zu Hause waren wir schon immer knapp bei Kasse, obwohl es jetzt leichter ist, seit wir im Red House wohnen. Vielleicht ginge es mit dem Schiffsgeld.«

»Welches Schiffsgeld?«, wollte Hazel wissen.

»Der Scheck von der Wohlfahrt für meinen Dad. Ich habe das Formular einmal gesehen, und in der Ecke ist ein Schiff aufgedruckt. Ich wollte Mum fragen, aber ich erinnere sie nicht gern an meinen Vater. Ich war noch ein Baby, und zu Hause sprechen wir nicht darüber. Mum wird dann immer ganz traurig. Es ist schon ewig her, und dann der Krieg und alles … Ihr bekommt nichts für deinen Vater, oder?«

»Doch, es gab eine Witwenrente, ein kleines Taschengeld, aber ich glaube, das hat aufgehört, seit Mum wieder geheiratet hat. Du würdest mir fehlen, wenn du weggehst.« Hazel griff nach ihrem Arm, als wollte sie sie aufhalten.

»Ach, wir werden doch immer Freundinnen sein. Wir können uns an den Wochenenden sehen. Aber ich bin gar nicht sicher, ob ich von der Schule abgehen darf. Die Dame von der Wohlfahrt wird es wissen. Sie kümmert sich um unsere Geldangelegenheiten … ob wir noch Anspruch haben und so etwas. Aber du hast mich auf eine Idee gebracht.«

»Oh, das tue ich doch nicht deinetwegen.« Hazel grinste. »Wenn du aus Lichfield weggehst, habe ich bei Ben Garratt freie Bahn. Wie ich schon sagte: Man kann nie genug lernen.«

79

Aufgeregt ging Celeste im Wohnzimmer hin und her. »Ich habe einen neuen Auftrag … und ratet mal, wo! Da ist eine Familie in Boston, deren Tochter in Birmingham bei Verwandten der Cadburys gewohnt hat. Sie hat Heimweh und will nach Hause, aber die Elias' wollen nicht, dass sie allein fährt. Und als Begleitung möchten sie jemanden, der schon mal in Amerika war. Ist das zu fassen? Ich kann kostenlos in die Staaten reisen! Jetzt wird mich niemand mehr davon abhalten, Roddy zu sehen. Von Boston nach Cleveland kann ich leicht einen Zug nehmen. Als Miss Fort ihnen erzählte, dass ich eine Überlebende der *Titanic* sei und mehr als geeignet für diese Aufgabe, war alles geklärt. Sie kümmern sich sehr fürsorglich um Miss Elias … Phoebe … und ich kann sie jetzt schon sehr gut leiden. Ich werde Harriet Parkes schreiben und verlangen, dass ich meinen Sohn sehen darf.«

»Du solltest sie lieber nett darum bitten, meinst du nicht auch?«, schlug May behutsam vor. Sie wusste, wie sehr Celeste ihren Sohn vermisste, und war besorgt, dass die Hoffnungen ihrer Freundin grausam zerstört würden. Wie sie diesen Grover einschätzte, würde er ihrer Forderung nicht so mir nichts, dir nichts nachkommen.

»Ja, du hast natürlich recht. Mit Geduld und Spucke …« Celeste lachte. So fröhlich war sie schon seit Monaten nicht mehr gewesen. »Familie Elias wird auch meine Rückreise bezahlen, und ich habe noch ein bisschen Geld von meinem Vater …«

»Du willst Roddy also nicht wieder herbringen?« Es war die große Frage, die bisher niemand zu stellen gewagt hatte, aber May spürte, dass sie es tun musste.

Celeste schüttelte den Kopf. »Ich habe mich damit abgefunden, dass ich ihn verloren habe, bis er alt genug ist, für sich selbst zu entscheiden. Aber ihn nach all den Jahren wiederzusehen … Ich kann es kaum erwarten! Und wer weiß …?«

Sie verließ mit so beschwingtem Schritt den Raum, dass May den Kopf schüttelte. Das Leben im Red House war neuerdings ein großes Kommen und Gehen.

Sie war immer noch ganz mitgenommen von den letzten Ereignissen um Ella, die nicht lockergelassen und immer wieder gebettelt hatte, sie wolle auf eine Kunsthochschule gehen. Man hatte sie in die Schule zitiert und um eine Erklärung gebeten, warum Ella abgehen wolle. Dann wurde ein Stipendium beantragt. Jetzt fuhr Ella jeden Tag mit dem Bus zum Walsall College of Art, ohne auch nur einen Gedanken daran zu verschwenden, welche Chancen ihr mit dem Verlassen der Oberschule entgingen.

Miss Hodge hatte versucht, Ella zum Bleiben zu bewegen, aber wie immer, wenn das Mädchen sich erst einmal etwas in den Kopf gesetzt hatte, begannen ihre Augen zu leuchten, und niemand konnte es ihr wieder ausreden. May hatte nachgegeben in dem Bewusstsein, dass Ella später immerhin an einer guten Schule Kunst unterrichten könnte, falls alles andere schiefginge. Und im Grunde war sie stolz, dass die Kunstschule Ellas eingereichte Mappe sofort als gut erachtet hatte. Wie konnte sie Ella überhaupt etwas abschlagen?

Es war seltsam, sie nachmittags nicht mehr im Haus zu haben. Nach der Schule war sie immer auf ihren langen Beinen ins Haus gestürmt gekommen, hatte erleichtert den Hut in die Ecke geworfen, die »Kohlenkähne« von Schuhen, wie sie sie lachend nannte, abgestreift und beim Hochlaufen der Treppe zwei Stufen auf einmal genommen. Jetzt war es im Red House ruhig, fast zu ruhig, bis Ella – meist spät und von Kopf bis Fuß mit Gipsrückständen oder Farbe bedeckt, aber strahlend – zurückkehrte. May seufzte. Das war alles Selwyns Schuld.

Eines Morgens hatte er ihr beim Frühstück Ellas Zeichnungen unter die Nase gehalten. »Für ein Mädchen ihres Alters sind die verdammt gut. Sie hat originelle Ideen und einen eigenen Stil. So etwas kann man nicht lernen. Das ist angeboren. Ihr Talent sollte nicht unter dem Gewicht einer nüchternen schulischen Ausbildung verrotten.«

Er hatte mit hochtrabenden Worten um sich geworfen, die sie manchmal gar nicht verstanden hatte, aber Ellas Talent war nicht zu leugnen, und May wusste, von ihrer Familie hatte sie es nicht geerbt. »Sie hat eine Chance verdient, findest du nicht?«

Selwyn wusste genau, wie er sie herumkriegen und ihre Bedenken zerstreuen konnte. Auch Celeste hatte sich auf seine Seite geschlagen.

»Ich wünschte, ich wüsste, was Roddy jetzt für Talente zeigt. Seinen Briefen nach zu urteilen, scheint er nur Football zu spielen und zu wandern. Du musst der Wohlfahrtsbehörde schreiben und um einen Zuschuss für ihre Ausbildung bitten. Es steht ihr zu …«

Bei ihren Worten bekam May Schuldgefühle. Sie zog ein Kind groß, das gar nicht das ihre war, während Celeste der eigene Sohn geraubt worden war. Was für eine seltsame Verkehrung der Schicksale.

All die Diskussionen zermürbten ihren Widerstand, so wie steter Tropfen den Stein höhlt. Schließlich warf Ella ihre Schuluniform zum letzten Mal in den Wäschekorb und bekam ein praktisches Kleid, das sie allerdings nur einen einzigen Tag lang trug, bevor sie nach einem Malerkittel verlangte und sich eine alte Latzhose der weiblichen Landstreitkräfte anzog.

An einem schönen Herbstnachmittag, eine Woche, nachdem Celeste Richtung New York in See gestochen war, fuhr May in ihrem neuen, nur halblangen Rock mit dem Fahrrad in die Stadt. Selwyn arbeitete in Birmingham, so dass sie zur Abwechslung einmal Zeit für sich hatte. Auf dem Fahrrad in der frischen Luft fühlte sie sich frei. Sie hatte den Fahrradkorb mit Einkäufen gefüllt, und als sie mit Rückenwind zurückradelte, hatte sie das Gefühl zu fliegen. Es fühlte sich gut an, frei zu sein! Am Abend wollte sie einen Lancashire-Auflauf kochen. Während sie überlegte, ob sie genug Kartoffeln für die oberste Schicht zu Hause hatte, achtete sie eine Sekunde lang nicht auf die Straße, fuhr gegen einen Stein, stürzte krachend zu Boden und schürfte sich die Wade am Kantstein auf. Sofort eilten Passanten zu Hilfe. May saß noch einen Moment lang benommen am Straßenrand und kam sich dumm vor. Die Wunde war nicht allzu tief, also tupfte sie Blut und Kies mit einem Taschentuch ab, stieg wieder aufs Fahrrad und fuhr nach Hause, um sich mit einer Tasse Tee vom Schreck zu erholen.

80

Akron

»Ich habe einen Brief von deiner Mutter erhalten, Roderick. Sie besucht irgendjemanden in Boston und will auch zu uns kommen. Wir müssen Vorbereitungen treffen.« Grandma Harriet wedelte mit dem Brief vor seinem Gesicht, ohne zu ahnen, dass er bereits über den Besuch seiner Mutter informiert war. Sie hatte ein Telegramm geschickt, und sein Vater war danach ausgesprochen schlechter Laune gewesen. »Ich habe dieser Frau gesagt, dass sie hier nicht willkommen ist.«

»Aber sie muss den Jungen sehen. Das ist nur fair«, hatte Großmama später kommentiert, woraufhin sein Vater sie weggescheucht hatte, als würde er eine Fliege vom Revers wischen.

»Sie wird dieses Haus nicht betreten. Was sollen die Leute denken?«

»Sie kann auch in der Stadt in einem Hotel wohnen. Und sie wird so viel Zeit wie möglich mit Roderick verbringen wollen – gewiss nicht mit dir«, hatte Harriet bissig erwidert, was so gar nicht ihre Art war, denn normalerweise schlich sie vorsichtig um ihren Sohn herum, witterte seine schlechten Launen und hielt sich von ihm fern.

»Wusstest du davon, Junge?«, wandte Grover sich nun an Roddy und sah ihn eindringlich an. »Hast du das eingefädelt?«

Roddy schüttelte den Kopf. »Aber ich würde sie gerne sehen, Sir.«

Er merkte, wie sein Vater bei dieser höflichen Anfrage weich wurde. »Nun, wenn es sein muss … Aber übertreib es nicht mit der Wiedersehensfreude. Ich traue ihr nicht, und ich will sie nicht sehen. Sie wird in Mutters Flügel wohnen und darf kein anderes Zimmer dieses Hauses betreten. Ich will nicht, dass Louella belästigt wird.«

»Dann solltest du dich von deiner Frau scheiden lassen und das Mädchen heiraten. Sie ist doch sowieso ständig hier«, kommentierte Harriet.

»Halt deine Zunge im Zaum, altes Klatschweib. Eine Scheidung bedeutet Gerichtsverhandlungen, Aufsehen in der Öffentlichkeit und Kosten. Alles bleibt so, wie es ist. Das macht einen besseren Eindruck.«

Fassungslos starrte Roddy seinen Vater an. Es hatte eine Zeit gegeben, da er unbedingt so sein wollte wie er. So sehr sein Sohn sein wollte. Doch mehr und mehr erkannte er, was für ein Mensch er wirklich war. Nichts, was Roddy je tat, war in seinen Augen gut genug. Und wie konnte er es wagen, so mit seiner eigenen Mutter zu sprechen? Roddy hoffte, dass er selbst seine Mutter nie so angefahren hatte wie sein Vater es bei Grandma Harriet tat. Er spürte, dass er seinen Vater enttäuschte; seine Noten waren nur durchschnittlich, seine sportlichen Leistungen gut, aber nicht spektakulär. Niemals lobte sein Vater ihn, ja, im Grunde lobte er überhaupt niemanden. Entsetzt hatte Roddy feststellen müssen, dass er diesen Mann überhaupt nicht leiden konnte. Er war der Dienerschaft gegenüber rücksichtslos und streng, er malträtierte die Hunde und auch Louella, wenn er zu viel getrunken hatte.

Wenn er schlechter Stimmung war, verhielt man sich am besten unauffällig. Gut, er arbeitete viel, und es waren harte Zeiten für die Diamond Rubber Company. Sie hatten mittlerweile viel Konkurrenz in der Stadt. Es gab Streit im Vorstand; Roddy hatte hitzige Diskussionen am Telefon mit angehört, und die Vorstellung, eines Tages ebenfalls in dieses Haifischbecken eintauchen zu müssen, erschien ihm nicht besonders verlockend. Aber es war das, was sein Vater von ihm erwartete, und er würde keine andere Wahl haben, als seinem Wunsch zu entsprechen.

Roddy liebte sein Leben an der frischen Luft. Seine Streifzüge in die Natur wurden immer mehr zu einer Flucht vor der kalten Atmosphäre im Haus. Was würde seine Mutter von ihm denken? Hatte sie ihm vergeben, dass er sie verlassen hatte? Der Junge, der damals mit der *Olympic* davongesegelt war, schien ein ganz anderer gewesen zu sein als er. Dieser dumme Schuljunge, der der Liebling seines Vaters hatte sein wollen, war längst verschwunden. Er spürte, dass er sich seinem Vater eines Tages würde entgegenstellen müssen. Doch Grover war ein großer Mann mit großen Fäusten. Ein- oder zweimal hatte Roddy bereits eine Ohrfeige verpasst bekommen, als er ungehorsam gewesen war.

Und nach dem letzten Mal war ihm dann aufgefallen, was hier fehlte, etwas, das er im Red House als selbstverständlich hingenommen hatte. Es waren Liebe, Toleranz und das Gefühl von Sicherheit. Genau darin lag der Unterschied zwischen einem Haus und einem Zuhause. Selwyn mit seiner Courage und ruhigen Art; Archie McAdam mit seinem Interesse für Bildung – diese Männer zeigten Mitgefühl. Und seine Mutter liebte ihn einfach so, wie er war, und nicht für etwas, was er einmal werden könnte.

Sein Vater liebte niemanden außer sich selbst, und Roddy war nicht sicher, ob er überhaupt wusste, was Liebe war. Er schenkte Louella Broschen und Armbänder und führte sie in teure Restaurants aus, aber das war keine Liebe. Dabei ging es nur darum, etwas Schönes zu besitzen.

Jetzt konnte er nur hoffen, dass er durch die Rückkehr zu seinem Vater in die Staaten die Liebe und Hingabe seiner Mutter nicht ganz und gar verloren hatte. Mom hatte einmal gesagt, Liebe sei wie ein überfließender Becher, der sich immer wieder von selbst auffülle und nie leer werde. Er hoffte, dass es stimmte. Der nun anstehende Besuch würde es entweder beweisen oder widerlegen.

81

Die Wunde an Mays Bein wollte einfach nicht heilen. Sie juckte fürchterlich, und May kratzte sie immer wieder auf. Sie probierte es mit dem altbewährten Brotwickel, um die Infektion herauszuziehen, und schmierte sie zum Abdecken mit Gänseschmalz ein, aber sie wurde immer heißer und schwoll an, und ihr Bein wurde ganz steif. May versuchte es zu ignorieren, doch als Selwyn sie humpeln sah, bestand er darauf, sie zu Dr. Howman zu fahren. Der Arzt warf nur einen kurzen Blick darauf und sagte sofort, das gefalle ihm nicht.

»Wie lange ist das schon so heiß und geschwollen?«

»Zwei oder drei Wochen, glaube ich«, antwortete May.

»Juckt das nicht ganz entsetzlich?« Vorsichtig betastete er die Wunde und spürte die Hitze, die sie ausstrahlte.

»Ein bisschen«, gestand May. »Ich hätte nicht dauernd dran herumkratzen sollen, oder?«

»Nein, das hätten Sie nicht. Aber Sie müssen eine wahre Heldin sein, dass Sie das so lange ausgehalten haben. Ich möchte, dass Sie ins Krankenhaus gehen. Sofort. Wir müssen die Infektion bekämpfen.«

»Aber es ist doch nur ein Kratzer«, protestierte sie.

»Überlassen Sie die Beurteilung lieber mir, Mrs Smith. Die Infektion kriecht das Bein hinauf. Sie hätten viel früher zu mir kommen müssen. Ich gebe Ihnen einen Brief mit. Je eher Sie in die Klinik an der Sandford Street gehen, desto früher können wir mit der Behandlung beginnen.«

May wunderte sich über die ganze Aufregung. Gut, sie fühlte sich ein wenig fiebrig, aber nicht so schlimm, dass sie ein Krankenhausbett beanspruchen musste.

Gerade jetzt, wo Celeste fort war, gab es so viel zu tun.

Selwyn und Ella müssten allein zurechtkommen. Die Wunde an ihrem Bein war lästig, konnte aber offenbar nicht von allein heilen, das sah sie ein. Vielleicht wäre es tatsächlich besser, das Bein ein wenig auszuruhen. Vielleicht befand sich noch etwas Schmutz darin. Inzwischen sah die Wunde aus wie eine große lila Spinne, deren Beine sich in alle Richtungen ausstreckten und ihren Oberschenkel hinaufkrochen. Und das alles nur, weil sie vom Fahrrad gefallen war! Sie verstand nicht, wie ein so kleiner Kratzer sie so krank machen konnte. Aber der Arzt hatte recht, sie hätte viel eher kommen müssen, bevor es sich entzündete. Doch im Krankenhaus würde man ihr helfen, und ihr Leben könnte bald wieder normal weitergehen.

82

Oktober 1926

Ella liebte das College. Jeder Tag war neu und aufregend und ganz anders als alles, was sie je erlebt hatte. Es gab eigene Studien zum Betrachten von Umriss und Form von Objekten. Im Skulpturunterricht saßen sie stundenlang und betrachteten Skulpturen, um anschließend das Gesehene zu Papier zu bringen. Sie lernten, mit traditionellen Werkzeugen zu arbeiten und wie man seine Idee auf einen Steinblock übertrug, um die im Stein verborgene Form zu ergründen.

Sie hatte sogar schon versucht, einen Kopf aus Lehm zu formen, nachdem sie zunächst einen ihrer Studienkollegen gezeichnet hatte, fasziniert davon, dass jeder Kopf einzigartig war. Vor allem aber gab es die Arbeiten anderer Künstler zu bewundern, von Lehrern, die selbst berühmt waren und deren Werke an den Wänden hingen und sie von den Sorgen um ihre Mutter im Krankenhaus ablenkten.

Zur Besuchszeit fuhr sie mit dem Bus ins Krankenhaus und fand Onkel Selwyn mit ernstem Gesicht vor dem Krankenzimmer stehen. »Deine Mutter hat hohes Fieber, und sie versuchen, es zu senken. Manchmal redet sie unverständliches Zeug, aber hab keine Angst, ich bin sicher, es wird bald besser. Sie haben sie in einen extra Raum verlegt.«

Mit ihrer von Kunst beflügelten Stimmung war es schlagartig vorbei, und die gute Laune wich nagender Furcht. Mum lag nun schon eine Woche im Krankenhaus, und wie es schien, ging es ihr eher schlechter als besser. »Kann ich hineingehen und sie sehen?«

»Vielleicht erkennt sie dich nicht; Fieber schlägt manchmal auf die Wahrnehmung«, warnte er sie.

Trotzdem war Ella auf die Veränderung bei May nicht vorbereitet. Sie schien noch weiter aufgedunsen zu sein. Die Schwester lächelte und führte sie ans Bett. »Ihre Mutter schläft. Wir halten sie kühl.«

»Wird es ihr bald bessergehen?«

»Im Moment geht es ihr sehr schlecht. Ich fürchte, die Infektion hat ihren ganzen Körper in Mitleidenschaft gezogen, aber wir tun alles, um sie zu bekämpfen. Sie müssen tapfer sein.«

Als sie die Stimmen hörte, sah ihre Mutter mit glasigem Blick um sich und starrte Ella an, als wisse sie nicht genau, wo sie sei.

»Ich bin es, Mum. Ich bin hier.«

May schüttelte den Kopf. »Du solltest nicht hier sein, für Besuche bin ich nicht gesund genug. Geh nach Hause. Dein Tee steht auf dem Tisch, und sag Celeste, dass ich sie sehen will. Es wird nicht besser, also sagst du lieber auch Joe Bescheid. Ich will Joe sehen … Wo sind Joe und Ellen?«

»Das macht das Fieber«, sagte die Schwester und tupfte May über die Stirn.

»Onkel Selwyn hat mich schon vorgewarnt«, sagte Ella und versuchte, tapfer zu sein und nicht zu zittern. Die Worte ihrer Mutter erinnerten sie an den einen Tag am Meer vor all den Jahren, als sie diesen Anfall bekommen hatte und in St. Matthew's gelandet war. Aber irgendwie war das hier schlimmer. »Sie wird doch wieder gesund werden, ja?«, fragte sie noch einmal nach.

»Wir tun, was wir können. Und mit Gottes Hilfe …«

Bald darauf schlief ihre Mutter wieder ein, und Ella schlich aus dem Zimmer. Als sie Selwyn sah, brach sie in Tränen aus. »Wer ist Ellen?«, schniefte sie, verletzt, dass May kein einziges Mal nach ihr gefragt hatte. »Mum hat nach Joe und Ellen verlangt.«

»Du bist Ellen«, sagte er.

»Aber ich bin doch Ella.«

»Das ist die Kurzform für Ellen, wusstest du das nicht?«

»Sie hat mich noch nie Ellen genannt. Ist das wirklich mein Name?« Sie verlor für einen Augenblick die Fassung – es war, als spräche sie über eine fremde Person.

»Frag mich nicht. Es wird auf deiner Geburtsurkunde stehen. Ich habe dir doch gesagt, dass sie nicht ganz bei Sinnen ist.«

»Wird sie sterben?« Ella hoffte inständig, er möge ihr widersprechen.

Doch Selwyn schwieg lange und sah sie freundlich an. »Die Infektion fließt in ihrem Blut, und das ist nicht gut. Im Krieg habe ich das bei einigen meiner Männer gesehen. Doch es gibt immer Hoffnung. Ihr Körper kann dagegen ankämpfen, wenn er stark genug ist. Und wenn deine Mutter keine starke Frau ist, wer dann?« Es war nicht die Antwort, auf die sie gehofft hatte, aber Ella konnte keine weiteren schlechten Nachrichten mehr aufnehmen. »Wann kommt Celeste zurück? Ich wünschte, sie wäre hier. Warum musste sie ausgerechnet jetzt wegfahren. Warum kann sie nicht zurückkommen?«

»Ich habe ihr ein Telegramm geschickt. Ich bin sicher, sie kommt, so schnell sie kann.«

Wie konnte Selwyn nur so ruhig bleiben? Machte es ihm denn nichts aus? Ella hatte das Gefühl, ihre gesamte Welt würde auseinanderbrechen. Sie selbst fühlte sich eine Million Meilen von der Erwachsenen entfernt, für die sie sich gerade noch gehalten hatte. Wenn Mum nicht mehr da wäre, wer würde sich dann um sie kümmern?

83

New York

Angelo rang in der engen Wohnung nach Luft. Nebenan gab es Streit; laute Schreie drangen durch die geöffneten Fenster, aber kein Lufthauch. Patti hatte das Grammophon auf volle Lautstärke gedreht und übte ihre Steppschritte. Sie war Mitglied der Kinderstepptanztruppe Mandelo's Tiny Troopers, tanzte und sang, wann immer sie konnte, und hüpfte stolz in ihren Rüschenkostümchen herum, die Kath aus Stoffresten von Kleiderläden schneiderte.

Jack war wieder einmal frech zu seiner Mutter, aber Angelo hatte nicht die Kraft, ihm eins hinter die Löffel zu geben. Sein

Sohn war zu einem regelrechten Straßenjungen geworden und hatte sich einer Gruppe Rabauken angeschlossen, die in den Gassen herumlungerte. Wer wusste schon, was er anstellte, wenn er außer Sichtweite war? Angelo fürchtete, dass die *Padrones*, die überall in der Stadt illegale Flüsterkneipen eröffneten, gewissenlos unbedarfte Jungen für ihre miesen Geschäfte anheuerten, die sie mit wenig Geld bezahlten.

Angelo musste wieder husten. Er war nun schon seit Wochen krank und nach jedem Treppensteigen erschöpft. Es war das alte Problem, und jeder wusste von dieser Schwäche, die er dennoch verbergen wollte. Am anderen Ende des Zimmers versuchte Frankie für seine Aufnahmeprüfung zu lernen, während ihm Pattis Gelärme um die Ohren dröhnte. Angelo suchte Trost im Bildnis der Madonna. Wie sollte er nur mit ihnen fertigwerden – Jacko zurechtstutzen und Patti zur Ruhe ermahnen? Kathleen ging jetzt zur Arbeit in einem irischen Wäschegeschäft, und er musste mit den drei Blagen allein zurechtkommen.

Wieder überkam ihn die schleichende Angst, dass es bald mit ihm zu Ende wäre. Er, der seit Jahren nicht mehr in der Kirche gewesen war, hatte wieder angefangen, beim alten Pater Bernardo zur Beichte zu gehen. Der Arzt sagte, er habe vom Rauchen und von zu viel schlechter Luft Staub in der Lunge, und die Herzschwäche seit seiner schweren Grippe werde ihn in ein frühes Grab bringen, sofern er nicht frische Luft und ausreichend Ruhe bekomme.

Kathleen war furchtbar besorgt gewesen und wollte, dass sie aufs Land zögen, aber das war natürlich leichter gesagt als getan. Mittlerweile hatte auch sie kaum noch Kraft, und Jacko nutzte das aus, schwänzte die Schule und zog mit seiner Gang umher.

Frankie hatte angeboten, von der Schule abzugehen und in Onkel Salvis Laden zu arbeiten, aber Kath wollte nichts davon hören. »Wir sind in dieses Land gekommen, weil wir ein besseres Leben führen wollten, und wenn nicht wir, dann zumindest unsere Kinder. Du wirst die Schule nicht verlassen, Frankie, nicht, wenn die Patres so zufrieden mit dir sind. Sie sagen, du wirst einen Platz im Priesterseminar bekommen. Wir werden es schaffen. Jack wird irgendwann vernünftig werden und uns stolz machen, und der Name unserer kleinen Patti wird eines Tages in Leuchtbuchstaben am Broadway stehen. Das sagt sie jedenfalls.« Sie lächelte, um ihre Sorgen vor ihrem geliebten Sohn zu verbergen.

Noch nie hatte Angelo sich so hilflos gefühlt. Wenn er doch nur wieder zu Kräften käme, um ein richtiger Ehemann und Vater zu sein, anstatt beobachten zu müssen, wie das Leben ohne ihn ablief. Schlimm genug, dass Frankies Kopf mit Latein und Griechisch vollgestopft war, mit Mathematik und Liturgie! Musik liebte er auch, Choräle, Weihnachtslieder, Orgelmusik, und er sang ständig in der Kirche. Seit seiner Erstkommunion hatte er kein einziges Mal an seiner Berufung gezweifelt, egal, wie oft Angelo ihn verhöhnt hatte. Er lag darüber im ständigen Streit mit Kathleen, aber sie setzte sich immer wieder durch.

»Wenn Gott ihn als Priester beruft, wer bist du, ihn davon abzuhalten?«

»Ich bin sein Vater, und ich sage, keiner meiner Söhne wird der Kirche dienen.«

»Tja, ich bin seine Mutter, und ich sage, er wird das sehr wohl tun.«

Als sich die Krankheit verschlimmerte und er kaum noch atmen, geschweige denn streiten konnte, war keine Zeit mehr, um sich über solche Dinge Sorgen zu machen.

Angelo war völlig an das Bett gefesselt, das sie aus zwei Ledersesseln für ihn gebaut hatten, damit er auf die Straße sehen, die Pferde und Wagen beobachten und das Hupen der Automobile hören konnte. Er machte ein tapferes Gesicht, während er auf den letzten Besuch des Priesters wartete, und starrte auf die kleine Kiste mit den Fotografien von Maria und dem Baby, das er nie gefunden hatte. Und natürlich auf den kleinen Schuh.

Alle kannten die Geschichte des *scarpetta*, von dem Angelo überzeugt war, dass er seiner ersten Tochter gehört hatte. »Sie lebt«, sagte er oft lächelnd und winkte in Richtung Straße. »Irgendwo da draußen … meine Alessia. Ich weiß es.« Dann legte er immer die Hand auf sein Herz und erzählte erneut die Geschichte vom Untergang der *Titanic*, bis die ganze Familie jedes Detail auswendig kannte: wie er auf der Baustelle gewesen war, als die Nachricht kam, wie er an der Anlegestelle gewartet hatte, Maria und Alessia jedoch nicht aufgetaucht waren, wie er jeden Tag in die Büros der Schiffsgesellschaft White Star gegangen war und die Namen auf der Vermisstenliste überprüft hatte.

Kathleen beruhigte ihn, wenn er vor Aufregung anfing zu husten und zu stammeln. »Wenn sie da draußen ist, wird sie dich eines Tages finden … und wenn nicht, ist sie bei den Heiligen und wartet auf dich.«

Dann kam nach Wochen, in denen er nach und nach alle Hoffnung verloren hatte, eines Tages der Arzt mit einem Kollegen aus dem Krankenhaus, der Angelos Brust abklopfte und ihn tief durchatmen ließ. »Was er braucht, ist gute Seeluft, abseits der Stadt – oder Bergluft«, war sein Bescheid.

Angelo lachte. »Haben wir etwa in der Lotterie gewonnen? Hier ist eine Familie, die versorgt werden will, falls Sie das nicht bemerkt haben«, schnauzte er Gianni Falcone an, einen guten Mann, der aber nicht in ihren bescheidenen Verhältnissen lebte. »Ich bin am Ende. Es ist aus mit mir. Sagen Sie es mir bitte direkt: Wie lange habe ich noch?«

Der Mann beachtete seine Worte nicht weiter. »Sie haben Ihre Frau auf der *Titanic* verloren, jeder weiß das. Es gibt immer noch einen Fonds und die Chance, dass Sie einen finanziellen Ausgleich erhalten. Und Ihre Krankheit haben Sie von der Armee, oder? Das sind gleich zwei Punkte, die Ihnen zum Vorteil gereichen, Angelo.«

»Ich bin doch kein Fall für die Wohlfahrt!«

»Nein, aber hör dem Doktor doch zu«, sagte Kathleen und sah ihn aus ihren schönen, großen Augen flehend an. »Mit dem Geld könntest du wegfahren und wieder gesund werden. Wir könnten uns Medikamente leisten.«

»Mit meiner Krankheit kann ich nicht mehr gesund werden, das haben sie mir bereits gesagt.«

»Nun warte doch noch, bevor du deinen Sarg bestellst! Seit dem Krieg gibt es Fortschritte in der Medizin. Du hörst doch, was der Arzt sagt.«

»Wo könnte ich denn hingehen, etwa nach Westen?«, fragte er. Ganz gegen seinen Willen keimte plötzlich wieder Hoffnung in ihm auf.

»Noch besser, Angelo.« Kathleen wedelte mit einem Stück Papier vor seinem Gesicht. »Wie wäre es mit Italien? Die Seeluft, die saubere Luft der toskanischen Berge, eine Möglichkeit, deine Eltern zu sehen, bevor sie von uns gehen ... Ich habe einen Antrag auf Sonderbeihilfe gestellt. Der Arzt wird ihn unterschreiben.«

»Aber die Kinder ... Das ist ein weiter Weg ...«

»Sie bleiben hier bei mir. Das ist deine Reise. Du bist es, der eine Kur braucht. Ich will dich nicht verlieren. Wir lieben dich.«

Angelo spürte, dass ihm die Tränen über die Wangen liefen. »Kathleen, du bist eine gute Frau.«

Sie lächelte. »Ich weiß, aber ich brauche dich noch viele Jahre bei mir. Wir haben doch noch so viel vor. Meinst du nicht, es ist einen Versuch wert?«

Er sah ihr ernstes Gesicht und nickte. Als alle gegangen waren, ließ er sich in die Kissen zurücksinken und weinte still. Er würde noch einmal seine alte Heimat sehen.

84

Akron

Für diesen wichtigsten Besuch ihres Lebens hatte Celeste sich mit besonderer Sorgfalt gekleidet.

Sie war nervös. In den vielen Stunden im Zug hatte sie voller Angst an den Moment gedacht, da sie an den Ort zurückkehren würde, an dem sie glücklich und traurig zugleich gewesen war. Nur der Gedanke, Roddy wiederzusehen, gab ihr Kraft. Sie hatte ein Telegramm vorausgeschickt und hoffte, jemand würde sie abholen, denn sie wusste nicht, wo das neue Haus lag. Es war ein grauer, regnerischer Tag, passend zu ihrer Stimmung. Was, wenn der Besuch ein Fehlschlag werden würde?

Als der Zug einfuhr, sah sie Fabriken und Schornsteine, breite Straßen mit Lastwagen, die Geschäftigkeit der Stadt. Akron entwickelte sich zu Wohlstand und Bedeutung. War es wirklich schon fast dreizehn Jahre her, seit sie den Ort verlassen hatte? Sie nahm ihren Koffer und die Pakete und versuchte, nicht zu zittern. Vor Aufregung war sie den ganzen Tag schon ganz fahrig.

Dann sah sie ihn auf dem Bahnsteig: ihren Sohn. Er war kein pausbäckiger Junge in kurzen Kniehosen mehr, sondern ein schlaksiger Jüngling mit einem Schopf langer blonder Haare in langer Flanellhose und Jackett. Er war selbst gekommen – ein gutes Zeichen. Es verschlug ihr fast den Atem, wie groß und gutaussehend er war. »Oh, Roddy! Ich habe dich so vermisst.«

Sie wollte ihn umarmen, spürte jedoch, dass ihm die öffentliche Zuneigungsbekundung peinlich wäre. Sie hatte es schon so oft beobachtet, wenn Eltern ihre Jungen zur Fahrt ins Internat am Schuljahresbeginn in ihre Obhut gaben: die kleinen klammerten sich fest, und die großen schluckten nur und husteten und taten, als wäre das alles keine große Sache.

»Du siehst gut aus.« Roddy lächelte höflich und streckte ihr seine Hand entgegen. »Hattest du eine gute Reise? Grandma erwartet uns zum Tee. Das Haus wird dir gefallen.« Er nahm ihren Koffer und bot ihr den Arm. Sie hätte schreien mögen vor Schmerz über die lange Trennung und nun diese quälende Höflichkeit. Wer war dieser junge Mann? Plötzlich bekam Celeste Angst.

Ich habe ihn verloren. Es wird nie mehr so sein wie früher. Und noch eine andere Angst befiel sie. Wie sollte sie nach diesen wenigen kostbaren Tagen weiterleben? Sie holte tief Luft. Nun, sie war hier, ihr Traum hatte sich endlich erfüllt, und nichts sollte dieses Wiedersehen verderben!

Das Haus wirkte überladen, die protzige Nachbildung einer italienischen Villa mit Erkern und Verzierungen an allen Ecken. Es hatte eine breite Auffahrt mit einem großen schmiedeeisernen Tor, das extra für sie geöffnet wurde. Harriet stand am Eingang, ein Schatten ihres früheren Selbst, kleiner und schmaler, in einem langen grauen Rock und hochgeschlossener weißer Bluse wie zu Vorkriegszeiten. Sie hatte fast weiße Haare und trug eine Brille.

»Du bist also da«, sagte Harriet so kühl, dass es deutlich unhöflich war.

»Ja, ich bin hier. Ich kann nicht fassen, wie groß Roddy geworden ist.«

»Grover ist geschäftlich unterwegs, also haben wir das Haus eine Weile für uns. Roderick wird dich auf dein Zimmer bringen. Um vier Uhr gibt es Tee im Wintergarten. Ich bin sicher, du möchtest dich vorher etwas frisch machen und ausruhen.«

Das würde schwerer, als Celeste erwartet hatte, doch sie war froh, dass Grover weg war. Sie blickte zum Himmel, der sich ein wenig aufhellte. »Was ich viel lieber möchte, wäre ein flotter Spaziergang – ich habe auf der Zugfahrt so lange gesessen. Roddy, kannst du etwas empfehlen, wo wir jetzt schön frische Luft schnappen könnten?« Sie sah ihren Sohn an. Am wichtigsten war ihr jetzt, Zeit mit ihrem Sohn allein zu verbringen.

»Cuyahoga Falls – der Pfad am Flussbett ist schön, aber nicht in solchen Schuhen.« Lächelnd blickte er auf sie hinunter. Sie staunte noch immer über seine Körpergröße.

»Gib mir fünf Minuten, um auszupacken und mich umzuziehen. Ich habe die richtigen Schuhe dabei.« Sie bemühte sich, locker und dennoch entschlossen zu klingen.

»Also dann Tee um fünf?«, fragte Roddy.

»Wenn es sein muss.« Harriet seufzte und läutete die Glocke für die Bediensteten. »Aber verspätet euch nicht.«

»Wann bin ich je zu spät gekommen?«, meinte Roddy nur und grinste. Celeste merkte, wie sie sich entspannte. Ein Funken Hoffnung keimte in ihr auf. Wenn dieser Besuch gut verliefe, wäre er vielleicht der erste von vielen. Und vielleicht, vielleicht würde Roddy irgendwann später zu ihr zurückkehren.

Roddy kam es ganz merkwürdig vor, dass seine Mutter auf einmal hier war und mit ihm den Flussweg entlangging, als wären sie nie getrennt gewesen. Sie erzählte ihm alle möglichen

Neuigkeiten: von Onkel Selwyns neuer Mission, Kriegsveteranen zu helfen, von Ellas erstem Semester am College und von Mr McAdam, der als Lehrer am Theologischen Kolleg unterrichtete und Cricket spielte.

Das Bild der baumgesäumten Straße zum Red House erschien vor seinem inneren Auge, mit der großen Kastanie und dem Tor zur Kanalbrücke bei Streethay. Er konnte die Kathedrale sehen mit ihren Kerzen und den Chorknaben in ihren Stühlen. Es fühlte sich real an, aber sehr weit entfernt. Es war eine andere Welt – eine Welt, die er vor vielen Jahren verlassen hatte. Mom erkundigte sich nach der Schule und was sein Vater als Nächstes für ihn geplant habe: Harvard oder die Universität von Akron? Er wusste nicht, warum sie das fragte. Er hatte einst davon geträumt, nach Oxford zu gehen. Mr McAdam hatte ihm von den Punts, den Stakenbooten auf der Themse erzählt, von den altehrwürdigen College-Gebäuden, den Rugbyspielen … aber das war, bevor er hierhergekommen war.

Er hätte ihr gern viele Fragen über zu Hause gestellt und spürte, dass auch sie so vieles wissen wollte. Intuitiv spürte er, dass ihr die Frage auf der Seele brannte, warum er sie damals verlassen hatte, doch im Moment war es sicherer, über beiläufige Themen zu sprechen, locker zu plaudern. Er führte sie in Richtung des Portage Path und der Indianerstatue.

»Hier bin ich immer entlangspaziert, bevor du geboren wurdest«, sagte sie lächelnd und betrachtete die Landschaft. Er hatte vergessen, wie gut sie aussah und dass ihr Haar in der Sonne wie Gold glänzte.

»Warum sind wir von hier weggegangen?« Die Frage, die ihn seit Jahren beschäftigte, brach unvermittelt aus ihm heraus.

»Weil dein Vater und ich uns in vielen Dingen nicht einig waren.«

»Weißt du, dass er eine Freundin hat? Louella? Sie ist sehr hübsch, aber nicht viel älter als ich. Warum hasst er dich so?« Er sah, wie sie bei seinen unverblümten Worten zusammenzuckte.

»Weil ich ihm widersprochen und mich geweigert habe, alles so zu tun, wie er es wollte, und das mag er nicht.«

»Hat er dich je ... geschlagen?«, wollte Roddy wissen.

Sie blieb stehen und drehte sich um, schockiert über seine Direktheit. »Wer hat dir das erzählt?«

»Niemand, aber ich habe mal gesehen, wie er Grandma behandelt hat. Sie war zu langsam, als sie etwas für ihn suchen sollte, also schubste er sie, und sie fiel hin. Warum wird er manchmal so böse?«

»Hat er dich je geschlagen?« Er hörte die Eiseskälte in ihrer Stimme.

»Nur einmal vor langer Zeit, als ich frech zu ihm war. Er kann andere Menschen nicht gut leiden, oder?« Warum redete er so mit ihr? Er spürte, dass er rot wurde.

Seine Mutter sah ihn aufmerksam an. »Du musst nicht in diesem Haus bleiben, Roddy. Ich wünschte, du hättest mir das schon früher erzählt.«

»Wie hätte ich es dir sagen sollen? Ich habe das Gefühl, es ist alles mein Fehler ... weil ich weggelaufen bin. Es tut mir leid, dass ich euch weh getan habe, gerade als Großvater starb.«

»Du warst noch ein Junge. Was hat er dir erzählt, damit du uns verlässt?«

Roddy zuckte verlegen mit den Schultern. »Nichts. Er nahm einfach an, ich sei aus diesem Grund zu ihm nach London gekommen. Wir sind zur Botschaft gegangen und ins Theater. Ich bin eingeschlafen, und als ich aufwachte, war ich am Hafen von Southampton. Er hatte alles schon im Voraus gebucht.«

Celeste strich ihm über den Kopf, alle Sorge um Peinlichkeit war vergessen. »Armer Junge, du musst furchtbar durcheinander gewesen sein. Außer mir hat sich noch nie jemand gegen ihn aufgelehnt. Ich glaube, er ist krank.«

»Sag das nicht«, protestierte er. »Er ist mein Vater.« Roddy wollte solche Dinge nicht hören, selbst wenn sie stimmten.

»Ein wahrer Mann muss Menschen nicht schlagen, damit sie sich seinem Willen beugen. Überlege dir, was du tun willst. Du kannst von ihm fortgehen oder auch mit mir zurück nach England …«, bot sie vorsichtig an.

»Nein! Es geht mir gut. Es gefällt mir hier. Jetzt bin ich daran gewöhnt. Ohio ist ein toller Ort zum Wandern und Zelten. Ich habe Freunde gefunden, und Grandma ist gut zu mir. In Lichfield kenne ich doch niemanden mehr.« Er sah, dass seine Mutter stehen blieb. Seine Antwort hatte sie offenbar sehr getroffen.

Dann sah sie ihn an. »Du sollst nur wissen, dass ich damals, als du klein warst, mit dir fortgegangen bin, weil Grover einen grausamen Zug an sich hat. Wie sonst, meinst du, hat er dich zurückbekommen, wenn nicht durch Betrug und Betäubungsmittel? Er konnte nicht riskieren, dass du Nein sagst und wieder zu mir zurückkehrst.« Celeste seufzte. »Es tut mir leid, dass wir dein Leben so kompliziert gemacht haben. Du hast natürlich recht – eine solche Entscheidung treffen zu müssen, ist nicht fair. Ich werde das auch nie wieder von dir verlangen. Du musst deinen eigenen Weg gehen, wie May immer sagt. Ich möchte nur, dass du glücklich und zufrieden bist. Ich weiß, dass ich egoistisch bin. Du hast mir in den letzten Jahren so gefehlt, aber es wäre falsch, von dir zu erwarten, dass du für einen von uns Partei ergreifst. Das kann ich dir nicht zumuten. Und ich sehe, dass du sehr wohl in der Lage bist, deine eigenen Entscheidungen zu treffen, wenn die Zeit dafür reif ist. Lass dich nur auf keinen Fall zu etwas drängen, was du nicht willst, versprichst du mir das?«

Auf einmal war alles zwischen ihnen so ernst geworden. Roddy fühlte sich überrumpelt. Wie sollte er auf diese Predigt reagieren? Er hatte seltsame Dinge gehört, auf die er nicht vorbereitet gewesen war. Eigentlich war er ganz überzeugt, er werde schon zurechtkommen, wenn er hier in Akron bliebe. Ihm fehlte es an nichts, und in der Fabrik gab es für ihn eine Zukunft, wenn er sie denn wollte. Im Moment wollte er bestimmt nicht nach Lichfield zurückkehren, doch ihre Worte beunruhigten ihn. Er wollte nicht Auslöser für ihren Streit sein. Es hatte eigentlich nichts mit ihm zu tun, aber irgendwie doch. Er wollte jetzt einfach nur das Thema wechseln.

Warum, fragte er sich, heirateten Menschen und stritten sich dann über irgendwelche unbegreiflichen Dinge? Im Moment wollte er am liebsten einfach in Ruhe gelassen werden und sich keine Gedanken um das machen, was um ihn herum passierte. Gut, es gefiel ihm nicht, wie sein Vater manchmal mit Grandma Harriet umging, und er fühlte sich auf seltsame Weise für sie verantwortlich. Seine Mutter war schließlich auch ohne ihn zurechtgekommen. Sie hatte noch ihren Bruder und May und Archie.

Es lag ihm viel daran, dass der Besuch seiner Mutter erfreulich verlief. Er war erleichtert, dass sie sich noch gut verstanden. Trotzdem waren sie sich in manchem auch fremd geworden. Sie zu sehen, war verwirrend, es weckte Sehnsüchte und Erinnerungen in ihm, aber er gehörte jetzt hierher und würde auch hierbleiben.

85

November 1926

May spürte, dass sich jemand über ihr Bett beugte, doch sie konnte kaum die Augen öffnen. Was passierte mit ihr? Sie lag vollkommen erschöpft im Bett und wollte nichts als schlafen. Jeder Atemzug war ein Kampf. Tag und Nacht wurde sie betreut, aber alles, was sie wollte, war allein zu sein und zu schlafen.

Die arme Ella musste nun ohne sie zurechtkommen. Celeste würde sie nie allein lassen, aber sie war so weit weg. Wie sehnte sie sich danach, das liebe Gesicht der Freundin zu sehen, ihre tröstende Hand zu halten. Sie musste sich unbedingt noch etwas von der Seele reden. Ehe es zu spät war.

Diesen Kampf würde sie nicht gewinnen. Um das zu wissen, braucht sie keinen Arzt mehr. Aber es tat ihr nicht leid. Endlich würde sie Joe und Ellen wiedersehen. Es würde nicht mehr lange dauern, dachte sie im Dahindämmern zwischen Wachen und Schlafen.

Sie hatte eine Lüge gelebt und wollte ihrem Schöpfer nicht gegenübertreten, ohne vorher jemandem zu beichten, dem sie vertraute. Und das war kein Priester oder Arzt. Es musste jemand sein, der helfen könnte, irgendeine Lösung für das Dilemma zu finden. Es gab nur einen Menschen, dem sie voll und ganz vertraute. Der arme Selwyn, der sie jeden Abend mit besorgtem Blick besuchte, war es nicht.

Er war ein guter Mann. Wäre sie klüger gewesen, hätte sie ihn vielleicht dazu gebracht, sie zu heiraten. Aber er kam nun mal aus einer anderen Schicht, und es wäre keine passende Verbindung gewesen. Außerdem hatte sie mit Joe ihre Chance auf das Glück gehabt.

Ach, lieber Joe. Manchmal meinte sie ihn am Fußende des Bettes stehen zu sehen, in Hemdsärmeln und nach Sägemehl riechend, als käme er gerade aus der Spinnerei.

Sie war es leid, gegen die Schmerzen und Übelkeit und das schreckliche Kopfweh anzukämpfen, die sich anfühlten, als würde ihr Kopf in einen Schraubstock gespannt. Es gab keinen Grund mehr hierzubleiben. Ella wäre ohne sie besser dran. Sie würde ihr Leben gut meistern. Mit ihrer groben, ungebildeten Art würde sie ihr nur im Weg stehen, dachte May seufzend. Genau das war der springende Punkt. Das Mädchen war nicht ihre Ellen, und obwohl eine enge Verbindung zwischen ihnen bestand, war sie nicht sicher, ob diese für ein ganzes Leben ausreichte.

Wenn man doch nur herausfinden könnte, wer sie war! Es war an der Zeit, die Wahrheit zu sagen, wenn sie noch genug Luft dazu hätte. Mühsam öffnete sie die Augen. Erleichtert sah sie, dass Selwyn sich über sie beugte.

»Du wollest mich sehen … Du solltest dich ausruhen.«

»Dort, wo ich hingehe, kann ich noch genug ausruhen. Hör mich an, solange ich noch genug Luft dazu habe. Ich muss unbedingt Celeste sehen. Ich muss durchhalten, bis sie zurückkommt. Warum ist sie noch nicht hier? Weiß sie es nicht?«

»Sie wird bald kommen«, versicherte Selwyn, doch May ließ ihn kaum ausreden.

»Du wirst dich um Ella kümmern, ja?«

»Natürlich, aber jetzt ruh dich aus. Wir wollen, dass du wieder gesund wirst … *Ich* will, dass du wieder gesund wirst.« Er nahm ihre Hand. »Wir brauchen dich.«

»Nein, das tut ihr nicht, ihr werdet gut zurechtkommen. Versprich mir, dass Ella bei dir ein Zuhause hat.«

»Natürlich. Immer. Und jetzt schlaf.«

»Nicht, bevor ich deine Schwester gesehen habe. Ich muss ihr dringend etwas sagen.«

86

Als Celeste den dritten Tag in Akron war, lief Harriet plötzlich nervös durch den Flur. »Dein Vater ist früher zurückgekehrt, Roderick. Er ist im Wohnzimmer.«

»Gut«, sagte Celeste mit fester Stimme. »Es ist ohnehin an der Zeit, dass wir offen miteinander reden.«

Harriet wollte sie begleiten, aber Celeste verstellte ihr den Weg. »Danke, aber das möchte ich allein machen. Was wir einander zu sagen haben, sollte sonst niemand hören.«

Trotz ihrer Forschheit spürte Celeste, dass sie blass wurde. Sie strich den Rock glatt und nahm allen Mut zusammen. Ich bin nicht mehr die schüchterne kleine Maus, die ich einmal war, dachte sie. Sie beschwor ihren Kampfgeist herauf: Ich bin ebenso viel wert wie er – mehr sogar.

»Ach, die verlorene Tochter ist heimgekehrt«, kommentierte Grover, als sie eintrat. Er stand neben dem Kamin, die Hände in die Westentaschen geschoben, und musterte sie von oben bis unten.

»Grover.« Celeste ignorierte den Seitenhieb. »Ich bin froh, dass wir endlich reden können. Du hast mit Roddy gute Arbeit geleistet. Die Schule und Harriet haben einen Gentleman aus ihm gemacht.«

»Du wirst also in dem Wissen nach Lichfield zurückkehren, dass es hier am besten für ihn ist.« Warum musste er nur immer so abwertend über ihre Heimatstadt sprechen?

»Da bin ich mir nicht so sicher. Akron ist nicht gerade der Mittelpunkt der Welt, oder?«

»Es ist eine der wohlhabendsten Städte in Ohio. Die Welt blickt auf all unsere Entwicklungen: Automobile, Flugzeuge, die Gummiindustrie. Für Roderick gibt es hier jede Menge Möglichkeiten.«

»Ich bin nicht sicher, dass es das ist, was er will. Er scheint mir ein rechter Wandervogel zu sein«, erwiderte sie. »Meiner Meinung nach wäre es gut, wenn er reisen, die Welt sehen könnte.« Sie hoffte, zumindest einen Anflug von Zustimmung in ihrem Ehemann zu entdecken, doch er stand steif und unnachgiebig da. Er war gealtert, wie ihr auffiel. In seinem Haar schimmerte es grau, seine Wangen waren aufgedunsen, und über dem Gürtel zeichnete sich deutlich ein Bauch ab. Grover hatte seine beste Zeit hinter sich. Seine Laune schien sich zu verschlechtern, als könnte er ihre Gedanken lesen.

»Was er tut, geht dich jetzt nichts mehr an. Ich habe seine Zukunft schon geplant.«

»Ich denke, Roddy hat eigene Pläne.«

»Hör auf, ihn bei seinem Kindernamen zu nennen. Er heißt Roderick.«

»Für mich wird er immer Roddy sein.«

»Wie du willst. Du bist hergekommen, du hast ihn gesehen, und nun kannst du wieder gehen ...«

Doch Celeste blieb stolz und aufrecht stehen. Sie hatte keine Angst mehr vor seinem Imponiergehabe und konnte nicht fassen, dass sie ihn je attraktiv gefunden hatte. Was hatte sie nur in ihm gesehen? »Ich denke, es gibt noch etwas, das wir besprechen müssen.«

»Ach ja? Was könnte das sein?«, entgegnete er spöttisch.

»Unsere Ehe besteht schon seit Jahren nicht mehr. Wäre es

nicht an der Zeit, sie auch offiziell zu beenden? Eine Scheidung ist zwar nicht das, was ich mir für mein Leben gewünscht hätte, aber warum sollen wir so tun, als wären wir etwas anderes als Fremde füreinander?«

»Geht es darum, dass du deinen Galan vom Schiff heiraten kannst? Versuch nicht, mich zu täuschen, Celestine. Ich weiß alles über deinen Archie McAdam.«

»Archie ist nur ein guter Freund, während du eine hübsche Geliebte hast, wie Roddy mir erzählt hat.«

»Halt Louella aus der Sache raus. Ich kann mich jederzeit von dir scheiden lassen, weil du mich verlassen hast, nur tue ich das nicht.« Er lächelte kalt.

»Aber Roddy gerät ganz durcheinander, und wir setzen ihm kein gutes Beispiel. Er wird in seiner Loyalität hin- und hergerissen.«

»Daran hättest du damals denken müssen, als du dein Zuhause verlassen hast.« Er drehte ihr den Rücken zu, aber so wollte sie sich nicht abspeisen lassen.

»Du weißt genau, warum ich gegangen bin. Ich kann nur hoffen, dass du deine neue Geliebte besser behandelst als mich«, rief sie. Er fuhr herum und sah sie mit funkelnden Augen an.

»Sie weiß, wie sie sich zu verhalten hat – im Gegensatz zu dir. Wenn du die Scheidung willst, nur zu! Du wirst schon sehen, wie weit du damit kommst. Roderick weiß auch, was gut für ihn ist.«

»Ich hoffe um seinetwillen, dass du recht hast. Er ist das einzig Gute, das unsere Ehe hervorgebracht hat. Er muss selbst entscheiden dürfen, wie sein Lebensweg aussieht.«

»Er konnte es kaum erwarten, aus deinen Fängen zu fliehen. Seine Briefe waren voll davon, wie viel Langeweile er hatte«, höhnte Grover.

»Das entschuldigt doch nicht, was du getan hast. Was für ein Vater betäubt seinen eigenen Sohn und verfrachtet ihn aufs Schiff wie Schmuggelware?«

Zumindest besaß er so viel Anstand, bei ihrer Anschuldigung zusammenzuzucken.

»Ein Vater, der weiß, was das Beste für seinen Sohn ist, wenn ein richtiger Mann aus ihm werden soll«, erwiderte er, und Celeste wusste nun endlich, dass ihre Vermutungen über Roddys Entführung zutrafen.

»Wie kann ein Junge wissen, was er will? Aber jetzt weiß er es. Wenn ich du wäre, würde ich mich in Acht nehmen, er wird dich eines Tages noch in Erstaunen versetzen.« Mit den gegenseitigen Anschuldigungen waren ihre Stimmen immer lauter geworden, und Celeste konnte ihren aufkommenden Zorn kaum noch zügeln. »Ich bin nur wegen Roddy auf der *Titanic* zurückgekommen. Manchmal wünschte ich, ich wäre in jener Nacht ertrunken!«

»Schade, dass du es nicht bist. Du hättest uns allen viel Ärger erspart. Ich denke, du hast jetzt genug gesagt. Es ist Zeit für dich zu gehen.«

»Ich gehe, wenn ich bereit dazu bin!«, schrie sie. Im selben Raum wie er zu sein, schürte ihre Abscheu, aber auch ihren Kampfgeist.

»Das werden wir noch sehen! Übrigens ist hier ein Telegramm, das du vielleicht lesen möchtest ... über deine kleine Busenfreundin.« Er warf ihr das Schreiben entgegen. Es war bereits geöffnet. Sie las den Inhalt und starrte ihn hasserfüllt an – er hatte es ganz bewusst bis zu diesem Moment zurückgehalten. »Du abscheulicher Mistkerl!«

Sein höhnisches Lächeln sprach Bände. Er sah mit an, wie ihr alle Farbe aus dem Gesicht wich, während sie das Telegramm ein zweites Mal las. Kopfschüttelnd stürmte sie aus dem Zimmer und schlug voller Wut die Tür zu.

»Ruf mir ein Taxi«, rief sie Harriet zu, die unschlüssig an der Tür gewartet hatte. »Ich muss sofort abreisen.«

Kurze Zeit später stand sie mit gepackten Koffern auf dem Bahnsteig und wartete auf den Zug nach New York. Es regnete in Strömen.

Roddy war schockiert über die Nachricht, dass May krank war, und auch darüber, dass sein Vater schon seit Tagen davon gewusst hatte, da das Telegramm an sein Büro adressiert gewesen war. »Ich werde Ella schreiben, das verspreche ich. Ich wünschte, du müsstest noch nicht abreisen. Was hat Vater gesagt, das dich so wütend gemacht hat?«

»Nichts, was nicht vorher schon gesagt wurde. Aber es ist Zeit, dass ich fahre.« Celeste umfasste die Hände ihres Sohnes. »Ich weiß, du wirst deinen Weg machen, wofür auch immer du dich entscheidest im Leben. Ich vertraue darauf, dass du immer das Richtige und Ehrenhafte tun wirst. Das Band, das zwischen uns besteht, kann keiner je brechen, aber ich muss zurück.« Sie seufzte. »Es klingt sehr ernst. May ist für mich wie eine Schwester. Sie und ich mögen aus unterschiedlichen Schichten stammen, aber jene Nacht im Rettungsboot hat uns für immer verbunden. Ich kann es nicht erklären. Vielleicht wirst du eines Tages etwas Ähnliches erleben. Es ist eine ganz spezielle Freundschaft, wie es sie sonst nicht gibt, zusammengeschweißt durch die Glut einer gemeinsamen Erfahrung. Manchmal habe ich das Gefühl, dass die *Titanic* mich mein Leben lang verfolgt, aber sie hat mir May gebracht, und dafür werde ich ewig dankbar sein. Sie war für meinen Vater und für mich da, als er starb und du ... Du verstehst doch, warum ich zu ihr fahren muss, oder?«

Er nickte, und ihm fiel ein, dass er sie noch nie von dieser besonderen Freundschaft hatte reden hören.

»Bleib dir selbst nur immer treu, junger Mann«, fuhr sie fort. »Lass dich auf keinen Unsinn ein. Dein Vater ist ein zutiefst unglücklicher Mensch. Bitte glaube nicht, dass alle Ehen so sind wie die, die du miterleben musstest.«

Als der Dampf des einfahrenden Zuges sie umhüllte, überkam Celeste plötzlich die Angst, dies könne ein Abschied für immer sein. »Bitte melde dich, ja? Und, Roddy, komm uns eines Tages besuchen«, schluchzte sie. »Es fällt mir so schwer, dich jetzt zu verlassen.« Vor lauter Tränen wusste sie kaum, wie sie ihm die Hand geben sollte.

»Ist schon gut, Mom, wir werden uns bestimmt eines Tages wiedersehen. Ich werde schreiben, das verspreche ich, und ich werde über alles nachdenken. Du bist hergekommen – ich habe es immer gewusst. Du bist die einzige Mutter, die ich habe und die ich jemals will.« Er beugte sich vor und nahm sie fest in die Arme, und sie weinte in einer Mischung aus Verwirrung, Erleichterung, Schmerz und Angst. »Pass auf dich auf, mein Sohn, pass gut auf dich auf …«

»Bis bald«, rief er, als sie einstieg und für einen letzten Blick auf ihren geliebten Sohn noch einmal aus dem Fenster sah. Der Zug fuhr ab, und Roddy lief noch winkend mit, bis der Bahnsteig endete.

Celeste wandte sich ab und schluckte schwer. Es war hart, sich so plötzlich verabschieden zu müssen, aber was sollte sie tun? Nun lag die lange Heimreise vor ihr, aber sie würde ihr Gelegenheit geben, über alles nachzudenken, was in Akron passiert war, über ihr Gespräch mit Grover und die langen Spaziergänge mit ihrem Sohn.

Was erwartete sie in Lichfield? Sie musste unbedingt rechtzeitig zurück sein. Die Geschichte dürfte sich auf keinen Fall wiederholen – damals hatte sie keine Zeit mehr gehabt, sich von ihrer Mutter zu verabschieden. Sie flehte innerlich zu Gott, dass ihr noch ein paar kostbare Momente mit der Freundin vergönnt wären.

Am Bahnhof von Lichfield angekommen, eilte Celeste direkt ins Krankenhaus und betete, dass es May wieder besserginge und sie fröhlich im Bett sitzen und sie schelten möge, dass sie so lange gebraucht hatte. Während der zermürbenden Zeit auf dem Schiff hatte sie Pläne für einen gemeinsamen Urlaub geschmiedet – vielleicht nach Wales oder gar ins Ausland, wenn sie May überreden könnte, den Kanal zu überqueren.

Doch der Anblick ihrer Freundin schockierte sie zutiefst, und vor lauter Schreck fühlte sie sich so schwach, dass sie einer Ohnmacht nahe war. May war kaum bei Bewusstsein, konnte ohne Sauerstoff nicht mehr atmen und war so abgemagert, dass Celeste sie kaum wiedererkannte. Nur ihre grauen Augen blickten aufmerksam wie immer.

»Ich bin hier, May. Ich bin wieder da und gehe nicht mehr weg, bis es dir wieder bessergeht.«

May schob die Sauerstoffmaske vom Gesicht und hauchte: »Das wurde auch Zeit. Ich habe nur auf dich gewartet. Ich dachte, du würdest es nicht mehr schaffen.« Röchelnd holte sie Luft. »Ich muss dir etwas sagen … dir allein.«

»Was ist es denn, meine Liebe?« Celeste konnte selbst kaum sprechen, da ihre Tränen sie fast erstickten.

»Es geht um Ella und die Nacht auf der *Titanic*. Du musst es ihr sagen. Sie ist nicht mein Kind. Sie war es nie.«

Nein, nicht das schon wieder, dachte Celeste. May sprach wirres Zeug, und plötzlich überkam sie die Erschöpfung nach ihrer langen Reise. »Schsch, May, ich war doch dabei, weißt du nicht mehr? Ich habe sie doch bei dir gesehen.« Sie beugte sich vor und drückte May die Hand, doch die zog sich zurück.

»Nein, nein. Sie haben mir das falsche Baby gegeben, und ich habe es niemandem gesagt. Es tut mir leid, aber so wahr mir Gott helfe, es ist die Wahrheit.« Erschöpft sank May zurück auf ihr Kissen.

»O Gott, May... Bist du sicher?« Celeste fühlte sich wie betäubt. War das die Wahrheit? Hatte May in jener schrecklichen Nacht tatsächlich das Kind einer anderen angenommen?

»Eine Mutter erkennt ihr Kind, vor allem, wenn es blaue Augen hatte, nicht schwarze ...«

»Wer weiß sonst noch davon?«, flüsterte Celeste. »Oh, May, nach all der Zeit ...«

»Ich konnte sie nicht mehr hergeben, nicht, wo Ellen doch tot war. Liebste Celeste, es tut mir so leid, dass ich dies nun dir überlasse. Sei mir auch hierin eine Freundin, ich flehe dich an«, flüsterte sie mit schwindender Kraft. Ihr Blick wurde unklar, als würde sie hinter dem Bett jemanden erkennen, den nur sie allein sah.

»Ich werde mein Bestes tun. Das verspreche ich dir. May, meine Liebe ...«, war alles, was Celeste hervorbrachte. Ihre Gedanken wirbelten durcheinander.

»Ich musste es noch jemandem sagen.« Mit einem tiefen Seufzer lehnte May sich zurück, atmete noch einmal röchelnd aus, und dann war es vorbei. Sie war von der Last ihres Geheimnisses erlöst. Und mit beunruhigender Gewissheit wurde Celeste klar, dass diese Last nun auf sie übergegangen war.

Sie fand Selwyn im Korridor am Fenster stehen. Benommen schüttelte sie den Kopf. »Sie ist von uns gegangen. Ich verstehe das alles nicht. Wie konnte ein einfacher Kratzer solch verheerenden Schaden in ihrem Körper anrichten?«

»Es war eine Blutvergiftung – einfach, aber tödlich. Im Krieg habe ich das oft gesehen. Die arme May, das hatte sie nicht verdient.« Selwyn seufzte. »Mein Gott, ich werde sie vermissen. Wir haben uns ständig über alles gestritten, aber sie war eine verdammt tapfere Frau. Sie hat sich alles mit eigener Kraft erarbeitet und mir das eine oder andere Mal eine Lektion erteilt. Mich sogar beschämt ... Das Leben ist einfach nicht fair.«

Celeste sah, dass ihr Bruder den Tränen nahe war und um Fassung rang.

»Ich brauche einen Drink, etwas Starkes, und es ist mir egal, wer mich dabei sieht«, sagte sie.

»Das *George*?«

»Wo auch immer, bring mich einfach hier raus. Da denkt man, man kennt seine Freunde, und dann ... Ach, Selwyn, wir haben ein Problem vor uns liegen, ein großes ...«

»Immer mit der Ruhe, altes Mädchen. Ich weiß, dass es ein furchtbarer Schock ist, aber wir sollten erst einmal mit Ella sprechen. Sie ist bei Hazel. Wir müssen es ihr sagen.«

»Lass sie ruhig noch eine Weile dort bleiben. Außerdem solltest du vorher noch etwas wissen. Etwas, das keine Zeit der Welt mehr ändern wird.«

»Also dann ins *George*?«

»Ach, Selwyn, was soll nur werden?« Von Müdigkeit und Schock überwältigt, schlug Celeste die Hände vors Gesicht.

Oh, May, du hast den Zeitpunkt wirklich gut gewählt, um mich mit diesem schrecklichen Wissen zu belasten. Wie konntest du dieses Geheimnis nur all die Jahre mit dir herumschleppen? Was sollen wir jetzt nur tun?

Sie dachte an Ella, die bei Hazel und ihrer Mutter erst einmal gut aufgehoben war und noch nicht wusste, was vor ihr lag. Das arme Mädchen. Wie konnte May dieses Geheimnis so lange vor ihr verbergen? Celeste fühlte sich überwältigt, betrogen, als hätte sie ihre Freundin nie richtig gekannt. All diese Briefe und liebevollen Taten … Nun trug sie die Verantwortung für ein Waisenkind, das Gott weiß woher kam. Wie, um alles in der Welt, sollten sie nach all den Jahren herausfinden, wer Ella wirklich war?

87

Ella saß am Ufer des Kanals, starrte ins trübe Wasser und kämpfte mit der aufsteigenden Übelkeit. Wie konnte ihre Mutter sie einfach so verlassen? Sie hatte so friedlich ausgesehen in ihrem Sarg, mit einem sanften Lächeln auf den Lippen, als wäre sie froh, allem entflohen zu sein. Nun lag sie in Netherstowe an der Heilquelle begraben, und Ella war ganz und gar allein.

Es war ein einfaches Begräbnis in St. Mary's gewesen, gefolgt von einem Essen in einer Teestube. Hazel und ihre Familie waren gekommen, auch Archie McAdam sowie ein paar Damen aus dem Kolleg.

Ohne Mum in der Küche war das Red House nicht mehr dasselbe. Ella war froh, aufs College fliehen zu können, wo nicht andauernd jemand fragte, wie es ihr ging, und wo die Arbeit das Zittern ihrer Hände verbarg. Manchmal fühlte sie sich schwach und ausgelaugt, aber sie zwang sich, Notizen zu machen, zu lesen, zu lernen, alles Mögliche, um den Gedanken an die Rückkehr in das kalte leere Haus zu vertreiben.

Sie arbeitete gerade an einem kleinen Steinblock, bei dem

sie sicher war, dass eine Gestalt darin verborgen lag und nur darauf lauerte, zum Vorschein zu kommen, doch sie schaffte es nicht, sie freizulegen. Ihr Lehrer sagte immer wieder, Kunst sei eine emotionale Reaktion auf die visuelle Welt, aber für sie waren das nur Worte. Ihre Gefühle waren ein einziges Wirrwarr, und ihre Hände griffen ständig daneben und vereitelten jeden Versuch, den Geist des Steins zu erfassen. Mehr als einmal warf sie ihr Werkzeug entnervt auf den Boden.

Ihre Skulptur lief Gefahr, wie eine der Statuen auf dem örtlichen Friedhof auszusehen, sentimental und gewöhnlich. Dabei wollte sie die Arbeit für die Ausstellung am Semesterende einreichen, eine Gelegenheit, ihr Talent zur Schau zu stellen. Doch sie fühlte sich unsicher und konnte sich nicht entscheiden, was sie anfertigen sollte.

Beim Abendessen erkundigte Archie sich nach ihrem Tag, und da sie ohnehin nichts essen konnte, platzte sie mit ihrer Unzufriedenheit heraus. »Ich kann es nicht, ich kann nicht denken«, klagte sie. »Es ist hoffnungslos.«

»Dann denk nicht«, erwiderte Archie. »Vergiss es einfach. Tu etwas, wodurch du abschalten und dich entspannen kannst.« Er wollte ihr sicher nur helfen, aber wie sollte man sich entspannen, wenn man gerade seine Mutter verloren hatte? Alles, was ihr einfiel, war, durch die Stadt zu laufen und alle ihre gemeinsamen Orte aufzusuchen – eine Art Pilgerreise, um Trost zu finden und sich an alle Einzelheiten ihres gemeinsamen Lebens zu erinnern.

An einem Samstagmorgen spazierte sie also von Lombard Gardens, wo sie in dem alten Haus gewohnt hatten, zur Dam Street auf die Kathedrale zu, wie um Kanonikus Forester zu besuchen. Sie trat vor das Westportal der Kathedrale und betrachtete die Reihen der Statuen, die ihr mittlerweile so vertraut waren: die Reihen der Heiligen, alttestamentliche Propheten, Moses und die kleinen Statuen der Erzengel Gabriel, Michael, Uriel und Raphael.

Und im Gebäude selbst gab es auch so viele Gesichter zu studieren, vor allem Francis Chantreys Skulptur der schlafenden Kinder.

Sie setzte sich in eine Ecke des Kirchenschiffs, und auf einmal wurde ihr klar, dass sie ein ganz normales Gesicht aus ihrem Stein hauen würde, gealtert und mit Sorgenfalten. Sie dachte an das ernste und traurige Gesicht von Captain Smith, dessen Blick dem Meer galt, auch wenn sich seine Statue fern aller Wellen mitten in den Museum Gardens erhob. Wie oft hatte ihre Mutter mit Tränen in den Augen davorgestanden? Ella hatte nie erfahren, warum sein Abbild sie so sehr bewegte. Als sie einmal fragte, hatte May nur abgewinkt und gesagt: »Eines Tages … wenn du mal älter bist … dann werde ich es dir erklären.«

Jetzt würden sie nie mehr darüber sprechen können, und so viele Fragen mussten für immer unbeantwortet bleiben. Hier im Kirchenschiff, umgeben von all den Statuen, kam ihr der Gedanke, dass sie ein Gesicht meißeln könnte, das sie ihr ganzes Leben gekannt hatte. Was sollte sie Besseres in dem Stein finden als das Gesicht ihrer Mutter? Sie würde all ihre hochtrabenden Ideen verwerfen und das eine Gesicht erschaffen, das sie wirklich kannte.

Sie blickte zur gewölbten Decke empor. Dies war ein guter Platz zum Nachdenken. Wie oft hatte sie hier schon allein gesessen und darauf gewartet, dass Mum von ihrer Arbeit kam? Wie oft waren sie diese Bankreihen zusammen entlanggegangen?

Mr McAdam hatte recht. Man musste abwarten, bis die Dinge von selbst zum Vorschein kamen. Sie zu einem sprechen lassen, wenn sie bereit dazu waren. War es das, was ihr Lehrer mit der emotionalen Reaktion auf ein Thema gemeint hatte? Sie hatte keine Ahnung, was daraus werden würde, aber es war einen Versuch wert. Gleich am Montag früh wollte sie anfangen.

88

1927

Das Ende des Schuljahres nahte, die langen Sommerferien standen bevor, und Celeste saß im Garten vom Red House und genoss die späte Abendsonne. Selwyn war zu einem seiner regelmäßigen Treffen mit alten Kameraden ins Zentrum von Lichfield gefahren, und Ella und Hazel besuchten eine Tanzveranstaltung in Netherstowe. Celeste blickte zu Archie, dessen markantes Gesicht von den Strahlen der untergehenden Sonne in ein warmes Licht getaucht wurde. Er wirkte zufrieden und entspannt. Sie hatten gemeinsam einen saftigen Braten und danach ihre ersten eigenen Erdbeeren aus dem Garten gegessen.

»Hast du über das nachgedacht, was ich dir gestern Abend erzählt habe?«, fragte sie gespannt. Nach Monaten der Unentschlossenheit hatte sie Mays Geheimnis doch nicht mehr länger für sich behalten können. Er zog bedächtig an seiner Pfeife. »Ich muss herausfinden, ob es stimmt«, fuhr sie fort. »Aber wo soll ich anfangen?«

»Na, am Anfang«, erwiderte er lächelnd. »Fahr in den Ort, wo May zu Hause war, und frag nach, ob sich jemand an sie und ihren Mann erinnert. Es ist ja noch nicht so lange her, also müssten noch Unterlagen zu Geburt und Taufe existieren. Frag Bekannte, die noch in der Stadt leben.«

»Ich weiß nur, dass sie aus einem Waisenhaus in der Nähe von Bolton stammt, wo sie dann ihren Joe kennenlernte. Sie haben in Horrocks Baumwollspinnerei gearbeitet. Als sie von dort weggingen, haben sie Papiere erhalten, aber sie sagte immer wieder, die seien alle mit der *Titanic* untergegangen. Ich will keine Unruhe stiften, aber je länger ich darüber nachdenke, fällt mir ein, dass May immer recht nervös war, wenn es um Bolton ging, und sie auf keinen Fall dorthin zurück wollte. Vielleicht lauern dort zu viele Erinnerungen, dachte ich damals, aber was, wenn ihre letzte Beichte stimmt? Mir ist der Gedanke, dass sie uns die ganze Zeit belogen und ausgenutzt hat, so zuwider.«

»Liebes, das wäre nicht die May, die wir kannten.« Archie lehnte sich zu Celeste und ergriff ihre Hand. »Sie war eine gute Freundin und dir treu ergeben. Die arme Frau hat eine falsche Entscheidung getroffen und konnte dann nicht mehr zurück, denke ich. Die Lüge wurde immer größer und größer, bis sie sie nicht mehr beherrschen konnte. Wir könnten in Selwyns Klapperkiste nach Bolton fahren und ganz diskret ein paar Erkundigungen einziehen. Nur, damit du wieder zur Ruhe kommst.«

»Wir?« Celeste spürte, wie ihr Herz schneller schlug. »Das heißt, du würdest mitkommen?«

»Natürlich! Was soll ein Dozent in den Ferien schon anderes tun als reisen? Vielleicht könnten wir dann weiter in den Lake District fahren. Ullswater und Borrowdale würde ich liebend gern wiedersehen. Lass uns eine Urlaubsreise daraus machen – ganz anständig natürlich … mit getrennten Schlafzimmern …«

»Oh«, sagte sie, fast ein bisschen enttäuscht. »Natürlich.«

»Ich denke ja nur an deinen guten Ruf«, meinte er lachend.

»Ich nicht. Tatsächlich bin ich es leid, herumsitzen und warten zu müssen, bis Grover sich irgendwann dazu durchringt, die Scheidung einzureichen. Vermutlich wird es nie passieren.« Sie sah ihm geradewegs in die Augen. »Aber du und ich, wir haben schon so lange gewartet, oder nicht? Das Leben kann so kurz und grausam sein – das zumindest habe ich durch May und die *Titanic* gelernt. Es wird Zeit, dass wir unser Leben so leben, wie wir wollen, was meinst du?« Seufzend strich sie über seine Hand, die ihre festhielt. »Hätten wir uns doch schon viel früher kennengelernt!«

»So funktioniert es aber nun mal nicht. Wir können die Uhr nicht zurückdrehen. Ich war damals auch verheiratet. Dann gab es Krieg, und Alice und Rupert starben ...« Er brach ab und hielt ihre Hand ganz fest. »Aber du hast recht. Wir sollten unsere Zeit nutzen, mein Liebling, unsere zweite Chance aufs Glück. Ich will nur verhindern, dass dein Name in den Schmutz gezogen wird.«

»Wer merkt es denn schon, wenn wir zusammen Urlaub machen? Das geht niemanden etwas an.«

»Und Ella? Was für ein Beispiel geben wir ihr damit?«, gab er zurück.

»Glaub mir, die junge Dame bekommt auf dem College schon eine ganze Menge mit. Erst gestern hat sie mir erzählt, dass einer ihrer Lehrer so betrunken zum Unterricht erschien, dass sie ihn in einem Nebenraum ins Bett legen mussten, und dann hat ein älterer Student aus seinen Aufzeichnungen vorgelesen, bis der Lehrer wieder nüchtern war. Aber du musst natürlich auch an deine Stellung im Theologischen Kolleg denken.«

»Wie ich mein Privatleben führe, ist meine Sache, solange ich guten Unterricht erteile und meine Schüler durchs Examen bekomme. Ich mache mir eher Sorgen um dich. Dies ist eine kleine Stadt mit vielen kleinkarierten Menschen, die dir das Leben schwermachen könnten.«

»Ach, Archie, ich liebe dich dafür, dass du dir solche Sorgen machst! Ich weiß nicht, wie ich das alles ohne dich durchgestanden hätte … als Roddy wegging und Grover die Sache so schwierig machte. Und jetzt das mit May und ihrem Geheimnis um Ella.« Sie dachte an ihre erste zufällige Begegnung mit Archie an Bord der *Saxonia*. Das Schicksal spielt seine Karten ganz eigenwillig aus, dachte sie. »Du warst mein Fels in der Brandung. Wenn ich daran denke, wie ich dich am Anfang behandelt habe …«

»O ja, die eisige Mrs Forester! Aber ich wusste, du würdest eines Tages schon schmelzen.« Lächelnd sah Archie auf die Uhr. »Sieh nur, wie spät es schon ist. Ich sollte zurück in meine Unterkunft fahren.«

»Warum?«

»Darum.« Er stand auf, um zu gehen, doch sie hielt ihn zurück.

»Bleib hier, Archie. In deiner Behausung wartet doch nichts auf dich, oder?« Sie errötete.

»Bist du sicher …? Was ist mit Selwyn?«

»Ach, um Selwyn kümmere ich mich schon. Solche Dinge sind ihm nicht mehr wichtig. Wir haben schon genug Zeit verschwendet. Dein Platz ist von nun an hier bei mir. Die Leute können ruhig denken, was sie wollen. Offiziell kannst du unser neuer Untermieter sein oder was auch immer. Es ist mir wirklich egal. Ich habe so viele Jahre pflichtgemäß alles getan, was andere von mir erwarteten. Bitte bleib heute Nacht hier.«

»Wenn ich heute Nacht bleibe, werde ich nie mehr gehen wollen.« Er zog sie in seine Arme und küsste sie.

»Das ist gut.« Sie stand auf, nahm seine Hand, schloss die Verandatür hinter ihnen und führte ihn nach oben in ihr Schlafzimmer. Warum sollten sie nicht ein wenig Glück miteinander erleben dürfen, solange sie noch jung genug dazu waren? May hätte es ihnen sicher gegönnt. Wenn sie sich schon auf die Suche nach Ellas wahrer Identität machte, wer wäre als Mitwisser besser geeignet als Archie?

Carpe diem, nutze den Tag. Sie lächelte und stieß schwungvoll die Tür auf. Der Tod währt lange genug.

89

Akron

Alles, wovon sein Vater sprach, waren die fallenden Gummipreise auf dem Weltmarkt und dass die Industrie Arbeitskräfte entlassen, Löhne kürzen und Expansionsprogramme zurücknehmen musste. Die Gummifabriken in Akron waren schon bis nach Afrika und Ostasien vorgedrungen, um Nachschub für ihre Produktion zu erhalten, aber die Preise fielen immer noch. Es gab Gerede über Experimente mit neuen Reifen für Langstrecken-Lastwagen und Traktoren, doch für jedes Experiment brauchte man Wissenschaftler und viel Geld. Die Abläufe in der Industrie veränderten sich, und Pa tat sich schwer, mit neu eingestellten Männern mitzuhalten, auf die die obersten Bosse anscheinend viel eher hörten. Er trank immer mehr, war die meiste Zeit über schlechtgelaunt und hatte Angst um seine Position, weshalb er seine Angestellten schon bei der kleinsten Verzögerung anbrüllte. Manche waren bereits freiwillig gegangen, um anderswo bessere Arbeit zu bekommen. Warum sollten sie sich von einem Tyrannen schikanieren lassen?

Grandma Harriet verbrachte viel Zeit außer Haus, machte Besuche, nahm Nähkurse, ging mit alten Bekannten essen, so dass Roddy allein blieb, um in Ruhe lernen zu können. Doch er war nicht mit dem Herzen bei der Sache.

Tatsächlich war er seit der Abreise seiner Mutter unruhig und fühlte sich verunsichert. Nach und nach erkannte er, dass alles, was sie über seinen Vater erzählt hatte, der Wahrheit entsprach. Er war ein herrschsüchtiger Mann, der andere ausnutzte. Zu Fremden konnte er zwar charmant sein, doch sobald sich die Tür hinter den Gästen schloss, ging er in die Bibliothek und trank Whiskey bis zum Umfallen.

Von Louella hatte er sich wegen einer anderen Frau getrennt, dann folgte wieder eine andere, und jede neue Freundin war jünger als die vorige. Obwohl er sie mit Geschenken überhäufte, blieben sie nie lange bei ihm. Die Letzte hatte Roddy so interessiert angesehen, dass er es mit der Angst bekommen hatte. Wie konnte sein Vater all diese Frauen nur seiner eigenen Mutter vorziehen?

In ihren Briefen schrieb seine Mutter viel über diesen Archie McAdam. Er war jetzt zu ihnen ins Red House gezogen, angeblich, um Selwyn im Garten zu helfen. Die beiden waren in Mays alte Heimatstadt gefahren, um Freunde von ihr zu finden, die sie über ihren Tod benachrichtigen könnten. Dann waren sie weiter in den Lake District gereist, aber es hatte so viel geregnet, dass sie frühzeitig wieder nach Hause aufbrachen. Ella hatte alle ihre Examen bestanden und war für den Diplomkurs in Birmingham empfohlen worden. Sie hoffte auf ein Reisestipendium, um mit einigen Studienkollegen nach Frankreich reisen zu können. Roddy beneidete sie alle um ihr aufregendes Leben. Er saß hier in der Gummistadt fest und würde so bald nirgends hingehen. Nur wenn er Baseball, Football oder Tennis mit seinen Freunden spielte, fühlte er sich wohl, ansonsten sah er in seinem Leben weder Sinn noch Zweck.

Eines war sicher: Er würde niemals in die Gummiindustrie einsteigen. Diese riesigen Fabriken mit ihrem beißenden Gestank lockten ihn in keiner Weise, egal, wie oft sein Vater auch davon schwärmte.

Allerdings gefiel ihm der Besuch im neuen Lastwagen-Depot, in dem sein Freund Will Morgan in den Ferien aushalf. Ein Transportunternehmen, Motor Cargo, war gegründet worden, um die Gummireifen aus den Fabriken quer durchs Land in Lager und Werkstätten zu transportieren. Ein paar Männer hatten sich zusammengetan, einen riesigen Lastwagen gekauft und eine Lizenz erworben, um über die Staatsgrenzen hinaus bis nach Pennsylvania, Virginia und noch weiter ausliefern zu können. Immer mehr Auftragsunternehmen wurden angeworben und die Fuhrparks erweitert. Es klang ganz einfach – eine brillante Idee.

Will hatte also bereits einige Erfahrung, diese riesigen Trucks zu fahren, und er erzählte jede Menge Geschichten von Fahrten über die Highways, auf denen er neue Reifen für die Fabrikanten ausprobierte. Wenn eine andere Firma das schaffte, warum nicht auch sie? Eines Abends nach dem Essen präsentierte Roddy seinem Vater die Idee, dass sie doch ihr eigenes Transportunternehmen gründen könnten.

»Warum sollte ich das tun?«, fragte sein Vater ablehnend. »Das ist keine Arbeit für einen Gentleman.«

»Und wer soll das sein?«, gab Roddy zurück. »Ich sehe keinen Gentleman.« Doch diese Spitze ging unter.

»Ich habe nicht all das viele Geld investiert, um einen Lastwagenfahrer großzuziehen!«

»Aber wir könnten Männer einstellen, die für uns fahren«, fuhr Roddy fort. Er spürte, dass es ein guter Plan wäre.

Doch ohne Rücksicht auf seine Begeisterung entgegnete sein Vater: »Ich habe dich hierhergebracht, damit du eines Tages meinen Platz einnimmst.«

»Es ist ja nur eine Idee«, meinte Roddy enttäuscht. Dabei wäre es vernünftig, ein eigenes Transportunternehmen zu gründen. Selbst wenn es mit der Gummiindustrie bergab ginge, würde es trotzdem immer Güter geben, die von einer Seite des Landes zur anderen gebracht werden mussten.

»Es wird Zeit, dass du an der Universität von Akron Naturwissenschaften studierst. Das wird dir eine gute Grundlage verschaffen«, sagte sein Vater.

»Wozu? Ich sehe mich nicht als nächster Mr Marks«, erwiderte Roddy in Anspielung auf einen der berühmtesten Forscher in den Laboren von Akron.

»Wenn du so weitermachst wie bisher, kannst du bei deinen Noten froh sein, wenn ich meine Beziehungen spielen lasse und dich irgendwo unterbringe. Als ich in deinem Alter war, hat mir niemand geholfen.«

»Das stimmt nicht. Grandpa Parkes hat viel Geld verdient und dich aufs College geschickt.«

In diesem Moment erschien Grandma Harriet im Flur, und Pa drehte sich gereizt zu ihr um. »Was für einen Unsinn hast du meinem Sohn in den Kopf gesetzt? Wenn die Diamond Rubber Company gut genug für mich ist, dann doch wohl auch für ihn!«

»Warum sollte ich irgendetwas gegen deine Arbeit sagen? Ich schätze, Roderick ist eben aus anderem Holz geschnitzt als du«, erwiderte sie, besorgt über die Richtung, die dieses Gespräch nahm.

»Was, zum Teufel, meinst du damit?«, brüllte Grover und fuhr hoch.

»Nichts, mein Sohn. Roderick will seinen eigenen Weg gehen, und das ist nur fair.«

»Bei seiner Dummheit wird er alle Hilfe brauchen, die er kriegen kann. Ich habe ihn nicht den ganzen Weg hierhergebracht, damit er schlechte Noten schreibt und nicht aufs College geht. Die Söhne der Parkes sind keine Versager.«

»Das ist aber nicht das, was ich will«, protestierte Roddy.

»Wen kümmert es schon, was du willst? Du bist mein Sohn, und du tust, was ich dir sage!«

»Sonst …?« Auf einmal schlug Roddys Herz schneller vor Wut und Empörung. »Wirst du mich wieder betäuben und gegen meinen Willen in die Fabrik schleifen? Ich bin nicht dein Lakai!«

»Werd nicht frech, Junge!«

»Oder was?« Roddy baute sich vor seinem Vater auf und sah ihm direkt in die Augen. »Oder willst du mich sonst verprügeln, wie du es mit meiner Mutter gemacht hast … oder mit ihr?« Er zeigte auf seine Großmutter, die ängstlich im Türrahmen gewartet hatte und nun in Richtung Treppe lief.

»Was für Lügen hat diese englische Hure dir erzählt?«

»Nenn meine Mutter nicht so! Du hast überhaupt kein Recht, so über sie zu sprechen! Du bist ein Tyrann. Ich habe dich durchschaut.«

»Wie kannst du es wagen?« Grover holte aus, um ihm ins Gesicht zu schlagen, aber Roddy war darauf gefasst gewesen und wich aus. Er hob den Arm, um den Hieb abzuwehren, und reagierte mit einem Gegenschlag. Die über all die Jahre angestaute Wut verlieh ihm Kraft. Er warf seinen Vater zu Boden und schlug mit den Fäusten auf ihn ein, bis der ältere Mann sich nur noch hilflos zusammenkrümmen konnte.

»Wie fühlt sich das an?«, schrie Roddy, während seine Großmutter versuchte, ihn fortzuziehen.

»Roddy! Roderick, hör auf! Du wirst ihn noch umbringen!«, rief sie.

»Der Tod wäre zu gnädig für ihn. Ich hasse ihn. Ich hasse ihn für das, was er dieser Familie angetan hat. Du wirst nie über mich bestimmen können, niemals!«

Fassungslos sah Grover zu ihm auf. Er stieß einen letzten verzweifelten Schrei aus. »Raus mit dir ... Geh mir aus den Augen!«

»Das werde ich, aber ich nehme Grandma mit. Du wirst ihr nie wieder ein Haar krümmen.« Er wandte sich an seine Großmutter. »Pack eine Tasche, wir gehen fort. Du kannst heute Nacht bei deiner Freundin Effie Miller bleiben.«

Doch Harriet schüttelte den Kopf. »Nein, ich gehe nirgends hin. Dies ist mein Zuhause. Ich will nicht, dass die Leute sich das Maul zerreißen.«

»Ich gehe nicht ohne dich«, rief Roddy, doch sie rührte sich nicht vom Fleck. »Ich habe Mom versprochen, mich um dich zu kümmern ...«

Harriet blieb, wo sie war, und sah entschlossen auf Grover hinunter. »Er ist mein Sohn, egal, was kommt. Ich hätte nie gedacht, dass ich euch einmal so sehe, zwei Platzhirsche, die sich bis aufs Blut bekämpfen, aber ich denke, es musste so kommen. Du gehst jetzt besser, Roderick. In diesem Haus wird es keine Kämpfe mehr geben.« Sie zog ihren immer noch halb benommenen Sohn zum Sitzen hoch.

»Das war seit langem fällig, Grover Parkes. Ich bin froh, dass Roderick nicht so wird wie du. Du machst so viel kaputt. Alles, was gut war in deinem Leben, hast du verloren, und das Schlimme ist, dass du es noch nicht einmal erkennst, aber das wird schon noch passieren. Wenn du dich nicht besinnst, wirst du eines Tages als einsamer alter Mann enden. Eingerissene Brücken sind nur schwer wieder aufzubauen.«

Grover wischte sich über das Jackett, ohne zuzuhören, und blickte zu seinem Sohn hoch. »Schaff diesen undankbaren Jungen raus, bevor ich ihn wieder zur Vernunft prügle.«

»Lernst du denn nie dazu?«, rief Harriet besorgt. »Mit deinen Prügeleien ist es jetzt vorbei. Roderick wird durch diese Tür hinausgehen und nie mehr zurückkommen, wenn du dich nicht entschuldigst.«

»Wofür denn? Dafür, dass ich weiß, was das Beste für meinen Sohn ist?«

»Er gehört dir nicht. Kinder sind uns nur als eine kostbare Leihgabe anvertraut, nicht mehr. Du hast deine Chance gehabt.« Ihre Stimme geriet ins Schwanken. »Es ist mir sehr unangenehm zu denken, dass ich dafür verantwortlich bin, wie du geworden bist. Aber ich glaube, dein Vater und ich haben dich zu viel herumkommandieren lassen. Sieh dich nur an – wer will dich schon freiwillig als Sohn haben? Ich nehme alles zurück, was ich früher über deine Frau gesagt habe. Sie wusste genau, was sie tat, als sie hier von Bord ging. Ich schätze, die *Titanic* hat ihr das eine oder andere über das Leben beigebracht. Sie kam von einer Katastrophe in die nächste. Grover, bitte entschuldige dich, bevor es zu spät ist.«

Totenstille herrschte, als Roddy die Tür hinter seinem Leben in Oak Court für immer schloss. Der Mond stand hoch am Himmel, und die Sterne beleuchteten seinen einsamen Weg die Auffahrt hinunter. Er hielt seine Reisetasche fest umklammert. Wohin sollte er nun gehen?

Das Einzige, was er wusste, war, dass er jetzt frei war, und es fühlte sich an, als wäre ihm ein riesiger Felsbrocken von den Schultern gefallen. Grandma hatte recht: Es gab kein Zurück mehr. Aber wenn er in dieser kalten Nacht nicht verhungern oder erfrieren wollte, musste er sich schnell etwas überlegen.

Mit festem Schritt marschierte er auf die beleuchtete Stadt zu. Jetzt wusste er, wo sein Ziel lag. Er hatte die Brücken hinter sich abgebrochen, ein neues Leben fing an. Und so beängstigend es im ersten Moment auch sein mochte, spürte er doch tief in seinem Inneren, dass alles sich zum Guten wenden würde.

90

Es war kurz vor Weihnachten, und Celeste schrieb Listen für den Metzger, den Bäcker und den Lebensmittelhändler. Sie war entschlossen, das Beste aus diesen düsteren Zeiten zu machen, und versuchte sich zu erinnern, wie May das alles immer hinbekommen hatte. Wie sehr sie sie doch in der Küche vermisste! Jetzt, wo so viele Männer arbeitslos waren, bedeuteten die Feiertage für viele Familien eine harte Zeit. Sie hatte in einer Verteilstelle für Lebensmittel und in einem Bekleidungsgeschäft gearbeitet. Im ganzen Land sprach man von einer großen Depression.

Sie kam sich so privilegiert vor, dass sie ein gemütliches Zuhause hatte mit Menschen, die sie liebten. Archie und Selwyn verfügten über regelmäßige und sichere Einkommen. Sie hatten Glück und sollten ihren Wohlstand mit anderen teilen. Celeste fand, ein schönes Fest nach diesem harten Jahr würde allen die Stimmung heben, und sie wollte es besonders für Ella schön gestalten. Der Baum kam aus dem örtlichen Wald, und bei einem nahen Bauernhof hatten sie einen großen Truthahn bestellt. Außerdem bereitete sie Strümpfe mit kleinen Geschenken für die Kinderwohlfahrt der Stadt vor.

Ella hatte das Ende ihres Diplomabschlusses in Bildhauerei und Porträtbildhauerei fast erreicht. Sie assistierte bei Kursen am College in Birmingham, wo sie jeden Tag mit dem Bus hinfuhr. All das wurde überstrahlt von einem Gefühl, das Ella noch ganz neu war: sie war verliebt.

Das Objekt ihrer Liebe hielt sie so sehr unter Verschluss, dass Celeste schon befürchtete, der Mann könnte verheiratet sein und sie nur ausnutzen. Keir Walsh war jedoch ein hagerer schmuddeliger Kerl in Ellas Alter, ein Sozialist mit klaren Ansichten über die politische Situation und die Rechte der Arbeiterklasse. Er lehrte Aktzeichnen und hielt überhaupt nichts von Kirche und Religion. Bei seinem ersten Besuch im Red House hatte er sie alle recht misstrauisch beäugt. Seine Eltern waren irischer Abstammung und lebten in Birmingham. Er sprach nie über sie, seine Konversation beschränkte sich auf politische Thesen, Kundgebungen und Taktiken der Wahlpropaganda und dass die Mittelschicht keine Ahnung von den Zuständen in der Stadt habe.

Celeste sah, wie Ellas Gesicht zu leuchten begann, als er ihnen bei Tisch einen Vortrag über den aufkeimenden Faschismus in Italien und Deutschland hielt. Das Mädchen betete ihn an, und er betrachtete sie, als könnte er nicht fassen, dass solch eine Schönheit wie gebannt an seinen Lippen hing.

»Ich bin nicht sicher, dass er der Richtige für sie ist … sie ist noch so jung«, flüsterte sie Archie eines Abends zu. »Ich war genauso jung, als Grover in mein Leben trat, und du weißt ja, zu welcher Katastrophe das geführt hat.«

»Aber heutzutage ist das anders, die jungen Leute haben mehr Freiheit, sie selbst zu sein. Wenn sie sich lieben, werden sie einen Weg finden.«

»Aber er hat so extreme Ansichten«, fuhr sie fort und füllte Orangen und Nüsse in die Strümpfe. »Er behauptet, Europa stehe ein neuer Krieg bevor. Deutschland werde immer stärker, dort baut man Straßen und Eisenbahnlinien und setzt dazu die Arbeitslosen ein. Aber es wird doch keinen Krieg mehr geben, oder? Wie sollen zwei junge Künstler in diesem politischen Klima genug Geld verdienen, um eine Familie zu ernähren?«

Archie lachte. »Ach, sie kennen sich doch gerade erst fünf Minuten. Keir wirkt auf mich wie ein junger Mann, der noch lange keine Familie gründen will. Gib ihnen Zeit, mach dir keine Sorgen.« Archie wusste immer, wie er sie beruhigen konnte.

Celeste hatte Ella immer noch nichts von Mays Geständnis gesagt und auch nicht den wahren Grund ihrer Reise nach Bolton genannt. Die Geschichte von Joe und May hatte sich bestätigt, aber niemand war imstande gewesen, etwas anderes zu sagen, als dass sie ein kleines Mädchen gehabt hatten. Der Priester meinte, er habe Hunderte Kinder getauft, und eines sehe für ihn aus wie das andere. Eine der Frauen aus der Spinnerei erzählte, dass Joe ein heller und kein dunkler Typ gewesen sei, wie May immer behauptet hatte. Wie sollten sie je die Wahrheit herausfinden? Celeste wollte Ella nichts erzählen, bevor sie einen handfesten Beweis vorlegen konnte.

Das Problem war nur, dass es wohl nie den richtigen Moment geben würde, um das Thema anzuschneiden. Vielleicht wäre es besser, die ganze Angelegenheit zu vergessen. Als sie das Archie sagte, widersprach er entschieden.

»Ella sollte wissen, was wir vermuten. Sie hat ein Recht darauf, die Wahrheit zu erfahren. Du musst ihr von der *Titanic* erzählen. Mir erscheint es nicht richtig, dass sie nicht einmal das weiß.«

»Du hast ja recht«, seufzte Celeste. »Aber jetzt ist nicht der richtige Zeitpunkt. Sie hat für nichts anderes Augen und Ohren als für Keir.«

Wie immer wollten sie an Weihnachten zur Mitternachtsmesse in die Kathedrale gehen. Die Pakete für Roddy hatte Celeste an die Adresse der Lagerhalle außerhalb von Akron geschickt, die er auch als Unterkunft nutzte. Sie war froh, dass er Oak Court verlassen hatte. In einem langen Brief hatte er das ganze Drama erzählt, und Celeste hätte zu gern mit angesehen, wie Grover sich am Boden gekrümmt und gewunden hatte, als er ein Teil von dem zurückbekam, was er selbst ausgeteilt hatte. Sie hatte keinen Kontakt mehr zu ihm. Sobald Ella wüsste, wie die Dinge standen, und das Leben wieder in ruhigeren Bahnen verlief, wollte sie ihn um die Scheidung bitten.

Gemeinsam mit seinem Freund Will baute Roddy einen Fuhrpark mit Trucks auf. Sie hatten bereits ein ganzes Team an Fahrern und ließen Frachtgüter über die Bundesgrenzen transportieren, über Tausende von Meilen. Er hatte eine Marktlücke gefunden und für sich genutzt.

Entgegen den Befürchtungen seines Vaters verdiente er bereits gutes Geld, und trotzdem klang er unzufrieden. Celeste spürte seinen Kummer darüber, wie sich sein Leben entwickelt hatte. Dass er nach England zurückkehren wolle, erwähnte er mit keiner Silbe, und sie fragte auch nicht mehr danach. Warum sollte er auch zurückkommen? Aber es war immer noch schwer, seine Abwesenheit zu ertragen.

So sehr sie Ella auch wie eine Tochter liebte, würde Roddy dennoch immer den ersten Platz in ihrem Herzen einnehmen, ihr einziger Sohn. Sie hatte in diesem Haus genug Familie um sich versammelt, aber es war nicht mehr wie früher. Sie dachte an vergangene Weihnachtsfeste, als May und Roddy und ihr Vater noch dabei gewesen waren. Das Leben schien damals so unkompliziert, mit all den Geistlichen, die sie eingeladen hatten, mit Chorproben und abendlichen Chorälen, der Vorbereitung der Geschenke, den Geheimnissen vor der Bescherung für die Kinder – es waren glückliche Erinnerungen an diese festliche Zeit.

Celeste seufzte lächelnd. Ihr wurde bewusst, dass all diese Erinnerungen auf Lügen aufgebaut gewesen waren, ihren eigenen und denen von May, die ihr Geheimnis bewahrt hatte. Sie waren damals ebenso wenig eine richtige Familie gewesen wie jetzt.

Was täte sie nur, wenn es Archie nicht gäbe? Durch ihn hatte sich ihr ganzes Leben verändert. Er hatte Selwyn geholfen, seinen Schmerz über den Verlust von May zu überwinden, seine Trinkerei einzuschränken und seine Karriere weiter voranzutreiben. Auch über seine Kriegserlebnisse konnten die beiden sprechen, und Selwyn kam immer besser damit zurecht. In dieser Angelegenheit hatte Archie einen ganz anderen Zugang zu Selwyn als Celeste, denn sie verstanden einander als Soldaten, die Dinge erlebt hatten, die man sich als Außenstehende nur vage vorstellen konnte. Es war wie ein Geheimbund, zu dem Zivilisten keinen Zugang hatten, so wie sie und May das schreckliche Erlebnis in jener grässlichen Aprilnacht auf dem Meer geteilt hatten.

Und wie viel er ihr inzwischen bedeutete! Celeste wusste nun, welches Glück eine wirklich liebevolle, leidenschaftliche Beziehung schenken konnte. Seit sie miteinander das Bett teilten, eröffnete ihr Archie eine Sinnenlust, die sie sich in ihrer Ehe mit Grover nicht einmal hatte vorstellen können. Und seine beständige, ruhige Liebe gab ihr den Mut, sich tatsächlich auf ihn zu verlassen. Sie musste nicht mehr allein ihren Weg erkämpfen.

Eines Morgens, als sie unterwegs war, um die letzten Besorgungen für Weihnachten zu erledigen, machte Celeste einen kleinen Umweg über die Museum Gardens, da sie dachte, es würde May gefallen, wenn sie Captain Smiths Denkmal besuchte.

Der Captain sah vernachlässigt aus, beschmutzt von Vogelkot und fast vollständig von Unkraut überwuchert. Es war ein erbärmlicher Anblick. Sie dachte daran, wie stolz er an Deck seines Schiffes herumgegangen war und mit wachsamen Augen seine Besatzung und die Passagiere beobachtet hatte. Was für ein trauriges Ende seine Karriere gefunden hatte!

Sie blickte in sein kantiges Gesicht, und auf einmal fing sie an, mit ihm zu reden, als könnte er sie hören. »Was soll ich nur mit dem Kind machen, das Sie gerettet haben? Wer ist dieses Mädchen, und wo haben Sie es gefunden? Wie sage ich das, was gesagt werden muss, ohne sie in schreckliche Verwirrung zu stürzen? Ach, wenn Sie doch nur sprechen und mir erzählen könnten, was Sie damals gesehen haben!«

Allein sein Anblick brachte unzählige Erinnerungen an diese furchtbare Nacht zurück. Sie fröstelte und kam sich dumm dabei vor, im kalten Wind zu stehen und mit einem Stein zu sprechen.

»Ich tue das für meine Freundin May«, fuhr sie dennoch fort. »Wir nannten uns die ›Schwestern der *Titanic*‹ – durch ihren Untergang für immer verbunden.« Ihr fiel auf, dass der Name des Schiffs auf der Plakette nicht vermerkt war. Es war ein Name, an den sich niemand erinnern wollte, und er war ein Kapitän, den trotz seiner vielen treuen Dienstjahre niemand ehren wollte. Vielleicht war es ihre Pflicht, mit etwas Wasser und einer Bürste dafür zu sorgen, dass er wieder ansehnlicher würde.

Dann fiel ihr Blick auf den Namen des Bildhauers, K. Scott, der dieses Monument geschaffen hatte.

Sie erinnerte sich, wie May einmal erzählt hatte, die kleine

Ella habe zeitweise geglaubt, die Tochter eines von Captain Scotts Besatzungsmitgliedern gewesen zu sein. »Eine schöne Bescherung war das! Ich musste zur Schuldirektorin und alles erklären.«

Aber du hast nicht die Wahrheit gesagt, dachte sie. Du hast allen erzählt, was sie hören wollten. Niemand hat je an deinen Worten gezweifelt oder an deinem Recht, dieses Kind großzuziehen. Ich sah, was ich sah, und glaubte, was alle anderen auch glauben. Ich bin immer für dich eingetreten, und nun bin ich es, die dein Geheimnis hütet. Wer ist Ella? Gibt es jemanden da draußen in der Welt, der uns mehr erzählen kann?

91

Italien, 1927

Als er in Italien an Land ging, küsste Angelo den Boden. Es schien ihm wie ein Traum, dass er den Weg in seine alte Heimat geschafft hatte. Von New York über Marseille war es eine lange Überfahrt gewesen, aber er fühlte sich schon bedeutend kräftiger von der frischen Luft an Deck, wo er, gut geschützt von einem neuen warmen Mantel und Hut, den Gesprächen der anderen Passagiere gelauscht hatte. Kathleen hatte vor seiner Abreise darauf bestanden, dass er die Sachen noch kaufte.

Er kehrte nicht als kranker, gebrochener Mann zurück, sondern kam mit einer Kiste voller Geschenke, Fotografien und Neuigkeiten.

Die Fahrt mit dem Schiff war noch der einfachste Teil der Reise gewesen, dann kam die Zugfahrt und danach die Fahrt mit Pferd und Wagen über die Maultierpfade bis zu ihrem alten Hof. Alles im goldenen Licht der Toskana kam ihm langsamer und kleiner vor als in seiner Erinnerung. Er war ein Stadtmensch und kein Bauernjunge mehr. Er konnte kaum noch den Dialekt verstehen, mit dem er aufgewachsen war, aber er war überglücklich, zurück in den piniendurftenden Bergen zu sein.

Seine Mutter fiel ihm in die Arme, eine kleine verhutzelte Version der starken Frau, die ihm vor fast zwanzig Jahren zum Abschied nachgewunken hatte. Ihr einst so zartes Gesicht war nun gezeichnet. »Angelo, mein lieber Junge. Lass dich ansehen … so blass und dünn! Ich danke Gott, dass ich deinen Besuch noch erleben darf. Komm rein, Junge, komm rein.«

Er fühlte sich wie ein Ehrengast, als er das oberste Zimmer mit der besten Matratze zugewiesen bekam, mit einem *vaso da notte* unter dem Bett für die Nacht. Die Nachbarn beäugten ihn voller Ehrfurcht, als wäre er ein Wesen aus einer anderen Welt. Sie befühlten seinen Anzug und seinen Mantel und grinsten ihn zahnlos an.

Auf den Esstisch kamen die *zuppa*, die Nudeln, der gute Käse, der Landwein, das Olivenöl und das wunderbare *castagnaccio*, süßes Kastanienbrot, alles mit dem frischen, aromatischen Geschmack von Sonne und Erde und nicht aus Dosen, die monatelang über das Meer geschifft worden waren.

Er war gerührt, als er all seine Briefe und Postkarten an die Wand in der Ecke über der Kommode geheftet fand – sorgsam gehütete Dokumente, die bestimmt schon viele Male gelesen worden waren. Der Gedanke, er hätte öfter schreiben sollen, versetzte ihm einen Stich.

Es gab so viel zu erzählen, zu erklären. Sie hielten ihn für einen wohlhabenden Stadtbewohner, nicht für einen Mann, der krank und arbeitslos und nur hergekommen war, weil ihm die Reisekosten aus einem Wohltätigkeitsfonds bezahlt wurden. Das war nicht das, was sie hören wollten. Sie wollten hören, dass es das Opfer wert gewesen war, ihre jungen Männer so weit fortziehen zu lassen. Er wollte sie nicht enttäuschen.

Er hatte vergessen, wie arm sie waren und dass der Hof nicht so viele Söhne ernähren konnte. Umgeben vom unangenehmen Geruch des Kohleherds beobachtete er seinen kleinen Bruder Gianni, den er zuletzt in kurzen Hosen gesehen hatte und der nun größer war als er und ihn besorgt ansah, weil er fürchtete, Angelo könnte für immer nach Hause zurückgekehrt sein und seine Rechte als Ältester einfordern.

»Komm, iss.« Sein Vater schob ihn vor allen anderen an den Tisch.

»Nur, wenn alle mitessen«, entgegnete Angelo, der wusste, dass sie ihm den größten Teil überlassen wollten. »Der Arzt hat gesagt, ich darf nicht so viel essen, das schadet meiner Gesundheit.« Lächelnd rieb er sich den Bauch. »Also verzeiht mir, wenn ich mich etwas zurückhalte. Ihr habt mir viel zu viel aufgetischt.«

Er konnte die Erleichterung auf den Gesichtern einiger Kinder sehen, bevor sie sich über das Festmahl hermachten. Wie konnte er ihnen die Bissen aus dem Mund nehmen? Angelo lehnte sich zurück und wünschte, seine eigene Familie wäre mit ihm hier. Er fühlte sich unendlich weit entfernt von ihnen.

Doch tief im Innern spürte er, dass ihm diese Reise guttat, zusammen mit den neuen Tabletten, die er jeden Tag einnehmen musste. Und bevor er hier weiter feierte, musste er noch etwas Wichtiges erledigen. Er musste zu Marias Familie gehen und ihnen seine Aufwartung machen. Und er musste sie unbedingt etwas fragen. Er tastete nach dem kleinen Schuh in seiner

Jackentasche … Die ganze Reise über hatte er ihn dort aufbewahrt – würde er nun endlich die Wahrheit über dessen Herkunft erfahren?

92

Akron

Es war Dezember, und das Winterwetter trieb über die Bundesstraßen Richtung Stadt. Roddy war im Lager, um zu überprüfen, dass die Lieferungen rechtzeitig hinausgingen. Trotz der Kälte waren alle in Feiertagsstimmung, doch selbst mit den Papiergirlanden sah sein kahles Büro nicht gerade gemütlich aus.

Das Transportgeschäft lief gut, solange er dafür sorgte, dass er Frachtaufträge für die Rückfahrten bekam. Sie hatten einen Vertrag mit einer Versicherungsgesellschaft geschlossen, damit sie bei jedem Grenzübertritt ausreichend abgesichert waren. In jedem Bundesstaat galten andere Regeln und Bestimmungen für Frachtgüter. Will war unterwegs, da Jimmy Malone wieder einmal krank war – zumindest hatte er das behauptet.

Jimmy war einer ihrer unzuverlässigsten Fahrer, der am liebsten nach eigenem Zeitplan arbeitete, wenn man nicht auf ihn aufpasste. Aber wie sollten zwei junge Unternehmer, die noch grün hinter den Ohren waren, Männer kontrollieren, die bereits seit vielen Jahren Lastwagen fuhren, ein karges Leben führten und sogar im Freien übernachteten, um Zeit und Geld zu sparen? Jimmy kannte alle Tricks. Roddy spürte, dass er wohl irgendwann hart durchgreifen und Männer entlassen musste, die ihn zum Narren hielten.

Ihr Unternehmen »Freight Express« konkurrierte inzwischen mit den großen Transportfirmen wie »Roadway« und »Cargo«, aber es gab genug Arbeit für alle. Roddy wusste nur allzu gut, dass sein Geschäft funktionieren musste. Er hatte sein Erbe von Großpapa Parkes in einen neuen Lastwagen und das Lagergrundstück investiert, und so weit lief alles gut.

Roddy hatte auch ein Auge auf seine Großmutter, die er regelmäßig jeden Sonntag in der Kirche traf. Danach gingen sie im Portage Country Club oder einem Hotel in der Stadt zum Essen, und sie hielt ihn über die Angelegenheiten seines Vaters auf dem Laufenden.

»Er sitzt nicht mehr auf seinem hohen Ross. Die Diamond Rubber Company musste sich verkleinern, und sie haben ihn auf eine andere Stelle geschoben und überall den Gürtel enger geschnallt. Er hat durch unkluge Investitionen viel Geld verloren und muss Oak Court verkaufen. Er wird nach Talmadge ziehen, aber ich gehe nicht mit. Für mich in meinem Alter ist das zu weit draußen, da ziehe ich lieber bei Effie Miller ein. Sie ist Witwe und kann das extra Mietgeld gut gebrauchen. Ihr Haus ist groß genug für uns beide, und für dich steht auch jederzeit ein Bett bereit, falls du wieder nach Hause kommen willst.« Als sie ihn ansah, lag nicht viel Hoffnung in ihrem Blick.

»Es geht mir gut da, wo ich bin, so dicht bei der Arbeit«, erwiderte er. Er und Grandma Harriet verstanden sich über die Jahre immer besser. Sie war mit dem Alter weicher geworden. Bei ihren Treffen, ohne Beisein von Grover, konnte sie sich entspannen und ganz sie selbst sein. Sie erzählte Geschichten über das Leben in Akron, als sie noch ein kleines Mädchen gewesen war, und zeigte ihm stolz ihr Fotoalbum. Die Jahre der Unterdrückung durch Grover hatten ein Ende gefunden.

»In den alten Zeiten konnten wir Parkes mit hoch erhobenem Haupt dastehen, junger Mann, also mach es auch so, sobald du Erfolg hast. Werd ja nicht leichtsinnig. Aber du arbeitest zu hart, und ein Mädchen hast du auch noch nicht?« Immer wieder kam sie auf dieses Thema zu sprechen und schlug ihm junge Frauen vor, die er kennenlernen sollte.

»Wann hätte ich denn schon Zeit, um einem Mädchen den Hof zu machen, Grandma?«

»Arbeit allein macht nicht glücklich, junger Mann«, entgegnete sie lächelnd und tätschelte seine Hand.

Er lächelte zurück, ganz gerührt von ihrer Anteilnahme, doch an Mädchen hatte er im Moment tatsächlich noch kein Interesse, schon gar nicht an denen aus der Kirchengemeinde mit ihrem zuckersüßen Getue. Er wollte nicht denselben Fehler machen, den seine Eltern begangen hatten.

Bei dem Gedanken, dass er irgendwann wie sein Vater werden und einen Erben erwarten könnte, musste er lachen. Sein Leben gefiel ihm, so wie es war – nach Osten in Richtung Meer fahren oder über die Berge nach Virginia, nach Süden oder Westen ... wo auch immer er eine Fracht ausliefern und mit einer neuen zurückkehren konnte. Er fuhr über holprige Straßen und kannte die Müdigkeit langer Fahrten, doch er hatte immer eine Isolierkanne mit Kaffee dabei. Er aß in Straßenlokalen, lernte dort andere Fahrer kennen und konnte sich so einen guten Überblick über die Konkurrenz verschaffen.

Seit jener schicksalhaften Nacht, als er bei Will geklingelt und um ein Bett für die Nacht gebeten hatte, hatte er nur noch in die Zukunft geschaut, ohne sich je zu fragen, was hätte sein können. Jetzt war er sein eigener Herr, ein König der Straße, ein Zugvogel, einer, der – falls nötig – selbst alle Aufgaben übernehmen konnte, mit denen er seine Männer beauftragte. Er war kräftig geworden – stämmig, wie seine Großmutter sagte, wenn sie ihn besorgt ansah. Seine Privatschulmanieren hatte er abgelegt. In diesem Geschäft kämpfte jeder gegen jeden. An Weihnachten lag ihm nicht viel. Bei Effie Miller oder Wills Eltern bekäme er sicher ein Stück Braten. Nach Lichfield hatte er ein paar Geschenke aufgegeben und sogar pelzgefütterte Handschuhe für Ella und die alte Zugehfrau Mrs Allen gefunden.

Als er in einem Lokal an der Durchgangsstraße hockte und übers Radio den anrührenden Klang der Weihnachtslieder hörte, überkam ihn plötzlich Sehnsucht nach Lichfield. Er dachte an die Kathedrale im Kerzenschein, den mit Efeu und Stechpalmen geschmückten Esstisch zu Hause, an Mays Plumpudding, in dem er immer nach den versteckten Silbermünzen gesucht hatte, an die Knallbonbons mit den albernen Hüten darin, an ihr Charadespiel, das Singen am Klavier und an den strammen Spaziergang am Weihnachtstag über die Felder von Staffordshire.

Diese Welt lag weit entfernt, und er war nun ein Mann, der Männerarbeit tat. Auch wenn er oft einsam und die Arbeit schwer, ermüdend und unvorhersehbar war, hatte er sich doch dafür entschieden, und es gab kein Zurück.

Weihnachten war nur ein Datum im Kalender, ein Arbeitstag wie jeder andere. Und dennoch wünschte ein Teil von ihm, er könnte zurück nach Hause fahren … Doch wie könnte es ihm nach all den Jahren ein Zuhause sein?

93

Frankie Bartolini liebte die Mitternachtsmesse zu Weihnachten: die Kerzen, das andächtige Staunen der Gemeinde über die Krippe mit den Heiligen Drei Königen. Als Ministrant in weißer Robe kam er sich wichtig vor, etwas Besonderes, und er hielt stolz die hohen Kerzen, während ein Priester feierlich die Messe zelebrierte.

Draußen schneite es in dicken Flocken, wie auf einer Weihnachtspostkarte. Er sah seine Mutter mit ihrem besten Hut, ihr Haar war an den Schläfen bereits ein wenig grau geworden. Patti sah sich ungeduldig nach ihren Freundinnen um, nur Jack war nirgends zu entdecken, was jedoch nicht weiter überraschte. Er ging nie in die Kirche.

Es war ihr erstes Weihnachtsfest ohne ihren Vater. Alle machten ein tapferes Gesicht und überspielten, dass seine Abwesenheit eine große Lücke in ihrem Familienleben hinterließ. Papa hatte sich riesig gefreut, dass er nach Italien reisen durfte, und schon einige Postkarten geschickt, doch mittlerweile war er bereits einen Monat fort, und Mamma vermisste ihn sehr.

Geld für Süßigkeiten oder Geschenke war in diesem Jahr nicht übrig gewesen. Arbeit war schwer zu finden, und Mamma brauchte jeden Penny, aber bald gäbe es ein Maul weniger zu stopfen. Frankie ging ins Seminar, um seiner Berufung zu folgen. Zuerst war er sich vorgekommen wie ein Deserteur – bis er Mammas stolzes Gesicht gesehen hatte.

»Du bist auf diese Welt gekommen, um Gott zu dienen, wie Samuel, Hannahs Sohn, der in der Nacht die Stimme hörte, die ihn rief. Wir kommen schon zurecht. Pattis Tanzaufführungen bringen ein wenig ein, und dein Papa wird bald wieder zu Hause sein, also komm ja nicht auf die Idee, die Sache mit dem Priesterseminar aufzugeben. Wir werden im neuen Jahr ganz neu anfangen.« Seine Mutter lehnte sich zurück und blickte träumerisch zu einem der Fenster. »Es kommt mir vor, als wäre es gestern gewesen, seit dein Papa und ich uns in der St. Patrick's-Kirche begegnet sind. Wir sind durch unsere Trauer zusammengeführt worden und haben zusammen neues Glück gefunden. Wer weiß schon, was die Zukunft sonst noch für uns bereithält? Darum sollten wir uns keine Sorgen machen. Es wird ein frohes Weihnachtsfest werden, Frankie, ganz bestimmt.«

»Können wir nach Hause gehen und Kekse essen? Du hast es versprochen«, jammerte Patti. Sie hatte ständig Hunger.

Frankie zog sein Gewand hoch und kramte zwei Vierteldollar hervor. »Du kannst bei der Bäckerei vorbeigehen, und dann feiern wir so richtig.«

»Frankie!« Seine Mutter wurde rot. »Das ist dein Chorgeld. Das willst du doch sparen.«

»Na und? Es ist Weihnachten. Jeder sollte etwas Leckeres zu essen haben.«

Er bekam schon so viel aus dem Gemeinschaftstopf der Familienkasse, weil er weiter zur Schule ging. Dies war nur eine kleine Gabe, es fühlte sich gut an, etwas zurückzugeben. Jack kreuzte bestimmt irgendwann zu später Stunde auf, beladen mit Wein, Bonbons und anderen Leckereien, und niemand würde fragen, woher sie stammten. Er war ein Überlebenskünstler und viel mehr der Mann im Haus als Frankie – ein Streuner, der nicht zuließ, dass seine Familie hungerte. Doch diesen Gedanken fand Frankie keineswegs beruhigend.

Eines Tags würde er beweisen müssen, dass all die Opfer, die sie für ihn brachten, nicht umsonst gewesen waren. Eines Tages, wenn er sein Gelübde ablegte, würde er die Bande zu seiner Familie für immer lösen müssen. Dann bestimmte er nicht mehr selbst über sein Leben – aber dieser Tag lag noch in weiter Ferne. Heute war Weihnachten, und sie sollten sich alle freuen können.

94

Eine angespannte Stimmung herrschte am Esstisch, die auch durch die üblichen Weihnachtsrituale nicht aufgelockert werden konnte. Sie hatten wie immer Scharaden gespielt und sich dafür sogar verkleidet, aber Ella wirkte noch immer traurig und gequält. Sie hatte sich, in mehrere Schichten Wollpullover gehüllt, in ihren eiskalten Schuppen verzogen, und Selwyn war in seine alte Stammkneipe nebenan verschwunden. Celeste bekam das Gefühl, all die Mühen der Vorbereitung umsonst auf sich genommen zu haben. Selbst Archie saß ganz gedankenverloren da, als sie ihm ein Glas Sherry brachte und sich neben ihn setzte.

Er blickte auf. »Ich will dich heiraten. Es wird Zeit, dass wir ein geordnetes Leben führen. Ich bin es leid, der heimliche Untermieter zu sein, der Liebhaber, der sich im Schrank verstecken muss.«

»Aber das musst du doch gar nicht«, protestierte Celeste.

»Hör mich bitte an«, erwiderte er. »Dieses Arrangement dauert nun schon sehr lange an, fast zehn Jahre. Ich finde, wir sollten einen Anwalt aufsuchen und uns beraten lassen. Wenn mir irgendetwas zustößt, will ich dich versorgt wissen.«

»Ich bin versorgt ... na ja, so gut wie.«

»Das bist du nicht. Du lebst im Haus deines Bruders vom Erbe deines Vaters, das mittlerweile so gut wie aufgebraucht sein dürfte. Ich will, dass du bei mir lebst und meinen Namen trägst.«

»Bist du hier denn nicht glücklich?«, wollte sie wissen, erkannte jedoch die Entschlossenheit in seinem Gesicht. Wie kam er jetzt nur darauf?

»Natürlich bin ich glücklich, wo auch immer ich mit dir zusammen bin. Aber was ist mit dir, mit all deinen Belastungen? Es ist nicht leicht, das Kind einer anderen Frau großzuziehen. Und in den letzten Monaten war Ella dazu noch besonders schwierig.«

»Sie ist einfach jung und desorientiert. Für mich ist Ella wie ein eigenes Kind. Ich weiß, sie macht gerade eine unangenehme Zeit durch, und dabei braucht sie eine Frau, die ihr zur Seite steht.«

»Die junge Dame ist schon sehr gut in der Lage, selbst klarzukommen. Nicht mehr lange, und ein junger Mann wird sie von hier fortführen, aber ich hoffe, das geschieht erst, nachdem du ihr mitgeteilt hast, was sie wissen muss.«

»Das kann ich nicht, noch nicht.« Celeste schüttelte den Kopf. »Du siehst doch, in welchem Zustand sie ist. Ich könnte diesen Keir Walsh umbringen dafür, wie er andauernd mit ihren Gefühlen spielt. Er lockt sie an und lässt sie dann wieder fallen wie ein Spielzeug. Wir müssen warten. Ella ist jetzt zu unglücklich.«

»Aber ich will nicht mehr warten, Celeste. Ich finde, wir waren lange Zeit sehr geduldig. Es wird Zeit, dass du dein Leben für dich lebst. Selwyn kann hier sehr wohl allein fertigwerden, und Ella sollte ebenfalls wissen, wie die Dinge stehen.«

»Dann hast du dir das also alles schon genau zurechtgelegt? Ich will nicht, dass irgendjemand mein Leben für mich plant, nicht du oder sonst jemand. Warum ist die Sache mit Ella denn jetzt so dringend? Sie kann warten.« Celeste merkte, wie aufgebracht sie auf einmal war. Dies war kein Thema für einen Weihnachtstag.

»Ich möchte doch nur, dass du darüber nachdenkst, was ich gesagt habe.« Archie sah sie ernst an. »Ich bin kein Fußabtreter. Auch ich habe Gefühle.«

»Ich weiß. Es ist nur so, dass …«

»Celeste, bei dir ist doch ständig irgendetwas. Du nimmst jeden wichtiger als dich selbst. Warum kannst du nicht einmal eine Entscheidung für dich selbst treffen? Ella muss wissen, was wir wissen. Ich finde es nicht fair, es ihr gegenüber zu verschweigen.«

»Welchen Unterschied sollte es für sie machen?«, gab Celeste bissig zurück. »Es gibt Geheimnisse, die man besser im Verborgenen belässt, genau wie ein Schiffswrack auf dem Meeresgrund. Alle Frauen lernen, stillschweigend Geheimnisse zu bewahren. Und dieses sollte auch lieber im Dunklen bleiben.« Warum gab Archie keine Ruhe damit?

»Aber es wäre ehrlicher, es ihr zu sagen. Es ist ebenso unaufrichtig, Mays Geheimnis zu verschweigen, wie so zu tun, als wäre ich hier nur ein Untermieter. Es beleidigt die Intelligenz unserer Freunde.«

»Nun hör schon auf damit!«

»Hör auf womit?« Ella stand im Türrahmen und hatte ihren Streit belauscht. »Was habe ich jetzt schon wieder verbrochen?«

»Nichts, Liebes, wir haben nur eine Meinungsverschiedenheit.«

»Ich habe gehört, dass ihr meinen Namen genannt habt. Worüber streitet ihr denn?«

»Archie will, dass ich Grover um die Scheidung bitte, damit wir heiraten können.« Celeste wurde rot.

»Und was hat das mit mir zu tun?« Ella verschränkte die Arme. »Ihr habt über mich gesprochen, das habe ich gehört.«

Celeste schwieg und blickte hilfesuchend zu Archie, der jedoch nur mit den Schultern zuckte. »Ich glaube, Celeste hat dir etwas zu sagen.«

»Nicht jetzt, Liebes, wir sind alle ein bisschen müde und gereizt.«

Doch Ella gab nicht nach. »Was habe ich falsch gemacht? Ich weiß, dass du Keir nicht magst, aber ich schon!«

»Oh, darum geht es nicht.« Celeste merkte, wie sie zitterte. War jetzt der Moment der Wahrheit gekommen, vor dem sie sich so gefürchtet hatte? »Es hat nichts mit ihm zu tun. Es ist nur …« Sie hielt inne. »Komm, setz dich. Archie, kannst du bitte den Sherry holen? Das wäre jetzt ganz hilfreich.«

Er nickte und ging aus dem Zimmer. Celeste schloss die Augen. Wie sollte sie Ella die Nachricht möglichst schonend beibringen? Schon hunderte Male hatte sie sich diese Situation vorgestellt und doch nie gewusst, welche Worte die richtigen wären. Plötzlich fiel ihr etwas ein.

»Warte einen Moment«, sagte sie und stand schnell auf, bevor sie den Mut verlor. Sie ging hinauf zum Wäscheschrank auf dem Treppenabsatz, öffnete die Tür und zog eine alte Tasche aus der hinteren Ecke. Als sie zurück ins Wohnzimmer kam, hielt sie sie Ella hin. »Kannst du dich daran erinnern? Wir haben die Tasche aus dem Haus in Lombard Gardens geholt.«

Ella zuckte mit den Schultern. »Das sind doch nur ein paar alte Babysachen.«

»Ich habe dir damals erzählt, dass es deine seien. Sieh dir mal die hübsche Spitze an.«

»Na und? Ich habe sie nie angefasst, sie riechen komisch.« Ella rümpfte die Nase. »Was hat das überhaupt mit irgendetwas zu tun?«

»Deine Mutter hat dir nie erzählt, dass die Sachen von der *Titanic* stammen, oder?«

»Nein, warum sollte sie? Ich weiß, dass du auf dem Schiff warst. Das hat Roddy mir einmal erzählt.«

»Du und deine Mutter wart auch dort …« Celeste schwieg und wartete auf eine Reaktion.

»Wirklich? Auf diesem berühmten Schiff, das gesunken ist? Ist mein Vater dort ertrunken? Warum hat meine Mutter mir das denn nicht gesagt? Das verstehe ich nicht.« Ella befühlte nun stirnrunzelnd den alten Stoff.

»Es ist nicht so einfach, weißt du …«

»Oh, das muss ich Hazel erzählen«, rief Ella nun aus. »Ich soll auf der *Titanic* gewesen sein, in einem Rettungsboot, aus dem Meer gerettet? Unglaublich. Ach so, jetzt verstehe ich. Dann habt ihr euch dort also kennengelernt? Mum hat es nie erzählt. Ich habe mich oft gefragt, warum ihr beide … Warum hat sie das alles nicht gesagt?«

»Es ist nicht leicht, das zu erzählen, Ella, aber als deine Mutter starb, hat sie mir noch etwas anvertraut, ein Geheimnis, das dich betrifft.« Celeste rückte näher zu Ella und ergriff ihre Hand. In ihrer Stimme lag ein Zittern, als sie weitersprach: »In der Nacht, als sie gerettet wurde, so erzählte sie, da wurde ihr Ehemann Joe ins Meer gerissen, zusammen mit ihrem Baby Ellen, und sie wurde dann von meinem Rettungsboot aufgenommen. Dann wurde ein Baby gerettet, von Captain Smith, dem Kapitän der *Titanic*, und er reichte ihr dieses Baby ins Boot. Das warst du. Als es Tag wurde, merkte May jedoch, dass du gar nicht ihre Ellen warst, sondern ein anderes Baby. Aber da konnte sie dich schon nicht mehr hergeben.«

Ella starrte sie an. Ihre Augen waren durch den Schock dieser Neuigkeiten ganz dunkel geworden. Ungläubig schüttelte sie den Kopf.

»Und all die Monate seit dem Tod meiner Mutter hast du das gewusst?«, fragte sie nach. »Sie hat es niemandem erzählt außer dir?« Abrupt riss sie die Hand weg, die Celeste gehalten hatte, und schlug sie vor den Mund. Dann flüsterte sie: »Glaub ihr nicht. Sie war verrückt … Sie hatte vorher schon einmal behauptet, ich sei nicht ihre Tochter. Das kann nicht stimmen. Sie konnte doch kein Baby stehlen.« Ella sprang auf und machte ein paar taumelnde Schritte. »Ich glaube das alles nicht. Warum erzählst du mir das ausgerechnet jetzt?«

Celeste lief ihr nach. »Weil Archie meinte, ich hätte es dir sofort erzählen sollen, sobald ich es wusste. Es tut mir leid.«

»Dir tut es leid?« Ellas Augen funkelten nun zornig. »Es ist diese Frau, der es leid tun sollte. Wie konnte sie einfach ein fremdes Baby stehlen?«

»Sprich nicht so von May. Sie hat dich immer geliebt wie eine eigene Tochter. Du warst ihr Kind von dem Moment an, als sie dich in den Armen hielt. Auf der *Carpathia*, dem Rettungsschiff, hat niemand nach dir gesucht, also dachte sie, sie sei selbst gerettet worden, um dir eine Mutter zu sein.«

»Aber wer bin ich?« Ellas Stimme klang hart und erbost. »Sag mir, wer ich bin. Du hast mir gerade erklärt, dass meine Mutter überhaupt nicht meine Mutter war. Wer bin ich dann? Wo finde ich meine wahren Eltern?«

»Ella, Liebes, ich weiß es nicht – vielleicht irgendwo auf der Passagierliste der *Titanic*. Es muss eine Antwort geben. Wir könnten versuchen, es herauszufinden.«

»Wie soll das gehen? Nach all den Jahren ... Wer kümmert sich denn jetzt noch um die *Titanic*? Und überhaupt ist das nicht deine Sache. Du bist gar nicht mit mir verwandt!«, rief Ella böse.

»Das war ich nie, und trotzdem bist du wie eine Tochter für mich.« Celeste suchte verzweifelt nach den richtigen Worten. »Es tut mir leid. Es hätte nie einen guten Zeitpunkt gegeben, es dir zu sagen. Ich weiß nicht, warum ich es jetzt erzähle, aber Weihnachten ist eine seltsame Zeit für Familien mit so vielen Erinnerungen. Die Vergangenheit steht uns wieder vor Augen –

und die Wahrheit«, erklärte Celeste, doch Ella hörte gar nicht zu.

»Du hast eine Familie. Ich nicht. Du hast mir gerade alles weggenommen, von dem ich glaubte, dass es zu mir gehört. Ich hoffe, du bist zufrieden.«

In diesem Moment kam Archie mit dem silbernen Tablett, stellte es schweigend auf den Tisch und sah zu den beiden Frauen, die sich aufgebracht gegenüberstanden. »Bitte, gib Celeste nicht die Schuld, Ella. Es war meine Idee. Aber es war schon so lange ein Geheimnis, und ich bin froh, dass es jetzt heraus ist.«

»Nun, ich bin nicht froh! Behaltet euren blöden Sherry. Ich muss hier weg.« Ella stürmte davon, und sie hörten die Hintertür zuschlagen.

Celeste setzte sich und seufzte verzagt. »Bist du jetzt zufrieden, Archie McAdam? Du hast mich völlig in die Ecke gedrängt, und nun musste ich sie damit überrumpeln. Was für ein Desaster, eine schreckliche Geschichte, und alles nur, weil du mir die Pistole auf die Brust gesetzt hast. Ich hoffe, du weißt, was du da angerichtet hast.«

»Hab nur Geduld, alles wird sich wieder einrenken«, meinte er beruhigend.

»Ach, Archie, das sagt sich so leicht. Die Katze ist jetzt aus dem Sack, und niemand kann sie wieder zurückstecken. Ich gehe ins Bett … allein. Heute kannst du gern einmal der anständige Untermieter sein. Gute Nacht.«

Celeste warf sich Stunde um Stunde im Bett herum. Sie sollte zu Ella gehen und sie trösten. Sie sollte eine Wärmflasche in Archies kaltes Besucherzimmer bringen. Sie sollte … ach, zum Teufel mit allem Sollen! Heute Nacht würde sie nur an sich selbst denken. Sie musste das alles überschlafen, aber sie war zu müde und wütend und besorgt und unsicher. Es würde eine lange Nacht werden.

Ella ergriff eine Laterne und stürmte in ihren Schuppen. Es war ihr kleines Refugium, mit einem Petroleumofen, einem Stuhl und all den unfertigen Arbeiten. Alles in ihr bäumte sich wütend gegen das auf, was sie gerade gehört hatte. Sie wollte es leugnen, abstreiten, Augen und Ohren davor verschließen, und dennoch spürte sie mit schrecklicher Gewissheit, es war die Wahrheit. Ellen war der Name, den ihre Mutter in der Heilanstalt gerufen hatte, und »Du bist nicht meine Tochter« hatte sie damals am Strand geschrien. Es war bestimmt die Wahrheit. Geheimnisse und Lügen, all die Jahre über! Es kam ihr im Nachhinein wie Hohn vor: all der Unsinn über Joe Smith, den Seemann, der dem Meer zum Opfer gefallen war! Ihr fielen seltsame Momente ein, kurze Gespräche mit May, abgebrochene Sätze, die sie nie zu Ende gebracht hatte.

Es war, als lösten sich die fein gestickten Stiche ihrer Lebenslinie auf, so dass nur noch verknäulte, zerrissene Fäden übrigblieben. Mit wenigen Worten hatte Celeste ihre ganze Lebensgeschichte zerstört. Wer bin ich? Wer war ich? Wo komme ich her? Gibt es überhaupt noch jemanden, der etwas darüber weiß?

»Was willst du überhaupt hier?«, schrie sie laut. »Du bist eine Fälschung, ein Niemand, eine Betrügerin!« Wie von Sinnen warf sie Papiere auf den Boden, schmiss ihr Werkzeug durcheinander, packte einen Meißel und zerkratzte das Gesicht einer Studie, an der sie gearbeitet hatte, ein Gesicht im Stein, das irgendwie zu dem Gesicht ihrer Mutter geworden war. »Ich hasse euch alle!«, brüllte sie und hieb auf den Modellguss ein. Monatelange Arbeit fiel einer Wut zum Opfer, die immer mehr wuchs, bis Ella ganz erschöpft dastand und mit brennenden Augen das Chaos begutachtete, das sie angerichtet hatte. »Ich bleibe nicht länger hier …«

»O doch, das wirst du, junge Dame. Du wirst dieses Durcheinander aufräumen. All die schöne Arbeit – nur durch deine Wut zerstört!« Onkel Selwyn kam herein und beleuchtete mit seiner Laterne das Chaos. »Was für eine verdammte Verschwendung … Fühlst du dich jetzt besser?«

»Geh weg!«, fauchte sie.

»Du kennst jetzt also die Wahrheit, und du bist wütend. Mit Recht … Alle haben dir etwas vorenthalten … Du bist nicht die, die du zu sein glaubst.«

»Du verstehst das nicht, wie könntest du auch?« Ellas Zorn flammte erneut auf. Was wusste er schon!

»Sag du mir nicht, was ich verstehen oder nicht verstehen kann.« Selwyn kam auf Ella zu und sah sie ernst und ruhig an. »Ich dachte, ich wäre ein Gentleman und Anwalt, ein angesehener und rechtschaffener Bürger, aber als ich auf der Leiter im Schützengraben stand und nach oben kletterte, merkte ich, dass ich einfach nur ein Mensch war: eine Bestie, ein Mörder, ein geistloser Automat, der andere Männer ins Gemetzel führte und sie dann in Stücke und Fetzen gerissen sah. Ich bin ein Mann, der in blindem Hass Fremde mit dem Bajonett erstochen hat. Der Mann, der aus dem Niemandsland zurückkehrte und dann wieder zum Appell antrat, war nicht mehr derselbe, der er auf dem Schlachtfeld gewesen war. Ich habe Jahre damit verbracht herauszufinden, wer ich bin und was das alles soll.

Du hast also dein bisheriges Leben, dein Zuhause und all die Liebe von einer Fremden bekommen? Hast du sie je als Fremde betrachtet? Hat May nicht all ihre Kraft und ihren letzten Penny für dich gegeben? Sie mag nicht deine leibliche Mutter gewesen sein, aber wage nicht zu behaupten, dass sie dich nicht liebte … Du hast jetzt einen Schock erlitten, einen schrecklichen Schock, und es wird sicher so einiges für dich ändern. Aber dieses Wissen kannst du nicht mehr rückgängig machen. Sicher, das wäre durchaus ein Grund, dich selbst zu bemitleiden, ein Grund, um zu schmollen und es an uns auszulassen, dass wir dich getäuscht haben. Aber, liebe Ella, es gibt auch einen anderen Weg – und der wäre der schwerste: Du machst einfach mit dem weiter, was du gut kannst, in dem Wissen, dass irgendwer irgendwo dir ein wunderbares Geschenk mitgegeben hat: ein scharfes aufmerksames Auge und die Hände einer Künstlerin.« Selwyn marschierte auf und ab, ohne sie aus den Augen zu lassen.

»Solange du mit diesen Geschenken arbeitest, leben sie weiter. Zerstöre sie, und sie werden sterben. Ist es das, was du willst?«

Ella hatte Selwyn noch nie so lange sprechen gehört.

»Aber ich will wissen, wer ich bin! Wieso darf ich nicht wissen, wo ich herkomme?«

Selwyn zuckte mit den Schultern. »Das ist eine berechtigte Frage, aber nicht heute Abend. Am Weihnachtsfeiertag wird dir keiner Auskunft über solche Dinge geben, oder? Es ist kalt draußen. Alle sind im Bett. Ich kann dir noch einen Kakao kochen.«

»Nein«, blaffte sie ihn trotzig an. »Danke, das mache ich selbst. Du lässt die Milch immer zu heiß werden, und ich hasse die Haut darauf.« Sie blickte auf und sah, dass er ihr seine Hände entgegenstreckte.

»Wir sind nicht verwandt, aber du warst immer etwas Besonderes für mich – und May auch. Komm, es ist Zeit, ins Bett zu gehen … Am Morgen wird alles schon ganz anders aussehen.«

Im Schein der Taschenlampe stapften sie das reifglitzernde Stück Weg zum Haus zurück. Ella kam sich dumm vor, erschöpft und ausgelaugt. Auch wenn es ihr nicht passte, Selwyn hatte recht. Herauszufinden, wer sie wirklich war, musste noch einen Tag warten. Und obwohl sie tief erschüttert war, begriff sie tief in ihrem Inneren, dass sie sich immer schon ein wenig anders gefühlt hatte, nicht hundertprozentig dazugehörig. Wenn sie ihre Mutter angesehen hatte, hatte sie sich manchmal gefragt, wie sie je in ihrem Bauch gesteckt haben konnte. Sie hatte sich deshalb immer schuldig gefühlt und gelernt, diese innere Stimme zu ignorieren. Jetzt kannte sie die Wahrheit und verspürte eine gewisse Genugtuung.

Sie blieb stehen, um in den Winterhimmel und zum Mond hinaufzublicken. Wer bin ich? Wie kann ich es herausfinden? Gibt es auf dieser Welt jemanden, der etwas über mich weiß?

95

Italien

Marias Mutter war von Kopf bis Fuß schwarz gekleidet. Mit trüben Augen begutachtete sie den kleinen Babyschuh. »Ich kann nichts erkennen. Das ist ein hübscher Schuh, aber … ich weiß nicht … alle Babys haben solche Schuhe. Die Spitze ist gut gearbeitet, aber setz deine Hoffnung lieber nicht auf solche Dinge.«

»Aber Maria konnte so gut Spitze klöppeln«, beharrte Angelo. Er hoffte auf eine andere Antwort, er suchte Trost.

»Das können die meisten Mädchen in Anghiari und Sansepolcro. Dafür müssen wir den Schwestern Marcelli danken und ihrer kleinen *scuola di merletto*. Spitze kann man nur mit Nadeln und Fäden herstellen, doch über die Jahre haben wir so viele schöne Bilder damit geschaffen: Sterne, Tiere, Blumen, Schneeflocken. Ich weiß noch, wie Maria immer neben mir vor meinem Kissen saß und zugeschaut hat, wie man es macht. Jetzt ist sie von uns gegangen. Es war Gottes Wille.«

Es war nicht das, was er hören wollte. »Ich dachte, du würdest den Schuh erkennen.« Verlegen stopfte er ihn wieder in die Tasche zurück. Er hatte geahnt, dass die Begegnung nicht leicht sein würde. »Ich wünschte, ich hätte ihr die Fahrkarte nicht geschickt«, sagte er seufzend.

»Nichts hätte sie aufhalten können, Angelo. Sie wollte zu dir. Sie hat monatelang in jeder freien Minute dagesessen und Spitze für die Babysachen geklöppelt, aber auch Kragen und Manschetten, extra Arbeit, die sie verkaufen konnte. Sieh hin, das Lächeln auf ihrem Gesicht und die feine Spitze an Alessias Kleidung. Sie war so stolz auf ihre Arbeit, und die Kleine war so dunkel wie du.«

Angelo kannte jedes Bildkörnchen auf dem kostbaren Foto, und trotzdem starrte er es wieder lange an, während Marias Vater sein Glas mit herbem Wein füllte. »Merk dir das ein für alle Mal, Sohn, wir machen dir keinen Vorwurf. Du hast dieses Schiff nicht untergehen lassen. Es war zu groß für den Ozean, und der hat es verschlungen. Sie saß einfach im falschen Schiff.«

Angelo rief: »Aber es ist so schwer, damit zu leben.«

»Lass es ruhen, und leb dein Leben mit deiner neuen Familie. Wir wünschen dir alles Gute. Dein Sohn will Priester werden? Den jungen Mann würde ich gern einmal kennenlernen. Aber er ist in Amerika, und das ist gut, denn hier würde er womöglich zu den jungen Schwarzhemden gehen. Unter dem

Duce laufen die Dinge anders. Kindern wird nur das gelehrt, was die ihnen beibringen wollen. Die Kinder der Beamten werden in Leder und Spitze gehüllt, während andere verhungern. Und hier im Dorf kann man nicht einfach seine Meinung sagen, weil sich jemand beim Bürgermeister über einen beschweren könnte. Sie sagen, es ist gut für uns alle, wenn wir dem Duce folgen. Aber ich denke, es ist besser, frei zu sein.«

Angelo nahm beide fest in den Arm. Er wusste, er würde sie nie wiedersehen. Als er durch das Dorf ging, starrten die Leute ihm nach, weil sie ihn für einen Fremden hielten. Und er fühlte sich auch wie einer. Er lächelte und winkte, aber sie gingen in ihre Häuser und schlossen die Türen. Wie still es hier war, verglichen mit dem Treiben auf New Yorks Straßen, mit seinem Geruch nach Knoblauch und gebratenen Zwiebeln, den lauten Stimmen aus den Cafés und von den Obstverkäufern am Straßenrand, mit dem Hupen der Automobile, die eilig weiterfahren wollten. New York war jetzt sein Zuhause.

Er stieg einen Pfad hinauf, von dem aus er das ganze Dorf überblicken konnte, von seinen Dächern bis hin zu den fernen Bergen. Hier hatte er Maria zum ersten Mal geküsst – es war so ewig lange her. Jetzt war es kühl, grau und neblig, nicht grün wie im Frühjahr, mit neuen Blättern und Blüten und dem Duft der Pinien. Alles hatte seine Zeit, dachte er seufzend. Maria würde für ihn immer der Frühling sein, und er befand sich im Herbst seines Lebens. Es war Zeit, wieder nach Hause zu fahren.

96

Mai 1928

Ella lehnte an der Reling der Kanalfähre und atmete genussvoll die kalte, frische Luft ein. Von der Birmingham New Street war sie nach London Waterloo gefahren, dann nach Dover, und von dort aus ging es nun nach Frankreich – endlich spürte sie ein Gefühl der Freiheit nach den langen Monaten voller Frustration und Zankerei mit den Foresters. Sie wusste, dass sie es den beiden schwergemacht hatte, aber was hatten sie erwartet, wenn sie ihr dieses Geheimnis so lange verschwiegen?

Rettung kam über die Frau des Erzdiakons, die Ella fragte, ob sie bereit sei, einer ihrer Freundinnen in Paris als Kindermädchen auszuhelfen.

Hazel war vor Neid fast geplatzt, als Ella ihren neuen Pass, die Fahrkarten und das umgetauschte Geld einpackte und sich dabei ganz erwachsen fühlte, so allein reisen zu dürfen … nun ja, fast. Celeste hatte darauf bestanden, dass sie sich einer Gruppe Kunststudenten aus Lichfield anschloss, die eine Museumstour unternahmen. Wenn sie wüsste, dass Ella diese Gruppe schon am Bahnhof Waterloo abgehängt hatte!

Dies war ihr Abenteuer, ihre Chance, ein Leben als Erwachsene zu führen, ohne von Celeste und Selwyn bevormundet zu werden. Es waren gemeine, ungerechte Gedanken, das wusste sie. Selwyn hatte ihr noch einen wunderschönen Lederkoffer gekauft, und Celeste war mit ihr nach Birmingham gefahren, um ein paar hübsche Sommerkleider zu erstehen. Archie hatte ihr Stadtpläne von Paris herausgesucht. »Du musst die Arbeiten von Rodin sehen. Ich bin sicher, du wirst begeistert sein.« Als ob sie das nicht schon wüsste!

Die beiden waren vor ihrer Abreise sehr nervös gewesen, aber sie würde ja bei der Familie eines Geistlichen wohnen, Reverend Mr Burgess, Pfarrer der anglikanischen Kirche St. George's an der Rue Auguste Vaquerie. Dort sollte sie sich um die zwei kleinen Mädchen kümmern, denn bald würde noch ein Baby zur Welt kommen. Trotzdem hätte sie Zeit, zum Kunstunterricht zu gehen, und sie hatte schließlich keine Skrupel mehr gehabt, den *Titanic*-Wohlfahrtsfonds um ein Stipendium für ihre Ausbildung zu bitten.

Zuerst hatte sie sich geweigert, bis Archie ihr erklärte, dass sie, unabhängig von ihrer wahren Identität, durch das Unglück der *Titanic* einen großen Verlust erlitten habe, ebenso wie May. Der arme Selwyn hatte sich große Mühe gegeben, über die Schiffsgesellschaft White Star die Original-Passagierliste der *Titanic* aufzutreiben, aber Ella fühlte sich noch nicht imstande, sie anzusehen. Es würde bedeuten, Mays Lüge offiziell anzuerkennen, dadurch ihr Andenken zu beschmutzen und ihre jetzige Identität als falsch anzunehmen. Lieber blieb sie fürs Erste Ellen Smith. Sie wollte keine weiteren Komplikationen.

Über ihrem Kopf kreischten die Seemöwen, und Ellas Laune hob sich merklich, als sie in der Ferne die Küste ausmachte. Hier gäbe es keine schlechten Erinnerungen, keinen Kleinstadtklatsch. Sie war auf dem Weg in ein neues Land und zu neuen Menschen, die ihre traurige Geschichte nicht kannten, und sie konnte es kaum erwarten, dass dieses neue Leben begann.

VIERTER TEIL

Neu geknüpfte Fäden

1928–1946

97

Post aus Paris, 1928

Meine Lieben,
ich bin gut angekommen. Der Pfarrer und seine Frau haben mich am Gare du Nord abgeholt, und bis jetzt sind Hermione und Rosalind kleine Engel. Ich kann kaum fassen, dass ich hier mitten im Herzen der Stadt lebe. Das Pfarrhaus liegt ganz zentral. Ich kann zu Fuß zum Triumphbogen gehen und die Champs Elysées hinunter zum Jardin des Tuileries. Bitte sagt Mrs Simmons herzlichen Dank, dass sie mich empfohlen hat.

Paris ist das beste Mittel gegen Depressionen. England kommt mir so weit weg vor. Hier habe ich alles, was ich mir nur wünschen kann, und mehr. Ich nehme die Mädchen oft in die Parks und Museen mit. Ich muss mich immer wieder selbst ermahnen, dass ich sie beaufsichtigen soll und sie nicht zu frei herumlaufen lassen darf. Mein Französisch wird mit jedem Tag besser. Die Auslagen in den Schaufenstern sind phänomenal – aber keine Sorge, das Pariser Leben ist für mein Taschengeld viel zu teuer. Der Unterricht ist gut, und ich lerne viele andere Studenten aus dem Ausland kennen. In den Sommerferien fahren wir in den Süden – ich kann es kaum erwarten, das Mittelmeer zu sehen.

Liebe Grüße,
Ella

Lieber Roddy,
eigentlich hast Du gar keinen Brief verdient, da Du selbst kaum schreibst, aber ich will mit meiner französischen Adresse und all den Orten angeben, die ich schon besichtigt habe. Mein Bild-

hauer-Seminar ist großartig. Alle sind viel besser als ich. Ich muss noch so viel lernen.

Ich sammle Kathedralen: Notre-Dame. Die Kirchen in Rouen, Chartres, Tours, Orléans und Paris sind wie riesige Lehrsäle.

Unser Besuch in Cannes war wunderbar. Es war mächtig heiß, und ich bin jetzt so braun, dass die Leute mich schon für eine Einheimische halten. Es ist kurios, aber in der Sonne komme ich mir vor wie eine Eidechse, die sich auf Steinmauern wärmt. Ich werde ganz traurig, wenn ich daran denke, dass ich im Herbst wieder zu meinem Studium unter grauem Himmel zurückkehren muss. Die Mädchen haben am Strand gespielt, und wir sind jeden Tag im Meer geschwommen. Der kleine Junge ist jetzt auch da, Lionel, er hat sein eigenes Kindermädchen.

Es tut gut, einmal weit weg von allem zu sein, auf eigenen Füßen zu stehen und allein zurechtzukommen, etwa wenn Männer sich in der Metro zu dicht an mich heransetzen und mir unter den Rock fassen wollen. Ich trete ihnen dann fest gegen das Schienbein, so dass sie zusammenfahren und sich schämen, wie ich hoffe. Ich wünschte, ich wäre ein Mann, der überall frei herumspazieren kann ohne Angst, verfolgt zu werden.

Mittlerweile kann ich schon exzellent französisch fluchen, wenn mein Kunstprofessor meine Arbeit kritisiert. Er hat mir beigebracht, andere Arbeiten kritischer zu betrachten. Es gibt noch so viel zu lernen. Aber ich fühle mich jetzt schon wie ein ganz anderer Mensch.

Ich versuche, nicht zu viel über meine Mutter nachzudenken. Es macht mich traurig, dass sie so jung gestorben ist und noch dazu so völlig unnötig, nur weil sie nicht rechtzeitig zum Arzt gegangen ist. Ich bin sicher, sie hat versucht, sich selbst zu heilen, um das Geld für mich zu sparen. Ich fühle mich schrecklich, dass sie so selbstlos war, um mir alle Vorteile zu eröffnen. Nie hat sie etwas für sich gekauft. Und ich darf jetzt wie eine Debütantin durch Frankreich ziehen! Ich weiß, es ist nicht fair, aber ich bin sicher, sie hätte sich für mich gefreut.

Wie du sicher schon erfahren hast, weiß ich jetzt alles über die

Titanic und wie unsere Mütter sich kennengelernt haben. Meine Mutter hatte wohl ihre Gründe dafür, dass sie es mir nicht erzählte. Manchmal glaube ich, sie hat sich geschämt, überlebt zu haben. Das Geld aus dem Überlebenden-Fonds hat sie nur beansprucht, um mir damit eine Ausbildung zu verschaffen.

Es ist zu spät, um alles zu verstehen. Ich schätze, keiner von uns versteht seine Eltern, bis wir selbst Eltern sind. Eines Tages werden wir unsere Kinder vielleicht ebenso beschützen wollen und uns um sie sorgen. Aber ich hoffe, das wird noch einige Zeit dauern.

Nein, es gibt keinen Rudolph Valentino in meinem Leben, nur Leon und Friedrich, die mich nach dem Unterricht manchmal in eines der Cafés an der Seine einladen. Zwischen uns funkt es aber nicht. Für Liebeleien habe ich jetzt keine Zeit. Was ist mit Dir, Du großer Bruder, den ich niemals sehe?

Es hat mir sehr leid getan zu hören, dass Deine Großmutter gestorben ist. Ich weiß, wie lieb Du sie hattest. Entschuldige, dass ich andauernd nur von mir erzähle. Du arbeitest sehr hart, und Celeste ist stolz auf Dich. Die Scheidung wird nun endlich vollzogen. Sie war längst überfällig, wird zu Hause aber sicher einigen Aufruhr verursachen. Eine Scheidung ist in England nicht so alltäglich wie in eurem Land, und die Leute verstehen nicht, dass eine schlechte Ehe die reinste Hölle sein kann. Besser gar nicht heiraten, finde ich. Keiner von uns will so enden, da bin ich sicher.

Schreib zurück, bevor ich wieder abreise.

Liebe Grüße, Ella

Sie hatte Roddy nicht die ganze Wahrheit über May und die *Titanic* erzählt. Niemand wusste davon, außer ihre Vormunde, und so sollte es vorerst auch bleiben. Dennoch war es seltsam, wie sehr sie sich hier auf dem Kontinent heimisch fühlte, unter der warmen Sonne und im Geplapper der Sprachen. Sie gewöhnte sich daran, dass die Verkäufer in den Geschäften sie für eine Einheimische hielten und so schnell auf Französisch auf sie einredeten, dass sie nur lächeln und mit den Schultern zucken konnte.

Am Strand von Cannes hörte sie einmal eine Familie mit Kindern lachen und rufen, und eine Sekunde lang vermeinte sie genau zu verstehen, worum es ging, als würde eine tief vergrabene Erinnerung die Worte erkennen. Sofort drehte sie sich herum, um noch mehr zu hören, aber die Familie war schon weitergegangen und außer Hörweite. Für einen kurzen Moment war sie ganz beunruhigt, bis Hermione sie wieder aus ihren Gedanken riss, die die arme Roz schon zur Hälfte im Sand vergraben hatte.

Eines aber wusste sie: dies war nicht ihre letzte Auslandsreise gewesen. Sie würde auch nach Spanien reisen, Italien, in die Schweiz … wo immer sie Arbeit oder Unterricht fände. Wenn sie eine professionelle Künstlerin werden wollte, dann musste sie ihr Handwerk in harter Arbeit erlernen und ihren Blick schulen, um kritisch und aufmerksam zu sein. Was sie anfertigte, war noch recht amateurhaft und konventionell. Sie musste die Klassiker studieren, und das bedeutete weitere Reisepläne. Es war notwendig, ihre bisherige Identität als Mays Tochter beizubehalten, um weiterhin das Geld aus dem Fonds erhalten zu können. Die *Titanic* hatte so vielen Menschen den Tod gebracht und sollte für die bezahlen, die noch lebten – wer auch immer sie waren.

98

Juni 1932

Celeste betrachtete sich im langen Spiegel und war zufrieden.

Aquamarinblau passte gut zu ihrem Teint. Das Hochzeitskleid war im Schrägschnitt angefertigt, mit fließender Jacke und aufgestickten Perlen, und das Seidenhütchen saß fest mit Hutnadeln angesteckt auf ihrem gewellten Haar. Es war ein schlichtes Ensemble, perfekt für eine standesamtliche Trauung. Sie war froh, dass ihre Eltern diese beinahe Nacht-und-Nebel-Aktion nicht mehr miterleben mussten. Wie anders war es doch als das letzte Mal, mit der Pracht und Feierlichkeit der kirchlichen Zeremonie!

Grover hatte ihnen die Scheidung denkbar schwergemacht und erst nach vielen Jahren kleinlicher und lächerlicher Verhandlungen endlich die Papiere unterschrieben. Nachdem er seine Stellung wegen Streitereien innerhalb der Firma verloren hatte, war er von Akron nach Cleveland umgezogen. Dann hatten sie durch Roddy erfahren, dass sein Vater Arbeit und eine wohlhabende Witwe gefunden habe, ebenfalls geschieden, und plötzlich stand seiner Einwilligung in die Scheidung nichts mehr im Wege.

Celeste verletzte es, dass Roddy nicht zur Hochzeit kam, aber er sagte, er könne Will und ihre Firma Freight Express nicht allein lassen. Stattdessen hatte er ihnen Fahrkarten erster Klasse für eine Hochzeitsreise nach New York geschickt, und von dort aus würden sie ihn dann später besuchen. Celeste wurde das Gefühl nicht los, dass diese Geste seinen Schuldgefühlen entsprang, aber immerhin würden sie einander sehen.

Ella war gebräunt und entspannt aus Europa zurückgekehrt

und erzählte von ihren Reisen in die Camargue, nach Avignon, Perpignan und bis nach Madrid. In Lichfield hielt sie sich dieser Tage nur selten auf. Der alte Schuppen diente ihr als Werkstatt, in der sie all ihre Ideen in die Tat umsetzte. Unruhiger Geist, der sie war, blieb sie nie allzu lange an einem Ort, bevor sie wieder auf Reisen ging.

Über die Vergangenheit sprachen sie fast nie. »Ich bin meine eigene Zukunft«, sagte sie. »Das ist alles, was zählt. Es ist mir lieber, alles andere in der Vergangenheit zu belassen, wo es hingehört.« Es war, als würde sich bei der bloßen Erwähnung der Suche nach ihren wahren Eltern jedes Mal eine Mauer schließen.

Heute nun war sie mit den letzten Vorbereitungen des Büfetts zum Hochzeitsempfang im Esszimmer beschäftigt. Das Zimmer roch nach reifem Brie, den Ella sorgsam in ihrem Gepäck über den Kanal transportiert hatte, denn sie war entschlossen, ihre englischen Freunde mit französischem Essen und gutem Wein bekanntzumachen.

Sie sah wunderschön aus in ihrem lavendelfarbenen Kleid aus Organza mit kleinen Puffärmelchen und einem Sträußchen mit rosa und cremefarbenen Rosen auf der Schulter. Wenn doch nur May hier sein könnte, um das Bild zu vervollständigen!, dachte Celeste und schluckte die Tränen hinunter, die sie zu überwältigen drohten. Sie hatte ihrer verstorbenen Freundin so viel zu verdanken! Manchmal hatte sie das Gefühl, als schwebte May irgendwie um sie herum und applaudierte, dass sie und Archie endlich offiziell Mann und Frau wurden. Ihr letztes Geständnis empfand sie nicht mehr als Last, sie war nur traurig, dass sie beide so wenig Zeit gehabt hatten, es zu teilen.

»Es wird Zeit«, rief Selwyn vom Fuß der Treppe aus. Er hatte den kleinen Sportwagen geputzt und sogar ein weißes Band über die Kühlerhaube drapiert, damit sie stilgerecht vorfahren konnten. »Lass den armen Kerl nicht warten. Er hat schon so lange auf diesen Tag gewartet.«

Die Sonne schien, und trotzdem trübte sich ihr Blick, als Celeste zu den drei majestätischen Türmen der Kathedrale hochblickte, und sie seufzte. Dies war ein Ort von ganz besonderer Bedeutung für ihr Leben. Erst wenn sie in der Seitenkapelle den Segen erhalten hätten, würde sie sich richtig verheiratet fühlen.

Ella saß auf dem Beifahrersitz und hatte schützend die Hände auf ihr Ansteckstäußchen aus Farn und rosa Rosen gelegt. »Fahr langsam, Selwyn, immer mit der Ruhe.«

»Du kennst doch meine Schwester, ständig zu spät. Ich will ja nur, dass sie da ist, bevor der arme Mann aufgibt und wieder nach Hause fährt.«

Sie lachten, und die Frauen hielten ihre Kleider fest, während Selwyn »Hier kommt die Braut« pfiff und Richtung Standesamt düste. Celeste hatte vor Aufregung Herzklopfen, als sie an die bevorstehende Zeremonie dachte.

99

Akron

Roddy wollte, dass für den »Staatsbesuch« in seinem neuen Haus an der Portage Road alles perfekt war. Seine Mutter sollte sehen, was er aus seinem Leben gemacht hatte. Sein Geschäft florierte. Freight Express beschäftigte ein ganzes Team von Transportfahrern, die dreißig Reifenfirmen quer durch die Staaten belieferten, von New York bis nach Atlanta, von Wichita bis nach Baltimore, und er hatte jede Menge zu tun. Allerdings nicht so viel, dass er nicht hin und wieder in seinen schicken Sportwagen steigen und einige der zweihundert Fahrer überprüfen konnte, um sicherzugehen, dass sie rechtzeitig auslieferten. Er wollte niemanden beschäftigen, der Zeit vergeudete.

Es war schade, dass Grandma Harriet seinen Erfolg nicht mehr erlebte, aber sie war eines Morgens nach der Kirche friedlich in ihrem Lehnsessel eingeschlafen. Bei der Beerdigung hatte er seinem Vater fest in die Augen gesehen, aber sie hatten kein einziges Wort gewechselt. Sie hatten einander nichts zu sagen gehabt – bis Grover eines Tages mit einer Whiskeyfahne in Roddys Büro aufgetaucht war und um Arbeit gebeten hatte.

Eine Sekunde lang war Roddy verblüfft gewesen und hatte tatsächlich überlegt, seinem Vater einen Job zu geben, bis ihm wieder einfiel, wie er seine Mutter jahrelang auf die Scheidung hatte warten lassen, und dass er bislang keinerlei Interesse an der Firma gezeigt und ihn ignoriert hatte, bis das Unternehmen Erfolge zeigte.

Er schrieb ihm einen Scheck als Hochzeitsgeschenk aus und sagte, er könne sonst nichts weiter für ihn tun.

»Ist das alles, was du deinem Vater nach all den Jahren zu sagen hast?«, entgegnete Grover, während er gierig nach dem Scheck griff.

»Du hast mir gesagt, ich solle verschwinden, und das habe ich getan. Es war das Beste, was ich je gemacht habe, Pa. Und nun besitzt du die Frechheit, hier aufzukreuzen und Arbeit zu verlangen! Was willst du hier denn tun – Lastwagen fahren?«, fragte Roddy herausfordernd. Der Mann vor seinem Schreibtisch kam ihm wie ein Fremder vor.

»Ein Mann schuldet seinem Vater Respekt – nach allem, was ich für dich getan habe.«

»Ich schulde dir überhaupt nichts. Und nur um Grandmas willen will ich dich nicht mir leeren Händen ziehen lassen. Hier hast du dein Hochzeitsgeschenk. Geh und bau dir in Cleveland ein neues Leben auf.«

Dann ließ er Grover von seiner Sekretärin hinausbegleiten.

»Ich hoffe, du schmorst in der Hölle!«, rief der Betrunkene so laut, dass alle es hören konnten. Roddy wusste, er würde ihn nie wiedersehen. Er war ein Teil seines alten Lebens, von nun an würde er von niemandem mehr abhängig sein.

Während Roddy bedauerte, dass es mit ihm und seinem Vater so weit gekommen war, so freute er sich doch, dass Archie und Mom endlich hatten heiraten können. Was ihn betraf, so ging er Bindungen aus dem Weg, keine feste Freundin, keine Trittbrettfahrer. Ihm gefiel es, frei zu sein und kommen und gehen zu können, wann es ihm beliebte, ohne jemandem Rechenschaft ablegen zu müssen. Sein Haus war sein ganzer Stolz, mit glatten Ledersofas, Glastüren zur Veranda, maßgefertigter Küche mit Kühlschrank und eingebautem Herd. Manchmal musste er sich kneifen, um sicherzugehen, dass er nicht träumte.

Niemand hatte ihm etwas geschenkt. Er hatte gelernt, dass Erfolg harte Arbeit bedeutete, Entschlossenheit und lange Arbeitszeiten. Freight Express war inzwischen ebenso erfolgreich wie Motor Cargo, Roadway Express, Yankee Lines und Morrisons.

Er freute sich, dass seine Mutter und Archie mit eigenen Augen sehen würden, wir gut es ihm ging. Als Hochzeitsreise würden sie über den Atlantik nach New York fahren und auch ihn besuchen, und er hätte dann mehr von ihnen, als wenn er zu ihrer Hochzeit nach England gefahren wäre.

Allerdings würde Ella ihm in ihrem nächsten Brief gehörig die Meinung sagen, weil er nicht zur Hochzeit kam, da war er sicher. Sie war Dozentin an einer Kunstschule und bekam zusätzlich Aufträge für Porträts. Bald würde sie wieder durch Frankreich nach Italien reisen. Roddy hatte einige ihrer Arbeiten gesehen. Genau wie bei ihm bedeutete auch ihr die Arbeit alles, und Mom war besorgt, weil sie sich zu häufig in ihrer Werkstatt im Garten einschloss. Für ihn klang sie wie ein Mädchen nach seinem Geschmack. Er fand, dass sie die richtigen Prioritäten setzte.

In Europa wurde die Lage allmählich brenzlig. Hitler, der Führer der Nationalsozialistischen Partei, gewann immer mehr an Einfluss. In den Zeitungen spekulierte man über bevorstehende Schwierigkeiten, was niemandem mit Verwandten in der Alten Welt gefallen konnte. Roddy wollte versuchen, seine Mutter und Archie zum Bleiben zu überreden, bis es in Europa wieder ruhiger geworden wäre.

Doch auch die Industrie in Akron spürte den neuen Wind, und so produzierte man eifrig Material für Luftschiffe und Ballons sowie spezielle Reifen für Militärfahrzeuge. Der Luftstützpunkt wurde vergrößert, und die Jahre der Depression schienen weit entfernt. Eigentlich hatte Roddy nach Lichfield reisen wollen, aber das Geschäft ging vor, und er konnte unmöglich einen Monat lang wegbleiben. Wenn er nicht vor Ort war, würden andere die Dinge schleifen lassen. Sein Geschäftspartner Will war eher ein Familienmensch und oft zu weich für das harte Geschäft.

Letztlich blieben sie nicht lange in Akron. Celeste fühlte sich dort nicht besonders wohl, da sie Angst hatte, auf Grover zu stoßen. Roddy versicherte ihr zwar, er lebe mit seiner neuen Frau in Cleveland, aber trotzdem weckte der Ort traurige Erinnerungen. Außerdem wollte Archie unbedingt vor Beginn des Semesters an seiner neuen Schule bei Stafford zurück sein. Es war eine wundervolle Reise gewesen, wenn auch ermüdend. Roddy hatte großen Wert darauf gelegt, seinen Erfolg zu zeigen und zu prahlen, indem er sie in die teuersten Restaurants ausführte, und dennoch konnte Celeste sich nicht uneingeschränkt für ihn freuen. Er hatte sich verändert, ein dickes Fell zugelegt. Ständig war er am Telefon, um die neuesten Probleme im Büro zu erfahren. Oft brauste er davon und kehrte erst nach Stunden wieder in sein Haus zurück. Seine Welt war nicht ihre Welt. Sie hatten sich über die Jahre der erzwungenen Trennung auseinandergelebt.

Außerdem empfand Roddy England nicht mehr als sein Zuhause. Er war durch und durch Amerikaner, stolz auf die industrielle Stärke seiner Stadt, stolz auf sein Transportunternehmen. Celeste hatte ihre Scheidung bekommen und durch die neue Ehe mit Archie ihre Achtbarkeit wiedererlangt, aber ihren Sohn hatte sie verloren. Ihr war, als hätten sie vor langer Zeit schon jeder seinen eigenen Weg beschritten.

Es stimmte sie traurig, dass Roddy keine Frau hatte, keine feste Beziehung. Bei ihm drehte sich alles nur ums Geschäft, genau wie bei seinem Vater. Celeste fröstelte. Würde er auch dessen Unsitte übernehmen und Trost im Alkohol suchen? Harriet hatte ihr Bestes getan, um ihn auf der rechten Bahn zu halten, aber sie war nicht mehr da.

Roddy hatte angedeutet, dass sie länger bleiben sollten und vielleicht eines Tages ganz nach Amerika übersiedeln könnten, aber das war vollkommen unmöglich. Archie wollte unbedingt nach England zurück, und sie gehörte jetzt zu ihm. So sehr sie sich danach sehnte, ihren Sohn zu umarmen und zu halten, so wie sie es früher getan hatte, es gab kein Zurück mehr.

Die drohenden Konflikte im Ausland brachten Vorteile für

Roddys Geschäft, da jede Menge Aufträge bei ihm eingingen. Es war eine großartige Chance zu expandieren.

Als sie sich vor ihrer Abreise nach New York am Flughafen verabschiedeten, war er mit den Gedanken bereits woanders. Celeste nahm ihn fest in die Arme und unterdrückte ihre Tränen, da sie wusste, dass sie ihre Gefühle für sich behalten musste. Sie hätte ihm so viel sagen können, darüber, dass »die Liebe zum Geld die Wurzel allen Übels« und ein falscher Herr war. Aber dies war nicht die richtige Zeit, um ihm als Mutter Predigten zu halten. Sie musste ihn seinen eigenen Weg gehen, seine eigenen Fehler machen lassen. Aber falls er sie brauchen sollte, war sie eine halbe Welt entfernt, und es bedeutete, dass ein baldiges Wiedersehen sehr unwahrscheinlich war.

»Ich wünschte, ihr würdet bleiben«, sagte er, obwohl auch er wusste, dass es unmöglich war. »Bitte grüßt alle zu Hause von mir.«

Aber »alle zu Hause« waren ihm Fremde geworden: Ella, Selwyn, Mrs Allen, genau wie Lichfield selbst. Celeste lächelte und nickte. »Das werde ich«, erwiderte sie in bester Imitation seines amerikanischen Akzents.

Doch ihr Herz zog sich vor Schmerz zusammen. Warum nur muss es immer so sein, fragte sie sich. Und sie gab sich selbst die Antwort: Weil ich von hier wegging, um einer schrecklichen Ehe zu entfliehen, und Roddy hat den Preis dafür bezahlt. Er wurde zwischen uns beiden hin und her gerissen. Er hat seine Wahl getroffen, also sieh nicht mehr zurück. Es wird ihm gutgehen, und ich werde zurechtkommen … so wie immer. So müssen meine Eltern sich gefühlt haben, als ich von zu Hause fortging. Es ist nie einfach loszulassen, aber ich muss es tun … und es besteht immer die Chance, dass er eines Tages zurückkehrt. Aber den Zeitpunkt wird er bestimmen, nicht ich.

100

New York, 1935

Der Gottesdienst schien ewig zu dauern, während ein Ordinand nach dem anderen sich vor den Bischöfen in ihren goldfarbenen Roben aufstellte. Angelo musste schmunzeln; die Zeremonie war von einer Theatralik, die nicht einmal durch die Tanzvorstellungen der kleinen Patti überboten werden konnte. Die Musik, der Gesang, die Orgel, der Weihrauch und all der Pomp und Glanz an diesem wichtigen Tag war wie die Präsentation einer ganzen Sammlung von Gemälden, der reinste Augenschmaus.

Er und Kathleen standen zwischen den anderen stolzen Eltern: Frauen, herausgeputzt mit Spitzenschleiern, und Männer in ihren besten Sonntagsanzügen. Wie kam es nur, dass alle seine Kinder gern im Mittelpunkt irgendeines dramatischen Ereignisses standen, fragte er sich. Warum konnten sie nicht ganz gewöhnliche Kinder sein wie die Jungen von Salvi, verheiratet und mit Kindern, die ihnen zwischen den Beinen herumflitzen? Frank dagegen weihte sein Leben der Kirche, vor dem Altar liegend, die Arme kreuzförmig zur Seite gestreckt, in völliger Unterwerfung. Einen Augenblick lang überfiel Angelo große Angst um seinen Sohn und, wenn er ehrlich war, auch Trauer. Frank würde niemals Frau und Kinder haben. So wie Amerika ihn seiner italienischen Familie weggenommen hatte, so nahm die Kirche nun ihm seinen Sohn, und er wünschte sich verzweifelt zu verstehen, warum dieses Opfer so wichtig war. Während Kathleen vor Stolz fast platzte, fühlte er sich nur beraubt.

Neben ihm stand Patricia, mit fünfzehn bereits eine Schönheit. Ihr Leben war eine Abfolge von Vortanzterminen, Unterrichtsstunden, Auftritten in der hintersten Reihe irgendeiner

Off-Broadway-Show, während sie auf den großen Durchbruch wartete. Auch sie verfolgte unbeirrt ihr ehrgeiziges Ziel. Angelo fürchtete, sie könnte irgendwann bitter enttäuscht werden.

Dann war da Jacko, der ihnen ständig Sorgen machte, ständig Probleme hatte, ständig Besserung gelobte, und dem dann ständig vergeben wurde. Immer wieder musste er vor Gericht, in eine Besserungsanstalt oder ins Gefängnis, und seine Eltern wussten nie, wo er als Nächstes landen würde.

Kinder machten einem dauernd Sorgen. Was, wenn Patti in schlechte Gesellschaft geriet? Was, wenn Jacko zu weit ging? Zumindest war Frankie in den Armen der Kirche nun sicher.

Und dann war da diese Sache mit Italien. Mussolini hatte Abessinien annektiert und sich mit Hitler verbündet. Angelo hatte genug von den Veränderungen in seiner alten Heimat gesehen, um sich ernsthaft Sorgen zu machen. Er erinnerte sich an das, was Marias Vater über die Schwarzhemden gesagt hatte, die durch die Straßen marschierten. Man wurde irgendwann gezwungen, sich zu entscheiden und Stellung zu beziehen. Was dann?

Er hatte nicht vorgehabt, seine Kinder aufwachsen und dann im Krieg kämpfen zu sehen. Seine eigene kurze Soldatenkarriere im Großen Krieg reichte ihm vollauf. Wie konnte seine eigene Familie jemals »der Feind« sein? Ihm schwirrte der Kopf von all den Gedanken, und die Beine schmerzten ihm vom Stehen.

Als er auf seine Taschenuhr blickte, seufzte er erleichtert auf. Bald wäre es vorbei, und dann gab es hoffentlich etwas zu essen und zu trinken. Kirchen machten ihn nervös, weil er dort über alle Möglichkeiten des »Was wäre wenn?« nachdachte und über seine »Seele«. Gott sei Dank war die Prohibition mittlerweile vorüber. An einem Tag wie diesem brauchte ein Mann eine vernünftige Stärkung.

101

1937

Ella betrat den Ausstellungsraum und versuchte, nicht zu zittern und nicht in die Ecke zu sehen, in der ihre Arbeiten ausgestellt waren, für den Fall, dass dort niemand stand. Sie hatte zuerst allein hingehen wollen, um sich an die ungewohnte Umgebung zu gewöhnen, bevor Archie und Celeste mit ihren Freunden zu ihrer Unterstützung eintrafen.

Hätte ihr doch nur jemand gesagt, wie schrecklich es war, seine eigenen Kunstwerke öffentlich auszustellen! Sie war durch ganz Europa gereist, hatte Gemälde und Statuen betrachtet und wie selbstverständlich die Arbeit von anderen Studenten begutachtet. Jetzt, da ihre Werke neben anderen standen, neben zierlichen Keramiken voller Phantasie, neben figürlichen Skulpturen aus Metall, gewunden und verdreht, neben wunderbaren Landschaftsgemälden und Porträts an den Wänden, fühlte sie sich klein und unbedeutend.

In diesem Krönungsjahr gab es eine besondere Ausstellung von Arbeiten junger Künstler aus den Midlands, ein Vorzeigeprojekt für neue Talente, und einige Stücke waren zum Verkauf angeboten. Keiner würde davon leben können, aber es bestand die Chance auf eine Erwähnung in der *Birmingham Post*, und das wäre ein Meilenstein auf dem Weg zu öffentlicher Anerkennung.

Ella hatte sich stundenlang mit der Entscheidung gequält, welche Arbeiten sie ausstellen sollte. Schließlich hatte sie sich für die Büste eines Kindes entschieden, die sie von einem der Geistlichen zurückerbeten musste, dem sie sie bereits geschenkt hatte, für die klassische Studie einer Hand sowie für eine ganz frische Arbeit, zu der sie auf ihrer letzten Studienreise nach Venedig und Florenz inspiriert worden war.

Die vielen Bilder der »Madonna mit Kind« in den Uffizien hatten sie sehr beeindruckt, vor allem die *Madonna mit dem langen Hals* von Parmigianino. Sie hatte die berühmtesten Gemälde fotografiert und auch Bilder von Müttern und spielenden Kindern auf den Straßen gemacht.

Aus einem dieser Schnappschüsse zog sie nach ihrer Rückkehr ihre Inspiration: eine Mutter, die mit gespreizten Beinen dasaß und ihr schlafendes Kind in den Falten ihres Rockes wiegte. Es lag etwas Entspanntes und gleichzeitig Ergreifendes darin, wie ihre Form einer Pietà ähnelte. Ella spürte den Stolz und die Traurigkeit des Mutterseins und wusste, dass es sie in ihrem eigenen ungelösten Konflikt mit der Vergangenheit berührte. Durch das liebevolle Erschaffen dieser Figuren war etwas Neues und Dynamisches in ihrem Werk entstanden.

Jetzt ging sie herum, hielt ihr Weinglas umklammert und hoffte, dass es kein Fehler gewesen war, ihre Arbeiten zusammen mit anderen berühmten Künstlern ausgestellt zu haben. Zwei Stunden musste sie noch durchstehen, bis sie alles wieder in dem geliehenen Laster verstauen und Zuflucht im Red House suchen konnte.

Selwyn war es, der sie plötzlich am Arm fasste, während sie nahe der Eingangstür herumlungerte und versuchte, gelassen zu wirken. »Gut gemacht! Wie ich sehe, hast du schon ein Stück verkauft.«

»Tatsächlich?« Sie gab sich Mühe, unbeeindruckt zu erscheinen, aber Selwyn ließ sich nicht täuschen.

»Hör auf, dich zu verstecken, und komm mit.«

Zu Ellas Überraschung stand eine Gruppe von Menschen um ihre Arbeiten und begutachtete sie voller Bewunderung. »Hier ist sie, unser schüchternes Mauerblümchen.« Selwyn schob sie vor einen hochgewachsenen Mann.

»Das ist Harold Ashley, der Leiter unserer Kanzlei in Temple Row. Er ist außerdem Mitglied im Kirchenvorstand von St. James und möchte dieses oder ein ähnliches Werk für ihre Marienkapelle haben. Ich lass euch zwei mal allein, damit ihr das besprechen könnt.« Schon verschwand er und überließ sie ihrem Schicksal.

»Nehmen Sie Aufträge an?«, erkundigte sich Mr Ashley und betrachtete eingehend ihr Werk. »Sie ist hübsch, zart und ausdrucksvoll. Wir würden eine etwas größere Skulptur brauchen. Ich möchte sie im Andenken an meine Mutter stiften.«

»Danke«, krächzte Ella. »Es freut mich, dass sie Ihnen gefällt.«

Dann fiel ihr auf, dass auch an der Hand-Skulptur ein Schildchen klebte. Was passierte hier? Hatte sie am Ende doch Talent? Waren ihre Träume nicht umsonst gewesen? Ein Lächeln ließ ihr Gesicht erstrahlen, als sie sich ein weiteres Glas Wein holte. Zwei Verkäufe und ein Auftrag an einem Abend, unglaublich! Vielleicht bedeutete es ja, dass ihre Karriere endlich begann.

102

1939

Wie war es nur dazu gekommen, überlegte Celeste, während sie sich die neuesten Bestimmungen für Luftangriffe einzuprägen versuchte. Viele von Ellas Studenten verabschiedeten sich zum Militär, und nun sprach man schon von Rationierungen und Benzingutscheinen und Engpässen in der Versorgung, falls es

Krieg geben sollte. All das war äußerst beunruhigend. Würde die Kunsthochschule geschlossen werden? Würden Ellas private Aufträge versiegen? Wie sollte sie dann ihren Lebensunterhalt bestreiten?

Der Quartierwart hatte Red House bereits begutachtet, um zu sehen, ob er Evakuierte oder Offiziere der Luftwaffe bei ihnen unterbringen könnte. Die Vorstellung, ihr Zuhause mit Fremden teilen zu müssen, war ebenfalls sehr beklemmend. Krieg. Niemand sprach von etwas anderem. Lichfield mit seinen Kasernen war immer schon ein Militärstützpunkt gewesen, und nun wurde nicht weit von ihnen in Fradley ein neuer Landeplatz gebaut. Der Ort lag genau zwischen den großen Autobahnen A38 und A5, und andauernd fuhren Lastwagenkonvois mit Lagerausrüstungen durch die Stadt. Wie konnten sie nur wieder an der Schwelle zu einem Krieg stehen?

Archie kannte Lehrer und Schüler, die in den Spanischen Bürgerkrieg gezogen und gefallen oder später ihren Wunden erlegen waren. All die Talente, die im Mahlstrom dieser schrecklichen Ereignisse zerstört wurden! Wie viele junge Männer müssten ihr Leben noch geben, bevor dieser Wahnsinn endete?

Auf einmal kramten ehemalige Soldaten wieder ihre Uniformen heraus. Selwyn schrieb sich beim Landsturm ein und Archie bei der Freiwilligen Reserve der Königlichen Marine, um auf Abruf für reguläre Soldaten einzuspringen. Ihre friedliche Welt würde bald auf den Kopf gestellt werden. Auch von den Frauen würde man einen Beitrag erwarten. Ella würde sich im Krankenhaus einschreiben müssen oder einen anderen Weg finden, um zu dienen, irgendetwas, bei dem sie ihre Karriere weiter verfolgen könnte. Es wäre zu schade, wenn all ihre gute Arbeit im Nichts verliefe.

Sie entfernten die alten bunten Glasfenster aus der Kathedrale. Kunstwerke verschwanden aus Museen und Galerien, Parks und Gärten, um an sicheren Orten verwahrt zu werden. Es fühlte sich an, als würde das ganze Land auf Eis gelegt, und niemand wusste, für wie lange.

Celeste hörte das Dröhnen der Flugzeuge, die über der Stadt kreisten, und schauderte bei dem Gedanken, dass feindliche Flieger diesen schönen Ort zerstören könnten. Das konnte doch nicht alles schon wieder passieren, nicht so kurz nach den Schrecken des letzten Krieges!

Sie wohnten jetzt in einem Cottage der Schule nahe Stafford, wo Archie alte Sprachen unterrichtete. Es tat gut, allein zu leben, frei von Verantwortung, und dennoch war Ella in Celestes Leben sehr präsent. Nachdem Celeste ihr das Geheimnis ihrer wahren Herkunft anvertraut hatte, hatten sie und Archie das Mädchen sehr unterstützt.

Zunächst versuchte sie mit verbissener Energie Informationen über die Passagiere der *Titanic* zu suchen, als wäre es ihre Pflicht, Ellas Eltern zu finden. Ella dachte jedoch ganz anders und weigerte sich, irgendeine der Spuren weiterzuverfolgen. Archie hatte alles Auffindbare über die Katastrophe gelesen, vor allem den Bericht von Lawrence Beesley, und sie hatten einen fürchterlichen *Titanic*-Film im Palladium Filmtheater gesehen, den Celeste vorzeitig verließ, als der Schiffsuntergang gezeigt wurde. Es musste doch noch andere Dokumente geben! Beinahe hätte sie beim Wohltätigkeitsfonds angefragt, aber das hätte bedeutet, Mays Betrug zu verraten und sie und Ella als Schwindler zu entlarven. Das konnte sie nicht riskieren.

Selwyn riet ihr, die Sache ruhen zu lassen. »Es liegt allein an Ella, sich darum zu kümmern, wenn sie bereit dafür ist.« Der einzige Hinweis auf ihre wahre Identität war der kleine Koffer mit den Babysachen, einem bestickten Nachthemd mit Spitzenborte und dem einen Schuh mit der Ledersohle, dessen oberer Teil aus Baumwolle war, mit Spitze darüber. Celeste befühlte die Sachen oft, als könnten sie eines Tages ihre versteckte Botschaft enthüllen. Es waren einfache Kleidungsstücke, die von überall aus Europa stammen konnten, allerdings war die Spitzenborte sehr fein und kunstvoll gearbeitet. Wessen Hände hatten sie erschaffen? Seufzend verschloss Celeste den Koffer wieder und stellte ihn in den Wäscheschrank zurück.

Wenn Ella doch nur andere Ablenkung finden könnte als ihre Arbeit! Bei Hazels Hochzeit war sie Brautjungfer gewesen, und Hazel erwartete ihr erstes Kind. Ihr Mann war mittlerweile im Ausland stationiert. Hazel war ihre einzige treue Freundin, dabei wäre es gut, wenn Ella mit mehr jungen Leuten von Lichfield zusammen wäre. Ihr einziger Gefährte war die treue Promenadenmischung, die sie verletzt am Straßenrand der vielbefahrenen Burton Road gefunden, gepflegt und wieder hochgepäppelt hatte. Poppy leistete ihr Gesellschaft und bewachte die Werkstatttür, wenn sie arbeitete. Ella vergrub sich geradezu in ihre Arbeit, und manchmal, wenn Celeste auf einen Plausch vorbeischaute, kam sie sich wie ein Störenfried vor.

Es gab jedoch einen Ort, an dem sie sich hin und wieder gern trafen, und das war an Mays früherer Lieblingsstatue. Der arme Captain Smith stand versteckt hinter hochgewachsenen Büschen und Gestrüpp in den Museum Gardens. Celestes Anfrage beim Stadtrat, ob die Statue wieder freigelegt und gereinigt werden könne, war auf taube Ohren gestoßen. Sie und Ella hatten es zu einem gemeinsamen Ritual gemacht, jedes Jahr am 15. April dort hinzugehen und Blumen auf den Sockel zu legen, so wie May es früher getan hatte.

»Hat er mich wirklich aus dem Wasser gefischt, oder ist das auch eine Lüge gewesen?«, hatte Ella einmal gefragt.

»Ich bin sicher, er hat dich gerettet, auch wenn ich es nicht mit eigenen Augen gesehen habe.« Celeste musste ehrlich antworten, da alles andere aus dieser Nacht in einem geheimnisvollen Nebel lag.

Wenn es schlimm käme und im Verlauf des Krieges Gebäude und Kirchen zerstört werden würden, gäbe es später dringenden Bedarf an Steinmetzen und Maurern und Handwerkern, um alles wieder aufzubauen. Vielleicht sollte Ella dort ihre Hilfe anbieten und ihr Talent nutzen, um Zerstörtes wiederherzustellen, dachte Celeste.

Doch gleich darauf schalt sie sich selbst: Sieh an, du machst es schon wieder – planst für sie wie für eine eigene Tochter. Sie ist jetzt erwachsen und unabhängig. Lass sie ihre eigenen Wege gehen. Misch dich nicht ein. Du hast dein Versprechen an May gehalten. Lass es gut sein. Doch wie sollte man sich über die jungen Leute keine Gedanken machen, wenn ein Krieg bevorstand?

Zumindest war Roddy in Amerika in Sicherheit. Dort würde man hoffentlich vernünftiger sein als letztes Mal und sich nicht wieder einmischen.

103

Oktober 1940

Eines Morgens im Oktober, als Ella mit Poppy über die Felder hinter dem Red House lief, hörte sie das Brummen eines kleines Flugzeugs, das stotternd immer tiefer flog. Sie beobachtete, wie es kreiste und die noch nicht ganz fertiggestellte Landebahn in Fradley ansteuerte, aber es verlor immer mehr an Höhe und würde es ganz offensichtlich nicht schaffen.

»Poppy!«, rief sie den Hund zurück, doch das Tier lief, erschreckt durch den Lärm, blindlings weiter.

Alarmiert sah Ella, wie das Flugzeug immer weiter absank und zur Landung auf offenem Feld ansetzte. Es rutschte über die Weizenstoppeln, drehte sich mehrmals um die eigene Achse und kippte schräg in den Halt. Ohne nachzudenken rannte sie darauf zu, um der Besatzung zu helfen – zumindest hoffte sie, dass sie diese Bruchlandung überhaupt überlebt hatten. Aus dem Tank stieg Rauch auf, und zwei Männer zwängten sich aus dem Cockpit, dann zogen sie noch einen dritten heraus.

»Geht es Ihnen gut?«, rief Ella.

»Laufen Sie lieber weg, die verdammte Kiste kann jeden Moment in die Luft gehen«, schrie einer der Männer mit Lederhelm und Schutzbrille und zog sie mit sich von der Unglücksstelle fort.

»Sie können mein Telefon benutzen«, bot Ella an, aber die Männer ignorierten sie noch immer.

»Was habe ich Ihnen gerade gesagt? Bleiben Sie zurück! Wenn das Ding hochgeht, werden wir alle gegrillt!« Der Mann starrte sie an. »Na los, weg hier! Danke für das Angebot, aber wir können zu Fuß hinüber zum Stützpunkt laufen.«

»Aber nicht mit einem Verwundeten«, konterte sie und sah auf den Navigator, der benommen am Boden lag. Nun war sie an der Reihe, Befehle zu geben. »Ich werde Selwyn holen, damit er ihn in seinen Wagen lädt.«

»Wir haben bereits Hilfe angefunkt. Die wissen, wo wir sind, und in null Komma nichts wird ein Rettungswagen kommen. Danke sehr, Mrs …?«

»*Miss* Smith«, entgegnete sie scharf. »Sie können von Glück reden, dass Sie ein flaches Feld gefunden haben und nicht im Kanal gelandet sind!« Sie rief nach Poppy, doch die Hündin war nirgends zu sehen. »Poppy! Ich muss sie suchen. Wahrscheinlich ist sie völlig durcheinander.«

»Tut mir leid, dass ich Sie angeschrien habe«, sagte der Pilot nun. »Wir helfen Ihnen. Das ist das Mindeste, was wir tun können. Wo genau sind wir eigentlich?« Er sah sich um.

»Sie befinden sich kurz vor Lichfield«, antwortete Ella und deutete Richtung Fradley.

»Heiliger Bimbam, das ist ja völlig ab vom Schuss! Unser Motor hat schlappgemacht.«

»Trotzdem hatten Sie noch Glück. Poppy!«, rief sie erneut.

»Nein«, erwiderte der unverletzte Copilot. »Das war wieder mal ein kunstvolles Manöver von unserem Tony hier. Und wie gut, dass wir Sie gefunden haben, unseren rettenden Engel.«

»Ich bin Miss Smith«, wiederholte sie. Allmählich machte sie sich doch große Sorgen um Poppy. »He, Poppy! Wo bist du?«

Einige Minuten später fanden sie das Tier zitternd unter einer Hecke liegen, ein Stück Metall ragte aus einem Hinterlauf. »Oh, sie blutet«, rief Ella, während der Pilot seinen Schal abzog und das Bein verband.

»Das muss sich ein Tierarzt ansehen. Es tut mir schrecklich leid.« Er hob den Hund hoch, begann dann aber selbst zu straucheln. »Oh, ich bin wohl auch ein bisschen angeschlagen, in meinem Kopf dreht sich alles.« Er setzte sich hin, und Ella nahm ihm Poppy vorsichtig ab.

»Rühren Sie sich nicht von der Stelle, bis der Krankenwagen kommt. Ich kümmere mich um Poppy. Es wird schon alles gut werden.« Sie konnte bereits die Sirene hören, als das Fahrzeug zur Unfallstelle raste.

»Was ist mit Skipper los?«, erkundigte sich der zweite Pilot.

»Hat sich wohl den Kopf angeschlagen, wie ich vermute«, meinte Ella, die von den drei Männern nun neugierig beäugt wurde.

»Herrje, der Kerl ist auch so schon verrückt genug. Da kommt ja eine Menge Ärger auf uns zu. Wir sind weit ab vom Kurs, das Flugzeug ist hinüber, und wir sind schon überfällig für unseren Dienst. War ja klar, dass Tony uns hier in den Schlamassel reinreitet. Wie geht es Ihrem Hund?«

»Nur ein Metallsplitter, hoffe ich. Ich laufe gleich zum Arzt. Mehr Glück beim nächsten Mal«, sagte sie und machte sich auf den Weg, drehte sich dann aber zu einem letzten Blick auf die Szene noch einmal um.

»Wie will er uns da nur wieder raushauen?«, brummte der Navigator.

»Wenn es einer schafft, dann Skipper. Der landet irgendwie immer auf den Füßen, und damit meine ich nicht nur den Unfall.« Der Mann zwinkerte Ella zu.

Ella eilte weiter, erleichtert, dass niemand ernsthaft verletzt worden war. Sie würde sich Selwyns Austin borgen und mit Poppy nach Lichfield fahren.

Als sie vom Arzt zurückkam, stand ein wunderschöner Blumenstrauß in der Eingangshalle.

»Irgend so ein Fliegerheini hat das für Poppy abgegeben, und da drin steckt auch irgendwo eine Nachricht an dich.« Selwyn lachte. »Pass nur auf, ich glaube, du hast eine Eroberung gemacht.«

»So ein Blödsinn. Wie sah er denn aus?« Insgeheim war ihre Neugier geweckt. Welcher von den dreien war hier gewesen, und wie um alles in der Welt hatte er trotz Rationierung so wunderschöne Blumen auftreiben können?

Einige Stunden später kam der Pilot erneut vorbei und stellte einen kleinen Morris in der Auffahrt ab. »Fliegeroffizier Harcourt meldet sich in alter Schrottkiste zum Dienst, allerdings nur geliehen«, verkündete er mit breitem Grinsen. Selwyn führte ihn ins Haus. »Wie geht es dem armen Hund?«

»Sie humpelt, aber sie wird es überleben.« Überrascht musterte Ella den Fremden. Er war äußerlich das genaue Gegenteil von ihr, hellhäutig und blond mit einer vorwitzigen Stirntolle. Ganz und gar nicht das, was sie hinter der Schutzbrille erwartet hatte. Seine glasklare Aussprache deutete auf Privatschule und Oberschicht hin. Selwyn machte bereits Anstalten, ihn ins Kreuzfeuer zu nehmen.

»Wie zum Teufel haben Sie es eigentlich geschafft, derart vom Kurs abzukommen, junger Mann?«

Der Pilot fuhr sich mit den Händen durchs Haar und lächelte. »Das ist eine lange Geschichte, Sir. Über dem Trent Valley lag Nebel, und unser Navigator braucht unbedingt eine bessere Brille und einen Auffrischungslehrgang. Zum Glück war der Flugplatz hier bei Lichfield auf unserer Karte verzeichnet, obwohl er noch nicht voll einsatzbereit ist. Wir müssen wohl mit einem kleinen Anschnauzer vom Hauptquartier rechnen.«

Anthony Harcourt gab Selwyn eine Kurzfassung seiner Ausbildung vom Luftkadetten zum verantwortlichen Kampfpiloten. Im Moment war er in einem Ausbildungszentrum vierzig Meilen weiter östlich stationiert, wo er eine Mannschaft auf weitere Einsätze vorbereitete. Er stammte aus dem tiefsten Yorkshire, aber sein Akzent ließ nicht darauf schließen. Immer wieder blickte er verstohlen zu Ella und sah sich im Wohnzimmer um, als wollte er einen Hinweis auf Gemeinsamkeiten finden.

»Ich weiß, dass es ziemlich verwegen ist, aber hätten Sie wohl die Freundlichkeit, mich heute Abend zum Essen zu begleiten? Wo ich schon mal hier bin, kann ich ja auch genauso gut die örtlichen Besonderheiten erkunden.«

»Ich bin ja schon vieles genannt worden, aber ›örtliche Besonderheit‹ noch nie«, meinte Ella lachend, die diesen aufgeblasenen Kerl gern zurechtgestutzt hätte. Er musste einige Jahre jünger sein als sie.

»Nein, was ich meinte war ... Ich habe einen Tisch im *George* bestellt.« Dann sah er zu Selwyn. »Ich garantiere, dass Ihre Tochter zur Nachtruhe wieder hier ist.«

»Miss Smith ist nicht meine Tochter. Sie ist sehr wohl selbst in der Lage zu entscheiden, wann sie wieder zu Hause sein will. Aber meinten Sie nicht, Sie sollten vorher nach ihrem Namen fragen, bevor Sie sie in Ihrer Kutsche entführen?« Selwyn bemühte sich, ernst zu bleiben, was ihm nur schwer gelang.

»Ach, herrje, da hab ich's wohl wieder mal vermasselt, oder, Miss Smith?« Er besaß immerhin den Anstand zu erröten.

»Nennen Sie mich Ella.« Sie lächelte und streckte ihre Hand aus. »Und ich komme gern mit Ihnen«, hörte sie sich zu ihrer eigenen Überraschung sagen. »Und wenn es nur ist, um der Fischpastete zu entfliehen, die es bei uns heute Abend gibt und die ich nicht mag. Geben Sie mir fünf Minuten zum Umziehen.« Sie deutete auf ihren mit Gips verschmierten Arbeitskittel.

»Ella ist Künstlerin. Normalerweise läuft sie nicht so eingedreckt herum, aber im Moment arbeitet sie an etwas in ihrer Werkstatt. Also, junger Mann, was haben Sie vor dem Krieg gemacht?«, setzte Selwyn seine Befragung fort.

Ella hastete nach oben. Was sollte sie anziehen? Da wären ihr Sonntagskostüm oder Rock und Bluse. Ihr bestes Kleid war zu formell. Plötzlich schien ihr nichts gut genug. Sie wünschte, sie hätte eine Uniform wie er. Irgendetwas musste doch noch hinten in ihrem Schrank sein! Alles wirkte so eintönig. Doch als sie die Schranktür öffnete, schlug ihr der Geruch von Mottenkugeln entgegen. Nicht mal das beste Parfüm der Welt könnte den überdecken. Wenn sie doch nur etwas Vorwarnung gehabt hätte! Dann fand sie eine langärmlige Folklorebluse mit bestickten Kragen und Manschetten, die sie irgendwann einmal in Italien gekauft hatte. Die passte bestimmt gut zu ihrem Plisseerock und der Jacke.

Sie löste ihren Knoten und band das Haar locker mit einem Tuch zusammen. Dann kniff sie sich in die Wangen und trug vorsichtig ihren kostbaren Lippenstift auf. Warum zitterten ihre Hände nur so? Warum war sie so darauf bedacht, einen guten Eindruck zu hinterlassen? Warum hatte der Anblick dieses jungen Mannes sie plötzlich so nervös gemacht?

Dabei hatte der Tag ganz normal begonnen. Sie hatte ihre Hausarbeit erledigt, in der Werkstatt gearbeitet und den Hund spazieren geführt. Und dann war ihr aus heiterem Himmel dieser junge Mann vor die Füße gefallen. Wie unverfroren, hier einfach aufzutauchen und zu erwarten, dass sie alles stehen und liegen ließ, um ihm Gesellschaft zu leisten. Und doch tat sie genau das.

Es sah ihr gar nicht ähnlich, sich herauszuputzen, als sei dies der wichtigste Abend ihres Lebens, wo er sich doch nur die Zeit vertreiben wollte, bis er wieder zu seinem Stützpunkt und aus ihrem Leben verschwand.

Als sie wieder nach unten ging, waren die beiden Männer nirgends zu sehen, bis sie entdeckte, dass Selwyn den jungen Piloten aus ihrer Werkstatt in den Garten führte. Der Schuppen war eine Rumpelkammer, und sie mochte es nicht, wenn Fremde darin herumstöberten. Doch es war typisch Selwyn, dafür zu sorgen, dass man nicht mit ihr spielte, indem er ihrem Verehrer gleich zeigte, was sie arbeitete und mit welchen Werkzeugen. Bei einer Frau, die gekonnt mit Hammer und Meißel umzugehen wusste, sollte man sich besser nicht zu viele Freiheiten herausnehmen, so lautete die stumme Warnung.

Anthony starrte sie an. »Sie sehen wunderschön aus, und diese Büste in Ihrer Werkstatt sollte in einer Galerie stehen.«

»Ich arbeite noch daran. Also, was haben Sie gemacht, bevor das alles hier losging?«

»Ich habe studiert, in Cambridge, am Trinity College, und mich dann sofort zur Luftwaffe gemeldet. Ihnen würde gefallen, was wir zu Hause alles herumstehen haben. Mein Vater ist so etwas wie ein Sammler. Ich interessiere mich mehr für Musik ... Klassik, Jazz ...« Er sah auf die Uhr. »Aber wir gehen jetzt besser. Ich werde gut auf sie aufpassen, Mr Smith.«

»Mein Name ist Selwyn Forester. Wie ich bereits sagte, sind Ella und ich leider nicht verwandt, aber das hält mich nicht davon ab, ihren Gästen auf den Zahn zu fühlen.« Er lachte. »Ich wünsche dir einen schönen Abend, meine Liebe, und mach dir nur keine Sorgen, dass ich Mrs Allens Fischpastete ganz allein aufesse. Spare beizeiten, dann hast du in der Not. Wir können sie morgen immer noch für dich aufwärmen«, rief er ihr fröhlich von der Tür aus hinterher.

Sie wurden zu einem Tisch in der hinteren Ecke der Gaststube des alten Posthotels geführt. Das Menü bestand aus zwei Gängen. Anthony bestellte Wein und bot ihr eine Zigarette aus einem alten goldenen Zigarettenetui an. »Das gehörte meinem Großvater und ist für mich so etwas wie ein Talisman.«

Sie lehnte dankend ab; Rauchen hatte für sie keinen Reiz. Was mache ich hier nur?, fragte sie sich. Dies war ein großer

Fehler. Sie hatten nichts gemeinsam. Er war noch ein kleiner Junge, mindestens fünf Jahre jünger als sie, und dennoch kam sie sich wie ein Schulmädchen vor, aufgeregt und nervös. Worüber sollten sie nur sprechen?

»Erzählen Sie mir etwas von sich«, begann sie, um ihm zuvorzukommen.

»Über Anthony Giles Claremont Harcourt ist nicht allzu viel zu sagen.« Er stockte kurz. »Der Name hat's in sich, ich weiß. Meine Eltern leben in einem alten Gemäuer in der Nähe von Thirsk. Ich bin Einzelkind und adoptiert, also weiß ich gar nicht genau, woher ich eigentlich stamme.« Er sah sie an und erwartete wohl einen mitleidvollen Blick, doch sie schüttelte nur verwundert den Kopf.

»Wie seltsam, ich auch! Na ja, so ungefähr«, sagte sie, und spontan entschloss sie sich, zum ersten Mal jemandem von ihrer eigenen seltsamen Geschichte zu erzählen, von Mays Reise auf der *Titanic* und ihrer Freundschaft mit Celeste. Allein die Tatsache, dass niemand wusste, wer sie wirklich war, ließ sie aus.

»Warum sage ich Ihnen das alles?«, fragte sie am Ende erschrocken und sah in seine strahlenden graugrünen Augen. Es war eigenartig, aber sie hätte am liebsten losgeheult, während ihr die Worte aus dem Mund gesprudelt waren.

»Du weißt, warum«, erwiderte er lächelnd und griff nach ihrer Hand. »Weil du es musst. Wir haben vieles gemeinsam. Warum sonst hätte ich von allen Feldern in England ausgerechnet auf deinem landen sollen? Warum hast du ausgerechnet in diesem Moment deinen Hund ausgeführt? Warum teilen wir ein ähnliches Schicksal? Ich habe nie nach meinen Eltern gefragt. Ich könnte nachforschen, aber ich will es nicht. Sybil und Tom sind meine Eltern, und ich liebe sie. Ich muss sonst nichts weiter wissen, aber deine Geschichte ist anders. Eine Überlebende der *Titanic* … Ich habe schon ein oder zwei kennengelernt, aber die waren älter. Und der Sohn unserer Nachbarn ist ertrunken, ihr einziger Sohn und Erbe.«

»Du bist der erste Mensch außerhalb meiner Familie, dem ich das je erzählt habe. Ich verstehe das nicht.« Ella spürte, dass sie rot wurde.

»Sieh mich an. Spürst du nicht, dass das alles geschehen muss?«

»Das ist billiger Romankitsch. An solche Albernheiten glaube ich nicht.« Es wurde zu persönlich, zu ernst, und dennoch wollte sie ihm ihre Hand nicht entziehen.

Anthony ließ sich durch ihre Abwehr nicht täuschen. »Wenn der Krieg uns eines lehrt, dann, dass man den Augenblick nutzen muss. Ich habe schon zu viele gute Männer im Training draufgehen sehen, die noch nicht einmal ein richtiges Leben hatten. Man wird schnell erwachsen im Krieg. Ich nehme jeden Tag, wie er kommt, und heute ist etwas Außergewöhnliches geschehen. Mein Motor hat bei einem Routineflug ausgesetzt. Wir hätten draufgehen können, aber plötzlich war da ein Feld, und ich konnte die ganze Chose retten. Dann tauchst plötzlich du auf, als wärst du geradewegs von der Filmleinwand gestiegen. Wir waren dazu bestimmt, uns zu begegnen. Es steht alles in den Sternen. Ich bin übrigens Fische – Element Wasser, wie man mir sagte.«

Die Anspannung zwischen ihnen ließ nach, während sie beim Essen über ihre Leidenschaft zur Kunst und seine zur Fliegerei redeten. Sie erzählten einander von den Einschränkungen, die der Krieg mit sich brachte, ihren Hoffnungen für die Zukunft, ihren Familien. Noch nie hatte sie so offen mit einem Mann gesprochen. Anthony mochte erst dreiundzwanzig sein, aber er hatte eine Müdigkeit im Blick, die ihn älter wirken ließ. Neben ihm fühlte sie sich jünger, unerfahren und unschuldig, und sie schämte sich, dass sie ihn für oberflächlich und unverfroren gehalten hatte. Es war sein Schutzmantel für das, worauf er sich vorbereiten musste.

»Musst du morgen schon wieder abreisen?«, wollte sie wissen.

»Ich muss bis vier Uhr nachmittags zurück sein. Wieso?«

»Ich würde dir gern unsere Kathedrale zeigen. Im Gottesdienst singt der Chor, und du könntest noch bei uns zu Mittag essen. Ich verspreche auch, dass es keine Fischpastete geben wird.« Sie kicherte. »Vielleicht kommst du ja nie wieder nach Lichfield.«

Er sah sie so eindringlich an, dass sie Schmetterlinge im Bauch spürte. »Ich werde wiederkommen. Spiel nicht mit mir, Ella. Jetzt, wo ich dich gefunden habe, wirst du mich nicht so leicht wieder los.«

Unter dem Licht des Vollmonds fuhren sie schweigend nach Hause. Ella spürte die Anspannung in seinen Händen und seinem Körper, während er sie immer wieder ansah. Sie fühlte, wie ihr Herz klopfte, und versuchte, jede einzelne Sekunde zu genießen. Der Geruch der Lederbezüge und des Zigarettenrauchs verband sich mit ihrem Parfüm, eine verwirrende, aufregende Mischung.

»Sieh nur, wir haben Vollmond – Bombermond«, sagte er seufzend mit Blick nach oben. »Irgendwo ist jetzt irgendjemand in Schwierigkeiten.« Er küsste ihre Wange, und instinktiv drehte sie ihm den Mund zu und wurde nicht enttäuscht. »Gute Nacht, Anthony«, flüsterte sie und löste sich widerstrebend von ihm. Sie war nicht sicher, ob das alles nicht nur ein Traum war.

»Cinderellas Kürbis muss zurückgebracht werden«, rief er lachend. »Morgen werde ich wohl auf Schusters Rappen kommen.«

»Soll mir recht sein, dann können wir über die Felder in die Stadt laufen. Danke für den wundervollen Abend.« Noch lange, nachdem das Brummen seines Motors verklungen war, blieb sie stehen und fühlte sich verlassen. Es war Wahnsinn, ein Trugbild der Liebe, aber noch nie hatte sie sich in Gegenwart eines Mannes so lebendig, so wunderbar gefühlt. An Schlaf war nicht zu denken. Wie könnte sie solch ein Gefühl vergeuden?

Sie schob sich das Nachthemd in die Arbeitshose und zog einen dicken Pullover über, dann nahm sie die Stalllaterne, ging in ihre Werkstatt und dichtete die Fenster nach den Regeln der Verdunkelung ab. Im Schein der Lampe begann sie zu zeichnen. Immer noch erhitzt von der Erinnerung an seinen Kuss, bannte sie jedes Detail von Anthonys schönem Gesicht auf Papier – die leicht asymmetrischen Gesichtshälften, die Haartolle, die vollen Lippen, die ihre berührt hatten. Was passierte hier? Wie konnte ein Tag ein ganzes Leben verändern? Fest stand, dass es geschehen war, und nun würde ihr Leben nie wieder dasselbe sein.

104

Celeste konnte kaum fassen, welche Wandlung Ella in den folgenden Wochen durchlief. Es war, als ginge sie mit Sprungfedern unter den Schuhen voran. Als sie eines Nachmittags ihren Verehrer vorstellte, konnte Celeste den verzückt-verliebten Blick in ihren Augen erkennen. Anthony hatte sich für achtundvierzig Stunden beurlauben lassen und ein Motorrad ausgeliehen, mit dem er quer durchs Land gefahren kam, um erst Ella, dann sie zu besuchen – Ella als Klammeraffe hinter ihm, das dunkle Haar unter einen schwarzen Schutzhelm gestopft.

Man sah ihnen das typische Leuchten eines frisch verliebten Pärchens an. Ellas Gesicht glühte vor Aufregung, als hätte dieser junge Mann ihr Leben völlig auf den Kopf gestellt. Bevor er in ihr Leben getreten war, hatte sich bei ihr alles nur um Kriegsdienst gedreht und die heftigen Diskussionen um Frauen, die der Heimwehr beitraten. Man hielt es für unziemlich, dass Frauen ihr Zuhause mit Waffen verteidigten, was Ella wütend machte. Sie meldete sich zur Nachtwache für Beschusswarnungen, was bedeutete, dass sie nachts allein im Dunkeln auf irgendeinem Dach saß und nach Brandbomben Ausschau hielt, die auf Fabriken abgeworfen wurden. Morgens war sie dann aufgrund des Schlafmangels entsprechend müde. Nun aber drehte sich alles nur noch um Anthony. Sie eilte zum Stützpunkt, wann immer sich die Chance auf eine kurze Beurlaubung bot, und musste Anthony auf zugigen Bahnsteigen verabschieden, ohne zu wissen, wann und ob sie ihn je wiedersehen würde. Wie konnten zwei Liebende in einer so verrückten Welt überleben? Sie zehrte von seinen Briefen, seinen kostbaren dienstfreien Zeiten, und fürchtete beständig die Nachricht, dass er im Ausland eingesetzt würde. Heute hatte Celeste einen Brief von ihr erhalten, der alles änderte.

Anthonys Eltern haben mich sehr lieb empfangen. Das Haus ist übervoll mit Kindern, die evakuiert wurden, und es war kein Witz, als er damals sagte, Thorpe Cross sei ein Haufen alter Steine. An einer Seite des Hauses befindet sich die Ruine eines alten Klosters. Nachts ist es so kalt, dass ich alle meine Kleider übereinanderziehen muss, bevor ich mich auf die Matratze lege.

Anthony zersägt Holzklötze mit einigen der älteren Jungen. Sie laufen ihm hinterher, als wäre er der berühmte Comic-Pilot Biggles. Ich lasse ein paar der kleineren Kinder auf seinem alten

Pony reiten. Die Landschaft hier im Norden ist wunderschön mit Steinmauern und fernen Hügeln, Weiden voller Schafe und einem weiten Himmel, aber aus dem Nordosten weht ein bitterkalter Wind.

Die Zugfahrt war ein Albtraum, im Gang eingezwängt zwischen Unmengen von lauten Soldaten! Als ich in York ausstieg, dachte ich, man hätte mich vergessen, und zwei meiner Reisegefährten warteten noch eine Weile mit mir in der Hoffnung, dass sie mich doch ausführen könnten. Was für eine Erleichterung, Anthony dann doch den Bahnsteig entlanglaufen zu sehen! Er hatte vor den Waggons der ersten Klasse gewartet – als könnte ich mir solchen Luxus leisten! Wir kommen aus verschiedenen Welten, und ich weiß, dass ich älter bin als er, aber wenn wir uns sehen, spielt nichts davon eine Rolle.

Wir haben uns erst vor sechs Wochen getroffen, aber ich merke, dass er jemand ist, den ich für den Rest meines Lebens kennenlernen möchte; all meine alten Vorurteile gegenüber Romantik sind verflogen. Er hat mich zu einem Tanzabend in seinem Stützpunkt mitgenommen und herumgewirbelt und dabei nicht ein Mal auf meine Füße getreten. So etwas habe ich zum ersten Mal erlebt. Die Kapelle hat ein sehr schönes Lied gespielt: »J'attendrais« – ich werde warten. Ich habe es andauernd im Kopf. Aber wir können nicht warten. Wenn das Leben nur normal wäre und die Dinge in normalem Tempo ablaufen könnten! Wie schrecklich, dass es einen Krieg brauchte, um uns zusammenzubringen.

Gestern sind wir zum Picknicken zu den Brimham Rocks gefahren. Wir sind herumgeklettert, haben uns hingesetzt und die Landschaft bewundert, so grün und friedlich, als wäre alles noch wie früher. Anthony sah mich an und sagte: »Wir werden bald heiraten, nicht wahr?«, so als würde er sagen: »Gib mir doch bitte den Zucker, Liebling.« Ich sah ihn an und sagte: »Natürlich.«

Bitte erzähl Selwyn noch nichts. Anthony findet, er sollte bei ihm um meine Hand anhalten, als wäre er mein Vater. Ich glaube, er wäre von dieser Geste sehr gerührt, oder was meinst Du? Bitte freu Dich für uns. Wir wollen jeden einzelnen Moment, den wir haben, zusammen verbringen, so eng beieinander, wie es nur geht. Was die Zukunft bringt, weiß keiner von uns.

Ich werde Selwyn fragen, ob ich der Heimwehr beitreten darf. Ich sehe nicht ein, dass Frauen nicht zu den Waffen greifen sollen, wenn der Feind kommt. Anthony hat mir Schießunterricht gegeben, und ich habe das Ziel zweimal getroffen. Ich will einfach mehr tun als unterrichten, auch wenn das sehr wichtig ist. Wenn ich darüber nachdenke, dass er jeden Tag der Gefahr ins Gesicht sieht, wie kann ich dann nicht in irgendeiner Weise mit ihm gleichziehen wollen?

Als Ella von ihrem nächsten Besuch in Thirsk mit einem antiken Goldring mit eingefasstem Rubin zurückkehrte, gab es kein Halten mehr. Sie sprühte nur so vor Plänen, und was konnte Celeste schon sagen? Die beiden jungen Leute kannten einander kaum, aber wer wollte bei ihrem verliebten Blick schon streiten? Sie erlebten eine wilde Romanze, nutzten jeden nur möglichen Moment, um zusammen zu sein. Sie wünschte ihnen alles Gute.

»Anthony kennt einen kleinen Ort auf dem Land, wohin wir unsere Hochzeitsreise unternehmen können. Du freust dich doch für uns, oder?« Ella sah sie aus großen Augen flehend an.

Archie zog an seiner Pfeife und beäugte die beiden schmunzelnd. »Wenn ihr euch sicher seid, dann ist es so. Ich kann mich noch erinnern, wie ich an Bord der *Saxonia* mit einem kleinen Kerl zusammenstieß, seine Mutter sah und dachte: Die werde ich eines Tages heiraten. Es hat dann allerdings ein wenig länger gedauert, als ich gehofft hatte.« Darauf lachten alle ein wenig zu laut. »Herzlichen Glückwunsch!«

Anthony war ein charmanter junger Mann und sah teuflisch gut aus, aber Ella stand ihm, was das Aussehen betraf, in nichts nach. Wie hübsch ihre Kinder werden würden!, dachte Celeste. Sie fühlten sich so sicher, standen so sehr im Bann ihrer aufkeimenden Leidenschaft. Celeste freute sich für sie, machte sich aber auch Sorgen. Eine solche Liebe würde nicht überdauern, wenn sie sich nicht entwickelte und in eine tiefe, befriedigende Freundschaft mündete. Archie war ihr Geliebter, aber eben auch ihr guter Kamerad, ihr Trost und ihre Stütze. Sie wünschte sich dies auch für die beiden, aber der Krieg machte alles ungewiss. Die schweren Verluste bei den Kampffliegern waren jedoch kein Geheimnis.

Celeste erschauerte. »Wir müssen uns beeilen, wenn du ein schönes Brautkleid möchtest.«

»Ich werde ein paar extra Kleidermarken besorgen, aber wir brauchen nichts allzu Ausgefallenes«, verwarf Ella die Vorstellung einer traditionellen Hochzeit.

»Ich werde dich nicht von oben bis unten mit Gips bespritzt zum Traualtar schreiten lassen. Tu mir den Gefallen und lass mich dir helfen, damit deine Hochzeit ein besonderer Tag wird. Wir fahren gemeinsam nach Birmingham und sehen, was wir kriegen können.«

»Es wird kalt sein, und ein neues Kostüm ist absolut ausreichend. Eine Hochzeit an Weihnachten wäre sicher romantisch, aber es hängt alles davon ab, wann Anthony Urlaub bekommt.«

»Sie hat recht. Ich fürchte, es wird eine ziemlich kurzfristige Angelegenheit werden«, stimmte Anthony ihr zu. »Ich hoffe nur, dass meine Eltern hinkommen können. Die Züge sind für Zivilisten neuerdings sehr unzuverlässig.«

Celeste spürte, dass die zwei es irgendwie gut hinbekommen würden. Wenn man sie so am Kamin sitzen, Tee trinken und Mohnkuchen essen sah, konnte man sich kaum vorstellen, dass draußen ein Krieg tobte. Doch Celeste wusste, dass es dieses Jahr für die britischen Truppen ziemlich düster aussah, besonders seit Dünkirchen. In der Luft hatte die Royal Air Force gewonnen, aber nicht alle feindlichen Flugzeuge waren vernichtet, und die schrecklichen nächtlichen Angriffe auf die Städte dauerten an. Sie hatten den orangefarbenen Schein des Feuersturms über Birmingham und Coventry gesehen. Wie konnten die beiden sich in einer so gefährlichen Zeit solch ein hoffnungsvolles Versprechen geben? Ihre Hochzeit sollte ein glänzendes Licht in dieser dunklen Zeit sein, allen Widrigkeiten zum Trotz.

Ella hatte wahres Glück verdient. Es war schon lange überfällig.

Wenn Celeste nur wüsste, dass auch Roddy sein Glück gefunden hatte! Sie hatte ihm geschrieben, um ihm die Neuigkeiten mitzuteilen.

Ella wird einen Kampfpiloten heiraten. Sie kennt den Kerl kaum zwei Minuten, aber den Anzeigen in *The Times* zufolge scheinen sich zurzeit alle Leute Hals über Kopf in die Ehe zu stürzen.

Ich glaube, Gefahr ist ein mächtiges Aphrodisiakum, sie schürt die Flammen der Liebe. Ich wünsche ihnen viel Glück, aber ich habe auch Angst.

Um ehrlich zu sein: Ich hatte immer gehofft, Du würdest zurückkehren und sie Dir schnappen. Mütter haben eben ihre eigenen Träume. Aber eines Tages wirst auch Du Deine Partnerin fürs Leben finden. Zumindest werden bei Euch da drüben keine Kriegstrommeln gerührt, die zu einer Heirat drängen.

Die Luftangriffe in den Midlands waren verheerend, wie Du vielleicht gehört hast. Wir bekommen nur das gesagt, was man als gut für uns erachtet, aber wir haben selbst Augen und Ohren, und die Leute reden. Teile von Birmingham sind dem Erdboden gleichgemacht – in Manchester und Liverpool sieht es ebenfalls schlimm aus –, aber bisher sind noch keine Kriegsschiffe an unserer Küste gelandet, und das werden sie auch nicht, solange es Männer wie Anthony Harcourt und seine mutigen Kameraden gibt, die den Sperrfeuern über den besetzten Niederlanden trotzen, um es ihnen mit gleicher Münze heimzuzahlen.

Es kommt mir vor, als wärst Du unendlich weit entfernt.

105

Februar 1941

Wir haben dieses ganze Wochenende auf dem Land für uns, dachte Ella seufzend und betrachtete den friedlich schlafenden Anthony. Es war ein strahlender Februarmorgen, perfekt für einen ersten Spaziergang als Ehepaar. Glücklich beobachtete sie, wie die Sonne langsam über den kahlen Bäumen aufstieg. Sie hatte keine Ahnung, wie er es geschafft hatte, die zusätzlichen vierundzwanzig Stunden freizubekommen. Aber so blieb ihnen bis Sonntagabend geradezu ewig viel Zeit, bevor sie sich wieder voneinander verabschieden mussten.

Sie waren in Selwyns Austin mit zusammengebetteltem Benzin nach Oxfordshire in ein kleines Dorf namens Leafield gefahren, wo Anthony das Haus des Freundes eines alten Schulfreundes benutzen durfte.

Das kleine Haus mit Strohdach und schiefen Zimmerdecken war perfekt. Jemand aus dem Dorf hatte vorher die Räume gelüftet, Feuer gemacht und Schalen mit Hyazinthen verteilt, um jeglichen feuchten Geruch zu überdecken – eine überaus freundliche Geste.

»Das wird Simons Mutter gewesen sein. Sie wohnt auch hier irgendwo im Dorf.«

»Dann müssen wir hingehen und uns bei ihr bedanken«, sagte Ella und schnupperte an den Frühlingsblüten.

»Später.« Anthony lächelte. Eins nach dem anderen, sagte sein Blick, und er führte sie die knarrende Treppe hinauf. »Lass uns erst einmal das Bett einweihen.«

Ella blickte zur Decke und dachte erneut an den Moment, als sie ohne Angst vor Unterbrechung oder Unbehagen zusammenkamen, sich hinlegten, einander umarmten und gemeinsam das Wunder der körperlichen Liebe erforschten. Das Bett war ein kostbarer Zufluchtsort geworden, und sie versuchte nicht darüber nachzudenken, wann Anthony das nächste Mal Urlaub bekommen würde. Sie hatten ihrer Leidenschaft freien Lauf gelassen, begierig den Körper des anderen erkundet und immer wieder neue Möglichkeiten ausprobiert, Lust zu geben und zu empfangen. Schläfrig und zufrieden rief sie sich jeden einzelnen Moment ihrer Hochzeit ins Gedächtnis, deren Termin sie gerade noch vor der Fastenzeit hinbekommen hatten. Wie eine Prinzessin hatte sie sich gefühlt, als sie in einer Ponykutsche vor das Westportal der Kathedrale gefahren war, eingehüllt in die weiße Fuchsfellstola, die die Frau des Dekans ihr geliehen hatte. Sie hörte, wie die Orgel ihre Einzugsmelodie spielte, während sie den langen Gang der Marienkapelle entlangschritt. Sie liebte das Trumpet Voluntary von Jeremiah Clarke, weil es so fröhlich und britisch und hoffnungsvoll war. Der arme Anthony in seiner Ausgehuniform stand vor Nervosität ganz steif am Altar, während sie Selwyns Arm vor Aufregung fest umklammert hielt. Alle Menschen, die sie liebte, waren versammelt, um ihnen Glück zu wünschen. Hazel ging als Trauzeugin hinter ihr, in einem langen burgunderroten Abendkleid, das sie sich von einer Freundin geliehen hatte. Ella hoffte, dass ihre Mutter an diesem ganz besonderen Tag in irgendeiner Weise dabei war.

An Anthonys Blick würde sie sich ihr Leben lang erinnern, so stolz und so voller Liebe. Die Hochzeit hätte schöner nicht sein können, mit einem einfachen Empfang im Red House voller Uniformen, Zigarettenrauch, kurzen Ansprachen, Reden und Glückwünschen.

Celeste hatte darauf bestanden, dass sie das Hochzeitskleid ihrer Mutter trug, das sie hatte ändern lassen, damit es ihr passte, zusammen mit dem Schleier aus Brüsseler Spitze. Für die Hochzeitsreise und für später hatte Ella sich ein hübsches Kostüm mit Mantel und neuen Schuhen gegönnt. Mrs Allen hatte ihr einen Unterrock und Höschen aus weicher, teerosenfarbener Fallschirmseide genäht, mit cremefarbener Spitze an den Säumen. Sie hätte vor Freude und Dankbarkeit weinen können, dass sie so kurzfristig mit solch wunderbaren Geschenken bedacht wurde. Sogar von Roddy war ein Geschenkpaket gekommen einschließlich eines Stieltopfs, den sie gut gebrauchen konnten, da sie ihren alten im ersten Anflug von Patriotismus zu Beginn des Jahres an den Spitfire Fund verschenkt hatten.

Sie würde weiterhin im Red House wohnen müssen. In der Schule gab es zu wenig Lehrer, als dass sie nur wegen einer Heirat hätte gehen können. Anthonys Eltern bestanden zwar darauf, dass sie bei ihnen leben sollte, aber ihr Haus lag zu weit von seinem Stützpunkt entfernt. Sie wollte Anthony so nah wie möglich sein, und Lichfield lag einigermaßen zentral.

Jeder gemeinsame Moment musste wie eine Stunde gelebt werden, die Zeit sollte sich ausdehnen wie ein Gummiband. Die Liebe in Kriegszeiten war so unvorhersehbar, so intensiv.

Für ihre kostbaren Stunden gab es keine Regeln, keine Vernunft; die Welt gehörte ihnen. Ella erschauerte, als sie an seine Rückkehr zum Stützpunkt dachte. Sie kannten die Risiken genau, doch jetzt sollte nichts die herrliche Zeit ihrer Hochzeitsreise verderben.

Sie fuhren nach Oxford und besichtigten die Universität mit ihrer schönen Architektur, spazierten am Cherwell entlang, aßen in einem alten Restaurant zu Abend und gingen ins Kino.

Es wurde ein Propaganda-Kriegsfilm gezeigt, »The Lion Has Wings«, mit Ralph Richardson und Merle Oberon, und war daher nicht besonders schön anzuschauen mit seinen Bombenangriffen, die an die Realität in Anthonys Leben erinnerten. Schon bald verspürte Ella das dringende Bedürfnis, an die frische Luft zu gehen. Sie wünschte, sie hätten sich einen anderen Film ausgesucht, aber Anthony hatte Spaß daran, Fehler und Ungereimtheiten in der Handlung zu entdecken, und merkte nicht, dass sie mehr und mehr Angst bekam. Sei tapfer, ermutigte sie sich also selbst. Hör auf, Zeit und Sorgen an etwas zu verschwenden, das du nicht ändern kannst.

Sie machten einen langen Spaziergang zu den Rollright Stones, ein Ort, der ihnen magisch vorkam und an dem sie sich etwas wünschten. Die alten, wettergegerbten Steine, die den Elementen trotzten, gaben ihnen Hoffnung. Dieser Krieg war nötig, ein Kampf gegen die Tyrannei, und auch sie musste ihren Teil beisteuern und dort helfen, wo sie am meisten gebraucht wurde. Vielleicht sollte Ella sich sofort melden?

Am Sonntagnachmittag besuchten sie ein hübsches strohgedecktes Haus im Dorf, um sich bei Simons Mutter für die nette Begrüßung zu bedanken. Ein junges Mädchen öffnete ihnen die Tür. »Mutter ist im Garten«, sagte sie, »aber gehen Sie bitte durch.« Mrs Russell-Cooke, eine gesetzte Frau, arbeitete gerade im Gemüsebeet. Sie sah auf, als die beiden kamen. »Ah, haben die zwei Turteltäubchen endlich ihr Nest verlassen!«

Ella errötete. »Wir wollten Ihnen nur danken, dass Sie das Haus so schön hergerichtet haben.«

»Simon hat uns alles über Sie beide erzählt, und Anthony war zu Schulzeiten so etwas wie sein Held. Es freut mich, dass das Haus Ihnen von Nutzen war.« Sie zwinkerte. »Kommen Sie herein und trinken Sie einen Sherry mit mir.«

Sie führte die beiden ins Wohnzimmer, in dem hübsche Bilder an den Wänden hingen. Ella sah sich interessiert um. »Was für ein schönes Zimmer«, sagte sie und stutzte, als sie ein bekanntes Gesicht in einem Silberrahmen auf dem Fenstersims entdeckte. »Dieses Gesicht kenne ich!«, rief sie aus. »Das ist Captain Smith!«

Mrs Russell-Cooke nickte überrascht. »Gut erkannt, junge Dame. Er war mein Vater.«

»Sie sind Helen Smith? Sie waren es, die damals die Statue in Lichfield enthüllt hat?«

»Ja, aber normalerweise benutze ich meinen zweiten Vornamen Mel. Wie seltsam! Sie sehen viel zu jung aus, als dass Sie ihn gekannt haben könnten.«

»Meine Mutter hat ihn sehr verehrt. Ich kenne nur seine Statue, die von Kathleen Scott. Ich war damals noch ein Baby, aber ich war bei der Enthüllung anwesend.«

Mrs Russell-Cooke hob den Bilderrahmen hoch und seufzte. »Ach, das war damals alles ganz schrecklich. Ich war noch zu jung, um den Aufruhr zu begreifen, aber meine Mutter hat es sehr mitgenommen, wie Sie sich vorstellen können. Sie ist nie darüber hinweggekommen, dass sein Name so in den Schmutz gezogen wurde.«

Ella musste sich setzen. »Ich kann es gar nicht fassen. Wussten Sie, dass Ihr Vater mir das Leben gerettet hat? Er hat mich in ein Rettungsboot gehoben. Ich war noch ein Baby. Das ist alles so seltsam. Meine Mutter war der festen Überzeugung, dass er mich gerettet hat.«

»Guter Gott! Ich hatte einmal so ein Gerücht gehört, aber es haben sich nie irgendwelche Augenzeugen gemeldet. Vielleicht könnte Ihre Mutter ...?« Mel Russell-Cooke sah sie hoffnungsvoll an.

Ella schüttelte den Kopf. »Traurigerweise ist sie vor langer Zeit gestorben, aber es hat sie sehr erbost, wie man den Captain behandelt hatte. Sie war ganz aufgebracht, als sie sah, dass seine Statue nicht mehr gepflegt wurde.«

»Ich auch ...« Mrs Russell-Cooke hielt inne. »Mir wäre es lieber gewesen, er hätte in Blundell Sands bei Liverpool gestanden und aufs Meer hinausgeblickt und nicht mitten auf dem Festland. Aber ich bin froh, dass ihn dort jemand in Ehren hielt.«

»Dass ich die Tochter des Kapitäns einmal treffe ... Ich kann es wirklich nicht fassen!«

»Ich finde, das verlangt nach etwas Stärkerem als Sherry«, sagte ihre Gastgeberin. »Sie haben mir großen Trost gespendet. Was für ein Zufall – wobei ich nicht an Zufälle glaube! Vielleicht sollte es ja so kommen. Meine Zwillinge Simon und Priscilla waren noch klein, als sie ihren Vater verloren, und ich verlor im selben Jahr meine Mutter.« Ella sah zu Priscilla, die am Fenster stand, das Porträt ihres Vaters mit neuen Augen betrachtete und ihnen aufmerksam zuhörte.

»Mein Vater war fast ständig auf See, aber es war immer schön, wenn er mit Geschenken beladen nach Hause kam. Eines Morgens verließ er uns und kam nie wieder. Jetzt, im

Krieg, machen wir Eltern uns alle große Sorgen um unsere Kinder. Meine waren mir ein großes Geschenk und Trost. Erzählen Sie mehr von Ihrer Mutter und der Statue. Es ist wirklich faszinierend.«

Ella wusste nicht, wo sie anfangen sollte. »Wir haben ihn jedes Jahr am Gedenktag des Unglücks besucht. Meine Mutter hatte ihren Mann auf der *Titanic* verloren und war nach England zurückgekehrt. Ich verbrachte dann so viel Zeit mit Statuen und Steinen, weil wir in der Nähe der Kathedrale lebten, dass ich selbst Skulpturen anfertigen wollte. Ich wollte es zu meinem Beruf machen.«

»Glauben Sie mir, meine Liebe«, meinte Mrs Russell-Cooke seufzend, »sobald dieser Krieg vorbei ist, werden Sie viel zu tun haben. Wir werden viele Gedenkstätten und Statuen brauchen. Es tut mir leid«, entschuldigte sie sich dann. »Wir sollten auf Ihrer Hochzeitsreise nicht so düster daherreden. Ich wünsche Ihnen beiden alles Glück der Welt. Ihr tapferen jungen Leute! Nun habe ich eine der jüngsten Überlebenden der *Titanic* kennengelernt. Hin und wieder treffe ich andere Überlebende, aber niemand will darüber sprechen, und an Ihre eigenen Erlebnisse werden Sie sich nicht erinnern, wenn Sie noch ein Baby waren. Aber Sie haben mir ein großes Geschenk gemacht. Wie schön, dass ich Ihnen eine Unterkunft bieten konnte, und Sie haben mich zehnfach dafür belohnt. Ich danke Ihnen sehr, und bitte kommen Sie doch wieder einmal vorbei. Bleiben wir in Kontakt. Tatsächlich kenne ich einige renommierte Bildhauer. Vielleicht ist das hilfreich für Sie.«

»Leider müssen wir heute Abend wieder abreisen«, warf Anthony ein.

»Wenn Sie Simon treffen, passen Sie bitte auf ihn auf«, sagte Mrs Russell-Cooke, streckte ihre Hand aus und sah Anthony fest in die Augen. »Er ist mein einziger Sohn und noch sehr jung.«

»Ich werde mein Bestes tun«, erwiderte Anthony. »Komm, Ella, es ist Zeit zu gehen. Und nochmals herzlichen Dank, Mrs Russell-Cooke.«

Mutter und Tochter winkten ihnen zum Abschied hinterher, und Ella klammerte sich aufgeregt an Anthonys Arm. »Ich kann nicht fassen, dass ich gerade Captain Smiths Tochter kennengelernt habe! Wie überaus kurios!«

Auch als sie später im Red House zusammen in der Dunkelheit lagen, musste sie immer wieder daran denken. »Da ist noch etwas, das ich dir nie erzählt habe, über die Nacht auf der *Titanic*«, flüsterte sie. »Ich habe der Tochter des Kapitäns nicht die ganze Wahrheit gesagt.«

»Na, dann los. Erzähl mir, was für dunkle Geheimnisse du all die Jahre in den Tiefen deines Herzens verborgen gehalten hast«, forderte er sie auf.

Wo sollte sie anfangen? Sie atmete ein paarmal tief durch, bevor sie ihrem frisch angetrauten Ehemann berichtete, was damals im Rettungsboot tatsächlich passiert war.

»Als meine Mutter gestorben war, erzählte mir Celeste …«

Und sie wiederholte alles, was sie damals erfahren hatte. »Du siehst also«, sagte sie zum Schluss, »dass ich gar nicht genau weiß, wer ich eigentlich bin. Was hältst du von der Sache, Anthony?« Erwartungsvoll drehte sie sich um, hörte dann aber nur das regelmäßige Atmen eines Mannes, der tief und fest schlief.

106

Dezember 1941

An einem Sonntagnachmittag im Dezember erreichten Roddy ebenso wie Millionen anderer Amerikaner die Nachrichten vom Angriff auf Pearl Harbour. Er hörte gerade eine Konzertübertragung im Radio, als die Musik plötzlich von einer Stimme unterbrochen wurde: »Wir erhalten soeben Nachricht, dass unsere Flotte von den Japanern angegriffen wird. Unsere Schiffe brennen und sinken.« Er konnte nicht glauben, was er da hörte, und wechselte schnell auf einen Nachrichtensender. »Flugzeuge wurden abgeschossen …« Er drehte von Kanal zu Kanal, noch ohne die Konsequenzen dieser schrecklichen Nachrichten ganz zu begreifen. »Truppen gerieten unter Maschinengewehrfeuer, als sie sich in Sicherheit bringen wollten …« Die Bilder, die sich dabei vor seinem geistigen Auge auftaten, waren zu schrecklich, um länger darauf zu verweilen. Vor wenigen Minuten noch hatten die USA im Frieden gelebt. Nun würde es Krieg geben.

Das Telefon klingelte, und er schrak zusammen. Es war Will Morgan. »Ja, ja, ich habe es auch gehört. Wir treffen uns am Lager, ich bin schon unterwegs.«

Als er, immer noch mit seinem Sonntagsanzug bekleidet, in die Stadt fuhr, standen bereits Menschentrauben an den Straßenecken und diskutierten, Nachbarn trafen sich an den Gartenzäunen und bestätigten einander die fürchterlichen Neuigkeiten. Auf einmal fühlte Roddy sich sehr allein. In seinem Leben gab es niemanden, mit dem er diesen Schrecken teilen konnte, keine Grandma, keinen Archie, keine Mom. Niemanden außer seinem Geschäftspartner Will.

Er empfand große Empörung über diese Invasion, eine immense Wut. Wie konnte eine Nation so arrogant sein zu glauben, sie könne eine andere ungestraft angreifen? Es war genau wie Hitlers Blitzkrieg, aber diesmal vor der eigenen Haustür. Und es gab nur eine Möglichkeit, wie ein Mann ohne Bindungen darauf zu reagieren hatte.

»Ich werde mich freiwillig melden«, sagte Roddy, während er ins Büro stürmte, in dem Will bereits die Landkarten an der Wand studierte. »Du kannst die Geschäfte von hier aus allein regeln, dazu müssen wir nicht beide anwesend sein.«

»Aber du bist zu alt«, erwiderte Will lachend. »Und wir haben sehr viel zu tun. Außerdem werden sich alle jungen Fahrer melden, so dass wir Leute für die Lastwagen brauchen. Hier, nimm einen Drink und beruhige dich.« Er drückte Roddy ein Glas Jack Daniel's in die Hand.

»Dann tun wir eben das, was sie im letzten Krieg schon gemacht haben, und holen die Frauen«, erwiderte Roddy, dem einfiel, dass seine Mutter in Washington für die Regierung gearbeitet hatte.

»Das werden die anderen Fahrer nicht zulassen«, sagte Will und setzte sich auf den Schreibtisch.

»Meinst du? Wart's nur ab, das wird bald als Gesetz verabschiedet. Und ich bin nicht zu alt, um meine Pflicht zu tun. Einer von uns muss gehen, und es ist nur sinnvoll, dass ich das tue. Du bist verheiratet und hast Kinder.«

»Woher kommt dein plötzlicher Sinneswandel? Ich hätte nie gedacht, dass du mal Soldat werden würdest.«

Roddy blickte auf den Fuhrpark hinaus. Kopfschüttelnd dachte er an Selwyns Orden und Medaillen. »Meine Onkel waren beide im Großen Krieg, einer wurde an der Somme getötet und der andere schwer verwundet.«

»Aber sie waren Engländer. Sie mussten kämpfen.«

»Du vergisst, dass auch ich halber Engländer bin. Niemand sieht es gern, wenn jemand arrogant und unverfroren die Show an sich reißt. Es fühlt sich richtig an, meinen Beitrag zu leisten.«

»Und Mädchen lieben einen Mann in Uniform«, fügte Will augenzwinkernd hinzu.

Roddy ignorierte Wills Versuch, die Stimmung zu heben. »Darum geht es nicht. Ich kann nicht glauben, was ich gerade gehört habe. Da kann ich nicht einfach hier sitzen und zulassen, dass diese Typen uns auseinandernehmen.« Er blätterte kurz durch das Auftragsbuch, ehe er es über den Tisch schob. »Du kümmerst dich darum. Ich vertraue dir. Maureen würde mir nie verzeihen, wenn ich dich in den Krieg ziehen ließe.«

»Es wird hier in Akron genug für den Krieg zu tun geben. Du musst nicht für Ruhm und Ehre kämpfen. Wir können uns doch ausrechnen, wie es das Geschäft beeinflussen wird. Wir brauchen zwei Köpfe.« Will seufzte.

»Wie ich schon sagte, hol dir Frauen. Sie werden auch ihren Beitrag leisten wollen. Ich habe mich entschieden.« Er stand auf, als wollte er sofort losziehen.

»Nur eine Stunde nach den Nachrichten? Schlaf besser eine Nacht darüber. Trink noch etwas.«

»Nein, danke. Das muss ich nicht überschlafen. Während wir uns hier bequem zurücklehnen konnten, sind meine Mom und Archie und die anderen in England in den letzten Jahren durch die Hölle gegangen. Ich schäme mich dafür, all dieses Geld zu verdienen, und ein paar Pakete zu schicken reicht bei weitem nicht aus. Wir sind jetzt alle beteiligt. Es wird Zeit, dass ich den Hintern hochkriege und mich melde, bevor sie mich in den Ruhestand abschieben. Ich habe es zu leicht gehabt.«

»So aufgebracht habe ich dich ja noch nie erlebt. Was ist nur in dich gefahren?« Es war, als würde Will eine völlig neue Seite an ihm entdecken.

»Pearl Harbour ist in mich gefahren.« Roddy brannte vor Entrüstung über die letzten Geschehnisse. »Niemand kann sich so etwas herausnehmen, ohne dass wir es ihm heimzahlen. Ich will nicht nur danebensitzen. Diese Japaner wissen gar nicht, was sie da getan haben. Wir werden ihnen zeigen, dass wir keine so leichte Beute sind.«

In den nächsten Wochen bereute Roddy seine Entscheidung kein einziges Mal. Er meldete sich, wurde ärztlich untersucht, ließ sich den Kopf kahlrasieren und durchlief schweißtreibende Übungen im Kasernenhof mit Lauf- und Schießtraining. Es war wie damals im Internat, nur hatte es diesmal einen Sinn. Seine Entscheidung, in den Krieg zu ziehen, stand fest, so wie bei seinen Onkeln all die Jahre zuvor. Es kam ihm fast wie eine Familienpflicht vor, sich an den Japanern für das Gemetzel zu rächen, das sie auf den Philippinen und auf Hawaii angerichtet hatten. So viele Unschuldige waren bei den Bombenangriffen ums Leben gekommen! Er hatte das Gefühl, als müsste er jeden Einzelnen persönlich rächen. Somit war es ein harter Schlag, als sie ihn nicht in den Pazifik schickten, sondern nach Europa. Er würde seinen Rachedurst an Hitler und seinen Sturmtruppen auslassen müssen. Das war nicht sein Plan gewesen, und er bekam fast ein schlechtes Gewissen, als er einen hoffnungsvollen Moment dachte, dass er wenigstens seine Familie noch einmal sehen könnte, falls er nach England geschickt würde.

107

Pater Frank Bartolini saß an seinem Pult, starrte auf den Innenhof der Universität Harvard und hörte dabei die eindringlichen Worte des Dozenten über die wichtige Rolle der Militärgeistlichen beim Kampf in vorderster Front. Sie sollten allen Männern alles sein und sie nie enttäuschen. Sie seien Repräsentanten Gottes, Symbole seiner liebevollen Fürsorge, allzeit bereit zu beten und zu beraten, Verwundete und Sterbende zu trösten und zu retten, egal, wie es um sie selbst bestellt sei.

Frank hatte die Erlaubnis erhalten, die St. Rocco's-Gemeinde in New Jersey zu verlassen, um dem Armeekorps der Militärgeistlichen beizutreten, das aus Priestern der unterschiedlichsten Konfessionen bestand.

Er war nun seit über sechs Jahren im Amt und hatte in der Gemeinde italienischer Immigranten an der Hunterdon Street gearbeitet. Jetzt aber war Frank ein Leutnant, der Befehle vom Militär entgegennehmen musste. Er hatte Kriegsrecht studiert, militärisches Verhalten und die Disziplin im Heeresleben gelernt, wie man die Ausrüstung benutzte und mit anderen Geistlichen zusammenarbeitete. Sie wurden als eine Gruppe betrachtet, in der jeder bereit sein musste, die Liturgien und Gebräuche der anderen zu lernen und, falls notwendig, auch auszuüben. Er musste den Seder-Gottesdienst der Juden beherrschen, und die mussten im Gegenzug den Rosenkranz lernen und Beichten abnehmen.

Die Vorstellung, ein Universalgeistlicher zu sein, der sich der religiösen Bedürfnisse von Gläubigen aller Konfessionen annimmt, empfand Frank als ebenso schwierig wie herausfordernd. Außerdem wurde von den Geistlichen erwartet, dass sie sich körperliche Fitness antrainierten. Als einer der Jüngeren war dies für ihn kein besonderes Problem, aber einige ältere Männer litten unter den langen Märschen, den Ausdauer- und Kraftübungen.

Frank wartete nun auf seinen Einsatz und war neugierig, wohin sie ihn schicken würden. Wie viele andere hatte er an jenem schicksalhaften Sonntag im Dezember die Nachrichten im Radio gehört.

Frankie war stolz auf seine Uniform mit dem Kreuz am Ärmel. Seine Eltern hatten ihm eine lilafarbene Seidenstola geschenkt, die er an der Front gebrauchen konnte. Er war froh, dass sich so viele Geistliche freiwillig gemeldet hatten, und viele von ihnen waren italienischer Abstammung wie er. Er konnte immer noch nicht fassen, dass Italien Seite an Seite mit Hitler diesen Krieg führte. Er selbst spürte keine Verbindung mehr zur Alten Welt, so wie sein Vater, aber sein Name war italienisch, und er musste besonders hart arbeiten, um seine Loyalität zu beweisen.

Das Training war entbehrungsreich, und er fragte sich oft, ob er bereit wäre, wenn ein kritischer Moment käme. Würde er ruhig bleiben können, wenn er an der Front unter Beschuss geriete oder Schlimmeres? Wie würde er mit dem Anblick schwerer Verletzungen zurechtkommen, auch wenn man sie mit Fotos darauf vorbereitet hatte, was sie erwarten könnte? Würden die Männer ihn respektieren?

Frank wusste, dass er kein so zäher Bursche war wie sein Bruder Jackie. Er wäre unbewaffnet und unerfahren, doch ihr Lehrer hatte gesagt: »Mut ist nichts als Angst, die ihre Gebete gesprochen hat. Sie müssen auf Ihren eigenen Glauben vertrauen, der Sie da hindurchbringt.« Er konnte nur hoffen, dass das stimmte.

Was er am meisten fürchtete, war, in einem der großen Truppentransporter in See zu stechen. Sobald er auf dem Wasser war, wurde er augenblicklich seekrank. Ihm wurde schon im kleinsten Boot auf einem Teich übel. Wie würde es bei den Männern ankommen, wenn sie sahen, dass ihr Priester die ganze Fahrt über den Atlantik seinen Kopf über einen Eimer hielte? Er würde sich schon zum Gespött machen, noch ehe er richtig angefangen hätte.

Am Tag seiner Einschiffung hatte er seine Familie noch auf ein Abschiedsessen besucht. Er hatte all seine Lieblingsspeisen gegessen, *Penne all'arrabiata* – Nudeln mit feurig-scharfer Tomatensoße, und einen speziellen Käsekuchen aus Bellinis Konditorei. Er hatte am Tisch gesessen und versucht, jede Sekunde in seiner Erinnerung festzuhalten. Davon musst du in den nächsten Monaten zehren, hatte er gedacht, als Patti auf ihn ein plapperte und Mum lächelte und sich die Haare aus der Stirn schob, während Jack auf seine teure Armbanduhr starrte und es kaum erwarten konnte, auf seinen Streifzug durch die Stadt zu starten.

Seine Familie war sein fester Halt, sein Fleisch und Blut, trotz aller Fehler und Schwächen – »mit Warzen und Pickeln«, wie sein neuer protestantischer Kollege immer sagte. Er würde ihre bodenständige Art vermissen. Er würde Seite an Seite mit Männern wie Jack arbeiten müssen, zähe, raue Buschen, die Priester für Platzverschwendung hielten.

Als er gehen musste, trat sein Vater zu ihm und schob ihm etwas in die Hand. Es fühlte sich weich und seltsam vertraut an. »Ich möchte, dass du das mitnimmst, Frankie, ein Andenken an deinen Vater. Wir sind sehr stolz auf dich.«

Er blickte auf den kleinen Schuh hinunter. »Ich verstehe nicht«, sagte er und überlegte, was er damit anfangen sollte.

»Früher dachte ich, es wäre der Schuh meiner kleinen Tochter. Das ist verrückt, ich weiß, aber für mich ist sie nie gestorben. Wem auch immer dieser Schuh gehörte, er stammt von der *Titanic*. Er hat das schreckliche Unglück überstanden. Ich möchte, dass du ihn als Glücksbringer behältst.«

»Aber das ist nur Aberglaube«, erwiderte Frankie kopfschüttelnd, doch sein Vater bestand darauf.

»Dieser kleine Schuh steht für Hoffnung und Liebe und Überleben, allen Widrigkeiten zum Trotz. Außerdem ist es eine Erinnerung an Zuhause, an deine *mamma* und deinen *papa*, an alle, die wir hier auf deine Rückkehr warten. Bitte nimm ihn mit.«

Was konnte Frankie anderes tun als einzuwilligen und seinen Vater fest in den Arm zu nehmen? Er schob den weißen Stoffschuh in seine Tasche. »Vielleicht hält er mich davon ab, seekrank zu werden«, meinte er schmunzelnd, um die Stimmung zu heben. »Betet für mich.«

»Jeden Abend«, sagte seine Mutter heiser vor Tränen, während sie mit zitternden Händen seinen Teller vom Tisch nahm. »Pass auf dich auf, mein Sohn. Gott sei mit dir.«

Angelo sah seinem Jungen nach und versuchte, die Tränen zurückzuhalten. Er war so stolz auf seine beiden Söhne: beide hatten sich freiwillig gemeldet, der eine zur Infanterie, der andere als Militärgeistlicher an vorderster Front. Nun konnte niemand behaupten, die Bartolinis seien keine Patrioten. Nicht zu fassen, dass seine Familie in Italien offiziell zu ihren Feinden zählte! Sein Vater war ein durch und durch guter Mensch. Doch in ihren Briefen hatte er ihre Angst gespürt, Verwirrung, Unverständnis und Misstrauen. Er hatte nicht den Ozean überquert und seine Familie verlassen, um sie als Feinde zu sehen. Im letzten Krieg hatte er sich gemeldet und versucht, seinen Beitrag zu leisten, aber jetzt war er zu alt, zu schwach auf der Brust, um mehr zu tun als für die Sicherheit seiner Söhne zu beten. Außerdem musste jemand hierbleiben, um die Familienehre zu bewahren. Patti war drauf und dran, ihre italienischen Wurzeln zu vergessen. Sie hatte sich den Künstlernamen Patti Barr zugelegt.

»Was ist so verkehrt an Patricia Bartolini?«, hatte er gefragt, als er den neuen Namen in einem Theaterprogramm entdeckt hatte.

»Er ist zu lang. Ich brauche etwas Modernes – kurz und prägnant«, hatte sie erwidert und ihr leuchtend rotes Haar zurückgeworfen, wie um ihn zu erinnern, dass sie auch halb irisch war. Kinder zeigten neuerdings immer weniger Respekt. Er hätte es nie gewagt, seinem Vater zu widersprechen, aber ein Blick aus diesen grünen Augen, und er war wie Wachs in ihren Händen.

Außerdem hatte sie ihn unter Druck gesetzt. »Ich nehme an einem Erste-Hilfe-Kurs teil«, hatte sie ebenfalls verkündet. »Vielleicht werde ich mich als Krankenschwester melden.«

»Zwei Söhne in der Armee sind für eine Familie genug. Auf keinen Fall werde ich alle meine Kinder in den Krieg ziehen lassen!«, hatte er gewettert.

»Da hat dein Vater ausnahmsweise einmal recht. Halt dich zurück. Deine Tanz-Revues bieten den Menschen eine Ablenkung vom Krieg, also ist deine Form der Unterhaltung auch eine Art Kriegsdienst«, hatte Kathleen eingeworfen, die ebenfalls Angst hatte, ihre Tochter zu verlieren. »Wir wollen deinen Namen eines Tages in großen Leuchtbuchstaben sehen.«

Die Gute wusste genau, wie sie mit seiner Tochter zu reden hatte. Er fragte sich, wie Maria mit Alessia zurechtgekommen wäre. Seine erste Tochter wäre mittlerweile wohl verheiratet gewesen – in dem Leben, das sie nie gehabt hatte. Dies jedoch war das wahre Leben, und er wollte sich auf die Familie konzentrieren, die ihn brauchte.

Er kam sich dumm vor, weil er Frankie den Schuh gegeben hatte, aber aus irgendeinem Grund war es ihm wichtig erschienen. Er hätte Jackie auch gern seine Uhr gegeben, wenn er nicht Angst gehabt hätte, dass sie auf irgendeinem Pokertisch landete. In was für einer Welt lebten sie nur! Er seufzte. Und er konnte nichts weiter tun, als am Rand zu sitzen und zuzusehen, wie seine geliebten Kinder sich auf dieser Weltenbühne durchschlugen.

108

Es wurde eine schwere Geburt. Ella hatte das Gefühl, als würde sie ihr Baby schon seit Tagen und nicht Stunden aus dem Körper pressen. Draußen fiel heftiger Schnee, die Nacht brach herein. Die Hebamme war gekommen und gegangen und dann wiedergekommen in der Hoffnung, dass es nun besser voranginge. Sie untersuchte Ella erneut und lächelte.

»Das kleine Ding liegt wohl zu träge und gemütlich in seinem Nest, als dass es an einem so winterlichen Nachmittag herauskommen möchte, aber nun gibt es kein Zurück mehr. Der Muttermund ist vollständig eröffnet.«

Ella wollte die Details gar nicht wissen, sie wollte nur, dass es endlich vorbei wäre. Anthony flog irgendwo über Deutschland und hatte keine Ahnung, dass ihr Kind gerade geboren wurde. Es war die längste Nacht ihres Lebens gewesen, doch trotz der Schmerzen war sie gespannt und aufgeregt – ein neues Leben würde beginnen, mit allen erdenklichen Möglichkeiten, die sich ihm böten. Sie wünschte nur, ihre Mutter könnte hier sein, um ihre Freude zu teilen. May war eine gute Mutter gewesen – alle Enttäuschung und Wut, die sie einmal verspürt hatte, waren längst verflogen. Ach, könnte sie nur an ihrer Seite sein, um ihr durch die kommenden Stunden zu helfen!

Das Kinderzimmer war schon vorbereitet. Celeste war ins Red House zurückgekehrt, während Archie in Portsmouth Dienst leistete. Selwyn war unterwegs, um die Eisenbahnschienen vor Angriffen der fünften Kolonne zu schützen. Verknappungen wurden mehr und mehr an fehlenden Waren in Schaufenstern deutlich. Pappaufsteller füllten die Lücken, und Strickwolle war schwer zu bekommen, ebenso wie Kosmetikartikel. Alle versuchten, so lange wie möglich mit Reinigungs- und Lebensmitteln hinzukommen und eine gute Miene zu machen, um die Moral hochzuhalten.

Nach einigen weiteren Stunden hielt die Hebamme das Hörrohr an Ellas Bauch. »Wenn es nicht weitergeht, werde ich den Arzt rufen müssen.«

»Es wird nicht besser, wenn ich hier herumliege«, sagte Ella, die sich wie angebunden fühlte in ihrem Bett, wo sie auf jede weitere Wehe wartete. »Lassen Sie mich eine Weile aufstehen und gehen.«

»Das ist aber nicht erlaubt«, beharrte die Hebamme.

»Ach, denken Sie doch nur an die alten Geburtsstühle! Früher hat man es richtig gemacht. Und wenn ich herumgehe, könnte das helfen, die Sache weiter voranzutreiben.« Sie stemmte sich hoch und begann, auf und ab zu gehen mit dem festen Vorsatz, dass Baby in ihren Bauch nach unten zu drängen. »Komm schon, komm raus!«

Es ging langsam und quälend voran, doch am Ende wirkte die Schwerkraft, und das Baby rutschte dunkelrot und schreiend heraus.

»Es ist ein Mädchen!«, rief die Hebamme und hielt sie an den Füßen hoch.

»Oh!«, stöhnte Ella erstaunt. »Ich war sicher, es würde ein zweiter Anthony werden. Ein Mädchen hatte ich nicht erwartet.« Sie lächelte und betrachtete ihr Kind aufmerksam.

»Seien Sie nur dankbar, dass sie gesund und munter ist. Sie können sie ja immer noch Antonia nennen«, entgegnete die Hebamme, während sie sich am Bett zu schaffen machte.

Ella seufzte tief beim Anblick des zerknitterten Winzlings mit schwarzem Haarbüschel und dunkelblauen Augen, die zu ihr aufblickten, noch ohne sie richtig zu sehen. Sie spürte eine Welle tiefer Liebe in sich aufsteigen, als sie ihre neugeborene Tochter im Arm hielt.

Celeste durfte sie als Nächstes bewundern, und Mrs Allen brachte ein gestricktes Babyjäckchen aus aufgetrennter Schafswolle, die mit Tee gefärbt worden war.

»Ich weiß, das ist eine komische Farbe, aber so ist das eben mit der Rationierung. Zumindest ist es warm. Sie müssen ja so stolz sein, Mrs Harcourt! Ihre Mutter hätte die Kleine bestimmt gern gesehen.«

Ella betrachtete den Säugling an ihrer Brust und war ganz überwältigt von dem Durcheinander an Gefühlen, die auf sie einstürmten. Hatte ihre eigene Mutter, wer auch immer sie war, sich auch so gefühlt? So voller Liebe und Dankbarkeit, Stolz und Angst?

Später kam auch Selwyn zu ihr. »Gut gemacht, mein Mädchen.« Er schien erfreut, dass das Baby endlich da war, sah es aber nur flüchtig an, weil er in Gedanken wohl noch bei den letzten Radionachrichten war. »Gerade habe ich noch mehr gehört«, raunte er Celeste zu, die am Schlafzimmerkamin Windeln anwärmte. »Die amerikanische Flotte in Pearl Harbour wurde von den Japanern angegriffen. Sie sind jetzt ebenfalls in den Krieg eingetreten.«

Ella war zu müde und schläfrig, um sich weitere Gedanken zu machen. Seufzend schloss sie die Augen. »Deinen Geburtstag wird wohl niemand mehr vergessen, meine Kleine, aber ich werde dich bestimmt nicht Pearl nennen, das wäre einfach zu traurig. Wir müssen deinem Vater telegraphieren, dass er einen Namen für dich aussucht.«

Und so wurde Clare Antonia Mary an Heiligabend in der Kathedrale getauft und trug dazu das Spitzenhemdchen und die kleine Mütze aus Mays Koffer – dieselben Sachen, mit denen Ella damals auf der *Titanic* bekleidet gewesen war. Anthony bekam Kurzurlaub von seinem Stützpunkt in Lincolnshire. Celeste und Hazel wurden Taufpatinnen und Selwyn Pate. Es war ein beißend kalter Wintertag, doch nichts konnte ihre gute Laune dämpfen, nicht einmal der Brief von Roddy, in dem er schrieb, dass er sich gemeldet hatte und auf irgendeinem Militärstützpunkt weitab im Nirgendwo stationiert war.

Sie hatten ihn per Telegramm über Clares Geburt benachrichtigt, und er hatte ein hübsches Kleid geschickt, in einem Paket mit der Aufschrift »Konserven«, das es irgendwie über den Atlantik und an den U-Booten vorbei geschafft hatte. Das Kleid war viel zu groß, aber in einer Zeit von Rationierungen und Coupons etwas ganz Besonderes.

Ella weinte, als Anthonys Urlaub vorüber war und er auf seinen Posten im Bomberkommando zurückmusste. Es war eine gefährliche Arbeit, und er sah übermüdet aus. Jede Nacht war er schweißbedeckt aufgewacht und hatte im Schlaf Befehle gebrüllt. Sie hatten sich aneinandergeklammert, um sich gegenseitig zu trösten, und eines Morgens hatte sie ihn am Kinderbett stehen sehen, wo er auf seine Tochter herabblickte, als wäre sie zu zerbrechlich, um sie auf den Arm zu nehmen.

»Wenn mir irgendetwas passieren sollte, weiß ich wenigstens, dass ein Teil von mir in ihr weiterlebt, auch wenn sie genauso aussieht wie du.« Er schwieg, als er ihren angsterfüllten Blick sah.

»Sag so etwas nicht«, entgegnete Ella erschrocken.

»Nein, hör zu, es muss gesagt werden. Du weißt, was ich tue, du kennst das Risiko. Mit jedem Einsatz stehen die Chancen schlechter. Jede Seite muss ihren Preis bezahlen, und vielleicht werde ich zu denen gehören, die ihn zahlen.«

»Nein, bitte …« Sie versuchte, ihn von seinen düstern Gedanken abzubringen. »Lass uns spazieren gehen.«

Unbeirrt fuhr er fort: »Wenn ich bei dir bin, kann ich ein paar Stunden so leben, als gäbe es keinen Krieg. Wenn ich über die Nordsee fliege, weiß ich, dass du hier sicher bist und dein Leben lebst und alltägliche Dinge erledigst. Das gibt mir Kraft, und jetzt, wo Clare da ist, sind wir eine Familie, egal, wie weit ich entfernt bin. Wenn ich euch beide in den Armen halte, kann ich vergessen, was der morgige Tag bringen mag, und die Angst, dass ich vielleicht nicht in einem Stück zurückkomme oder dass es für uns kein Happyend geben könnte.«

Ella begann zu weinen. Wie konnte er solche Sachen sagen?

»Weine nicht, Liebste«, sagte er zärtlich. »Du bist das Beste, was mir in meinem Leben passiert ist, alles, was ich immer gewollt habe. Du bringst einen Raum zum Leuchten, wenn du lächelst, deine Hände erschaffen wunderschöne Dinge, und du kümmerst dich um andere Menschen. Wie kann ich dich nicht lieben? Wenn ich denke, wie leicht ich dich hätte verpassen können, wenn ich damals nicht in dem Feld gelandet wäre! Ich fühle mich so glücklich, ja, gesegnet. Viele Männer hatten nie das Glück, von einer Frau geliebt zu werden. Wir werden es schon schaffen, das werden wir, also mach dir keine Sorgen.«

»Du bist genug Einsätze geflogen. Bald wirst du nur noch zur Ausbildung eingesetzt, oder?«

»Das hoffe ich, aber das wird sicher nur vorübergehend sein. Ich kann nicht an einem Schreibtisch sitzen, wenn ich weiß, was ich weiß.«

»Versprich mir, dass du zurückkommst«, flehte sie und schlang ihre Arme um ihn.

»Wenn nicht, dann will ich, dass du dein Leben und deine Kunst weiterlebst ... einen neuen Mann findest. Werd nicht zur Nonne. Meine Eltern werden sich um Clares Ausbildung kümmern. Um Geld musst du dir niemals Sorgen machen«, beharrte er.

»Hör auf damit. Bleib einfach für uns am Leben.« Sie hasste es, wenn er so sprach. Es brachte Unglück, über den Tod zu reden. Sie hatte das Gefühl, als wäre jemand über ihr eigenes Grab gegangen.

»Du musst dich den Tatsachen stellen, Ella. Die Aussichten für uns sind schlecht. Manchmal habe ich so ein Gefühl ...« Ella drückte sich fest an ihn und erstickte seine Worte mit einem Kuss.

»Komm mit, lass uns spazieren gehen. Du bist nur angespannt, weil du wieder wegfahren musst. Frische Luft wird uns allen guttun. Wir können mit der Kleinen den Treidelpfad hinuntergehen und die Enten füttern.«

Während sie langsam den Weg entlangspazierten, hörten sie über sich Flugzeuge in Richtung des Flugstützpunkts in Lichfield, die von ihren Routineübungen zurückkehrten. Sie flogen in Formation, drehten Kreise und wechselten die Positionen, um ihre Zusammenarbeit als Kampftruppe zu erproben. Ständig hörte Ella das Dröhnen der Motoren, es verfolgte sie sogar im Schlaf.

So vieles war so schnell geschehen. Clare war auf der Hochzeitsreise gezeugt worden. Die Liebe im Krieg war tatsächlich Liebe im Eiltempo, aber sie bereute keinen einzigen Tag. Anthony musste um Clares willen überleben. Sie musste mit ihrem Vater aufwachsen. Clare sollte das haben, was Ella nie gekannt hatte, eine richtige Familie mit zwei Elternteilen, die sie liebten und für sie sorgten. Etwas anderes wäre nicht genug.

109

August 1942

Das Sommerpicknick für die evakuierten Kinder war anstrengend. Der Freiwillige Verband der Frauen hatte einen Ausflug mit Sport, Spielen und viel frischer Luft zum Hopwas Wood organisiert, für den viele Mütter, Großeltern und kräftige Freiwillige aus der Stadt aushalfen. Celeste hatte geholfen, die Picknicktische vorzubereiten, und dann stürmten Horden von Stadtkindern herbei, machten sich über die belegten Brote und Kuchen her und spülten alles mit Flaschen von Limonade hinunter, die zuvor in Kisten den Berg hinaufgekarrt worden waren.

Ella und die kleine Clare saßen bei einigen jungen Müttern mit ihren Kindern, und die meisten von ihnen fanden Lichfield viel zu ruhig, verschlafen und abgelegen.

Bei allem Trubel musste Celeste dennoch immer wieder an Roddys letzten Brief denken. Er hatte geschrieben, dass seine Ausbildungszeit vorüber und er in die Armee aufgenommen worden sei und dass er sich nun auf seinen Einsatz im Fernen Osten freue. Sie hatte keine Ahnung, wo auf der Welt er sich im Moment befand.

Es waren bereits einige amerikanische Truppen in die Kaserne Whittington verlegt worden, und mit den Soldaten am Luftstützpunkt Fradley war Lichfield zur geschäftigen Garnisonsstadt geworden. Celeste wünschte, Roddy wäre hier.

Abends bevölkerten sie die Lokale der Stadt und tummelten sich auf den Straßen, laut lärmende junge Männer, die von einigen Angehörigen der »Unterstützenden Luftwaffe der Frauen« in Uniform begleitet wurden und sich meist betranken, um möglichst viel aus ihren kurzen Urlaubszeiten zu machen. Die ganze Stadt hallte vom Krieg wider, ganze Konvois zogen durch die Hauptstraßen. Die Fahrzeuge, die nachts am Red House vorbeifuhren, waren so laut, dass die Fenster klapperten, und über ihnen hörte man ständig das Dröhnen der Flugzeuge zu nächtlichen Bombenangriffen.

Celeste konnte kaum fassen, dass sie sich nun schon drei Jahre im Krieg befanden – drei Jahre der Rationierungen und Lebensmittelmarken, Reisebeschränkungen und Verdunkelungen, ohne dass ein Ende in Sicht wäre. Manchmal fühlte sie sich mit ihren fünfzig Jahren schon alt, ihre Beine schmerzten vom ständigen Stehen, und die Trostlosigkeit all der schäbigen Provisorien drückte allmählich auf ihre Stimmung.

Sie war traurig, dass Clare nichts anderes kannte als Verdunkelungsvorhänge und Gasmasken, selbstgebasteltes Spielzeug und alte, umgenähte Kleidungsstücke. Sie war das einzige Leuchtfeuer ihrer trüben Tage, mit einem Lächeln, das die Dunkelheit erhellte. Mutter zu sein, war für Ella von Anfang an ganz natürlich gewesen. Sie fand außerdem Zeit, an ihren Skulpturen zu arbeiten, und hatte Feder- und Tuschezeichnungen von Clare angefertigt, um sie Anthony zu schicken. Ein Freund von Anthony hatte sie einigen führenden Künstlern der Midlands vorgestellt, und eine Londoner Galerie hatte zwei ihrer Werke gekauft, was ihr Selbstvertrauen ungemein stärkte. Der Krieg behinderte ihr Talent in keiner Weise, auch wenn es schwieriger war, Material zu beschaffen.

Das Picknick verlief wunderbar – als würde es hier im Wald keinen Krieg geben, nur das vergnügte Geschrei von Kindern, die fröhlich spielten. Die Sonne schien, und es war ein perfekter Sommertag, bis sie über sich plötzlich das Heulen von Motoren hörten. Die Frauen schnappten die Kinder und zerrten sie in den Schutz der Bäume für den Fall, dass geschossen würde. Zu ihrer großen Erleichterung sah Celeste jedoch, dass es nur eine Wellington war, aus deren Heck Rauch strömte und die taumelnd Richtung Fradley flog.

Aber dann musste sie entsetzt mit ansehen, wie das getroffene Flugzeug knatternd und stotternd immer tiefer sank. Sie konnten nichts weiter tun als beten, denn von der Landebahn an der Whittington Kaserne war es noch zu weit entfernt. Celeste hoffte inständig, der Pilot möge es sicher auf den Boden schaffen, doch dann verschwand die Maschine aus ihrem Blickfeld, und sie hörten eine schreckliche Explosion, als sie auf dem Boden zerschellte. Mehr Rauch stieg auf. Die armen Männer in diesem Bomber waren verloren.

Der Tod hatte den schönen Tag zerstört. Celeste wollte laut aufschreien, aber dann sah sie Ellas Gesicht, weiß vor Angst durch die quälende Vorstellung, dass Anthony und seine Kameraden eines Tages vielleicht ebenso aus dem Leben scheiden könnten.

»Kommt alle mit«, rief die Vorsitzende des Komitees und scheuchte ihre Helfer zusammen. »Ab nach Hause, James, lassen Sie uns zusammenpacken. Im Hauptquartier wird es einiges zu tun geben.«

Geschäftig bleiben war das Motto, wenn die Dinge schlimm wurden. Tu etwas, bleib ruhig und mach weiter, egal, was passiert. Alle rannten herum, beluden die Körbe, klappten Tische und Stühle zusammen, falteten Decken und ließen die schweigsam gewordenen Kinder den Abfall aufheben, um sie vom beißenden Gestank und dem gerade Erlebten abzulenken.

Für die Männer im Flugzeugwrack konnten sie nichts mehr tun – die Feuerwehr würde sich um ihre Leichen kümmern. Heute Abend würden einige arme Mütter ein Telegramm erhalten, das die schlimmste Nachricht enthielte. Auf der ganzen Welt bekamen Familien solche Telegramme. Was, wenn Roddy einmal so endete?

Schweigend fuhren sie nach Lichfield zurück. Der Ausflug hatte so fröhlich begonnen und endete nun voller Trauer.

»Ist alles in Ordnung mit dir?«, flüsterte Celeste Ella zu. »Anthony kann es nicht gewesen sein, er ist doch zum Küstenkommando beordert worden.« Das war für Ella allerdings auch kein Trost. Er war weiter nördlich stationiert, und sie konnte ihn nicht oft sehen.

»Ich weiß, aber so etwas Grässliches aus der Nähe zu erleben, ist furchtbar! Es macht einem den Schrecken des Kriegs so deutlich. Ich habe schon ganz vergessen, wie es ist, normal zu leben.« Ella kämpfte mit den Tränen.

»Eines Tages wird das alles vorbei sein, und dann werden wir die schlechten Zeiten vergessen, du wirst sehen«, log Celeste, die wusste, dass sie die schrecklichen Bilder der *Titanic* nie vergessen würde: der hoch aufragende Bug, die Schreie der Sterbenden im Wasser … In ihren Träumen verfolgte es sie noch immer.

Als sie zum Red House kamen, war die Tür weit geöffnet, und Selwyn stand mit seltsamem Gesichtsausdruck im Türrahmen.

»Was ist passiert?«, wollte Celeste wissen. »Ist es Archie?« Sie fühlte, wie ihr die Knie weich wurden, da sie das Schlimmste befürchtete.

Selwyn grinste. »Nein, nichts dergleichen. Wir haben Besuch.«

»Aber ich habe nichts im Haus außer Reste«, hob sie an. Sie war so müde, dass sie keine Lust hatte, jemanden zu begrüßen, nicht nach dem, was sie gerade gesehen hatten.

Doch dort im Flur stand ein hochgewachsener Offizier in amerikanischer Uniform, die Mütze schräg über die Augen gezogen, so dass er keck und verwegen aussah.

»Hallo, Mom.«

»Roddy, oh, Roddy!« Sie fiel ihm ihn die Arme und hatte ihre Müdigkeit auf der Stelle vergessen. »Mein Sohn ist endlich wieder bei mir. Oh, danke, Gott, danke, danke!«

»Bei unserem letzten Treffen hast du noch kurze Hosen getragen«, meinte Ella lachend. »Und sieh dich jetzt an! Ein waschechter Amerikaner! Ich kann nicht fassen, dass es schon zwanzig Jahre her ist!«

»Und du warst eine Nervensäge mit Rattenschwänzen«, gab er zurück und musterte sie von oben bis unten. »Wer ist denn diese kleine Schönheit?«

»Das ist Clare. Sag Onkel Roddy hallo.« Aber Clare klammerte sich an ihr fest und vergrub das Gesicht an ihrer Schulter. »Sie ist nur schüchtern, sie wird sich schon noch an dich gewöhnen. Ich kann nicht glauben, dass du hier bist! Wie hast du das denn geschafft?«

»Mit freundlicher Genehmigung von Onkel Sam, erste Klasse über den Atlantik, im Zickzackkurs, um den U-Booten auszuweichen. Was für eine Fahrt! Die Hälfte der Männer hing ständig über der Reling. Mit einem Luxusliner wie der *Queen Mary* oder *Queen Elizabeth* konnten wir bei weitem nicht mithalten, aber immerhin sind wir in einem Stück in Liverpool angekommen. Mein Gott, was für ein Anblick – schwer zerbombt, aber immer noch da, wie das meiste von England, soweit ich es sehen konnte. Ich habe hier und da ein paar Fäden gezogen und es geschafft, dass ich meine Familie besuchen darf. Ich musste einfach meine Mutter sehen!« Celeste strahlte ihn an.

»Auf der Straße hätte ich dich sicher nicht erkannt! Du siehst so amerikanisch aus«, sagte Ella. »Woran natürlich nichts Schlimmes ist«, beeilte sie sich hinzuzufügen, »aber manche der hier stationierten Soldaten sind doch recht unverschämt. Süßes für die Kinder und Nylonstrümpfe für die jungen Mädchen … gegen gewisse Gefälligkeiten.« Sie zwinkerte ihm zu. »Falls du verstehst, was ich meine.«

»Keine Sorge, ich habe zwar Süßes für die Kleine mitgebracht, aber nichts für dich.« Er holte eine Tafel Schokolade aus der Tasche, und Clare musste nicht weiter überredet werden, sie anzunehmen. Alle Schüchternheit war auf wundersame Weise vergessen, und sie schnappte sie ihm aus der Hand.

Später gingen sie zusammen die Market Street hinunter, Clare in ihrer Klappkarre vor ihnen.

»Ich habe Celeste noch nie so glücklich gesehen wie vorhin, als sie dich im Flur entdeckte«, sagte Ella. »Du bist das allerschönste Geschenk für sie. Sie hat sich viele Sorgen um dich gemacht.«

»Ich weiß, aber jetzt bin ich ja hier. Wo ich als Nächstes stationiert werde, weiß ich allerdings noch nicht.« Roddy sah sich erstaunt um. »Hier scheint sich nicht viel geändert zu haben, aber alles ist so viel kleiner als in meiner Erinnerung.«

»Wie sollte sich etwas geändert haben? Es ist Krieg. Wir hangeln uns von Provisorium zu Provisorium. Seltsam, wie das Leben trotzdem weitergeht.«

»Und dein Ehemann?« Roddy lächelte. »Ihr habt es aber sehr eilig gehabt, hm?« Er deutete auf die Kinderkarre.

»Warum nicht? Kinder sind unsere Zukunft, unsere Hoffnung auf eine bessere Zukunft. Laufen von dir denn auch ein paar auf Akrons Straßen herum?«

»Nicht, dass ich wüsste.« Er zwinkerte. »Du hast dich aber auch verändert.«

»Das hoffe ich. Ich bin jetzt Mutter.« Sie spazierten in Richtung der Kathedrale. »Erinnerst du dich? Hier sind wir immer hingegangen, um dich singen zu hören.«

»Natürlich. Es kommt mir vor wie in einem anderen Leben. Nach dem, was ich in unseren Zeitungen las, dachte ich, das ganze Land wäre dem Erdboden gleichgemacht worden. Hier sieht es unverändert aus.«

»Lass dich nicht täuschen, wir werden alle noch etwas abbekommen, ehe es vorbei ist. Zumindest schlagen wir jetzt zurück und zahlen es ihnen auf der anderen Seite des Kanals heim. Aber lass uns nicht vom Krieg reden. Wie lange müssen wir dich und deine schlechten Witze hier ertragen?«

Sie blieben stehen, um die vertraute Westfassade der Kathedrale zu betrachten.

»Morgen muss ich wieder los. Irgendwohin, ich weiß es nicht, ist alles geheim.«

»So bald schon?« Während sie auf die Tür zu steuerte, wurde Ella ganz traurig. »Sollen wir reingehen? Um der alten Zeiten willen?«

»Warum nicht? Wer weiß, wann ich wieder herkomme? Da kann ich wenigstens einen letzten Blick auf mein altes Zuhause werfen: Weißt du noch, dass Grandpa Forester immer Süßigkeiten in seiner Soutane hatte? Wenn wir im Gottesdienst herumgezappelt haben, hat er uns ein Bonbon zum Lutschen gegeben.«

»Ich mochte seine Lakritzbonbons, diese kleinen Dinger, die man hinten im Hals spürte und mit denen man besser singen konnte. Er war ein netter Mensch und so überaus freundlich zu meiner Mutter.«

»Mom hat mir das von May geschrieben. Ich hätte dir auch schreiben sollen, aber ich wusste nicht, was.«

»Ich bin froh, dass sie es dir erzählt hat. Sie fehlt mir sehr, vor allem hier«, fügte Ella hinzu, während sie den Gang entlangschritt.

»Mir fehlt es auch, meine Mutter bei mir zu haben«, erwiderte er und folgte ihr.

»Ich bin so froh, dass ich Clare und Anthony habe und auch die Foresters«, fuhr sie fort. »Deine Mutter war so lieb zu mir.« Sie blieb stehen und sah ihn an, sah ihm direkt in die Augen. »Warum bist du weggegangen?«, stellte sie die Frage, die seit Jahren unausgesprochen geblieben war.

»Ich wollte euch nicht verlassen. Ich hatte nicht vorgehabt, mit meinem Vater wegzugehen, aber es kam alles anders, und ich war zu jung, um zu erkennen, was er tat, bevor es zu spät war.«

»Aber hättest du nicht mit Celeste zurückkommen können? Wir haben dich vermisst.«

»Ich weiß. Ich war jung und habe nicht nachgedacht, und später war es nicht mehr so einfach. Da war Grandma. Sie hatte es schwer mit Pa und seiner Trinkerei. Ich bin einfach geblieben, bis es dann zu spät war, um zurückzukommen, und jetzt habe ich mein Unternehmen.«

»Davon habe ich gehört, und du bist wohl sehr erfolgreich. Ich hätte dich mir nie als Lastwagenfahrer vorgestellt!«

»Sei nicht so ein Snob, so typisch englisch!«, schalt er lachend. »Ich bin jetzt Offizier.« Er tippte auf seine Manschette. »Also benimm dich.«

Das letzte Stück in der Kathedrale gingen sie schweigend nebeneinander, wie Touristen, und ihre Schritte hallten von den Steinplatten wider. Alles von Wert war eingepackt und weggeschafft worden, das Kirchenschiff wirkte kalt und leer. Ella war froh, als sie wieder draußen in der Sonne standen.

»Zeit zurückzugehen. Ich fürchte, Mrs Allens Gemüseauflauf wartet schon auf uns. Sag nicht, ich hätte dich nicht gewarnt.«

»Hast du nicht etwas vergessen?«, wollte Roddy wissen.

Sie sah ihn verständnislos an. »Was?«

Er deutete zum Eingang der Museum Gardens. »Wir müssen unsere Tour schon vollständig gehen, und wenn ich mich nicht irre, gehört der alte Seebär da hinten dazu.«

»Captain Smith! Ich dachte, du hättest ihn längst vergessen!«

»Niemals. Wir müssen die ganze Runde gehen. Ohne ihn wäre keiner von uns beiden hier«, beharrte er.

Es war, als würden sie genau dort weitermachen, wo sie vor all den Jahren aufgehört hatten. Ihr großer Bruder war wieder da. »Ich muss dir unbedingt erzählen, wie ich die Tochter des Kapitäns kennengelernt habe. Du wirst es nicht glauben.«

Roddy schob Clares Karre, während Ella ihm die Geschichte erzählte. Ihr fiel nicht auf, dass er sie mit neu erwachtem Interesse ansah. Sie sah umwerfend aus, dachte er. Vielleicht, wenn er in England bliebe, wer weiß …? Aber nein, sie war verheiratet und daher tabu. Er seufzte. Selbst schuld, dass er seine Rückkehr so lange aufgeschoben hatte!

110

Italien, 1944

»Flach auf den Boden, Padre!«, schrie eine Stimme aus einem Schützenloch, als in der Nähe eine Mine explodierte. Frank warf sich hin und hob automatisch die Arme über den Kopf, während er betete, das Gesicht in den Schlamm gedrückt. Er wusste, dass im Kampf keine Rücksicht auf ein Kollar genommen wurde. Er war blutverkrustet und müde bis in die Knochen. Die Landung bei Anzio war besser verlaufen, als sie gedacht hatten, aber nach einem deutschen Gegenangriff steckten sie jetzt zwischen zwei starken Verteidigungslinien fest.

Die Kämpfe zur Befreiung Nordafrikas schienen lange her, und so viele seiner Kameraden waren dabei draufgegangen, durch Explosionen, Beschuss, Hunger und Erschöpfung. Und nun würde der geplante Durchmarsch von Neapel nach Rom nicht funktionieren. Und sie würden wiederum große Verluste erleiden.

Sein Colonel witzelte oft, Frank gehe in den Schlachten auf wie ein Mönch im Gebet. Doch er fühlte sich taub und mehr und mehr wie ein Automat, während er von einem Schlammloch ins nächste sprang und sich zum Schutz sofort zusammenrollte. Er hatte sich angewöhnt, eine Armbinde des Roten Kreuzes zu tragen, denn wenn Männer verwundet oder sterbend allein draußen festsaßen, konnte er hingehen und sie retten, ihnen die Letzte Ölung geben oder sie zurücktragen. Nicht alle Feinde waren herzlos. Einige Infanteriesoldaten respektierten seine Handlungen und die Opfer der gegnerischen Seite und stellten dann ihr Feuer ein. Andere nicht.

Jetzt, nach dem letzten Beschuss, musste er das Schlachtfeld nach Toten und Verwundeten absuchen. Noch lebende Soldaten würde er dann auf dem Rücken in Sicherheit tragen. Es war das Mindeste, was er tun konnte. Sie waren seine Familie, seine Waffenbrüder, und sie brauchten ihn, aber er fragte sich, wie lange er noch die Kraft dazu haben würde, geschweige denn den Mut. Die Beschüsse des »Anzio Annie« genannten deutschen Eisenbahngeschützes kamen immer näher, und seine Gebete wurden immer eindringlicher, je mehr er sich zusammenkrümmte. »Sie beten uns besser ganz hier raus, Pater«, rief jemand.

Das war jetzt sein Leben – Seite an Seite mit Männern, die ihren Weg nach Norden erkämpften, in durchweichten Stiefeln und Kleidung, die nie mehr trocken wurde. Sie übernachteten im Schlamm und ernährten sich seit ihrer Ankunft in Italien nur von getrockneten C-Rationen. Aber wie sollte man nur in eine Decke gehüllt schlafen, wenn man bis zur Hüfte im Wasser und Morast stand und Kanonenfeuer als Schlaflied hörte?

Später würde er sein tägliches Ritual erledigen und den Leichen – oder was davon übrig war – die Erkennungsmarken abnehmen, um ihre Identität festzuhalten. Der grässlich süße Gestank des Todes stieg ihm permanent in die Nase. Bei den Leichen zu warten, während die Gräber ausgehoben wurden, war das Schlimmste. Sie legten die Überreste in Reihen nebeneinander und fügten einzelne Arme und Beine bei, so gut es eben ging. Jede Beisetzung war schlimmer als die vorige, weil er die jungen Männer mit jedem weiteren Tag besser kennengelernt hatte, bevor sie in Bruchteilen von Sekunden ausgelöscht wurden. Es war das reinste Massaker.

Manchmal blieb nur ein einzelner Finger übrig, von dem er dann für die spätere Identifizierung einen Fingerabdruck nahm. Mit jedem Begräbnis, jedem vertrauten Gesicht, das in fremder

Erde zurückblieb, fühlte auch Frank etwas in seinem Herzen absterben. Wie konnte er bei solch einer Vergeudung junger Leben noch seinen Segen sprechen? Doch es war seine Arbeit, seine Aufgabe. Wenn die Plane über die provisorischen Gräber gezogen wurde, war es Zeit, sich den zahllosen Kondolenzschreiben zu widmen, die er verfassen musste. Manchmal war er so erschöpft, dass er den Stift nicht mehr bewegen konnte, stundenlang ins Nichts starrte und um die Kraft bat, diese elende Aufgabe immer wieder aufs Neue zu erfüllen.

Sie hielten sich vor den mächtigen Geschützen in den Albaner Bergen versteckt, nicht in der Lage, vorzudringen. Nur ein Luftangriff könnte die feindlichen Truppen aus dieser vorteilhaften Stellung vertreiben. Der Feind war auf jede Bewegung am Brückenkopf fixiert, was dort einen Fortschritt unmöglich machte.

Wenn er es einmal schaffte zu schlafen, wurde er von Albträumen geplagt; dann sah er einen jungen Mann, der die britische Flagge umklammert hielt und um sein Leben bettelte. »Lassen Sie mich nicht sterben, Padre. Ich will nicht sterben.« Und er konnte nichts weiter tun, als dem Jungen die Hand zu halten, bis seine Augen glasig wurden und er in gnädige Bewusstlosigkeit sank. Im Schlaf sah Frank erneut den deutschen Soldaten, der ein Foto seines Kindes an die Lippen hob und weinte. »Pater, helfen Sie mir, hören Sie meine Beichte.« Er hatte mit ihm gebetet und ihm die Letzte Ölung gegeben, so wie er es mit seinen eigenen Kameraden getan hätte. Wie sollte er wissen, ob dieser Mann freiwillig gekämpft hatte oder zwangsweise eingezogen worden war und den Krieg, die Schmerzen und Schlachten hasste?

Einige der Truppen fluchten, wenn sie ihn sahen – »Hauen Sie ab! Gehen Sie woandershin. Wir wollen Sie hier nicht!« – aber es war die Ausnahme. Meistens waren sie erleichtert, wenn er auftauchte wie ein Spürhund, der ihr Versteck witterte, wenn er Briefe verteilte, Nachrichten überbrachte, ihre Beschwerden anhörte oder nur bei ihnen saß und mit ihnen rauchte.

Viele seiner Amtsbrüder hatten vor den Strapazen kapituliert, und es gab wenig Ersatz. Die katholischen Geistlichen erreichten nie ihre Quote. Die, die noch da waren, hatten das Gefühl, nicht genug zu tun, nicht alle zu erreichen, von denen sie gebraucht wurden.

Frank hoffte, dass der nächste Vorstoß sie nach Norden brächte. Er wollte den Heiligen Stuhl sehen und italienische Stimmen hören, außer sich vor Freude über ihre Erlösung. Die Muttersprache seines Vaters klang ihm im Ohr. Es würde ein paar kostbare erholsame Urlaubstage geben. Doch wer würde seinen Platz einnehmen, wenn er nicht da wäre? Den Luxus von großer Stille und spiritueller Zurückgezogenheit in irgendeinem Kloster würde es für ihn nicht geben. Er würde sich nur so viel freie Zeit nehmen wie diese Männer, keine Stunde mehr. Wie könnte er ihnen in die Augen sehen, wenn er gut genährt, sauber und erfrischt zurückkäme, während sie vor Erschöpfung fast umfielen?

Er fragte sich, wie es ein Stück weiter vorne Paul erging, dem Jesuitenpater, den er in der Ausbildung kennengelernt hatte. Er beneidete die Jesuiten um ihre militärische Disziplin. Darin waren sie ihm weit voraus, und sie bildeten die größte Gruppe katholischer Priester hier draußen, den Männern nah und dennoch getrennt von ihnen durch ihre Berufung. Er hatte große Tapferkeit bei ihnen gesehen und große Opfer. Sie waren schließlich auch nur fehlbare, furchtsame Menschen, die sich sorgten, wie sie es bis zum nächsten Gottesdienst schaffen oder wie viele ihrer Brüder wohl nach Hause zurückkehren würden. In ihrer Angst waren alle Menschen gleich.

Während er sich in sein Schützenloch duckte, schämte er sich, als er den kleinen Talisman in seiner Tasche berührte, die *scarpetta d'Angelo*, den Babyschuh. Zuerst hatte er nach Zuhause und der Seife seiner Mutter gerochen. Jetzt war er schmutzig von dem Staub und Dreck an seinen Händen, aber er war immer noch da, genau wie er selbst auch.

Seine Männer betrachteten ihn als unverwüstlich. »Halt dich an Pater Frank, dann passiert dir nichts«, sagten sie oft, wenn sie die Neuzugänge grinsend in seine Richtung schoben.

Sie sahen einen gütigen Vater in ihm, auch wenn er kaum älter war als die meisten. Das Kreuz an seinem Ärmel wies ihn als jemand Besonderen aus, aber nicht so besonders, dass sie nicht vor ihm lachen und herumalbern konnten. Es gab Zeit für persönliche Dinge – etwa, über einen Brief von zu Hause zu reden, der schlechte Nachrichten brachte, oder über Beschwerden im Unterleib, die eine Untersuchung auf Geschlechtskrankheiten und eine Beichte nötig machten. Er wachte über sie, während sie ihre Stellung verteidigten, in dem Wissen, dass ihre Mütter sie unter Schmerzen geboren und mit Fürsorge großgezogen hatten.

Es musste doch einen besseren Weg geben als diesen, betete er. Sobald der Krieg vorbei wäre, würde er sich darum kümmern, dass keine weiteren jungen Männer solch einen Preis zahlen müssten wie die Soldaten am Brückenkopf von Anzio. An vorderster Front zu stehen, hatte seine gesamte Weltsicht verändert, hatte ihm die Einsicht ermöglicht, dass ein Mensch, der nicht Katholik war, nicht automatisch in die Hölle käme. Es gab gute Menschen unter Andersgläubigen und Nichtgläubigen, die hier ihre Tapferkeit unter Beweis stellten. Auch sie waren auf dem rechten Pfad. Nichts war mehr nur schwarz oder weiß. Falls er lebend hier herauskäme – wie sollte er je zu seinen alten starren Glaubensgrundlagen zurückkehren?

»Anzio Annie macht uns wieder die Hölle heiß, Padre«, schrie eine Stimme, die durch eine plötzliche Explosion und Hilferufe übertönt wurde. Es wurde Zeit hinzugehen und sie zu suchen. Frank rappelte sich auf und versuchte, seine Hand so ruhig wie möglich zu halten, als er sich bekreuzigte. *»In mano tuo, Domine«*, betete er und kroch bäuchlings in die Richtung, aus der er die Schreie gehört hatte. Es kam ihm vor wie etliche Meilen.

Wenn es eins gab, was er hasste, dann war es, einen Jungen vor Schmerzen schreien zu hören, ohne dass ihm Morphium verabreicht werden konnte. Doch dass jemand allein in seinem Schützenloch starb, würde auf seiner Wache nicht passieren, solange er es verhindern konnte.

Kugeln pfiffen um ihn herum, doch er robbte weiter. Seine Männer sagten immer, er sei ihr Spürhund, der instinktiv die Verwundeten erschnüffele. Aber das glaubte er nicht. Es waren vielmehr ständige Angst und Entschlossenheit, die ihn vorantrieben, während die Stimme vor ihm immer schwächer wurde. Er sah zwei Männer übereinander kauern, der eine hatte einen Kopfschuss und starrte ungläubig in den Himmel, der andere zitterte vor Schock und hielt sich die Hände auf den Bauch gepresst.

Es war keine Zeit zu verlieren. Frank drückte dem Verwundeten eine Kompresse auf den Bauch und gab ihm eine Morphiumspritze, während er dem Toten die Augen schloss und ein paar Worte betete, so gut er konnte. »Nein, Pater, er ist Jude«, flüsterte der Verletzte, schon halb benommen. Also betete Frank das Schma Jisrael. Plötzlich fiel ein Schatten auf ihn. Als er aufblickte, sah er den Lauf eines Gewehrs und die graugrüne Hose eines feindlichen Soldaten, der ihn beobachtete. Dann hörte er die Worte, die ihm das Blut in den Adern gefrieren ließen. »Für euch, Pater, ist der Krieg vorbei.«

III

Italien, 1944

Captain Roderick Parkes starrte auf den Todesberg, die Hände fest am Feldstecher, die Augen halb geschlossen vor Müdigkeit nach mehreren schlaflosen Nächten unter Beschuss. Zwei Monate lang saßen sie hier nun schon direkt in der Schützenlinie der Zitadelle am Apennin fest. Was war es für eine Hölle gewesen – manche Bataillone waren bis auf wenige Männer abgeschlachtet worden! Wie viel mehr vermochten sie noch zu ertragen, bis sie Santa Maria Infante und die umgebenden Hügel einnehmen und nach Norden vordringen könnten?

Das Dröhnen von Motoren löste schwachen Jubel aus, als die Kampfflieger das alte Fort niedermähten und vor ihren Augen Gebäude zu Staub und Asche werden ließen. Es war der einzige Weg.

Roddy hoffte auf Neuigkeiten eines Durchbruchs bei Anzio, aber dort saßen sie fest, und Rom war noch nicht gefallen. Ihr eigener Vorstoß war zum Stillstand gekommen, mitten in diesem gottverdammten Schlamm, in dem sie verzweifelt nach Deckung suchten und einfach nur froh waren, noch am Leben zu sein.

Er starrte auf die Berge und wusste, dass sie Wochen brauchen würden, um sie einzunehmen. Warum hatte er sich freiwillig zu so etwas gemeldet, wo er doch zu Hause in Sicherheit hätte bleiben können? War es um diesen Moment gegangen, um eine Chance, dem Tod ins Gesicht zu sehen, seine Männer auf die Schlachtbank zu führen, verlaust und verdreckt wie Tiere in Frost und Schnee zu leben? Worum ging es hier eigentlich? In diesem Feldzug kam er sich allmählich vor wie an einer vergessenen Front, alles war voller Berge, Schlamm und Maultiere. Sie hatten ein schreckliches Weihnachten hinter sich, eingepfercht in eine ausgebombte Kapelle, und jemand hatte »Stille Nacht« auf der Mundharmonika gespielt. Roddy empfand so viel Traurigkeit und Heimweh, dass es schmerzte. Alle Soldaten neigten müde die Köpfe, und er spürte, wie ihm die Tränen über das Gesicht liefen. Wie viele von ihnen würden ihr Zuhause nie wiedersehen?

Über ihnen ragten die Berggipfel auf und schienen sie wie Zyklopen zu beobachten. Durch Zielfernrohre wurde gewissenhaft jede ihrer Bewegungen registriert, und sobald sie sich verrieten, würden sie abgeschossen werden. Während sie nun den Luftangriff und jede flammende Explosion verfolgten, war kein anderes Gefühl als Erleichterung zu spüren, Erleichterung, dass sie verschont geblieben waren. Der Krieg reduzierte den Menschen auf seinen Überlebenswillen, entriss ihm seine Menschlichkeit und sein Mitgefühl. Klöster, Kirchen, Burgen, wunderschöne Bergdörfer wurden niedergemacht, Zeugnisse der Herrlichkeit Gottes – alles musste zerstört werden, wenn sie je den Feind über die Alpen zurückdrängen wollten.

Als Staub, Rauch und Nebel sich verzogen, konnte Roddy sehen, dass die Bomber ihr Ziel getroffen hatten. Er wusste, dass die Infanterie nun den Vorteil nutzen und vordringen musste, um das bereits verlorene Terrain zurückzuerobern. Vielleicht warteten in den Trümmern des zerbombten Dorfes weitere Trupps der Alliierten darauf, sich zu größerer Kampfkraft mit ihnen zu verbinden. Wenn sie nur als Einheit vordringen könnten!

»Vorwärts!« Der Kommandant winkte sie voran. »Wir haben da oben einen Stillstand«, rief er, während sie eine ungeordnete Linie bildeten und die Maultiere den zerklüfteten Pfad hinauftrieben in der Gewissheit, dass ihre Verbündeten sie dort oben willkommen hießen.

Doch dann war es der Colonel selbst, der den Schuss in die Brust bekam, als er schrie: »Feuer einstellen, verdammt! Wir sind Amerikaner!« Die Kugeln pfiffen ihnen nur so um die Ohren, als sie aus dem Hinterhalt angegriffen wurden – sie waren umzingelt und in der Unterzahl. Roddy spürte Schweiß auf der Stirn, die Hände feucht vor Angst. Das war es also, ein sinnloses Ende auf einem dreckigen Abhang in einem fremden Land, dessen Sprache er nicht verstand.

Was für ein verdammter Schlamassel! Sie hatten ihre Männer geradewegs in die Falle tappen lassen. Jetzt würden sie alle erschossen werden, und er konnte nichts weiter tun als beten.

112

Dezember 1943

Eine weitere Kriegsweihnacht stand bevor, und erneut galt es, mit wenig auszukommen und zu improvisieren. Jedes Jahr wurde es schwerer, den nötigen Enthusiasmus aufzubringen, andererseits war jetzt Clare da, die im Dezember noch dazu Geburtstag hatte. Die gespannte Erwartung eines Kindes hob definitiv die Stimmung. Clare war noch zu klein, um zu begreifen, um was es ging, dennoch wurde der Advents- und Weihnachtsschmuck ausgepackt, so schlaff die Papiergirlanden und so angeschlagen die Christbaumkugeln auch sein mochten. Sie hatten ausreichend Trockenobst, Zucker und kostbare Zitronenschale gehortet, um einen einigermaßen schmackhaften Früchtekuchen backen zu können.

Alles, worauf Ella inständig hoffte, war gutes Wetter, damit

Anthony für ein paar Tage nach Hause kommen könnte. Seit er zum Schutz der Küsten zur 144. Staffel im Norden Schottlands versetzt worden war, hatte er nur noch selten und unregelmäßig frei. Er hatte ihr gesagt, er spähe jetzt U-Boote aus, um Angriffe auf die Schiffe der Alliierten zu verhindern, die von Schottland herüberkämen. Sein letzter Brief hatte nicht sehr vielversprechend geklungen.

Liebste,
sei bitte nicht enttäuscht, wenn ich nicht rechtzeitig kommen kann. Du weißt ja mittlerweile, wie das ist. Ich habe kaum Zeit, meine Mütze in die Ecke zu werfen, da muss ich mich schon wieder aufmachen und gehen, aber ich werde es versuchen.

Wegen letztem Mal tut es mir leid. Was hätte ich tun sollen? Die Jungs wollten Dich so gern kennenlernen und mal etwas anderes sehen. Ich wusste, dass Du nichts dagegen haben würdest, sie für ein paar Nächte bei uns aufzunehmen; ich hätte Dich allerdings vorwarnen müssen. Sie waren dann leider recht laut und haben Clare geweckt und uns die Nacht verdorben. Du hattest jedes Recht, böse zu sein, dass wir nicht mehr Zeit miteinander verbringen konnten. Ich verspreche, nicht wieder so gedankenlos zu sein, aber meine Männer und ich sind auch eine Art Familie, und es fällt mir schwer, sie allein zurückzulassen. Manchmal vergesse ich, dass ich eine richtige Familie habe, die ich an meinen freien Tagen genießen sollte. Ich habe auch meine Eltern vernachlässigt, aber wie ich höre, werden sie Euch über Weihnachten besuchen. Wir alle unter einem Dach – das wird wunderbar!

Hier ist es grässlich. Ständig Wind und Regen und Kälte, aber wir leisten gute und wichtige Arbeit mit unseren Erkundungsflügen. Ich darf nicht sagen, wo, aber Du wirst es Dir sicher denken. Ich habe ein Extratraining absolviert und wünschte nur, es wäre hier nicht ganz so unwirtlich. Wenn ich Dich doch nur jede Nacht in meinem Bett haben könnte, zum Wärmen! Den

Männern hier bleibt nicht viel anderes als zu trinken, zu lesen und mit den weiblichen Hilfskräften der Luftwaffe zu flirten. (Keine Sorge, keine von ihnen kann Dir das Wasser reichen.) Ich zähle die Wochen, bis ich mich in den Schlafwagen Richtung Süden setzen kann. Bete darum, dass kein Schnee fällt, der das verhindert.

Es gibt Gerüchte, dass sie eine Stelle für mich beim Bodenpersonal haben. Ich schätze, ein dritter Einsatz wäre ziemlich gefährlich, aber gerade meine Erfahrung ist es, die den neuen Soldaten bei ihren ersten Flügen hilft. Um in einer dunklen Nacht Torpedos auf U-Boote abzufeuern, braucht man Training und Übung. Diese jungen Kerle wecken meinen Beschützerinstinkt. Sie kommen frisch aus der Schule, sind noch grün hinter den Ohren und so enthusiastisch, dass sie ohne ordentliches taktisches Training ganz schnell verloren sind. Gut, ich kann ihnen auch am Boden so einiges beibringen, aber wir werden sehen, wie die Dinge im nächsten Jahr laufen.

Ich habe übrigens gehört, dass auch Simon Russell-Cooke irgendwo hier oben ist. Die Welt ist klein. Schick seiner Mutter doch eine Karte. Unsere wunderbare Hochzeitsreise werde ich nie vergessen!

Gute Nacht, mein Liebling. So Gott es will, werden wir uns bald sehen. Liebe Grüße an alle Foresters. Hast Du etwas von Roddy gehört? Ich glaube, die Amis und die Briten haben es da unten in Italien nicht leicht. Gib Clare einen Kuss von ihrem »Fliegenden Daddy«.

Nicht mehr lange …

Auf immer und ewig Dein

Anthony

Die gemeinsame Zeit war einfach zu kurz. Er sprang aus dem Zug Richtung Süden, eilte ins Red House auf ein heißes Bad, einen Whisky mit Selwyn und einen langen Spaziergang, allein mit ihr, und dann gingen sie früh ins Bett. Manchmal war er so müde, dass er die meiste Zeit verschlief. Ella beobachtete, dass er selbst beim Spielen mit Clare ganz abwesend wirkte, als wäre er in Gedanken noch in der Luft. Er war im letzten Jahr gealtert; die Falten auf seiner Stirn hatten sich tiefer eingegraben, und er wirkte ständig erschöpft.

Sie schämte sich für ihre Wut und Eifersucht. »Du siehst deine verdammte Crew jeden Tag, aber wir sehen dich doch kaum! Das ist nicht fair. Du hast mich geheiratet, nicht deine Crew«, hatte sie ihn eines Nachts angefahren.

Ach, es war schwer, damit fertigzuwerden. Sie wollte jede Sekunde mit ihm verbringen. Jede Berührung, jede seiner Zärtlichkeiten bedeuteten unendlich viel, und sie sammelte diese Momente wie den kostbarsten Schatz. Seine Gegenwart, seine Liebe war das Einzige, woraus sie Kraft schöpfte, um die nächsten Wochen durchstehen zu können. Aber natürlich musste sie einsehen, dass seine Crew nun auch so etwas wie seine Familie war.

Er hatte zwei Einsatzreihen überlebt. Die Aussicht, er könnte bald am Boden arbeiten, erleichterte sie enorm, aber sie fürchtete, er würde die neue Stelle ausschlagen, um eine dritte Einsatzreihe zu fliegen. »Niemand überlebt drei Einsatzreihen«, hatte sie ihn letzte Woche am Telefon angeschrien.

»Es gibt immer eine Ausnahme zur Regel«, hatte er erwidert. »Ich habe ein gutes Gefühl.«

Sie hatte Angst, darüber nachzudenken, was er jede Nacht riskierte, wenn er tief über das dunkle Meer flog, nach Zielen Ausschau hielt, Fotos machte, Flakgeschützen auswich oder ohne Sicht durch dichten Nebel schwebte, nur wenige Liter Benzin im Tank, und um Lichter betete, die ihn zum Festland führen würden.

»Aber ich bin nun mal Pilot«, sagte er und blickte sie mit dem charmanten Lächeln an, gegen das sie völlig machtlos war, »und genau das wollte ich werden, seit ich Onkel Geralds Doppeldecker in unserem Feld landen sah und er mich auf eine Runde mitnahm. Als Junge bin ich in den Sommerferien immer zu Cobham's Fliegendem Zirkus gegangen und durfte mal in einer Avro 504 mitfliegen. Ich bin stundenlang mit dem Rad gefahren, nur um draußen vor dem Luftwaffenstützpunkt zu sitzen und die Flugzeuge starten und landen zu sehen. Es steckt mir im Blut – auf andere Weise so, wie du mir im Blut steckst.«

Doch Ella stand schreckliche Ängste um ihn aus. Wenn er ein paar Tage nicht anrief oder kein Brief von ihm kam, konnte sie weder arbeiten noch essen noch schlafen, bis das Telefon wieder klingelte. Er war doch ihr Leben! Dabei gab es im Moment so viel zu tun. Sie musste ihren Unterricht vorbereiten, Lebensmittel für Weihnachten bestellen, das Haus festlich schmücken und kleine Geschenke für Clares Strumpf organisieren. Ella hatte beim Bauernhof einen fetten Hahn bestellt. Sie liebte es, wenn das Haus voller Gäste war. Ihr Untermieter war ein junger Lehrer, der seine eigene Familie besuchen würde, so dass ein Schlafzimmer frei wäre, wenn Anthonys Eltern kamen.

Die Einkäufe erledigte sie meist in Hetze, da es mit einem Kleinkind anstrengend war, und nun kam Clare auch noch ins Trotzalter. An jedem Süßwarenladen stampfte sie mit den Füßen. Vor dem Lebensmittelgeschäft und dem Metzger standen die Schlangen bis um die nächste Ecke. Der Bus hatte Verspätung, und Ella musste Clare auf den Schoß nehmen, bis sie in Streethay aussteigen konnten.

Als sie ein fremdes Auto in der Auffahrt sah, eilte sie ins Haus. Anthony war gekommen, ohne ihr Bescheid zu sagen! Wie wunderbar! Offensichtlich hatte er sich einen Wagen und Benzingutscheine leihen können, um früher hier zu sein, dachte sie, und stieß eifrig die Tür auf. »Daddy ist zu Hause, mein Schatz!«

Selwyn stand am Telefon. »Du bist zurück.« Als sie seinen Blick sah, bekam sie weiche Knie, und ihr Herz begann schneller zu schlagen.

»Was ist los? Wer ist hier?« Sie löste die Gurte in Clares Kinderkarre.

»Ella, sie wollen dich sprechen. Ich habe sie ins Wohnzimmer gebeten. Soll ich Clare nehmen?«

Aus seinem Blick und seiner sanften Art, ihren Namen auszusprechen, wusste sie sofort, was los war. O nein! Lieber Gott, nein, betete sie, während sie die Tür öffnete und Männer in vertrauten blauen Uniformen sah, die sich bei ihrem Eintritt erhoben.

»Er wird vermisst. Aber es gibt immer noch Hoffnung.« So hatten sie es gesagt. Anthony und seine Crew waren vom schottischen Wick aus auf einem Routineflug gewesen, um nach feindlichen Schiffen Ausschau zu halten. Ihre Maschine war nicht zurückgekommen, aber vielleicht hatten sie auf feindlichem Gebiet notlanden müssen. Sie könnten Kriegsgefangene sein. Bisher galten Anthony und seine Männer nur als vermisst, denn es war nirgends ein Wrack gesichtet worden, nichts, das darauf hinwies, dass sie ins Meer gestürzt waren. Ella war froh, dass die Beamten persönlich gekommen waren, um es ihr zu sagen – es milderte den Schock des noch ausstehenden Telegramms ein wenig. »Wir müssen beten, dass gute Nachrichten kommen«, sagte der Geistliche.

Ella saß wie benommen da. Sie konnte kaum die Worte aufnehmen, die gesprochen wurden, konnte kaum atmen. Du würdest nicht wollen, dass ich hysterisch werde oder zusammenbreche, dachte sie. Du würdest dir wünschen, dass ich Haltung bewahre und optimistisch bleibe, um Clares willen. Sie ist zu klein, um das alles zu verstehen. Sei tapfer, Hunderte von Soldatenfrauen müssen dies durchmachen. Es war der grässlichste Tag ihres Lebens, aber sie blieb gefasst und klar, vernünftig und korrekt, so beispielhaft, wie eine Offiziersfrau sich zu geben hatte.

Sie hatte den Soldaten mit zitternden Händen Tee eingeschenkt und ihre Rolle als Gastgeberin gespielt wie in einem Theaterstück. Sie blieben nicht lange. Zweifellos hatten sie es schon Hunderte Male erlebt.

Erst als sie gegangen waren, fuhr Ella der Schmerz wie ein Gift durch den Körper. Sie konnte nicht denken, nicht weinen, sich nicht bewegen, sie war wie erstarrt von der entsetzlichen Nachricht. Nein! Es konnte einfach nicht wahr sein – nicht ihr Anthony … andere vielleicht, aber nicht er. Es war ein Irrtum, und bestimmt klingelte jeden Augenblick das Telefon und sie hörte seine Stimme. »Liebling, es geht mir gut. Da gab es nur eine dumme Verwechslung im Hauptquartier, die haben einen anderen erwischt, einen anderen Harcourt, armer Kerl, aber nicht mich. Ich komme bald nach Hause. Gib Clare ein Küsschen von ihrem Daddy.«

Selwyn kam und drückte ihr einen Brandy in die Hand. »Trink das. Ich hab Celeste angerufen, sie kommt gleich nach Hause.«

Sie kümmerten sich um Ella, als ob sie krank wäre, und beschäftigten Clare mit anderen Dingen, damit sie ihre Mutter in Ruhe ließe. Ella wollte nicht, dass Celeste kam oder sonst jemand. Sie wollte nur Anthony. Er konnte nicht weg sein, vermisst, überfällig … Oder was niemand auszusprechen wagte: gefallen, abgeschossen, im Meer ertrunken. Das waren nur

Worte. Sie waren nicht real. Nichts hiervon war real. Sie würde sich ins Bett legen und morgen aufwachen, und das alles wäre nur ein schlechter Traum gewesen.

Doch am nächsten Morgen kam kein Anruf und am Tag darauf auch nicht. Ella fing an, Tagebuch zu schreiben, da sie dachte, wenn Anthony Kriegsgefangener wäre, würde er alles wissen wollen, was er in seiner Abwesenheit versäumt hatte. Sie redete mit ihm auf dem Papier, ließ ihn all ihre Gedanken wissen. Es würde ihn am Leben halten zu wissen, dass sie jeden Abend in das Tagebuch schrieb, als würden sie miteinander telefonieren. Es würde Weihnachten erträglich machen zu wissen, dass sie ihm sagen konnte, wie sie in dieser dunklen Zeit die Ankunft des Lichts in der Welt zu feiern versuchten.

Natürlich ist es nicht dasselbe, wenn Du nicht hier bist. Nichts ist mehr dasselbe. Ich kann kein Werkzeug mehr in die Hand nehmen, keine Kohle, keinen Meißel. Wir haben einen Schneemann gebaut, und Clare hat ihn »Fliegender Daddy« getauft. So lange schon nennt sie Dich so. Bist Du in der Luft oder im Meer? Das Meer ist so kalt. Wo bist Du, Geliebter? Ich muss wissen, dass Du in Sicherheit bist. Ich hätte es doch bestimmt gespürt, wenn Du von uns gegangen wärst. Ich muss glauben, dass du irgendwo in Sicherheit bist und eines Tages zu uns zurückkehrst. Deshalb schreibe ich Dir das auch weiterhin auf. Es füllt die schreckliche Leere, die in meinem Herzen ist. Deine Arme nie mehr um mich zu spüren, Deine Lippen nie mehr zu küssen, wäre unerträglich. Warum hast Du uns verlassen? Warum hast Du Dich immer wieder in Gefahr begeben?

Es tut mir leid. Ich sollte Dir nicht böse sein, aber ich bin es. Ich habe Deinen Brief an mich an einem sicheren Ort verwahrt, aber ich werde ihn noch nicht öffnen. Es ist noch zu früh, denn es gibt immer noch Hoffnung, oder? Du könntest Dich irgendwo bei norwegischen Partisanen verstecken oder von Fischern gerettet worden sein, untergebracht bei guten Menschen und nicht in der Lage, jemanden zu verständigen, damit sie nicht in Gefahr geraten. Ich verstehe Dein Schweigen. Du bist ein so starker Mensch. Du würdest niemals jemanden in Lebensgefahr bringen.

Deine Eltern halten sich tapfer. Sie sind sofort angereist und haben mich mitleidsvoll angesehen, als ich ihnen sagte, Du würdest nur vermisst. Jetzt weiß ich, wie meine Mutter sich fühlte, als sie ihren Joe und das Baby verlor, warum sie mich festhielt und mich nicht wieder hergeben wollte. Es war ihr Grund, um weiterzuleben. Warum verstehen wir unsere Eltern erst dann, wenn wir selbst Eltern sind?

Clare tollt herum, ohne Deine Abwesenheit wahrzunehmen. Sie hat so wenig von Dir gehabt, dass es mir das Herz bricht zu denken, sie könnte Dich nie wiedersehen. Wir küssen Dein Foto und sagen dem fliegenden Daddy gute Nacht. Noch reicht das. Bitte komm zu uns zurück, mein Liebling, und wenn Du das nicht schaffst, dann lass mich wissen, dass es Dir gutgeht.

Ich bete Tag und Nacht, dass mein Glaube daran, dass Du lebst, keine Einbildung ist. Es wäre so grausam, mit falscher Hoffnung weiterzuleben. Oh, Anthony, wo bist Du?

Celeste fühlte sich hilflos. Sie musste mit ansehen, wie Ella in ihrer Trauer immer mehr abmagerte, wie ihr Blick stumpf wurde. Sie suchte immer nach Beschäftigung, kam kaum zum Atemholen, füllte ihre Tage mit Unterricht, Besprechungen, allem Möglichen, um nicht über ihren Verlust nachdenken zu müssen. Sie trug ein sprödes Lächeln zur Schau, das sie niemals ablegte und das wie eine Fassade wirkte. Hazel kam häufig vorbei, um nach der Freundin zu sehen, aber Ella war selten zu Hause anzutreffen. Es hatte keine weiteren Nachrichten mehr gegeben, und als die Wochen zu Monaten wurden, bedeutete das nichts Gutes für Anthonys Überleben.

Noch schlimmer war es, dass Ella kein Ventil für ihre Trauer fand. Ihre Werkstatt blieb verschlossen und staubte ein, als hätte sie mit Anthonys Fortbleiben ihre schöpferische Kraft verloren. Ihre unfertigen Arbeiten sah sie nicht einmal mehr an. Sie bereitete ihre Arbeit für die Kunstschule vor und sonst nichts. Der Rest ihrer Aufmerksamkeit galt Clare. Niemand durfte sie außer Reichweite bringen. Clare war gerade im Trotzalter und wurde wütend, wenn sie nicht ihren Willen bekam, und Celeste hatte Angst, Ella könnte sie zu einem kleinen Tyrannen erziehen, wenn sie ihr zu oft nachgab. Es war nur eine Phase, aber Celeste fand, das Kind brauche Disziplin, doch wie sollte sie Ella einen Rat geben, wenn sie nicht gefragt wurde? Sie dachte an das alte Sprichwort: »Eine Großmutter sollte ihren Geldbeutel offen und ihren Mund geschlossen halten.« Aber du bist nicht ihre Großmutter, dachte sie dann, nur eine alte Tante.

Eines Morgens saß Clare beim Frühstück und weigerte sich, ihr gekochtes Ei mit Toastbrot zu essen. »Clare nein«, sagte sie und schüttelte den Kopf.

»Aber, Schätzchen, du musst doch essen«, bat Ella, »sonst hast du einen leeren Bauch, und der tut weh.«

»Wenn sie nichts isst, wird sie schon Hunger bekommen. Lass sie ruhig ihren Hunger spüren und gib ihr bis zum Mittagessen nichts anderes«, schlug Celeste vor in der Hoffnung, dass es nicht zu befehlend klang.

»Aber dann wird das arme Ding halb verhungert sein«, erwiderte Ella.

»Gut, dann wird sie essen. Denk an all die Kinder, die höchstens einmal im Monat ein Ei bekommen. Sie darf Essen nicht verschwenden«, fuhr Celeste fort.

»Aber sie ist doch noch ein kleines Kind«, entgegnete Ella.

»Sie ist nicht zu klein, um erzogen zu werden. Ich meine es doch nur gut.«

Ella starrte sie kühl an. »Du bist so altmodisch. Clare weiß selbst, was gut für sie ist.«

»Ach ja? Wer hat denn hier das Sagen, sie oder du? Es wird

Zeit, dass du ihr Grenzen setzt. Du musst die Kontrolle übernehmen. Nur weil …« Celeste hielt inne. Sollte sie es wagen, seinen geheiligten Namen auszusprechen? »Nur weil Anthony vermisst wird, darfst du Clare nicht verwöhnen.«

Jetzt hatte sie Ellas volle Aufmerksamkeit. »Was meinst du damit?«

»Das Leben muss weitergehen, und solange Anthony nicht nach Hause kommt, bist du ihr einziges Elternteil. Ich weiß, dass du alles gern so machen würdest, wie er es gewollt hätte.«

»Du hast gut reden, du hast Archie«, erwiderte Ella bissig.

»Du vergisst, dass ich Roddy allein aufgezogen habe, und es war hart. Ich musste für uns beide arbeiten. Seien wir ehrlich, Ella, Clare ist in einem schwierigen Alter, aber das wird vorübergehen. Kaum, dass du dich umdrehst, wird sie in Seidenstrümpfen herumlaufen.« Sie versuchte, die Stimmung aufzulockern.

»Sag so was nicht. Sie ist alles, was ich habe.« Ella begann zu weinen.

»Du machst das doch sehr gut. Ich will dir nur sagen: lass dir helfen und dich hin und wieder von uns entlasten. Je mehr sie mit anderen Erwachsenen zusammen ist, desto mehr kannst du dich einmal ausruhen und etwas für dich tun.«

»Ich will aber keine Ruhe, und ich will auch nichts tun. Ich will nur die Gewissheit, dass es Anthony gutgeht«, rief sie.

»Das weiß ich, mein Schatz, aber wenn er nun nicht wieder zurückkommt …« Die Worte hingen in der Luft.

»Sag das nicht, ich will nichts davon hören. Sei nicht so grausam!«

»Aber es sind nun schon fast fünf Monate vergangen. Du musst die Möglichkeit in Betracht ziehen …«

»Das kann und will ich aber nicht. Wie soll ich weiterleben, wenn es so wäre?«

»Das wirst du, und das musst du, um Clares willen, so wie deine eigene Mutter deinetwegen weiterlebte.«

»Das war etwas anderes«, widersprach Ella beleidigt.

»Nein, war es nicht. Dies ist dein *Titanic*-Erlebnis, weil du den größten Verlust deines Lebens erfährst, so wie Tausende andere auch. Aber du wirst weiterleben, so wie Anthony es gewollt hätte. Wie kannst du auch nur darüber nachdenken, sein Kind allein zu lassen? Er würde wollen, dass du all das tust, was du schon vor ihm getan hast, dass du die Fäden wieder aufnimmst und etwas Neues und Wunderbares daraus webst. Das ist das Einzige, was wir nach einer solchen Tragödie tun können. Du machst einfach weiter, einen Tag nach dem anderen. Es ist eine große Offensive im Gange. Hast du all die Konvois gesehen, die Richtung Süden ziehen? Die Straßen sind voller Panzer, Lastwagen und Truppen, die sonstwohin marschieren. Sie sagen, es geht bald los, und ich bitte Gott, dass dieser Wahnsinn dann ein Ende haben wird.«

»Du glaubst nicht, dass er noch lebt, oder?« Ella setzte sich und schlug die Hände vors Gesicht.

»Wir müssten eigentlich schon etwas gehört haben. Es sieht nicht gut aus, aber vielleicht irre ich mich. Ich hoffe es«, antwortete Celeste mit wenig Überzeugung, während Ella die Teller zusammenstellte und aufstand und dabei sah, dass Clare ihre Toaststreifen genüsslich ins Eigelb tunkte.

Celeste blickte auf und lächelte. »Siehst du, ein Kind merkt genau, wann Schluss ist. Sobald sie nicht mehr im Rampenlicht stand, hat sie von ganz allein weitergegessen.«

Sie lächelten einander immer noch an, als plötzlich die Türglocke läutete. Ella fuhr zusammen. »Die Post!«

Celeste goss gerade Tee auf, als Ella zurückkam und ein Telegramm auf den Tisch legte. »Es ist für dich.«

»Doch nicht Archie?« Ungelenk riss sie den Umschlag auf. Als sie die Worte las, musste sie blinzeln, dann schleuderte sie die Nachricht über den Tisch. »Es ist Roddy. Er wird in Italien vermisst, vermutlich gefallen.«

Verwirrt sah Clare auf, als die beiden Frauen sich schluchzend in die Arme fielen. »Wieder Soldaten da?«

113

Italien 1944

Mit der Zeit kann man sich an alles gewöhnen, dachte Roddy, als er aus dem Viehwaggon stolperte und ins grelle Sonnenlicht blinzelte. Er befand sich in einem neuen Lager irgendwo in den italienischen Bergen und hoffte, es wäre besser als das letzte Durchgangslager in der Nähe von Rom, das sie »Filmstudio« genannt hatten. Näher war er der ewigen Stadt nicht gekommen.

Nach dem Überfall hatten sie die Hände hochnehmen und marschieren müssen, eine lange Zeit, während ihnen zähnefletschende Hunde um die Füße sprangen. Sie hatten Glück gehabt, dass sie nicht sofort erschossen worden waren, aber der deutsche Offizier gehörte zum alten preußischen Militäradel und zeigte Respekt für die Genfer Konvention. Allerdings hatte man ihnen alle Wertsachen abgenommen – Armbanduhren, Feuerzeuge und Ringe – und stieß sie vorwärts, während sie über das zerklüftete Terrain stolperten. Dann wurden sie in Viehwagen verladen und fuhren meilenweit ohne Wasser und Verpflegung, bis sie vollkommen erschöpft in einem Auffanglager ankamen. Andere Männer standen herum und beäugten gelangweilt die Neuankömmlinge.

Dann gab es eine Art Appell, und sie wurden in Briten, Amerikaner, Franzosen und andere aufgeteilt. Es war wie auf einer Rinderranch – alle wurden in unterschiedliche Gehege getrieben. Alles, woran Roddy denken konnte, war Wasser und etwas zu essen.

Es dauerte nicht lange, da wurden sie wieder in Waggons verladen und Richtung Norden in ein anderes Lager verbracht, ein kleineres diesmal, mit herrlichem Blick auf die Berge. Die Schönheit der Aussicht wurde jedoch durch Stacheldrahtzäune, Wachposten und Gewehre verdorben, und jedem war klar, dass eine Flucht unmöglich wäre. Roddy schnappte auf, dass sie sich in der Nähe von Arezzo befänden, das für seine Fresken und mittelalterlichen Gebäude berühmt sei, aber das sagte ihm nichts. Er war froh, sich in der frischen Luft die Beine vertreten zu können, und versuchte den Gedanken zu verarbeiten, ein Kriegsgefangener zu sein.

In der Gewalt des Feindes zu sein und abhängig, was Nahrung und Unterkunft betraf, seinen Befehlen, Launen und Ideen gehorchen zu müssen, empfand er als ständige Erniedrigung. Es gab Gerüchte von Flüchtenden, die erschossen worden waren, und von Bauern, die dieses Schicksal teilten, weil sie ihnen geholfen hatten; eine aussichtslose Perspektive, die sich nicht ändern würde, solange die Alliierten nicht vordrangen und den Feind Richtung Norden aus Italien verscheuchten. Leichter gesagt als getan, wie Roddy nur allzu gut wusste.

Die Gesichter seiner Mitgefangenen sprachen Bände: sonnenverbrannt, schmal, eingefallen und mit nervösem Blick. Wie sollte er mit dem Nichtstun fertigwerden? Wie lange würde es dauern, bis man sie noch weiter in den Norden brachte, nach

Österreich oder Deutschland? Er sah sich um, ob er weitere Männer aus seiner Einheit entdeckte, irgendein bekanntes Gesicht von der Überfahrt, aus dem Ausbildungslager, oder ob er den Akzent aus Akron oder Ohio hörte. Aber da war niemand.

Roddy war froh, dass er zu Hause kein Mädchen hatte, das jetzt krank vor Sorge wäre, weil er als vermisst galt. Will und seine Mutter würden es bald erfahren, das war schlimm genug. Er vertraute darauf, dass Mom ihm schreiben würde, sobald sie seine Postkarte vom Roten Kreuz bekam, auf der er ihr mitgeteilt hatte, dass er Kriegsgefangener, aber unverletzt war. Er hatte Glück gehabt. Sein Colonel lag noch immer erschossen auf dem Berg. Er würde aus Italien nie heimkehren. Was würde Roddy jetzt dafür geben, einen riesigen Lastwagen über die Highways zu fahren, als König der Straße, und an einer Raststätte Steak und Pommes frites zu essen! Will und sein Transportunternehmen kamen ihm unendlich weit entfernt vor.

Das Essen hier war irgendeine schleimige Nudelsuppe, verstärkt mit Rationen aus ihren Rot-Kreuz-Dosen. Eigenartig, wie alle Gedanken nur ums Essen kreisten, wenn man hungrig war – egal, wie kümmerlich es ausfiel! Er seufzte. Es gab so viel leere Zeit. Zeit und nutzloses Grübeln waren seine neuen Feinde.

Unter den Gefangenen wurden die wenigen Bücher, die es gab, sorgsam gelesen und weitergereicht, aber es waren meist Lehrbücher und religiöse oder klassische Literatur, nicht die Sorte Bücher, die die meisten Männer gern gelesen hätten. Aber man nahm, was man kriegen konnte; alles, was einen von der Gegenwart ablenkte, war willkommen.

Roddy war im Offizierstrakt untergebracht. Sie waren ein buntgemischter Haufen und beschrieben einander immer wieder ihre Feldzüge und Schlachten, so dass man nach ein, zwei Wochen schon alles auswendig wusste. Jeder hegte Fluchtpläne, aber ohne ein Mindestmaß an Sprachkenntnissen, das wussten alle, wäre das unmöglich. Niemand käme auch nur über das nächste Dorf hinaus. Tatsächlich hätten sie bessere Chancen, wenn sie sich als deutsche Soldaten verkleideten, da viele von ihnen groß, blond und blauäugig waren, aber dann bestand die Gefahr, dass man von Partisanen den Hals aufgeschlitzt bekam.

Es gab selbstorganisierten Unterricht in allem Möglichen – Schach, Italienisch, Hebräisch, Polnisch, Tierhaltung, Bienenzucht, Seemannsknoten und Drachensteigen. Wer spezielle Kenntnisse hatte, teilte sie mit anderen, um sie davon abzuhalten, sich aus Verzweiflung in die Umzäunung zu werfen und erschossen zu werden.

Was konnte Roddy anbieten außer Geschichten vom Lastwagenfahren quer durch die Staaten, Tipps für die besten Raststätten, Details zur Herstellung von Autoreifen oder die Geschichte der Gummiindustrie in Akron? Doch überraschenderweise fanden sich einige Zuhörer. Es gab Gottesdienste für die Frommen, aber daran hatte Roddy kein Interesse. Nach allem, was er auf dem Schlachtfeld erlebt hatte, bezweifelte er stark, dass irgendeine göttliche Macht diesen Krieg unter Kontrolle hatte. Alles, woran er denken konnte, war, hier herauszukommen.

Allerdings ging er zum Italienischunterricht, weil man nie wusste, wozu es gut sein könnte. Der italoamerikanische Priester, der den Unterricht leitete, war zwar mehr Amerikaner als Italiener, aber er machte seine Sache gar nicht so schlecht.

Trotz seiner Vorbehalte gegenüber der Religion gefiel Roddy dieser Padre, Pater Frank. Er war klein und dunkel, jünger als er, mit einer freundlichen ruhigen Art. Er hatte zwei Soldaten in einem Schützengraben gerettet. Selbst deutsche Soldaten sahen meist davon ab, Priester zu erschießen, die gerade die Letzte Ölung gaben. Seine neueste Idee war es, eine Musikgruppe zu gründen – es waren ein Grammophon und ein paar Schallplatten ins Lager geschickt worden. Natürlich handelte es sich hauptsächlich um klassische Musik, aber es tat trotzdem gut zuzuhören und vor seinem inneren Auge andere Bilder entstehen zu lassen.

Heute hatten sie Dvořáks 9. Sinfonie »Aus der Neuen Welt« aufgelegt, die voller Anklänge an Volkslieder und Spirituals war, so dass Roddy Sehnsucht nach der Weite von Ohio empfand.

»Ich denke, wir sollten einen Chor gründen«, sagte der Padre. »Wir könnten ein Konzert geben, irgendeine Vorstellung. Wenn ich zehn oder zwanzig Stimmen zusammenbekomme, könnten wir etwas auf die Beine stellen.«

»Ohne mich«, sagte der Mann neben ihm sofort. »Ich bin leider völlig unmusikalisch.« Warum, so fragte sich Roddy, lauschte er dann der Musik?

»Und ich kann keine Noten lesen«, verkündete ein weiterer Mann und stand auf.

»Wer hat denn was von Notenlesen gesagt?«, meinte der Priester schmunzelnd. »Wir singen einfach aus dem Gedächtnis, bis wir vielleicht ein paar Notenblätter geschickt bekommen.« Er wandte sich an Roddy. »Was ist mit Ihnen, Captain Parkes?«

Roddy war schon halb durch die Tür und hob abwehrend die Hände. »Das letzte Mal, als ich in der Öffentlichkeit gesungen habe, trug ich kurze Hosen.« Er lachte.

»Wo war das?«

»In Lichfield.«

»Litchfield, Connecticut?«

»Nein, Lichfield, England. Ich habe in der Kathedrale gesungen. Bis bald, Padre.«

»Ho, nicht so schnell. Das klingt ja, als hätte ich meinen ersten Rekruten – nichts weniger als einen Domchorsänger!« Der Geistliche folgte ihm.

»Verdammt ... entschuldigen Sie, Padre, ich meine, nein. Ich weiß nicht, was jetzt aus meinem Mund kommen wird, wenn ich ihn aufmache.«

»Das weiß keiner von uns, das ist ja die Herausforderung. Wir nehmen das, was kommt, Captain, und arbeiten daran.«

Auf einmal war es ein »Wir« geworden. Roddy stöhnte innerlich. »Nennen Sie mich Roddy, Padre.«

»Dann sehen wir uns heute Abend bei Sonnenuntergang, Captain Roddy. Warum nicht sofort anfangen? Man weiß nie, was morgen kommt. Und vielleicht haben wir ja einen Caruso in unserer Mitte«, meinte er lachend, zufrieden über den Neuzugang.

Wie bin ich da nur hineingeraten?, dachte Roddy kopfschüttelnd, aber er wusste, er würde hingehen. Was gab es in diesem Loch denn sonst zu tun?

Frank hatte seine Krankenbesuche erledigt. Es gab eine Art Krankenstation, nicht besonders gut ausgestattet, aber der Arzt stockte regelmäßig seinen Erste-Hilfe-Koffer auf und forderte den ihnen zustehenden Nachschub vom Roten Kreuz. Er wirkte erschöpft, als hätte er dringend eine Pause nötig.

»Gehen Sie nur und rauchen Sie eine«, sagte Frank. »Ich kann hier übernehmen, wenn Sie mir sagen, worauf ich achten soll.«

Er hatte Beichten gehört und für einen Mann, der an starkem Fieber erkrankt war, einen kurzen Brief nach Hause geschrieben. Er war froh, sich nützlich machen zu können. Die Toiletten hier waren entsetzlich, nicht mehr als Bretter mit Löchern darin, und die Fäkalien wurden über die Laufplanken bis zu den Hütten weitergetragen, egal, wie sehr man sich vorsah.

»Infektionen fürchte ich am meisten, vor allem Typhus«, sagte der Arzt. Es war heiß. Es gab Fliegen. Die Arbeitseinheiten kamen sonnenverbrannt, zerstochen und erschöpft von den Feldern zurück, aber immerhin erhielten so die noch kräftigen Männer eine Chance, ihre Frustration abzubauen. Langeweile war der wahre Feind. Niemand wusste, was in der Außenwelt vor sich ging. Neuankömmlinge wurden sofort nach Neuigkeiten ausgefragt, ob die Alliierten weiter vorgedrungen seien, doch der Vormarsch nach Norden ging langsam vonstatten, zu langsam, als dass die Verbündeten ihr Lager erreichen und sie befreien könnten.

Frank war neugierig, wie es in dieser Gegend aussah. Sie mussten sich hier ganz in der Nähe des Ortes befinden, an dem sein Vater geboren war. Der Hof der Bartolinis konnte nicht weit entfernt liegen. Er versuchte, sich an die Briefe zu erinnern, die von der Familie seines Vaters aus der Toskana gekommen waren, und was sein Vater über den Bauernhof gesagt hatte, der an einem Berg in der Nähe der berühmten Stadt Anghiari lag, in dessen Nähe auch Michelangelo geboren worden war. So nah zu sein und dennoch so fern … Warum hatte er nicht besser aufgepasst, als es um die Geschichte seiner Familie gegangen war?

Nachdem Italien im September 1943 einen Waffenstillstand mit den Alliierten geschlossen hatte und die Deutschen das Land mit strengem Regime besetzten, wurden auch ein paar Ortsansässige im Lager inhaftiert. Die Situation war festgefahren. Ein alter Priester wollte die italienischen Gefangenen aufsuchen und meldete sich beim Kommandanten, um auch mit dem gefangenen amerikanischen Geistlichen Kontakt aufnehmen zu dürfen. Als er hörte, dass Franks Nachname Bartolini war, bot er trotz des großen persönlichen Risikos an, über ein geheimes Netzwerk Kontakt mit der Familie aufzunehmen.

Aber hatte das noch Sinn? Wenn die Alliierten nicht bald kämen, würden die Gefangenen in Lastwagen weiter nach Norden transportiert, und dann bliebe ihm ohnehin keine Gelegenheit, die Familie seines Vaters zu besuchen. Auch Frank grübelte stundenlang in der heißen Stille des Lagers, was die Zukunft wohl für sie alle bereithielt.

Wenigstens, dachte er, machte sein Chor nach einiger Überredungskunst endlich Fortschritte. Captain Roddy sang einen erstaunlich guten Bass, sie hatten ein paar Tenöre gefunden, und er plante bereits ein kleines Konzert. Sie übten »Swing Low, Sweet Chariot« und »Alexander's Ragtime Band«. Es klang ein bisschen kitschig, aber immerhin waren die Melodien allen bekannt.

Mit Roddy Parkes verstand er sich ausnehmend gut. Sie hatten sich bei einem Vortrag über die *Titanic* getroffen, bei deren Untergang der Vortragende seinen Onkel verloren hatte. Er berichtete von allen möglichen Details und Daten des Unglücks. Die meisten Männer hatten das Ereignis schon fast vergessen, und der Vortragsabend war recht öde, bis Roddy aufstand und sagte: »Meine Mutter war auch an Bord.« Er erzählte ihnen, wie sie sich im Rettungsboot mit einer Frau und ihrem Kind angefreundet hatte, und wie später alle zusammen in England gelandet waren. Offenbar hatte Roddy als Kind in Washington, D.C., höchstpersönlich die »unsinkbare« Molly Brown kennengelernt. Sie diskutierten darüber, wie bevorzugt die Passagiere der ersten Klasse behandelt wurden, während die Passagiere der dritten Klasse keine Chance gehabt hatten, sobald das Schiff zu sinken begann.

Dann hatte Frank seine eigene Geschichte beigesteuert. »Auch ich bin nur wegen der *Titanic* hier. Die erste Frau meines Vaters, Maria, ist mit dem Schiff ertrunken«, fügte er hinzu. »Und seine kleine Tochter. Man hat sie nie gefunden, aber mein Vater war überzeugt, dass das Baby noch lebt, weil er das hier gefunden hatte.« Er zog den kleinen Schuh aus Spitze aus der Tasche, der ganz schmutzig und zerknüllt war. »Er glaubt immer noch, dass es ihrer war.« Er ließ den Schuh herumgehen. »Und er gab ihn mir als Talisman. Mein Papa meinte, wenn er den Atlantik überlebt habe, könne er mich auch vor Seekrankheit bewahren.« Er schwieg einen Moment, dann lachte er. »Das hat er aber nicht. Ich habe mich die ganze Fahrt lang übergeben. Ich sollte ihn wohl besser wegwerfen, aber das werde ich nicht. Es ist der Schuh eines Kindes.«

»Schuhe bringen Glück. Manche legen sie zum Schutz unter ihr Hausdach. Fragt mich nicht, warum, aber es ist so«, sagte einer der Männer in der Runde.

Nun fingen alle an, über die Mythen und Legenden zu sprechen, die sich um die *Titanic* rankten: dass eine geheimnisvolle ägyptische Mumie an Bord gewesen sein sollte, auf der ein Fluch gelegen habe, ein Geldschrank voll gestohlener Diamanten und die Geister der beim Bau in Belfast verstorbenen Schweißer, die in einen engen Spalt im Rumpf geraten seien. Nach diesem Vortrag plauderten Frank und Roddy noch ein wenig.

»Seltsam, dass wir beide mit der *Titanic* verbunden sind«, sagte Frank. »Meine Mutter ist Irin und hat bei dem Unglück ihre Schwester, meine Tante Lou, verloren. Meine Eltern lernten sich beim Trauergottesdienst in einer Kirche kennen.«

»Meine Mom verließ ihren Ehemann und ging mit mir nach England. Sie sagte, es sei der Anblick dieses großen untergehenden Schiffes gewesen, der sie veranlasste, sich den Tatsachen zu stellen und wegzugehen. Ich weiß, Ihre Kirche hält nichts von Scheidung, aber mein Vater war gewalttätig.«

»Ja, die Kirche spricht sich grundsätzlich gegen Scheidung aus, aber persönlich weiß ich auch nicht, ob ich es ertrüge, wenn meine Mutter ihr Leben mit einem Schläger verbringen müsste. Es war schlimm genug, mit dem Bild der ersten Familie meines Vaters zu leben. Es hing wie eine kostbare Ikone an der Wand. Jahrelang dachte ich, wir Kinder seien nur zweite Wahl gewesen. Wie soll man mit einem toten Baby konkurrieren?«

»Sind Sie aus diesem Grund Priester geworden?«, erkundigte sich Roddy und hob fragend die Augenbrauen. Die Frage war ein wenig indiskret, aber er war neugierig.

»Wer weiß? Könnte sein. Ich wollte nie etwas anderes werden. Meine Schwester floh auf die Bühnen am Broadway; Patti ist nur Gruppentänzerin, aber sie hat wirklich Talent. Jack dagegen … tja, das ist eine andere Geschichte. Wir sind so verschieden wie Tag und Nacht. Ich schätze, einer von uns beiden musste der Gute sein. Nach dem, was ich zuletzt gehört habe, steckt er jetzt irgendwo im Pazifik.«

Es war eigenartig, wie er hier im Lager bereit war, derart private Dinge mitzuteilen, die er nicht einmal seinen Gemeindemitgliedern erzählt hatte. Roddy war ein Kriegskamerad, jemand, mit dem er sich identifizieren konnte, ein Außenstehender, der noch Energie ausstrahlte und entschlossen war, zu überleben.

»Ich muss hier raus, bevor sie uns weiter nach Norden verlegen. Ich will zu meinen Männern zurück. Kraft zum Kämpfen habe ich noch. Ich schätze, wenn ich Richtung Süden gehe, kann ich es schaffen«, sagte der Captain eines Abends nach der Chorprobe zu ihm.

»Da wäre ich skeptisch«, antwortete Frank. »Die Einheimischen hier haben vielleicht noch nicht alle begriffen, dass sie jetzt auf unserer Seite sind. Und Sie sehen zu amerikanisch aus, um als Italiener durchzugehen … Obwohl es gut für die Moral hier wäre, wenn einer es schaffen würde.«

Aber vielleicht gab es doch eine Chance, dass jemand ihnen half, ein sicheres Versteck für Roddys Flucht zu finden und Frank einen Besuch bei seiner Familie zu ermöglichen, und sei es nur für ein oder zwei Stunden. Natürlich konnte er selbst nicht flüchten. Er wollte seiner Aufgabe als Priester im Lager treu bleiben. Aber so nah zu sein und dennoch so fern … Es musste doch möglich sein, seine Abwesenheit für ein oder zwei Stunden zu verbergen. Er würde jemanden bestechen und viel beten müssen, um Roddy mitzunehmen, aber es war nicht unmöglich, wenn man auf Hilfe von außen zählte. Es wäre einen Versuch wert. Aber so lange er noch nichts Genaueres wusste, galt es zu schweigen, um keine falschen Hoffnungen zu wecken.

114

Ellas Schüler waren am heutigen Novembermorgen sehr unaufmerksam, keiner von ihnen konnte sich auf das konzentrieren, was sie ihnen zeigen wollte. Das Einzige, worüber sie sprechen wollten, war die große Explosion in den Midlands vor zwei Tagen, bei der rundherum Fensterscheiben zersplittert waren, so dass die Menschen Angst vor einem Raketenangriff bekommen hatten. Jemand sagte, ein Waffenlager sei beschossen worden, andere meinten, es sei eine ganze Stadt zerstört worden. In Lichfield hatte alles gezittert wie bei einem Erdbeben, aber in den Nachrichten wurde nichts erwähnt.

Ella blickte zum Oberlicht der Werkstatt, durch das die Helligkeit in den Raum strömte. Es war seltsam, dass sie sich hier nicht mehr wohl fühlte, auch in ihrer eigenen Werkstatt nicht, dabei waren beide Orte immer eine Zuflucht gewesen, Schutzräume der Kreativität. Ihre Werkstatt am Red House konnte man kaum noch als solche bezeichnen, es war nur noch ein leerer, zugiger und zerfallender Schuppen. Ihre halbfertigen Arbeiten standen noch anklagend herum, aber sie sah sie nicht an. Es war kein Platz mehr, an dem sie sich gern aufhielt, und dass durch die kürzliche Erschütterung so viele Dinge umgefallen und zerbrochen waren, entsprach nur umso mehr ihren Gefühlen.

Hier war ihre richtige Arbeit: junge Studenten der Kunstschule in den Grundtechniken der Steinmetzarbeit und Bildhauerei zu unterrichten. Damit bestritt sie ihren Lebensunterhalt, und sie brauchte sich nur an den Lehrplan zu halten: Umgang mit den grundlegenden Werkzeugen, Beurteilung der Steine und das Herausarbeiten und Kopieren von Grundmotiven. Sie verbrachte ihre Zeit mit der Kontrolle und Verbesserung von Fehlern, während sie die Wanduhr beobachtete und auf den Unterrichtsschluss wartete, um wieder nach Hause fahren zu können. Sie zählte die Tage bis zu den Trimesterferien und freute sich immer darauf, mehr Zeit mit Clare zu verbringen.

Es war schon einige Monate her, seit Anthony als vermisst gemeldet wurde, und inzwischen waren seine persönlichen Sachen geschickt worden, sauber in einer Kiste verpackt.

Alles roch nach seinen Players-Zigaretten: die Fotos in Silberrahmen mit seinen Fingerabdrücken, wo er sie berührt hatte, seine Bücher, Socken, Rasierzeug. Was für eine erbärmliche Sammlung von Dingen, um ein Leben zu definieren. Sie brachte es immer noch nicht übers Herz, die zwei Briefe zu öffnen, die er hinterlassen hatte: einen für Clare und einen für sie.

Immer wieder kamen Beileidsbekundungen von Eltern seiner Freunde und alten Lehrern, Briefe, die sie gewissenhaft beantwortete.

Am schwersten war die Antwort auf den Brief von Captain Smiths Tochter, Mel Russell-Cooke, deren Sohn Simon bei einer ähnlichen Übung wie Anthonys ins Meer gestürzt war. Wie tapfer, stoisch und gefasst sie war, zu akzeptieren, dass es nur wenig Hoffnung auf Rettung gegeben hatte, wenn man im Winter ins eisige Meer abstürzt!

> Den besten Trost findet man, und ich bin sicher, auch Sie, in ständiger Beschäftigung. Ich fahre Rettungsfahrzeuge in London, arbeite wie besessen im Garten und helfe im Dorf, aber Sie wissen sicher selbst genau, wie man mit solch einem Verlust fertig wird, meine Liebe.

Nein, ich werde nicht damit fertig, dachte Ella seufzend. Ich schiebe es nur beiseite und tue so, als wäre es nie geschehen, als könnte mein Mann jede Sekunde durch die Tür treten, und all das hier wäre nur ein Albtraum. Sie ging auf und ab und versuchte, sich nicht über die unzulänglichen Arbeiten ihrer Studenten aufzuregen. Arbeit, Arbeit, Arbeit, genau das war die Antwort. Zumindest war Roddy in Sicherheit, auch wenn er irgendwo in Italien in einem Kriegsgefangenenlager gelandet war. Sie hatten zwei Postkarten von ihm erhalten und über das Rote Kreuz so viele Trostpakete geschickt, wie sie konnten.

Wann war dieser schreckliche Krieg nur endlich vorbei? Hatten sie nicht alle genug gelitten? Die Alliierten waren in der Normandie gelandet, in Italien, in Südfrankreich, aber die blutigen Kämpfe dauerten immer noch an. Würde Clare je ein anderes Leben kennenlernen? Ella fühlte sich tief im Innern so verbittert, verängstigt und frustriert, dass die Farbe aus ihrer Welt verschwunden war. Das Glück, geliebt und geschätzt zu werden, war vorüber. Es war so unfair. Wie sollte sie nur jemals wieder die Frau werden, die sie einst gewesen war?

Archie war aus Portsmouth zu Celeste zurückgekehrt. Selwyn machte auf seine eigene Art weiter und trank mehr, als gut für ihn war. Hazel zählte die Tage, bis ihr Mann aus dem Fernen Osten zurückkehren würde. Ella war neidisch auf sie alle.

Sie erschrak, als sie sich im Schrankspiegel sah. Sie gefiel sich selbst nicht besonders. Resigniert stellte sie fest, dass die Trauer sie hatte altern lassen, mit dunklen Ringen unter den Augen und tiefen Falten auf der Stirn. Die ersten grauen Haare durchzogen ihre wilde dunkle Mähne, die sie für gewöhnlich zu einem strengen Knoten band. Warum auch nicht? Es gab niemanden, für den sie sich hübsch machen konnte, und Clare war es egal, wie sie aussah. Sie hatte aufgehört, Captain Smith in den Museum Gardens zu besuchen. Schließlich war er auch nichts weiter als ein Klumpen Bronze. Wie dumm, einer Statue all seine Hoffnungen und Träume anzuvertrauen, wie ihre Mutter es getan hatte!

Oh, Mum, dachte sie, jetzt weiß ich, wie du dich gefühlt haben musst, als du Joe und Ellen verlorst. Du hast beide verloren. Ich habe immer noch mein Kind, aber es ist trotzdem schwer. Ich glaube, ich verstehe nun, warum du damals so gehandelt hast.

Tot blieb tot. Niemand kam davon zurück. Sie ging nicht mit Celeste zum Gottesdienst. Sie war noch zu wütend, um zu beten. Nein, die Person, die sie aus dem Spiegel anstarrte, mochte sie wirklich nicht besonders. Sie kam sich vor, als wäre sie die

Einzige, die solchen Schmerz empfand, wie ein verängstigtes kleines Kind, das wegen seines Verlustes mit dem Fuß aufstampfte und nicht wusste, was es als Nächstes tun sollte.

»Miss, Miss?«, durchbrach eine Stimme ihre Gedanken. »Ist das gut so?«

Es war Jimmy Brogan, einer der jungen Männer aus Birmingham mit irischem Stipendium, klein und dünn, mit verhärmtem Gesicht. Sie hatte vergessen, seine Arbeit zu begutachten. Er hatte ein keltisches Kreuz in Stein gemeißelt, und für einen Anfänger arbeitete er sehr sauber und sicher. Tatsächlich war es eine exzellente Arbeit.

»Das ist gut. Deine Ausführung gefällt mir sehr.« Ella lächelte. Immerhin hatte jemand ihre Ratschläge befolgt.

»Denken Sie, ich kann es mit nach Hause nehmen?«

»Ich weiß nicht«, meinte sie. »Ist das nicht ein Teil deiner Arbeit für die Aufnahme in die Kunsthochschule?«

»Nein, das nicht, Miss. Das ist für Peg – ein Grabstein«, erwiderte er, ohne sie anzusehen.

»Ist Peg dein Hund?«, fragte sie überrascht.

»O nein, Miss, Peg ist meine Schwester. Sie wurde während der Verdunkelung von einem Bus überfahren. Sie wollte einen Krug vom Milchwagen holen.« Er blickte zu Boden, um seine Tränen zu verbergen. »Ich würde den Stein gern meiner Mutter schenken.«

»Dann nimm ihn mit. Ich kümmere mich um die Kosten für das Material. Wie geht es deiner Mutter?«, erkundigte sie sich weiter – als müsste sie das nach einer solchen Tragödie noch extra erfragen!

»Schlecht, denn wir sind ausgebombt worden, Miss. Wir wohnen jetzt dichtgedrängt bei ihrer Schwester, und sie vertragen sich nicht, und mein Dad ist mit der achten Armee in Italien.«

Ella bewunderte sein Werk erneut. »Weißt du, dass es noch andere Stipendien gibt für Jungen wie dich, um weiterzukommen?«, fragte sie in dem Wissen, dass sie einen talentierten Schüler verlieren könnte.

»Ach, nicht für einen wie mich. Ich arbeite mit meinem Onkel Pat in einer Gießerei und kann nur in eine Abendschule gehen«, meinte er kopfschüttelnd. »Aber ich bin froh, dass es Ihnen gefällt, Miss.«

»Es kommt von Herzen, Jimmy. Gute Arbeit fängt immer hier an.« Sie tippte sich auf die Brust und spürte, wie sie traurig wurde. »Denk dran, nicht aus dem Kopf, sondern aus dem Herzen. Halte dich immer daran, dann wirst du nichts falsch machen. Viel Glück.«

Wie konnte sie sich nur beklagen, wenn dieser Junge kein Zuhause hatte, keinen Vater und eine tote Schwester? Sein Talent würde nicht ausgebildet werden können. Sie hingegen hatte ein Dach über dem Kopf, eine wundervolle Tochter und fürsorgliche Freunde. Sie hatte Arbeit und ein bisschen Talent. Irgendwie musste sie Jimmy helfen, sein Potential zu verwirklichen. Wie wäre es mit einer Lehrstelle bei Bridgeman & Sons, den Steinmetzen in Lichfield? Vielleicht könnte das funktionieren.

In diesem Moment spürte sie jemanden hinter sich und fuhr herum. Sie hörte eine vertraute Stimme: »Gut gemacht, ich wusste, du würdest vernünftig sein, Liebling. Mach nur weiter so, verschwende deine Gabe nicht.« Klar und deutlich hörte sie Anthonys Stimme. »Ich werde dich nie verlassen.«

Der Schmerz des Wiedererkennens war fast zu groß, als dass sie ihn ertragen konnte. Sie stand mitten im Atelier und betrachtete die gebeugten Köpfe dieser jungen Menschen, die noch so viel Hoffnung vor sich hatten. Dann ertönte gnädigerweise die Glocke, und sie ließ sie das Werkzeug beiseitelegen und geleitete sie in verhaltener Eile zur Tür. Erst dann setzte sie sich an ihr Pult und brach schluchzend zusammen, das Gesicht in die Hände vergraben. Wie ein gleißendes Licht breitete sich die Erkenntnis in ihr aus: Anthony würde nie mehr zu ihr zurückkehren, und dennoch war etwas von ihm in ihrem Innern, wenn sie nur darauf hörte.

Als sie mit dem Bus nach Hause fuhr, dachte sie an Jimmys keltisches Kreuz und mit welchem Stolz und welcher Liebe er es angefertigt hatte. Sie sah aus dem Fenster und fühlte sich seltsam beschwingt. Und wieder hörte sie seine Stimme. »Du kannst etwas für diesen Jungen tun.« Anthony wusste von ihrem Schmerz und war gekommen, um sie zu trösten. Solange sie lebte, konnte sie diesen Teil von ihm in sich selbst spüren.

Nach dem Abendessen hastete Ella nach oben, um die Kiste mit Anthonys persönlichen Dingen und dem kostbaren Brief hervorzuholen. Sie drückte ihn an ihr Herz, bevor sie ihn öffnete. Mit Tränen in den Augen las sie:

Dies ist ein Brief, von dem ich hoffe, dass Du ihn nie lesen musst, aber wenn Du es tust, dann ist das Schlimmste passiert. Sei nicht verzweifelt. Ich bin es nicht. Ich empfinde es als großes Glück, Dich gefunden zu haben und zu wissen, dass ein Teil von mir durch Clare für Dich weiterlebt. Kinder sind unsere Unsterblichkeit. Bitte gib Clare ihren Brief, wenn Du denkst, dass sie alt genug ist, um ihn zu verstehen.

Sie weiß immerhin, wer ihre Eltern sind – was uns beiden ja nicht vergönnt war.

Sei nicht verbittert, dass das Schicksal mich nicht am Leben ließ. Ich wusste immer, dass dieser Tag kommen könnte. »Lieber einen Tag als Tiger leben ...« heißt das Sprichwort, und wir

Flieger sind die Tiger der Luft. Irgendjemand muss diesem Wahnsinnigen auf der anderen Seite des Kanals Einhalt gebieten.

Ich wünschte, ich könnte ein Gedicht schreiben, ein Sonett, um Dir zu sagen, wie sehr ich Dich liebe, aber alles, woran ich denken kann, ist, wie viel Glück ich hatte, Dich zu kennen und von Dir geliebt zu werden. Niemand kann uns diese kostbaren Tage in dem Cottage wegnehmen, unsere Ausritte von Thorpe Cross aus, bei denen wir uns hoch auf den Bergen geliebt haben, unsere wunderschönen Spaziergänge über den Treidelpfad, und Deinen Anblick, als Du in der Kirche auf mich zukamst. Wenn die Zeit gekommen ist, fühl Dich frei, mich loszulassen und einen anderen zu finden, der Dich liebt. Ich möchte nicht, dass Du einsam bist.

Kopf hoch. Sei britisch.

Leb wohl, meine Liebe.

115

In den folgenden Wochen marschierten Roddy und Pater Frank jeden Morgen und jeden Abend mit strammen Schritten am äußeren Zaun entlang, ein Ritual, das oftmals schweigend vollzogen wurde, eine Möglichkeit, ihre bittere Enttäuschung und Unzufriedenheit loszuwerden. Aus ihrer ersten zaghaften Annäherung war eine Freundschaft entstanden.

»Wenn du fliehen willst, musst du fit sein. Lauf herum und arbeite, bau deine Muskeln auf«, flüsterte Frank eines Tages. »Du musst es mit anderen Offizieren besprechen, falls jemand mit dir fliehen will.«

»Ich will es lieber allein machen.«

»Dann vergiss es. Du würdest keine zwei Minuten überstehen.«

»Dann komm du mit«, sagte Roddy herausfordernd.

»Nein, ich bleibe hier, auch wenn ich versucht bin, mich für ein paar Stunden abzusetzen und die Bartolinis ausfindig zu machen.«

Roddy gefiel Franks Aufrichtigkeit, seine Art, wie ein normaler Soldat zu schimpfen und zu fluchen. Einen Priester wie ihn hatte Roddy noch nie getroffen. Er kämpfte für bessere Essensrationen, die Verteilung von Paketen vom Roten Kreuz und bessere medizinische Versorgung. Er hatte herausgefunden, dass der Kommandant des Lagers ein gläubiger Katholik war und einem örtlichen Priester erlaubte, geweihte Oblaten zu bringen und ihm die Beichte abzunehmen.

Die Post kam sehr unregelmäßig, und eines Morgens sah Roddy, dass Frank bedrückt am Zaun entlangwanderte. Auf seine Anfrage hin hielt er ihm einen Brief seiner Mutter entgegen. Das Schiff seines Bruders war torpediert worden und sein Bruder im Pazifik gefallen.

»Jack war der Ungezogene von uns. Ich war der Gute. Aber mein Vater liebte seinen ungezogenen Jungen. Es wird ihn schwer treffen, dass er jetzt zwei seiner Kinder verloren hat.«

Nur wenige Wochen später kam die Nachricht von Ellas Mann, Monate, nachdem er gefallen war. Inzwischen konnte Roddy ihren ausgetretenen Pfad schon locker entlanglaufen. Er blieb stehen. »Warum tun wir das alles, all dieses Töten?«, fragte er Frank, der schnaufend versuchte, ihn einzuholen.

»Weil wir wilde Tiere sind, die ihr Revier verteidigen wollen, schätze ich. Wir haben es im Blut zu jagen, Beute zu reißen und zu kämpfen. Wir vergessen, dass wir unter unserer Haut alle gleich sind, fehlbare Menschen.«

»Sind wir das? Ich bin mir nicht sicher«, entgegnete Roddy. »Ich habe schreckliche Dinge von unseren Männern gesehen und anständige vom Feind. Oh, wie komme ich nur hier raus, ich explodiere noch!« Er spürte, wie Frustration und Enttäuschung in ihm brodelten.

»Hast du mit deinen Kameraden vom Fluchtkomitee gesprochen?«

»Ach, die wollen einen organisierten Ausbruch. Sie sagen, es sei einfacher gewesen, als die Italiener das Lager leiteten. Die jetzigen Wachen der Feldgendarmerie seien sehr viel strenger.«

»Ich habe gehört, dass es immer noch einen geheimen Durchgang unter dem äußeren Zaun gibt und dass die Feldarbeiter nicht die ganze Zeit bewacht werden. Im Ort wohnt ein Priester. Er sagt, wenn wir die richtige Stelle finden, kann man dort rauskommen, aber du musst an deinem Italienisch arbeiten. Der hiesige Dialekt ist schwer verständlich, und wir müssen deine Beinmuskeln aufbauen, wenn sie zwanzig Meilen pro Tag bergan klettern sollen.«

Roddy befühlte seine Waden; sie waren immer noch recht schwach und dünn. »Ich werde unsere Runde doppelt so oft laufen.«

»Steck dir Steine in die Taschen, damit du schwerer bist, und ich versuche, dir extra Essensrationen zu besorgen.«

»Warum tust du das für mich?«, wollte Roddy wissen. »Ich bin nicht mal katholisch.«

»Daran können wir später arbeiten«, erwiderte Frank schmunzelnd.

Das war es, was Roddy so an ihm mochte: Er erzählte keinen Unsinn, sondern sprach aufrichtig und hatte ein gutes Herz.

»Weißt du, eine gelungene Flucht wäre Gold wert für die Stimmung hier. Wenn du es bis hinter die feindlichen Linien schaffst, schick uns eine Postkarte.«

»Und was ist mir dir?«

Frank schüttelte den Kopf. »Nein, ich bleibe. Aber vielleicht kann ich mich heimlich für einen Tag absetzen, um die Familie meines Vaters zu besuchen – solange ich bis zum Appell wieder hier im Lager bin. Ich könnte Proviant organisieren. Pater Mario können wir vertrauen, da bin ich sicher.«

»Also, wann brechen wir auf?«, fragte Roddy ungeduldig. Er war schon ganz aufgeregt.

»Wenn die Zeit reif ist. Hab Geduld. Trainiere. Es wird kein Spaziergang, vor allem nicht für dich. Du kennst das Risiko.«

»Das hast du alles schon durchgeplant, oder?«

Frank tippte sich an die Nase und schmunzelte. »Nur in der Theorie. Zuerst müssten wir Proviant organisieren, Bestechungsgelder, Zigaretten und vor allem viel Glück.«

»Na, dann kniest du dich am besten gleich hin und betest«, erwidert Roddy lachend.

»Du auch, Bruder. Zwei Stimmen sind lauter als eine.«

116

Nach langen Monaten vorsichtigen Planens bekamen Pater Mario und Frank Kontakt zu einem Netzwerk von Sympathisanten, das den Bartolinis über eine Nachrichtenkette die Botschaft zukommen ließ, dass sie geheime Besucher erwarten sollten. Der ganze Plan klang ziemlich verrückt: Sie wollten aus einer Feldarbeitergruppe ausbrechen, Roddy würde eine Soutane anziehen und sich als Pater auf Pilgerreise ausgeben. Das bedeutete, dass er seinen Offiziersrang ablegen musste, um sich unter die Arbeitergruppe mischen zu können, und dann eine der weniger strengen Wachen mit Zigaretten und Souvenirs bestechen musste, um ihre Flucht zu erleichtern.

In der Nacht vor dem geplanten Ausbruch nahm er Frank beiseite. »Es ist zu riskant für dich«, flüsterte Roddy. »Du gehst besser erst später los, wenn ich schon ein paar Tage weg bin.« Wenn sie gemeinsam aufbrachen und Roddys Flucht entdeckt würde, bevor Frank wieder ins Lager zurückgekehrt war, brächte das den Pater in große Gefahr. Doch Frank schüttelte den Kopf.

»Ich bin es meinem Vater schuldig, seine Familie aufzusuchen, bevor wir nach Norden verlegt werden, und das ist nur eine Frage der Zeit. Je näher die Alliierten kommen, desto weiter werden sie uns wegbringen. Außerdem werden sie, sobald deine Flucht entdeckt wird, alle Wachen verstärken. Dann kann ich bestimmt nicht mehr unauffällig für einen Tag abhauen. Es wird schon alles gutgehen.«

Am nächsten Morgen schlüpfte Roddy unter einem Vorwand in den äußeren Bereich des Lagers, in dem die niederen Dienstgrade schliefen, riss seine Rangabzeichen ab, um als einfacher Soldat durchzugehen, und füllte seinen Rucksack mit Vorratsdosen, Zigaretten, allem, was er eintauschen konnte. Als sie die Tore für die Feldarbeitergruppe öffneten, war er sehr nervös, da er wusste, dass jeder Einzelne zur Rechenschaft gezogen würde, wenn man sein Verschwinden zu früh entdeckte. In der ersten kurzen Arbeitspause versuchte er ganz unauffällig so weit wie möglich an das hintere Ende des Feldes zu gelangen. Einige der anderen Männer sollten den Wachposten ablenken, während Frank in das nächste Waldstück rannte, wo ihn hoffentlich wie verabredet einige Partisanen erwarteten.

Es war ein heißer Tag, die Männer arbeiteten mit nacktem Oberkörper und hatten sich ihre Hemden als Sonnenschutz um den Kopf gebunden. Die uniformierten Wachen stahlen sich auf eine Rauchpause in den Schatten. Zwei Männer begannen einen Streit, und bald krakeelten alle herum, so dass Roddy die Chance nutzen konnte, um unter dem Zaun hindurchzukrabbeln und wegzurennen.

Und tatsächlich warteten im Wald wie vereinbart ein alter Priester und ein junger Mann auf ihn, zerrten ihn ins Gebüsch, zogen ihm eine Soutane über den schwitzenden Körper und ein Birett über das sonnengebleichte Haar. Er wurde in einen alten Lastwagen verfrachtet und unsanft unter einer Ladung Säcken versteckt. Pater Frank saß bereits auf dem Rücksitz, völlig verschwitzt. Sie fuhren meilenweit über schmale, gewundene Straßen und kamen dann an eine Straßensperre.

Wie es schien, war Pater Mario mit seinen runden Brillengläsern hier gut bekannt, denn er grüßte die örtlichen Milizbeamten freundlich, während sie ihn durchwinkten.

»Die Bartolinis werden dich nur ein paar Tage verstecken können. Sie haben hier alle Angst vor Vergeltungsschlägen. In jedem Dorf gibt es Sympathisanten der Faschisten, die sofort alles verraten. Du musst in den Süden vordringen, so weit du kannst, zu den Alliierten, und natürlich nur nachts. Die Soutane kann dir helfen – oder auch nicht. In dieser Gegend ist das sehr gemischt.«

Der Wagen hielt stotternd vor einem kleinen Bauernhaus mit goldgelben Wirtschaftsgebäuden und einem roten Ziegeldach. Es lag an den Hang geschmiegt, und man hatte einen guten Ausblick auf die kleine Straße. Durch das Motorengeräusch alarmiert, kamen ein alter Mann und eine Frau zum Hauseingang und beobachteten blinzelnd, wie Frank und der Priester ausstiegen und dann Roddy unter den Säcken hervorzogen.

»Das sind Pater Francesco Bartolini und sein Kamerad, der Captain.«

Ihre wettergegerbten Gesichter blieben fast unbewegt, als sie dem Priester die Hand gaben und etwas auf Italienisch brabbelten. Sie beäugten die Männer mit höflicher Zurückhaltung und deuteten auf die Tür.

Nach der Helligkeit draußen konnte Roddy im dunklen Zimmer zunächst kaum etwas erkennen. Es gab eine Feuerstelle, einen blank polierten Tisch und einige verblasste Familienporträts an den roh verputzten Wänden. Das Erste, was ihm jedoch auffiel, war Spitze. Überall war Spitze: auf dem Kaminsims, den Sessellehnen, am Rand des Tischtuchs, an den Gardinen. Alles sah sauber und ordentlich aus, obwohl der Raum schlicht und voller Rauch war. Die Italiener servierten ihnen eine gehaltvolle Suppe aus Nudeln und Gemüse, einige Scheiben Hartkäse mit köstlich reifen Pfirsichen, die ihnen im Mund zergingen.

Frank versuchte angestrengt, ihren Dialekt zu verstehen, nickte, gestikulierte und deutete auf die Fotografien. Roddy bemerkte eine sehr alte Dame, die in der Ecke saß und weinte, während sie der Geschichte lauschte, immer wieder den Kopf schüttelte und sich bekreuzigte. Als Frank seinen Talisman unter der Soutane hervorzog, brach sie fast zusammen. *»Merletto d'Anghiari! Salvatore, ma guarda te!«* Sie wurde ganz aufgeregt. *»Il bambino d'Angelo, Francesco!«*

Frank schüttelte den Kopf und versuchte Roddy zu erklären, warum sie so erregt war. »Sie sagt, mein Vater hat ihr diesen Schuh vor vielen Jahren schon einmal gezeigt. Jetzt weiß sie, dass ich tatsächlich sein Sohn bin. Sie dachten, wir sind vielleicht Spione. Die Spitze trägt das Muster der Marcelli, hier aus der Gegend. Sie sagt, es sei ein Wunder. Sieh mal dort, sie hat auch einen Stuhl und ein Kissen zum Spitzenklöppeln!

In New York habe ich so was schon mal gesehen. Das sind also meine Großmutter und mein Cousin und seine Frau. Sie wollen ihre Namen nicht verraten – vorsichtshalber. Ich glaube, ich träume. Wenn ich das meiner Familie in New York erzähle!« Er lachte und trank einen Schluck Landwein, der so süß wie Likör war.

Viel zu früh senkte sich die Sonne über die Hügel, und Pater Mario drängte zum Aufbruch. »Bruder Francesco, Sie müssen wieder ins Lager. Sie dürfen den Appell nicht verpassen.« Aber Frank konnte sich nur schwer von seiner Familie trennen; es gab noch so viele Fragen und so viel zu erzählen.

Roddy war gerührt, dass er eine solche Familienbegegnung miterleben durfte. Sie würden ihn über Nacht auf dem Dachboden verstecken, und alles, was er ihnen dafür geben konnte, waren Zigaretten, ein paar Dosen vom Roten Kreuz und jede Menge holpriger *grazie*.

Er schüttelte Frank die Hand. »Falls ich es zu unseren Truppen und nach Hause schaffe, werde ich deine Familie wissen lassen, dass es dir gutgeht und du die Familie deines Vaters getroffen hast, das verspreche ich.«

Frank ging zur Tür, und seine Verwandte hielt ihm den Schuh hin, doch er wollte ihn nicht annehmen. »Er gehört hierher. Er verbindet uns und bleibt ein Beweis, dass ich hier war«, sagte er und schob ihn ihr wieder in die Hand. »Mein Vater wünscht es so.«

Etwas in dieser Geste war so anrührend, dass Roddy – auch wenn er kaum ein Wort verstanden hatte – selbst etwas Eigenartiges tat. Er kniete sich mit einem Bein auf den Boden. »Segne mich, Pater. Dort, wo ich hingehe, kann ich es bestimmt gebrauchen«, flüsterte er. »Wenn das alles vorbei ist, werden wir diese Geschichte bestimmt immer wieder erzählen müssen. –

Wie kann ich Ihnen nur für alles danken, was Sie riskieren, meine Freunde?«, fügte er hinzu. »Bitte übersetz das, Frank.«

Frank übersetzte und flüsterte ihm dann ins Ohr: »Mach morgen bloß, dass du hier wegkommst, und renn nach Hause!«

Irgendwo kurz vor Arezzo hatte der Lastwagen eine Reifenpanne. Es wurde spät, und Frank wusste, dass er nicht mehr rechtzeitig im Lager ankommen würde. Jetzt waren sie in Schwierigkeiten. Der Lagerkommandant war ein anständiger Mensch, aber er würde diesen Betrug nicht durchgehen lassen und inzwischen wohl auch entdeckt haben, dass ein weiterer Mann fehlte. Frank seufzte, weil er wusste, dass er einen schweren Weg vor sich hatte.

»Bleiben Sie beim Lastwagen und dem Fahrer«, sagte er zu Pater Mario. »Sie können sagen, dass Sie irgendwo eine Letzte Ölung geben mussten, das wird niemand nachprüfen. Ich werde zu Fuß zum Lager zurückgehen und eine Abkürzung über die Felder nehmen. Es kann nicht weiter sein als ein oder zwei Meilen. Vielen Dank, dass Sie mir diese Chance verschafft haben, heimlich meine Familie zu sehen. Wir werden das nicht wieder riskieren. Sie haben genug getan. Ich werde Ihre Freundlichkeit nie vergessen.«

Pater Mario hielt ihn fest. »Bleiben Sie hier, auch Sie können fliehen«, bat der alte Mann. »Der *capitano* wird ohne Ihre Hilfe keine drei Tage überleben. Sie sind einer von uns, und Sie sehen aus wie einer von uns. Sie können als Einheimischer durchgehen, der aus Amerika zurückgekehrt ist. Ihr Akzent wird Sie zwar verraten, aber wir können eine gute Geschichte für Sie basteln. Bleiben Sie, Bruder Francesco!«

»Nein, ich habe mein Wort gegeben. Da sind kranke Männer, die mich brauchen, und auch der Arzt braucht meine Hilfe.« Er gab Pater Mario fest die Hand. »Ich werde von meinem verbotenen Ausflug zurückkehren – der einzige Kriegsgefangene, der darum bittet, wieder in sein Gefängnis zu dürfen! Das wird sie amüsieren, und ich werde alle mit meiner Geschichte der heimlichen Pilgerreise langweilen. Vielleicht kommen meine neu gewonnenen Ortskenntnisse ja jemandem zugute.«

Er verriet nicht, dass er unter der Soutane einen Kompass in einem seiner Uniformknöpfe versteckt hatte. Er riss diesen Knopf ab und orientierte sich.

Wie anders ein Wald in der Dämmerung aussah! Mücken schwirrten ihm ums Gesicht, Frösche quakten, und Nebel zog auf. Man konnte sich leicht verlaufen, aber mit Hilfe seines Feuerzeugs überprüfte er immer wieder die Richtung auf dem Kompass. Dennoch war ihm nicht wohl. Es war gefährlich gewesen, sich für einen Tag heimlich abzusetzen. Nun musste er für das Risiko bezahlen.

Er hatte den Glauben des Kommandanten ausgenutzt, als er darum gebeten hatte, den Kontakt mit Pater Mario zu erlauben. Hatte er mit seiner Eskapade auch dessen Leben aufs Spiel gesetzt? Er blieb stehen, spürte die Weite des offenen Geländes und atmete den Duft der Pinien ein. Wer wollte in solch einem Paradies nicht länger bleiben?

Als es dunkler wurde, konnte er den Pfad zum Lagereingang kaum noch erkennen, aber ein anderer Weg führte zu den Feldern, wo er und Roddy sich heute Morgen getroffen hatten. Er war noch nicht weit gegangen, als er herannahendes Hundegebell hörte und Taschenlampen aufblitzen sah. Jäger, die nach Rehen oder Wildschweinen Ausschau hielten? Doch nur einen Moment später erkannte er, dass er selbst die Beute war und es sich nicht um Jäger handelte, sondern um die Feldgendarmerie, die nach geflohenen Kriegsgefangenen suchte.

Er blieb stehen, um die Soutane wieder überzuziehen und so seine Uniform zu verstecken. Schon stand er im Licht einer Taschenlampe. »Halt!«

Frank nahm die Hände hoch und versuchte zu erklären. »Ich bin Pater Francesco Bartolini. Ich habe mich verlaufen. *Sono padre americano.*« Er deutete auf das Kreuz und seine Insignien als Militärgeistlicher.

Eine Stimme sprach in gebrochenem Englisch: »Du bist entflohener Gefangener. Er wurde als Priester verkleidet gesehen. Du bist der Gefangene.«

»Nein, das bin ich nicht. Ich bin Pater Bartolini. Ich wollte gerade ins Lager zurückgehen. Der Kommandant kennt mich ... Bringen Sie mich zum Kommandanten. *Capisce?* Ich kann alles erklären.«

»Du bist amerikanischer Spion, entflohener Gefangener. Du wirst nicht ins Lager zurückkehren«, entgegnete der Militärpolizist hämisch. Seine Stimme klang hart und bedrohlich. Frank ging weiter auf die Männer zu und wappnete sich innerlich, als er das Klicken ihrer Gewehre hörte. Als die Kugeln in seine Brust drangen, blieb keine Zeit mehr zu beten.

117

Roddy erwachte auf seiner Strohmatratze, eine Pferdedecke über ihn gebreitet. Er hörte ein Rascheln und lauschte aufmerksam auf jedes fremde Geräusch und den wunderbaren Gesang der Vögel da draußen. Wo war er? Verschwommen kam ihm die Erinnerung: seine Flucht im Lastwagen, Bauernhofgeruch, der Duft von Nudelsoße an seinen Fingern. Die Sonne war aufgegangen, und es juckte überall, aber er blieb liegen und versuchte, seine Chancen auf eine Flucht nach Hause abzuwägen.

Dass er blond und blauäugig war, nur wenige Wörter Italienisch sprach und nur aus Barmherzigkeit bei Franks Familie Unterschlupf gefunden hatte, waren nicht gerade die besten Voraussetzungen. Er würde nicht lange bleiben können, aber schon diese eine Nacht tiefen Schlafs und das Abendessen hatten Wunder gewirkt. Er sollte sich tagsüber verstecken und erst im Dunkeln weiterziehen, aber er wusste, dass er die Bartolinis mit jedem Augenblick, den er hier war, in Lebensgefahr brachte.

Was war das nur für eine Geschichte um diesen kleinen Schuh gewesen? Konnte es sein, dass Franks Vater recht hatte? Dass der Babyschuh von der *Titanic* stammte und ursprünglich aus dieser Gegend kam? Es klang zu sehr nach Zufall, aber Frank war entschlossen gewesen, ihn seiner Familie zurückzugeben.

Er hatte ein großes Risiko auf sich genommen, als er Roddy hierherbrachte. Roddy hoffte nur, dass er es noch rechtzeitig ins Lager geschafft hatte. Die Miliz strich sicher mit Hunden durch die Berge, um die Spur flüchtiger Männer aufzuspüren.

Wenn Roddy nachts Richtung Süden marschierte, stieß er sicher irgendwann auf die Alliierten. Wenn er doch nur ein paar Fakten hätte anstatt immer nur Gerüchte! Er überlegte, ob es hier in den Dörfern wohl Sympathisanten gab, die heimlich BBC über versteckte Radiogeräte hörten. Vielleicht könnte Franks Cousin die Wahrheit herausfinden, ohne Verdacht zu erregen. Er war ganz ihrer Gnade und Barmherzigkeit ausgeliefert, dass sie ihn so großzügig für den Rest des Tages versteckten. Er brauchte seine ganze Kraft und Schlauheit, wenn er überleben wollte.

Da rief Franks Cousin ihn zum Frühstück; er bekam Schinken, Käse und Früchte mit Getreidekaffee und warmer Milch. Der junge Mann sprach ein paar Worte Englisch und zeichnete im Hof eine Landkarte in den Staub. »Du gehe über Berg in *mezzo notte*. Keine Pause, langer Weg. *Americanos* kommen, *si*? Keine bum bum mehr«, sagte er und imitierte Schüsse. »*Allora, vieni.*«

Die Familie beherbergte ihn noch vier weitere Nächte. Sie gaben ihm Essen, zeigten Briefe aus New York und ganz stolz die zugeschickten Fotos von Frank als Kind, von seinem Bruder Jack und der kleinen Schwester Patricia. Er wollte ihnen Geld geben, aber sie ließen es nicht zu. So arm sie auch waren, war der Stolz ihr einziger Luxus.

Der alte Herr Bartolini war es dann, der ihm durch Gesten verständlich machte, dass er auf dem Berg zu einem Schäfer namens Mani gehen solle, der Roddy ins nächste Tal führen werde. »Mani werde dich finden.«

Sie schickten ihn los mit einer Decke, Käse, Schinken, Trockenfrüchten und einem Fläschchen Öl, das stark nach Zitronen duftete.

»*Zanzara*«, krächzte die Alte und bedeutete ihm, es sich auf Gesicht und Nacken zu schmieren. Es war ein stark riechendes Mittel gegen Insekten. »*Grazie, molto grazie, io non dimenticato*«, war alles, was er als Dank erwidern konnte. Was konnte er sonst tun, um seine Dankbarkeit zu zeigen, dass sie ihm gegenüber so freundlich und gütig gewesen waren und ihm seine Freiheit wiedergegeben hatten?

Sie schenkten ihm eine alte Hose und ein Hemd zum Anziehen, aber als Einheimischer würde er dennoch nicht durchgehen. Er musste den Kontakt mit allen anderen meiden und so gut er konnte in der freien Natur leben. Er besaß keine Papiere, nur seine Erkennungsmarke um den Hals. Es war ein verrückter Plan, ein Katz-und-Maus-Spiel, aber er war bereit, das Risiko einzugehen.

Er folgte einem Pfad meilenweit bergauf und lauschte aufmerksam nach verdächtigen Geräuschen, doch er hörte nur das nächtliche Summen und Knacken des Waldes. Es war warm, zu warm. Er suchte nach verborgenen Quellen, um seinen Durst zu stillen, und ruhte sich in einem Versteck hinter Blättern und Zweigen ein wenig aus. So verbrachte er die erste Nacht auf der Flucht unter einem klaren Sternenhimmel.

In den folgenden Wochen wanderte er weiter nach Süden und war jedem Schäfer, Bergführer und Sympathisanten mit den Partisanen dankbar, der ihn von einem Tal ins nächste begleitete. Niemand nannte seinen Namen, denn was Roddy nicht wusste, konnte er nicht verraten. Er hatte nichts weiter als einen Kompass, der ihn Richtung Süden und Westen führte. Seine Haut wurde dunkel und zäh wie Leder mit roten Flecken, wo die Mücken ihn trotz des Zitronenöls gestochen hatten, und seine Stiefel hielten dicht. Trotzdem bekam er immer wieder Blasen an den Fersen. Er roch nach Viehställen und Misthaufen, schlimmer als jeder Obdachlose in den Staaten. Einmal entdeckte er einen See und sprang nackt hinein, dann wusch er sein Hemd aus und ließ es über einem Busch trocknen. Sein Bart wuchs feuerrot nach und würde ihn auf der Stelle als Ausländer verraten. Er sah aus wie ein deutscher Deserteur, doch er hatte Glück und kam nicht in Gefahr. Er aß, was er auf Bauernhöfen angeboten bekam, und fürchtete, dass manch einer seinetwegen hungern musste. Er wurde immer schmaler und sehniger und hatte ständig Hunger.

Den Winter würde er im Freien nicht überleben, denn selbst ihm war klar, dass es in dieser Höhe schneien würde. Da zeigte ein Schäfer ihm eine Höhle, in der er unterkommen und Feuer machen konnte, wenn es regnete. Eines Morgens nach einer schrecklich hungrigen Nacht war Roddy so niedergeschlagen, dass er überlegte, ob er sich nicht der nächsten Miliz stellen sollte. Er hatte das Gefühl, nicht mehr weiterzukommen. Er war jetzt mehr als sechzig Kilometer über unwegsames Land marschiert. Schwach und entmutigt sehnte er sich zurück nach Akron, auf seine Veranda, wo er jetzt ein Bier trinken könnte. Warum hatte er sich diesen Qualen nur ausgesetzt?

Die letzten Monate hatten ihn verändert. All der Luxus seines Lebens in Akron erschien ihm jetzt bedeutungslos. Hier hatte er etwas Wichtiges geleistet. Er kämpfte für die Menschen, die ihm am meisten bedeuteten, und für seine eigenen Männer, die bereits den höchsten Preis bezahlt hatten, damit gewöhnliche Zivilisten sich aussuchen könnten, wie und wo sie ihr Leben lebten, frei von Tyrannei, Angst und Krieg. Er schuldete diesen Bauern so viel, und falls er es tatsächlich nach Hause schaffte, würde er es ihnen eines Tages zurückzahlen. Er musste überleben. Er hatte es Frank versprochen, aber wie er das anstellen sollte, wusste er nicht.

Es war Zeit weiterzuziehen, mit oder ohne leeren Magen. Plötzlich hörte er Zweige knacken. Jemand näherte sich. Roddy versteckte sich im hintersten Winkel der Höhle und fürchtete das Schlimmste. Dann hörte er Stimmen: *»Americano! Americano, buon giorno!«* Zwei kleine Mädchen mit Kopftüchern spähten in die Dunkelheit, eine von ihnen trug einen Korb auf dem Rücken.

»Ella?«, krächzte er benommen, da er dachte, eine von ihnen wäre seine Gefährtin im Red House. War das ein Traum?

»No, signor, Agnese«, sagte die eine und lächelte. »Komm, essen.«

Roddy ging langsam dem Licht entgegen und blinzelte, als wären ihm zwei Engel erschienen. Der Korb war gefüllt mit kaltem Fleisch, Käse, Brot, einer Flasche *vino lavorato* und Weintrauben. Die Mädchen mussten seit Tagesanbruch unterwegs gewesen sein, um ihm dieses Festmahl zu bringen.

Sie saßen schweigend dabei und beobachteten, wie er all die leckeren Sachen verspeiste. Jedes Angebot, mitzuessen, lehnten sie ab. Dann gaben sie ihm Zeichen und deuteten ins Tal. *»Vieni a casa, mezzo notte, vieni?«*

Und so machte Roddy sich später auf und wanderte im Dunkeln ins Tal hinunter, wo er einen Kuhstall fand, in dem die Tiere für das morgendliche Melken aufgereiht standen. Er verbrachte die Nacht in der mit Stroh gefüllten Futterkrippe und schlich sich im ersten Morgengrauen wieder hinaus und versteckte sich erneut im Wald oder in der Höhle, bis es sicher war, zurückzukehren.

Den Rest der Familie bekam er nie zu Gesicht, nur die zwei kleinen Mädchen, die versuchten, ihm ihren Dialekt beizubringen. Eines Morgens hörte er das gefürchtete Wort *tedeschi*, Deutsche, und fürchtete das Schlimmste. An dem Tag versteckte er sich weit oben und hielt von Bäumen Ausschau. Vielleicht war er verraten worden.

Nach all der Zeit der selbstlosen Großzügigkeit so vieler Menschen wäre es entsetzlich, gefangen und wieder in ein Lager gebracht oder gar erschossen zu werden. Aber es blieb den ganzen Tag über ruhig, und in der Nacht schlich er wieder zum Stall zu seinem kratzenden, aber warmen Bett. Ein Mann erwartete ihn dort, der ihn aufgeregt umarmte und rief: *»Americano amici, Inghilterra, americano … tedeschi kaput. Vieni … amice.«* Auch Frauen waren dort, und Roddy sah, dass sie ihn anlächelten. Er wurde ins Bauernhaus geführt, wo Kerzen auf dem Tisch standen und es nach Braten duftete. Er konnte gerade so viel verstehen, um zu begreifen, dass es einen Durchbruch gegeben hatte. Der Feind hatte sich nach Norden zurückgezogen, und amerikanische Truppen befanden sich in der Nähe. Erleichterung und Freude strahlten aus ihren Gesichtern: *Liberazione!*

»Du bist frei.« Das Mädchen, das ihn an Ella erinnerte, lächelte ihn an. »Du bist frei.«

Wenn es doch nur so einfach wäre! Zu wissen, dass die deutschen Truppen vertrieben waren, reichte nicht aus, denn es gab noch die lokale Miliz und Kollaborateure in jedem Ort, und Roddy wusste nicht, wem er vertrauen konnte. Dennoch hatte die Atmosphäre sich geändert. Viele Menschen ließen stolz die italienische Flagge wehen. Um nicht sofort in der Öffentlichkeit aufzufallen, marschierte er parallel zu den größeren Straßen durchs Gebüsch. Dann entdeckte er in einiger Entfernung einen Jeep.

Winkend lief Roddy aus seinem Versteck. »Halt! Halt!« Er lief direkt vor den Wagen für den Fall, dass man ihn nicht bemerkt hatte.

Zuerst wurde er sorgfältig durchsucht für den Fall, dass er ein Spion war, doch er sagte ihnen seinen Rang und Personenkennziffer und zeigte seine Erkennungsmarke, so dass er schließlich als amerikanischer Soldat identifiziert wurde. Man gab ihm ein Hemd und richtige Zigaretten. Es war eine britische Aufklärungstruppe, die ausspähte, ob die Straßen frei waren und keine Partisanen im Hinterhalt lauerten. Sie nahmen seine Personaldaten auf sowie die Adresse der italienischen Familie, die ihn zuletzt beherbergt hatte, und sagten ihm, er solle dorthin zurückkehren, bis er weitere Instruktionen erhalte.

Nachdem er sich so lange hatte verstecken müssen, war dies eine herbe Enttäuschung. Doch die englischen Zigaretten waren ein kostbarer Schatz, und er verteilte sie auf dem Bauernhof. Wenigstens konnte er sich so bei den Leuten bedanken, die ihn beherbergten. Es wurde Zeit, dass er sich rasierte und wusch und Briefe schrieb. Zwei Wochen später erhielt er einen Brief aus Rom, in dem er aufgefordert wurde, sich bei den Alliierten für eine Überprüfung seiner möglichen Rückführung zu melden. Er sollte glücklich sein, dass er sich nun fast schon auf dem Weg nach Hause befand, aber irgendwie fühlte es sich nicht richtig an. Der Krieg war noch nicht beendet, der Feind noch nicht geschlagen, und er hatte nicht vorgehabt, mit nur halb erledigter Aufgabe in die Staaten zurückzukehren. Er wollte Pater Frank schreiben, dass er sein Versprechen gehalten hatte und am Leben geblieben war – doch sein Krieg war noch nicht vorbei.

118

Die Menschenmenge, die sich vor der Kathedrale versammelt hatte, blickte zu den Flutlichtern, die auf die drei Türme gerichtet wurden. Die Zeit der Verdunkelung war endlich vorbei. Der Krieg war beendet, aber Ella fühlte sich taub und gleichgültig und folgte nur mechanisch den Feierlichkeiten des Straßenfests. Sie hatte in der Stadt die Parade der Musikkapellen gesehen, Fahnen und Wimpel überall, aber sie fühlte nichts. Aus einiger Entfernung beobachtete sie, wie Clare auf und ab hüpfte und auf die Lichter zeigte. Celeste und Archie hatten sie mitgenommen, um ein paar Freunde zu begrüßen, aber Ella hing allein ihren Gedanken nach.

Lichfield erstrahlte im Licht. Sie hatte gute und schlechte

Zeiten in ihrer Heimatstadt überlebt, und so sehr sie die mit Kopfstein gepflasterten Straßen und die Kirchtürme auch liebte, fühlte sie sich dennoch leer und abgestumpft. Ein Brief des Luftfahrtministeriums hatte ihre Hoffnung auf Anthonys Rückkehr endgültig zunichtegemacht.

> In Anbetracht der langen Zeitspanne ohne neue Nachrichten in Bezug auf Ihren Ehemann, Geschwaderführer A. G. C. Harcourt DFC, seit dem Datum der Vermisstenmeldung, müssen wir mit größtem Bedauern annehmen, dass er sein Leben verloren hat, und aus amtlichen Gründen wird festgehalten, dass sein Tod am 10. Dezember 1943 eintrat.

Jetzt war sie also offiziell Witwe, so wie ihre Mutter all die Jahre zuvor. Wie seltsam, dass die Geschichte sich so wiederholte. Das Leben kam ihr trostlos und unsicher vor. Im Krieg hatte es wenigstens etwas zu kämpfen gegeben. Sie hatten sich gemeinsam dafür eingesetzt, dass das Leben so normal wie möglich weiterlief, um der Kinder willen. Und was geschah nun?

Ohne ganz zu merken, was sie tat, war sie in die Kathedrale hineingegangen und sah sich dort mit müden Augen um. Hier wurde sie nie enttäuscht, sondern immer wieder aufs Neue beeindruckt … vom Deckengewölbe, den Figuren, den Messingplaketten an der Wand. Anders als andere große Kathedralen war Lichfield ihr vertraut, ein wichtiger Teil ihres früheren Lebens. Sie setzte sich auf einen Stuhl und wollte um alles weinen, was sie verloren hatte, aber hier war nicht der richtige Ort, nicht vor den Menschen, die aufgeregt plappernd an ihr vorbeigingen. Sie erhob sich wieder und ging langsam weiter zur Marienkapelle am hinteren Ende des Kirchenschiffs. Ihr Blick fiel auf die Marmorstatue der *Schlafenden Kinder*, und sie war augenblicklich gerührt, sie wiederzusehen – diesmal nicht mit den Augen eines Kindes, das sie vor all den Jahren noch gewesen war, sondern mit denen einer Frau, die sich verwundert fragte, wer sie geworden und was von der alten Ella noch übrig war.

Mit professionellem Blick studierte sie die Konturen, die Weichheit der Rundungen, die gekonnte Komposition und Ausarbeitung. Und dennoch hatte der Künstler Francis Chantrey bei aller Perfektion ein Zeichen hinterlassen: ein kleiner Marmorblock unter einem Fuß war unbehauen, solide, eine Erinnerung daran, dass dies nur ein Stück Kunst war, das durch eben jenen absichtlichen Fehler einen Makel zeigte. Wie prächtig es war! Kein Wunder, dass es bei seiner ersten Ausstellung 1816 großen Wirbel verursacht hatte.

Der Tod kam nicht immer friedlich, und Ella wusste, dass eines dieser Kinder aufgrund eines Feuers gestorben war, verbrannt, erstickt, wie nun auch so viele Opfer der Luftangriffe. Die Gewalt des Todes musste wohl durch Bilder und Denkmäler abgemildert werden, überlegte sie, um den Menschen zu helfen, sich zu erinnern und zu versuchen, auch einer Tragödie Sinn zu geben.

Die Vorstellung, wie Anthony seinem Tod entgegengesehen hatte, in seiner Maschine, die er möglicherweise noch über Wasser hatte halten wollen, war die reinste Qual. Es gab keine Leiche, keinen Abschied, kein Grab. So musste es auch May empfunden haben. Kein Wunder, dass sie immer zu Captain Smiths Statue im Park gegangen war! Ellas Eltern hatten ihr Grab auf dem Grunde des Ozeans, und in all den Jahren hatte sie so wenig an sie gedacht. Doch der Anblick dieser Skulptur rührte etwas in ihr an, und sie fragte sich zum ersten Mal seit langer Zeit, wer ihre Eltern wohl gewesen und woher sie gekommen waren.

Denk nicht jetzt darüber nach, mahnte sie sich selbst. Es wird dich nur noch trauriger machen. Das Leben muss weitergehen. Und gerade weil es kein Grab für Anthony gab, sollte in besonderer Weise an ihn gedacht werden. Clare sollte etwas haben, durch das sie sich immer an ihren Vater erinnern könnte, etwas Greifbareres als seinen letzten Brief.

Diese Skulptur war als Trost für die Mutter dieser toten Kinder gefertigt worden, also musste Ella etwas erschaffen, das ihr selbst Trost spendete – etwas, das nur sie hervorbringen konnte, etwas Dauerhaftes, Schönes und Bedeutsames für Clare und sie.

Auf einmal spürte sie, wie freudige Erregung ihren gesamten Körper durchzog, so wie ein leichter Stromschlag. Eine Idee, ein Gefühl der Gewissheit kam in ihr auf. Und das, nachdem sie zunächst mit bleischweren Füßen die Kathedrale betreten hatte! Jetzt lief sie eilig hinaus in die Menge. Es wurde Zeit, nach Hause zu gehen und ihre Werkstatt aufzuräumen.

Der Schuppen war feucht und dreckig, voller Tonscherben von der Explosion, die ihre Skulpturen zerstört hatte. Tote Fliegen lagen auf den Regalbrettern, und es roch muffig. Doch dieser Junimorgen leuchtete hell und sonnig, und so wischte sie die Spinnweben von den schmutzigen Fenstern und machte sich ans Putzen.

Sie brauchte Licht, kräftiges Nordlicht, frische Luft und Platz, um ihre Ideen zu Papier zu bringen. Anhand von Skizzen wollte sie festhalten, was sie für ihren Ehemann empfand. Zuerst jedoch musste sie das Alte loswerden, um Platz für das Neue zu schaffen. Ella nahm das Zeichenbrett und lächelte.

Anthony, dachte sie, Geliebter, ich bin wieder zu Hause, und ich werde ganz neu anfangen.

119

1946

Roddy stand an der Reling des Truppentransporters, der ihn nach Hause brachte. Er kam sich vor wie ein Greis – ganz anders als der Mann, der 1942 dem Aufruf zum Kriegsdienst gefolgt war. Sein Kopf steckte voller Erinnerungen, die er am liebsten vergessen würde – die erbitterten Kämpfe in Italien, um Richtung Norden und schließlich nach Deutschland vorzudringen, dort der Anblick grauenvoller Szenen, erschöpfte Truppen, die Gefangenen der Konzentrationslager. Nie wieder wollte er einen Bombenabwurf erleben. Er hatte sich einer anderen Einheit der Fünften Armee angeschlossen. Von seiner alten Truppe war keiner mehr übriggeblieben. Er war ein Fremder unter Fremden gewesen, die bald zu einer Gruppe Kampfbrüder verschmolz.

Die Freundlichkeit und Güte der italienischen Bauern, der *contadini*, würde er nie vergessen. Sie hatten ihm die Chance gegeben, zu den Alliierten zu stoßen und weiterzukämpfen. Diese seltsamen Monate in den toskanischen Hügeln würde er sein ganzes Leben nicht vergessen.

Etwa zur Hälfte der Überfahrt setzten sich auch zwei Priester an den Offizierstisch im Speisesaal, ein Jude und ein Katholik, wie er an ihren Insignien erkannte. Er sah sofort, dass die Männer sehr erschöpft waren, denn ihre Augen zeigten tiefe dunkle Ringe vor Müdigkeit. Der katholische Priester hatte einen Tic in der Wange. Sie kamen ins Gespräch, und Roddy erzählte, wie Pater Frank Bartolini ihm vom Lager bei Arezzo aus geholfen hatte, bei seiner eigenen Familie Unterschlupf zu finden. Dann fragte er, ob sie etwas von ihm gehört hätten.

Der Priester, ein Jesuit namens Paul, sah ihn interessiert an.

»Francesco Bartolini? Er war in meinem Trainingslager in Harvard, kleiner dunkler Kerl. Er wurde …« Er hielt inne und sah ihn über seine Brille hinweg an. »Wissen Sie das nicht?«

Roddy hatte das Gefühl, sein Herz würde einen Schlag aussetzen. Er schüttelte den Kopf. »Haben Sie ihn gesehen?«

Nun schüttelte Paul den Kopf. »Ich fürchte, er ist erschossen worden. Wir haben es nur gehört. Sie haben ihm das Verwundetenabzeichen Purple Heart verliehen, posthum.«

»Wann? Wo?« Roddy begann zu zittern. Er konnte nicht begreifen, was er da hörte.

»Viele Priester haben an der Front ihr Leben gelassen. Ich erinnere mich nur, dass sein Name in Gebeten für die Gefallenen genannt wurde, und mir fiel ein, dass ich ihn kennengelernt hatte.«

»Aber als ich ihn das letzte Mal sah, war er ein Gefangener. Wie kann ich mehr erfahren?«

»Im Korps der Militärgeistlichen wird man nähere Informationen haben. Es tut mir leid. War er ein Freund?«

Roddy nickte. »Ich schulde diesem Mann so viel.« Er hatte keinen Hunger mehr und wollte nur noch an die frische Luft.

Später, als er über das Deck spazierte, machte Roddy sich Sorgen, dass Franks Tod etwas mit seiner Flucht zu tun gehabt haben könnte. Was war wohl mit seiner armen Familie geschehen? Waren sie in Sicherheit? Er musste mehr herausfinden. Er konnte nicht nach Akron in sein altes Leben zurückkehren, ohne vorher zu ergründen, was genau mit seinem guten Freund passiert war. Er hatte sich so darauf gefreut, ihn wiederzusehen.

In New York angekommen, erinnerte er sich an ein Gespräch mit Frank über seine frühere Gemeinde in New Jersey. Nach nur ein paar Telefonaten hatte er die Kirche St. Rocco's an der Hunterdon Street in Newark ausfindig gemacht sowie die

Adresse von Franks Familie in Manhattan. Er schrieb eine kurze Nachricht, in der er sich vorstellte und um einen Kondolenzbesuch bat, bevor er wieder nach Ohio reisen würde. Er schrieb der Familie, er verdanke Pater Frank sein Leben.

Zwei Tage später klopfte er an die Tür einer Wohnung im italienischen Brownstone-Viertel von Lower Manhattan. Eine grauhaarige Dame öffnete die Tür und lächelte. »Bitte kommen Sie herein, Captain. Ich bin Kathleen Bartolini.«

Roddy spürte, dass die Vorstellung, mit Franks Eltern zu reden, ihn sehr mitnahm. Er würde einfach sein Beileid aussprechen und wieder gehen. Sicher wollten sie nicht daran erinnert werden, welche Konsequenzen die Hilfsbereitschaft ihres Sohnes gehabt hatte.

»Sie müssen Roderick Parkes sein. Frank hat von Ihnen geschrieben. Sie haben in seinem Chor gesungen. Seinen ›englischen Domchorknaben‹ hat er Sie genannt«, sprach Mrs Bartolini weiter, und beim Klang ihres irischen Akzents fühlte er sich schon nicht mehr so unwohl.

Er folgte ihr in das Wohnzimmer, das voller Bilder und Wandschmuck und Marienstatuen war. Auf dem Sofa saßen ein alter Mann und das hübscheste Mädchen, das er je gesehen hatte, mit wundervollen rotbraunen Locken und grünen Augen. Als ihre Mutter sie vorstellte, erhob sie sich, und Roddy sah, dass sie groß und schlank war. »Das sind mein Mann Angelo und unsere Tochter Patricia.«

Der alte Mann setzte an, ebenfalls aufzustehen. »Nein, bleiben Sie doch sitzen, Sir«, sagte Roddy schnell.

»Meinem Mann geht es seit Monaten schon nicht so gut«, erklärte seine Frau. Roddy fielen sofort seine dunklen Augen auf, die gleichen wie bei seinen Söhnen Frank und Jack, die aus einem Foto auf dem Regal zu ihnen herabblickten.

»Bitte nennen Sie mich Patti«, sagte die Schönheit in der grünen Seidenbluse und streckte ihm die Hand entgegen. »Setzen Sie sich, Captain.«

»Danke, Ma'am. Sie müssen wissen, dass ich ein Foto von Ihnen gesehen habe, im Haus Ihrer Großmutter«, sagte er. »Aber da waren Sie nur so groß.« Er lächelte, und Patti lächelte zurück. Er konnte kaum den Blick von ihrem wunderschönen Lächeln abwenden.

Der alte Mann starrte ihn an. »Sie haben meine Familie kennengelernt, die Bartolinis? Wann?«

»Das habe ich, aber bitte erzählen Sie mir erst, was mit Frank passiert ist.« Er blickte wieder zu dessen Porträt. Im Lager hatte er nicht so gut ausgesehen, keiner von ihnen. »Ich habe erst auf dem Schiff erfahren, dass er gefallen ist.«

»Er wurde erschossen und einfach liegen gelassen. Sie sagten, er habe versucht zu fliehen. Das ist alles, was wir wissen.« Sie starrten nun alle auf Franks Porträt, als hofften sie, er könnte von dort aus das Ereignis richtigstellen.

Roddy schüttelte vehement den Kopf und hob abwehrend die Hände. »Das ist nicht wahr. Das kann nicht stimmen. Er wollte ins Lager zurück, um bei den Männern zu sein. Frank hat *mir* geholfen zu fliehen. Ihre Familie hat mich versteckt. Ich habe gesehen, wie er rechtzeitig vor dem Appell mit dem italienischen Priester zurückgefahren ist. Mehr weiß ich aber auch nicht. Er hätte ebenfalls die Chance gehabt, zu fliehen, aber er hat sie nicht wahrgenommen. Ich war da. Sie müssen mir glauben.« Zu seinem eigenen Entsetzen merkte er, dass ihm Tränen über die Wangen liefen. »Er war ein guter Mann. Er war mein Freund. Wenn ich gewusst hätte, welches Risiko er auf sich nahm …«

Die Familie starrte ihn verwundert an. »Sie waren mit ihm im Dorf bei Anghiari?«

»Um ehrlich zu sein, wusste ich nie genau, wo ich war, aber Frank hat über die Kirche Kontakt zur Familie seinen Vaters aufgenommen. Das weiß ich. Sie haben mich aufgenommen und mir die Freiheit geschenkt. Sind sie in Sicherheit?«

»Wir haben nichts von ihnen gehört. Vielleicht können wir ihnen jetzt wieder schreiben, wo der Krieg vorbei ist. Sie waren mit meinem Sohn dort und haben gesehen, wie er wieder aufbrach zum Gefangenenlager?« Kathleen sah ihn fragend an.

Roddy erzählte ihnen jedes Detail, an das er sich erinnern konnte, auch die Geschichte von dem kleinen Schuh, und was passierte, als sie ihn der alten Großmutter zeigten.

»Alessias Schuh?« Der alte Mann riss die Augen auf.

»Ich kenne keine Alessia, aber als er ihnen den Schuh zeigte, wusste die alte Dame, dass Sie ihn geschickt hatten, und es war der Beweis, dass der junge Priester Frank war und kein Spion. Sie sagte tatsächlich etwas über die Spitze, aber ich fürchte, eine Spitze sieht für mich aus wie die andere.«

Kathleen bekreuzigte sich. »Oh, Angelo, es war richtig von dir, ihm den Schuh zu geben. Mein Mann hatte eine Frau und eine Tochter, die verstorben sind.«

Roddy kannte die Geschichte. »Ja, beim Untergang der *Titanic*, das hat Frank mir erzählt. Meine Mutter war ebenfalls auf diesem Schiff, aber sie hat überlebt. Was für ein seltsamer Zufall.«

»Hat er Ihnen erzählt, dass auch meine Schwester dabei ertrunken ist?«, fragte Kathleen. »Alle drei sind wir durch dieses schreckliche Unglück verbunden ... Sie sagen, er hat seiner Familie den Schuh als Beweis gegeben? Als er seinen Talisman weggab, den Schuh seiner Schwester, hat er auch sein Glück weggegeben«, schluchzte Kathleen, und Patti nahm sie in die Arme.

»Das ist alles so überwältigend, aber wir danken Ihnen«, sagte Patti. »Sie wurden uns als Trost geschickt.«

Roddy sprang auf, er wollte nicht länger stören. »Ich gehe jetzt besser«, sagte er.

»Nein, bitte bleiben Sie doch, wir haben noch so viele Fragen. Sie haben uns seltsame Neuigkeiten gebracht, und über Frank zu reden, bringt ihn für einen Moment zu uns zurück. Ich werde uns etwas zu essen machen«, sagte Kathleen und verließ das Zimmer.

»Ich muss bald gehen.« Patti wischte sich die Tränen aus den Augen. »Ich habe heute Abend einen Auftritt.«

»Meine Tochter ist Zweitbesetzung für eine Broadway-Show.« Angelo lächelte stolz. »Ihr Künstlername ist Patti Barr.«

Roddy betrachtete sie erneut. Es hätte ihn nicht überrascht, wenn sie Filmschauspielerin gewesen wäre. »Für welche Show?«

»›Annie Get Your Gun‹. Ich kann Ihnen Karten besorgen.«

»Auf jeden Fall«, antwortete er fast ein wenig zu enthusiastisch. »Entschuldigung, ich wollte Sie in solch einem schweren Moment nicht kränken.«

»Nein, nein, wir haben uns schon an den Gedanken gewöhnt, dass Frank nicht mehr zurückkommt. Er ist nicht der Einzige unserer Söhne, der gefallen ist. Auch unser Ältester, Jack, ist im Pazifik umgekommen.«

»Ja, Frank hat es mir erzählt, ich habe den Brief gesehen. Ihre beiden Söhne! Es tut mir ja so leid.« Roddy wusste nicht, was er sagen sollte. Der alte Mann zuckte mit den Schultern und hob die Hände.

»Frank würde sagen, es ist Gottes Wille. Er nimmt, und er gibt. Wir werden in unserem Glauben geprüft, aber auf einmal kommen Sie und bringen ihn durch Ihre Neuigkeiten zu uns zurück. Bitte bleiben Sie und erzählen Sie uns noch mehr. Sie wurden aus einem bestimmten Grund geschickt. Erzählen Sie etwas über die *famiglia*. Ging es ihnen gut? Es ist so lange her, seit ich dort war.«

Noch viele Wochen dachte Roddy über seine Worte nach, während er sich wieder in Ohio einlebte und über die vielen Meilen hinweg der hübschen Patti Bartolini den Hof machte. An Liebe auf den ersten Blick hatte er früher nicht geglaubt, aber ein Blick von ihr, und er war verloren gewesen. Er hatte immer das Bild einer Frau vor Augen gehabt, nach der er suchte, aber bis zu jenem Moment in New York hatte er es nicht gefunden. Patti war lebhaft, selbstbewusst, klug und schön – welches Glück wurde ihm auf einmal zuteil durch ihre Begegnung.

Und er hatte sich nicht durch Italien und später durch halb Europa gekämpft, um jetzt vor Schwierigkeiten wie Entfernung, unterschiedlichen Glaubensrichtungen oder Familienhintergründen zu kapitulieren. Er empfand tiefe Dankbarkeit, dass Patti seine Gefühle offenbar erwiderte, und in ihrem Briefwechsel verfestigte sich die erste aufflammende Begeisterung zu einem sicheren, kostbaren Gefühl der Nähe und Vertrautheit.

Was war also Schlimmes daran, dass er sich für ihre Verbindung in der katholischen Lehre unterweisen lassen musste, Franks Lehre? Wenn diese Lehre Männer wie seinen Freund hervorgebracht hatte, sollte es ihm recht sein. Wo würden sie wohnen? Das war unwichtig. Wichtig war nur, dass Frank sie – wenn auch auf seltsamem Wege – zusammengebracht hatte. Roddy stand für immer in seiner Schuld.

Nach ein paar Monaten reiste er nach New York und hielt in aller Form um Pattis Hand an. Ihr Strahlen war ihm Antwort und Versprechen auf zukünftiges Glück zugleich.

Nun musste er nur noch seiner Mutter schreiben und ihr die gute Nachricht mitteilen. Er hatte die Richtige gefunden, und das Leben fing ganz neu an.

Angelo konnte in jener Nacht nach Roddys Antrag nicht schlafen, und das nicht wegen der gewohnten Schmerzen, sondern wegen eines überwältigenden Glücksgefühls. Der Schuh hatte wieder ein Wunder gewirkt. Er war verloren, gefunden, gegeben, genommen, weitergetragen worden – was für eine seltsame Reise! Und nun war ein Fremder gekommen und bat um die Hand seiner Tochter. Er hatte bei dem ersten Besuch sofort bemerkt, wie es zwischen ihnen gefunkt hatte; ein zur Hälfte englischer und noch dazu protestantischer Soldat hatte vor seiner Nase das Herz seiner Tochter gestohlen. Eigentlich sollte er solch eine Verbindung verbieten, aber dieser Mann war der letzte Mensch gewesen, der seinen Sohn lebend gesehen hatte, ein guter Mann mit guten Aussichten. Es war alles wie ein Wunder. Erst waren sie traurig, gequält, erstarrt gewesen, und nun sprachen sie von Hochzeit und Feier.

Nichts davon würde ihm seine Kinder wiederbringen, aber diese jungen Leute setzten vielleicht neue in die Welt, die er dann lieben könnte.

FÜNFTER TEIL

Das große Gewebe

1958–1959

120

England

»Sie drehen einen Film über die *Titanic*«, sagte Clare, die gerade die neuste Ausgabe der Kinozeitschrift las. »Einen richtig großen, in London, mit Kenneth Moore.«

»Ach ja, tatsächlich?«, meinte Ella zerstreut. Sie arbeitete an ihrem neuesten Auftrag und wollte nicht gestört werden.

»Ja, wirklich, hier steht, dass es ein richtiges Epos wird, eine wahre Geschichte, die auf einem Buch basiert.«

»Das bezweifle ich«, meinte Ella. »Wer weiß schon, was da wirklich passiert ist in jeder Nacht?«

»Ach, sei nicht so pedantisch, du weißt doch, was sie meinen«, erwiderte Clare schnippisch und machte auf dem Absatz kehrt.

Seufzend fragte sich Ella, ob sie in dem Alter auch so empfindlich gewesen war. Clare war in den Ferien zu Besuch aus ihrem Internat bei York, und sie brauchten immer eine Weile, um sich wieder aneinander zu gewöhnen. Es war nicht leicht, ein Mädchen allein großzuziehen, schon gar nicht ein so lebhaftes und aufgewecktes wie Clare. Als Künstlerin brauchte sie die Möglichkeit, ohne Unterbrechung arbeiten zu können, und die Schulferien waren dann für beide eine chaotische Zeit. Clare wünschte sich Aufmerksamkeit und Unternehmungen ganz allein mit ihrer Mutter, aber Ella musste ihre Arbeit erledigen, ob nun Ferien waren oder nicht. Seit der ersten Ausstellung nach dem Krieg, auf der sie eine Skulpturenserie von Piloten und anderen Luftwaffensoldaten gezeigt hatte – traurige Gestalten mit hängenden Schultern einschließlich einer Büste von Anthony – sowie eine Reihe von Studien kriegsmüder Gesichter, hatte sie kaum mehr Zeit zum Luftholen bekommen: Denkmäler, Gedenktafeln und private Aufträge für Büsten aller Art von Kriegsopfern, Männern wie Frauen.

Manchmal war Ella so beschäftigt, dass sie kaum etwas anderes wahrnahm. Ihr ganzes Leben drehte sich um Clare, ihre Arbeit und die Foresters. Sie lebte immer noch mit Selwyn im Red House, was praktisch war, da sie sich die Ausgaben teilen konnten. Selwyn war älter und gebrechlicher geworden, seine Kriegsverletzungen schwächten ihn, und die Trinkerei schadete seiner Leber.

Ella hatte niemanden gefunden, der Anthony hätte ersetzen können. Er war ihre einzige wahre Liebe gewesen, und außerdem war sie zufrieden damit, all ihre Gefühle in ihre Arbeit fließen zu lassen. Natürlich hatte es Männer gegeben, die sie ausgeführt und ihr romantische Avancen gemacht hatten, aber Clare und ihre Arbeit gingen vor.

Sie hatte sich von neuem in ihre künstlerische Tätigkeit verliebt, die in den Kriegsjahren so gut wie brach gelegen hatte, da sie in der Zeit nur kopiert, repariert, gelehrt und mit Mühe und Not durchgehalten hatte. Jetzt war es, als würde all die angestaute Energie endlich frei. Die arme Clare fühlte sich vernachlässigt, also musste sie sich unbedingt Zeit nehmen, um mit ihr essen zu gehen.

Clare wusste um ihre Verbindung zur *Titanic*, hatte jedoch nie sonderliches Interesse an dieser Geschichte gezeigt. Nach Kriegsende hatte sie den Koffer mit den Babysachen im Wäscheschrank gefunden, ihrer Puppe zum Spielen hin und wieder das kleine Mützchen aufgesetzt, und als Ella eines Tages nach Hause kam, musste sie entdecken, dass Clare die Spitzenbordüre vom Nachthemd abgetrennt und an einen Unterrock für ihr Tenniskleid genäht hatte.

Aber Ella war deswegen nicht böse gewesen. Was hatte es für einen Sinn, die ganzen Sachen oben im Schrank allmählich vergilben zu lassen? Den Rest ihrer Babykleidung bewahrte sie allerdings zur Erinnerung weiterhin auf. Falls sie jemals umzöge, dachte sie, würde sie alles wegwerfen.

In den Sachen lag eine Geschichte verborgen, die dieser neue Film sicher nicht erzählen würde, dennoch war sie neugierig. Wie wollte man ein solches Ereignis zu einem Film verarbeiten? Die Grundlage war ein Roman von Walter Lord. Auf Englisch hieß er *A Night to Remember* – eine denkwürdige Nacht. Ella fand, dass es eine Nacht war, die man besser vergessen sollte.

Das erneute Interesse an dem Schiff hatte viele Zeitungsartikel über das Unglück zur Folge, und viele Überlebende erzählten ihre Geschichte. Ihre eigene Geschichte würde sicher niemand glauben, und außerdem konnte sie sich an überhaupt nichts erinnern.

Vielleicht war es so auch besser gewesen. Viele Menschen wollten den Krieg und all die erlittenen Verluste am liebsten vergessen. Aber Trauer, so hatte einmal jemand gesagt, war wie ein ständiger Untermieter, der vor deinem Kamin sitzt und die Wärme von dir fernhält. Man gewöhnt sich daran, einen zusätzlichen Pullover anzuziehen, um nicht mehr zu frieren. Ella hatte die Frage ihrer wahren Herkunft, ihrer richtigen Eltern nie weiterverfolgt, obwohl sie es sich für die Zeit nach dem Krieg vorgenommen hatte. Ihre Arbeit und andere Dinge hielten sie davon ab. Aber für das, was einem wichtig ist, muss man Zeit finden, dachte sie seufzend. Doch irgendwie stand diese Suche nach mehr Informationen immer am unteren Ende ihrer Liste. Es war einfach zu spät.

Ihr Leben ging um das Hier und Heute, die Gegenwart und die Zukunft. Worin lag der Sinn, auf etwas zurückzublicken, das man doch nicht ändern konnte? Trotzdem bedauerte sie manchmal, dass sie es nicht einmal versucht hatte.

Celeste war gerade von einem Besuch bei Roddy aus den Staaten zurückgekehrt. Sie und Archie hatten ihre Enkelkinder besucht, da eines von ihnen Geburtstag gehabt hatte. Ella konnte sich immer noch nicht an den Gedanken gewöhnen, dass Roddy Katholik geworden war, um eine italienisch-irische Frau zu heiraten, und dass er nun eine Imbisskette mit Schnellrestaurants an Highways besaß. Das Geschäft lief phantastisch, er hatte vom Krieg profitiert. Natürlich hatte er auch Ella und Clare zur pompösen Hochzeitsfeier eingeladen, aber die Überfahrt wäre zu zeitaufwendig gewesen – zumindest war das ihre Ausrede gewesen. Celeste und Archie hatten noch monatelang von der Feier geschwärmt, bei der an nichts gespart worden war. Patti hatte in ihrem aus Italien importierten, spitzenbesetzten Hochzeitskleid und dem Schleier ausgesehen wie Maureen O'Hara.

Es war kurios, wie das Leben sich entwickelt hatte. Hätte Roddy nicht diesen Priester kennengelernt und hätte dessen Familie ihm bei der Flucht nicht geholfen, hätte er Patti niemals getroffen.

Über die nächsten Monate vergaß Ella den Film, bis plötzlich eine ungewöhnliche Einladung von Mel Russell-Cooke eintraf, die anlässlich der Premiere von »Die letzte Nacht der Titanic« im *Odeon* am Leicester Square ein Festessen ausrichtete. Sie hoffe, Ella und ihre Familie werde zusammen mit Celeste zu dieser Premiere im Juli erscheinen, schrieb sie dazu, als Gäste der Filmgesellschaft.

»Du musst hingehen«, drängte Clare. »Du musst einfach. Du wirst die ganzen Stars kennenlernen!«

»Es ist nicht gerade meine Vorstellung einer angenehmen Abendunterhaltung, Menschen beim Ertrinken zuzusehen«, protestierte Ella zunächst, aber als sie mit Celeste darüber sprach, merkte sie, dass sie die Einladung nicht so einfach ausschlagen könnte.

»Wir waren dabei, meine Liebe. Es ist bestimmt interessant zu sehen, wie sie die Geschichte zusammengesponnen haben. Ich finde, wir sind es jenen, die nicht überlebt haben, schuldig, sie zu vertreten. Es ist das erste Mal seit dem Krieg, dass die breite Öffentlichkeit sich für die *Titanic* interessiert. Ich frage mich sogar, ob deine Geschichte in irgendeiner Weise erwähnt wird: dass Captain Smith ein Kind rettete und in eines der Boote hob. Man weiß ja nie, vielleicht erfährst du etwas Interessantes«, argumentierte sie.

Ella war nicht überzeugt. »Ich will meine Geschichte aber nicht in allen Zeitungen lesen. Ich geh da nicht hin.«

Doch Celeste gab nicht so schnell auf. »Wann bekommen du und ich schon mal eine Fahrt nach London geschenkt? Es wird alles bezahlt, die Reise, die Übernachtung, das Essen und die besten Plätze bei einer Premiere im West End! Denk darüber nach, das hört sich doch nach Spaß an!«

»Spaß? Wie kannst ausgerechnet du das sagen? Du warst doch dabei, du hast alles gesehen!« Ella war schockiert.

»Das ist jetzt alles Vergangenheit und schon lange vorbei. Nun ist es eine berühmte Katastrophe. Wir könnten mit anderen Überlebenden sprechen, Ella … aber allein mag ich auch nicht hingehen.«

Es war diese inständige Bitte, die Ella schließlich umstimmte. Sie schuldete Celeste so viel; ihr diese Reise zu verweigern, wäre unhöflich und undankbar.

»Also gut, ich komme mit – aber unter einer Bedingung: Ich

gehe als Ella Smith, Ella Smith Harcourt, nicht als Ellen Gottweiß-wer. Diese Geschichte muss um meiner Mutter willen in der Familie bleiben.«

»May wollte, dass du mehr darüber herausfindest. Es war ihr letzter Wunsch.« Wie um es zu bekräftigen, nahm Celeste Mays Foto in die Hand. »Der letzte Wunsch vor ihrem Tod. Deshalb hat sie es mir erzählt, da bin ich sicher.«

»Ich weiß, aber ich will nicht, dass die Geschichte neu geschrieben oder das Ganze aufgeblasen wird. Ich sehe schon die Schlagzeilen: ›Mutter britischer Künstlerin stiehlt gerettetes *Titanic*-Baby. Verlorenes Baby der *Titanic* endlich gefunden! Kennen Sie dieses Kind?‹ So etwas darf es nicht geben!«

»Meine Güte, bist du streng. Wie ich heraushöre, hast du Clare die wahre Geschichte auch nie erzählt, oder? Sie ist dir sehr ähnlich: ganz schön stur, wenn sie sich etwas in den Kopf gesetzt hat!«

»Wieso, was hat sie dir erzählt?«, wollte Ella wissen.

»Sie hat mir ein Album für Autogrammkarten gegeben, die ich dort sammeln soll. Die will sie dann für ein Pfund pro Stück verkaufen, als Grundstock für ihre späteren Reisen. Du siehst also, wir müssen fahren!«

121

Roddy und Patti sorgten dafür, dass Kathleen bei der Premiere von »Die letzte Nacht der Titanic« zwischen ihnen saß. Sie war als Schwester eines der irischen Opfer zur Filmpremiere eingeladen worden.

Danach organisierte Roddy ein wunderbares Wochenende in

New York, an dem sie Freunde besuchen und bei Macy's Geschenke für Frankie Junior und die kleine Tina besorgen konnten, die mit ihrem Kindermädchen zu Hause geblieben waren.

Roddy ging großzügig mit seinem Reichtum um, aber er hatte schließlich hart gearbeitet, um auch den Gaststättenbetrieb seines Unternehmens aufzubauen. Will Morgan leitete noch immer ihr Transportunternehmen Freight Express, und mit Pattis Händchen für Gestaltung und Dekoration waren ihre preisgünstigen, aber gemütlichen Schnellrestaurants schnell zum Marktführer avanciert. Sie boten zwei verschiedene Imbiss-Stile an: »Mamma Joe's« mit italienisch und »Murphy's Irish Kitchen« mit irisch inspirierter Speisekarte.

Wie die meisten Veteranen konnte auch Roddy kaum fassen, dass er den Krieg fast ohne einen Kratzer überstanden hatte. Die erlittenen Verletzungen waren für das Auge unsichtbar, doch in seinen Träumen erlebte er sie häufig neu.

Als der Film vorbei war, spürte er das dringende Bedürfnis, seine Mutter anzurufen. Wie hatte sie es geschafft, solch eine Katastrophe zu überleben und dennoch ihr Leben lang so ruhig zu bleiben?

»Wie fandest du es?«, fragte er Kathleen, die sich bei ihm eingehakt hatte.

»Ich würde gern eine Kerze für Louise anzünden und für Angelos verstorbene Frau. Wenn es stimmt, was er früher immer angenommen hatte – dass seine kleine Tochter noch lebt –, meinst du, dass auch sie irgendwo diesen Film sieht, ohne zu wissen, wer sie wirklich ist? Die ganze Zeit über haben wir seinen Traum beiseitegeschoben, aber was, wenn es doch wahr ist? Wir könnten zur Presse gehen und ihnen die Geschichte erzählen. Sie könnten für uns weiter recherchieren.«

»Zuerst müssen wir uns über die Fakten sicher sein. Papa hat inzwischen akzeptiert, dass der Schuh jemand anderem gehörte. Mach ihm nicht neue Hoffnungen, die dann wieder zerstört werden müssen«, meinte Patti.

Später im Restaurant waren sie noch immer ganz bedrückt. Roddy überlegte angestrengt, wie er die Stimmung heben könnte. Sie saßen in einem ihrer Lieblingsrestaurants, einer Trattoria in der Mulberry Street mit italienischen Bildern an den Wänden – vertraute Landschaften mit Pinien, kleinen Kapellen und Bergen im Hintergrund. Sie brachten Erinnerungen an seine Flucht zurück. Plötzlich trat ein Lächeln in sein Gesicht, denn er hatte eine brillante Idee.

Celeste lehnte sich mit dem Brief im Bett zurück und lachte. »Hör dir das an, Archie. Roddy und seine großen Ideen!«

> Ich habe uns allen für nächsten Juli eine Reise nach Europa gebucht. Ich habe ein großes Haus in Italien gemietet mit genug Platz für die ganze Familie, um ein paar Wochen gemeinsam unter der toskanischen Sonne zu verbringen. Ich weiß, es klingt verrückt, aber ich möchte, dass wir uns dort alle treffen. Macht Euch keine Sorgen um die Kosten, die würde ich gern übernehmen. Und ich meine Euch alle: auch Ella und Clare, natürlich, und Selwyn, wenn Du ihn aus dem *Anchor* schleifen kannst …
>
> Kathleen, Patti und die Kinder freuen sich riesig darauf, alle kennenzulernen und zu sehen, wo ihr Grandpa Angelo herkommt. Wir hoffen, dass auch er gesund genug sein wird, um mitzufliegen. Natürlich wollen wir alle Franks letzte Ruhestätte und all die lieben Leute besuchen, die mich während des Kriegs aufgenommen haben. Es ist alles arrangiert, Flüge, Mietwagen, alles. Du kennst mich, wenn ich einmal etwas beschlossen habe, gibt es kein Zurück mehr. Ich kann es kaum erwarten, das wird ein wunderbarer Urlaub!

Sie drehte sich zu ihrem Ehemann. »Hast du Lust, nach Italien zu fahren?«

»Ja, warum denn nicht? Südliche Sonne und guter Wein«, meinte Archie schmunzelnd. »Denkst du, Ella wird mitfahren?«

»Clare wird keine Ruhe geben, bis sie einwilligt. Sie lebt so zurückgezogen und verbringt Stunden um Stunden in ihrer Werkstatt.«

»Das ist eben ihre Berufung, ihre Welt, aber Künstler und Italien sind eine gute Verbindung. Ich glaube, wir können sie überreden. Ich frage mich allerdings, was das Ganze ausgelöst hat. Roddy ist ja ganz wild darauf.«

Celeste ließ sich wieder auf ihr Kissen sinken. »Vielleicht Schuldgefühle, weil er den Krieg überlebt hat. Ich schätze, es gibt eine Menge Menschen, denen er zu Dank verpflichtet ist.« Sie seufzte. »Wir beide können ein Lied davon singen.«

Seit der Filmpremiere war diese schreckliche Nacht in ihren Träumen wieder aufgelebt; die grässlichen Schreie und dann die noch schlimmere Stille. Eines hatten sie falsch dargestellt: Die *Titanic* war nicht in einem Stück ins Meer versunken, sondern in zwei Teile zerbrochen – eine furchtbare Erinnerung.

Alle hatten sie irgendwie ein neues Leben begonnen, wie so viele andere es nach dem Krieg auch hatten schaffen müssen. Celeste hätte dort am Tisch am liebsten einfach erzählt, dass die beeindruckende Frau neben ihr tatsächlich eine Waise war, die das Schiffsunglück überlebt hatte und nicht wusste, wer ihre wahren Eltern waren. Doch sie würde das Versprechen, das sie Ella gegeben hatte, niemals brechen. Wie viele andere Geheimnisse und Träume der Passagiere würden wohl nie erzählt werden? Sie erschauerte, wenn sie daran dachte, dass sie sich ihren ersten Ehemann Grover in jener Nacht am liebsten tot gewünscht hatte. Nun war auch er verstorben, kurz nach dem Krieg. Sie empfand ihm gegenüber keine Bitterkeit mehr, nur Mitleid, dass er so unbetrauert aus dem Leben geschieden war.

Den Film zu sehen, war, wie auf eine weit entfernte Welt zu blicken – die Kleidung, die Manieren, die Eleganz einer Epoche, die nie mehr wiederkehren würde. Dafür hatte der erste große Krieg gesorgt. Celeste war Teil dieser Zeit. Sie war in der viktorianischen Ära geboren, hatte den Glanz des edwardianischen Zeitalters erlebt und dann dessen Zerstörung, und nun gelangte Großbritannien nach dem zweiten großen Krieg allmählich wieder zu Frieden und Wohlstand. Alles war im Fluss.

Und nun würden sie mit der Fähre über den Kanal fahren, einen Zug nach Mailand nehmen und für den Rest der Reise in die Toskana ein Auto mieten. Es wäre eine einmalige Chance, die ganze Familie zusammen zu erleben, noch dazu in einer Gegend, in der ein Teil dieser Familie ihre Wurzeln hatte. Sie war stolz, dass ihr Sohn ein so außergewöhnliches Unternehmen plante.

122

Sobald Clare das Kommando übernahm, gab es kein Wenn und Aber mehr. Sie konnte ein ganz schöner Tyrann sein, dachte Ella lächelnd. »Das wird meine große Reise vor dem Studium, Mummy«, verkündete sie aufgeregt. »Ich will Paris sehen, die Schweizer Alpen, Südfrankreich und dann natürlich Florenz. Du kannst mir die ganzen Galerien und Museen zeigen, und dann fahren wir weiter landeinwärts nach Arezzo und sehen uns die Fresken von Piero della Francesca an. Und jetzt, wo ich den Führerschein habe, können wir uns mit dem Fahren abwechseln. Allerdings stelle ich eine Bedingung. Du wirst dir ausnahmsweise einmal ordentliche Kleidung kaufen. Wenn du die ganze Zeit wie eine Landstreicherin neben mir herläufst, will ich lieber tot sein.«

Das war das Schlimme mit Töchtern: sie sagten einem ihre Meinung direkt ins Gesicht – nicht wie Roddy, der seine Mutter verehrte und sie wie Porzellan behandelte. Trotzdem wäre es gut, einmal wegzukommen. Nur Selwyn weigerte sich mitzufahren, was nicht weiter überraschte. Ella war schon gespannt darauf, Patti kennenzulernen, die den Hochzeitsfotos nach ein wunderhübsches irisches Mädchen war.

Celeste sagte, sie seien eine herzliche Familie und Roddy ein stolzer Vater. Wenn Ella einen Anflug von Eifersucht verspürte, so schob sie ihn beiseite. Jedem das Seine, und Anthonys kluge Tochter war alles, was sie sich wünschen konnte, auch wenn sie viel zu schnell groß wurde. Bald schon würde sie zur Universität gehen, und dann wäre Ella ganz allein – eine Aussicht, die auf einmal Unsicherheit und Angst in ihr hervorrief. Manchmal kam es ihr vor, als triebe sie ziellos vor sich hin, und dann wollte sie Clare unter keinen Umständen loslassen. Doch wenn sie anfing zu jammern und herumzunörgeln, konnte Ella es kaum erwarten, sie loszuwerden.

Die bevorstehende gemeinsame Zeit würde etwas Besonders, Kostbares werden. Wenn doch nur Anthony bei ihnen sein könnte! Er schien so unendlich weit weg. Seinen Brief hatte sie Clare an ihrem vierzehnten Geburtstag gegeben, und er lag immer in ihrer Nachttischschublade, unter dem Foto von ihm in seiner Uniform.

»Ich sehe ihm nicht ähnlich, oder?«, hatte sie geseufzt und

ihr eigenes Passbild betrachtet. »Wir beide sind so dunkel. Woher kommt das?«

»Ich weiß es nicht«, war die einzige Antwort, die Ella dazu eingefallen war. Sie wunderte sich manchmal selbst über ihren Mangel an Neugier, ihre wahre Identität zu ergründen. Das Motiv dafür war wohl eine Mischung aus Angst, düsterer Vorahnung und auch ein wenig Trägheit. Doch wovor fürchtete sie sich? Wenn sie nicht nachforschte, würde sie nicht enttäuscht sein, wenn sie nichts fand – aber hatte Clare inzwischen nicht auch ein Recht, es zu erfahren?

Vielleicht würde sie das Thema auf der Reise anschneiden. May würde es jetzt nicht mehr weh tun. Seit dem Film gab es immer mehr Informationen zu den Überlebenden der *Titanic*. Es wäre sicher nicht unmöglich, zumindest einen Teil der Wahrheit zu ergründen. Und wenn sie selbst zu viel Angst davor hatte, sollte sie es zumindest für ihre Tochter tun. Es ging auch um ihre Herkunftsgeschichte.

Die Büste von Anthony, die sie für Clare gefertigt hatte, zeigte ihn als ewig jungen Mann, während sie selbst alterte. Ihre schwarzen Locken waren von Grau durchzogen, aber ihre Augen glänzten noch immer schwarz, und ihre Gesichtszüge waren markant, wenn auch schon etwas weich ums Kinn.

Vielleicht wären ein paar neue Oberteile und Hosen tatsächlich nicht verkehrt. Aber Clare duldete keine Kompromisse und bestand darauf, dass Ella auch einen eng anliegenden Badeanzug kaufte sowie hübsche Unterwäsche, zwei Sommerkleider, Caprihosen und ein elegantes Abendkleid. »Du könntest wirklich toll aussehen, wenn du dir etwas mehr Mühe geben würdest.«

»Ich werde auf jeden Fall die Sonne meiden, sonst sieht meine Haut nach ein paar Wochen aus wie verschrumpeltes Leder. So war es jedenfalls letztes Mal.«

Wie eigenartig, wieder durch Europa zu reisen, diesmal mit Stil und Komfort in Zimmern kleiner Paläste – zumindest kam es ihr im Gegensatz zu den flohbesetzten Matratzen auf Dachböden von damals so vor. Lächelnd dachte Ella an sich selbst zurück, wie sie frei und ungebunden und mit nur ein paar Centimes in der Tasche über die französischen Märkte spaziert war. Die Jungen haben keine Angst, dachte sie, keinen Grund, an der Zukunft zu zweifeln. Auch sie war einmal umtriebig, gesellig und selbstsicher gewesen, aber jetzt nicht mehr. Sie beneidete ihre Tochter. Wie hübsch und frisch sie aussah! Sie hoffte, dass kein italienischer Hallodri ihr diesen Glanz nehmen würde. Der Krieg hatte einen Tribut von ihrer Generation verlangt – er sollte die nächste verschonen.

Zuerst war der Krieg aufregend und gefährlich gewesen, und Ella hatte es genossen, nur für den Moment zu leben, voller Leidenschaft und Risiko, doch Trauer und Verlust waren die unvermeidlichen Konsequenzen gewesen. Sie wollte Clare vor einem gebrochenen Herzen bewahren. Ella hatte sich damit abgefunden, dass die Romantik und der Schmerz der Liebe in ihrem Leben vorüber waren, aber Clare hatte alles noch vor sich.

123

Italien, Juli 1959

Roddy war sprachlos beim Anblick der weißer Kreuze auf dem amerikanischen Soldatenfriedhof bei Florenz. Er schritt die Granittafeln mit den Namen der Vermissten ab, blickte die hohe Steinsäule hinauf und salutierte seinen Kameraden vor der Kapelle. Er dachte an all die Männer, die er gekannt hatte und die hier begraben lagen, und mit der Erinnerung erlebte er unweigerlich Rückblenden auf Gesichter, Gerüche und Explosionen.

Hier war alles so sauber, gepflegt und ruhig, so amerikanisch in Effizienz und Detail und dennoch sehr bewegend. Angelo war für die lange Reise nicht gesund genug gewesen, und so stand Kathleen ohne ihn am Grab ihres Sohnes und beweinte ihn, während Roddy den kleinen Frankie an der Hand hielt und betete, er möge niemals eine so schreckliche Erfahrung machen. Er war noch zu jung, um viel davon zu verstehen, aber die Atmosphäre berührte seine Kinder trotzdem, und sie spazierten neugierig, aber respektvoll um die Gräber.

Sie waren zunächst nach Rom gereist und hatten dort so viele Sehenswürdigkeiten aufgesucht, wie sie nur konnten. Müde nach den vielen Stunden Flugzeit hatten sie auf dem Petersplatz gestanden und die Atmosphäre der Vatikanstadt aufgesogen, bevor sie dann nach Florenz fuhren, so dass Kathleen und die ganze Familie Frank die Ehre erweisen konnten. Jetzt wusste sie, wo ihr Sohn lag, und es würde ihr hoffentlich helfen, ihre Trauer zu bewältigen.

Roddy hatte nicht erwartet, dass er beim Anblick der riesigen Totenäcker weinen würde, aber ihm liefen tatsächlich Tränen über die Wangen. Schreckliche Erinnerungen stiegen in ihm auf, und er hatte Sorge, dass sie den Rest des Urlaubs überschatten würden.

»Warum weint Daddy?«, fragte Tina, als Patti ihn in den Arm nahm.

»Weil hier seine Freunde liegen. Sie konnten nicht mit ihm nach Hause kommen. Euer Onkel Frank liegt auch hier.«

»Haben wir den Krieg denn gewonnen?«, wollte Frankie wissen.

»Niemand gewinnt einen Krieg, mein Schatz. Das denken sie nur.«

Zwei Tage später erreichten sie ihr Ziel in der Toskana: ein altes, weitläufiges Landhaus am Rande der mittelalterlichen Stadt Anghiari. Sie lag hoch oben auf einem bewaldeten Hügel mit herrlichem Ausblick über die Ebene. Der Duft von Zypressen, Pinien und Kräutern durchzog die Luft und erinnerte Roddy wiederum an die Zeit seiner Flucht. Er dachte an die angstvollen Stunden, die er tagsüber in seinen Verstecken im Wald verbracht hatte, und an die Nächte bei Vieh- und Öllampengeruch im Stall.

Er konnte es kaum erwarten, all die umliegenden *contadini* zu besuchen, die ihn beherbergt hatten. Über die Jahre hatte er dafür gesorgt, dass Pattis italienische Verwandten nützliche Geschenke bekamen, Reifen für ihre Lastwagen oder Kleidung.

Seine Gedanken schweiften zu Ella. Eigentlich war sie ihm ganz fremd geworden. Sie sprach bescheiden über ihren Erfolg und Ruf als Bildhauerin. In ihren seltenen Briefen erzählte sie nur von Clare, nie von sich selbst. Sie war fast wie eine Schwester für ihn, und er hoffte, dass sie hier Zeit fänden, sich wieder neu kennenzulernen. Er hoffte, dass sie Patti und Kathleen mochte und sie alle als eine große Familie empfand.

Immer war sie eine Einzelgängerin gewesen, eine Außenseiterin, die durch die Güte seines Großvaters und seiner Mutter in ihre Mitte gebracht worden war. Sie hatte niemanden außer Clare, keine eigene Familie, nur seine. Er hoffte, dass ihr die Vorstellung eines gemeinsamen Urlaubs gefiele. Er verstand nicht viel von Künstlern, aber aus dieser Gegend stammten so viele, und nur ein paar Meilen entfernt lag der Geburtsort des berühmten Michelangelo. Er wollte, dass alle sich hier so wohl und zu Hause fühlten wie er.

Staunend sah Celeste zur Villa Collina hinauf. Sie war prächtig, wie auf einer Postkarte, mit goldfarbenen Steinmauern, grünen Fensterläden und Dachziegeln aus Terrakotta. Groß und majestätisch stand sie zwischen Olivenhainen und Wäldern mit einer gewundenen Auffahrt bis zum zinnenbewehrten Haus. Typisch Roddy, dass er den schönsten Platz ausfindig gemacht hatte! Sie hatten an der Piazza Baldacci in Anghiari zu Mittag gegessen und die hohen Mauern und mittelalterlichen Gebäude bewundert. Es war alles so herrlich italienisch und auf jeden Fall die lange Reise wert. Sie kam sich vor wie im Märchen. Jeden Moment rechnete sie damit, dass Männer in Wams und Kniehose hervorsprangen und sich duellierten oder dass sie Julia auf einem Balkon entdeckte, die auf ihren Romeo wartete.

Nachdem sie später ihre Sachen in einem wunderbaren Schlafzimmer verstaut hatte, setzte Celeste sich zu den anderen in den Garten, trank mit ihnen Wein und beobachtete, wie die Sonne allmählich im Westen unterging.

Sie sah zu Frankie und Tina, die auf der abschüssigen Wiese herumtollten. Frankie hatte lange Beine, dunkle Haare und eine Zahnspange und sah Roddy kein bisschen ähnlich. Tina aber, mit roten Locken wie ihre Mutter und Großmutter, würde sicher eine Schönheit werden. Frankie erinnerte sie an jemanden, aber sie kam nicht darauf, an wen. Es waren lebhafte, aber gut erzogene Kinder, die ihren Eltern alle Ehre machten. Sie würde die Zeit mit ihnen nutzen und sie verwöhnen, so viel sie sich traute.

Was für ein bunter Haufen sie doch waren! Archie saß mit irgendeinem historischen Wälzer im Schoß und genoss die Sonne. Kathleen hatte ihr Strickzeug ausgepackt, und Patti kümmerte sich darum, dass die Haushälterin und die Bediensteten die mögliche Ankunft weiterer Gäste bedachten, bevor sie das Abendessen bei Kerzenlicht auf der Terrasse servierten.

Kathleen hatte gesagt, in Sansepolcro gebe es einen wunderbaren Laden, in dem man Spitze aus dieser Gegend kaufen könne. »Die Spitze für Pattis Kleid wurde hier hergestellt, aber den handgefertigten Spitzenschleier hat die Familie Bartolini geschickt, als Geschenk. Ich glaube, es war der von Maria. Er hat so wunderschöne Muster und ist etwas ganz Besonderes.«

Celeste wagte nicht zu sagen, dass sie weder auf das Muster noch auf sonst ein Detail des Hochzeitskleids geachtet hatte, da sie damals vor Ehrfurcht und Nervosität fast erstarrt wäre. Patti hatte wie ein Filmstar ausgesehen.

Sie sah auf die Uhr. Ella und Clare waren spät dran. Sie hoffte, dass ihnen die Reise nicht zu viel geworden war. Vielleicht hatten sie sich verfahren? Roddy hatte den ganzen Besuch mit militärischer Präzision geplant, bis hin zu Tipps für Kirchen, Sehenswürdigkeiten, Restaurants und Herbergen samt Straßenkarten und allem. Der Gute hatte sich für diese Familienzusammenkunft mächtig ins Zeug gelegt. Sie hoffte sehr, dass Ella sich entsprechend bemühen und sie alle nicht enttäuschen würde.

124

Es gab so viel zu sehen und so wenig Zeit, wenn sie die Villa Collina rechtzeitig zum Abendessen erreichen wollten. Ella gefiel diese Hetze ganz und gar nicht, für sie hätte diese Zeit allein mit Clare ewig dauern können. Sie waren langsam durch Frankreich gefahren und hatten eine ganze Weile in Florenz verbracht, alles besichtigt einschließlich der Uffizien mit der berühmten Statue des David. Es war herrlich, die altvertrauten Orte mit ihrem Kind zu teilen, den Zauber durch ihre Augen neu zu sehen, durch die Straßen zu laufen und staunend die Architektur zu bewundern. Sie hatten sich beide in Siena und Arezzo verliebt, auch in das Essen und vor allem den Wein, und es genossen, von Salaten, Fisch und leckeren Nudelgerichten zu leben.

Während sie nun Richtung Anghiari bergan fuhren, merkte Ella, dass sie immer langsamer wurde, da sie die kostbare Zeit der Zweisamkeit nicht aufgeben wollte. Sie war nicht sicher, wie sie sich dabei fühlte, wieder enger in Celestes wachsende Familie eingebunden zu werden. Sie hatte bisher auch nicht den Mut aufgebracht, Clare von Mays Geständnis auf dem Sterbebett zu erzählen. Jedes Mal, wenn sie daran dachte, schien ihr Herz einen Schlag auszusetzen.

Roddy war so großzügig, und sie kam sich undankbar vor, dass sie sich so sträubte. Wenn sie doch nur selbst eine größere Familie hätte! Es war eigenartig, wie sie sich mit den Jahren immer weniger wohl fühlte. Sie und May waren zeitlebens von der Freundlichkeit Fremder abhängig gewesen, was sowohl ihre Unterkunft als auch Ausbildung betraf. Celeste war für sie wie eine Mutter gewesen, aber ihr ganzes Leben war immer von einem Geheimnis umgeben gewesen, und nun war es fast zu spät, die Wahrheit zu suchen. Nach ihr, Ella, hatte bislang niemand gesucht, so viel stand fest.

Das Interesse an der *Titanic* wuchs weiter. Mehrere Bücher und Artikel waren erschienen und diverse Gesellschaften gegründet worden. Es war also immer noch möglich, ihre geheimnisvolle Geschichte zu erzählen und mehr herauszufinden, aber auf seltsame Weise schämte sie sich dafür, ein Niemand zu sein. Als Anthonys Witwe hatte sie eine sichere Identität, und wenn Clare eines Tages Kinder hätte, würde sie eine richtige Großmutter sein. War das nicht genug?

»Du fährst falsch, Mummy!«, rief Clare. »Es geht nach links, nicht nach rechts.«

»Mist, bist du sicher?« Die Straßen waren schmal und steil. »Lass mich sehen.« Sie hielt den Wagen an, um auf die Karte zu schauen. Wie, um alles in der Welt, sollte sie hier umdrehen?

Da hielt auf einmal ein Sportwagen hinter ihnen, und ein Mann kam ans Fenster. »Bitte ... Engländer? Sind Sie verfahren? Kann ich helfen?«

»Dove è Villa Collina, per favore?«, fragte Ella den Fremden in ihrem besten Italienisch.

»Ah, Signor Forester, ja? Bitte drehen Sie um.« Lächelnd deutete er in die richtige Richtung. »Nein, besser folgen Sie mir. Ich werde Sie bringen.«

»Das ist nicht nötig«, protestierte Ella.

»Ich bringe Sie, fahren Sie mir nach«, kommandierte er, jegliche Widerrede ausgeschlossen.

»Wow«, meinte Clare. »Der sieht ja aus wie Vittorio de Sica.«

»Wie wer?«, meinte Ella, während sie rückwärts die Straße hinunterfuhr und merkte, dass sie schlingerte.

»Na, der Filmstar ... Ach, egal, fahr ihm einfach nach. Du bist ein hoffnungsloser Fall, Mummy«, seufzte Clare verzweifelt. Sie waren beide müde. Es war fast schon dunkel, und sie waren beinahe da. Ella raffte ihr letztes bisschen an Energie zusammen. Du wirst diesen Urlaub genießen, murmelte sie stumm, als der Eingang zur Villa Collina endlich vor ihnen lag.

Die Tage verstrichen, und es entwickelte sich eine Routine aus entspannten Morgen, Mittagessen in einem nahegelegenen Café, Mittagsschläfchen, Besichtigungen und langen Abendessen unter den Sternen, bei denen sie sich gegenseitig die Erlebnisse des Tages erzählten.

Sie fuhren nach Arezzo, um die Fresken des Piero della Francesca zu sehen, und bestaunten seinen Zyklus »Legende des wahren Kreuzes«. Sie amüsierten sich bei gemütlichen Picknicks am Fluss, und Roddy besuchte so viele seiner alten Verstecke, wie er konnte. Überall waren Zeichen von Vernachlässigung und Armut zu erkennen. Wenn sie Roddy erkannten, bereiteten die Familien ihm immer einen herzlichen Empfang. Sie waren älter geworden, von Sonne, Wind und dem Leben gezeichnet. Ein Höhepunkt war der Besuch der Bartolinis mit Kathleen, Patti, Frankie und Tina. Beim Wiedersehen flossen viele Tränen, und manch traurige Erinnerung lebte auf.

Patti ergriff resolut Roddys Hand. »Wir sind nicht hergekommen, um uns schlecht zu fühlen, Liebling. Wir sind gekommen, um zu feiern und diesen gütigen Menschen zu danken. Wir müssen euch alle in unsere Villa einladen, um mit uns zu essen und den Rest der Familie kennenzulernen. Wir werden Wagen schicken, die euch alle abholen.«

125

Interessiert beobachtete Clare die schwatzenden Spitzenklöpplerinnen, die – ihre speziellen, mit Nadeln besteckten Kissen vor sich – auf Hockern in den Türrahmen ihrer Häuser saßen. Die hohen Gebäude schützten die alten Damen vor der Sonne, die heiß auf Sansepolcro herabschien. Ella und Clare spazierten durch die alte Stadt, betrachteten Schaufenster und setzten sich dann auf die Piazza, um die Welt an sich vorbeiziehen zu lassen. Ella sah mittlerweile so dunkel gebräunt aus wie eine Einheimische und spürte, wie die Anspannung nach und nach von ihr abfiel, je mehr sie die Farben des Ortes auf sich wirken ließ: Ocker, gebranntes Siena, Terrakotta … Alles fügte sich wunderbar harmonisch zusammen, die Straßen, die Mauern, die Dächer, eine Wohltat für die Augen!

Hier auf der Piazza, die warme Sonne auf der Haut, fühlte sie sich zum ersten Mal seit Jahren richtig unbeschwert. Dieser Ort wirkte auf sie wie Magie, und sie seufzte auf, als ihr einfiel, dass sie ihr Skizzenbuch im Auto gelassen hatte.

»Ah, signora, signorina!« Ein Mann mit Sonnenbrille blieb vor ihrem Tisch stehen. »Genießen Sie Ihren Aufenthalt in der Villa Collina?«

»Sì, grazie.« Es war ihr Ritter im weißen Lancia, der sie zu den Toren der Villa begleitet hatte. Er stellte sich als Piero Marcellini vor, Notar und Anwalt in Sansepolcro.

»Es freut mich, dass es Ihnen gefällt. Es war das Haus meiner Familie.« Er lächelte. »Das ist es immer noch, aber jetzt wir … wie sagt man? Wir vermieten es im Sommer an Besucher.«

»Es ist ein wunderschönes Haus, Signor Marcellini.« Ella sah blinzelnd zu ihm auf.

»Bitte nennen Sie mich Piero, Signora Forester.« Er nahm die Sonnenbrille ab und lächelte.

»Ich bin Ella Harcourt, Mrs Harcourt, und das ist meine Tochter Clare.«

»Ah, *la bella Clara*, man hat schon von ihr gesprochen. Und Signor Arkot …?«

Ella schüttelte den Kopf und hob die Hand. »Im Krieg gefallen.« Sie wunderte sich, wie ruhig sie es sagen konnte, ohne zu zittern.

»La guerra, sì, mi dispiace. Es tut mir leid, so viele traurige Geschichten. Wie lange werden Sie bleiben?«

»Nur noch eine Woche, dann fahren wir wieder zurück. Ich gehe dann zur Universität«, warf Clare dazwischen.

»Wird Ihre Mutter vielleicht mit mir essen gehen, bevor Sie abreisen?«

»Vielleicht«, sagte Ella verlegen und merkte, wie sie rot wurde.

»Dann werde ich anrufen.« Piero lächelte, verbeugte sich kurz und ging über den Platz davon.

»Mummy, du hast ein Rendezvous! Er mag dich!«

»Sei nicht albern. Die Südländer sind alle so.«

Clare lachte. »Warum solltest du kein Rendezvous haben? So alt bist du doch überhaupt nicht. Wie aufregend! Was wirst du anziehen?«

»Das reicht, wir gehen.« Peinlich berührt sprang Ella auf.

»Aber ich wollte doch noch das Geschäft mit den Spitzensachen finden«, protestierte Clare.

»Ein anderes Mal. Wir werden in der Villa erwartet, um für das große Familientreffen heute Abend zu helfen. Die Bartolinis kommen doch, weißt du nicht mehr?«

Ella wollte so schnell wie möglich von hier weg. Pieros unerwartete Aufmerksamkeit hatte sie aus der Fassung gebracht. Es war schon so lange her, dass sie von einem Mann beachtet worden war. Normalerweise waren sie zu alt, aber Piero war in den Fünfzigern, vielleicht sogar jünger, und auf diese dunkle italienische Art attraktiv mit einem markanten Profil. Man könnte gut eine Büste von ihm anfertigen, das starke Kinn, die gebogene Nase, der lange Hals, die großen Augen ... Sie lächelte, weil sie merkte, dass sein Profil ihr mehr als nur ein bisschen gefiel. Warum sollte sie nicht einmal ein Rendezvous genießen? Bestimmt war ihr die Sonne zu Kopf gestiegen und hatte ihr Hirn erweicht, aber wenn man verreiste, konnte alles Mögliche passieren, dachte sie. Jetzt aber war es Zeit, den Tisch zu decken und dafür zu sorgen, dass Roddys spezielle Gäste einen wunderbaren Abend erleben würden.

Patti, Kathleen und die Haushälterin waren bereits damit beschäftigt, die langen Tische auf der Terrasse zu decken und ausreichend Stühle und Bänke davorzustellen, damit alle Gäste Platz hätten. Die Dorfbewohner sollten kommen und alle Verwandten der Familie Bartolini. Es würde ein großes Fest werden: *zuppa di cipolle, tonno e fagioli salata, pollo alla campagna, ricciarelli, gelati*, um nur einige der Speisen zu nennen. Und jeder Gang würde von einem guten Wein begleitet werden.

»Und? Was meinst du, Schwesterherz?« Voller Stolz begutachtete Roddy die lange Tafel. »Wird das reichen?«

Ella mochte es, wenn er sie »Schwesterherz« nannte. Sie fühlte sich dann als Teil der Familie, auch wenn sie es nicht war.

»Wir müssen uns wohl in Schale werfen, du weißt ja, was meine Mutter immer sagt: Nach sechs ist Abendgarderobe angesagt. Aber in dieser Hitze dürfen wir uns hoffentlich die Krawatten sparen.«

»Du musst mir gleich erklären, wer wer ist. Spricht irgendjemand von ihnen Englisch?«, wollte Ella wissen.

»Keine Sorge, wir haben extra ein paar Übersetzer bestellt, damit sie uns helfen. Du weißt gar nicht, was mir das bedeutet, hier alle versammelt zu sehen. Dass Patti und Kathleen Angelos Familie treffen können, ist etwas ganz Besonderes. Wenn Frank nicht gewesen wäre … Ich will nur, dass alle dieses Fest genießen. Du wirst dich nicht verdrücken, oder?«

»Was meinst du damit?«

»Manchmal, wenn ich dich ansehe, kommst du mir ganz weit weg vor. Ich weiß, dass du Anthony vermisst. Ich fühle mich dann schuldig, dass ich hier sein kann und er nicht.«

Ella griff nach seiner Hand. »Das ist es nicht. Ich beneide dich einfach nur, weil du eine so große Familie hast.«

»Für mich gehörst du auch zur Familie, das weißt du«, erwiderte er.

»Ja, ich weiß, aber manchmal ...« Sie schüttelte den Kopf, unfähig, es zu erklären.

Roddy legte ihr behutsam eine Hand auf die Schulter. »Wir alle haben Schreckliches erlebt. Dieser Krieg ... Aber bevor ich ganz und gar trübsinnig werde, denke ich immer daran, wie alles auch sein Gutes hatte. Ich habe Frank kennengelernt und durch ihn Patti. Ich habe Güte und Hilfsbereitschaft erfahren. Wie bei der *Titanic*. Es war ein entsetzliches Unglück, aber es hat meine Mutter aus ihrer elenden Ehe gerettet und May und dir ein neues Zuhause gegeben, eine neue Familie. Viele Menschen haben den Opfern geholfen. Und doch ist da immer noch so viel, was wir über diese Nacht nicht wissen.«

»Das kannst du laut sagen«, meinte Ella leise. »Aber daran wollen wir jetzt nicht denken. Das ist deine Nacht, und nach dem, was ich in der Küche gesehen habe, wird es ein wahrer Festschmaus. Ich freue mich schon.«

Ella gab sich beim Zurechtmachen besonders viel Mühe, steckte ihr Haar in einem französischen Zopf hoch und legte ihre schönsten goldenen Ohrringe an. Zum Glück hatte Clare darauf bestanden, dass sie sich ein vernünftiges Kleid kaufte – es war dunkeltürkis mit einem angesetzten Tellerrock, so dass ihre Bräune gut zur Geltung kam, und auch die Kette aus Halbedelsteinen, die sie in Arezzo ausgesucht hatten, passte wunderbar. Dann betrachtete sie sich im Spiegel der Frisierkommode und lächelte. »Da hast du dich fein rausgeputzt, meine Liebe. Nicht schlecht für dein Alter!«

Sie spürte eine innere Leichtigkeit, so wie sie es seit Jahren schon nicht mehr erlebt hatte – wie ein junges Mädchen vor seinem ersten Ball.

126

Celeste saß mit einem Glas Champagner auf der Terrasse und beobachtete, wie die Gäste im Licht der untergehenden Sonne den Weg zur Villa hinaufstiegen. In Italien aßen die Menschen viel später als in England. Je dunkler es wurde, desto heller strahlten die Laternen rechts und links des Wegrands. Zuerst kamen die Nachbarn des Bauernhofs, zu dem die Olivenbäume gehörten, die Männer in dunklen Anzügen und die Frauen in bunten Baumwollkleidern. Dann brachte ein Wagen die alte *nonna* Bartolini bis zur Tür. Die Familienälteste war von Kopf bis Fuß in Schwarz gekleidet, mit einem Kopftuch, an dessen Saum schwarze Spitze angesetzt war. Gebeugt stützte sie sich auf einen Stock und hielt sich zusätzlich an ihrem Enkel Giovanni fest, der von seinen Kindern umgeben war, die ebenfalls Spitzenbordüren an ihren bunten Rüschenkleidern trugen. Als Nächstes kam der Ortspfarrer, Pater Michele, und ein hoch gewachsener, vornehm aussehender Mann, dem dieses Anwesen offenbar gehörte. Weitere Bartolinis und Dorfbewohner fuhren in Kleinlastwagen und dreirädrigen Motorrollern an. Es gab ein großes Hallo, als Patti und Kathleen alle mit Küsschen begrüßten, und Celeste kam sich sehr englisch vor in ihrer Zurückhaltung. Archie mischte sich unter die Leute, und sie blickte sich um, ob noch etwas zu tun wäre. Clare verteilte Begrüßungsgetränke, und da kam Ella und sah sehr italienisch und hübsch aus. Celeste war ganz gerührt, sie so strahlend und entspannt zu sehen. Dieser Urlaub hatte ihr wirklich gutgetan – als wären Jahre von ihr abgefallen. Es würde ein besonderer Abend werden, und Celeste lächelte voller Vorfreude. Es war die Art von Nacht, in der alles passieren konnte.

Ein Trinkspruch nach dem anderen wurde ausgebracht, Gläser erhoben und angestoßen, und es gab reichlich guten Wein und gute Laune. Zu den Ansprachen wurden verschiedene Käse und Schokoladen herumgereicht. Ella hätte die Szene gern in einer Zeichnung festgehalten. Sie merkte, dass sie ein wenig aufgeregt war, als sie sich plötzlich neben Piero Marcellini wiederfand. Vor diesem Mann gab es anscheinend kein Entkommen. Aber wieso sollte Roddy den Besitzer dieser Villa auch nicht einladen? Sie musste ihm ihren Beruf beichten, und er erwies sich als äußerst kunstbeflissener Mann. Clare stupste sie an, zwinkerte ihr zu und flüsterte: »Gegen ihn hat Vittorio de Sica keine Chance.« Es war recht albern, aber nach ein paar Gläsern Rotwein machte Ella sich nichts mehr daraus.

Der Älteste der Bartolinis stand auf und erhob sein Glas auf abwesende Freunde und Pater Francesco, Pattis Bruder, der Roddy das Leben gerettet hatte. Piero übersetzte, so gut er konnte. Er sagte, der Dialekt sei so stark, dass er selbst nur ungefähr verstehen könne, was gesprochen werde. »Er sagt, der Krieg hat uns eine lange Zeit getrennt. Jetzt sind wir zusammen. Der große Atlantik hat vor vielen Jahren die Bartolini-Brüder getrennt, aber die Familien sind stark und jetzt auf immer wieder vereint. Es ist das, was Francesco gewollt hätte, und Angelo. Wir wünschen ihm ein langes Leben und gute Gesundheit Und wir denken an Maria!«

»Wer ist das?«, flüsterte Ella, so dicht, dass sie Pieros dezenten Rasierwasserduft wahrnahm.

»Maria war Angelos erste Frau, vor Kathleen. Sie war auf der *Titanic*, zusammen mit ihrem gemeinsamen Baby.«

»Noch mehr Opfer der *Titanic* … wie traurig«, murmelte Ella.

»Aber Alessia ist nicht ertrunken«, warf Patti dazwischen. »Sie ist bloß nicht mehr in unsere Familie zurückgekommen, sondern irgendwo falsch abgegeben worden. So hat es mein Vater zumindest immer geglaubt. – Onkel Giovanni«, rief sie dann laut, »erzähl ihnen von dem Schuh, von Franks kleinem Schuh!«

Der alte Mann erhob sich erneut und schwenkte am anderen Ende des Tisches etwas Kleines in der Luft.

»Was sagt er?« Ella bemühte sich, ihn zu verstehen, aber er sprach zu schnell.

»Etwas über einen Babyschuh, den Francescos Vater am Dock fand, als das andere Schiff die geretteten Passagiere brachte. Er glaubte fest daran, dass es der Schuh seines Kindes sei«, sagte Piero.

»Das ist der Schuh, den wir Frank als Glücksbringer mitgaben, aber er hat nicht gewirkt«, flüsterte Kathleen und schüttelte den Kopf.

»Das kommt, weil er ihn Nonna Elisabetta gegeben hat. Ich war dabei«, erläuterte Roddy. »Frank sagte damals, sie habe es als Beweis angesehen, dass er tatsächlich der Sohn seines Vaters sei. Der Schuh stammte hier aus der Gegend. Am Tag, als er starb, hatte er vergessen, ihn wieder mitzunehmen.«

Alle schwiegen, als der alte Mann den Schuh um den Tisch gehen ließ. »Aber er hat uns beschützt«, sagte Giovanni. »So viele wurden beraubt und ihre Anwesen zerstört, aber wir blieben verschont.«

Piero reichte Ella den Schuh, und Clare lehnte sich vor und schnappte ihn ihr aus der Hand. »Der sieht genauso aus wie der in dem Koffer, wo die ganzen …«

»Gib her.« Celeste nahm den Schuh und schüttelte ungläubig den Kopf. »Ich habe so einen Schuh schon mal gesehen.« Langsam dämmerte die Erkenntnis. »Großer Gott! Ella, kann das wahr sein?«

Alle sahen in Ellas Richtung. Sie konnte nicht sprechen. Wie konnte dies genau der gleiche Schuh sein?

»Jetzt oder nie«, meinte Celeste.

Ella holte tief Luft. Ihre Wangen waren rot vom Wein, von der Hitze und vor Überraschung. »Nein, bitte, sag nichts, ich muss erst sicher sein.« Sie blickte zu der alten Frau. Dann stand sie auf und hielt den kleinen Schuh hoch. »Ich habe genau so einen Schuh schon mal gesehen. Sein Gegenstück befand sich in einem Koffer mit Babykleidern, zusammen mit einem Nachthemd mit feiner Spitze. Er wurde aus dem Meer gerettet …« Ihr versagte die Stimme, und ihre Knie wurden weich. »Ich kann nichts weiter dazu sagen.«

Einen Moment lang sprach niemand ein Wort.

»Ist das wahr?«, fragte dann der Priester. »Dann ist es wahrhaftig ein gesegneter Schuh. Versteht Nonna, was wir sagen?« Sie blickten zu der alten Frau, die weinte.

»Das ist alles zu viel!«, rief Ella und entfernte sich vom Tisch.

»Halt, bleiben Sie!« Piero griff nach ihrem Handgelenk, doch sie riss sich los und floh in ihr sicheres Zimmer.

Was habe ich getan, fragte sie sich. Es war das Geheimnis meiner Mutter und nichts, was man mit Fremden teilt. Eine Geschichte, die am besten unausgesprochen bleibt, so wie die Geheimnisse im Herzen einer Frau – unangetastet wie das Schiffswrack auf dem Meeresgrund. Dieser seltsame Zufall ist zu viel, als dass ich ihn begreifen könnte. Kann es wahr sein? Und wenn, was soll dann jetzt geschehen?

»Was weißt du davon, Mom? Was soll diese Geheimnistuerei?« Roddy lehnte sich in seinem Stuhl zurück, zog an seiner Zigarre und starrte auf den abgeräumten Tisch – auf die Kerzen, die Rotweinflecke, die Kekskrümel und die zerknitterte Tischdecke.

»Ich sage nur, dass wir zu Hause im Wäscheschrank einen Koffer mit Babysachen voller Spitze haben, der von der *Titanic* stammt, und der Schuh … na ja, genau so einer ist auch dabei.«

»Jetzt nicht mehr. Ich habe ihn für meine Puppen zerschnitten«, sagte Clare.

»Und wem gehörten die Sachen?«, wollte Patti wissen. »Ich verstehe nicht. Warum ist Ella weggelaufen?«

Celeste trank ihren zigsten Espresso und seufzte. Was für ein seltsamer Abend! Ella hatte sich in ihrem Zimmer verschanzt und geweigert zurückzukehren, da sie von den Ereignissen ganz überwältigt war.

»Ich war dabei in der Nacht, als das Baby gerettet wurde. Ich habe geglaubt, was man mir erzählt hat, dass es der Captain selbst war, der das Kind ins Rettungsboot hob. May griff nach ihm, weil sie es für ihres hielt. Aber die Erinnerung spielt einem so manchen Streich, und man sieht, was man zu sehen glaubt. Jetzt weiß ich es nicht mehr genau. Alles andere …«

»Aber welches Baby?« Patti wandte sich zu Kathleen. »Was geht hier vor?«

»Willst du damit das sagen, was ich denke, Mom?«, fragte Roddy.

»Ach, ich weiß nicht. Ich bin nicht mehr sicher. Aber als ich den kleinen Babyschuh sah … Das alles kann auch nur Zufall sein.«

»Es gibt einen Nachweis, der unverkennbar ist, und das sind diese Babykleider oder das, was von ihnen übrig ist«, sagte Archie. »Ein Wunder, dass die Mäuse die Sachen nicht schon längst gefressen haben!«

»Sicher wird noch etwas in dem Koffer übrig sein«, sagte Celeste und sah zu Clare, die mit den Schultern zuckte.

»Was sollen wir jetzt tun?«

»Nichts«, antwortete Celeste. »Es ist nicht unsere Geschichte, zumindest ist es nicht meine. Deine Mutter wird wissen, was zu tun ist. Lass sie eine Nacht darüber schlafen, sie wird schon das Richtige entscheiden. Wir müssen ihr Zeit geben, über alles nachzudenken. Sie war May gegenüber immer sehr loyal. Sie wird uns den Rest erzählen, wenn sie bereit dazu ist.«

»Kommt jetzt, es ist Zeit zu schlafen. Morgen könnte ein interessanter Tag werden«, sagte Archie.

»Aber was ist da los, was ist mit dem Babyschuh?«, fragte Patti ungeduldig.

»Lass uns sehen, was morgen passiert«, beschwichtigte sie ihr Mann und nahm sie in den Arm.

127

Als Ella erwachte, hing ihr in Gedanken noch immer ein seltsamer Traum nach. Sie befand sich in einem großen leeren Haus mit einer Galerie voller Gemälde von Schiffen und Kirchen und Landschaften. Während sie an diesen Erinnerungsschätzen vorbeiging, hörte sie das Echo ihrer Schritte auf dem Marmorboden. Es war kalt, der Wind rüttelte an Türen, und sie hatte Angst. Sie sah das Bild eines Flugzeugs, das dicht über dem Wasser flog, und das eines großen Schiffs, das im Ozean versank. Sie konnte das Salzwasser in ihrem Mund schmecken und die eisige Kälte spüren. Sie trieb schlingernd hin und her und schwamm immer weiter durch diese unendlich lange Galerie, bis sie zu einer versteckten Ecke gezogen wurde, in der eine Frau lächelnd eine Tür öffnete. Sie kannte das Gesicht dieser Frau, es war ihr wohl vertraut. May nickte und lächelte und öffnete die Tür, um sie hindurchzuwinken, damit sie in taghelle Sicherheit gelänge.

Ella stand auf und ging in Clares Zimmer. Leise weckte sie ihre Tochter, setzte sich zu ihr und fing an, zu erzählen.

»Jetzt weißt du alles«, sagte sie schließlich. »Ich wollte es dir nicht früher erzählen, denn es ist eine so traurige Geschichte. Aber als gestern Abend der Schuh auftauchte …«

»Denkst du, es ist ein Paar?«

»Ich weiß es nicht, er sieht dem anderen sehr ähnlich. Aber wir können es herausfinden.«

»Das ist unheimlich. Könnten wir tatsächlich Bartolinis sein? Dann wäre Patti deine Stiefschwester … Die werden Augen machen, wenn wir ihnen erzählen, dass wir Italiener sind!« Clares Augen glänzten.

»Nein! Das bleibt im Moment bitte noch unter uns. Es darf kein Aufsehen in den Zeitungen geben. Es ist unser Geheimnis. Vielleicht ist alles nur Zufall«, warnte Ella, die keine falschen Hoffnungen wecken wollte. »Wir müssen mehr über die Spitze erfahren.«

»Es ist nicht mehr viel übrig, fürchte ich, außer dem Saum an meinem Tennisunterrock.«

»Das wird reichen. Wir fahren nach Sansepolcro, gehen in alle Geschäfte mit Spitze und sehen sie uns ganz genau an. Vielleicht finden wir dort einen Hinweis.«

Nach dem Frühstück verteilten sie sich auf zwei Autos und fuhren Richtung Sansepolcro. Patti und Kathleen waren neugierig, aber Ella lächelte nur und sagte: »Wartet es ab.« Wie anders sie sich heute nach dem Traum fühlte! Gleichsam befreit betrachtete sie die wunderbare Landschaft, das goldene Licht auf den Häusern, als würde sie alles zum ersten Mal sehen. Sollte dies tatsächlich ihr Geburtsort sein?

Wie viele andere Frauen aus diesem Teil der Toskana waren auf der *Titanic* gewesen? Es wäre einfach, das anhand der Passagierliste zu klären, und die Vorstellung, dass ihr Vater noch leben könnte, ließ ihr Herz vor Aufregung schneller schlagen, doch sie musste erst Gewissheit bekommen. Es hatte keinen Sinn, ihm Hoffnungen zu machen, die sie dann wieder zerstören müsste.

Es gab viele kleine Läden, die Spitze verkauften, und der größte hatte jede Menge Decken, Tischtücher, Laken, Servietten und Babykleidung mit Spitzenrändern in den Fenstern ausgestellt.

»Frag nach den Mustern«, sagte Ella. »Wer fertigt diese Arbeiten an?«

Die Verkäuferin freute sich sehr, dass die Touristen Souvenirs kaufen wollten. »Sie müssen zur *scuola de merletto* gehen. Sprechen Sie mit Signora Petri und deren Mann. Sie haben die Schule vor vielen Jahren gegründet. Die Mädchen dort gewinnen viele Goldmedaillen, ihre Arbeiten sind die besten in Italien. Sie kann Ihnen zu allen etwas erzählen.«

Celeste beeilte sich, neben Ella zu gehen, als sie sich zu der kleinen Schule auf den Weg machten. »Geht es dir gut? Hast du schlafen können? Ich nicht mehr – wegen des Schuhs. Es muss der gleiche sein, den du hattest!«

»Wer weiß?«, flüsterte Ella. »Die Wahrheit liegt irgendwo in den Spitzenmustern. Ohne unsere Sachen können wir nichts beweisen. Du hast sie öfter gesehen als ich, ich mochte sie nie gern auspacken. Sie erinnerten mich immer an die kranke May. Glaubst du, du könntest eines der Muster erkennen? Ich kann mich an nichts mehr erinnern, aber ich habe Clare heute Morgen alles erzählt.«

»Gott sei Dank. Immerhin weiß sie es nun, auch wenn jetzt nichts dabei herauskommen sollte. Ich weiß noch, wie aufgebracht du damals warst!«

»Schsch, ich weiß. Ich war furchtbar wütend, aber jetzt wird es Zeit, alles zu bereinigen, auf welche Weise auch immer.«

Rasch machten sie sich auf den Weg zu der Schule, in der viele junge Mädchen und Frauen in einem großen Raum vor den auf Kissen festgesteckten Spitzenbordüren saßen und ihre Klöppel tanzen ließen. Neugierig blickten sie zu den Fremden auf. Überall im Raum war Spitze zu sehen, an den Tischdecken, Kragen und in Schaukästen, und an den Wänden hingen Fotos von Spitzenkleidern und gerahmte Urkunden. Es waren hervorragende Arbeiten, das Schönste, was Ella je an Spitze gesehen hatte.

Patti erklärte ihre Mission, mehr über die Herstellung von Spitze und die Geschichte der gezeigten Muster zu erfahren. Man zeigte ihnen Bücher mit verschiedenen Motiven und Mustern, und eines der Mädchen führte ihnen vor, wie die Spitze nach den Entwürfen von Signor Petri gesteckt wurde. Ella entdeckte Tiere, Blumen, Sterne und sogar Menschen in den Bordüren. Sie bat Kathleen, ihnen den Schuh zu zeigen, den sie nach der letzten Nacht behalten hatten.

»Ist er aus dieser Region?«, erkundigte sich Patti.

»Ja, unsere Mädchen arbeiten diese feinen Muster für besondere Schuhe, für Taufen, auch für Beerdigungen. Es ist sehr alt.«

Patti erklärte seine seltsame Geschichte. »Wissen Sie, wer ihn gemacht haben könnte?«

Signora Petri schüttelte den Kopf. »Leider nein. Es ist ein gängiges Muster – die Paspelierung sieht aus, als wäre sie von hier, aber das reicht nicht aus, um es als ein Modell aus unserer Schule zu identifizieren. Haben Sie mehr?«

Patti nickte. »Da wäre mein Brautschleier in den Vereinigten

Staaten, und in England gibt es vielleicht auch noch etwas?« Fragend sah sie zu Ella, die nickte.

»Wenn Sie mehr Sachen schicken, kann ich vielleicht anhand unserer Aufzeichnungen nach der Klöpplerin suchen. Nur der Schuh reicht nicht aus, es tut mir leid.«

Mit flauem Gefühl im Magen sah Ella sich um. Hat meine Mutter hier gearbeitet, fragte sie sich. Wenn sie in Italien geblieben wäre, würde ich dann heute auch hier arbeiten?

Enttäuscht machten sie sich wieder auf den Weg in die Innenstadt. Ellas Gedanken wirbelten. Es würde Monate dauern, bis die Sachen verschickt und überprüft wären, und sie konnte es kaum erwarten, mehr zu erfahren.

Es musste doch jemanden geben, der helfen konnte. Sie waren schon halb wieder an ihren Autos, als es ihr einfiel. Natürlich, wie einfach! Es musste noch andere Sachen mit dieser Spitze geben, und zwar näher als in England.

128

Am nächsten Morgen fuhr Ella mit ihrem Leihwagen allein nach Sansepolcro, um die Kanzlei von Piero Marcellini zu suchen. Falls er überrascht war, sie zu sehen, zeigte er es nicht. Er ließ sie in einem bequemen alten Ledersessel Platz nehmen und bestellte bei seiner Sekretärin einen Espresso für sie.

»Was verschafft mir die Ehre?«, fragte er lächelnd.

Sie erzählte ihm alles, was sie über ihre Vergangenheit wusste und warum der kleine Schuh sie so sehr aus der Fassung gebracht hatte. Sie erzählte ihm von der speziellen Spitze und wie sie versucht hatte, ihre Herkunft zu identifizieren.

»Ich kann den Bartolinis nicht mehr sagen, solange ich mir nicht sicher bin. Angelo, Pattis Vater in New York, weiß noch nichts von alledem. Ich brauche jemanden, der die Familie von Maria Caprese findet, Angelos erster Frau. Vielleicht gibt es dort noch Spitze, die sie hergestellt hat. Ich will wissen, ob es irgendetwas gibt, das uns mit ihr verbindet. Was immer wir herausbekommen, muss in der Familie bleiben und darf niemals an die Öffentlichkeit dringen.« Sie sah zu ihm auf. »Wenn Sie für uns übersetzen und als Zeuge auftreten könnten, wäre ich Ihnen sehr dankbar.«

»Es wäre mir eine Freude, Ihnen zu helfen. Sicher ist es nicht schwer, die Familie ausfindig zu machen. Hier in Italien waren wir sehr gut darin, Menschen zu registrieren, dafür hat *il Duce* gesorgt. Vielleicht können wir heute Abend hinfahren ...«

Ella merkte, wohin das führte. »Clare muss auch mitkommen. Es ist wichtig, dass sie dabei ist. Ich habe diese Sache schon viel zu lange vor ihr verborgen.«

»Natürlich«, erwiderte er. »Soll ich Sie abholen?«

»Nein, wir kommen zu Ihnen.«

»Was soll diese Geheimniskrämerei?«, fragte Clare lachend, als sie sich nach ihrem Mittagsschlaf aus dem Haus stahlen und ins Auto stiegen.

»Es ist nur eine Idee, um die Dinge zu beschleunigen, wie ich hoffe. Wir werden jemanden besuchen. Ich weiß noch nicht genau, wo, aber Piero bringt uns dorthin.«

»Bin ich etwa der Anstandswauwau? Ich habe mich schon gewundert, warum du dich so herausgeputzt hast ...«

»Ach, Unsinn.« Ella schmunzelte – Clare entging nichts. »Aber das hier ist wichtig, und wir brauchen einen Zeugen, nur für den Fall ...«

»Jetzt hast du mich aber wirklich neugierig gemacht.«

»Wir werden die Familie von Maria Bartolini besuchen. Vielleicht gibt es dort noch Spitze, die von ihr gearbeitet wurde. Es ist einen Versuch wert.«

Piero fuhr sie in die Berge außerhalb von Anghiari, nicht weit von dem Ort entfernt, an dem sie Pattis Großeltern besucht hatten. Sie fuhren höher und höher hinauf, bis sie an eine kleine Ortschaft aus wenigen Steinhäusern kamen, die sich an den Berghang schmiegten. Hühner und Enten stoben auseinander, als sie näher kamen, Hunde bellten, und die Bewohner streckten ihre Köpfe aus den Türen. Piero fragte nach dem Weg zum Haus der Caprese und wurde auf eine kleine Hütte verwiesen, die kaum größer aussah als ein Zimmer mit schmaler Treppe zu einem Obergeschoss. Eine schwarz gekleidete Frau öffnete ihnen die Tür, hörte zu, was Piero erzählte, und bat sie mit zahnlosem Grinsen hinein.

In der Hütte war es so dunkel, dass man kaum mehr sehen konnte als einen Tisch, einen Herd und eine verhaltene Bewegung in der Ecke. Dort saß zusammengekrümmt eine alte Frau.

»Das ist Marias Mutter, Alessia. Sie ist so gut wie taub, und ihre Augen sind auch nicht mehr die besten. Katerina hier ist die Frau ihres verstorbenen Sohnes. Sie sagt, sie habe ihre Schwägerin nie kennengelernt. Ich versuche herauszufinden, ob sie etwas von Maria haben, das sie Ihnen zeigen können, aber ich glaube nicht, dass die alte Frau mich verstehen kann.« Piero tat sein Bestes, aber es sah nicht besonders gut aus.

»Haben sie vielleicht Fotografien?«, bat Ella ihn zu übersetzen.

Katerina deutete zu einer unverputzten Wand voller sepiafarbener Porträts von längst verstorbenen Vorfahren, Männer in Uniform, Frauen in steifen Kleidern. Die Familie hatte schon bessere Zeiten erlebt, und die beiden Witwen hielten sich mit Müh und Not über Wasser, wie so viele seit dem Krieg.

In der hinteren Ecke hing das Foto eines jungen Mädchens, um dessen Rahmen getrocknete Blumen drapiert waren wie ein Heiligenschein. Ellas Herz begann schneller zu schlagen, während sie näher heranging. Sie spürte, dass sie etwas sah, von dem sie nie zu träumen gewagt hätte.

Es waren Marias Augen, die ihr sofort auffielen, Augen, die sie überall erkannt hätte, die sie schon so viele Male im Spiegel gesehen hatte, ebenso wie die geschwungenen Lippen mit der schmalen Rinne darüber. Es war das Gesicht, das früher einmal ihr eigenes gewesen war und nun ihrer Tochter gehörte.

Piero studierte das Foto ebenfalls, trat dann einen Schritt zurück und betrachtete Ella und Clare. »Sie brauchen keine Spitze mehr, oder? Schauen Sie sich nur an, alle drei. Katerina, was sehen Sie?«

Katerina verglich die beiden Frauen mit dem Foto und lächelte. Sie nahm das Foto von der Wand, brachte es der alten Dame und schrie ihr etwas ins Ohr. Sie bekreuzigten sich, schüttelten die Köpfe, weinten und lachten. Ella spürte, wie ihr die Tränen in die Augen stiegen, und kniete sich vor der alten Dame auf den Boden. »Nonna? Ich bin Marias Tochter …« Ihre Großmutter streckte eine knochige Hand vor, um sie zu grüßen.

Dankbar blickte sie zu Piero, unfähig, noch mehr zu sagen, überwältigt von dieser überraschenden Entdeckung. Katerina machte sich auf die Suche nach Bechern und einer Flasche Wein.

Verwundert betrachtete Clare noch immer das Foto. »Hier hat also alles angefangen«, sagte sie. »Erstaunlich. Wunderbar.«

Ella nickte. Aber es endet hier nicht, dachte sie; es ist noch lange nicht zu Ende.

129

New York, Dezember 1959

»Komm schon, Papa, zieh dich an. Unsere Gäste sind bald da – wir wollen uns doch nicht verspäten!« Patti scheuchte ihren Vater vom Kamin fort. »Los, rein in deinen neuen Anzug und das neue Hemd. Und es ist kalt draußen, also zieh auch was Warmes darunter.«

»Ist noch genug Zeit«, brummte Angelo unwillig. Er hatte keine Lust, zu den Docks hinunterzugehen, um die *Queen Mary* aus Southampton ankommen zu sehen, selbst wenn Roddys Verwandte an Bord waren. Warum konnte er nicht einfach hier im Warmen bleiben und auf sie warten?

Seit ihrer Rückkehr aus Italien im Herbst hatten sie von nichts anderem gesprochen als von ihrem Urlaub, wen sie getroffen, was sie unternommen hatten und wie schade es war, dass er nicht hatte mitkommen können. Überall in der Wohnung gab es nun neue Sachen mit feiner Spitze und teure Souvenirs aus Glas. Schlimm genug, dass er nicht hatte mitfahren können, und nun machte ihm auch noch sein Herz Beschwerden. Der Winter nahte, und seine Knochen schmerzten. Wollten sie ihn umbringen, indem sie ihn zum Wasser hinunterscheuchten? Was er brauchte, waren Ruhe und Frieden, kein Haus voll lärmender Kinder und Fremder, die seine Sprache nicht verstanden.

Am Hafen gab es nichts als schlechte Erinnerungen. Ein Schiff war wie das andere. Warum konnten sie ihn auf dem Weg nach Springfield nicht einfach abholen, oder besser noch, ihn einfach hier zu Hause lassen?

Nun wurde Angelo in den Kombi verfrachtet, der vollgepackt war mit Essen und Geschenken – schon seit Wochen hatte Kathleen gebacken, gekocht und alles Mögliche vorbereitet. Er sah, dass sie ihm zuzwinkerte. »Dieses Jahr wird es ein Weihnachtsfest, das wir nie vergessen werden.«

Was sollte so anders daran sein als in anderen Jahren? Sie würden zu viel essen und trinken und Verdauungsbeschwerden bekommen, wegen derer sie dann viel schlafen müssten, und dann würde es monatelang wieder meterhohen Schnee geben. So sehr er seine Frau und seine Tochter auch liebte – heute übertrieben sie es wirklich!

»Hast du dich ordentlich rasiert? Wir wollen, dass du dich von deiner besten Seite zeigst.«

»Hm!«, brummte er. »Was ist denn heute so Besonderes? Ja, wenn ich mir gleich am Dock den Tod hole, dann werdet ihr diesen Tag bestimmt nie vergessen!«

»Dir auch frohe Weihnachten, Papa«, entgegnete Patti lachend.

Ella und Clare standen an der Reling, während das Schiff in den New Yorker Hafen einfuhr, an der Freiheitsstatue und Ellis Island vorbei in Richtung Manhattan, dessen Anblick ihnen die Sprache verschlug.

Seit ihrer Rückkehr aus Italien hatte sich so viel verändert.

Ella wäre am liebsten sofort in ein Flugzeug gestiegen und nach New York aufgebrochen, aber sie hatte noch Aufträge erledigen müssen und brauchte außerdem Zeit, sich in ihre neue Identität zu finden und mehr über ihre Familie zu erfahren.

Sie hatte angefangen, Italienisch zu lernen, was sich als sehr nützlich erwies. Die Überreste der Spitze aus dem Koffer hatte sie nach Italien geschickt, um bestätigt zu bekommen, was sie ohnehin schon wusste. Und Patti hatte Marias Brautschleier hingeschickt, der ein weiterer Beweis dafür war, dass die Sachen von ein und derselben Person gefertigt worden waren.

Ella hatte die Passagierliste der *Titanic* überprüft und gesehen, dass keine weitere Frau aus dem Ort der Toskana an Bord gewesen war als Maria Bartolini mit ihrer kleinen Tochter Alessia Elisabetta, niemand sonst mit denselben Daten. Erfreut stellte sie fest, dass sie um einige Monate jünger war, als sie immer gedacht hatte.

Piero Marcellini war ihr über die Zeit hinweg ein guter Freund geworden, der ihre Briefe an Katerina und die alte Alessia übersetzt, ihre Geschenke weitergegeben und alle zusammen fotografiert hatte. Tatsächlich war er schon mehr als ein guter Freund, aber darum würde sie sich in naher Zukunft kümmern, nicht jetzt.

Dies war der Augenblick, auf den sie in ihren Träumen immer gewartet hatte. Während sie an der Reling stand und all die neuen Eindrücke in sich aufnahm, dachte sie an ihre erste, traurige Ankunft in New York im Jahr 1912, in den Armen einer Fremden, eingehüllt in fremde Kleidung. Wie lang das alles her war! Sie betete im Stillen für all die verlorenen Seelen, für ihre Mutter und ihre Stiefmutter, und dankte für all die Liebe, die ihr in ihrem Leben geschenkt worden war. Was May getan hatte, hatte sie aus Liebe getan, und Ella hatte ihr längst vergeben, so wie sie Anthony vergeben hatte, dass er nicht mehr zurückgekehrt war.

Das lag nun alles in der Vergangenheit. Es war eine aufregende und bewegende Reise gewesen, und nun erreichte sie ihren Höhepunkt. Bei dem Gedanken, dass sie gleich ihren Vater treffen würde, begann sie vor Aufregung zu zittern. Sie hatte es oft geübt und sich immer wieder im Stillen die Worte vorgesprochen, die sie sagen wollte.

Würde sie Angelo enttäuschen? Würde er es überhaupt begreifen oder glauben? Sie hoffte, der Schock wäre nicht zu viel für ihn.

Die Geschichte, ihre Vergangenheit, war schon immer in der Spitze verborgen gewesen. Ein ganzes Leben voll seltsamer Geschehnisse hatte es gebraucht, um sie alle wieder zu einem großen Muster zusammenzuknüpfen. Captain Smith hatte ein Baby gerettet, May hatte sie als ihr eigenes Kind angenommen, und Angelo hatte die Hoffnung nie aufgegeben. Frank hatte sein Leben für Roddys Freiheit gegeben, was diesen zu Patti geführt hatte – all die losen, verworrenen Fäden ergaben zusammen ihre Geschichte, und alles hatte mit den kleinen Schuhen begonnen.

Angelo starrte auf das riesige Schiff und spürte zunächst keine Regung, doch dann brachten die Gerüche des Hafens, das Öl und die Dämpfe, die kreischenden Möwen und das allgemeine Gewimmel das schreckliche Gefühl der Verzweiflung zurück. Warum hatten sie ihn gezwungen, hierherzukommen, wo sie doch wussten, wie traurig es ihn machte? Warum waren diese englischen Verwandten nicht mit dem Flugzeug gekommen?

Er stand zwischen Kathleen und Patti, die ihn beide untergehakt hatten, damit er aufrecht stand. Er hatte schon kalte Füße, als die ersten Passagiere einer nach dem anderen aus der Ankunftshalle kamen. Die Leute winkten, lächelten, rannten vor, um ihre Familienangehörigen und Freunde zu begrüßen, genauso, wie sie es vor all den Jahren getan hatten, als er einsam und allein dastand und immer mehr verzweifelte. Zumindest war dies eine freudigere Ankunft als damals.

»Da sind sie, Papa!«

Er sah eine große, schöne Frau im Pelzmantel und mit leuchtend rosafarbenem Schal, daneben eine hübsche junge Frau in einem Dufflecoat, die die dunklen Haare zu einem Pferdeschwanz gebunden trug und ihn anlächelte, als würde sie ihn kennen. In ihrem Lächeln lag etwas Vertrautes, Warmes, Familiäres, und irgendwie erinnerte sie ihn an jemanden.

»Also, Papa, das sind Ella und ihre Tochter Clare aus England. Ella hat dir etwas mitgebracht.« Patti schob ihn vorwärts.

Die Frau lächelte und zog etwas Kleines aus der Handtasche. »Ich glaube, Sie haben das passende Gegenstück«, sagte sie und sah ihm in die Augen. »Ein Schuh ohne den anderen nützt nicht viel, wenn man zwei Beine hat«, fügte sie hinzu.

Angelo befühlte den Schuh und wandte sich verwirrt an Kathleen. »Was ist das? Warum hat sie meinen Schuh?«

»Das ist nicht deiner. Der ist noch zu Hause. Wir haben Frankies Schuh aus Italien wieder mitgebracht, weißt du noch?«

Da drehte er sich zu der jüngeren Frau, und sein Herz begann schneller zu schlagen, während er ihre Gesichtszüge studierte, als würde etwas lang Verlorenes darin erscheinen, eine verblichene Fotografie wieder zum Leben erwachen. »Sie sieht aus wie Maria, und du auch. Ist das wahr? Wie kann das wahr sein? Alessia? Nach all den Jahren, die ich immer darauf gehofft habe. Bist du es wirklich?«

Ella lächelte zurück. »Ich hoffe es ... Ich denke, ja.«

Er spürte, wie sie die Arme um ihn schlang und ihr Gesicht an seines drückte. Warme Tränen rannen ihr über die Wangen. Angelo drehte sich zu Patti und Kathleen um. »Und ihr habt es alle gewusst?«

Kathleen nickte. »Wir wollten, dass es ein besonderes Wiedersehen wird. Ein ganzes Lebensalter musste vergehen, bis ihr zusammenkommen konntet. Was wäre ein besserer Ort dafür gewesen als dieser, wo alles begann?«

»Aber wie?«, wollte er wissen. »Wie ist das alles passiert?«

Seine beiden Töchter hakten sich bei ihm ein und gingen mit ihm Richtung Ausgang.

»Das ist eine lange Geschichte, Papa. Sie zu erzählen, wird ein bisschen dauern.«

Sabine Weigand
Die Manufaktur der Düfte

Sein Vater war noch einfacher Seifensieder, aber der junge Fritz Ribot will hoch hinaus. Mit seinen Ideen begründet er um 1880 ein Imperium, das seine duftenden Luxusprodukte aus Franken bis nach China exportiert. Seine Frau Sophie muss sich jedoch fragen, ob sie Fritz je so wichtig sein wird wie die Firma. Und darf sie zulassen, dass er sich zwischen seine jüngste Schwester Lisette und den Fabrikarbeiter Hans stellen will? Keiner in der Familie erkennt die düsteren Vorboten des Krieges, und niemand ahnt, dass Fritz ein Geheimnis bewahrt, das alles in Frage stellen kann, worauf die Ribots stolz sind, die es so wirklich gegeben hat.

688 Seiten, broschiert

Susanne Popp

Der Weg der Teehändlerin

Die Ronnefeldt-Saga

Band 2

Frankfurt 1853: Die Teehändlerin Friederike Ronnefeldt möchte ihre zunehmend erwachsenen Kinder gut versorgt wissen. Schließlich hängt auch das Familienunternehmen von den Zukunftsplänen der neuen Generation ab. Doch die Geschwister entwickeln – zum Leid Friederikes – ihre eigenen Ideen. Mine lockt das Schauspiel, Elise möchte Lehrerin werden, anstatt zu heiraten und Wilhelm träumt davon, Künstler zu sein. Immerhin eines scheint sicher: Der Älteste, Carl, wird die Geschäfte übernehmen – nach dem Abschluss seiner Lehrjahre in Hamburg. Doch ist er der verantwortungsvollen Rolle gewachsen, die einst sein Vater innehatte?

512 Seiten, Klappenbroschur

Clara Langenbach

Die Senfblütensaga 2 - Wege des Schicksals

Roman

Metz 1914: Emma hat ihr Studium beendet und will sich in die Arbeit in der Senffabrik stürzen. Doch die Familie Seidel erwartet von ihr, dass sie sich um Hochzeitsvorbereitungen kümmert. Sie versucht alles, um aus der ihr zugedachten Rolle auszubrechen. Als die Spannungen in der Fabrik Carls ganze Aufmerksamkeit fordern, will Emma helfen, wo sie kann. Doch immer mehr drängt sich ihr die Frage auf: Will Carl ihre Hilfe tatsächlich, oder sieht er in ihr nur die künftige Ehefrau und Mutter seiner Kinder? Als auch noch der Erste Weltkrieg ausbricht, steht plötzlich viel mehr auf dem Spiel als ihre gemeinsame Zukunft und der Fortbestand der Fabrik.

512 Seiten, Klappenbroschur

Stephanie Schuster
DIE WUNDERFRAUEN
Von allem nur das Beste
Roman

Der zweite Band der Bestseller-Serie »Die Wunderfrauen«: Zu Beginn der 1960er Jahre ist viel zu tun in Luise Dahlmanns Laden, er ist ihr ganzer Stolz. Die Regale sind prall gefüllt mit allem, was das Herz begehrt: frische Waren aus dem Umland und Feinkost aus der ganzen Welt. Drei Frauen sind in diesem Jahrzehnt voller Umbrüche an Luises Seite: Die alleinerziehende Helga, die nun als Ärztin arbeitet, ihre Schwägerin Marie, die inzwischen vier Kinder hat und Annabel, deren Familie nach einem Schicksalsschlag zu zerbrechen droht. Das Leben hat die vier Frauen in den letzten Jahren enger verbunden als sie dachten. Und sie merken: Gemeinsam kann man aus Träumen Echtes erschaffen.

480 Seiten, broschiert

Peter Prange

Der Traumpalast

Im Bann der Bilder

Berlin, Anfang der zwanziger Jahre: Ein neues Lebensgefühl bricht sich Bahn - Freiheit! Es ist die Vision von glanzvollen Stars, spektakulären Großfilmen und glitzernden Kinopalästen, die Tino, Bankier und Lebemann, an der gerade gegründeten Ufa begeistert. Er riskiert alles, um mit der deutschen Traumfabrik Hollywood Paroli zu bieten. Rahel will als Journalistin Wege gehen, die Frauen bisher verschlossen waren. Als die zwei einander begegnen, ahnen sie nicht, welche Wende ihr Leben dadurch nimmt. Denn bald stellt sich ihnen die alles entscheidende Frage: Wie weit darf Freiheit gehen? In der Politik, in der Filmkunst – und in der Liebe.

816 Seiten, gebunden

Weitere Informationen finden Sie auf

www.fischerverlage.de

AZ 651-02578/1